A gangue *dos* sonhos

ROMANCE

LUCA DI FULVIO

A gangue *dos* sonhos

ROMANCE

1ª EDIÇÃO
1ª REIMPRESSÃO

TRADUÇÃO
REGINALDO FRANCISCO

VESTÍGIO

Copyright © 2011 Bastei Lübbe AG
Copyright da tradução © 2019 Editora Vestígio

Título original: *La gang dei sogni*

Todos os direitos reservados pela Editora Vestígio. Nenhuma parte desta publicação poderá ser reproduzida, seja por meios mecânicos, eletrônicos, seja via cópia xerográfica, sem a autorização prévia da Editora.

EDITOR RESPONSÁVEL
Arnaud Vin

EDITOR ASSISTENTE
Eduardo Soares

ASSISTENTE EDITORIAL
Pedro Pinheiro

PREPARAÇÃO
Sonia Junqueira

REVISÃO
Eduardo Soares

CAPA
Diogo Droschi (sobre imagem de Bert Hardy / Stringer / Getty Images)

DIAGRAMAÇÃO
Larissa Carvalho Mazzoni

**Dados Internacionais de Catalogação na Publicação (CIP)
Câmara Brasileira do Livro, SP, Brasil**

Di Fulvio, Luca
 A gangue dos sonhos / Luca Di Fulvio ; tradução Reginaldo Francisco. -- 1. ed.; 1. reimp. -- São Paulo : Vestígio, 2019.

 Título original: La gang dei sogni.

 ISBN 978-85-54126-27-8

 1. Estados Unidos - Emigração e imigração 2. Ficção italiana 3. Gangues - Nova York I. Francisco, Reginaldo II. Título.

19-24789   CDD-853

Índices para catálogo sistemático:
1. Ficção : Literatura italiana   853

Iolanda Rodrigues Biode - Bibliotecária - CRB-8/10014

A **VESTÍGIO** É UMA EDITORA DO **GRUPO AUTÊNTICA**

São Paulo
Av. Paulista, 2.073 . Conjunto Nacional
Horsa I . 23º andar . Conj. 2310-2312
Cerqueira César . 01311-940 . São Paulo . SP
Tel.: (55 11) 3034 4468

Belo Horizonte
Rua Carlos Turner, 420
Silveira . 31140-520
Belo Horizonte . MG
Tel.: (55 31) 3465 4500

www.editoravestigio.com.br

À minha esposa, Elisa.

Nos sonhos começa a responsabilidade.
W. B. YEATS, *Responsibilities*

Menina, eles se chamam os Diamond Dogs.
DAVID BOWIE, *Diamond Dogs*

Prólogo
11

Primeira parte
23

Segunda parte
249

PRÓLOGO

1

Aspromonte, 1906-1907

NO COMEÇO, ERAM DOIS VENDO-A CRESCER. A mãe e o patrão. Uma com apreensão, o outro com sua luxúria indolente. Porém, antes que virasse mulher, a mãe tinha achado um jeito para que o patrão não olhasse mais para ela.

Quando a menina tinha 12 anos, a mãe extraiu um suco denso das sementes de papoula, como tinha aprendido com as mais velhas. Fez a menina beber o suco e, quando a viu tonta, cambaleando, colocou-a no ombro, atravessou a estrada poeirenta que passava diante do barraco onde moravam – dentro das terras do patrão – e chegou a um leito seco de rio onde sabia que havia um velho carvalho morto. Quebrou um galho grosso, rasgou a roupa da menina, bateu com uma pedra pontiaguda na sua testa – onde sabia que sairia muito sangue –, estendeu-a com cuidado, numa posição desajeitada, no fundo do leito seco do rio – como se tivesse rolado pela escarpa, caindo da árvore morta – e deixou-a lá, colocando em cima dela o galho que havia quebrado. Em seguida, voltou para o barraco, esperou os homens voltarem do campo enquanto cozinhava uma sopa de cebola com toicinho, e só então disse a um dos filhos homens para ir procurar Cetta, sua menina.

Disse que a tinha visto ir brincar perto do carvalho morto e começou a reclamar, resmungando com o marido que aquela menina era uma maldição, que não parava quieta, que tinha o diabo no corpo e a cabeça vazia, que não podia lhe dar uma tarefa que no meio do caminho ela já tinha esquecido e que não servia para nada em casa. O marido a xingou, disse para calar a boca e saiu para fumar. E ela – enquanto o filho atravessava a estrada em direção ao carvalho morto – voltou para a cozinha e continuou mexendo a sopa de cebola com toicinho no caldeirão, o coração pulando no peito.

Enquanto esperava, escutou, como toda tarde, o carro do patrão passando em frente ao barraco e buzinando duas vezes – porque, como ele dizia, as meninas gostavam muito. E de fato Cetta, toda tarde, ainda que havia mais de um ano a mãe a tivesse proibido de sair de casa para cumprimentar o patrão, atraída por aquele som, aproximava-se da janela e espiava para fora. E ela, a mãe, podia ouvir a risada do patrão se perdendo na poeira levantada pelo carro. Porque Cetta – todos diziam, mas o patrão com frequência demais – era mesmo uma menina bonita e certamente viraria uma bela moçona.

Quando ouviu o filho que tinha ido em busca de Cetta voltar gritando, de longe, a mãe não parou de mexer a sopa de cebola com toicinho. Mas a respiração ficou presa na garganta. E ouviu o filho falando com o pai. E ouviu os passos pesados do pai descendo os três degraus de madeira já pretos como carvão. E só depois de vários minutos ouviu o marido berrando seu nome e o da filha. Então a mãe deixou a sopa no fogo e finalmente correu para fora.

O marido carregava no braço a pequena Cetta, com o rosto sujo de sangue, as roupas rasgadas, largada como um farrapo de pano nas mãos calejadas do velho pai.

– Escute, Cetta – disse à filha no dia seguinte, depois que todos tinham ido trabalhar no campo. – Você já está ficando grande e pode entender bem quando falo com você, assim como pode entender bem, olhando nos meus olhos, que eu sou capaz de fazer o que vou te falar agora. Se não seguir à risca as minhas ordens, eu te mato com estas mãos. – Em seguida, pegou uma corda e amarrou no ombro esquerdo da filha. – Levanta – ordenou, e esticou a corda até a virilha, de modo que a menina era forçada a ficar curvada, e amarrou-a na coxa esquerda. – Isso vai ser um segredo só meu e seu – disse.

Depois, pegou de uma gaveta um vestidinho largo, de flores desbotadas, que tinha costurado com uma peça de retalho velho, e enfiou na menina. O vestido cobria com perfeição a corda. E era para isso que a mãe o tinha planejado e costurado.

– Você vai dizer que a queda te aleijou. Pra todo mundo, até pros seus irmãos – explicou. – Vai ficar com esta corda por um mês, pra se acostumar, depois eu desamarro, mas você vai continuar andando como se ainda estivesse com ela. Se não fizer isso, primeiro vou amarrar de volta, e depois, se experimentar andar reta de novo, eu te mato com estas mãos. E quando o patrão passar aqui em frente à tarde com o carrão dele e buzinar, você vai correr pra cumprimentar. Aliás, já vai esperar lá fora, na estrada, pra ele te ver bem. Entendeu o que eu disse?

A menina assentiu.

Então a mãe pegou o rosto da filha entre as mãos ossudas e ressequidas e olhou-a com amor e uma desesperada determinação.

– Na sua barriga não vai crescer um bastardo – disse.

Antes do outono, o patrão parou de buzinar quando passava em frente ao barraco, resignado com a ideia de que Cetta estivesse aleijada para sempre. E quando o inverno estava à porta, mudou até mesmo o caminho.

Perto do verão, a mãe disse à filha que podia começar a sarar. Devagar, para não levantar suspeitas. Cetta tinha 13 anos e tinha se desenvolvido. Mas aquele ano passado como aleijada um pouco a tinha aleijado. E nunca mais conseguiu, mesmo adulta, andar realmente ereta. Aprendeu a camuflar o defeito, mas não se endireitou mais. O seio esquerdo era um pouco menor que o direito, o ombro esquerdo um pouco mais caído que o direito, a coxa esquerda um pouco mais atarracada que a direita. E a perna toda que, ao longo daquele ano, ela tinha arrastado sob o ombro também tinha se enrijecido, ou os tendões tinham se endurecido, de modo que a garota parecia um pouco coxa.

2

Aspromonte, 1906-1907

DEPOIS QUE A MÃE TINHA dito à filha que podia começar a se curar da falsa doença, Cetta tinha tentado se endireitar. Mas às vezes a perna esquerda adormecia ou parava de obedecer. E para acordá-la ou fazê-la obedecer de novo, só restava a Cetta voltar a dobrar o ombro que a corda da mãe tinha deixado caído. E então, naquela posição de aleijada, era como se a perna lembrasse seu dever e não precisava mais ser arrastada.

Naquele dia, Cetta estava no campo colhendo trigo. Com ela, a pouca distância – uns mais à frente, outros mais atrás – estavam a mãe, o pai e os irmãos, de cabelos escuros como os seus. E também aquele outro meio-irmão, que era quase loiro, filho da sua mãe e do patrão. Aquele meio-irmão ao qual nem a mãe nem o pai tinham jamais dado um nome e que todos, em família, chamavam simplesmente de "o outro".

– Na sua barriga não vai crescer um bastardo – tinha-lhe repetido a mãe aquele ano inteiro. Tinha-a deixado meio aleijada para que o patrão tirasse os olhos de cima dela. E pelo menos o patrão tinha ido fuçar em outro lugar.

Cetta estava suada. E cansada. Usava um vestido comprido com alcinhas. A perna esquerda afundava na terra mesquinha, queimada pelo sol. Quando viu o patrão mostrando suas terras para um grupo de amigos, não deu importância. Sentia-se segura agora. O patrão caminhava gesticulando. Talvez contasse quantos lavradores trabalhavam para ele, pensou Cetta, e parou com uma mão na cintura, olhando para o grupo. Lá estava a terceira mulher do patrão, com um chapéu de palha na cabeça e um vestido de um azul que Cetta nunca tinha visto nem no céu. E, com ela, outras duas mulheres, provavelmente esposas dos homens que conversavam com o patrão. Uma era jovem e bonita, a outra era gorda e não dava para saber quantos anos tinha. Os dois homens eram tão diferentes um do outro quanto o eram suas mulheres. Um era jovem e magro, comprido e fraco como o caule do trigo quando se dobra sob o peso da espiga madura. O outro era um homem de meia-idade, com bigodes grandes, costeletas densas fora de moda e cabelos cor de palha. Tinha ombros largos e um peito parrudo e imponente, como um velho boxeador. Apoiava-se num bastão. E do joelho direito saía outro pedaço de madeira. Uma perna postiça.

– Trabalha, aleijada! – gritou o patrão, ao perceber que Cetta olhava para eles, depois se virou para os dois homens e riu com eles.

Cetta se encurvou e, arrastando a perna que tinha adormecido, voltou a caminhar na sua fileira de trigo. Depois de alguns passos, virou-se de novo na direção do patrão e percebeu que o homem da perna de pau estava parado, separado dos outros, olhando para ela.

Passado algum tempo, Cetta viu-se tão perto do grupo que conseguia escutar do que falavam. E ela também – mas, ao contrário deles, sabendo do que se tratava – ouvia aquela batida ritmada que os estava deixando curiosos. Espiando com o canto dos olhos, viu os homens afastando o trigo cortado e rindo, ao perceber o que provocava aquele som tão particular. As mulheres, que tinham acudido à cena, fingiram embaraço, sufocaram uns risinhos maliciosos com as mãos cobertas com luvas de renda branca. Depois todos se afastaram novamente, porque já era quase hora do almoço.

Só o homem da perna de pau tinha ficado olhando. Encarava as duas tartarugas que se acasalavam, com os pescocinhos enrugados esticados no ar e as carapaças batendo uma na outra e produzindo aquele *toc toc toc* ritmado. O homem da perna de pau olhava os dois animais, depois encarava Cetta e sua perna coxa, depois baixava o olhar para a própria perna artificial. Cetta notou que ele tinha uma pata de coelho pendurada no colete.

Num instante o homem saltou em cima de Cetta, derrubou-a no chão, levantou sua saia, arrancou a calcinha de algodão e, imaginando sua perna de pau batendo contra a perna defeituosa da camponesa – enquanto a gorda gritava o nome do marido pelos campos de trigo porque já estava com pressa de comer; enquanto a mãe e o pai e os irmãos morenos de Cetta, e também "o outro", aquele menos moreno, continuavam o trabalho, a poucos passos das duas tartarugas que se acasalavam –, agarrou-a com avidez, mostrando-lhe o que fazem um homem e uma mulher quando querem imitar os animais.

Depois que a mãe tinha dito à filha para começar a sarar, lentamente, para não levantar suspeitas, Cetta tinha precisado acertar as contas com aquele ano passado como aleijada. E quando, depois do acasalamento das tartarugas, com quase 14 anos, se viu grávida, até mesmo a barriga ia inchando mais para a esquerda que para a direita, como se pendesse para aquele lado inutilmente aleijado.

O menino nasceu extraordinariamente loiro. Podia-se pensar que era filho de normando, não fossem aqueles olhos pretos como piche, lânguidos e profundos, que loiro nenhum poderia esperar ter.

— Ele vai ter um nome — disse Cetta ao pai, à mãe, aos irmãos morenos e àquele que todos chamavam de "o outro".

E como, loiro daquele jeito, lembrava o Menino Jesus do presépio, Cetta deu ao filho o nome de Natale.

3

Aspromonte, 1906-1907

– QUERO IR PRA AMÉRICA, assim que ele desmamar – disse Cetta à mãe, enquanto amamentava Natale.
– Pra fazer o quê? – resmungou a mãe, sem levantar os olhos da costura.
Cetta não respondeu.
– Você pertence ao patrão e à roça – disse a mãe.
– Não sou uma escrava – Cetta protestou.
A mãe deixou a costura, levantou-se. Olhou a filha que amamentava o novo bastardo da família. Balançou a cabeça.
– Você pertence ao patrão e à roça – repetiu, depois saiu.
Cetta baixou o olhar para o filho. O seio escuro, com o mamilo mais escuro ainda, contrastava, quase destoando, com os cabelos loiros de Natale. Desgrudou-o do seio, enfastiada. Uma gotinha de leite escorreu e pingou no chão. Cetta colocou o bastardo no berço já velho no qual tinham crescido ela e os irmãos, e também "o outro". O menino começou a chorar. Cetta fitou-o com um olhar duro.
– Ainda temos que chorar muito, nós dois – disse. Depois saiu e foi para junto da mãe.

Porto de Nápoles, 1909

O porto estava abarrotado de indigentes. E alguns cavalheiros. Mas poucos, e só de passagem. Os cavalheiros pegavam outro navio, não aquele. Cetta observava todos através de uma escotilha suja, com a moldura enferrujada. A maior parte daqueles mendigos permaneceria em terra, não partiria. Esperariam outra ocasião, tentariam de novo subir a bordo, empenhariam seus míseros pertences na esperança de comprar uma passagem para a América e, na espera entre um navio e outro, dilapidariam sua pequena fortuna. E não partiriam nunca.

Já Cetta, sim, estava partindo.

E era só nisso que pensava, olhando para fora pela escotilha, enquanto escutava atrás dela o pequeno Natale, que agora tinha seis meses, revirando-se inquieto na cesta de vime com a cobertinha de lã, cheia de pelos, que a senhora elegante da qual Cetta a tinha roubado usava para acomodar seu cachorrinho. Só na longa viagem marítima pensava Cetta, enquanto o líquido pegajoso que já tinha experimentado no dia do seu estupro lhe escorria frio pelas coxas. Só na América pensava, enquanto o capitão abotoava as calças, satisfeito, prometendo-lhe voltar com um naco de pão e um pouco de água no início da tarde, e ria dizendo que iam se divertir, os dois. E só quando ouviu a porta de ferro sendo fechada pelo lado de fora Cetta se afastou da escotilha e se limpou com a palha que cobria o pavimento do porão, arranhando as coxas com ela. Pegou Natale no colo, colocou para fora um seio, ainda avermelhado das mãos do capitão, e deu o mamilo ao bastardo que carregava consigo. Em seguida, enquanto o menino adormecia na caminha fedendo a cachorro, Cetta se encolheu num cantinho mais escuro e, enquanto as lágrimas cortavam seu rosto, pensou: "São salgadas como o mar que me separa da América. Dão um gostinho do oceano", e lambeu-as, tentando sorrir. Por fim, quando o apito começou a bufar suas notas ofegantes no ar do porto, anunciando que zarpavam, Cetta adormeceu, contando para si mesma a fábula de uma menina de 15 anos que tinha fugido de casa, sozinha, com o filho bastardo, para ir para o Reino das Fadas.

Ellis Island, 1909

Cetta estava na fila com os outros imigrantes. Exausta da viagem e dos abusos sexuais do capitão, olhava o médico do Departamento Federal de Imigração, que abria os olhos e a boca dos miseráveis, como seu pai fazia com as mulas e as ovelhas. De alguns, escrevia uma letra na roupa, nas costas, com um pedaço de giz. Aqueles com a letra nas costas eram afastados na direção de um pavilhão onde outros médicos os esperavam. Os outros continuavam o caminho em direção às mesas da alfândega. Cetta observava os policiais que olhavam os funcionários carimbando os documentos. Via o desespero de quem, depois de fazer aquela viagem como um animal, era recusado. Mas era como se não estivesse ali com eles.

Todos os outros tinham avistado a nova terra se aproximando. Ela não, tinha permanecido sempre fechada no porão. Tinha temido que Natale morresse. E descoberto, nos momentos em que estava mais fraca e mais cansada, não saber se isso seria um sofrimento. Então, agora, segurava-o junto ao peito, buscando o perdão daquela criatura que não podia ter escutado seus pensamentos. Mas ela tinha, e se envergonhava deles.

Antes de desembarcar, o capitão tinha-lhe dito que providenciaria para que ela passasse. E, assim que desembarcaram, no grande salão onde se amontoavam todos os imigrantes, tinha feito um sinal com a cabeça para um homenzinho pequeno como um rato, do outro lado das travessas de madeira que delimitavam a área livre. A América. O rato tinha unhas longas e pontudas e usava uma roupa de veludo extravagante. Tinha estudado Cetta e também o pequeno Natale. Cetta teve a impressão de que os olhava com olhos diferentes. Como se os dois não fossem a mesma coisa.

O rato moveu o olhar para o capitão e levou uma mão ao peito. O capitão levantou Natale, surpreendendo Cetta, e agarrou um seio dela, colocando-o em evidência. Cetta lançou-se sobre o filho e pegou-o de volta. Depois baixou o olhar, vexada. Mas primeiro viu o rato rindo e assentindo com a cabeça para o capitão. Quando levantou novamente os olhos, o rato estava perto de um dos inspetores da Imigração e, confabulando em voz baixa, entregou-lhe dinheiro e apontou para Cetta.

O capitão apalpou a bunda de Cetta.

— Agora você está em mãos melhores que as minhas — disse, rindo, e saiu.

E Cetta, sem nem perceber, experimentou um sentimento de desorientação ao vê-lo se afastar. Como se fosse possível afeiçoar-se àquele asco. Ou como se aquele asco fosse preferível ao nada que via agora diante de si. Talvez não devesse ter fugido de casa, talvez não devesse ter vindo para a América.

Quando a fila fez um movimento imperceptível para a frente, Cetta voltou a olhar para o inspetor da alfândega e viu que ele estava fazendo sinal para ela se aproximar. Ao lado do inspetor havia agora outro homem e não mais o rato. Era um indivíduo de sobrancelhas grossas, alto, com um paletó de *tweed* que repuxava nos ombros largos. Tinha uns 50 anos e um longo tufo de cabelos que saía de um lado da cabeça e chegava ao lado oposto, cobrindo a parte do crânio onde o cabelo não crescia. Era ridículo. Mas ao mesmo tempo tinha uma força que causava inquietação, pensou Cetta enquanto se aproximava.

O homem e o inspetor da alfândega falaram com ela. Cetta não sabia o que diziam. E, quanto menos entendia, mais eles repetiam, cada vez mais forte, como se ela que fosse surda e não eles que se expressassem numa língua incompreensível. Como se o volume pudesse traduzir aquele idioma desconhecido.

Durante a discussão de mão única, o rato também se aproximou. E também ele começou a berrar, gesticulando. As mãos fracas de unhas compridas se agitavam no ar, como navalhas. Um anel brilhou no seu dedo mindinho. O homem alto pegou-o pelo colarinho, gritou mais forte. Depois o soltou, olhou para o inspetor e sussurrou-lhe algo que parecia uma ameaça ainda mais grave que aquela lançada contra o rato. O inspetor empalideceu, depois virou-se para o rato e de repente começou também ele a ameaçá-lo. Num instante o rato girou nos calcanhares e desapareceu.

E então o homem alto e o inspetor voltaram a falar com Cetta naquela língua incompreensível deles. Em seguida, fizeram sinal para um jovem baixinho e atarracado, de jeito enérgico e radiante, que estava do outro lado da alfândega e esperava num canto para traduzir os idiomas daqueles povos separados por todo um oceano.

– Como se chama? – disse o jovem a Cetta, com um sorriso aberto e amigável, que a fez sentir-se menos sozinha pela primeira vez desde que tinha desembarcado.

– Cetta Luminita.

O inspetor não entendeu.

Então o jovem escreveu o nome na folha da Imigração no lugar dele. E de novo sorriu para Cetta. Depois olhou o menino que ela levava nos braços e fez um carinho nele.

– E seu filho, como se chama? – perguntou.

– Natale.

– Natale – repetiu o jovem ao inspetor, que mais uma vez não entendeu. – Christmas – traduziu-lhe o jovem.

O inspetor assentiu, satisfeito, e escreveu: "Christmas Luminita".

PRIMEIRA PARTE

4

Manhattan, 1922

— QUE MERDA DE NOME É ESSE?
— Cuida da sua vida!
— É nome de preto.
— Tenho cara de preto pra você?
— Também não tem cara de italiano.
— Eu sou americano.
— Sim, claro… – riram os garotos que o cercavam.
— Eu sou americano.
— Se quiser entrar na nossa gangue, tem que mudar esse nome de merda.
— Vai tomar no cu.
— Vai você, Christmas do caralho.

Christmas Luminita se afastou arrastando os pés sem vontade, as mãos no bolso, o cabelo loiro despenteado sobre a testa e uma rala penugem clara que começava a se formar acima do lábio e no queixo. Tinha 14 anos, mas olhos de adulto, como muitos outros da mesma idade que também tinham crescido nos apartamentos sem janelas do Lower East Side.

— Vou ter uma gangue só minha, idiotas! – gritou, quando teve certeza de estar fora do alcance de uma pedrada.

Fingiu não se importar com o coro de injúrias que o seguia enquanto virava num beco sujo, sem calçamento. Porém, assim que ficou sozinho, Christmas descarregou sua raiva dando um chute numa lata de lixo, toda cheia de furos e ferrugem, no fundo de um açougue de onde provinha um cheiro adocicado de carne cortada. Uma cadelinha gorda e despelada pela sarna, com olhos vermelhos e saltados que pareciam a ponto de espirrar para fora das órbitas, saiu correndo do açougue, latindo furiosamente.

Christmas se abaixou, sorrindo e estendendo a mão aberta para ela. A cadela, acostumada a desviar dos chutes, estacou, permanecendo à distância e latindo uma última vez, mas com uma nota alta, surpresa. Quase um ganido. Depois arregalou ainda mais os horríveis olhos saltados e esticou o pescoço atarracado, avançando as narinas trêmulas em direção à mão. Rosnando baixinho, deu alguns passos tímidos, cheirou a ponta dos dedos de Christmas. Então o cotoco da cauda cortada se agitou devagar, com dignidade. O menino riu e coçou as costas da cadela.

Um homem com um avental ensanguentado apareceu do fundo do açougue, com uma faca enorme na mão. Olhou na direção da cachorra e do menino.

– Achei que tinham matado ela – disse.

Christmas levantou um pouco a cabeça, num gesto silencioso, depois voltou a coçar o animal.

– Vai pegar sarna, menino – alertou o homem.

Christmas encolheu os ombros e não parou de acariciar o bicho.

– Mais cedo ou mais tarde dão um fim nela – disse ainda o açougueiro.

– Quem? – perguntou Christmas.

– Esses delinquentes que ficam vagando por estes lados – disse o açougueiro. – Você é um deles?

Christmas fez sinal que não. O cabelo loiro esvoaçou no ar. Os olhos se turvaram por um momento, depois voltaram a se iluminar, sorrindo para a cadela, que grunhia de contentamento.

– É feia que dói, não é? – disse o homem, limpando a lâmina da faca no avental.

– É – riu Christmas. – Sem querer ofender.

– Um cara me vendeu uns dez anos atrás. Falou que era de raça – disse o homem, balançando a cabeça. – Mas aí acabei me apegando – e virou-se para entrar de volta no açougue.

– Posso proteger ela – disse Christmas, sem pensar.

O açougueiro virou-se e olhou para ele com curiosidade. Um garoto de 14 anos, magro, com as calças remendadas e sapatos grandes demais, pegos sabe-se lá onde, sujos de lama e esterco de cavalo.

– Tem medo que matem ela, não é? – disse Christmas, ficando em pé. A cadela se esfregou em suas pernas. – Posso proteger ela, já que você é tão apegado.

– O que está dizendo, moleque? – desatou a rir o açougueiro.

– Cinquenta *cents* por semana e eu protejo a sua cadela.

O homenzarrão forte e vigoroso, com o avental ensanguentado, balançou a cabeça sem acreditar. Queria voltar ao trabalho; não gostava de deixar o açougue sozinho, cheio dos míseros pedaços de carne que pouquíssimos entre os míseros habitantes do bairro podiam comprar. Mas não entrou. Lançou uma olhada rápida para dentro do açougue e depois se dirigiu ao estranho garoto.

– E como?

– Tenho uma gangue – disse Christmas num ímpeto. – Os... – hesitou, olhando a cachorra que se esfregava em suas pernas. – Os Diamond Dogs – veio-lhe à mente.

– Não quero encheção de saco com guerra de gangue – endureceu o homem, e voltou a olhar para dentro do açougue, mas sem ir embora.

Christmas enfiou as mãos no bolso. Remexeu um pouco de terra com a ponta do sapato. Depois fez um último carinho na cadela.

– Bom, como preferir. Mais cedo eu escutei... não, nada... – e fez que ia se virar.

– Escutou o quê, moleque? – o açougueiro o deteve.

– Aqueles lá – e com uma olhada rápida indicou a esquina de onde ainda vinha o alarido do bando que tinha acabado de recusá-lo – dizendo que tem um cachorro que fica latindo sempre, que faz uma confusão dos diabos e...

– E...

– Nada... vai ver estavam falando de outro cachorro.

O açougueiro alcançou Christmas no meio do beco, com a faca na mão. Pegou o garoto pelo colarinho da jaqueta surrada. Tinha mãos fortes e grandes, de estrangulador. Era uns palmos mais alto que Christmas. A cachorra ganiu, preocupada.

– Essa sarnenta nunca gosta de ninguém. Mas de você sim, posso jurar que ela gosta – disse o açougueiro, com uma voz ameaçadora, olhando bem nos olhos de Christmas. – E eu sou apegado a ela. – O homem continuou estudando o garoto, olho no olho, em silêncio, enquanto uma expressão espantada suavizava suas feições. Espantada porque não conseguia acreditar no que estava prestes a fazer. – É verdade, esta aqui faz mais confusão que uma mulher – disse, indicando a cadela, que ofegava com a língua de fora. – Mas pelo menos não tenho que trepar com ela – e riu, satisfeito com a piada que já tinha contado sabe-se lá quantas vezes.

Em seguida, puxou o avental para o lado e remexeu no bolso do colete com os dedos sujos de sangue, sacudindo a cabeça por aquilo que estava fazendo. Sacou do bolso uma moeda de cinquenta *cents* e pôs na mão de Christmas.

– Eu devo estar louco. Está contratado – e continuou sacudindo a cabeça. – Vamos, Lilliput – disse então à cadela e voltou para dentro do açougue.

Assim que o açougueiro desapareceu, Christmas olhou para a moeda. Com os olhos cintilantes, cuspiu nela e poliu-a com a ponta dos dedos. Encostou-se no muro de frente para o açougue. E riu. Não como um adulto. Nem como um menino. Assim como seu cabelo loiro não era de italiano e seus olhos escuros não eram de irlandês. Um garoto com um nome de negro, que não sabia bem quem era.

– Os Diamond Dogs! – riu, satisfeito.

5

Manhattan, 1922

O PRIMEIRO QUE INTERPELOU foi Santo Filesi, um menino cheio de espinhas, magricela, de cabelo preto e crespo, que morava no seu prédio e com o qual, quando se encontravam, trocava um cumprimento e nada mais. Santo tinha a mesma idade de Christmas, e no bairro diziam que ia à escola. O pai era estivador no porto e era baixo, troncudo e com as pernas irremediavelmente tortas de carregar peso. Dizia-se – porque no bairro era um diz-que-diz disso e daquilo – que era capaz de levantar cem quilos com uma mão só. Por isso, ainda que fosse um bom homem, moderado, que não ficava violento nem quando estava bêbado, era respeitado e ninguém mexia com ele. Com alguém capaz de levantar cem quilos com uma mão só nunca se sabe. Já a mãe de Santo era esquelética como o filho. Com um rosto comprido e incisivos mais compridos ainda, que lhe davam uma cara de cavalo. Tinha a pele amarelada, mãos secas e ossudas que movia com rapidez, sempre pronta a dar um tabefe no filho. Tanto que Santo, cada vez que a mãe gesticulava, instintivamente protegia o rosto. A Senhora Filesi fazia faxina na escola onde diziam que Santo estudava.

– É verdade que sua mãe faz uma pomada pras suas espinhas? – perguntou Christmas a Santo quando o encontrou na rua, na manhã seguinte ao dia em que foi contratado pelo açougueiro para proteger Lilliput.

Santo se enrijeceu, corando, e tentou continuar andando.

– Ei, o que foi? Se ofendeu? – Christmas foi atrás dele. – Não estou te provocando, eu juro.

Santo parou.

– Quer entrar na minha gangue? – disse Christmas.

– Que gangue? – perguntou o outro, desconfiado.

– Os Diamond Dogs.

— Nunca ouvi falar.
— E você lá entende de gangues?
— Não...
— Então, se nunca ouviu falar da gente, isso não quer dizer porra nenhuma. Está por fora das paradas.

Santo corou outra vez e abaixou a cabeça.

— Quem vocês são? – perguntou timidamente.
— É melhor pra você não saber – disse Christmas, olhando em volta com um ar cuidadoso.
— Por quê?

Christmas se aproximou dele, pegou-o pelo braço e arrastou-o até um beco lateral, tomado pelo lixo. Em seguida, voltou para espiar a Orchard Street, por um instante, como se estivesse conferindo se não tinha sido seguido. Por fim, falou rápido, em voz baixa.

— Por que, se te apertarem, não pode soltar nada.
— Quem poderia me apertar?
— Eita, porra, mas você é cabaço mesmo, hein? – explodiu Christmas. — Não sabe de nada. Em que mundo você vive? Me fala uma coisa, é verdade que você vai pra escola?
— Bom, mais ou menos...

Christmas voltou a espreitar a Orchard Street, espiou ao redor e depois – com uma careta preocupada – voltou correndo e empurrou Santo até o fundo do beco, obrigando-o a se agachar atrás de um monte de lixo. Fez sinal para ele não falar nada. Esperou que passasse um homem qualquer, depois soltou um suspiro de alívio.

— Merda... Você viu?
— Quem?
— Escuta, me faz um favor. Vai ver se ele ainda está zunindo em volta do mel.
— Mas quem? Que mel?
— Aquele cara, você não viu? – e Christmas agarrou-o pelo colarinho.
— Sim... acho que sim... – gaguejou o menino.
— Acho, acho... e queria fazer parte dos Diamond Dogs? Devo ter te julgado mal, mas...
— Mas...?
— Você parecia esperto. Olha, me faz esse favor e depois a gente se despede e deixa isso pra lá. Vai ver se ele ainda está ali ou se já deu no pé.

– Eu?

– Porra, e quem mais poderia ser? Você ele não conhece. Vamos, seu cagão, se mexe.

Com passos inseguros, Santo levantou-se do fétido esconderijo e foi até a Orchard Street. Olhou em volta, desajeitado, à procura daquele homem qualquer que agora acreditava ser um bandido perigoso. Quando voltou, Christmas notou que caminhava com um passo mais seguro. Santo enfiou um dedo no cinto da calça e disse:

– Tudo limpo.

– Você foi corajoso – disse Christmas, levantando-se.

Santo sorriu, satisfeito. Christmas deu-lhe um tapinha no ombro.

– Vem, eu te pago um *ice cream soda*, depois cada um segue seu rumo.

– Um *ice cream soda*?! – Santo arregalou os olhos.

– É, o que é que tem?

– Custa... custa cinco centavos...

Christmas riu e deu de ombros.

– Dinheiro. É só dinheiro. Basta ter, não é?

Santo não acreditava nos próprios ouvidos.

Enquanto entravam na sorveteriazinha suja da Cherry Street, Christmas apertava convulsivamente a sua moeda de cinquenta *cents*.

– Olha – disse a Santo, sentando-se no banquinho –, hoje eu já tomei dois e estou com o estômago meio embrulhado, então não estou muito a fim de mandar pra dentro um terceiro. Vamos dividir o seu, até porque você não está acostumado e um inteiro pode te fazer mal. Tem que ir devagar com esse negócio.

Então pediu ao Morango – que tinha esse apelido pela manchona de nascença vermelha e brilhante que se espalhava por metade do rosto – uma taça com dois canudos e, com a morte no coração, fez tilintar no balcão a única moeda que tinha no bolso.

Por alguns minutos nenhum dos dois garotos falou nada. Cada um estava grudado no próprio canudo, tentando sugar um pouco mais do que a metade que lhe cabia.

– Então, como é essa história de ir mais ou menos pra escola? – perguntou Christmas ao final, mergulhando o dedo na taça vazia e depois chupando-o.

– É que à tarde uma professora me ensina um pouco de Gramática e de História porque minha mãe faz faxina lá. Enfim, não é que eu esteja mesmo matriculado na escola, entendeu? – esquivou-se Santo. – Na verdade, não estou nem aí pra escola – acrescentou, com uma ênfase de delinquente amador.

– Você é um idiota, Santo. Que diacho quer fazer da vida? Você não é como o seu pai, não vai nunca conseguir erguer cem quilos numa mão só. Se aprender alguma coisa, pode ser útil pra você – disse Christmas, sem pensar nem por um instante. – Tenho inveja de você.

– É mesmo? – perguntou Santo, iluminando-se.

– Não estufa o peito não, cabaço, que está parecendo um peru. É só um modo de dizer – corrigiu-se Christmas imediatamente.

– Ah, sim... foi o que pensei – disse Santo baixinho, olhando a taça vazia de sorvete. – Você tem tudo.

– Bom, não tenho do que reclamar.

Santo olhou para o chão, em silêncio. Uma pergunta lhe comichava por dentro.

– Então... posso fazer parte dos Diamond Dogs? – perguntou finalmente.

Christmas tapou-lhe a boca com uma mão e lançou uma olhada para Morango, que cochilava num canto.

– Está maluco? E se ele te ouve?

Mais uma vez, Santo corou.

– Não sei se posso confiar em você – Christmas disse baixinho e olhou-o nos olhos longamente. – Me deixa pensar. Não é uma coisa a fazer sem refletir.

Christmas leu a desilusão pungente no olhar de Santo. Sorriu por dentro. – OK, vou fazer um teste com você. Mas é só um teste, que fique claro.

Santo abraçou-o, num impulso, com um gritinho infantil. Christmas se desvencilhou.

– Ei, entre nós, Diamond Dogs, a gente evita essas coisas de menina.

– Sim, sim, desculpa... é que... é que... – Santo gaguejou, empolgado.

– Está bem, está bem, para com isso. Vamos aos negócios – disse Christmas, abaixando ainda mais a voz e inclinando-se na direção do único integrante de sua gangue, depois de dar mais uma olhada para Morango. – É verdade que sua mãe faz uma pomada pra espinhas?

– Mas o que é que isso tem a ver?

– Regra número um: as perguntas sou eu que faço. Se não entender agora, vai entender depois. E se mesmo depois não entender, lembre que existe sempre uma razão, está claro?

– OK... sim.

– Sim o quê? Sua mãe faz uma pomada pra você? Ela mesma faz?

Santo fez que sim com a cabeça.

– E você acha que funciona?

Santo fez que sim novamente.

– Não parece, desculpa falar – disse Christmas.

– Funciona, sim. Senão eu teria muito mais.

Christmas esfregou as mãos.

– Acredito. Agora me diz uma coisa: você acha que essa pomada funcionaria pra sarna?

– Não sei... que sarna? – perguntou Santo, perplexo. Christmas se inclinou ainda mais na direção dele.

– É um cara que a gente protege. Paga bem. Mas o cachorro dele tem sarna, e se eu e você curarmos o bicho, o cara vai nos dar mais dinheiro – e bateu com a unha no vidro da taça.

– Pode funcionar.

– Certo – disse Christmas, levantando-se. – Se quiser entrar para os Diamond Dogs, tem um preço a pagar pela afiliação. Me arranja um bom tanto da pomada da sua mãe. Se funcionar, você é um dos nossos e vai ter a sua fatia.

6

Manhattan, 1909

A SALA ERA QUENTE E ACOLHEDORA, com drapeados nas janelas que Cetta nunca tinha visto nem na casa do patrão. O homem atrás da escrivaninha era o mesmo que a tinha tirado da fila após ela descer do navio, menos de cinco horas antes. Um homem de seus 50 anos, à primeira vista ridículo pelo longo tufo de cabelo que lhe saía de um lado da cabeça e chegava ao lado oposto, para cobrir a calvície. Mas ao mesmo tempo tinha uma força que causava inquietação. Cetta não entendia o que ele dizia.

O outro, em pé, falava tanto a língua do homem atrás da escrivaninha quanto a de Cetta. E traduzia tudo que ele dizia. Era com ele – seguindo-os até a sala, poucos minutos antes – que Cetta tinha ficado sabendo que o homem de cabelo ridículo era advogado e cuidava de garotas como ela.

– Bonitinhas como você – tinha acrescentado, piscando um olho.

O advogado disse alguma coisa olhando para Cetta, que segurava Christmas – recém-batizado com esse novo nome pelo funcionário da Imigração.

– Podemos tomar conta de você – traduziu o outro. – Mas o menino pode ser um problema.

Cetta apertou Christmas contra o peito. Sem responder e sem abaixar o olhar.

O advogado levantou os olhos para o teto e falou de novo.

– Como você vai trabalhar com esse bebê? – traduziu novamente o outro. – Podemos colocá-lo num lugar onde cresça bem.

Cetta apertou Christmas contra o peito, mais forte ainda. O advogado falou. O tradutor disse:

– Se apertá-lo mais um pouco, vai matá-lo e o problema está resolvido – e riu.

O advogado riu com ele.

Cetta não riu. Cerrou os lábios e franziu a sobrancelha, sem tirar os olhos do homem atrás da escrivaninha. Sem se mover. Apenas levou uma mão à cabeça loira do menino, que dormia serenamente. Como para protegê-lo.

O advogado então falou de modo brusco, empurrou a poltrona para trás e saiu da sala.

– Você deixou ele irritado – disse o tradutor, sentando-se na beira da escrivaninha e acendendo um cigarro. – O que vai arranjar se ele te puser na rua sem te ajudar? Quem você conhece? Ninguém, eu aposto. E não tem um centavo. Você e seu filho não duram uma noite, me ouça – disse.

Cetta olhou-o em silêncio. Sem tirar as mãos de Christmas.

– Você é muda, por acaso?

– Eu faço o que quiserem – disse Cetta, de repente. – Mas no meu filho não vão pôr a mão.

O tradutor soprou a fumaça do cigarro para o alto.

– Você é cabeça-dura, menina – disse, saindo ele também da sala e deixando a porta aberta.

Cetta estava com medo. Procurou distrair-se seguindo as espirais de fumaça que flutuavam no ar e subiam em direção ao teto decorado com estuques tão bonitos que ela nunca havia imaginado que pudessem existir. Tinha sentido medo desde o começo. Desde que, na alfândega, enquanto os funcionários da Imigração carimbavam os documentos de entrada, aquele jovem baixinho, atarracado e radiante que tinha dado ao pequeno Natale seu novo nome americano tinha-lhe sussurrado no ouvido:

– Tenha cuidado.

Lembrava-se bem daquele jovem, era o único que tinha sorrido para ela. Cetta tinha sentido medo desde o começo, desde que o advogado a tinha pegado pelo braço e feito atravessar a linha pintada no chão que indicava o início da América. Tinha sentido medo quando a tinham feito entrar naquele grande automóvel preto, perto do qual o carro do patrão era uma carrocinha. Tinha sentido medo olhando aquela terra de cimento que se erguia diante de seus olhos, tão imensa que tudo que o patrão possuía – até mesmo sua mansão – não passava de um casebre. Tinha sentido medo de se perder entre aquelas milhares de pessoas que andavam nas calçadas. E naquele momento Christmas tinha sorrido. Baixinho, como fazem os recém-nascidos por sabe-se lá que pensamento. E tinha estendido a mãozinha e apertado o nariz dela, e depois agarrado uma mecha de cabelo. E de novo sorrido, contente. Inconsciente. E Cetta tinha imaginado que seria perfeito se ele simplesmente soubesse falar, se apenas tivesse dito "mamãe". Porque naquele exato instante ela tinha se dado conta de que não tinha nada. E que aquele bebê era tudo o que possuía. E que ela devia ser forte por ele, porque aquela criaturinha era ainda mais fraca que ela. E que devia ser-lhe grata, porque era o único no mundo que não a tinha estuprado, mesmo lacerando-a mais que qualquer outro ali entre as pernas.

Quando ouviu a discussão animada que se desenrolava fora da sala, Cetta virou a cabeça. Na porta havia um homem com a barba malfeita, dois ombros vigorosos e um charuto apagado entre os lábios. Era feio, na casa dos 30 anos, com duas mãos grandes e sujas e um nariz achatado por socos. Coçava mecanicamente o lóbulo da orelha direita. Na altura do coração levava uma pistola enfiada no coldre. A camisa estava manchada de molho. Também podia ser sangue, mas Cetta pensou que fosse molho. Estava olhando para ela.

Então a discussão cessou e apareceu o advogado seguido pelo tradutor. O homem da camisa manchada de vermelho abriu caminho para os dois passarem, mas ficou ali observando. O advogado falou sem olhar mais para o rosto de Cetta.

– Última oferta – disse o tradutor. – Você trabalha para nós, colocamos seu filho numa instituição e você pode vê-lo no sábado e no domingo de manhã.

– Não – respondeu Cetta.

O advogado estrilou e fez sinal para o tradutor colocá-la para fora. Depois jogou em cima dela os papéis assinados pela Imigração, que farfalharam no ar, planando para o chão.

O tradutor pegou-a pelo braço e obrigou-a a se levantar.

Então o homem na porta falou. Tinha uma voz grave como um trovão, ou como um arroto, que propagava no ambiente suas vibrações graves. Disse poucas palavras.

O advogado balançou a cabeça, depois resmungou:
– OK.

Então o homem na porta parou de coçar o lóbulo da orelha com os dedos encardidos, entrou na sala, recolheu do chão os documentos da Imigração, passou os olhos neles e, com aquela voz de ogro, mas em tom neutro, disse:
– Cetta.

O tradutor soltou o braço de Cetta e recuou. O homem fez um sinal com a cabeça para ela e saiu da sala, sem dirigir a palavra a nenhum dos outros dois. Cetta o seguiu, viu que pegava um paletó amarrotado e o vestia. Repuxava de todos os lados, nos ombros, no tórax. Não o abotoou. Cetta pensou que de qualquer forma não conseguiria. Então o homem lhe fez outro sinal e saiu do prédio, com ela e Christmas atrás.

Chegando à rua, o homem se enfiou num carro que tinha dois buracos de bala no para-lama. Inclinou-se para o outro lado e abriu a porta por dentro. Fez sinal para que ela se sentasse, batendo a mão direita no banco. Cetta entrou e ele deu a partida. Dirigiu sem falar nada, sem jamais olhar para ela, como se estivesse sozinho. Depois de uns dez minutos, estacionou e desceu. E de novo fez sinal para Cetta segui-lo, cortando uma multidão barulhenta de miseráveis sujos e maltrapilhos. Em seguida, desceu alguns degraus que levavam a um corredor no subsolo, para o qual se abriam várias portas.

Chegou ao final do corredor escuro e fedorento e, antes de abrir a porta diante da qual tinha parado, pegou um colchão que estava em pé encostado na parede. Depois entrou.

O quarto – porque era só um quarto – lembrava muitos quartos que Cetta conhecia bem. Quartos sem janelas. Fios se estendiam de uma parede à outra, ao lado do aquecedor a carvão, com roupas penduradas para secar, muitas delas cheias de remendos. Uma cortina tentava esconder uma cama de casal. Um fogão a lenha, cuja coifa canalizava para fora também a fumaça do aquecedor, por meio de dois canos enferrujados. Um par de penicos num canto. Um velho guarda-comida sem nenhuma porta e manco de uma perna, sob a qual – para nivelar o móvel – tinha sido colocado um calço de madeira. Uma mesa quadrada e três cadeiras. Uma pia e umas poucas vasilhas de alumínio que tinham perdido o esmalte.

E, sentados nas cadeiras, dois velhos. Um homem e uma mulher. Ele magro, ela gorducha. Os dois muito baixinhos. Tinham virado os rostos enrugados para a porta com um olhar preocupado. Tinham um temor velho como eles pintado nos olhos. Mas depois, vendo o homem, sorriram. O velho mostrou só gengivas e então levou a mão à boca. A velha deu risada, batendo as mãos nas pernas, e se levantou para abraçar o homem. O velho, arrastando os pés, correu para trás da cortina que escondia a cama. Ouviu-se o tilintar de alguma coisa e, quando reapareceu, estava enfiando na boca uma dentadura amarelada.

Os dois velhos fizeram muita festa para o homem feio de mãos sujas, que enquanto isso ajeitou o colchão num canto do quarto. Em seguida, enquanto o ouviam falar com aquela sua voz que fazia tremer o ar, a velha molhou um pedaço de pano e começou a tirar a mancha de molho da camisa do homem, surda aos seus protestos. E só então olharam para Cetta. E faziam que sim com a cabeça enquanto a olhavam.

O homem, antes de se despedir, enfiou a mão no bolso e tirou uma nota de dinheiro, que estendeu para a velha. A velha beijou-lhe a mão encardida. O velho olhou para o chão, com uma expressão mortificada. O homem percebeu, deu-lhe um tapinha gentil no ombro e disse algo que fez o velho sorrir. Em seguida, foi até Cetta, que tinha ficado em pé com Christmas no colo, e deu-lhe os documentos da Imigração. Por fim, saindo, indicou-a aos dois velhos e disse mais alguma coisa. Depois desapareceu.

– Como se chama? – perguntou a velha na língua de Cetta, assim que ficaram sozinhos.

– Cetta Luminita.

– E o bebê?

– Natale, mas agora se chama assim – disse Cetta, dando a folha da Imigração para a velha.

A velha pegou a folha e entregou ao marido.

– Christmas – disse este.

– É um nome americano – disse Cetta, sorrindo orgulhosa.

A velha coçou o queixo, pensativa, depois virou-se para o marido.

– Parece nome de negro – disse a ele.

O velho estudou Cetta, que não dava sinais de reação.

– Não sabe quem são os negros? – perguntou.

Cetta fez que não com a cabeça.

– São pessoas... negras – explicou a velha, passando a mão no próprio rosto.

– Mas são americanos? – Cetta perguntou.

A velha virou-se para o marido. O velho fez que sim com a cabeça.

– Sim – disse a velha.

– Então meu filho tem um novo nome americano – insistiu Cetta, satisfeita.

A velha fez uma expressão perplexa, encolheu os ombros e voltou a se virar para o marido.

– Mas você precisa pelo menos aprender o nome dele – disse o velho.

– Ah, é – confirmou a velha.

– Não dá pra ficar mostrando toda vez essa folha – disse o velho.

– Ah, não – e a velha balançou energicamente a cabeça.

– E além disso, quando for maior, precisa chamar ele pelo nome, senão nem ele vai aprender – disse ainda o velho.

– É isso mesmo – reforçou a velha.

Cetta olhava para eles, atarantada.

– Me ensinem – pediu então.

– Christmas – disse o velho.

– Christ... mas – silabou a velha.
– Christmas – repetiu Cetta.
– Muito bem, menina! – exclamaram os velhos, contentes.

Depois ficaram os três em silêncio e em pé, sem saber o que fazer, por um bom tempo.

Por fim, a velha murmurou alguma coisa no ouvido do marido e foi até o fogão, enfiou alguns gravetos finos e acendeu o fogo com uma folha de jornal.

– Vai fazer comida – explicou o velho.

Cetta sorriu. Tinha gostado dos dois velhos.

– Sal disse que passa pra te pegar amanhã de manhã – disse então o velho, olhando para baixo, sem jeito.

"O homem grande e feio se chama Sal", pensou Cetta.

– Sal é um bom cristão – continuou o velho. – Não julgue pela aparência. Se não fosse ele, estaríamos mortos.

– Isso mesmo, mortos e esturricados de fome e sem ter sequer um caixão – comentou a velha, remexendo um molho de tomate denso e escuro, no qual boiavam alguns pedaços de linguiça. O cheiro de alho fritando tinha impregnado o quarto.

– É ele que paga a casa pra gente – disse o velho, e Cetta teve a impressão de que ele fosse corar.

– Pergunta pra ela – disse a velha, sem se virar.

– Seu filho tem um pai? – perguntou o velho, obedecendo.

– Não – respondeu Cetta sem hesitação.

– Ah, bem, bem... – balbuciou o velho, como que para ganhar tempo.

– Pergunta pra ela – disse outra vez a velha.

– Sim, sim, vou perguntar agora... – resmungou o velho, enfezado. Depois virou-se para Cetta e olhou-a com um sorriso sem jeito. – Você era puta na Itália também?

Cetta sabia o que significava aquela palavra. Sua mãe a repetia sempre que o pai voltava tarde para casa, no sábado à noite. As putas eram aquelas que iam para a cama com os homens.

– Sim – respondeu.

Comeram e foram dormir. Cetta se deitou de roupa no colchão, sem cobertor. No dia seguinte, Sal cuidaria de tudo, tinham-lhe assegurado os dois velhos.

"Não sei nem como se chamam", pensou Cetta no meio da noite, enquanto os ouvia roncar.

7

Manhattan, 1909-1910

— PAU. REPETE.
— Pau...
— Boceta.
— Boceta...
— Cuzinho.
— Cuzinho...
— Boca.
— Boca...

A mulher de cabelos vermelhos, na casa dos 50 anos, cheia de adornos, sentada num sofá forrado de veludo, virou-se para uma moça que tinha uns 20 anos e um jeito vulgar, desajeitadamente largada, meio descomposta, numa poltrona também de veludo. A moça tinha uma expressão preguiçosa e entediada, brincando com a renda do robe transparente que cobria o corpete de cetim, única peça de roupa que vestia. A mulher de cabelos vermelhos falou rapidamente. Depois apontou para Cetta. A moça descomposta falou:

— Madame diz que esses são os instrumentos do seu trabalho. Pra começar não precisa de muito mais que isso. Repete tudo de novo.

Cetta, em pé no meio da sala que lhe parecia elegante e misteriosa, estava envergonhada de suas roupas surradas.

— Pau... — começou a falar naquela língua hostil que não compreendia — boceta... cuzinho... boca.

— Muito bom, você aprende rápido — disse a jovem prostituta.

A mulher de cabelos vermelhos assentiu. Depois limpou a garganta e retomou a lição em inglês americano:

— Eu te faço um boquete.

– Eu te faço... um... boguete...

– Boquete! – berrou a mulher de cabelos vermelhos.

– Bo... quete...

– OK. Enfia tudo.

– Enfia... tudo...

– Vem, seu pintudo, vem, vem. Isso, assim.

– Vem... seu pintuto... vem, vem... Isso, assim...

A mulher de cabelos vermelhos se levantou. Resmungou alguma coisa para a prostituta que lhe servia de tradutora e depois saiu da sala, mas antes acariciou o rosto de Cetta com uma doçura inesperada e um brilho amigável nos olhos, caloroso e melancólico ao mesmo tempo. Cetta olhou-a sair, admirando aquele vestido que acreditava ser de dama da alta sociedade.

– Pintudo – disse a jovem prostituta.

– Vem, seu pintuto, vem, vem. – disse Cetta.

A prostituta riu.

– Pin...tu...do – escandiu.

– Pin... tu... do – repetiu Cetta.

– Muito bem – e passou o braço por cima dos ombros de Cetta, conduzindo-a pelos quartos escuros daquele grande apartamento que parecia um palácio real. – O Sal já te experimentou? – perguntou a prostituta, com um olhar malicioso.

– Experimentou? – estranhou Cetta.

A prostituta riu.

– Pelo jeito não. Senão seus olhos estariam brilhando e você não perguntaria.

– Por quê?

– Não dá pra descrever o paraíso – riu outra vez a prostituta.

Em seguida, entraram num quarto simples, pintado de branco e bem iluminado, ao contrário dos outros. Nas paredes estavam penduradas roupas que para Cetta pareceram maravilhosas. No centro do quarto havia uma tábua de passar e um ferro a brasa. Uma velha gorda e de ar maldoso recebeu as com um gesto distraído com a cabeça. A prostituta lhe disse alguma coisa que Cetta não entendeu. A velha se aproximou de Cetta, levantou-lhe os braços, examinando-a, apalpou-lhe os seios e as nádegas e mediu seus quadris com os olhos. Em seguida, foi até uma cômoda, remexeu as gavetas, pegou um corpete preto e entregou-o de má vontade a Cetta. Disse alguma coisa também.

– Ela está falando pra você tirar a roupa e experimentar – traduziu a prostituta. – Não liga pra ela. É uma velha gorda que nunca pôde cair na vida porque era muito feia, e a falta de pau deixou ela azeda.

– Olha que eu estou entendendo – disse a gorda, na língua de Cetta. – Eu também sou italiana.

– Mas é uma tonta mesmo assim – respondeu a prostituta.

Cetta riu. Porém, ao ver a velha fulminando-a com os olhos perversos, corou, abaixou a cabeça e começou a se despir. Em seguida, vestiu o corpete e a prostituta a ensinou a amarrá-lo. Cetta sentia-se estranha. Por um lado, aquela nudez a deixava envergonhada; por outro, vestir o corpete que acreditava ser de madame fazia-a sentir-se importante. Por um lado estava empolgada, por outro, assustada.

A prostituta percebeu.

– Olha no espelho – disse.

Cetta se moveu. Mas de repente a perna esquerda adormeceu. Cetta começou a suar. Arrastou-a.

– Você é coxa? – perguntou a prostituta.

– Não... – no olhar de Cetta, o pânico. – Eu... me machuquei...

Nesse momento, a velha gorda jogou-lhe um vestido de cetim azul, com uma grande fenda para mostrar as pernas e um decote com bordas de renda preta.

– Toma, puta – disse.

Cetta vestiu-o e se olhou no espelho. E começou a chorar, porque não se reconhecia. A chorar de gratidão por aquela terra americana que realizaria todos os seus sonhos. Que a faria se tornar uma dama.

– Vem, está na hora de você aprender o ofício – disse-lhe a prostituta. Saíram do camarim, sem se despedir da velha gorda e entraram num quartinho pequeno e abafado. Ali a prostituta abriu um olho mágico e espiou através dele. Quando afastou os olhos, disse a Cetta: – Veja, isso é um boquete.

Cetta olhou pelo orifício e aprendeu.

Passou o dia todo espiando clientes e colegas. À noite, Sal voltou para buscá-la e levou-a para casa. Enquanto Sal dirigia em silêncio, Cetta olhou para ele algumas vezes – cuidando para que não percebesse –, enquanto relembrava o que a prostituta tinha dito sobre ele. Por fim, o carro estacionou diante dos degraus que levavam ao subsolo e Cetta, saindo do carro, voltou a olhar aquele homem grande e feio que "experimentava" as garotas. Mas Sal olhava reto para a frente.

Os dois velhos estavam dormindo quando Cetta entrou silenciosamente no quarto. Christmas também dormia, no meio deles. Cetta pegou-o no colo, com delicadeza.

– Comeu e cagou – sussurrou-lhe a velha, abrindo um olho. – Tudo certo.

Cetta sorriu-lhe e foi para o próprio colchão. Havia uma tela metálica embaixo do colchão. E um cobertor, lençóis e um travesseiro.

– O Sal pensou em tudo – sussurrou a velha, sentando-se e fazendo a cama ranger.

– Dorme – resmungou o velho.

Cetta deitou Christmas no cobertor e sentiu que era macio. Virou-se para a velha, que ainda estava sentada olhando para ela. Então foi até ela e abraçou-a em silêncio, sem dizer uma palavra. E a velha retribuiu o abraço, alisando seus cabelos.

– Vai pra cama, deve estar cansada – disse a velha.

– Vão dormir – resmungou o velho.

Cetta e a velha riram baixinho.

– Como se chamam? – perguntou Cetta, também baixinho.

– Somos Tonia e Vito Fraina.

– E à noite queremos dormir – resmungou o velho.

Cetta e Tonia riram outra vez. Tonia deu um tapinha no traseiro do marido. E as duas riram mais ainda.

– Rá rá, que graça – disse o velho, e puxou o cobertor, cobrindo a cabeça.

Tonia então pegou o rosto de Cetta entre as mãos e olhou para ela em silêncio. Depois, fez-lhe um pequeno sinal da cruz na testa, com o polegar, e disse:

– Que Deus te abençoe – e deu-lhe um beijo na testa.

Cetta achou aquilo um rito belíssimo. Voltou para sua cama, despiu-se e se enfiou embaixo das cobertas com Christmas. E bem devagarinho, para não o acordar, fez-lhe um pequeno sinal da cruz na testa, sussurrando:

– Que Deus te abençoe – e deu-lhe um beijo.

– É bonito e forte, o seu Christmas – disse a velha. – Vai virar um rapagão...

– Chega! – trovejou Vito.

Christmas acordou e começou a chorar.

– Pronto, cretino, olha o que você fez – comentou Tonia. – Está contente? Agora pode dormir satisfeito.

Enquanto acalmava Christmas, apertando-o contra o peito e embalando-o devagar, Cetta ria baixinho. E de repente lhe vieram à mente os rostos da mãe, do pai, dos irmãos – todos eles, até o "outro" – e percebeu que era a primeira vez que pensava neles. Mas não lhe veio nenhum outro pensamento. Depois ela também adormeceu.

No dia seguinte, depois de uma manhã inteira e boa parte da tarde passadas conhecendo Tonia e Vito Fraina, Cetta começou a se preparar para ir para o trabalho. Quando Sal chegou, já estava pronta havia meia hora. Confiou Christmas ao casal de velhos e seguiu em silêncio aquele homem feio e de mãos encardidas que estava cuidando dela. Foi até o carro com dois buracos de bala no para-lama, tomou seu assento e esperou que Sal desse a partida e saísse. Durante a manhã, tinha pedido a Tonia que lhe ensinasse duas palavras daquela língua ainda desconhecida. Duas palavras que não aprenderia no bordel.

– Por quê? – perguntou a Sal. E essa era a primeira palavra que tinha pedido para Tonia lhe ensinar.

Com sua voz grave, Sal respondeu brevemente, sem tirar os olhos do caminho.

Cetta não entendeu nada. Sorriu e pronunciou a segunda palavra que tinha querido aprender:

– Obrigada.

Dali em diante, não disseram mais nada. Sal parou o carro diante do portão do bordel, inclinou-se, esticando o braço, abriu a porta do lado de Cetta e fez sinal para ela descer. Assim que ela fez isso, Sal engatou a marcha e se foi.

Naquela noite, Cetta, aos 15 anos de idade, fez seu primeiro boquete.

E ao final de um mês tinha aprendido tudo o que havia para saber da profissão. Para ampliar o próprio vocabulário de modo a se virar também fora do bordel, porém, levou mais cinco meses.

Toda tarde e toda noite Sal a levava do porão de Tonia e Vito Fraina para o bordel e a trazia de volta. As outras garotas dormiam no bordel, num mesmo dormitório comum. Mas não se aceitavam crianças. Cada vez que uma delas aparecia com um filho na barriga, um médico o tirava com um ferro. A sociedade das putas não devia procriar – era uma das regras que Sal fazia respeitar.

Mas com Cetta tinha sido diferente.

– Por quê? – perguntou Cetta uma manhã, no carro, seis meses depois, mas desta vez pronta para entender a resposta.

A voz grave de Sal vibrou no interior do veículo, encobrindo o ruído do motor. Breve como tinha sido da primeira vez:

– Cuida da sua vida.

E, como daquela primeira vez – mas, em comparação com ela, depois de uma pausa muito mais longa –, Cetta disse:

– Obrigada.

Depois desatou a rir sozinha. Mas com o canto do olho teve a impressão de que a cara feia e séria de Sal também se desanuviava um pouco. E que os lábios, de modo imperceptível, se enrugavam num meio sorriso.

8

Nova Jersey-Manhattan, 1922

RUTH TINHA 13 ANOS E NÃO PODIA SAIR À NOITE. Mas a casa de campo, na qual passavam os fins de semana, era triste e sombria, ela achava. Uma mansão branca, com uma colunata impressionante na entrada, construída cinquenta anos antes pelo pai do pai dela, o vô Saul, fundador da empresa da família. Um casarão branco com uma longuíssima alameda que atravessava os jardins até o portão principal. E móveis escuros, sempre lustrosos. E tapetes americanos e chineses nos pisos de mármore ou carvalho. E quadros antigos, pintados por artistas do mundo todo, pendurados nas paredes revestidas com tecidos escuros. E pratarias europeias e orientais. E espelhos – espelhos por toda parte – que refletiam aquela que para Ruth era só uma grande e rica casa sombria.

Nem os empregados sabiam sorrir. Nem quando deviam fazê-lo por etiqueta, ao encontrar um dos membros da família Isaacson, conseguiam sorrir. Mal levantavam os cantos da boca, abaixando a cabeça, e, de olhos no chão, retomavam seus afazeres. Nem com ela – que era só uma garotinha de cabelos pretos e cacheados, pele claríssima, vestidos delicados de estudante e a alegria de seus 13 anos – conseguiam sorrir.

Ninguém conseguia sorrir – nem naquela casa nem no luxuoso apartamento da Park Avenue onde moravam – desde que tinha sido decretado o toque de recolher por causa de sua mãe, Sarah Rubinstein Isaacson. Ou melhor, por aquilo que se dizia – e se tinha dito – dela. Isto é, que tinha tido um relacionamento obscuro – ela com 40 anos, ele com 23 – com um jovem da sinagoga da Rua 86, brilhante, inteligente, bonito, que logo se tornaria rabino. Ou pelo menos assim se queria crer.

O pai de Ruth tinha ficado doente com aquilo. Sua mãe tinha ficado doente com aquilo. O rapaz de 23 anos, que agora não se tornaria mais o rabino mais jovem da comunidade, para não ficar doente, tinha-se casado de um dia para o outro com uma boa moça judia, da sua idade, filha ela própria de um rabino. O pai de Ruth, Philip, jamais tinha duvidado da esposa – nem por um instante – nem a havia crucificado por aquele boato. Mas o veneno da calúnia o tinha vergado. A mãe de Ruth sabia que gozava da confiança do marido, mas não tinha mais tido coragem de exibir suas joias e seus vestidos na Ópera, nas noites beneficentes organizadas pela comunidade, nos concertos de música clássica ao ar livre a convite do prefeito. Tinha medo de ser apunhalada pelas costas pelos risinhos de escárnio; temia os dedos esticados na sua direção quando não estivesse olhando, apontando-a como a adúltera, como aquela que tinha ido para a cama com um jovem que podia ser filho dela. Não tinha forças para carregar sobre os ombros magros e elegantes – que antes exibia orgulhosa – o peso da calúnia.

– Vocês se deixaram destruir por um peido – repetia de sua poltrona, quase toda noite depois do jantar, o velho vô Saul, esfregando o nariz fino e comprido, atormentado pela irritação dos óculos.

E o filho e a nora abaixavam o olhar, em silêncio. Não tinham retrucado na primeira vez que o velho enunciara aquela frase, e agora não tinham mais motivo para isso.

Ninguém sorria naquele casarão que tinha se tornado sombrio para Ruth. Os espelhos não refletiam mais as dezenas de convidados dançando no salão. Nem os jardins se iluminavam com as tochas para o churrasco nas noites de domingo. Nem o piano de cauda era tocado por mãos de diletantes que se improvisavam músicos ou por músicos profissionais que animavam as noites na companhia dos amigos. Era como se as janelas, a porta de entrada e o portão ao final da alameda tivessem sido lacrados.

E tudo por um peido.

Ruth tinha 13 anos e não podia sair de casa à noite. Mas sua casa era triste e sombria, pensava ela o tempo todo. Ninguém que sorrisse. A não ser o jardineiro, um rapaz de 19 anos que, havia alguns meses, cuidava dos terraços na Park Avenue e agora, desde que tinha comprado um furgão, também da propriedade em Nova Jersey. Ele ria sempre. E Ruth tinha-o notado imediatamente. Não pela beleza, não pela inteligência, não pela juventude nem por algo de especial no físico ou nos olhos. Só por aquela risada que de repente lhe jorrava da garganta, irrefreável. Não sentia atração por ele, mas deixava-se encantar por aquela risada leve que explodia sem que ninguém mais compreendesse o porquê, violando e profanando a sombria atmosfera da casa. Às vezes ele estava do lado de fora da garagem podando a hera e, de repente, vendo alguma coisa refletida e distorcida no aço reluzente do para-lama de um dos automóveis da casa, caía na risada. E ria quando Ruth lhe trazia uma limonada, no meio da tarde, como se uma limonada pudesse ser engraçada. E ria – baixinho, sem dar na cara – quando vô Saul, com seu gênio terrível, o repreendia por alguma coisa. E ria da velha cozinheira que, naquela idade, ainda não sabia fazer peru assado tão bem quanto sua mãe; ria das pancadas repentinas de chuva na primavera e do sol que cintilava nas poças que se seguiam; de uma flor que nascia torta ou de um mato que se enroscava na roda da carriola; de um melro saltitando no cascalho do jardim, com uma minhoca no bico, e de uma rã coaxando no laguinho artificial; das formas engraçadas das nuvens e do bigode ralo do mordomo; da bunda enorme da camareira da patroa e dos peitos moles da mulher que vinha todos os dias dar uma mão com as roupas.

Ria de tudo e chamava-se Bill.

E um dia tinha dito a Ruth:

– Por que a gente não sai uma noite, eu e você, pra rir um pouco?

E foi assim que aquela noite, ainda que tivesse só 13 anos e jamais fosse conseguir permissão para sair – muito menos com um jardineiro sem futuro –, Ruth fingiu retirar-se para seu quarto, deixando os pais e o avô na sala lúgubre e silenciosa, e desceu escondida para a lavanderia. Dali chegou até a saída secundária, reservada aos entregadores, onde Bill a esperava rindo. E rindo ela também – como uma garotinha de 13 anos, entediada e mimada pela vida – subiu no furgão com ele.

– Eu também tenho um carro, você viu? – disse ele, com orgulho.

– Sim – disse Ruth, e riu, sem saber por quê. Talvez simplesmente porque tinha saído com alguém como Bill, que ria de tudo.

– Olha que são poucos que têm um carro.

– Ah, é? – disse ela, pouco interessada.

– Você é uma tonta. Acha que todo mundo é rico que nem seu avô ou seu pai? O que é, um furgão te dá nojo? – disse ele, com uma voz rouca e os olhos apertados como duas fendas, escuras na noite escura. Mas depois riu, do seu jeito leve e engraçado, e Ruth sentiu passar logo aquele calafrio que tinha percorrido sua pele branquíssima.

Bill engatou ruidosamente a marcha, acelerou, e o furgão, sacudindo e estalando, partiu caracolando pela estrada que levava à cidade.

– Agora vou te mostrar o mundo real – disse Bill, sempre rindo.

E Ruth riu com ele, empolgada com aquela aventura, girando no dedo o anel com a grande esmeralda que tinha pegado emprestado da mãe – sem que esta suspeitasse – para ficar bonita e sentir-se menos pequenina diante de Bill. E só então percebeu que a mãe devia ter dedos mais finos que os dela e que o anel não saía do seu anular.

– Olha lá – disse Bill, parando o furgão e desligando-o, depois de uma boa meia hora de viagem. – Naquele *speakeasy*[1] a gente pode beber alguma coisa e dançar – e apontou um local enfumaçado, na esquina entre duas ruas escuras, no qual entravam e saíam homens e mulheres, cambaleando abraçados. – Você trouxe dinheiro? – perguntou à garota.

– Mas as bebidas alcoólicas estão proibidas – lembrou Ruth.

– Não no mundo real – ele riu e depois repetiu a pergunta: – Trouxe dinheiro?

– Sim – disse ela, tirando duas cédulas da bolsinha e esquecendo imediatamente o anel. Só tinha olhos para aquele casebre, onde todos riam como Bill. Onde a vida parecia tão diferente do seu palácio sombrio.

– Vinte dólares? – exclamou Bill, aproximando as duas notas dos olhos. – Caraca! Vinte dólares!

– Peguei do bolso do meu pai – riu Ruth.

Bill também riu e pegou entre as mãos o rosto gracioso de Ruth, arranhando-lhe a pele delicada com as cédulas e com seus calos de jardineiro. E rindo puxou o rosto dela para o seu e beijou-a nos lábios. Depois soltou-a e voltou a contemplar as notas.

– Vinte dólares! Caramba! Sabe quanto custou esse furgão caindo aos pedaços? Fala aí, você sabe? Aposto que não. Quarenta dólares me custou, e parecia uma fortuna. E você mete a mão no bolso do papaizinho e tira metade, como se não fosse nada – riu alto, mais alto que de costume. – Vinte dólares pra beber um uísque contrabandeado – e riu de novo, mas de um jeito estranho.

– Não faça isso nunca mais – disse Ruth, séria.

– O quê?

– Você não pode me beijar.

---

[1] Estabelecimento ilegal que vende bebidas alcoólicas. Esses estabelecimentos ganharam destaque nos Estados Unidos durante a chamada Proibição, ou Lei Seca (1920-1933), período em que a venda, fabricação e transporte de bebidas alcoólicas eram proibidos em todo o país. [N.E.]

Bill olhou-a em silêncio, com um olhar turvo, sombrio, no qual não havia o menor traço de todas as risadas que tinha dado até então.

– Desce – disse apenas, abrindo a própria porta.

Deu a volta no furgão, pegou Ruth pelo braço, rudemente, e arrastou-a até a venda clandestina sem lhe dirigir mais a palavra. Tentou comprar uma garrafa de uísque, mas não tinham troco. Então comprou fiado – era evidente que o conheciam –, ficou escutando uma música obscena, deu risada e de novo puxou Ruth até o furgão.

– Está parecendo um velório – disse, sorridente, religando o motor, com a garrafa entre as pernas. – Conheço melhores.

– Acho que eu devia voltar pra casa – arriscou Ruth, timidamente.

Bill deu uma freada brusca no meio da rua.

– Não está se divertindo comigo? – perguntou, com aquele olhar sombrio de pouco antes. O mesmo olhar que sempre tinha o pai dele, quando o pegava a cintadas, mesmo sem nenhum motivo, só porque estava bêbado. Mas depois sorriu, voltando a ser o Bill que Ruth conhecia, acariciou-lhe o rosto preocupado de garotinha que teme ter feito uma besteira e disse: – Vamos nos divertir, prometo – e de novo sorriu para ela, com gentileza. – E prometo não te beijar.

– Promete?

– Juro – disse ele, levando a mão ao peito, com um gesto solene. E riu como sempre fazia.

E então, pela segunda vez, Ruth esqueceu aquela desagradável sensação de incômodo que a tinha dominado e riu com ele.

Enquanto dirigia, Bill bebia da garrafa. Ofereceu a ela. Ruth encostou os lábios e, assim que uma gota escorregou em sua garganta, começou a tossir. E quanto mais tossia, mais sentia vontade de rir. E Bill ria com ela e bebia, bebia, até que num instante a garrafa ficou vazia e voou pela janela.

– Aqui não tem nada – disse Ruth, enxugando as lágrimas que tinha chorado por causa da tosse e da risada e olhando ao redor, quando Bill parou o furgão.

– Tem a gente – disse Bill. E de novo tinha aquele olhar turvo. Sombrio. Sombrio como a estrada deserta na qual tinham parado.

– Você prometeu não me beijar – disse Ruth.

– Eu jurei – disse Bill. – E eu sempre cumpro os juramentos – disse, enfiando a mão entre as pernas de Ruth, levantando a saia e rasgando a calcinha grossa, de menina.

Ruth tentou se defender, mas Bill acertou-lhe um murro em pleno rosto. E depois outro e outro ainda.

Ruth ouviu um ruído de ossos se quebrando, na boca e no nariz. Depois mais nada. Quando abriu os olhos, estava estendida no assoalho do furgão. Bill ofegava em cima dela, empurrando alguma coisa incandescente entre suas pernas. E enquanto empurrava, repetia, rindo:

— Está vendo como não estou te beijando? Hein, putinha, está vendo como não estou te beijando?

Por fim, Ruth sentiu um novo calor viscoso e viu Bill arqueando as costas e escancarando a boca. Enquanto se levantava, ele lhe deu outro soco.

— Judia de merda — disse. — Judia de merda, judia de merda, judia de merda — tantas vezes quantos eram os botões da calça que estava reabotoando. Depois pegou a mão dela e tentou arrancar o anel com a esmeralda grande. — Estou olhando pra ele a noite inteira, vadia — silvou.

Mas o anel não saía. Bill cuspiu no dedo e puxou de novo, com força, praguejando.

Então ficou de pé e começou a chutá-la. Na barriga, nas costelas, no rosto. Depois, ajoelhando com as pernas abertas sobre o peito dela, para imobilizá-la, deu-lhe outro soco e inclinou-se para a frente, em direção a um saco de pano.

— Quer ver o mundo real? — Tirou do saco uma tesoura, daquelas que usava para podar as rosas. Abriu as lâminas afiadas e aproximou-as da base do anular de Ruth. — Aqui está: este é o mundo real, judia — e apertou a tesoura.

Um estalar de ossos, como um galho seco.

Bill arrancou o anel e jogou fora o dedo amputado.

Ruth ainda gritava quando foi jogada para fora do furgão.

Bill ligou o motor e partiu. Agora ria de novo a sua risada leve.

9

Manhattan, 1922

— MÃE! MÃE! — Christmas entrou no pequeno apartamento na Monroe Street, 320, primeiro andar, onde moravam havia cinco anos, desde que tinham deixado o porão sem janelas no qual tinha crescido. — Mãe! — e na voz um tom de menino perdido.

Tinha acabado de amanhecer.

Cetta tinha chegado tarde, como toda noite. Era uma mulher de 28 anos e — em função da idade — tinha mudado de trabalho. Mas não de horário. Ouviu a voz do filho penetrar em seu sono. Rolou na cama, enfiou a cabeça embaixo do travesseiro, apertando-o contra as orelhas, para não ter que abandonar o sonho fantástico em que estava imersa e que se assemelhava tão pouco à sua vida.

— Mãe! — na voz uma urgência desesperada. — Mãe, acorda, por favor!

Cetta abriu os olhos na penumbra do quartinho.

— Mãe... vem aqui...

Cetta levantou-se da cama, que ocupava o quartinho quase por inteiro, junto com uma velha cômoda e um cabideiro de parede. Christmas recuou, com o olhar assustado e fixo na mãe, que enquanto isso esfregava os olhos. Passaram pela cozinha, onde a caminha de Christmas estava encostada na divisória, perto do aquecedor. À esquerda, a porta de entrada, que dava direto para a cozinha. Cetta a fechou.

— O que você quer a essa hora? Que horas são? — perguntou.

Christmas não respondeu, abriu os braços e abaixou a cabeça na direção do próprio peito.

A luz fraca que iluminava o pequeno apartamento provinha da janela da sala que Cetta pomposamente chamava de sala de estar, uma salinha quadrada de três metros por três. E àquela luz fraca ela viu que a camisa do filho estava manchada de sangue.

– O que fizeram com você? – disse, arregalando os olhos, subitamente desperta. Precipitou-se sobre o filho, apalpou-o onde estava sujo de sangue.

– Mãe... mãe, olha – disse Christmas baixinho, virando-se na direção do sofá da sala.

Cetta viu um adolescente cheio de espinhas, com uma cara tão assustada quanto a do filho, em pé ao lado da janela. E em seguida viu uma garota estendida no sofá, de costas para ela, de cabelos pretos e cacheados, um vestido branco com mangas e o babado da saia listrado de azul. Coberta de sangue.

– O que fizeram com ela? – gritou, agarrando o filho.

– Mãe... – os olhos de Christmas estavam cheios de lágrimas contidas. – Mãe, olha pra ela...

Cetta foi até a garota, pegou-a pelo ombro e a virou. Por um momento a soltou, surpreendida pelo horror. A garota não tinha olhos, mas duas massas túmidas de carne escura e inchada. O lábio superior estava fendido. Do nariz saíam-lhe duas crostas duras e escuras de sangue. Respirava com dificuldade. Cetta virou-se para o menino cheio de espinhas e depois para o filho.

– A gente encontrou ela assim, mãe – na voz de Christmas, o tremor infantil não queria cessar. – A gente não sabia o que fazer... aí trouxe ela pra cá...

– Virgem Santa – disse Cetta, e voltou a olhar para a garota.

– Ela vai morrer? – perguntou Christmas, baixinho.

– Menina, você está me ouvindo? – disse Cetta, segurando-a pelos ombros. – Vai pegar um copo d'água – disse ao filho. – Não, o uísque, está embaixo da minha cama...

A garota se agitou.

– Calma, fique calma... Anda logo, Christmas!

Christmas correu até o quartinho da mãe e puxou de debaixo da cama uma garrafa pela metade de uísque barato, que uma velha do prédio, amiga de uns mafiosos, vendia.

A garota, vendo a garrafa – percebendo-a através dos olhos inchados – agitou-se outra vez.

– Calma, calma – disse Cetta, abrindo a garrafa.

A garota soltou um lamento, tentou se debater, parecia querer chorar, mas as lágrimas ficavam enjauladas nas pálpebras inchadas e roxas. Depois, lentamente, levantou a mão e mostrou-a a Cetta. Estava coberta de sangue. O anular tinha sido amputado bem na base da primeira falange.

Cetta abriu a boca, levou as mãos ao rosto, depois abraçou-a, apertando-a contra si.

– Por quê... por quê? – murmurava. Por fim, segurando decidida a garrafa: – Isso vai doer. Vai doer muito, menina – disse, com voz séria, forte, e derramou de uma vez a garrafa de uísque no cotoco de dedo.

A garota urrou. A boca, ao se abrir, descolou as crostas do lábio superior, que voltou a sangrar.

O olhar de Cetta pousou mais embaixo, onde a saia estava desalinhada. No lado de dentro das coxas viu mais sangue. Então, com delicadeza, Cetta pegou o rosto massacrado da garota entre as mãos.

– Eu sei o que te aconteceu – sussurrou-lhe no ouvido. – Fique quietinha.

E quando se levantou do sofá, em seus olhos havia uma dor e um ódio que acreditava ter sepultado tão fundo que não conseguiria mais desenterrar. E tinha os olhos daquela camponesa de Aspromonte que tinha sido um dia, violentada e desvirginada num campo de trigo, e da qual tinha querido esquecer tudo menos Christmas. Tinha os olhos daquela passageira clandestina que tinha barganhado a viagem para a América por duas semanas de estupro com o capitão do navio, do qual agora, de repente, ela lembrava bem demais o rosto e as mãos imundas. Cetta tinha olhos de garotinha e um olhar feroz, agora.

Pegou Christmas pelo braço e arrastou-o até o próprio quartinho. Fechou a porta e apontou o dedo para o rosto do filho.

– Se um dia você fizer mal a uma mulher, não vai nunca mais ser meu filho. Eu corto seu passarinho com minhas próprias mãos e depois te esgano. E se já estiver morta, volto do Além pra transformar sua vida num pesadelo sem fim. Lembre-se sempre disso – disse com uma raiva profunda que assustou Christmas.

Depois abriu a porta do quarto e voltou para a sala.

– Qual o seu nome, menina? – perguntou.

– Ruth...

– Ruth... – repetiu Christmas mentalmente, com uma espécie de assombro.

– Que Deus te abençoe, Ruth – disse Cetta, fazendo-lhe uma pequena cruz na testa. – Agora meu filho vai te levar pro hospital. – Jogou um cobertor para Christmas. – Não deixa ela tomar friagem. E cobre ela, pra não ficar todo mundo vendo, especialmente aqui, no meio das pernas. Só os médicos devem ver. – Ajeitou a franja loira do filho e beijou-o com ternura na bochecha. – Vai, meu filho. – Em seguida puxou-o novamente para si e olhou-o bem nos olhos. – Deixa ela na frente do hospital e corre embora, que nunca acreditam em gente como nós – disse com uma voz séria e preocupada. Por fim, deu as costas a todos e fechou-se no quarto, encolheu-se na cama e enfiou a cabeça embaixo do travesseiro, tentando não sentir nos ouvidos o arquejo dos seus antigos estupradores.

Christmas desceu com dificuldade as escadas estreitas do edifício de propriedade de Sal Tropea com Ruth nos braços, enrolada no cobertor, seguido por Santo.

– Quer que eu carregue um pouco? – ofereceu Santo, fazendo menção de pegar a garota, depois que tinham andado por algum tempo.

Mas Christmas, sem saber por quê, se esquivou. Num ímpeto, instintivamente.

– Não, eu que encontrei ela – disse. Como se fosse um tesouro. E continuou andando. E na sua cabeça repetia: "Ruth", como se aquele nome tivesse um significado especial.

Alguns quarteirões adiante, Santo disse, preocupado:

– Sua mãe falou pra deixar ela na escadaria do hospital...

– Eu sei – ofegou Christmas.

– ...que senão a gente vai arranjar problema... – continuou Santo.

– Eu sei.

– ...que podem pensar...

– Eu sei! – berrou Christmas.

Ruth gemeu.

– Desculpa – disse Christmas à garota, com doçura e intimidade, como se a conhecesse desde sempre. – Tira o cabelo do rosto dela – pediu a Santo. – Mas devagar.

Por fim, voltou a caminhar. As calçadas estavam cheias de pobres coitados indo para o trabalho, de jovens delinquentes já vadiando, de ambulantes tentando vender seus cacarecos, de crianças sujas gritando as manchetes da edição matutina dos jornais. Viravam-se para olhar aquele estranho trio, com a curiosidade de sua natureza e a indiferença de sua experiência. Davam uma espiada rápida e depois desviavam o olhar.

Christmas sentia os braços enrijecidos. Suava. No rosto, uma careta de fadiga. Lábios contraídos e abertos, dentes cerrados, sobrancelhas franzidas e olhar fixo, concentrado em seu objetivo, que agora já se avistava.

– Põe ela nos degraus e vamos dar o fora – disse Santo.

– Tá, tá...

Quando chegou ao primeiro degrau, Christmas tinha certeza que ia deixá-la cair. Não tinha mais força nos braços.

– Chegamos... Ruth – disse baixinho, aproximando o próprio rosto do da garota e pronunciando com uma emoção especial aquele nome, que para ele significava mais que qualquer outra coisa.

Ruth esboçou um sorriso. E tentou abrir os olhos.

Christmas teve a impressão de que fossem verdes como duas esmeraldas, em meio a todo aquele sangue coagulado. E pareceu-lhe ver dentro deles algo que ninguém mais teria conseguido ver.

– Põe ela no chão e vamos cair fora – insistia Santo, com um tom ansioso na voz.

Mas Christmas não o escutava. Olhava para a garota, que olhava para ele e tentava sorrir. A garota com olhos verde-esmeralda.

– Eu me chamo Christmas – disse, e deixou que ela olhasse dentro de seus olhos pretos. Porque a ela mostraria aquilo que não deixaria ninguém mais ver.

Ruth entreabriu os lábios, como se quisesse falar, mas não disse nada. Moveu o braço, livrando-o do cobertor, e pousou a mão no peito dele.

Christmas sentiu aquele vazio que lhe tinham amputado. De novo seus olhos se encheram de lágrimas. Mas sorriu.

– Chegamos, Ruth.

– Põe ela no chão e vamos dar o fora, caralho!

– Por que precisam dar o fora? – disse uma voz atrás deles.

O policial levou o apito à boca e soprou com força, agarrando Santo pelo braço.

Christmas subiu os últimos degraus enquanto dois enfermeiros saíam do hospital. Os enfermeiros tentaram pegar a garota, mas ele parecia defendê-la de um ataque. De repente parecia enlouquecido, como se toda a tensão acumulada lhe explodisse incontrolável na garganta.

– Não! – gritava. – Eu levo ela! Eu levo ela! Chamem um médico!

Os enfermeiros o detiveram. Outros dois enfermeiros correram para fora e pegaram a garota nos braços. Outro apareceu na porta do hospital com uma maca. Deitaram-na sobre ela e desapareceram no hospital.

– O nome dela é Ruth! – gritou Christmas, tentando segui-la, mas logo foi impedido. – Ruth!

– Ruth de quê? – perguntou o policial, com um caderninho na mão.

– Ruth... – disse Christmas apenas, virando-se.

A fúria de pouco antes tinha-o abandonado de repente – assim como de repente tinha explodido – e agora se sentia vazio. E esgotado. Viu que Santo era carregado para um carro da polícia.

– O que fizeram com ela? – perguntou o policial.

Christmas olhou para o hospital, sem falar nada, enquanto o policial o arrastava para a viatura.

– Não fizemos nada – choramingava Santo.

– Vão contar essa história no distrito – disse o policial, fechando a porta. Depois bateu com a mão na capota e o motorista deu a partida.

Christmas continuava olhando para o hospital enquanto a viatura se afastava.

Foram colocados numa cela à espera de serem interrogados. Era um dia pouco lotado, disse um dos carcereiros, rindo. Na cela havia dois negros. Um deles tinha um corte profundo de faca no rosto. Num canto, agachado no chão, com um olhar fixo e esbugalhado, um sujeito loiro de uns 30 anos – do qual emanava um cheiro de amônia – murmurava palavras incompreensíveis numa língua incompreensível. E havia ainda um rapaz que devia ser uns dois anos mais velho que Christmas, esquelético, com mãos compridas de pianista, brilhosas de um jeito pouco natural, e duas olheiras escuras. Tinha um jeito alerta e vivido.

O rapaz apontou o homem do canto e disse:

– Polaco. Matou a mulher. E cinco minutos atrás mijou nas calças – encolheu os ombros, rindo.

– E você, por que está aqui? – perguntou-lhe Christmas.

– Eu bato carteira – disse o rapaz, orgulhoso. – E vocês?

– Nada! – gritou Santo, assustado. – A gente não fez nada!

O rapaz riu.

– A gente salvou uma garota de uma gangue inimiga – disse Christmas.

– E quem mandou? – riu de novo o rapaz. – Está aí o que ganharam com isso.

– Se alguém machuca uma mulher eu corto o passarinho dele e depois esgano. São as regras da minha gangue – disse Christmas, dando um passo na direção do rapaz. – E mesmo que me matassem, eu voltaria do Além pra transformar a vida dele num pesadelo sem fim. Quem mexe com mulher é um covarde. Por isso não ligo de estar aqui. Que se foda! Eu não tenho medo.

O rapaz olhou para ele em silêncio. Christmas não abaixou o olhar e, com um jeito quase indiferente, passou a mão na camisa ensanguentada.

– Qual é o seu nome? – perguntou o rapaz, com uma ponta de respeito.

– Christmas. E ele é o Santo.

– Eu sou o Joey.

Christmas fez que sim com a cabeça, sem falar nada, como se isso significasse alguma coisa, como uma espécie de aprovação condescendente.

– E qual o nome da sua gangue? – perguntou o rapaz.

Christmas enfiou as mãos no bolso, com um ar arrogante. No bolso direito sentiu um prego grande que tinha encontrado na rua de manhã e recolhido para prender melhor o varal da cozinha.

– Você sabe ler? – perguntou a Joey.

– Sim – respondeu o outro.

Então Christmas se virou para Santo, estendendo-lhe o prego e indicando a parede da cela, cheia de grafites.

– Escreve o nome da nossa gangue – ordenou com tom de chefe. – Pra que se lembrem de quem a gente é. Mas escreve bem grande.

Santo pegou o prego e gravou fundo a parede. As letras se destacavam, brancas sobre a tinta marrom.

– Di... am... ond... Do... gs... – silabou Joey e depois repetiu: – Diamond Dogs. – Olhou para Christmas. – Forte – disse.

10

Manhattan-Coney Island-Bensonhurst, 1910

DUAS COISAS DAQUELE NOVO MUNDO impressionavam Cetta de modo especial: as pessoas e o mar.

As ruas da cidade, especialmente nos bairros mais baixos, estavam constantemente entupidas de gente. Cetta nunca tinha visto tanta gente junta. Um par de prédios de apartamentos conseguiria hospedar todos os habitantes do seu vilarejo de origem. E só ali, no East Side, eram centenas de prédios. As pessoas viviam espremidas nas casas, nos quartos, na rua. Era impossível não encostarem umas nas outras, não ouvir as conversas, não sentir o cheiro dos corpos. Cetta não sabia que existiam tantas raças, tantas línguas. Não sabia que podiam existir homens e mulheres tão baixos e tão altos. Tantas cores de olhos e cabelos. E pessoas tão fortes e tão fracas, tão ingênuas e tão espertas, tão ricas e tão pobres, todas juntas. Como na Babel de que o padre falava na missa, em seu vilarejo. E Cetta tinha medo de que, como aquela Babel, esta também desabasse, um dia. Logo agora que ela tinha chegado. Tinha medo que as pessoas enlouquecessem, todas juntas, e começassem a gritar palavras que ninguém entenderia. Logo agora que ela tinha aprendido aquela língua difícil e fascinante, suave, redonda. A única língua que seu filho americano conheceria.

— Vocês não devem falar com Christmas em italiano – tinha dito a Tonia e Vito Fraina. E ela própria não falava em sua velha língua com os dois velhos, que se assemelhavam cada vez mais a uma família. O mundo do lado de lá do oceano não existia, para Cetta. Tinha-o apagado com um simples ato de vontade. Com um pensamento. Não existia mais o passado. Agora existia apenas aquela cidade. Aquele novo mundo. Aquela seria a pátria de Christmas.

Havia dias em que as ruas a assustavam. Mas também havia dias nos quais vagava sem rumo, boquiaberta, olhando os automóveis buzinando para as carroças puxadas por cavalos, olhando-se no espelho das vitrines de doces ou de roupas, levantando o nariz para o céu, ofuscado pelos trilhos elevados do metrô ou atravessado pelos arranha-céus, observando estarrecida os pilares e as arcadas e os tirantes de aço da Manhattan Bridge recém-concluída, que surgem da água e, soldados uns aos outros, permaneciam milagrosamente suspensos sobre o East River. Ou então se sentia sufocar nos becos estreitos, escuros e entupidos de lixo e de gente que cheirava a lixo. Ou inebriada nas grandes ruas onde as mulheres tinham o perfume de flores exóticas e os homens de charutos cubanos. Mas aonde quer que fosse, havia gente. Tanta gente que não dava para contar. Tanta que era difícil encontrar duas vezes a mesma pessoa, mesmo que morassem no mesmo prédio. Tanta que aquela cidade não tinha um horizonte.

E talvez por esse motivo, depois de tanto vagar e explorar, com Christmas no colo – porque o filho tinha que se acostumar logo com o próprio mundo –, para Cetta tinha sido uma espécie de surpresa descobrir o mar. Devia saber que era uma ilha, devia saber que o mar estava ali, devia saber disso muito bem, ela, que pelo mar tinha vindo. Mas aquela cidade fazia esquecer o mar. Talvez por causa do barulho, talvez porque houvesse cimento por toda parte. Talvez porque até o mar parecesse pouca coisa em comparação com aquele extraordinário formigueiro.

Um instante antes estava rodeada de blocos de apartamentos, e no instante seguinte a vista se abriu e ela se viu no Battery Park, com seus canteiros ordenados. E, mais adiante, o mar. Dali seguiu uma massa barulhenta e viu o embarque das balsas, os *ferries*. E marinheiros e crianças e mulheres que compravam passagens. E lá adiante – diziam os cartazes publicitários –, depois do mar, depois daquele outro mundo sem fim de casas em que estava se transformando o Brooklyn, ficava a ilha da diversão. Cetta viu-se na fila da bilheteria para Coney Island sem nem saber por quê. Comprou a passagem e, arrastada pela multidão, como uma folha é arrastada pela correnteza, chegou de cara para o píer, enquanto um enorme *ferry* atracava ruidosamente. Então, enquanto as pessoas se espremiam para entrar na barriga da baleia de ferro, Cetta ficou com medo de não saber encontrar o caminho de volta – para a casa sem janelas e o bordel onde vendia o próprio corpo a desconhecidos – e saiu de lado, com a passagem para a diversão na mão. E ali, de lado, olhou as amarras deslizarem de volta para a água, os motores do *ferry* rugirem, levantando uma espuma clara e turva ao mesmo tempo. E enquanto a balsa se afastava, outra chegava.

E os dois monstros de metal trocavam ruídos, berrando com suas sirenes, e se cumprimentavam, roçando-se. E uma nova multidão barulhenta se apertava no píer. Cetta olhou ainda por um instante aquele mar que não era nem azul nem verde, mas da cor escura do petróleo. Aquele mar que não parecia mar. E fugiu, cheia de medo e entusiasmo ao mesmo tempo, apertando com força Christmas e a passagem para Coney Island.

Mas, a partir daquele dia, toda manhã, por uma semana, voltou a contemplar o oceano. Como para se lembrar de que ele existia. Sentava-se num banco apartado do Battery Park e ficava olhando os *ferries* indo e voltando, sempre carregados de gente. Pensando que um dia ela também teria coragem de se afastar de casa, segura de encontrar o caminho de volta. Ficava lá, sentada no banco do parque, balançando Christmas numa perna e apertando na mão aquela passagem para Coney Island que tinha comprado com seu dinheiro de prostituta. Olhava as gaivotas girando no céu e se perguntava se conseguiam chegar até o topo dos arranha-céus. E se perguntava o que viam. E o que pensavam daquele zoológico humano que fervilhava abaixo delas.

Na semana seguinte, estava no carro com Sal, em direção ao bordel da Rua 25, entre a Sexta e a Sétima.

– Você já foi em Coney Island?

– Já.

Nada mais, como sempre.

Cetta ficou um tempo olhando para a frente. Maravilhava-se com o modo como a paisagem da cidade mudava de repente, como se existisse uma fronteira invisível. As ruas sufocantes, cheias de indigentes; as lojinhas de toldos gastos, desbotados, e vitrines empoeiradas; a lama das ruas de repente desapareciam, e tudo ficava mais luminoso. Os transeuntes tinham ternos cinza e camisas brancas de colarinho engomado, gravatas, chapéus não amassados, charutos mais longos, cachimbos, o jornal enrolado duas vezes para ler a coluna de esportes. As carroças com cavalos davam lugar aos automóveis. As vitrines das lojas perdiam a poeira, os toldos tornavam-se coloridos, listrados, com letreiros vistosos. Cetta não saberia dizer em que ponto exato a cidade decidia mudar. Sabia apenas que, num dado momento, era atraída por um clarão à sua direita, enquanto seguiam para o norte. E instintivamente se virava e via o letreiro: "*Fisher & Sons – Bronze Powders*". A luz se refletia no mostruário de objetos metálicos que tinham acabado de receber um novo acabamento. Um brilho dourado. E quando ela voltava a olhar para a frente, para além do para-brisa do carro de Sal, a cidade tinha mudado.

– É divertido? – perguntou ela, sorrindo.

– O quê?

– Coney Island – e a mão pousou instintivamente na bolsinha preta, a primeira bolsa que tinha possuído, de couro envernizado, na qual conservava a passagem do *ferry*.

– Depende do gosto – a voz grave e apressada de Sal.

E de novo desceu o silêncio. Cetta levantou o olhar para os trilhos elevados do metrô. O barulho metálico do trem por um instante encobriu o ruído do automóvel e calou os meninos que gritavam as manchetes dos jornais. E aquela vibração balançou algo dentro dela, como um copo em equilíbrio na beira da mesa sendo deslocado o tantinho que faltava para fazê-lo cair.

– Você é chato que nem um defunto, Sal! – exclamou, sem deixar de olhar para a frente, agarrando com força a alça dura da bolsinha.

O carro parou bruscamente no meio da pista com um ranger de freios. Cetta bateu o rosto no painel. Atrás deles, um automóvel buzinou furiosamente. Quando o motorista se aproximou, gritou alguma coisa.

Sal tinha se virado para Cetta e apontava contra ela um dedo grande e encardido.

– Não me compare nunca mais com um morto – disse com voz ameaçadora. – Dá azar.

Em seguida, pôs o carro de novo em movimento.

Cetta não sabia por quê, mas sentia as lágrimas chegando aos olhos. Empurrou-as de volta, mordendo os lábios. Quando pararam diante do bordel, desceu correndo, sem se despedir de Sal nem dar ouvidos às notas alegres que provinham da Rua 28 ali perto, entre a Broadway e a Sexta, onde dezenas de pianistas tocavam as partituras da moda.

– Ei, você – chamou Sal, pondo a cabeça para fora da porta aberta.

Cetta virou-se, com um pé no primeiro degrau.

– Vem cá – disse Sal.

Cetta voltou a contragosto, com os lábios cerrados. Madame – como todas as prostitutas chamavam a mulher que administrava o bordel – tinha-lhe dito para nunca desobedecer a Sal, por nenhum motivo.

– Você tem 16 anos, não é? – perguntou ele.

– Tenho 21, mas aparento menos – recitou ela mecanicamente, como se estivesse sendo submetida a um interrogatório numa eventual invasão policial.

– Estamos só eu e você aqui – disse Sal.

– Tenho 16, sim – disse ela com orgulho.

Sal ficou bastante tempo fazendo que sim com a cabeça, olhando para ela.

— Vou pegar você amanhã de manhã às onze. Esteja pronta – disse enfim. – E deixa o fedelho com a Tonia e o Vito – concluiu, fechando a porta.

Cetta se voltou e entrou no edifício.

Sal olhava para ela e pensava: "É uma menina". Engatou a marcha e foi para o Moe's, o *diner* onde passava a maior parte de seu tempo na companhia de outros sujeitos como ele, no reservado no fundo do estabelecimento, falando do que acontecia na cidade, de quem tinha morrido e quem estava vivo, de quem subia e quem descia, de quem ainda era amigo e quem de um dia para ou outro tinha sido declarado inimigo.

Cetta entrou no bordel com suas roupas simples de menina, foi até o camarim, despiu-se e vestiu o corpete que levantava seus seios – deixando descobertos os mamilos escuros –, as cintas-ligas, as meias verdes de que tanto gostava e por fim seu vestido preferido, aquele azul escuro com lantejoulas douradas, espalhadas no tecido com a casualidade de estrelas na noite. Como o manto de Nossa Senhora na procissão do vilarejo. Calçando os sapatos de salto, que a faziam parecer mais alta, sentiu um formigamento na perna esquerda. Instintivamente se curvou, abaixando o ombro que a mãe tinha amarrado. Não tinham passado nem quatro anos. E no entanto lhe pareceu uma vida inteira.

Cetta deu um soco na perna.

— O que está fazendo? – perguntou a gorda que cuidava do guarda-roupa das prostitutas.

Cetta não respondeu nem olhou para ela. A "costureira" – como era chamada no bordel – era uma pessoa a evitar. Não havia uma única garota que lhe fizesse nem meia confidência. Era uma mulher envenenada e venenosa. Da qual se esquivar. Cetta ficou imóvel até sentir que o formigamento estava passando. Depois, saindo, sorriu para a própria imagem refletida no espelho. A América era mesmo um país mágico como se dizia. A perna estava praticamente curada. Era cada vez mais raro que emperrasse. E ninguém percebia que ela mancava. Com o primeiro dinheiro que tinha ganhado, Cetta tinha ido a um sapateiro – não no Lower East Side e sim num bairro onde não a conheciam – e tinha mandado subir em meia polegada o salto do sapato esquerdo. Só isso. E tinha se endireitado.

Quando entrou no salão cheio de poltronas e sofás onde as garotas esperavam para serem escolhidas pelos clientes, Cetta estava, como sempre, de bom humor. Cumprimentou as outras garotas e se jogou numa poltrona, descobrindo as pernas com as meias verdes.

Duas garotas – a Frida Alemoa, loira, alta, encorpada, e a Sadie Condessa, porque diziam que vinha de uma nobre família europeia de não se sabe onde – estavam gargalhando entre elas.

– Então, como foi com o Sal? – perguntou a Alemoa.

A Condessa fechou os olhos e suspirou. Riram juntas. Então viram que Cetta olhava para elas.

– Não sabe o que está perdendo – disse a Condessa, em êxtase.

– Ele nunca te experimentou? – perguntou surpresa a Alemoa, levando a mão ao peito e abrindo a boca na direção de Cetta.

– Sal não deixa você sentir falta... do que está faltando – disse outra garota, Jennie Bla-Bla, assim chamada porque sempre falava demais.

– Você seria capaz de falar o que não deve até com o pau de um negão na boca, Bla-Bla – interveio Madame, ajeitando uma madeixa vermelha que tinha escapado de um grampo. – E qualquer dia esse seu defeito vai te meter em problemas.

As garotas riram.

– Só queria dizer que... – Jennie tentou se justificar. – Ah, oras, vocês sabem, caralho!

– Que caralho! – arremedou-a a Condessa.

E as garotas riram ainda mais alto.

– Toma cuidado com o que fala – insistiu Madame.

Jennie fechou a cara. Depois caiu na risada também.

Cetta não entendia por que estavam rindo. Tentou sorrir. Mas sabia que tinha corado. Esperou que ninguém olhasse para ela. As garotas falavam sempre de Sal, mas eram frases misteriosas. Ou pelo menos assim lhe pareciam. Tinha tentado estudá-lo, compreender por que todas elas eram tão apaixonadas por um homem feio e rude como ele, com aquelas mãos sempre sujas. E toda vez que pedia às garotas que lhe contassem alguma coisa, respondiam de maneira vaga.

– Ele precisa te experimentar, aí você vai entender – diziam. E só. Mas sua curiosidade não ia muito além. Para ela, o sexo não interessava. Era prostituta, o que era algo totalmente diferente.

A única coisa que lamentava realmente era não dormir com as garotas. Naqueles momentos, criava-se uma intimidade que não tinha com nenhuma delas. Naqueles momentos, antes de dormir e ao acordar, nenhuma delas era puta. Eram só garotas. E ficavam amigas. Já Cetta não tinha nenhuma amiga. Seus únicos amigos eram Tonia e Vito Fraina. Mas tinha Christmas – consolava-se quando ficava melancólica –, enquanto da barriga de todas aquelas garotas um médico sem nome arrancava os filhos com um ferro.

Já nos homens Cetta não pensava. Acolhia-os sem pesar. Simplesmente como uma coisa que era preciso fazer.

– É uma menina – dizia Madame, apontando-a para certos clientes. E estes se iluminavam, levavam balinhas para o quarto e lhe ofereciam, como fariam com uma netinha, e deitavam-na em suas pernas, levantavam-lhe a saia e lhe davam palmadas. Diziam que tinha sido uma menina má e que não devia nunca mais fazer aquilo. Faziam-na jurar, mas depois colocavam para fora o membro e enfiavam na sua boca doce das balas.

– É uma puta de primeira – dizia Madame para outros. E esses nem lhe dirigiam a palavra, enquanto a arrastavam para o quarto, nem tiravam sua roupa. Faziam-na virar de costas, com a bunda de fora, e Cetta os ouvia se preparando sozinhos até estarem prontos. Alguns usavam um lubrificante, que o bordel cuidava de sempre deixar disponível na mesinha de cabeceira, mas a maior parte daquele tipo de cliente cuspia-lhe do alto entre as nádegas, espalhava a saliva com o dedo e depois a penetrava.

– É uma garota muito sensível – dizia Madame a outros ainda. E esses choravam depois de fazer amor com ela porque a tinham forçado àquela humilhação de prostituta, porque com seus instintos baixos a tinham enlameado. Ou então se deitavam no peito dela e falavam de suas esposas, que um dia tinham sido exatamente como ela, jovens e submissas. Ou queriam fazer no escuro e a chamavam por nomes que para Cetta não significavam nada, mas para aqueles homens tinham representado algo, sabe-se lá há quanto tempo.

– É sua escrava – dizia Madame a outros, e em seguida acrescentava baixinho: – Mas não vai me estragar ela. – E esses a amarravam na cama, passavam-lhe a ponta de um canivete entre os seios e ao longo das coxas, espremiam seus mamilos com prendedores de roupa, davam ordens, faziam-na lamber seus sapatos.

– É sua dona – dizia Madame a outros ainda. E Cetta os amarrava na cama, passava-lhes a ponta de um canivete no peito e na base dos testículos, espremia seus mamilos com prendedores de roupa, dava ordens, fazia-os lamber seus sapatos e enfiava-lhes o salto na garganta.

Madame adivinhava o que os clientes queriam. E Cetta se transformava naquilo que Madame queria. Simplesmente porque era isso que fazia uma prostituta. Mas nunca pensava nisso antes de chegar ao bordel. E esquecia logo depois, enquanto Sal a levava para casa. Porque Cetta tinha um mundo interior só dela, que a mantinha distante de tudo. Não ao abrigo, só distante.

Não se perguntava o porquê das coisas. Não tinha perguntado à mãe quando a tinha aleijado. Nem ao homem com a perna de madeira que a tinha estuprado nem ao capitão do navio que tinha cobrado sua viagem trepando com ela. O porquê das coisas não lhe interessava. As coisas eram como eram. E, no entanto, nada nem ninguém conseguiria dobrá-la. Cetta simplesmente não era deles. Não era de ninguém.

No dia seguinte, às onze, pontualmente, Sal encostou o carro na calçada, obrigando um ambulante a mudar, correndo, toda a sua mísera mercadoria de lugar. Cetta, que esperava na escada, passou ao lado do ambulante e sorriu para ele, pousando a mão em seu ombro. Depois entrou no carro. Sal deu a partida e esmagou sob as rodas a mala de papelão na qual o ambulante guardava os cadarços que tentava vender.

— Por que você fez isso? — perguntou Cetta, virando-se para olhar o pobre homem com a mala despedaçada.

— Porque você sorriu pra ele — respondeu Sal.

— Está com ciúmes?

— Não diga bobagem.

— Então por quê?

— Porque você sorriu pra ele.

— Não entendi...

— Se você sorri pra ele depois que eu fiz ele sair do lugar, é como se dissesse que ele está certo. E diz isso na minha frente. Então é como se dissesse pra mim, na frente dele, que eu estou errado. E aquele ou outro idiota podem um dia desses enfiar na cabeça que podem me falar isso diretamente eles mesmos. Por isso precisei fazer ele entender que sou eu que mando.

Cetta ficou em silêncio alguns instantes e depois caiu na risada.

— Sal, nunca imaginei que você pudesse dizer uma frase tão longa!

Sal continuou dirigindo. Mas não ia na direção do bordel.

— Pra onde a gente está indo? — Cetta perguntou.

— Pra Coney Island — respondeu ele. Estacionou no píer, tirou do bolso duas passagens iguais àquela que Cetta guardava na sua bolsinha de couro envernizado e desceu do carro. — Anda logo — disse em tom rude. — O *ferry* não vai ficar te esperando. — Pegou-a pelo braço e puxou até o embarque. Empurrou as pessoas que estavam na fila, abriu caminho, olhou feio para um marinheiro que arriscou protestar e levou-a para a barriga da baleia de ferro.

Quando a sirene do *ferry* anunciou que estavam partindo, Cetta teve um sobressalto. Como se acordasse de um sonho. E foi obrigada a morder os lábios para não chorar lágrimas de alegria. Idênticas àquelas que tinham vindo aos seus olhos na primeira vez que tinha vestido sua roupa de prostituta.

Mas, enquanto o *ferry* deixava o píer, já estava de novo submersa no sonho, na irrealidade. Não pensava em nada, quase não via nada. Ficava agarrada na amurada da proa, contemplando a água que se partia em duas, espumando, e se segurava com força por medo de voar, de se transformar numa gaivota, quando queria permanecer ali, com os pés naquele ferro que vibrava. Naquele que era o primeiro presente que já tinha recebido. Não conseguia pensar nem mesmo em Sal. Não sentia sequer gratidão. Ficava ali, com o vento lhe bagunçando o cabelo espesso e escuro, e tentava sorrir. Só um momento, num ímpeto, virou-se para trás, como temendo que Manhattan tivesse desaparecido. Depois olhou de novo para a frente, a costa do Brooklyn à sua esquerda, o mar aberto diante dela. E de repente riu, esperando que ninguém a ouvisse, porque queria que aquela alegria fosse só sua. Por uma espécie de avareza, por medo de gastá-la.

E finalmente lá estava. Coney Island.

– Joga – disse Sal, estendendo-lhe bolas de pano para atirar contra uma pirâmide de latas. – Entra – disse, empurrando-a para um dos carrinhos do trem-fantasma. – É uma idiotice pra beijar no escuro – disse, afastando-a de uma tenda de circo com um letreiro escrito: "Túnel do amor". – Come – disse, entregando-lhe um enorme algodão-doce. – Se divertiu? – perguntou depois de uma hora.

Cetta parecia bêbada. O trajeto de *ferry*, na proa, abraçada à amurada em vez de presa no porão, a praia que mal se via ao largo, a multidão reunida à beira-mar, ao redor de locais onde as orquestrinhas tocavam, os balneários, os bondes elétricos coloridos, a música que vinha dos estabelecimentos na praia, as lojas que vendiam trajes de banho listrados, a entrada do parque de diversões. Segurava na mão um urso de pano que Sal tinha ganhado no tiro ao alvo. Tinha os bolsos cheios de balas, *marshmallows*, pirulitos, bengalas doces, frutas cristalizadas.

– Ei, se divertiu? – repetiu Sal.

Cetta olhou para ele, embasbacada, depois desviou o olhar para a montanha-russa e apontou para ela, sem falar nada.

Sal permaneceu imóvel por alguns instantes, depois pegou-a pelo braço, foi até a bilheteria, pagou um ingresso e deu a ela. O bilhete dizia: "A mais alta do mundo". As pessoas gritavam nos carrinhos.

– Tenho medo de ir sozinha – disse Cetta.

Sal ergueu os olhos para a montanha-russa. Deu um chute furioso num poste de luz, virou-se, voltou à bilheteria, empurrou um casal de namorados e comprou outro ingresso. Depois se sentou ao lado de Cetta no carrinho.

Cetta sorria enquanto subiam. Porém, quando estava à beira do primeiro precipício, arrependeu-se de ter querido experimentar a montanha-russa. Arregalou os olhos, sentiu a respiração faltando, agarrou-se ao braço de Sal e gritou com todo o fôlego que tinha na garganta. Sal permaneceu imóvel. Não deu um pio. Só pôs a mão no chapéu, para que não saísse voando.

Quando o passeio terminou, Sal lhe disse:
– Me deixou surdo, sua palerma!

Cetta teve a impressão de que ele estava muito pálido.

– Vamos embora – disse Sal, e depois não lhe dirigiu mais a palavra.

Mesmo quando a viu tremendo durante a viagem de volta, não lhe disse nada nem a agasalhou com seu paletó. Em seguida, depois de pegar o carro, Sal passou por Manhattan, atravessou o East River, chegou ao Brooklyn e levou-a por uma rua cheia de arvorezinhas que cresciam com muito custo, em Bensonhurst. As casas eram baixas, de dois ou três andares. Era tudo diferente do Lower East Side. Parecia um vilarejo. Sal deixou Cetta descer e, sempre levando-a pelo braço, a fez entrar numa das casas. Subiram ao segundo andar. Sal tirou do bolso algumas chaves e abriu a porta.

– Esta é a minha casa – disse.

Empurrou-a para um sofá marrom, tirou o paletó e o coldre com a pistola. Arregaçou as mangas da camisa.

– Tira a calcinha – disse.

Cetta abaixou a calcinha e deixou-a cair no chão. Depois esticou o braço e apalpou o membro de Sal.

– Não – disse ele. Ajoelhou-se diante dela, abriu-lhe as pernas e levantou a saia. Depois afundou a cabeça no tufo escuro de cabelo. Cheirou. – Especiarias – disse, sem afastar a cabeça, e a vibração grave da sua voz provocou umas cócegas estranhas em Cetta. – Alecrim... e pimenta... – continuou falando baixinho, fazendo um movimento circular com o nariz achatado de socos.

Cetta percebeu que lhe vinha uma vontade de fechar os olhos.

– Umidade selvagem... quente do sol... mas que não enxugou...

Cetta nunca fechava os olhos quando estava com um cliente. Nem mesmo quando faziam no escuro e ninguém podia vê-la. Não sabia por quê. Simplesmente não sentia vontade de fechar os olhos.

– Sim... alecrim e pimenta silvestre... – disse Sal, abrindo os pelos com o nariz.

Mas agora Cetta não conseguia manter os olhos abertos. E a voz quente e grave de Sal lhe ressoava entre as pernas, vibrando como numa gruta, e a vibração irradiava para sua barriga, que se contraía. E ela escutava aquela voz penetrando em seu corpo antes mesmo que nas orelhas.

– Arbustos silvestres... – e, insinuando o nariz entre os pelos escuros, Sal colocou-o em contato com a carne "numa terra úmida...".

Cetta fechou os olhos com mais força ainda e abriu a boca, mas sem falar, prendendo a respiração.

– E na terra...

Cetta sentiu o nariz subindo de volta, abandonando a carne que estava ficando úmida como dizia a voz de Sal.

– ...na terra o mel...

Então ela sentiu a língua de Sal que lentamente se insinuava dentro dela, como procurando aquele mel que ela escutava maravilhada escorrer-lhe no ventre, procurando uma saída.

– Mel de castanheiro... – prosseguia Sal, continuando a falar no seu corpo, fazendo-a tremer. – Áspero e amargo... e mesmo assim doce...

Cetta estava sem fôlego. A boca abria e fechava, no ritmo do calor que lhe ardia em labaredas na barriga. Estava com os braços abertos, agora. E as mãos abriam e fechavam em sincronia com a boca enquanto escutava – e sentia – a voz de Sal, que não parava de falar e vibrar, fundo, dentro dela.

– E no mel... – a língua de Sal abriu a carne e depois subiu – um broto tenro... macio... açucarado... pasta de amêndoas...

– Não... – disse Cetta baixinho, com um suspiro longo. E não sabia por que tinha dito aquela palavra que não tinha jamais pronunciado enquanto a estupravam. – Não... – repetiu mais baixo ainda, para que Sal não a ouvisse. – Não... – disse outra vez, com um martírio que não conhecia, que não doía, que não produzia feridas, só uma sensação de melado, pegajosa, viscosa, que jorrava de dentro dela.

– Um broto claro... – continuava Sal, enrolando a ponta da língua e depois alargando-a, como para mostrar a Cetta o que ela não sabia ter, ensinar-lhe o que ela não sabia poder experimentar – ... um broto claro numa concha escura... como uma ostra, como a pérola da ostra... – Sal fez um ruído baixo, satisfeito, e empurrou com mais força a cabeça e a língua entre as pernas de Cetta, aumentando o ritmo de seus beijos. – Sim... isso... isso...

Os braços de Cetta se agarraram na cabeça grande e forte de Sal, os dedos se enfiaram nos cabelos cheios de brilhantina, empurraram-na fundo dentro dela, com força, até quase sufocá-lo, porque ela própria estava sufocando.

– Isso... agora estou sentindo. O sal... o sal no mel... vem, vem, menina...

Cetta arregalou os olhos quando sentiu o "sal", como dizia a voz grave entre suas pernas, jorrar para fora dela, irresistível, contraindo sua barriga, tirando-lhe o fôlego. E, enquanto gemia, soube que só gritando atenuaria aquele martírio da carne.

– Sal! – gritou, vencida.

E Sal levantou a cabeça. Olhou para ela. E sorria.

Cetta viu que ele tinha dentes muito brancos. Retos. Perfeitos. Destoando da feiura do rosto. Cheia de gratidão, ainda abalada pela vertigem turva que a língua espessa de Sal tinha sabido evocar, lançou-se sobre a calça dele, começando a desabotoá-la.

Sal afastou as mãos dela.

– Não, eu já falei – disse com sua voz grave e brusca.

Cetta fitou os lábios dele, que estavam brilhosos do prazer que lhe tinha dado. Largou-se de costas no sofá, levantou a saia, abriu as pernas e, fechando os olhos, disse:

– Me fala outra vez, Sal.

11

Manhattan, 1910-1911

— AGORA A GENTE É NAMORADO? — perguntou Cetta, com os olhos brilhando de alegria.

Diante dela, sentado na cama com um velho chapéu de homem muito grande, que lhe escondia boa parte do rosto, o pequeno Christmas.

— Claro, menina — disse Cetta, engrossando a voz para fazê-la parecer a de Sal, que era interpretado por Christmas na sua brincadeira. — E de agora em diante você não vai mais ser puta. Quero você toda pra mim.

— De verdade? — perguntou Cetta com a própria voz.

— Pode apostar a bunda — respondeu para si mesma, soltando as notas mais graves de que era capaz e agitando as mãozinhas de Christmas, que tinha sujado de fuligem para deixá-las parecidas com as de Sal.

Christmas franziu os lábios e começou a chorar, bem no momento em que Tonia e Vito retornavam. Cetta tirou correndo o chapéu de Christmas e pegou-o no colo, agradando-o.

— O que ele fez nas mãos? — perguntou Tonia.

— Nada — respondeu Cetta, sorridente. — Enfiou na cinza.

— Ah, aí está o meu chapéu! — exclamou Vito. — Não estava encontrando hoje de manhã.

Tinha ido parar embaixo da cama — mentiu Cetta.

— Está fazendo um frio do caralho lá fora — disse Vito, enfiando-o na cabeça.

— Lava essa boca na frente do menino. Que jeito de falar! — resmungou Tonia. — Dá ele pra mim — disse para Cetta. Pegou Christmas no colo, sentou-se à mesa, enfiou as mãozinhas sujas do menino na bacia de água e começou a lavá-las. — Que feio você está, parece o tio Sal.

Cetta sorriu e corou. Não acreditava na própria brincadeira, mas gostava de acreditar.

— Se arruma, Cetta, que o Sal está chegando pra te pegar — disse Tonia enquanto enxugava as mãos de Christmas, que agora ria contente. Depois olhou para o marido, que tinha se deitado na cama. — E você, tira esse chapéu.

— Estou com frio.

— Chapéu na cama chama a morte — disse Tonia.

— Estou com ele na cabeça.

— E com a cabeça na cama. Tira.

O velho resmungou algo incompreensível. Levantou-se, foi sentar à mesa, de frente para a esposa, e com um gesto de desafio calcou o chapéu ainda mais na cabeça.

Cetta ria enquanto trocava de roupa.

Christmas também riu, olhando a mãe, depois virou-se para Vito e tentou tirar o chapéu dele.

— Vovô — disse.

O rosto de Vito se acendeu com um rubor repentino. Os olhos do velho se encheram de lágrimas.

— Me dá ele aqui — disse à esposa. Pegou Christmas e colocou-o em suas pernas, abraçando-o comovido.

De fora, ouviu-se uma buzina de automóvel soando imperiosa.

— É o Sal — disse Cetta.

Mas nem Vito nem Tonia lhe deram atenção. Tonia tinha estendido a mão por cima da mesa e apertado a do marido. E ambos, com a outra mão livre, acariciavam os cabelos finos e claros de Christmas.

Sal estava buzinando de novo quando Cetta chegou à calçada, correndo. Entrou no carro.

— Desculpa — disse.

Sal arrancou o carro. Pela rua, as pessoas, mesmo naquele gueto de miseráveis, preparavam-se para o Natal agora iminente. Os ambulantes tinham variado sua mercadoria, as vitrines tinham tirado a poeira das velhas decorações, crianças sujas de cola afixavam cartazes que anunciavam festas de *réveillon* em oferta.

Cetta, olhando sempre para a frente, estendeu o braço e pousou a mão na coxa de Sal, que continuou dirigindo sem a menor reação. Cetta sorriu. Depois moveu a mão e levou-a ao braço dele. Por fim, apoiou a cabeça no ombro dele. Permaneceu por alguns minutos naquela posição. Por fim, nas proximidades do bordel, endireitou-se no seu lugar.

Quando pararam, Cetta, antes de descer, virou-se para Sal. Mas ele estava de costas para ela, tinha aberto a porta e estava saindo do carro. Seguiu-o subindo a escada e depois dentro do bordel. As garotas viram-nos entrar. Sal não as cumprimentou, pegou Cetta pelo braço e puxou-a até um quarto. Jogou-a na cama, levantou-lhe a saia, tirou a calcinha e se abaixou entre as pernas dela.

Foi rápido, sem palavras, sem preâmbulos. Um prazer que chegou sem se anunciar e deixou Cetta sem fôlego. Intenso, quase brutal. Enquanto ela ainda gemia, Sal já tinha se levantado, recolhido a calcinha e jogado para ela.

– Chama a Condessa pra mim – disse. – Quero mudar de sabor.

Cetta olhou para ele desnorteada. Não sabia o que fazer. Na mão, segurava a calcinha. Sentia ainda o eco das contrações na barriga. Apertava as pernas.

– Não enfie caraminholas na cabeça. Não existe nada entre nós dois – disse ele enquanto ia até a porta e a abria, convidando-a a sair com um aceno de cabeça. – Eu pego todas vocês.

Cetta se levantou com esforço da cama, humilhada, com a calcinha na mão, e foi saindo.

– Não esquece de chamar a Condessa – disse Sal antes de fechar a porta.

Cetta ainda estava molhada quando foi para a cama com o primeiro cliente. Depois, pouco a pouco, foi se enxugando e tudo voltou ao de sempre.

– Posso vir pro bordel sozinha – disse Cetta na volta para casa, tarde da noite.

– Não – respondeu Sal.

A partir daquele dia, Sal não a tocou mais. Ia buscá-la e a levava de volta para casa, como sempre. E como sempre falava o mínimo possível. Mas não a experimentou mais. E Cetta não estendia mais a mão para tocá-lo, no carro, nem apoiava a cabeça no ombro dele, nem sujava as mãos de Christmas de fuligem para brincar de namorados. E no dia em que se lembrou daquela passagem para Coney Island que tinha comprado e que guardava na sua bolsinha de couro envernizado, queimou-a no fogão de lenha.

Dois dias antes do Natal, comprou de um ambulante um colar de corais de mentira para Tonia e um gorro de lã para Vito. Em seguida, foi a uma loja infantil, na esquina da Rua 57 com a Park Avenue, e ficou muito tempo olhando a vitrine. Tudo tinha preços impossíveis. Era uma loja para gente rica. Via saírem mulheres elegantes, carregadas de embrulhos.

Depois, aos pés de um berço que custava o equivalente a um ano de aluguel de um apartamento no Lower East Side, viu duas meinhas de lã nas cores da bandeira americana, com estrelas e listras. Conferiu na bolsa se tinha dinheiro suficiente e entrou.

Era a primeira vez que punha os pés numa loja de rico. Tinha um perfume maravilhoso.

– Sinto muito, nosso quadro já está completo – disse-lhe um homem na casa dos 50 anos, de terno escuro e uma corrente grande de ouro que lhe atravessava o colete.

– Como? – estranhou Cetta.

– Não estamos precisando de vendedoras – disse o homem, alisando o bigode.

Cetta corou, fez menção de sair, mas depois parou.

– Queria comprar um presente – disse, virando-se. – Sou uma cliente.

O homem a esquadrinhou, arqueando a sobrancelha. Depois fez um sinal presunçoso para um vendedor e saiu sem lhe dirigir a palavra.

Quando o vendedor lhe mostrou as meias, Cetta ficou tocando-as por um bom tempo. Nunca tinha sentido nada tão suave.

– Me faça um embrulho bem bonito – disse ao vendedor. – Com um laço bem grande – e sacou o dinheiro da bolsa, orgulhosa.

Por fim, avistando o proprietário da loja, que mostrava com toda a cortesia um cobertor bordado a mão a uma senhora elegante, aproximou-se dele. O homem e a senhora perceberam sua presença e se viraram para ela.

– Eu já tenho um trabalho – disse Cetta, sorrindo educadamente. – Sou prostituta – e saiu com o embrulho na mão.

Quando chegou em casa, encontrou Tonia agitada.

– Sempre tivemos só três cadeiras – disse a velha. – Mas este ano somos quatro.

– Este ano? – perguntou Cetta, sem entender.

– Todo ano Sal vem passar a noite de Natal com a gente – interveio Vito. – Por isso a gente tem três cadeiras. Duas pra gente e uma pro Sal no Natal.

– E a Senhora Santacroce não vai poder nos emprestar uma cadeira – concluiu Tonia.

– Deixem comigo – disse Cetta aos dois velhos. – Não se preocupem.

Escondeu as meinhas americanas embaixo do colchão, junto com os outros dois presentes, e depois saiu.

Enquanto andava pelas ruas do bairro, Cetta não compreendia por que os dois velhos estavam tão agitados. Mas o pensamento logo a deixou, pois a agitação passou para ela. A ideia de cear com Sal fazia suas pernas tremerem. E não tinha comprado um presente para ele. Será que ele tinha comprado um para ela? Cetta afagou por alguns instantes a imagem de Sal lhe estendendo, com seus modos bruscos, um estojo de couro, e dentro do estojo, um anel de noivado. Mas logo em seguida decidiu afastar aquele pensamento estúpido. Olhou na bolsinha. Restava-lhe ainda um pouco de dinheiro. Queria economizá-lo, mas viu-se diante de um brechó e avistou uma cadeira horrível, com braços e um encosto alto, como um trono, e, imaginando Sal sentado nela, caiu na risada.

— Aí está o seu presente — pensou, contente, e entrou na lojinha. Pechinchou ferozmente e ao final, por um dólar e cinquenta, levou embora a cadeira de rei, dois castiçais de vidro (lascados na base) com velas inclusas e uma toalha de mesa usada com borda de macramê. Juntou toda a sua carga e voltou para casa.

— Não, o lugar de honra cabe ao dono da casa — disse Sal naquela noite, recusando-se a sentar no trono que Cetta tinha comprado para ele. — Vito, esse lugar é seu. Se você não sentar aí, eu sento no chão.

Vito ficava ridículo naquela cadeira enorme. Mas em seu rosto enrugado estampava-se um sorriso orgulhoso. Usava o gorro de lã que Cetta tinha lhe dado. Tonia usava o colar de corais de mentira e Christmas, as meinhas com a bandeira americana.

A toalha era grande demais para a mesa, e tinham precisado dobrá-la ao meio, mas o conjunto parecia coisa de gente rica, pensava Cetta. As velas do castiçal estavam acesas. Sal tinha levado os comes e bebes. Havia uma massa no forno, maionese com batata e atum, queijo, salame e vinho. Cetta tinha bebido e sentia a cabeça leve. Tinha mergulhado o dedo no copo e dado para Christmas chupar, e ele tinha feito uma careta de nojo. Todos tinham rido, inclusive Sal, mostrando os dentes brancos e perfeitos. Cetta tinha olhado disfarçadamente para ele a noite toda. Tinha-lhe servido a comida com uma atenção especial, brincando de esposa. Nunca deixava a taça dele vazia. Tonia e Vito também estavam alegres. Depois veio o momento do bolo, e Sal abriu uma garrafa de espumante italiano. Cetta nunca tinha bebido espumante. Era doce e frisante, fazia cócegas gostosinhas no céu da boca. Fechou os olhos e sentiu que a cabeça girava. Quando os abriu, Sal estava com o copo erguido e uma expressão séria.

– Ao Mikey – brindou ele.

– Quem é Mikey? – perguntou Cetta rindo, antes de perceber que Tonia e Vito também tinham ficado sérios e que os olhos da velha estavam cheios de lágrimas.

Seguiu-se um silêncio embaraçado.

– Michele[2] era meu filho – disse Tonia, em voz baixa.

– Ao Mikey – disse Sal de novo e fez tilintar o próprio copo nos de Tonia e Vito. Mas não no de Cetta.

Cetta permaneceu com o copo erguido, olhando para Sal, Tonia e Vito bebendo devagar, com um peso no coração. A festa tinha acabado.

Sal tirou do bolso um *foulard* de seda para Tonia, com um gesto de prestidigitador, mas já sem alegria, e colocou nos ombros dela. Para Vito tinha comprado um par de meias-luvas.

– É caxemira. A lã mais quente que existe – disse ao velho. Depois estendeu uma correntinha fina com uma cruzinha para Cetta.

– É de ouro? – perguntou Cetta, empolgada.

Sal não respondeu.

Tonia abraçou Sal, mas já sem alegria. Vito tinha o olhar perdido no vazio e os olhos avermelhados de beber demais. Ficou em pé e cambaleou um pouco. Sal o levou até a cama e ajudou-o a se deitar. Depois beijou Tonia nas duas faces, fez um aceno com a cabeça para Cetta e saiu.

Cetta o seguiu para fora do quarto sem janelas. Caminhou ao lado dele pelo corredor escuro e junto com ele subiu a escada que levava à calçada. Sal abriu a porta do carro.

– Não enfie caraminholas na cabeça – disse ele.

– O que aconteceu com o Mikey? – perguntou Cetta.

– Não enfie caraminholas na cabeça. Não existe nada entre nós dois.

– Eu sei – disse Cetta, apertando os punhos atrás das costas. Numa das mãos, a correntinha com a cruz.

Sal olhou para ela por um momento em silêncio.

– Você entendeu bem?

– Sim. Você lambe minha boceta, e só.

– Quando eu tiver vontade.

Cetta mantinha o queixo erguido, imóvel. A luz do poste acendia a brasa escura de seus olhos. Não baixou o olhar, não se mostrou ferida.

---

[2] Nome masculino italiano, correspondente a Miguel. Lê-se *Miquéle*. [N.T.]

— Como o Mikey morreu?
— Assassinado.
— E só? Só isso?
— Só isso.
— E você passa o Natal com todos os pais dos mortos assassinados?
— Cuida da sua vida.
— Você não sabe falar outra coisa.

Sal entrou no carro e fechou a porta.
— Vou perguntar pra Tonia então! — gritou Cetta.

Sal abriu a porta com fúria, desceu do carro, agarrou-a pelo cabelo e empurrou-a contra o muro, batendo a cabeça dela com violência contra os tijolos vermelhos, corroídos pelo gelo.

Cetta cuspiu-lhe no rosto.

Sal levantou a mão direita a deu-lhe um tapa.
— O que quer saber, menina? — disse, sem limpar a cusparada nem soltar os cabelos dela. Depois aproximou a boca da orelha dela e falou baixo: — Enfiaram um picador de gelo na garganta, no coração e no fígado dele. E depois deram um tiro na orelha dele, bem aqui — e enfiou a sua língua grossa na orelha de Cetta. — Saiu metade do cérebro do outro lado e, como ele ainda estava se mexendo, estrangularam ele com um arame. Depois colocaram ele num carro roubado. A polícia encontrou os dois, ele e o carro, num lote em construção em Red Hook. Mikey era meu único amigo. E sabe quem estava dirigindo aquele carro roubado? — Sal girou a cabeça de Cetta de modo que olhasse nos olhos dele. — Eu! — gritou e deu um soco nos tijolos vermelhos com toda a sua força. Soltou o cabelo dela. — Depois de abandonar o carro, eu atravessei o campo — voltou a falar, mas baixo agora, sem fúria, sem raiva. E até sem dor. Como se falasse de outra pessoa. — Não queria que me vissem. Segui os trilhos, me enfiando no mato toda vez que ouvia um trem vindo. Me enfiei numa galeria e quando amanheceu saí aqui, no gueto. Aluguei um quarto seguro e fui dormir. Fim da história.

Cetta pegou a mão com a qual ele tinha socado o muro. Os nós dos dedos estavam machucados. Levou-a à boca e lambeu o sangue. Depois limpou o cuspe do rosto dele.

Sal olhou para ela por um momento, virou-se e entrou no carro.
— Boa noite, menina — disse sem olhar para ela e partiu.

Cetta viu-o dobrar a Market Street e desaparecer. Pendurou a correntinha com a cruz no pescoço. Na boca, sentia o gosto do sangue dele.

Voltou para o quarto. Christmas estava dormindo. Vito também dormia, roncando. Tonia estava sentada à mesa, com uma fotografia na mão. Cetta começou a empilhar os pratos.

– Pode deixar – disse Tonia baixinho, sem levantar os olhos da foto. – A gente faz isso amanhã.

Cetta começou a se despir.

– Este é o Michele – disse Tonia. – Mikey, como o Sal chama ele.

Cetta se aproximou de Tonia. Sentou-se ao lado dela. A velha passou-lhe a foto. Era só um garoto. Com um terno um pouco extravagante demais e uma camisa branca, suspensórios e um chapéu jogado para trás, descobrindo a testa. Parecia baixo. Era magro, com sobrancelhas densas e escuras. E ria.

– Estava sempre rindo – disse Tonia, pegando de volta a foto. – Não posso deixar ela à mostra porque antes eu deixava e o Vito ficava muito mal. Ficava sempre olhando pra foto e chorando. Ele é bom, mas é fraco. Estava se deixando morrer e eu não queria ficar sozinha. Por isso guardei a foto.

Cetta não sabia o que fazer. Abraçou Tonia.

– Sal tinha falado pra ele – continuou Tonia, como se recitasse uma cantilena. – Tinha dito mil vezes pra ele não roubar aquele dinheiro do chefe. Mas o Mikey era assim. Não se contentava. Eu sempre quis dois filhos. Sal era o segundo filho que eu nunca tive. Fico feliz que tenha sido ele que tenha dirigido o carro onde estava o meu pobre Mikey. Pelo menos tenho certeza que ele fez um carinho antes de abandonar o corpo. E disse alguma coisa gentil pra ele. Tipo, pra não ter medo da noite, que na manhã seguinte iam encontrar ele e devolver pra mim. O Sal não podia salvar ele. Só o que podia fazer era morrer também. – Tonia pegou a mão de Cetta. Com a outra apertava a foto do filho. – Sal não imagina que eu sei que foi ele quem dirigiu o carro – falou baixinho. – E nem o Vito sabe. Só eu sei. E agora você também. Mas guarde pra você. É isso que nós, mulheres, somos capazes de fazer. Guardar pra gente as coisas que importam.

– Por que você me contou, Tonia?

– Porque estou velha. E tenho cada vez menos força.

Cetta olhou a mão de Tonia. O polegar se movia para a frente e para trás no rosto do filho morto, lentamente, automaticamente, com a mesma habilidade distraída das velhas do vilarejo desfiando o rosário.

– Por que logo pra mim? – perguntou.

Tonia parou de acariciar a foto, esticou a mão na direção do rosto de Cetta e fez uma carícia rude.

— Porque você também precisa perdoar o Sal.

Aquela noite Cetta não dormiu. Ficou apertando Christmas contra o peito. E rezou para que ele não se tornasse um garoto de roupas muito extravagantes.

Antes do Ano Novo Tonia morreu. Caiu no chão, de repente, uma manhã. Vito estava fora, jogando baralho com outros velhos. Cetta a viu cambaleando. Um momento antes Tonia estava com Christmas no colo. Tinha-lhe passado o menino, abanando o rosto com uma das mãos.

— Minha nossa, estou com fogacho na minha idade – tinha dito, sorrindo. Mas Cetta tinha lido em seus olhos uma preocupação. Então, num instante, Tonia desmoronou. Sem um lamento. Desajeitadamente. O corpo esmoreceu, a cabeça bateu com violência, a barriga gorda se mexeu como um pudim no vestido preto, as pernas se agitaram, tremendo, depois se enrijeceram.

Cetta permaneceu imóvel, olhando para ela. A saia de Tonia tinha-se erguido e mostrava de maneira indecente as pernas brancas, sulcadas por uma teia de aranha de varizes, acima das meias escuras.

Christmas estava chorando.

— Chega! – gritou Cetta, e ele parou.

Então ela o colocou no chão e tentou levantar Tonia. Mas era muito pesada. Virou-a de barriga para cima e ajeitou-lhe a saia. Depois cruzou as mãos dela sobre o peito, acertou de volta uma mecha de cabelo e limpou um fiozinho de saliva que lhe escapava da boca.

Quando Vito voltou, encontrou Cetta sentada no chão e Christmas brincando com um botão do vestido de Tonia.

— Vovô – disse Christmas, apontando o dedo na direção do velho.

Vito não disse nada. Só tirou o chapéu da cabeça e segurou-o na mão. Depois fez o sinal da cruz.

Do funeral foi Sal quem cuidou. E também do caixão. E comprou roupas pretas para Vito e Cetta e uma faixa preta para colocar no braço de Christmas. Na igreja ninguém chorou. Além deles havia somente a Senhora Santacroce, a única vizinha com quem Tonia tinha se socializado.

Naquela noite Cetta escutou Vito chorando baixinho, com dignidade, como se sentisse vergonha do próprio imenso sofrimento.

Cetta se levantou e foi dormir na cama grande com ele e Christmas. O velho não disse nada. Mas pouco depois adormeceu. E, no sono, esticou o braço e apalpou a bunda de Cetta. Ela deixou. Sabia que não era ela que ele estava tocando, mas sim a esposa.

Na manhã seguinte, Vito acordou com uma espécie de pequena felicidade na sua dor.

– Tive um sonho bonito – contou a Cetta. – Eu era jovem.

E toda noite, enquanto estava acordado, chorava baixinho, ainda mais agora que Cetta se deitava regularmente na camona. Depois, quando adormecia, tocava a bunda dela.

Nem um mês depois, Cetta sentiu, como toda noite, a mão do velho apalpando-a. Mas naquela noite percebeu também uma respiração – baixinha e discreta como o pranto que Vito chorava escondido – que se engasgava. E um longo suspiro. Sibilante. Depois nada. A mão do velho cerrou-se em sua nádega, quase como um beliscão, e não se mexeu mais. De manhã Vito estava morto. E Cetta e Christmas estavam sozinhos.

– Podemos ficar aqui? – ela perguntou a Sal.

– Sim, mas não quero encheção de saco por causa do pirralho.

Cetta viu que ele tinha os olhos vermelhos. E compreendeu que agora ele também estava sozinho.

12

Manhattan, 1922

— QUAIS SÃO? — perguntou o capitão ao carcereiro.

O carcereiro indicou Christmas e Santo.

— Solta eles — mandou o capitão, mudando o peso de uma perna para a outra, incomodado.

Os dois garotos se aproximaram das grades enquanto o guarda abria a fechadura. Atrás do capitão, Christmas viu um homem vestido com elegância, de olhos tristes e jeito de pessoa derrotada.

— Aí estão, são eles, Senhor Isaacson... — disse o capitão, com evidente embaraço. — Procure entender... enfim, é só olhar pra eles. Meus homens pensaram que esses dois fossem...

O Senhor Isaacson levantou a mão para fazê-lo se calar. O gesto seguro e automático de quem estava acostumado a comandar. Mas era um gesto mais de fadiga que de irritação, notou Christmas. O homem tinha um profundo cansaço estampado no rosto. E com aqueles olhos cansados olhou para os dois garotos.

— Obrigado — disse simplesmente. Depois estendeu a cada um dos dois uma nota de dinheiro que já tinha separado.

— Dez dólares! — exclamou Santo.

— O Senhor Isaacson é o pai da garota que vocês... — o capitão limpou a garganta — bom, da garota que vocês salvaram.

— Dez dólares! — repetiu Santo outra vez.

Christmas olhava em silêncio para o pai de Ruth. E o Senhor Isaacson olhava para ele.

— Como ela está? — perguntou Christmas, baixinho, como se fosse algo que dissesse respeito a eles dois apenas.

— Bem... — disse o Senhor Isaacson. — Não, mal.

– Nós vamos encontrá-lo, Senhor Isaacson – disse o capitão.

– Sim, claro... – disse o homem, também ele falando baixo, sem tirar os olhos de Christmas.

– Mal como? – perguntou Christmas.

– Mal como uma menina de 13 anos violentada, espancada até sangrar, com um dedo amputado... – disse num fôlego só o Senhor Isaacson. E seu olhar perdeu por um instante aquele cansaço que o apagava para dar lugar a uma espécie de assombro, como se só naquele momento tivesse percebido o que tinha acontecido com a filha. E então, quase assustado, se virou. – Tenho que ir – disse apressadamente e foi em direção à saída.

– Senhor... – chamou-o Christmas. – Posso ver ela?

O homem parou, de novo com a surpresa estampada no olhar. Tinha a boca meio aberta, como se não soubesse o que dizer.

– Vocês dois precisam ser interrogados – interveio o capitão, enfiando-se entre Christmas e o Senhor Isaacson, como se o homem precisasse ser protegido da intromissão de um menino de rua. – Precisam nos contar tudo. Precisamos encontrar aquele filho da mãe que deixou a senhorita daquele jeito – e olhou com o rabo do olho para o Senhor Isaacson, com um olhar cúmplice, servil.

– Sim... – respondeu em voz baixa, com atraso, o homem.

– Posso ver a Ruth? – perguntou Christmas para confirmar.

– Sim... – disse o Senhor Isaacson, sem força. Fitou Christmas em silêncio, com o olhar ausente. Depois se encaminhou para a saída com passos lentos e pesados. – Venha.

– E eu? – perguntou Santo, que não tinha parado um segundo de examinar a nota de dez dólares que tinha nas mãos.

– Conta tudo pra eles você – disse Christmas, apontando o capitão com o queixo. Depois se aproximou do ouvido de Santo. – Não sobre os Diamond Dogs – sussurrou.

Erguendo os olhos viu Joey, o batedor de carteiras, que olhava para ele, abraçado às grades. Christmas teve a impressão de que suas olheiras estavam ainda mais escuras e profundas. E os olhos tinham perdido o cinismo e a ousadia. Agora parecia só um garoto como eles. Um garoto adoentado que, como eles, tinha crescido comendo pouco e mal, em quartos gelados no inverno e sufocantes no verão. Fez um aceno com a cabeça e Joey, em resposta, esboçou um sorriso sem alegria.

Christmas juntou-se ao Senhor Isaacson pelos corredores do distrito policial e depois o seguiu na rua. Um luxuoso Hispano-Suiza H6B com motorista de uniforme os aguardava estacionado em frente à delegacia. O motorista abriu a porta e, com ar de reprovação, examinou Christmas, suas roupas sujas, os sapatos enlameados. Fechou educadamente a porta, voltou para o banco do motorista e saiu com o carro.

– Para o hospital, senhor? – perguntou.

O Senhor Isaacson apenas assentiu. O motorista olhava para ele pelo espelho retrovisor. Engatou a marcha e o carrão amarelo-canário, com para-lamas pretos e capota cinza, pôs-se em movimento pelas ruas empoeiradas do East Side.

– Você é o Christmas? – perguntou o Senhor Isaacson, com o olhar sempre fixo diante de si, perdido no nada.

– Sim, senhor – respondeu Christmas, com um sobressalto no coração.

O Senhor Isaacson virou-se e olhou para ele em silêncio. Talvez nem o estivesse vendo, pensou Christmas. Depois o homem elegante voltou a olhar para a frente e a permanecer em silêncio, perdido na própria perplexidade. Christmas brincava com a nota de dez dólares – que até aquele momento não tinha olhado nenhuma vez – e sentia que não conseguia gostar daquele homem, mesmo com toda a sua dor.

"Vinte dólares", pensou. "A dor dele vale vinte dólares."

Em poucos minutos o carrão, que todos na rua se viravam para olhar, chegou à frente do hospital. O motorista correu para abrir a porta do Senhor Isaacson e Christmas o seguiu, sentindo-se sob o olhar dos dois policiais na entrada.

O saguão estava tomado por gente pobre. Assim que a enfermeira atrás do balcão viu o Senhor Isaacson, fez um sinal para um enfermeiro, que correu na direção deles.

– O doutor Goldsmith chegou. Está no quarto da senhorita – disse com uma atitude servil. – Eu levo o senhor até lá.

Atravessaram uma série de corredores tomados por gente que se queixava ou que fumava ou que jogava baralho. O enfermeiro foi grosseiro com todos que atrapalhavam o caminho. Desdenhoso como talvez imaginasse dever ser um servo do Senhor Isaacson. Christmas olhava as crianças que brincavam e faziam algazarra se calarem quando eles passavam. E homens e mulheres que instintivamente abaixavam o olhar ou curvavam as costas. Depois olhou para o Senhor Isaacson. Caminhava como um fantasma, sem tomar conhecimento deles. Talvez fosse a dor e a preocupação, pensou Christmas, ou talvez nunca tomasse conhecimento de gente que não importava.

Mas isso não tinha importância naquele momento. Christmas tinha uma sensação estranha, que o fazia respirar mal, que deixava sua cabeça tonta como se tivesse bebido e lhe dava uma instabilidade nas pernas. Os joelhos tinham ficado moles. Trazia na mente aqueles olhos verdes que intuíra por trás do sangue. Os olhos de Ruth, olhando para ele e sorrindo. E sentia o estômago remexendo como nunca sentira por uma garota. E conseguia lembrar – como se tivesse acabado de soltá-la – a dor nos braços que a tinham segurado. E lembrava o instinto de não deixar Santo tocá-la, quando ele quis ajudá-lo. Porque era como se Ruth fosse dele. Ou ele fosse de Ruth. Como se tivesse nascido para salvá-la naquela manhã. E quanto mais pensava nisso, mais sentia a respiração ficar curta e ofegante. E seu jovem coração palpitava, inquieto.

– Doutor Goldsmith – chamou o enfermeiro, dirigindo-se a um homem tão elegante quanto o Senhor Isaacson.

– Philip – disse imediatamente o médico, abraçando o Senhor Isaacson.

– Você a examinou? – perguntou o Senhor Isaacson, preocupado. – Como a trataram?

– Bem, bem, fique tranquilo – acalmou-o o doutor Goldsmith.

O Senhor Isaacson olhou em volta, como se visse pela primeira vez o hospital e as pessoas que o frequentavam.

– Ephreim... – disse, abrindo um braço como que para abarcar tudo que estava ao seu redor. – Meu Deus, precisamos tirá-la daqui imediatamente.

– Já cuidei de tudo – disse o médico. – Ruth irá para a minha clínica...

– Não para casa? – perguntou o Senhor Isaacson.

– Não, Philip, nos primeiros dias não é prudente. Prefiro mantê-la em observação.

– E Sarah, chegou? – o Senhor Isaacson olhou em volta novamente. Mas desta vez com uma esperança nos olhos.

– Disse que não teria coragem...

O Senhor Isaacson balançou a cabeça, olhando para o chão. Seus olhos já tinham se apagado novamente.

– Philip, você precisa entendê-la – e o doutor Goldsmith, como o Senhor Isaacson tinha feito antes, abriu o braço para descrever o esquálido hospital e a gente esquálida que o povoava.

Christmas, de lado, escutava a conversa e por duas vezes viu-se incluído naquele gesto, que separava drasticamente certas pessoas das outras. E subitamente ficou com vergonha de suas calças remendadas, dos sapatos grandes demais. Mas mesmo assim deu um passo na direção da porta entreaberta.

– Aonde você vai, garoto? – deteve-o prontamente o enfermeiro.

Christmas virou-se para o Senhor Isaacson. O homem olhou para ele sem reconhecê-lo. Sem vê-lo.

– Sou o Christmas, senhor...

– Onde ela está? Onde está a minha neta? – a voz ressoou imperiosa. Christmas viu um velho que avançava furioso pelo corredor, agitando uma bengala, seguido por duas enfermeiras e um motorista uniformizado.

– Papai – disse o Senhor Isaacson –, o que está fazendo aqui?

– O que estou fazendo aqui? Vim cuidar da minha neta, seu imbecil! Por que não fiquei sabendo imediatamente? – vociferou o velho.

– Não queria que ficasse preocupado...

– Uma ova! Onde ela está? – então o velho viu o médico. – Ah, doutor Goldsmith. Faça-me um relatório imediatamente – ordenou, apontando-lhe a bengala para o peito.

– Ruth está com três costelas fraturadas, uma hemorragia interna, o anular amputado, dois dentes quebrados, o maxilar deslocado e o septo nasal quebrado – listou o médico. – E várias outras contusões. Os olhos não devem ter sofrido lesões, mas talvez o tímpano esquerdo... e foi... foi...

– Merda! – e o velho bateu a bengala com violência contra a parede, lascando-a. – Se estiver grávida precisamos nos livrar imediatamente do bastardo!

– Papai, acalme-se... – interveio o Senhor Isaacson.

O velho olhou-o com fúria, sem falar nada.

– Onde ela está? – perguntou em seguida. – Ali dentro?

O Senhor Isaacson assentiu.

– Sai da frente, moleque – disse o velho, tentando tirar Christmas do caminho com a ponta da bengala.

Mas Christmas agarrou a bengala com uma das mãos. Decidido. Olhando o velho no rosto, sem medo. Sem saber o porquê daquela reação.

O enfermeiro precipitou-se imediatamente sobre ele, por trás, tentando imobilizá-lo.

– Eu quero ver ela! – gritou Christmas, se debatendo.

– Solte-o – ordenou o velho ao enfermeiro. Depois, abaixando a bengala, aproximou-se de Christmas. – Quem é você?

— Eu que encontrei a Ruth – disse Christmas. E de novo experimentou aquela sensação de pertencimento e de posse. Como se reivindicasse a descoberta de um tesouro e um jugo ao mesmo tempo. – Eu que trouxe ela aqui – e com o olhar desafiava o velho.

— E o que você quer?

— Quero ver ela.

— Por quê?

— Porque sim.

O velho Saul Isaacson virou-se para o filho. E depois para o doutor Goldsmith.

— Ele pode vê-la? – perguntou ao médico.

— Está sob o efeito de sedativos – respondeu o doutor Goldsmith.

— Sim ou não?

— Sim...

O velho Saul esquadrinhou Christmas.

— Você é irlandês? – perguntou.

— Não.

— Judeu?

— Não.

— É. Seria bom demais. E o que você é?

— Americano.

O velho fitou-o em silêncio.

— O que você é? – repetiu.

— Minha mãe é italiana.

— Ah... italiano – fez o velho. – De qualquer forma, você fez mais que qualquer um aqui dentro, rapaz. Vamos – e com a bengala abriu a porta que dava para o quarto de Ruth.

Uma enfermeira que lia uma revista, sentada num canto do quarto, ficou de pé. As cortinas estavam fechadas. Mas mesmo na penumbra Christmas podia ver bem o rosto de Ruth. Era muito mais impressionante que naquela manhã. Embora as feridas tivessem sido lavadas e medicadas, o rosto da garota – onde não estava coberto por gazes e esparadrapos – estava deformado pelos hematomas e inchaços.

O velho levou uma mão aos olhos, parando e apoiando-se na bengala. Suspirou.

— Vai você, rapaz – falou baixinho.

Christmas se aproximou da cama.

– Ruth, é o Christmas – sussurrou.

A garota virou a cabeça. Tinha o maxilar imobilizado por um ferro. Entreabriu os olhos com dificuldade – e de novo Christmas viu que eram verdes como duas esmeraldas puríssimas. Porém, quando reconheceu o visitante, ela ficou paralisada. Depois começou a se agitar, devagar, tremendo e balançando a cabeça. E os olhos, o quanto permitia o inchaço das pálpebras – agora completamente lívidas e roxas –, estavam arregalados. De medo. Como se não estivesse vendo apenas Christmas, mas todo o seu pesadelo. Ele se assustou e deu um passo para trás.

– É o Christmas – disse outra vez. – É o Christmas...

Mas Ruth balançava a cabeça de um lado para o outro e continuava tremendo. O pino que lhe imobilizava o maxilar impedia-a de falar, e a menina repetia: – Á... ã... ã... – querendo dizer "Não, não, não". E agitando-se tirou de debaixo das cobertas a mão enfaixada, vermelha no lugar do anular que faltava, e colocou-a na frente dos olhos dos quais começavam a brotar lágrimas.

Christmas estava petrificado. Não sabia o que fazer.

– O vovô Saul está aqui agora – disse o velho, intervindo e segurando a mão dela e beijando, enquanto abraçava a neta com ternura. – Ruth, eu estou aqui, não tenha medo, não tenha medo. Acalme-se, meu tesouro, acalme-se... – depois virou-se para Christmas. – Saia já daqui, garoto – ordenou. – Doutor Goldsmith, doutor Goldsmith!

O médico entrou no quarto. A enfermeira já tinha preparado uma seringa. O doutor Goldsmith pegou-a da mão dela, aproximou-se de Ruth e injetou-lhe a morfina no braço.

Christmas, na confusão, recuava lentamente. Empurrado para trás pelos olhos de Ruth, pelos olhos verde-esmeralda da garota que lhe pertencia como um tesouro. Atravessou a porta, cruzou com o olhar vazio do Senhor Isaacson, depois se virou e começou a percorrer com passos lentos o corredor que o afastava definitivamente da garota que tinha acreditado poder amar.

– Garoto, pare.

Christmas se virou.

O velho da bengala alcançou-o com passos decididos apesar da idade.

– Qual o seu nome? – perguntou, esticando o queixo para a frente.

– Christmas.

– E o que é isso, um nome ou um sobrenome? – perguntou o velho daquele seu modo duro, sem preâmbulos.

Tinha olhos penetrantes, pensou Christmas. Tudo aquilo que o filho não tinha. E uma grande força. Uma energia que a velhice não conseguia enfraquecer. Tudo aquilo que o filho jamais teria.

– É um nome – respondeu Christmas.

O velho olhava para ele em silêncio. Como se o pesasse. Mas Christmas sabia que já tinha sido pesado antes. Caso contrário jamais teria podido entrar no quarto de Ruth.

– Christmas Luminita – especificou.

O velho assentiu.

– Meu filho lhe agradeceu adequadamente? – perguntou.

– Sim – e Christmas tirou do bolso a cédula enrolada e mostrou-a ao velho.

– Dez dólares. *Schmuck!* – resmungou o velho. Enfiou a mão no bolso interno do paletó e tirou uma carteira de couro de crocodilo. Pegou uma nota de cinquenta. – Perdoe-o – disse, indicando o filho com um aceno da cabeça.

– Não fiz isso por dinheiro – respondeu Christmas, sem pegar a cédula.

– Eu sei – disse o velho, continuando a encará-lo intensamente, como se quisesse penetrá-lo através dos olhos. – Mas somos gente que não sabe dizer obrigado de outro modo. Aceite. – Estendeu a mão enrugada e enfiou a nota de cinquenta no bolso de Christmas, de um modo rude, quase vulgar. – Não temos nada além de dinheiro.

Christmas sustentava o olhar do velho sem falar nada.

– Fred – chamou o velho, dirigindo-se ao motorista –, acompanhe o Senhor Luminita até a casa dele – e voltou a olhar para Christmas. – Aceite isso também, garoto. Você foi um cavalheiro.

Quando o Rolls-Royce Silver Ghost parou na Monroe Street, Christmas estava imerso em pensamentos. A reação de Ruth tinha-o perturbado pelo menos tanto quanto ele a tinha perturbado. Tinha imaginado que ela sorriria como tinha tentado fazer quando ele a deixara no hospital. Pensava que ficariam ali, um ao lado da outra, esquecidos do mundo ao redor. Acreditava que ela não tiraria um instante sequer os profundos olhos verdes dos seus. E que com aquele olhar sem fim diriam um ao outro tudo aquilo que não vinha aos lábios de dois adolescentes. E que com aquele olhar fixado pelo destino preencheriam o oceano que separava uma menina rica de um morto de fome. Nisso que tinha pensado durante todo o trajeto do hospital até sua casa, depois de dizer a Fred – o motorista do velho judeu – onde morava. Tinha se afundado no assento macio, de couro, no carro que cheirava a charuto e *brandy*, e olhado dentro de si, com uma atenção de adulto. E tinha esquecido todo o resto.

Mesmo quando o Silver Ghost parou diante do número 320 da Monroe Street, Christmas permaneceu ali, imóvel, com suas roupas pobres e esfarrapadas e seus sapatos sujos de lama e esterco de cavalo, pensando em Ruth e nos seus olhos verdes.

E essa pausa – enquanto Fred desligava o motor, descia do carro e, com obsequioso profissionalismo, abria a porta para ele – deu o tempo necessário para um ajuntamento de curiosos se aglomerar ao redor do luxuoso automóvel. Crianças, rapazes, mulheres e homens apontavam com o nariz a penumbra do interior do veículo e cochichavam vivamente entre eles, perguntando-se quem poderia ser o misterioso personagem visitando o gueto do East Side. E como ninguém saía do carro, não obstante o pomposo motorista continuasse segurando a porta aberta, no imaginário de todos o personagem assumia, momento a momento, cada vez mais importância e peso.

– Chegamos, Mr. Luminita – disse por fim o motorista.

Christmas despertou de seus pensamentos, de sobressalto, e quando pôs a cabeça para fora viu-se diante de umas duas dezenas de queixos caídos de surpresa. Num instante esqueceu Ruth, desceu do carro com uma pose de durão, olhou ao redor com uma indolência entediada – mantendo ainda um pé no estribo, como para fixar na mente dos espectadores aquela imagem – e por fim enfiou a mão no bolso. Tirou a nota de dez dólares – cuidando para que todos a vissem bem –, dobrou-a e, com a desenvoltura de um ator consumado, enfiou-a no bolsinho do uniforme do motorista.

– Obrigado, Fred, pode ir – disse e, tirando a mão do bolsinho, puxou a nota de volta sem que ninguém percebesse, a não ser o motorista.

– Obrigado eu, Mr. Luminita – disse Fred, esboçando uma reverência. – Muito generoso – sorriu-lhe, cúmplice. Em seguida, o motorista voltou para o seu assento na direção, ligou o motor e se afastou com aquele automóvel que valia mais do que a vida de qualquer habitante do Lower East Side.

Os curiosos ao redor de Christmas estavam atordoados, emudecidos. Olhavam de boca aberta o garoto maltrapilho que muitos deles se lembravam de ver gritando desde pequeno as manchetes dos jornais pelas ruas ou voltar para casa com os sapatos sujos de alcatrão, como tantos operários que trabalhavam por dia passando piche no telhado dos prédios, para isolar da chuva. Enquanto Christmas dava o primeiro passo na direção do esquálido portão do edifício onde vivia com a mãe, a aglomeração se abriu naturalmente em duas alas. Atrás do grupo, Christmas viu Santo, que tinha acabado de voltar do distrito policial e sorria abobado, prestes a sacar sua nota de dez dólares.

– Ah, aí está você, Santo – antecipou-se Christmas, aproveitando o silêncio para se fazer ouvir bem. – Você sabe quem... – e destacou bem aquelas três palavras misteriosas – ficou muito satisfeito. Ele tem outra missão pra nós, Diamond Dogs – e com uma nova modulação deliberada da voz garantiu que o nome da sua gangue ganhasse o devido relevo. – Vamos subir que te explico tudo – e pegou-o pelo braço, arrastando-o para o portão.

Mal tinham subido os degraus imundos da entrada, Christmas parou, como se tivesse se lembrado de algo, enfiou a mão no bolso e tirou a nota de cinquenta dólares, segurando-a bem à vista. Depois colocou-a na mão de Santo e disse:

– Toma, essa é a sua parte.

Os curiosos amontoados na calçada desta vez não conseguiram conter um murmúrio estarrecido. Christmas virou-se para eles:

– O que foi? Sempre metendo o nariz nos assuntos dos outros. Vamos... – disse a Santo, que tinha os olhos arregalados como todos. – Aqui não dá pra tratar de negócios em paz – e, seguido por aquele que para todos logo se transformaria no seu lugar-tenente, desapareceu no fétido saguão do edifício.

– Cinquenta dólares! – exclamou Santo, estupefato, subindo as escadas. – E que missão nos deram?

– Idiota – disse Christmas, tomando-lhe das mãos a nota e enfiando-a de volta no bolso.

13

Brooklyn Heights-Manhattan, 1922

BILL NÃO VOLTOU PARA CASA NAQUELA NOITE. Comprou uma caixa de cerveja e uma garrafa do melhor uísque envelhecido doze anos no mesmo *speakeasy* onde lhe tinham vendido fiado mais cedo. Era uma venda clandestina frequentada por pequenos delinquentes, gente que se ocupava em cobrar para a Máfia alguma extorsão de pouca importância ou o aluguel das máquinas caça-níqueis. Tinham todos cara de rato, mesmo quando eram altos e gordos. Porque vinham do esgoto e no esgoto viviam. Mas Bill se sentia importante de frequentar aquele local, dava-lhe a sensação de ser um deles. Um durão. Conhecia outros lugares que vendiam álcool contrabandeado, inclusive mais barato, mas gostava de ficar lado a lado com aqueles sujeitos que carregavam pistolas enfiadas na calça.

Assim, comprou a caixa de cerveja e a garrafa de uísque e depois se escondeu. A noite e o dia seguinte inteiros. Encontrou um lugar isolado em Brooklyn Heights, do qual podia ver as grandes pontes de ferro e aço que pareciam manter próximas as duas margens. Cortou com a tesoura alguns ramos, com os quais cobriu o furgão. O sangue da menina judia que ainda estava nas lâminas se misturou com a cortiça dos ramos. E Bill deu risada. Depois apurou o ouvido. Atento. Como se tivesse ouvido algo. Não alguém, algo. Algo na própria risada. Como se tivesse sido diferente. Experimentou rir de novo e de novo ouviu aquele algo. Algo que faltava. E então, só então, sentiu medo pelo que tinha feito.

Bebeu a primeira cerveja. E alguns goles de uísque. Gostaria de acender uma fogueira. Para se esquentar, mas também para ter um pouco de luz. A escuridão deixava-o incomodado. No escuro, quando era criança, não sabia nunca de que lado o pai poderia vir. Vê-lo chegar, tirando o cinto da calça e enrolando-o no punho, era menos assustador. Não doía menos.

Era só menos assustador. Então pegou o isqueiro, a gasolina e o acendeu. E com ele pôs fogo num talo seco de mato. Àquela luz não conseguiriam ver, disse a si mesmo abrindo a segunda cerveja, e riu. De novo apurou o ouvido. Em busca daquele algo que faltava. E pareceu-lhe que estivesse voltando. Não tudo. Mas um pouco tinha voltado. Como se uma parte dele voltasse. E então riu mais convencido, com outro graveto queimando na mão, iluminando a assustadora escuridão ao seu redor.

Estava amanhecendo quando – na quarta cerveja e na metade da garrafa de uísque – Bill reencontrou sua risada quase por inteiro. E não estava mais escuro. Entrou no furgão e se deitou no banco. Encostou a cabeça e teve a impressão de sentir o perfume de limpeza da judia. Levou a mão ao bolso e tirou o dinheiro e o anel com a esmeralda. Primeiro contou o dinheiro. Quatorze dólares e vinte *cents*. Uma fortuna. Depois girou diante dos olhos o anel. Ao redor da grande esmeralda, uma coroa de pequenos diamantes capturava a luz do sol nascente que filtrava através dos galhos que escondiam o furgão. Bill tentou colocá-lo. Mas seus dedos eram grandes demais. Mesmo o mindinho. Mal conseguiu enfiar na primeira falange. Era engraçado vê-lo ali, firme mas encavalado. Riu – redescobrindo a própria risada, reconhecendo-a por inteiro – e depois fechou os olhos, com o cheiro da judia no nariz e os nós dos dedos doendo um pouco. Lambeu as escoriações. Devia ter acertado nos dentes, pensou, rindo baixinho, e depois adormeceu. Não era mais noite. Não estava mais escuro. Não havia mais nada a temer.

Era noite de novo quando acordou. Escuro de novo. Apenas as luzes da cidade, do lado de lá do East River. Bill olhou o anel brilhante em seu mindinho, com a grande esmeralda e a coroa de diamantes. Ia rir, mas se conteve. Tinha medo de ouvir de novo aquela parte que faltava. Mas agora sabia como remediar. Desceu do furgão e abriu uma cerveja. Bebeu metade num gole só, depois agarrou a garrafa de uísque e mandou goela abaixo um gole generoso. Nunca tinha bebido um uísque envelhecido doze anos, era coisa de rico. Por fim, esgotou a cerveja. Arrotou e deu risada. Sim, era a sua risada. Tomou outro gole de uísque e de novo riu, forte, a plenos pulmões.

Restavam sete cervejas. E pouco menos de meia garrafa de uísque. Bebeu duas cervejas, uma atrás da outra, e jogou as garrafas na direção do rio, da ponte, daquela cidade cheia de luzes coloridas.

– Já vou! – gritou para a cidade. – Já vou te pegar!

Livrou o furgão dos ramos que o escondiam, ligou-o e partiu. Os faróis dos carros iluminavam as vigas da grande ponte. E a cidade mostrava-se em toda a sua terrível beleza. A cidade do dinheiro, pensava Bill, olhando os reflexos verdes e arco-íris do anel encavalado no mindinho.

– Vou te pegar – falou de novo, mas baixo, como uma ameaça, e no meio de todas aquelas luzes seu olhar ficou sombrio, escuro, apagado. Abriu uma cerveja. E depois outra. E quando terminou todas as cervejas esgotou o uísque. E por fim riu, deleitando-se com aquele som no qual não faltava nada.

Estacionou numa área mal iluminada de South Seaport e foi a pé para casa. Entrou num beco estreito e fétido, que cheirava aos resíduos do mercado de peixe. Dali pulou por cima de uma cerca de madeira e desceu num pátio. Do pátio – beirando um velho muro de tijolos corroídos pelo gelo – chegou a um alambrado. Agarrou-se nele e o escalou, saltando do outro lado. Caiu, desequilibrado pelo excesso de álcool. Levantou-se rindo baixinho, conferindo se continuava com o anel no mindinho e o dinheiro no bolso. Depois prosseguiu ao longo de um murinho baixo, com os braços abertos, como um equilibrista, e dali saltou numa escada de incêndio. Abriu a janela no terceiro andar e entrou no apartamento, em silêncio.

Agachou-se num canto, recuperando o fôlego. E sorriu. Não tinha mais feito aquele trajeto desde que era um garotinho com medo e fugia de casa, à noite. Mas era como se o tivesse feito ainda ontem.

– Quem é? – perguntou uma voz rouca, pastosa por causa do álcool.

Bill estava de novo com vontade de beber.

Da sala ao lado veio o ruído de vidro batendo em vidro. O gargalo de uma garrafa contra a boca de um copo. Ali certamente encontraria o que beber – Bill sabia, levantando-se.

– Ouvi um barulho ali – disse a voz rouca, dura, desagradável. – Vai lá ver, puta judia do inferno!

– Não precisa, *pa'* – disse Bill, aparecendo na sala.

O homem estava afundado numa poltrona de veludo verde, desbotada, gasta nos braços e manchada. Segurava um copo pela metade de bebida. A garrafa estava no chão, aos pés da poltrona, ao alcance da mão. Uma garrafa sem rótulo. Não era um bom uísque contrabandeado, mas o *blue ruin*, a ruína azul, o destilado mais vagabundo que corria por baixo da mesa no mercado de peixe. Outra garrafa idêntica estava jogada no chão. Vazia. O homem olhou para Bill.

— Que porra está fazendo aqui, *scheisse*³? – disse e depois tomou uma golada.

— Também quero beber – disse Bill.

— Vai comprar – respondeu o homem.

Bill deu risada. Enfiou a mão no bolso, pegou todo o dinheiro que tinha e jogou em cima do pai.

— Pronto, agora comprei – disse, inclinando-se na direção da garrafa de *blue ruin*.

O pai lhe deu um tapa no rosto. Bill não reagiu. Abriu a garrafa e tomou um longo gole. Depois passou a mão no rosto, com uma expressão de nojo. Pegou algo transparente entre o polegar e o indicador e jogou no chão.

— Peixe. Que merda! – disse. – Solta escama pra todo lado.

Nesse momento, uma mulherzinha de semblante emaciado, baixa e magra, com maçãs do rosto proeminentes que repuxavam a pele esverdeada e dois olhos grandes e pretos, melancólicos, apareceu na sala. Vestia um penhoar que Bill conhecia de muitos anos. Sempre aquele. E tinha um novo hematoma no maxilar.

— *Ma'*... – disse Bill, com a garrafa na mão.

— Bill! – disse a mulher, lançando-se sobre o seu menino para abraçá-lo.

Mas Bill impediu que ela se aproximasse, colocando entre eles o braço esticado com a garrafa de *blue ruin*.

A mulher levou a mão à boca. Nos grandes olhos pretos, preocupação e desespero. A preocupação era um sentimento novo, nascido naquele dia. O desespero, um companheiro que levava consigo havia anos, tantos anos que Bill não se lembrava de já ter lido outra coisa em seu olhar.

— A polícia esteve aqui... – disse a mulher em voz baixa. Então viu o anel no mindinho do filho. – Bill, Bill... o que você fez?

— Sua judia do inferno – estourou o pai, levantando-se da poltrona, cambaleando. – Está aqui o que ele fez! – e jogou o dinheiro no rosto dela. – Você tem merda na cabeça, como todo judeu!

— Para com isso, *pa'*! – disse Bill. – Chega! – e bebeu de novo.

O pai olhou para ele. Era mais alto que o filho. E mais forte. Tinha-o espancado a vida toda. Com as mãos, com chutes, com o cinto.

---

³ Em alemão no original; interjeição que equivale a *merda*. [N.E.]

– Judeu de merda você também – disse. – Não sabe que se você é filho de uma puta judia você é um judeu também? – e deu um sorriso de escárnio, com um brilho escuro nos olhos.

– Sim, você me disse um milhão de vezes, *pa'* – Bill bebeu novamente. – E não acho mais graça.

– Parem com isso... por favor – interveio a mãe.

O pai virou-se para a mulher. Levantou o braço e golpeou-a com fúria.

– Puta judia, sempre se metendo no meio.

Bill virou-se sem dizer uma palavra e foi até a cozinha.

– Vem aqui, seu monte de merda. Devolve minha garrafa. Vou enfiar esse dinheiro no seu cu. Vai acabar na forca, e eu vou fazer uma festa. Mas antes quero deixar umas marcas no seu lombo de judeu – e começou a soltar o cinto da calça. Tirou-o e enrolou no punho. E, cambaleando de um lado para o outro para se manter em pé, não percebeu a calça caindo.

– Você me dá pena – disse Bill, entrando de volta na sala. Tomou um último gole, jogou a garrafa no chão e depois enfiou na barriga do pai a faca que ele usava no mercado para tirar as vísceras dos peixes.

A mãe se jogou entre pai e filho enquanto Bill desferia um segundo golpe. A mulher sentiu a lâmina lascando suas costelas e penetrando-lhe no tórax com um ruído viscoso. Arregalou os olhos e caiu. Então Bill ergueu de novo a faca e de novo desferiu um golpe. O pai tinha esticado o braço para se proteger. A lâmina rasgou-lhe a palma da mão.

– Já te falei que a sua mão suja de peixe me dá nojo? – riu Bill e enterrou-lhe outra facada na barriga.

O pai desabou no chão, em cima da esposa.

Bill levantou a faca e baixou-a outra vez e outra ainda, sem atentar se acertava a mãe judia ou o pai peixeiro. E se espantou quando, enterrando a lâmina pela última vez, disse, em voz alta:

– Vinte e sete.

Vinte e sete facadas. Tinha contado.

Jogou a arma em cima dos dois corpos, descompostos e ensanguentados, e procurou na despensa alguma coisa para comer e uma garrafa. Recolheu seus quatorze dólares e vinte *cents*. Olhou na caixa de papelão onde sabia que a mãe guardava o dinheiro e contou três dólares e quarenta e cinco. Depois fuçou nos bolsos do pai e encontrou um dólar e vinte e cinco. Sentou-se na poltrona verde e contou quanto tinha. Dezoito dólares e noventa.

Olhou o anel no mindinho. Tirou-o. Pegou a faca ensanguentada e com a ponta soltou todas as pedras, uma a uma. Fez um envelopinho com uma folha de jornal, enfiou-as nele e guardou. Do bolso do cadáver do pai aparecia um lenço. Pegou-o e usou para limpar o sangue do anel.

Por fim, pulou a janela pela qual tinha entrado e percorreu de trás para a frente todo o caminho que fazia quando criança, quando tinha medo do escuro, quando tinha medo de não ver o pai chegando bêbado com o cinto enrolado no punho, para espancá-lo sem motivo. Quando fugia de casa porque sabia que a mãe – a judia que tinha querido se casar com o peixeiro alemão – não o defenderia. Porque as mulheres eram todas putas. E as judias eram as piores.

– Quanto você me dá por esse anel de prata? – disse Bill ao velho judeu.

Sabia que a lojinha ficava aberta até tarde. Os judeus eram uns merdas repugnantes. Faziam de tudo por dinheiro. Eram gente sem coração.

O velho pegou sua lente e girou o anel na mão, observando-o. Depois olhou para o rapaz. Tinha um jeito de idiota, pensou.

– Quanto acha que vale um anel sem pedra? – disse erguendo os ombros e jogando-o no balcão, pela abertura da rede de proteção. – Dois dólares.

– Só dois dólares?

– Não existe outra pedra que se engaste nele a não ser a original. Precisa fundir tudo e fazer outro engaste pra outra pedra. Sai mais caro o molho que o peixe – disse o velho.

Judeus. Todos iguais. Bill sabia bem disso. E aquele velho era o pior de todos. E isso também ele sabia bem. Mas não conhecia outros. Pelo menos não abertos àquela hora. E precisava amealhar o máximo possível e desaparecer. Enfiou a mão no bolso e apalpou o pacotinho com as pedras. Não, não podia fazer isso. O velho judeu ia pensar que ele era um ladrão e avisar a polícia.

– Quero pelo menos cinco. É um anel de prata.

Sim, aquele rapaz era um verdadeiro idiota, pensou o velho. Odiavam os judeus porque eram mais inteligentes que eles. Pelo menos ele tinha sempre dado essa explicação a si mesmo. Porque todos aqueles americanos eram verdadeiros idiotas.

– Três – disse.

– Quatro – disse Bill.

O velho contou quatro notas e passou-as para o outro lado do balcão. Depois pegou o anel.

Bill olhava para ele, imóvel.

– Quer mais alguma coisa? – perguntou-lhe o judeu.

Bill olhava bem nos olhos aquele velho que, junto com a mãe, ele tinha espiado tantas vezes quando era pequeno, e mais tarde sozinho, depois de grande. Olhava aquele velho judeu ávido e sem coração, que tinha expulsado a filha de casa quando ela se apaixonara por um peixeiro alemão. Aquele judeu nojento que tinha coberto os espelhos de casa, que tinha recitado o *kaddish*, a oração dos defuntos, porque para ele era como se a filha estivesse morta. Que não tinha querido vê-la nunca mais, nem conhecer o próprio neto.

Bill olhava para o próprio avô.

– Judeu de merda – riu, com sua risada leve. Virou-se e saiu.

O velho nem piscou.

– Martha – chamou em seguida, quando ficou sozinho, virando-se para os fundos da loja. – Escuta essa. Um idiota me vendeu por quatro dólares um anel que vale pelo menos cinquenta. Um anel de platina. E aquele idiota achava que era de prata – e riu, com sua risada leve, alegre, despreocupada, tão particular, com a qual tinha conquistado o coração de sua adorada esposa, cinquenta anos antes.

A mesma risada alegre e despreocupada com a qual, três anos depois, tinha recebido a notícia de que a mulher daria à luz uma esplêndida menina. A mãe de Bill.

14

Manhattan, 1922

O BOATO SE ESPALHOU RAPIDAMENTE. E com a mesma rapidez também aumentou. Agora se dizia que Christmas tinha descido do carro de um conhecido gângster judeu, um dos maiores. Alguns, à boca miúda, chegavam até a fazer alusões. Outros foram além e interpretaram as alusões, dizendo, à boca mais miúda ainda, que aquele carro pertencia a Louis Lepke Buchalter ou mesmo a Arnold Rothstein. E todo o Lower East Side, no decorrer de dois dias, estava convencido de que Christmas, no portão da Monroe Street, não tinha sacado uma nota de cinquenta, mas um enorme bolo de dinheiro. Mais de mil dólares, juravam muitos. E esses mesmos acrescentavam que o garoto tinha um Colt com cabo de marfim enfiado na cintura.

— Ei, aquela vez a gente estava brincando...

Christmas olhava os garotos com indiferença. Estava usando calça, camisa e jaqueta novas. E um par de sapatos, do tamanho certo e de couro lustroso. Sem gastar meio centavo. O alfaiate Moses Strauss, ao vê-lo entrar na sua loja, tinha ficado morrendo de medo. Acreditava que aquela visita significasse algo bem diferente. Ao compreender que Christmas não tinha em mente uma extorsão, tinha ficado tão aliviado e tão grato que tinha dado tudo de presente. E de novo o boato tinha se espalhado rapidamente pelo bairro. Moses Strauss era considerado um canalha. Não vendia fiado nem a prazo para os pobres habitantes do Lower East Side. Se com Christmas até aquele judeu canalha engolia sapo, tudo que se dizia dos Diamond Dogs devia ser mais que verdade.

— É sério, era só brincadeira... — repetiu o chefe do bando que poucos dias antes tinha-o enxotado e esculachado.

Santo Filesi estava pouco atrás. Levava uma lata grande na mão. Não se sentia à vontade diante daqueles delinquentes. Ele também estava com calça, camisa, paletó e sapatos novinhos em folha. Moses Strauss queria lhe dar só um desconto, o que já era excepcional. Mas depois, tendo a impressão de que Christmas tinha fechado a cara, tinha embrulhado tudo e continuado a repetir que para ele era uma honra ter como clientes garotos bem-apessoados como eles.

— Não se ofendem que eu chame os senhores de garotos, não é? – tinha se apressado em dizer, dobrando as costas para a frente.

— O que você quer? – perguntou Christmas ao chefe do bando. – Tenho mais o que fazer.

— Só queria dizer... – resmungou o garoto de 16 anos, alto e gordo, com uma cara de mastim e a linha do cabelo tão baixa que quase parecia não ter testa – enfim, a gente estava pensando... – e olhou para os integrantes do seu bando, que tinham um ar tão perigoso quanto o seu e sobrancelhas densas e escuras, mas que, como ele, procuravam sorrir e parecer amigáveis – que não tem motivo pra gente não ser amigo, só isso. A gente é tudo italiano...

— Eu sou americano – disse Christmas e os encarou.

Dessa vez ninguém riu.

— Bom, a gente também no fundo é americano... e o garoto girou nas mãos o chapéu surrado que tinha tirado na frente de Christmas. – O que eu quero dizer é que... não sei, talvez vocês, Diamond Dogs, queiram aumentar de tamanho. A gente está disposto a se juntar a vocês... se você achar que tudo bem. Podemos fundir as duas gangues...

Christmas olhou-o com um sorriso de escárnio. Depois se virou para Santo e riu. Santo tentou rir também.

— O que eu vou fazer com vocês? – disse Christmas ao garoto. – Você teve sua chance e desperdiçou.

— Eu disse que a gente estava brincando...

— Mas eu não achei graça.

— Bom, talvez tenha sido uma brincadeira besta... – o garoto virou-se para os integrantes do bando e fez um sinal para eles com os olhos.

— É, com certeza, foi uma brincadeira besta – disseram eles em coro.

— Que vantagem me trariam se a gente se unisse? – acrescentou Christmas, cético.

— Somos muitos – disse o garoto.

— Estou falando de negócios – replicou Christmas. – Quanto levantam por semana? – e, antes que o garoto respondesse, continuou: – Iam ser um peso morto, desculpa dizer.

O chefe do bando cerrou os punhos, mas engoliu a ofensa. Christmas fitou-o em silêncio.

– Vamos fazer assim – disse em seguida, num tom condescendente. – Eu deixo vocês continuarem com os seus negócios e vocês respeitam algumas regras. Primeiro: ninguém toca nas mulheres. Segundo: ninguém toca na cadela do Pep, o açougueiro aqui de trás.

– A sarnenta? – perguntou o garoto. – Por quê?

– Porque o Pep é meu amigo – e olhou o garoto nos olhos, dando um passo na direção dele e encarando-o. – Isso basta pra você?

O garoto abaixou o olhar.

– OK – disse. – Ninguém toca nas mulheres e ninguém toca na sarnenta.

– Lilliput – corrigiu Christmas. – A partir deste momento, ela se chama Lilliput pra vocês também.

– Lilliput...

Christmas olhou para os outros garotos.

– Lilliput – disseram eles em coro.

Christmas estendeu o braço e pousou com benevolência a mão no ombro do chefe.

– Se os Diamond Dogs precisarem de gente de confiança pra trabalhinhos externos, vou pensar em vocês.

O garoto se iluminou.

– Quando quiser, estamos prontos – e tirou fora um canivete. Atrás dele, os outros também sacaram os seus.

Santo sentiu as pernas amolecerem.

– Podem guardar isso – disse Christmas. – Os Diamond Dogs trabalham com isto – e deu um tapinha na própria têmpora. – A cabeça.

Os garotos guardaram os canivetes de volta no bolso.

– Vamos, Santo – disse Christmas ao seu tenente, que estava pálido como um fantasma. – Vamos logo que depois temos um encontro com você sabe quem.

Santo tinha aprendido a lição. Tinha que dizer só aquela fala. Tinha-a repetido dezenas de vezes. Tinha praticado a manhã toda, com a mão no bolso e uma atitude insolente, na frente do espelho da mãe. Mas o medo dos canivetes fez sua voz sair estrangulada.

– O Arnold? – disse de qualquer forma.

– Quer espalhar por aí o sobrenome também? – Christmas se fez de furioso, fazendo os garotos do bando terem certeza de que era do terrível

Arnold Rothstein que estavam falando. Depois encarou o chefe. – Façam de conta que não ouviram nada, entenderam? – disse, apontando o dedo para eles.

– A gente é surdo, não é? – disse o garoto, virando-se para o bando.

– Surdos – disseram eles em coro.

Então Christmas e Santo se afastaram e dobraram a esquina. Assim que chegaram ao beco para o qual dava o fundo do açougue, Christmas deu um assovio. Ganindo, com seus olhos saltados, a cadela do Pep saiu do estabelecimento.

– Lilliput! – chamou Christmas, contente, abaixando-se e acariciando o animal que lhe fazia a maior festa.

– Que nojo! – disse Santo.

Lilliput rosnou para ele.

Christmas riu e depois pediu para ele lhe passar a lata que tinha pedido à mãe para preparar.

– Quer assar ela no forno? – disse Pep, aparecendo no fundo do açougue, ao ver sua cadela coberta de unguento. Tinha uma cadeira numa mão e um jornal na outra.

A cachorra foi ao seu encontro, abanou o rabo, deu uma volta ao redor das pernas dele e depois voltou para Christmas.

O açougueiro ajeitou a cadeira no fundo lamacento do beco, depositou o jornal em cima dela e voltou para dentro do açougue. Quando saiu, tinha um casaco pesado por cima do avental ensanguentado. Sentou-se e desdobrou o jornal, com um olho no açougue.

– Sabe por que posso colocar essa cadeira na lama? – disse, orgulhoso. – É de metal. Indestrutível. E o encosto e o assento são de baquelita. A gente que inventou a baquelita aqui em Nova York, sabia? Indestrutível.

– Bonita – disse Christmas, e apontou o açougue para Santo. – Vai checar se não entra nenhum abutre.

– Quem? – perguntou Santo.

Christmas bufou.

– Fica na porta e cuida pra nenhum espertinho pegar um pedaço de carne de graça.

Santo vacilou, indeciso, depois partiu em direção à saída do beco.

– Aonde vai? – chamou-o Christmas.

– Vou dar a volta...

– Acho que pode passar por aqui – e indicou o fundo do açougue. – Tudo bem, Pep?

O açougueiro assentiu.

— Basta que você não mexa na carne — disse a Santo.

— Não... não, senhor... eu... — gaguejou Santo.

O açougueiro riu, e Santo entrou no estabelecimento, com o rosto vermelho.

— Esse é durão, hein? — disse Pep para Christmas. E riu novamente.

Christmas não respondeu e continuou espalhando a pomada nas feridas sarnentas de Lilliput.

— Besuntou ela bem — disse Pep. — O que vem a ser isso?

— É pra sarna.

— E o que você entende de sarna?

— Eu nada. Mas o médico que fez ela pra mim entende.

— Não vai querer que eu pague por ela, não é, rapaz?

Christmas se levantou, limpou as mãos no lenço e tampou a lata.

— Bom, o médico não me fez de graça — disse.

— E quem foi que te pediu? — Pep começou a ler o jornal.

Christmas ergueu os ombros e chutou uma pedra. Lilliput, rosnando, correu atrás dela, pegou-a entre os dentes, sacudiu a cabeça como se estivesse lutando, depois voltou até Christmas e depositou-a diante dele. Christmas riu e chutou-a novamente. E de novo Lilliput, rosnando, foi pegá-la.

— E quanto foi que te custou? — perguntou o açougueiro, levantando a cabeça do jornal.

— Dois dólares — respondeu Christmas, como se a coisa não o interessasse muito, e voltou a atirar a pedra para Lilliput.

— Dois dólares? — o açougueiro balançou a cabeça e voltou a folhear o jornal.

Leu distraidamente uma manchete, depois abaixou o jornal, de súbito. Deu um assovio e, quando Lilliput chegou até ele, pegou-a do chão e levou ao nariz, cheirando-a como se fosse realmente um frango assado. Colocou-a de volta no chão.

— Limão. E destilado. — Pegou na pele vermelha do cachorro e depois esfregou a ponta dos dedos. — Parafina. — Limpou os dedos no avental e voltou a pegar o jornal. Mas logo o abaixou de novo, olhando para Christmas com um ar feroz: — Dois dólares o caralho! — disse. — Por um pouco de limão, um destilado de merda e parafina?

— Deve ser aplicado todos os dias, o médico disse — sustentou Christmas, sem abaixar o olhar.

— Moleque — disse Pep, apontando-lhe um dedo cheio de cortes, da grossura de uma linguiça —, eu tenho ouvido falar de você esses dias.

Não se fala de outro assunto. Mas quero te falar uma coisa. Eu não dou a mínima pra vocês, delinquentes italianos ou judeus ou irlandeses. Vocês são uns merdas que vivem fazendo gente pobre, que trabalha honestamente, se cagar de medo. Mas eu não tenho medo e quero que se fodam, vocês e suas gangues. Eu chuto o rabo de vocês todos. Está claro?

Christmas olhava para ele em silêncio. Santo apareceu preocupado no fundo do açougue.

– Volta pro seu posto – ordenou-lhe Christmas.

Santo desapareceu.

– Não queria ler o jornal, Pep? – disse Christmas.

– Não me diga o que eu quero fazer, seu merdinha.

Lilliput, rosnando de brincadeira, depositou outra vez a pedra aos pés de Christmas, que a chutou sorrindo.

O açougueiro olhou sua cadela correr contente e trazer de volta a pedra.

– Já está se coçando menos – resmungou, com o cenho ainda franzido.

Christmas jogou a pedra de novo.

– Ah, vai pros infernos! – estourou o açougueiro e se levantou, pegando a cadeira na mão. O jornal caiu no chão, dentro de uma poça de lama. – Pronto, está satisfeito? – disse, apontando o jornal. – Lilliput, vamos – ordenou à cachorra e depois entrou de volta no açougue, seguido pelo animal. – E você também, fora! – pôde-se ouvi-lo gritando pouco depois.

Enquanto Santo saía apressado do açougue, com uma expressão preocupada no rosto, Christmas recolheu o jornal da lama.

– O Senhor Pep me disse pra te dar isso – e Santo entregou-lhe dois dólares.

Christmas sorriu, colocando-os no bolso.

– Nos paga bem, né? – disse Santo.

– Bastante.

Qual é a minha parte?

Christmas abriu o jornal. Na primeira página, uma manchete em letras garrafais dizia: "Ataca a neta de saul isaacson, o magnata do setor têxtil, depois mata os próprios pais. a polícia procura william hofflund". O rosto de Christmas se turvou.

– William Hofflund – murmurou, com uma voz cheia de rancor.

– Qual é a minha parte? – repetiu Santo.

Christmas olhou para ele. Tinha os olhos apertados, como duas fendas.

– É ele. William Hofflund – disse apenas, e se foi.

15

Manhattan, 1911

— SIM... ISSO, ESTOU TE SENTINDO... assim... sim, estou te sentindo... vem, põe pra fora... muito bom... está se abrindo... a flor está desabrochando... e está querendo... querendo muito sair... assim, agora, agora... agora... mata minha sede...

— Sal! – gemeu Cetta, deixando-se sacudir pelas contrações, sem pudor, enfiando os dedos na cabeleira farta de Sal, apertando a cabeça dele contra a própria carne excitada, escutando os fluidos quentes do próprio corpo se misturarem aos lábios daquele homem ajoelhado entre suas pernas. – Sal... – disse outra vez, mas agora mais fraco, afrouxando o aperto das mãos, arqueando preguiçosamente as costas, num último espasmo, como se tudo parasse. O coração, a respiração, os pensamentos. Como numa pantomima de morte. Uma doce morte à qual se entregar para morrer só um pouco. E ao despertar dessa pequena morte, com a dificuldade de abrir os olhos, descobrir um mundo inteiro diferente, velado, sonolento e ao mesmo tempo renascido. Suspirou, nua na cama, espreguiçando-se como um gato e depois se aninhando no peito dele, que tinha se deitado ao lado dela. – Sal...

Sal, com os braços cruzados atrás da cabeça, olhava para o teto baixo e manchado de umidade. O verão era impiedoso. O ar era asfixiante no quarto onde Tonia e Vito tinham vivido os últimos anos de suas vidas e que agora era a casa de Cetta. A velha cama de casal rangia a cada movimento. Sal estava suado. A regata que vestia estava molhada.

Cetta se levantou, mergulhou um pano na bacia de água e começou a passá-lo lentamente na pele dele. Sal fechou os olhos. Cetta passava o pano na dobra do pescoço, embaixo do queixo, nas bochechas mal barbeadas e na testa. Depois nos braços e nas axilas. Levantou-lhe a regata e molhou e enxugou a barriga e o tórax. Depois deixou o pano dentro da bacia e começou a soltar o cinto da calça dele. Sal abriu os olhos.

– Deixa – disse Cetta baixinho.

Desamarrou-lhe os sapatos, tirou a calça, soltou as ligas e tirou as meias. Então pegou outra vez o pano úmido e começou pelos pés, limpando e refrescando-os. Depois subiu para as pernas, passando o pano na dobra atrás do joelho, e subiu mais ainda, para as coxas fortes. Primeiro na parte externa e depois, sensualmente, na parte de dentro, até roçar a virilha. De novo deixou o pano na bacia e, com delicadeza, começou a abaixar a cueca.

Sal levou uma mão para impedi-la.

– Está quente – ela sussurrou. – Deixa...

Sal a soltou.

Cetta começou a deslizar a cueca para baixo, descobrindo o pênis escuro de Sal. Jogou a cueca no chão e pegou o pano úmido. Passou-o nos testículos, grandes e redondos, e depois no pênis, alisando-o e olhando para ele. Por fim abaixou a cabeça, pegou-o entre os lábios e começou a beijá-lo.

Sal se sentou num salto, pegou-a pelos cabelos, com violência, e afastou a cabeça dela bruscamente, com raiva.

Cetta caiu da cama.

– Eu te falei que não! – gritou.

– Por quê? – perguntou ela, estendendo a mão para tocar o pé dele.

Sal esquivou a perna, irritado.

– Ainda não entendeu, imbecil?

Cetta olhou para ele em silêncio, depois se levantou do chão e se sentou na beira da cama. De novo estendeu a mão e acariciou o pé dele. E de novo Sal se esquivou. Encarava-a com um olhar terrível.

– Você não... – disse Cetta, procurando as palavras – você não... consegue?

Sal deu um salto para a frente e apontou-lhe o dedo no meio do rosto.

– Eu sei ser delicado ou muito violento – rosnou, sinistro, com sua voz grave. – Você que escolhe, entendeu?

Cetta estava imóvel.

– Se eu ficar sabendo que você espalhou isso por aí – disse ele, escandindo a ameaça –, vão encontrar o seu cadáver no East River.

Cetta moveu a mão devagar, sem deixar de fitá-lo, pegou o dedo dele e abaixou.

– É por minha culpa? – perguntou.
– Não.
– Com as outras você faz?
– Não.
– Não fez... nunca?
– Nunca.
Cetta se inclinou para a frente e beijou-o nos lábios.
Sal empurrou-a para longe.
– Eu nunca tinha feito isso – disse Cetta, olhando para baixo, corada. – Nunca beijei ninguém.
– Bom, agora beijou – resmungou ele, deixando-se tombar para trás e se entregando ao abraço rangente da cama.
– Não vou beijar mais ninguém – disse Cetta.
– Não te pedi nada.
Cetta se aproximou dele e se encolheu em seus ombros.
– Te juro – disse.
– Não jure – respondeu Sal.
Cetta pegou a mão dele e acariciou-a por alguns instantes.
– Quero lavar elas pra você – disse.
– Não.
Cetta continuou acariciando a mão forte, em silêncio. Levou-a aos lábios e beijou-a. Depois passou-a no rosto, apertando-a.
– Por quê? – perguntou.
– Dá azar – disse ele.
Cetta deu-lhe um tapinha no peito.
– E além disso eu gosto de mexer com motores – ele acrescentou. – Não adianta lavar, logo vão sujar de novo mesmo.
Cetta deu um leve sorriso e se aconchegou em seu peito largo, abraçando-o.
– Por quê, Sal? – perguntou novamente.
Sal suspirou. Pegou no criado-mudo seu charuto pela metade e colocou-o na boca, apagado.
– Quando eu tinha mais ou menos a sua idade me pegaram – começou a falar, lentamente. – Um assalto que deu errado. Eu não era um grande assaltante... – e riu baixinho.
Cetta sentia as notas graves vibrando no peito dele e fazendo cócegas no seu ouvido. E sabia que Sal não ria nunca.

— Me levaram em cana – continuou ele. – Me passaram uns rolos de tinta na ponta dos dedos e pegaram minhas digitais. E enquanto faziam isso, eles davam risada. Riam das minhas mãos sujas. Mais tarde, no parlatório, minha mãe viu minhas mãos e começou a chorar. E à noite eu esfreguei os dedos na parede da cela, mas nunca ficavam limpos. A tinta tinha penetrado na pele...

Cetta continuava acariciando-lhe a mão encardida. Beijou-a, em silêncio, e levou-a até embaixo do seio esquerdo, onde batia o coração.

— Foi na prisão que aprendi a trabalhar com motores – Sal sorriu. – Naquela época não ligava a mínima pra carro. Mas um dia, no pátio, vi um cara com as mãos encardidas que davam nojo. Era mecânico. Pedi pra entrar na oficina também. E toda noite, quando deitava na cama pra dormir, olhava minhas mãos e pensava que, se me pegassem outra vez, não iam conseguir sujar elas mais ainda. E se minha mãe se acostumasse a me ver com aquelas mãos sujas, talvez não fosse mais me encher o saco no parlatório... – Sal fez uma pausa, levou a mão à altura dos olhos e observou-a. – Desde que eu tenho as mãos sujas não me pegaram mais – riu. – Por isso acho que dá azar se eu lavar.

Cetta se apoiou no cotovelo, depois se inclinou na direção dos lábios dele, tirou o charuto e o beijou.

— Tenta não ficar pegajosa, menina – ele disse.

Cetta riu, enfiou-lhe o charuto entre os lábios e voltou a se encolher no peito dele.

— Quando trazem de volta aquele fedelho pé-no-saco? – perguntou Sal.

Bateram na porta.

— Agora – respondeu ela, sorrindo sem jeito e levantando-se da cama. Vestiu o roupão e foi até a porta. Com a mão na maçaneta, virou-se para ele, que estava se vestindo com calma. – Sinto muito – disse.

Sal deu de ombros, sem olhar para ela, e acendeu o charuto.

Cetta abaixou os olhos, mortificada.

— Sinto muito – repetiu.

— OK, você já disse – resmungou Sal, enfiando a calça.

Bateram de novo. Cetta abriu a porta. A vizinha gorda segurava Christmas no colo. Grudados na saia dela, outros dois meninos, de 4 e 5 anos, gordos como ela.

— Obrigado, Senhora Sciacca – disse Cetta, pegando Christmas.

A mulher tentou espiar dentro do quarto.

– O menino me dá muito trabalho – disse. – E a senhora tem uns horários muito ruins...

Cetta olhou para ela em silêncio. Desde que Tonia e Vito tinham morrido, deixava Christmas com a Senhora Sciacca, que morava no segundo andar, numa casa com uma janela, junto com o marido e quatro filhos. Cetta lhe dava um dólar por semana para cuidar de Christmas.

– Não pode mais ficar com ele? – perguntou.

– Não é que não posso, mas os seus horários... – começou a queixar-se a Senhora Sciacca.

– Os horários não dá pra mudar – interrompeu Sal, aparecendo na porta de calça e regata. Depois enfiou a mão no bolso e tirou um rolo de dinheiro. Pegou uma nota de cinco e estendeu para a mulher. – Pegue – disse Sal e depois a encarou com um olhar duro. – E mande cumprimentos ao seu marido. Ele é um bom homem.

A gorda empalideceu, pegou o dinheiro e assentiu devagar.

– Fique de olho no fedelho – disse ele ainda. – Sabe como são nessa idade, é perigoso se machucarem. E isso me aborreceria.

A Senhora Sciacca, cada vez mais pálida, tentou sorrir.

– Não se preocupe, Mr. Tropea – disse. – Todos nós adoramos o Christmas. Não é verdade, crianças, que vocês gostam do Christmas? – falou para os filhos.

Os dois garotinhos, convocados a depor, refugiaram-se atrás do traseiro grande da mãe.

Sal fechou a porta sem se despedir, depois foi até a cadeira na qual tinha deixado a camisa branca de mangas curtas e vestiu-a. Ergueu os suspensórios e prendeu o coldre da pistola.

Cetta abraçou Christmas, que sorria feliz, e deu-lhe um beijo na bochecha. Mas com os olhos observava Sal, tão grande e feio. E lembrou-se de quando o tinha visto pela primeira vez, assim que tinha desembarcado na América, na porta do advogado que a tinha tirado da fila em Ellis Island e queria tirar o bebê dela.

– Defenderam você – sussurrou baixinho no ouvido do filho e sentiu que podia se comover.

– É hoje o aniversário desse pirralho? – perguntou Sal, jogando de qualquer jeito na mesa um boneco de pano que representava um jogador dos Yankees com o número três na camiseta e um pequeno taco de madeira na mão.

Cetta sentiu um golpe violentíssimo no estômago. Por um instante pensou que ia deixar Christmas cair no chão. Cerrou os dentes, fazendo uma careta que podia parecer de dor. Depois um soluço repentino, como uma explosão, sacudiu-a e a fez estremecer. Por fim, as lágrimas inundaram seus olhos. As mãozinhas de Christmas se apoiaram nas suas bochechas molhadas. O menino levou os dedos à boca, franziu os lábios e, sentindo o gosto salgado, começou a chorar.

Sal olhou para eles, balançando a cabeça, e terminou de se vestir.

Enquanto isso, Cetta tinha pegado o boneco e, ainda chorando, agitava-o diante dos olhos vermelhos de Christmas. Depositou-o na cama e passou um dedo sobre o número da camiseta.

– Três, está vendo? – dizia ao filho. – Três, como a sua idade...

– Que lengalenga que vocês fazem! – disse Sal, abrindo a porta da rua.

Cetta olhou para ele e caiu na risada, com o rosto molhado de lágrimas, enquanto Christmas batia o boneco na cama.

– Não enfie caraminholas na cabeça – disse Sal. – Não existe nada entre a gente.

– Eu sei, Sal – Cetta riu para a porta que se fechava.

16

Manhattan-Nova Jersey, 1922

QUANDO, LOGO CEDO, o luxuoso Rolls-Royce Silver Ghost cinza parou pela segunda vez no número 320 da Monroe Street, ficou claro para todos que Christmas Luminita, não obstante sua pouquíssima idade, tinha se tornado um peixe grande.

O grupo de curiosos acompanhou o motorista pelas escadas do prédio. Uns queriam saber se era o carro do Rothstein, outros perguntavam o que havia naquele pacote volumoso que ele carregava, outros tentavam pegar a carta endereçada a Christmas que escapava do bolso do motorista. Este, porém, permaneceu profissionalmente mudo e não se descompôs. Pousou o pacote no chão, diante da porta do apartamento de Cetta e Christmas Luminita, e bateu discretamente. Esperou alguns instantes e depois tentou novamente. Nada.

– Christmas! Christmas! – avançou Santo, gritando e batendo na porta com um entusiasmo espalhafatoso. – Abre, Christmas!

– Que é que você tem, Santo? – Christmas apareceu na porta, de regata e ceroulas, com os cabelos claros despenteados pelo sono.

– Christmas, para de fazer bagunça! – ouviu-se alguém bronqueando de dentro do apartamento e depois uma porta batendo com violência.

Christmas olhava atônito o motorista, que tinha recolhido o pacote do chão.

– Sou Fred, Mr. Luminita – disse o motorista.

– Sim, sim... – balbuciou Christmas, ainda tonto. – Oi, Fred.

– Fui enviado pelo Senhor... – começou a falar o motorista.

– OK, OK – Christmas o interrompeu. – Não vamos citar nomes. Não precisa. Nós dois sabemos quem te enviou. Entre, aqui tem ouvidos demais – e puxou-o para dentro do apartamento, fechando a porta imediatamente.

Santo, que tinha dado um passo à frente para entrar, viu-se com o nariz a poucos dedos da porta fechada. Ficou vermelho de vergonha. Depois de um instante, a porta se abriu e a mão de Christmas pegou-o pelo braço e puxou para dentro. Em seguida, a porta se abriu uma terceira vez e Christmas pôs a cabeça para fora.

– Deem o fora daqui! – gritou para os curiosos.

A pequena multidão resmungou alguma coisa, depois todos desceram as escadas, comentando, empolgados, e se dispersaram pelo bairro espalhando a notícia.

– Vocês têm eletricidade? – perguntou Fred, desconfortável, olhando ao redor na cozinha que também era o quarto de dormir de Christmas.

– Claro que a gente tem eletricidade, o que acha que a gente é? – disse Christmas com orgulho, colocando as mãos na cintura.

– Christmas, fica quieto, pelo amor de Deus! – berrou Cetta do quarto dela.

– Minha mãe – disse o garoto, apontando a porta fechada com um movimento da cabeça. – Trabalha numa casa noturna.

Fred olhou para ele, imperturbável, e depois disse:

– Quer que eu lhe dê um tempo para se vestir, Mr. Luminita?

– Como? – Christmas olhou para baixo e viu embaraçado a própria ceroula.

Santo riu.

– Christmas! – gritou Cetta outra vez.

– Sim, é melhor... – sussurrou ele, encolhendo a cabeça entre os ombros, como qualquer menino repreendido. – Santo, leva ele pra sala de estar.

Vestiu-se correndo, mergulhou dois dedos numa bacia de água gelada que o deixou arrepiado e depois foi se juntar aos dois na salinha que Cetta chamava pomposamente de sala de estar.

– Temos até janela – disse Christmas, apontando orgulhoso para o ponto forte do apartamento.

– Estou vendo – disse Fred.

– Bom, vamos aos negócios. O que você deseja, Fred?

– Posso citar nomes? – perguntou o motorista, olhando para Santo.

– Seria mais prudente não.

– Assim, se me apertarem, não posso soltar nada – explicou Santo, com um orgulho de malandro, enfiando as mãos no bolso.

– Compreendo – comentou Fred, assentindo com um ar sério, sempre impassível. – Então, o senhor sabe quem lhe enviou um presente – disse, estendendo o pacote para Christmas.

– O velho?

– Sim... o velho – confirmou Fred, com certa relutância pelo termo.

Christmas desembrulhou o pacote. Dentro, um rádio. Com um alto-falante em forma de funil, preto e reluzente, de baquelita, e seis válvulas. Na lateral, uma plaquinha de metal presa com dois parafusos dizia, em letras cinzas: "Radiola", logo abaixo "Long Distance Radio Concert Amplifier – Model AA485", e mais embaixo ainda "RCA – Radio Corporation of America".

– Caramba! – exclamou Christmas.

– É um rádio! – exclamou Santo.

– Eu sei muito bem que é um rádio – replicou Christmas. Depois mexeu nos botões, ao acaso. – E funciona? – perguntou a Fred.

– Espera-se que sim – disse o motorista. – Me permite? – Olhou em volta, identificou uma tomada e conectou o rádio. Depois girou um botão. Os dois meninos apuraram o ouvido enquanto o rádio fazia um zunido baixo. – As válvulas precisam esquentar – explicou Fred.

– Tem até válvulas – disse Christmas para Santo.

Santo fez uma careta de admiração.

Pouco depois, o zunido diminuiu e começou-se a ouvir uma voz chiada.

– Em fevereiro, até o presidente Harding levou um rádio para a Casa Branca – disse Fred. – Girando este botão, dá para escolher a estação – e sintonizou o rádio num programa musical.

Christmas e Santo estavam de boca aberta.

– Este outro botão é do volume – continuou explicando Fred. – Mas imagino que por agora seja melhor deixá-lo baixo. Por conta de sua mãe, quero dizer...

Christmas virou-se bruscamente na direção do quarto onde Cetta estava dormindo. Correu até a porta, abriu sem bater e entrou no quartinho sem janelas. – Mãe! Mãe! Vem ver! – Depois voltou para a sala, mais empolgado que nunca. – Mãe! – gritou outra vez. – Aumenta, aumenta o volume no máximo – disse para Fred.

– Não acho que seja o caso...

– Vai, caramba! – e Christmas saltou em cima do botão e girou-o todo, bem no momento em que Cetta, recordando a manhã em que tinha sido acordada por causa da garota violentada, aparecia na sala com uma expressão preocupada. – Olha, mãe, um rádio! – gritou Christmas por cima da música.

Cetta agora tinha uma expressão confusa. Vendo o motorista uniformizado, encolheu-se na sua camisola leve.

– A gente tem um rádio, mãe! – gritou Christmas, empolgado, abraçando-a. – Igual o presidente!

Cetta se desvencilhou como uma fera, saltou sobre o rádio e o desligou.

– De onde saiu isso? – perguntou. – Então é verdade o que estão falando no bairro. Você roubou? Está se metendo em confusão?

– Não, mãe, não. É um presente...

– Um presente de quem? – os olhos de Cetta brilhavam, escuros. Virou-se para o motorista. – E o senhor, quem é? – perguntou, agressiva.

– Perdoe-me a invasão, senhora. Não sabia que trabalhava em uma casa noturna, senão teria vindo mais tarde... – Fred começou a dizer.

– Quem é o senhor? – Cetta o cortou.

– Espera, espera, mãe. Fica quieto, Fred – interveio Christmas, apontando o dedo para o motorista. Depois pegou Santo pelo braço e arrastou-o até a porta. – É um assunto de família – disse, empurrando-o para fora e fechando a porta.

– Meu filho está se metendo em confusão? – Cetta perguntou ao motorista, com uma voz sombria.

– Não, senhora, eu lhe asseguro – disse Fred. Depois virou-se para Christmas. – Talvez seja o caso de o senhor contar tudo para sua mãe.

– O que você tem que me contar?

– Eu não fiz nada de errado, mãe. Fala você, Fred.

– Mr. Saul Isaacson – principiou o motorista, sempre empertigado – queria agradecer a Mr. Luminita por ter salvado a neta dele...

– A Ruth, mãe. Lembra?

– Como ela está? Pobre menina... – Cetta abrandou-se imediatamente.

– Muito melhor, senhora, obrigado.

– Não me meti em confusão, mãe – disse Christmas.

– Não, meu menino – e Cetta o abraçou, acariciando seu cabelo loiro. Depois pegou seu rosto entre as mãos e olhou para ele, sorridente. – Um rádio! – exclamou, radiante. – Ninguém tem rádio na vizinhança toda – e riu como uma criança.

– Tem mais uma coisa – intrometeu-se Fred, titubeante, estendendo para Christmas o envelope que tinha trazido no bolso. – Se quiser eu posso...

— Meu filho sabe ler e escrever — disse Cetta com orgulho, fulminando-o com o olhar.

— Eu sei ler, Fred — repetiu Christmas, pegando o envelope.

— Desculpe-me. E a senhora também... — disse Fred, inclinando levemente a cabeça. — É da Senhorita Ruth. Se quiser ler, o Senhor Isaacson me pediu para ficar à sua disposição.

— Pra quê? — perguntou Christmas.

— Abre — disse Cetta, com a impaciência de uma criança.

Christmas abriu a carta. Poucas linhas, grafadas com uma caligrafia elegante numa folha de papel verde-sálvia.

— Como escreve bem... — disse Cetta. Sorriu embaraçada para Fred e voltou a olhar para a folha de papel. — O que diz?

Christmas abaixou a carta. Estava pálido. Emocionado.

— O que diz? — repetiu Cetta.

— Ela quer me ver, mãe.

— Onde? Quando?

— A Senhorita Ruth ainda não se recuperou por completo — interveio Fred. — Recebeu alta da clínica, mas o médico aconselhou-a a não se cansar. Está na casa de campo. Se Mr. Luminita estiver de acordo e não tiver outros compromissos, poderia levá-lo até a propriedade dos Isaacson e depois trazê-lo de volta à tarde. A família da Senhorita Ruth ficaria honrada em recebê-lo para o almoço.

— Mãe... — de olhos arregalados, Christmas não sabia o que dizer.

Cetta sorriu e apertou-o contra o peito.

— Não tenha medo, meu filho — sussurrou-lhe no ouvido. — Vai e come por mim também — e riu.

— OK... — disse Christmas para Fred, tentando se conter. — Então eu vou.

— Espero o senhor no carro. Fique à vontade — disse Fred. — Perdoe-me a invasão, senhora — e esboçou uma reverência para Cetta.

— Sim... — disse Cetta. Depois, mal o motorista saiu, ligou o rádio. — Não está mais funcionando — disse, ouvindo só o zunido.

— As válvulas precisam esquentar, mãe — disse Christmas, com ar de sabido.

— Quanta coisa você sabe, meu filho — disse Cetta, segurando o rosto dele entre as mãos, sinceramente admirada. Em seguida a música começou a se espalhar pela sala de estar. Cetta pegou Christmas pelas mãos e começou a dançar, dando risada.

– Estou com um pouco de medo, mãe – disse Christmas.

Cetta parou de dançar. Olhou para ele, séria.

– Lembra que eles podem ter todo o dinheiro desse mundo, mas não são melhores que você. Quando se sentir envergonhado, imagina eles cagando.

Christmas riu.

– Funciona – disse Cetta, séria. – Foi a vó Tonia que me ensinou.

– Cagando?

– Claro. Quando disserem alguma coisa que você não entender, quando achar que eles são superiores, imagina eles sentados no vaso sanitário, empurrando pra fora um troço, com a cara toda roxa.

Christmas riu outra vez.

– Vai, dá uma penteada nesse cabelo, vem cá – e Cetta levou-o para a cozinha e alisou seus cabelos loiros. Depois mergulhou um pedaço de pano na bacia e esfregou-lhe o rosto. Lavou-lhe as mãos com um pedaço de sabão e tirou a sujeira de debaixo das unhas com a ponta de uma faca. – Como você é lindo, Christmas! As garotas vão enlouquecer por um cara como você – disse orgulhosa.

– Até a Ruth? – perguntou ele, timidamente.

O rosto de Cetta se anuviou por um instante.

– Até a Ruth – disse. – Mas deixa os ricos pra lá, encontra uma menina na vizinhança.

– Mãe, como a gente faz na mesa com gente rica?

– Bom... normal...

– Normal como?

– Faz que nem eles. Observa e depois faz do jeito que eles fizerem. É fácil.

– OK...

– Não fala com a boca cheia e não arrota.

– OK...

– E não fala palavrão.

– OK – Christmas balançava de uma perna para a outra. – Então eu vou.

– Espera – disse Cetta, correndo para o próprio quarto e voltando com a bolsa. – Compra um buquê de flores pra ela – disse, entregando-lhe dez *cents*. – É muito chique levar flores.

Christmas sorriu para a mãe e foi em direção à porta. Abriu, depois parou.

– Olha, mãe, não conta nada dessa história pras pessoas. Depois eu te explico. Diz só que é um judeu importante, tá?

– São judeus?

– Sim, mãe, mas...

Cetta cuspiu no chão.

– Judeus... – resmungou.

– Mãe!

– Os judeus que tentaram matar o Sal – disse ela, sombria.

– Sim, eu sei – bufou Christmas.

– Mas a Ruth pelo menos é americana?

– Sim, é americana.

– Ah, louvado seja o Senhor – disse Cetta, mais tranquila. Depois arregalou os olhos, como se tivesse se lembrado de um detalhe fundamental. – Espera. O perfume. Te dou um pouco do meu.

– Não, mãe, isso é coisa de mulher – e desapareceu nas escadas.

Na rua, Santo o esperava com um grupinho de pessoas. O Rolls-Royce estava rodeado de crianças. Fred estava sentado impassível em seu posto. Quando viu Christmas, desceu do carro e abriu a porta para ele.

– Aonde você vai? – perguntou Santo.

– Falar com o chefão em pessoa – disse Christmas em voz alta, para ser ouvido. – Me convidou pra almoçar. Temos que falar de negócios.

O povo murmurou.

Christmas deu os dez *cents* para Santo.

– Vai comprar umas flores pra mim. As mais bonitas. Mas rápido!

Santo voou até o florista da esquina. Sabia que não devia fazer perguntas. Tinha aprendido a primeira regra da gangue. Se não entender agora, vai entender depois. E se mesmo depois não entender, lembre que existe sempre uma razão. Quando voltou esbaforido com o ramalhete de flores, entregou os dois *cents* de troco para Christmas.

– Vai tomar uma soda – disse-lhe Christmas, jogando no ar a moedinha. Depois olhou as pessoas ao redor e disse: – É muito chique levar flores para uma senhora.

Por fim, entrou no carro e deixou que Fred fechasse a porta.

Naquele momento, do primeiro andar ressoou uma música no volume máximo. Christmas pôs a cabeça para fora e olhou para cima. Na janela surgiu o rosto belo e radiante de Cetta, com o alto-falante do rádio na mão, tentando mostrá-lo para as pessoas na rua. Mas o alto-falante mal aparecia. Cetta deu um último puxão, o rádio saiu da tomada e se desligou.

– Caralho! – esbravejou ela, e Christmas viu a mãe voltando para dentro.

Enquanto a música voltava a soar da janela, o Silver Ghost partiu.

– Você tem classe, Fred – disse Christmas, enquanto deixavam a Monroe Street.

O motorista o olhava pelo retrovisor. Pegou o microfone e disse:

– Precisa falar no microfone à sua esquerda.

Christmas pegou o microfone.

– Você tem classe – repetiu.

– Obrigado, senhor – sorriu o motorista. – Relaxe, vamos demorar um pouco.

– Pra onde a gente está indo?

– Nova Jersey.

– Nova Jersey? E onde fica? No rumo do Brooklyn?

– Do outro lado. Boa viagem.

Christmas sentiu um nó no estômago. Pegou no bolso o envelope de Ruth. E voltou a imaginar os olhos verdes da garota à qual tinha jurado amor eterno. Então abriu o envelope e releu a carta.

Caro Christmas,
Vovô me contou o que aconteceu no hospital, quando você veio me ver. Desculpe-me, não me lembro de muita coisa. Você salvou minha vida e queria lhe agradecer pessoalmente, agora que estou melhor. Vovô pensou em convidar você para almoçar.

Ruth Isaacson
PS: a ideia do rádio foi minha.

Christmas pegou o microfone.

– Ei, Fred.

– Diga.

– É o velho que comanda a parada toda, certo?

– Talvez fosse melhor se o chamasse de Senhor Isaacson.

– OK. Mas de qualquer forma é ele quem manda, não é?

– É sem dúvida um homem de personalidade forte.

– Sim ou não, Fred?

– Se quer colocar dessa forma... sim.

– É mesmo... – e Christmas voltou a se encostar no assento de couro, com a carta na mão, lendo e relendo. Pouco depois, pegou o microfone novamente. – Ei, Fred.

– Diga.
– Você sabe que diabo quer dizer "PS"?
– É uma fórmula para acrescentar uma glosa a uma carta.
– Não entendi nada.
– Quando uma carta está terminada e assinada, mas se deseja dizer mais alguma coisa, escreve-se "PS" e depois a coisa que se quer acrescentar.
– Tipo: "Ah, já ia esquecendo"?
– Exatamente.

Christmas olhou de novo para a carta e se concentrou naquele "PS" escrito com a bela caligrafia de Ruth. Pareceu-lhe muito elegante. Olhou pela janela. O carro entrou por uma grande artéria elevada de cuja existência Christmas não tinha sequer conhecimento. As placas de sinalização passavam rápido demais para que conseguisse ler os nomes daqueles lugares desconhecidos. A velocidade e aquele mundo mais amplo do que ele concebia causaram-lhe uma sensação de perigo. Sentia uma tontura e respirava com dificuldade à medida que o panorama se alargava. A ilha de Manhattan estava se afastando, um cartão postal de cores desbotadas no vidro traseiro do carro. Depois de uns dez minutos de caminho, o carro diminuiu a marcha e pegou uma bifurcação. O mundo, ao sair da bifurcação, era ainda mais diferente. Uma estrada reta que corria entre prados e bosques. E à esquerda o mar. Azul e branco de espuma. Diferente da água escura que se via das docas ou do *ferry* para Coney Island. E uma praia clara.

Então Christmas pegou de novo o microfone.
– PS, Fred.
– Como disse?
– PS.
– O que quer dizer, Mr. Luminita?
– Que tinha me esquecido de te falar uma coisa. PS, não é?
– Ah, claro... diga.
– Será que eu poderia ir pra frente?
– Em que sentido?
– Preferia sentar aí na frente com você. Aqui atrás parece que eu estou num caixão, e esse microfone é um saco.

Fred sorriu e encostou à beira da estrada. Christmas desceu correndo do carro e se acomodou no banco da frente. O motorista olhou para ele. Christmas pegou o quepe da cabeça dele e enfiou na sua. Depois riu e pôs os pés no painel. Fred, passado o primeiro instinto de proteção do carro, riu e seguiu caminho.

– Ah, isso sim que é viajar! – exclamou Christmas. Depois olhou para o empertigado motorista. – Você fuma, Fred?

– Sim, senhor.

– Então fuma, ué!

– Não tenho permissão para fumar no carro.

– Mas o velho fuma.

– Ele é o patrão. E eu lhe disse que seria melhor...

– Sim, sim, Fred, o Senhor Isaacson. Mas o velho não está aqui agora. Acende um cigarro, vai. Olha que você não me entendeu, se estiver pensando o que eu acho que está pensando. Eu não sou caguete, não.

– Caguete?

– Ah! – exclamou Christmas, satisfeito, dando um tapinha na própria coxa. – Então você não sabe tudo, Fred! – e riu. – Um caguete é um dedo-duro.

– Não posso fumar.

– E eu?

– O senhor é convidado de Mr. Isaacson e pode fazer o que quiser.

– OK, Fred, me passa um cigarro aí.

– Estão no porta-luvas que o senhor está sujando com a sola dos sapatos.

Christmas abaixou os pés, abriu o porta-luvas, pegou um cigarro e acendeu.

– Credo! – disse, entre um acesso de tosse e outro. Depois fechou o porta-luvas, limpou-o com o braço do paletó e voltou a colocar os pés nele. Por fim, enfiou o cigarro na boca de Fred. – Faz de conta que quem está fumando sou eu.

Fred ficou congelado por alguns segundos.

– Ah, que se dane – disse afinal e acelerou, lançando o carro pela ampla estrada que se perdia pelo campo em meio a um verde intenso.

– Isso sim que é viajar! – gritou Christmas pela janela.

Uns vinte minutos depois, o carro pegou uma estradinha de terra e parou na frente de um portão de ferro. Um homem de uniforme saiu de uma guarita baixa assim que viu o automóvel e abriu o portão. Enquanto o carro percorria a alameda arborizada, Christmas estava de queixo caído.

– Quantas pessoas moram aqui dentro? – perguntou, atônito, diante da grande mansão branca.

– *Mister* Isaacson, o filho, a esposa do filho e a Senhorita Ruth. Mais a criadagem.

Christmas desceu do carro. Nunca tinha visto nada tão bonito. Olhou para Fred, com uma expressão desnorteada.

– Fico contente de ver que aceitou o convite, rapaz – disse uma voz atrás dele.

Christmas virou-se e topou com os olhos vivos de Saul Isaacson. O velho usava uma calça de veludo e um casaco de caça. Foi até Christmas e apertou-lhe a mão, sorrindo.

– Minha Ruth voltou para casa há uma semana – disse o velho. – É forte como o avô.

Christmas não sabia o que dizer. Tinha um sorriso bobo estampado no rosto. De novo virou-se para Fred.

– Imagino que queira vê-la – disse o velho.

Então Christmas enfiou a mão no bolso interno do paletó, tirou uma folha de jornal dobrada e mostrou ao Senhor Isaacson.

– É ele – disse, colocando o indicador sobre o nome no título. – William Hofflund.

O rosto do velho se turvou.

– Guarde isso – disse num tom duro.

– É aquele filho da puta – disse Christmas.

– Guarde isso – repetiu o velho. – E não fale nem uma palavra disso com Ruth. Ela ainda está abalada. Não quero que se fale disso – e plantou a bengala no peito de Christmas. – Você me entendeu, rapaz?

Christmas afastou a bengala com o braço, sustentando o olhar do velho. De repente não tinha mais medo. Nem se sentia mais desnorteado.

– Se pra vocês não tem importância, vou pegar ele eu mesmo – disse.

O velho olhou-o por um instante com a sobrancelha franzida e os olhos em chama. Depois caiu na risada.

– Gosto de você, rapaz. Tem culhão – disse. Mas imediatamente voltou a ficar sério e outra vez apontou a bengala para o peito de Christmas. – Mas não diga uma palavra a Ruth, entendido?

– Entendido. Mas sai pra lá com essa bengala.

O velho abaixou a bengala devagar. A cabeça orgulhosa se movia imperceptivelmente para cima e para baixo, num sinal reiterado de anuência.

– Vamos pegá-lo – disse baixinho, se aproximando. – Tenho muitos amigos influentes na polícia e ofereci uma recompensa de mil dólares por aquele filho da puta.

– William Hofflund – disse Christmas.

– Sim, William Hofflund. Bill.

Os dois continuaram se olhando nos olhos, como se se conhecessem desde sempre, como se não estivessem separados por sessenta anos de idade e muitos milhões de dólares.

– Guarde esse jornal, por favor – disse o velho.

Christmas dobrou-o e enfiou de volta no bolso.

– Onde a Ruth está? – perguntou em seguida.

O velho sorriu e seguiu por uma trilha de cascalhos contornada por moitas de buxo bem ordenadas. Christmas o acompanhou. Chegaram a um grande carvalho e o velho apontou a bengala para o espaldar de uma espreguiçadeira branca e uma mesinha de bambu.

– Ruth – chamou o velho. – Olha quem veio nos ver.

Christmas viu primeiro uma mão enfaixada apoiada no braço da espreguiçadeira, depois uma longa cabeleira preta e cacheada que descia pelo espaldar.

E em meio aos cabelos cintilaram os olhos verdes de Ruth.

17

Nova Jersey, 1922

– OLÁ – DISSE CHRISTMAS.
– Olá – disse Ruth.
Depois ficaram em silêncio, olhando um para o outro. Christmas em pé, sem saber o que fazer com as mãos até que as enfiou no bolso. Ruth sentada, com uma coberta escura de caxemira sobre as pernas e duas revistas de moda no colo, *Vogue* e *Vanity Fair*.
– Bom – disse o velho Isaacson –, imagino que queiram ficar sozinhos. – Olhou para Ruth, esperando a reação dela com um olhar doce e compreensivo. – Se estiver tudo bem pra você – acrescentou em voz baixa, sorrindo para a neta.
Ruth assentiu.
Então o velho acariciou os cabelos dela e voltou pela trilha de cascalho, batendo com a bengala nas moitas de buxo, compassadamente.
– O almoço será servido daqui a pouco – disse sem se voltar.
– Acho que ele carrega aquela bengala mais como arma que como apoio – disse Christmas.
Ruth deu um leve sorriso, mas só com a boca, e abaixou o olhar.
– É bonito aqui – disse Christmas, balançando de uma perna para a outra.
– Sente-se – disse Ruth.
Christmas olhou em volta e viu um banquinho de madeira e ferro, a uns dez passos de distância. Foi até lá e se sentou. No banco havia uma cópia do *New York Post*. Ruth virou-se e olhou para ele. Sorriu sem jeito. Depois enfiou a mão enfaixada embaixo da coberta, corando.
– Como você está? – perguntou Christmas, propositalmente em voz baixa.

– Como? – perguntou Ruth.

Christmas enrolou o *Post* em forma de tubo e falou por dentro dele, como num megafone.

– Como você está?

Ruth sorriu.

– Bem – disse.

– Não estou te ouvindo – disse Christmas, sempre falando através do jornal. – Pega um megafone você também.

Ruth riu e enrolou a *Vanity Fair*.

– Bem – repetiu.

Christmas se levantou do banco, aproximou-se, colocou o jornal sobre a grama ao lado da espreguiçadeira e sentou em cima dele. Os olhos de Ruth eram mais verdes do que ele se lembrava. Ela ainda tinha marcas no rosto. Duas equimoses roxas ao lado do nariz. Uma cicatriz clara no lábio superior. Era muito mais linda do que ele tinha percebido através do sangue.

– O rádio é o máximo – disse ele.

Ruth sorriu e de novo desviou o olhar.

– Ninguém mais tem rádio lá onde eu moro – ele acrescentou.

Ruth começou a mexer com a capa da *Vanity Fair*.

– Tem até válvulas – continuou Christmas. – Sabia que precisa esperar elas esquentarem pra ouvir alguma coisa?

Ruth assentiu sem olhar para ele.

– Obrigado – ele disse.

Ruth apertou os lábios, com os olhos baixos. Não se lembrava de quase nada daquele garoto. Só o nome, aquele nome gozado. E os braços dele carregando-a para o hospital. E a voz. Gritando o nome dela quando a tinham carregado na maca. Mas não lembrava como ele era. Não sabia que tinha aquele cabelo loiro caindo por cima dos olhos pretos como piche. Não se lembrava daquele olhar aberto, quase descarado. Nem do sorriso, tão comunicativo. Ruth corou. Não se lembrava de quase nada, mas sabia que aquele garoto sabia. Sabia o que havia acontecido com ela. E tinha certeza de que mesmo agora não a via pelo que ela era, mas pelo que tinha sido, por como ela estava quando a tinha encontrado. E portanto sabia... sabia também...

– O maxilar voltou pro lugar – disse ela num fôlego só, desafiando Christmas com o olhar. – Endireitaram meu nariz, colocaram dois dentes postiços, as costelas quebradas sararam, as hemorragias internas foram reabsorvidas e não estou escutando muito bem do ouvido esquerdo, mas com o tempo deve melhorar. – Tirou a mão enfaixada de debaixo da coberta. – Já quanto a isso não há o que fazer.

Christmas ficou olhando para ela em silêncio, sem saber o que dizer, com a boca meio aberta e uma raiva nos olhos pelo que ela tinha sofrido. E balançava a cabeça, de um lado para o outro, num reiterado "não" silencioso.

– Nada nem ninguém vai poder fazer meu dedo crescer de novo – disse ela num tom agressivo.

Christmas fechou a boca, mas não conseguiu tirar os olhos de cima dela.

– Vou poder contar só até nove – disse ela então, e riu um riso forçado, com o cinismo de um adulto. Porque era como ela se sentia, agora. Uma menina que tinha sido forçada a crescer em apenas uma noite.

– Se eu fosse seu professor... – disse Christmas baixinho – mudaria a matemática pra você.

Ruth não esperava aquele comentário. Esperava demonstrações de pena, esperava frases protocolares. Queria só que aquele estúpido garoto loiro de olhos pretos como piche se sentisse envergonhado, pelo menos tão envergonhado quanto ela se sentia sabendo que ele conhecia um detalhe terrível da sua vida, uma injúria escondida entre suas pernas que ela não tinha tido coragem de nomear.

– E se eu fosse o presidente Harding, obrigaria todos os americanos a contar só até nove – disse Christmas.

Ruth ainda estava com a mão erguida, como uma bandeira ensanguentada. Sentiu que algo se quebrava dentro dela. E teve medo de começar a chorar.

– Você é um idiota – disse com raiva e se virou, dando-lhe as costas e arregalando os olhos para que secassem logo.

Quando teve certeza de que não ia começar a chorar, virou-se. Christmas não estava mais ali, sentado no chão. Olhou em volta e o viu no final do gramado, na ponta da estradinha, entrando no carro do avô. Achou terrível o jeito como estava vestido. Como pobre quando usa roupa de domingo. Como os operários quando o avô organizava a festa da *Chanucá*. Com aquelas roupas sempre novas demais e velhas demais ao mesmo tempo. Por um instante, teve medo de que ele estivesse indo embora.

Então Christmas virou-se na direção dela e sorriu. Mesmo lá longe, no final do gramado, tinha um sorriso aberto. Com uma sacudida da cabeça afastou o cabelo loiro que lhe caía na testa, vulgar, impertinente.

Tão brilhante. Cor de trigo. Como o ouro antigo de certas joias de sua avó. E os olhos, mesmo sendo tão pretos, àquela distância ainda brilhavam. Como se tivessem uma luz interna. Viu-o mexendo com um embrulho que tinha na mão, viu-o jogar fora algo colorido, por três vezes. E então Christmas começou a caminhar pela trilha de cascalhos, voltando na direção dela. Tinha um andar suave e nervoso ao mesmo tempo. Jogava as pernas para a frente, numa espécie de tranco, mas era como se andasse na água. E quando o pé tocava o chão, a cabeça se inclinava um pouquinho para o lado, insolente.

Assim que chegou até ela, entregou-lhe umas flores num embrulho miserável de papel marrom, molhado na base.

Ruth não se mexeu. Nem olhou para as flores.

– Eu sou um idiota, você tem razão – disse Christmas, pousando com delicadeza o ramalhete em cima da coberta de caxemira.

Ela então olhou para as flores. Contou-as. Eram nove. Nove horríveis corolas de pobre. E de novo teve vontade de chorar.

– Gostaria de vir te ver todo dia, mas... – disse Christmas, com uma voz embaraçada que queria soar divertida, balançando de uma perna para a outra, com as mãos de novo no bolso – enfim, sua casa não fica logo ali virando a esquina – e sorriu.

– Nós não moramos aqui o ano todo. Durante as aulas ficamos em Manhattan. Daqui a uns quinze dias devemos voltar para lá, assim que eu tiver me recuperado totalmente – Ruth surpreendeu-se de responder, como se ela também lamentasse não o ver mais. E agora não conseguia mais parar. – Temos uma casa na Park Avenue.

– Ah, sim... – assentiu Christmas. – Ouvi falar. – Fez uma pausa, olhou para os sapatos. – E você conhece a Monroe Street? – perguntou.

– Não...

– Bom, não está perdendo nada – riu ele.

Ruth sentiu aquela risada entrando em seus ouvidos. E se lembrou da risada de Bill, que a tinha feito sentir-se alegre, que a tinha levado a fugir de seu casarão triste. Aquela risada que escondia o horror. Olhou para Christmas, que tinha parado de rir.

– Obrigada... – disse.

Christmas encolheu os ombros.

– Bom, os floristas de onde eu moro não são lá aquelas coisas... – respondeu.

– Não estava falando das flores.
– Ah... – Silêncio. – Bom, enfim... – Silêncio. – É, de nada.
Ruth riu. Mas baixinho. Quase só dentro de si mesma.
– E então, gostou mesmo do rádio?
– Está brincando? É fantástico!
– E quais programas você escuta?
– Quais programas? Eu... não sei... Eu nunca tive um rádio.
– Eu gosto dos programas onde eles falam.
– É mesmo? E falam do quê?
– De tudo.
– Ah, bom... claro.
De novo silêncio. Mas um silêncio diferente.
– Senhorita Ruth! Está na hora do almoço!
Christmas se voltou. Viu uma jovem empregada de uniforme preto com punhos e colarinho branco e uma touca branca na cabeça.
– Parece um frango de luto – disse Christmas.
Ruth riu.
– Já vou – disse, levantando-se e pegando o ramalhete de nove flores.
Christmas a seguiu, com as mãos no bolso. Chegando em frente à mansão, viu Fred polindo a Silver Ghost. Assoviou para ele.
– Ei, Fred, estou indo comer – gritou.
Ruth sorriu.
– Muito bem, Mr. Luminita – respondeu Fred.
Um mordomo com alamares no uniforme estava esperando os dois na entrada.
– Já estão todos na sala de jantar, senhorita – disse, fazendo uma leve reverência.
Ruth assentiu.
– O senhor deseja lavar as mãos? – perguntou o mordomo a Christmas.
– Não, almirante – respondeu ele.
Ruth riu. O mordomo permaneceu impassível e deu passagem aos dois jovens. Ruth entregou o ramalhete de flores ao mordomo e disse baixinho:
– No meu quarto.
Christmas caminhava pela casa de boca aberta, sem saber para onde olhar. Ora era atraído por um quadro, ora por um tapete, ora pelo brilho dos mármores, ora pela marchetaria das portas, ora por um candelabro de prata de sete braços.

– Caramba... – disse em voz baixa ao mordomo, quando este lhe indicou a porta da sala de jantar.

Christmas apertou a mão do pai de Ruth, que já conhecia, e da mãe, uma mulher bonita e elegante que, pensou ele, parecia uma lâmpada apagada. O velho Isaacson estava sentado à cabeceira da mesa, com sua fiel bengala encostada nela, ao alcance da mão.

Todos se sentaram e um empregado se aproximou com uma grande bandeja de prata e uma tampa em forma de cúpula que escondia o prato.

– Espere – irrompeu bruscamente o velho Isaacson, irritado, pronto para brandir sua fiel bengala. – Sarah, Philip, querem ao menos dizer obrigado ao rapaz que salvou Ruth? – e olhou com olhos severos para o filho e a nora.

Marido e esposa ficaram duros em suas cadeiras.

– Pois naturalmente – disse então a mãe de Ruth, com um sorriso educado para Christmas. – Queríamos só lhe dar o tempo de se sentar. Temos um almoço inteiro para agradecer. De qualquer forma, saiba que lhe somos gratos de todo o coração.

– Não há de quê, senhora – respondeu Christmas e olhou para Ruth, que estava olhando para ele, mas abaixou a cabeça assim que encontrou os olhos escuros e profundos de seu salvador.

– Sim, obrigado realmente – acrescentou debilmente o pai de Ruth.

– Puta merda, parece que estamos num funeral, quando deveria ser uma festa! – exclamou o velho.

– Pode servir, Nate – disse Sarah Isaacson ao empregado.

– Achava que os ricos não falassem palavrão – observou Christmas.

– Os ricos fazem o que lhes dá na telha, rapaz – riu o velho, satisfeito.

– Alguns ricos – disse o pai de Ruth. – Alguns outros, como você observou corretamente, evitam esse tipo de linguagem.

– Pois é, aqueles que ficaram ricos sem mérito nenhum – comentou o patriarca da casa. Depois se virou para Christmas. – Como você é italiano, mandei preparar espaguete com almôndegas para você – disse enquanto o empregado servia os pratos.

– Eu sou americano – pontuou Christmas. – Mas de qualquer forma parece bom – acrescentou, olhando a cascata de espaguete que o empregado colocava em seu prato.

– As almôndegas são sem linguiça, porém – disse o velho. – Nós, judeus, não comemos carne de porco. E a carne é *kosher*.

Christmas estava para se lançar sobre a massa quando se lembrou de olhar como os outros faziam. Não aspiravam o espaguete assoviando, percebeu, e a educação lhe pareceu uma grande chatice. Aquilo que era justamente o mais divertido do espaguete. Mas se adequou. Engoliu e depois perguntou ao velho:

– O senhor não nasceu na América?

– Não.

– Mas o seu filho sim?

– Sim.

– Então o seu filho é americano, não judeu – concluiu.

– Não. Meu filho é um judeu americano, garoto.

Christmas mandou para dentro outra garfada de macarrão, refletindo.

– Então, na prática, quando você é judeu, está ferrado, né? – disse em seguida. – Não vira americano nunca, e ponto final.

O casal Isaacson ficou duro outra vez. Ruth olhou para o avô.

O velho riu baixinho.

– É, quando você é judeu, está ferrado – disse.

– Também vale pros italianos – disse Christmas, balançando a cabeça.

– Sim, acho que sim – disse o velho.

Christmas se concentrou em devorar a última almôndega, depois deixou o garfo no prato e limpou a boca.

– Bom, eu quero ser americano e ponto final – disse.

O velho levantou a cabeça e olhou-o bem nos olhos.

– Boa sorte – disse.

Ruth observava o avô. Era evidente que gostava do rapaz de cabelo loiro e olhos de piche. Com ninguém mais teria deixado passar aquele tipo de observação. E, sobretudo, com ninguém mais estaria tão sorridente. O avô sorria pouco, e quase só para ela. Em seguida virou a cabeça para os próprios pais. Mal acompanhavam, e com evidente desinteresse, a conversa. Estavam ausentes, como sempre. E era igualmente evidente que desprezavam – ou melhor, que sequer consideravam minimamente – o garoto que tinha salvado a filha deles. Às vezes tinha a impressão de que eles se achavam o centro do universo. Ouvia com frequência o avô e o pai falando dos operários da fábrica. O avô considerava-os judeus como eles, enquanto o pai dizia que eram gente do Leste. O avô não via problema em explorá-los e lhes pagar o mínimo possível, mas se interessava pela família deles. O pai não via problema em explorá-los e lhes pagar o mínimo possível, mas não sabia nem quem eram. E os operários – os mortos de fome – viam seu avô como um deles que tinha conseguido vencer na vida, enquanto seu pai era um nada. E por vezes Ruth tinha a sensação de que também para o avô o filho dele fosse um nada. Ao contrário, parecia que Christmas fosse alguém para ele. Que ele sentia uma espécie de admiração por aquele garoto. E talvez tenha sido essa constatação que tenha baixado as defesas de Ruth, que a tenham feito sentir – filtrada através dos olhos do avô amado – uma emoção inesperada. Como se gostasse, ou pudesse gostar, daquele garoto. E assim que experimentou aquela sensação, Ruth se assustou. Porque tinha jurado a si mesma que baniria os homens para sempre de sua vida. Todos.

– Como se chama o país dos judeus? – perguntava Christmas ao velho enquanto isso, atacando um estranho prato picante e cheio de condimentos.

– Os judeus não têm uma nação própria – disse o velho.

– Então com base em quê que alguém é judeu?

Saul Isaacson riu.

– É uma questão de descendência – interveio Philip Isaacson, com uma entonação alterada. – O nosso sangue é algo que preservamos e que nos distingue dos outros.

– Quanto a isso, há outro detalhe que também nos distingue – disse o velho com um risinho.

Christmas refletiu sobre as palavras do velho, depois se iluminou.

– Ah, então é verdade! – exclamou espantado. – Achava que era lorota que contavam lá na vizinhança – e balançou a cabeça, incrédulo. Depois fitou o velho. – Na prática, pra saber se alguém é judeu, precisa olhar o... – parou, compreendendo que não podia dizer o que tinha pensado. Virou-se para Ruth e corou.

– Nariz – concluiu o velho, salvando-o. – Precisa olhar o nariz.

A mãe de Ruth tossiu. Philip Isaacson continuou comendo, arqueando levemente uma sobrancelha.

Já o velho, depois de um momento de silêncio, bateu a mão na mesa e explodiu numa estrondosa gargalhada.

– E o que você pensa em fazer da vida, rapaz? – perguntou pouco depois, diante de uma fatia de bolo com chantili e cerejas confeitadas. – Tem um trabalho?

– Já fiz muitos trabalhos, mas nenhum que eu gostasse – respondeu Christmas, engolindo apressadamente uma cereja para não falar de boca cheia, como a mãe tinha recomendado. – Já vendi jornal, passei piche em telhado, tirei neve, fiz entregas pra uma *delicatéssen*, mas agora tenho... tenho... – quando estava para dizer que tinha uma gangue, de repente se deu conta de que não era o tipo de atividade que causaria uma boa impressão numa família de judeus ricos. Ficou com a boca aberta, sem saber como prosseguir e ao mesmo tempo já tendo avançado demais para se calar.

– Tem o quê? – apertou-o o velho.

Christmas voltou o olhar para Ruth. Distraiu-se. Era de uma beleza celestial.

– Tenho... – gaguejou – agora tenho um rádio – disse, sorrindo.

– Não me parece um trabalho – riu o velho.

– Não, senhor – disse Christmas, sem conseguir desgrudar os olhos de Ruth. – Mas vou ter um programa só meu – continuou, fitando-a. – Um daqueles programas em que se fala...

Ruth olhava para ele. Olhava o garoto que a tinha presenteado com nove flores, que reinventaria a matemática para adequá-la às mãos dela, e odiou-o com todo o coração porque não conseguia desviar os olhos, porque não conseguia não olhar para ele.

– Assim a Ruth vai poder me escutar – concluiu Christmas.

O velho Saul Isaacson correu os olhos de Christmas para Ruth e de novo para Christmas. "Pena você não ser judeu", pensou, e instintivamente olhou para o filho, com aquela compostura aristocrática que o dinheiro lhe dava, com aquele jeito delicado e fraco.

– Quer fumar um charuto, rapaz? – perguntou.

Christmas se virou para ele com os olhos arregalados.

– Ah, não, com todo o respeito, me embrulha o estômago.

O velho riu e se levantou.

– Bom, pois eu vou fumar um bom charuto. Se me dão licença... – e foi para uma sala, onde o mordomo já tinha preparado todo o necessário numa mesinha de fumo.

Os pais de Ruth também se levantaram. A mãe alegou uma forte dor de cabeça e o pai um compromisso de trabalho. Apertaram formalmente a mão do convidado e desapareceram.

Ruth e Christmas continuaram sentados em seus lugares. Mais uma vez tinha caído o silêncio entre eles. E os dois olhavam para baixo, para o próprio prato, sujo de chantili.

Ruth brincava com as migalhas de pão sobre a toalha.

Christmas olhou para a mão dela enfaixada. E para as equimoses roxas ao lado do nariz.

– Antes – começou a falar, baixinho, corando com a lembrança –, muitos anos atrás, quando eu era pequeno... a gente morava em outro lugar, eu e minha mãe. E eu ia pra escola. Tinha acabado de começar o quarto ano... – As palavras custavam a sair. Christmas sentia o rosto vermelho e quente. Cerrou os punhos e prosseguiu. – Bom, enfim, um dia, no pátio, chega perto de mim um cara do sexto ano, gordo e grandão, junto com os colegas da sala dele e também da minha. E todos eles olham pra mim e dão risada. Aí o cara me fala que sabe qual é o trabalho da minha mãe... e todos eles riem...

Ruth levantou os olhos da mesa. Viu que Christmas estava com o rosto vermelho e os punhos cerrados. Assim que seus olhos se enlaçaram, Ruth não conseguiu mais abaixar os dela.

– Enfim, era um trabalho feio, ele disse, e eu falei que não era verdade, e todos continuaram rindo e aquele lá falou que um dia desses roubava uns centavos do pai dele e... e... – Christmas cerrou os lábios e respirou fundo, uma, duas, três vezes. – Você entendeu, né? Falou que com alguns centavos levava minha mãe pra um quarto pra fazer sem-vergonhice. Aí eu pulei no pescoço dele pra fazer ele engolir tudo o que tinha falado, mas... – Christmas deu uma risadinha desprovida de alegria – ele me deu um soco, um soco só, e eu já caí no chão. E enquanto todo mundo ria ele pegou um canivetinho, sentou em cima de mim, rasgou minha camisa... – Christmas começou a abrir os botões da camisa – e me gravou isso aqui.

Ruth viu a cicatriz no peito dele. Uma cicatriz fina, esverdeada, em relevo, que parecia um P.

– Puta – disse Christmas em voz baixa. – Depois me fez dar a volta no pátio, pra que todo mundo me visse, me puxando pela orelha como se eu fosse o cachorrinho dele. – Olhou para Ruth, que ouvia em silêncio. – Eu gostava de ir pra escola. Mas a partir daquele dia não fui mais.

Ruth viu que ele estava com os olhos cheios de lágrimas contidas e de raiva. Sentiu o instinto de estender a mão, de tocá-lo.

– E naquele dia eu descobri qual era o trabalho da minha mãe – disse ele, com uma entonação apagada, quase neutra.

Ruth deixou as migalhas e moveu a mão devagar. Aquele garoto era capaz de dar presentes que riqueza nenhuma poderia comprar. "Devia ser você", descobriu-se a pensar. E imaginou a delicadeza com que aquele garoto de cabelos loiros a apertaria entre os braços, sem fazê-la sentir-se em perigo, sem violência, pronto para protegê-la de tudo e de todos. Imaginou como seriam leves suas carícias e perfumados seus lábios e brilhantes seus olhos. E sentiu-se atraída para ele, como por um sorvedouro – só que límpido – e por uma vertigem. E lentamente seu corpo obedeceu àquele impulso. A mão atravessou o deserto de migalhas em direção à mão dele. Sua boca foi em direção aos lábios dele, para apagar a sensação daqueles outros lábios.

Mas nesse momento Ruth falou. Depressa, agressivamente.

– Podemos ser só amigos – disse com uma voz dura, assustada, num volume mais alto que o normal, e se retraiu.

Na sala ao lado, o velho Saul deu um suspiro.

Christmas sentiu uma fisgada no estômago. E uma sensação desagradável, como de frio e suor ao mesmo tempo. E pensou que se estivesse em pé suas pernas teriam bambeado.

– Claro... – disse. Abaixou o olhar para o prato. "Ah, que se foda!", pensou e passou o dedo no chantili que não tinha conseguido pegar com a colher. Depois, como um gesto de desafio, enfiou-o na boca e lambeu, encarando Ruth. – Claro – disse outra vez, num tom agressivo. – Você é uma menina rica e eu um miserável do Lower East Side, acha que eu não sei?

Ruth se levantou bruscamente. Jogou o guardanapo em cima dele.

– Você é um idiota! – disse, com o rosto vermelho de raiva. – Isso não tem nada a ver.

Christmas fez uma bola com o guardanapo, mergulhou na jarra de água e fez menção de atirar contra ela.

– Não se atreva! – disse Ruth, dando um passo para trás.

Christmas sorriu. Fez de novo que ia jogar o guardanapo.

Ruth deu um gritinho e se afastou mais.

Christmas riu. E então Ruth riu também. Ele colocou o guardanapo na mesa e olhou para ela, sério.

– Vamos ver – disse.

– Vamos ver o quê? – perguntou ela.

– Vamos ver – ele repetiu.

Ruth ficou olhando para ele em silêncio. Esforçando-se para não deixar aparecer o rosto de Bill. Mas era impossível. Aparecia para ela em todo lugar. Mesmo quando olhava para o pai. Toda vez que cruzava com o olhar de um homem, via Bill. E sentia aquela humilhante laceração entre as pernas, e aquela sensação viscosa de sangue. E o estalo – como de um ramo seco – produzido pelas tesouras amputando seu dedo.

– Não vamos ver coisíssima nenhuma – disse, séria.

Christmas pegou depressa o guardanapo e lançou contra ela.

– Cretino! – disse ela, e por um instante o rosto de Bill desapareceu e ela viu só os olhos pretos de Christmas por baixo do cabelo da cor do ouro antigo das joias da sua avó. E então ela riu, recolheu o guardanapo e jogou nele. Como uma criança. Como uma menina que de vez em quando conseguia se esquecer de ter se tornado mulher numa única noite.

O velho se levantou com o charuto na boca e saiu. Foi até Fred e disse:

– É hora de levar de volta aquele furacão, antes que me derrube a casa.

Ruth e o velho Saul Isaacson ficaram nos degraus da varanda da mansão olhando o Rolls-Royce que se afastava, fazendo crepitar o cascalho da alameda.

– Eu sempre me perguntei como foi que uma moça bonita como a vovó foi se casar com um sujeito horroroso como o senhor – disse Ruth, apoiando a cabeça no ombro do avô.

O velho riu baixinho.

No final da alameda arborizada, o Rolls-Royce parou diante do portão.

– Quando era jovem o senhor era como o Christmas? – perguntou Ruth.

O guarda começou a abrir o portão.

– Talvez – disse o velho, depois de uma pausa.

O Rolls-Royce cruzou o portão, virou à esquerda e desapareceu.

– E eu sou bonita como a vovó? – perguntou então Ruth.

O velho se virou para ela. Acariciou-lhe os cabelos e depois passou-lhe o braço por cima dos ombros.

– Vamos entrar, você não pode tomar friagem – disse.

Ao longe, o guarda fechava o portão.

E Christmas, afundado nos confortáveis assentos do Rolls-Royce, apertava nas mãos o endereço de Ruth em Manhattan. E da escola dela. E um número de telefone.

18

Manhattan, 1911-1912

— O QUE EU VOU FAZER quando meu corpo não for mais atraente? — perguntou Cetta.

— Você tem 17 anos. Tem tempo – disse Sal, deitado na cama, de regata, distraído com Christmas, que brincava sentado no chão com o boneco que tinha ganhado dele no aniversário de 3 anos. – Está crescendo rápido o pirralho, hein? – sorriu.

— Eu também estou crescendo rápido – disse Cetta, emburrada. – Só que aí o nome é envelhecer.

Sal ainda ficou por um instante olhando para Christmas, que, sem parar de falar um só instante, estava fazendo o novo boneco – um leão do qual já tinha decepado a cauda – lutar contra o boneco dos Yankees, que o tempo e o vigor do menino já tinham mutilado com muito mais gravidade. Depois se levantou da cama e foi até Cetta, ao lado do fogão onde borbulhava o molho para o macarrão.

— Por que que a gente precisa estragar nosso domingo? – disse com sua voz grave, que tinha aprendido a modular de maneira menos rude, e pôs a mão no ombro dela.

Cetta se afastou, ao contato.

— Se não fosse o pirralho, eu sei como ia te amansar – disse Sal, piscando para ela.

— Morre, pirralho! – gritou Christmas, fazendo o leão morder a garganta do jogador dos Yankees.

Sal deu risada. Cetta se virou e olhou para ele. Nunca tinha imaginado ver Sal rindo. Mas Christmas o fazia rir com frequência. Sal olhou para ela e sorriu. De repente Cetta ficou séria.

— Vou ter que fazer meu serviço pra sempre? Até quando eu estiver boa de jogar fora? Até quando você ficar cansado de me experimentar? – disse Cetta, gesticulando com a colher de pau.

— Abaixa a arma – disse Sal.

— Abaixa a arma, pirralho! – gritou Christmas.

Sal riu outra vez.

— Estou falando sério – disse Cetta.

— Você é muito saborosa – disse Sal, aproximando-se. – Não vou me cansar nunca de experimentar você.

— Estou falando sério! – e Cetta bateu a colher no fogão.

— Bang! Você morreu! – gritou Christmas e se jogou no chão, agonizando.

Sal riu novamente.

— Me desculpa... – disse depois a Cetta.

— Eu quero ter uma *casa* só minha, como a Madame – disse Cetta, sombria. – Quero um monte de garotas bonitas que façam... – Cetta interrompeu-se, olhando para Christmas. – Enfim, quero que as outras façam o serviço, e não sempre eu.

— Tem tempo, Cetta – disse Sal, carrancudo, e toda a alegria tinha desaparecido da sua voz. – Já conversamos sobre isso.

— Mas você não se importa comigo, Sal?

— Você me encheu o saco – explodiu ele. Vestiu-se e saiu batendo a porta.

— Sal! – Cetta o chamou, mas ele não parou.

Então Cetta se sentou na cama e começou a chorar em silêncio. Christmas se levantou, instável nas pernas, foi até a mãe e se encostou nela.

— Quer brincar, mamãe? – disse com a sua vozinha, colocando os dois bonecos no colo dela.

Cetta acariciou-lhe os cabelos cor de trigo e o abraçou, sem dizer nada.

— Eu também chorei quando quebrou o rabo do Leo – disse Christmas. – Você lembra, mamãe?

— Sim, tesouro – Cetta sorriu. – Eu lembro – e apertou-o com mais força.

Então viu a arma no coldre. E o coldre na cadeira.

Sal decidiu ir até o *diner*, certo de encontrar alguém com quem passar o domingo. Cetta o estava pressionando. Mas não era isso que o consumia. Era o fato de se sentir cada vez mais à vontade com aquela garota. Tinha começado até a gostar do pirralho. A morte de Tonia e Vito Fraina tinha deixado um buraco em sua vida. Por um lado, eram tudo que ele tinha. Por outro, tinham-no livrado do constante sentimento de culpa pelo assassinato do filho deles. Sal tinha parado de se recriminar. E pouco a pouco, sem se dar conta, Cetta tinha preenchido aquele buraco. Mas ela era só uma das putas do bordel, continuava a repetir para si mesmo, tentando repelir aquele pensamento que parecia tanto uma emoção.

E não era o momento de ser fraco. Não havia mais só aqueles irlandeses assassinos para ficar de olho. O que tinha restado dos Eastman – ainda que ninguém os chamasse mais assim desde que, sete anos antes, Monk Eastman tinha se deixado apanhar e ido parar em Sing Sing – eram uns malucos imprevisíveis. Um depois do outro surgiam novos nomes, novos chefes, que acreditavam poder voltar aos bons e velhos tempos, quando se combatiam guerras inconcebíveis contra a polícia ou contra os italianos de Paul Kelly. Quando, para juntar os homens, bastava espalhar a notícia pelas ruas, ou no Odessa Tea House de Gluckow na Broome Street, ou no Hop Joint de Sam Boeske na Stanton, ou na *drugstore* de Dora Gold na First Street. Quando bastava oferecer umas garrafas grátis de *blue ruin*, o destilado ordinário mais barato em circulação. Tiroteios que duravam um dia inteiro, batalhas campais com transeuntes caindo como folhas de árvore, barricadas, pedras, lutas com bastões, cassetetes, canos, estilingues. E assim a cada dia, nos últimos anos, tipos como Zweibach ou Dopey ou Big Yid e Little Augie e Kid Dropper enfiavam na cabeça que não iam respeitar as regras.

Não, não era o momento de ser fraco, pensava Sal enquanto dirigia para o *diner*. E uma mulher deixa você fraco. As emoções deixam você fraco. Estacionou como sempre a meio quarteirão de distância, desceu do carro e comprou um charuto no Nora's. Quando saiu na rua, percebeu que tinha esquecido a pistola na casa de Cetta.

As mulheres e as emoções deixam você fraco.

E enquanto balançava a cabeça com o charuto na boca, chamando a si mesmo de idiota, não percebeu o carro preto que dobrava a esquina numa velocidade excessiva. Só ao primeiro disparo se deu conta. Ouviu a detonação e um súbito ardor no ombro. Foi jogado contra um poste. Bateu a têmpora e caiu atrás de um carro estacionado. Estava desarmado. Estava numa emboscada. Começou a suar enquanto rastejava em busca de abrigo, com o ombro fazendo-o gritar de dor.

"Estou ferrado", pensou.

Mas logo os amigos do *diner* saíram e começaram a responder ao fogo. O carro preto derrapou, subiu na calçada oposta, atropelou duas mulheres que gritavam petrificadas, esmagando-as contra o muro, e por fim foi arrebentar a vitrine de uma barbearia.

Os amigos de Sal correram até o carro. Silver, um cafetão de cabelos totalmente brancos apesar de ter só 30 anos, chegou primeiro. Tirou do carro um dos atiradores, que escondia a cabeça com os braços, e o executou. Os outros, enquanto isso, descarregavam suas balas no interior do veículo.

Sal se levantou. Foi até a barbearia. Passou ao lado das duas mulheres atropeladas pelo carro. O muro estava sujo de sangue. Uma das duas não tinha mais o rosto. A outra tinha os joelhos despedaçados e as pernas dobradas no colo. Arrotou um grumo de sangue e depois fechou os olhos, com um espasmo. O barbeiro estava todo ensanguentado. Gritava, ferido pela vitrine que tinha se estilhaçado. No interior do carro, dois cadáveres, crivados de balas. No chão o terceiro.

— Judeus de merda — estava dizendo Silver. — Usam crianças.

Sal viu que os três mortos não tinham nem 15 anos. O que tinha sido morto por Silver tinha um buraco no lugar do olho esquerdo, esmagado pelo projétil, e as bochechas molhadas das lágrimas que diluíam o sangue escorrendo do ferimento.

Então tudo ficou escuro e Sal desmaiou.

— Ainda dói? — perguntou Cetta, seis meses depois, vendo que Sal apertava os olhos e franzia os lábios ao esticar o braço para pegar o copo.

— Espero que doa por todo o tempo que me resta de vida. Assim não esqueço mais a pistola em casa de puta — respondeu Sal como sempre.

Desde o dia do tiroteio, duas coisas tinham mudado para ele. A primeira era que o chefão Vince Salemme, que tinha saído vencedor da guerra, tinha promovido Sal e Silver. A Sal tinha confiado, além do bordel, a direção de uma nova casa de jogo clandestina — à qual chamava pomposamente de *clubhouse* — que tinha aberto na esquina onde a Terceira e a Quarta Avenidas se fundem na Bowery. Já Silver tinha entrado para o clube dos bons de gatilho, e de cafetão tinha sido promovido a assassino.

A segunda coisa a mudar tinha sido a personalidade de Sal. A partir daquele dia, tinha passado a sentir medo. E ficado paranoico. Verificava o tempo todo se a pistola estava carregada, olhava sempre em volta, virava de repente, conferindo o que estava acontecendo às suas costas. Mas, acima de tudo, não tinha mais o mesmo olhar. Aquele projétil que tinha entrado e saído de seu ombro, lascando a cabeça do úmero sem aleijá-lo, tinha-lhe aberto uma ferida na alma que não queria cicatrizar como a da carne. Uma ferida que expurgava ansiedade, medo, preocupação. "Uma ferida aberta por três crianças", pensava ele com raiva, toda noite, ao adormecer, e toda manhã, ao acordar.

E se por um lado continuava a censurar-se pela desatenção que poderia ter-lhe custado a vida – e continuava também a censurar Cetta, asperamente –, por outro essa sua fraqueza inesperada o levava com cada vez mais frequência para os braços da amante. A administração da casa de jogo tinha reduzido drasticamente seu tempo livre. Mas Sal se desdobrava em quatro para ir pegá-la toda manhã em casa e levá-la para o bordel, como se ela também estivesse em perigo. E à noite se ausentava da casa de jogo para ir buscá-la de volta. Às vezes levava-a para casa, às vezes para a casa de jogo. E todo domingo, no almoço, dava um jeito de se sentar à mesa com Cetta e Christmas, no quarto sufocante que tinha sido de Vito e Tonia. De modo que em poucos meses o relacionamento dos dois começou a se tornar uma espécie de casamento.

Christmas continuava crescendo e ficando cada vez mais vistoso. E começou a se afeiçoar a Sal. E Sal a ele, ainda que a seu modo. Cetta os observava, enternecida. E enternecida observava a transformação do seu homem, que não estava nem melhor nem pior, mas simplesmente cada dia mais dela.

– Bang! Morreu, pirralho! – gritou Christmas um dia para Sal, que cochilava depois do almoço de domingo, apontando para ele uma pistola de madeira.

Sal deu um salto da cadeira e arrancou a pistola das mãos de Christmas. Cetta viu o medo nos olhos dele. E a raiva. Temeu por Christmas. Quando entrou no meio dos dois, Sal disse:

– Fala pra ele não fazer isso nunca mais.

Depois devolveu a pistola a Christmas e voltou a fechar os olhos.

Cetta então pensou que talvez Sal fosse mais dela só porque tinha medo. E, como o amava – e sabia que ele sofria com aquele medo –, entrou numa igreja, ajoelhou-se aos pés da estátua da Virgem e rezou para que o fizesse voltar a ser o homem que era. Para que lhe tirasse o medo.

– Ele é um gângster – explicou à Virgem, levantando-se.

Em 1912, estourou outra guerra por território. Entre italianos e irlandeses, dessa vez. Mas era uma guerra que não se lutava nas ruas.

Que não se lutava com armas. O exército recrutado pelos irlandeses era a polícia de Nova York. Aquela parte da polícia que se podia corromper com generosas propinas.

Clubhouses e bordéis, armazéns cheios de uísque "batizado" com água, caça-níqueis, casas de aposta, cassinos clandestinos. Foi um ataque às atividades. Ao coração da Máfia. Um ataque econômico, em primeiro lugar. Mas também uma estratégia bem organizada para pegar os peixes graúdos por meio dos miúdos, barganhando penas e imunidades.

Na noite de 13 de maio de 1912, Silver apareceu na casa de jogo de Sal. Com um terno elegante, todo arrumado, parecendo um ator. O paletó de seda caía-lhe com perfeição, só se encrespando um pouco onde a pistola sobressaía. Estava muito mudado desde a última vez que Sal o tinha visto. Desde que tinha atirado no olho do garoto judeu, dizia-se que tinha pegado gosto.

– Hoje à noite o chefe vem aí – disse ele a Sal. – Falou pra você lavar a mão. Ele fica com nojo de ver uma mão encardida como a sua servindo bebida pra ele.

– Tem os garçons pra servir bebida – respondeu Sal.

Silver deu de ombros.

– Ele vai acabar me mandando cortar elas – riu.

Tinha um dente de ouro. O segundo incisivo. Sal pensou que lhe arrancaria outro com prazer. Provavelmente nem era ideia de Vince Salemme aquela história das mãos. Só uma das cretinices pelas quais Silver estava ficando famoso. Mas, por outro lado, se tivesse sido mesmo o chefe que tinha dado aquela ordem, não seria esperto aparecer com as mãos sujas.

– Que hora ele vem? – perguntou.

– Por quê? Quanto tempo leva pra lavar as mãos?

Sal olhou para ele sem dizer nada.

– Vai passar primeiro no Nate's da Livonia, depois vem pra cá – disse Silver por fim.

Sal deu-lhe as costas e foi até o banheiro. Esfregou as mãos até ficarem vermelhas, enquanto uma ânsia crescente lhe apertava a garganta. "Dá azar", pensava.

A batida policial nas casas de jogo do Bowery e da Livonia Avenue – no Brooklyn – aconteceram simultaneamente. Quando os policiais pagos pelos irlandeses invadiram os três estabelecimentos, deixaram escapar muitos clientes e também algumas prostitutas. Ficou claro desde o início que tinham um alvo bem preciso. Procuravam o peixe graúdo, Vince Salemme. Não o encontrando, o peixe miúdo que acabou caindo em suas redes naquela noite foi Sal Tropea.

Logo depois os policiais invadiram o bordel. Cetta, Madame e mais uma dúzia de prostitutas foram levadas para um furgão escuro. Na invasão foi morto um funcionário do gabinete do prefeito, que levou a mão ao bolso interno do paletó para mostrar à polícia os próprios documentos. Mas um policial pensou que ele fosse sacar uma arma e descarregou cinco tiros nele, dos quais um feriu na perna a prostituta que o acompanhava. Quando viram que o homem segurava uma carteira na mão, os policiais a pegaram e, como por mágica, quando os fotógrafos chegaram, o cadáver estava segurando uma pistola. Por uma semana os jornais perseguiram o prefeito, acusando-o de admitir pessoal envolvido com a criminalidade. Depois o assunto esfriou.

Assim que foi empurrada para dentro do furgão, Cetta, vendo Sal algemado, jogou-se em cima dele, abraçando-o e chorando, desesperada por causa de Christmas.

Chegando ao distrito policial, os dois foram separados. Cetta foi trancada numa cela comum com Madame e as outras prostitutas. Sal foi espancado brutalmente e depois isolado numa jaula, no centro de uma sala na qual os policiais entravam e saíam, insultando-o, ameaçando-o e cuspindo nele.

– Quero pagar uma fiança – disse Sal quando apareceu o chefe do distrito, que desconhecia o acordo entre os irlandeses e seus homens.

– Você não pode sair sob fiança – respondeu ele.

– Não é pra mim – disse Sal, com o sangue escorrendo do nariz. – Cetta Luminita. Uma das prostitutas.

O policial olhou para ele surpreso.

– É direito dela – disse Sal, enfiando os dedos grandes e limpos entre as malhas da tela metálica.

– Amanhã de manhã vamos ver – respondeu o outro.

– Ela tem um filho pequeno – gritou Sal, sacudindo a tela com raiva.

O chefe olhou para ele em silêncio. Tinha um olhar duro, mas humano.

– Como disse que ela se chama? – perguntou.

– Cetta Luminita.

O policial balançou levemente a cabeça, em sinal de anuência, e saiu da sala.

Na manhã seguinte, o advogado Di Stefano apresentou-se a Sal. Aproximando-se da cela, torceu o nariz.

– Caralho, você mijou nas calças?

– Não me deixam ir no banheiro.

O advogado olhou para ele com o nariz ainda franzido.

– Pegaram o chefe na Livonia? – perguntou Sal.

– O que você sabe dos movimentos do Vince? – perguntou o advogado. Falava baixo, através da tela metálica, para não ser ouvido pelos policiais.

– Pegaram ele?

– Não. Na última hora ele mudou de ideia – disse o advogado. Sal olhou para ele. E começou a entender.

– Quem?

– Silver.

Sal cuspiu no chão.

– Ele não vai conseguir gastar o dinheiro da traição, aquele merda, pode ficar tranquilo – disse ainda mais baixo o advogado.

– Amém – disse Sal.

– Agora cabe a você demonstrar se é um homem ou um merda – disse o advogado, encarando-o friamente.

Sal sabia que aquela frase era uma ameaça. Significava: "Quer continuar vivo?". Devolveu o olhar sem abaixar os olhos e sem piscar.

– Não sou um merda – disse com firmeza.

– Você vai ser condenado – continuou o advogado.

– Eu sei.

– Vão te apertar.

Sal sorriu.

– Você é cego, advogado? Olha a minha cara. Olha minha calça encharcada de mijo. Já começaram.

– Vão te oferecer alguma coisa.

– Não negocio com tiras. Ainda mais se forem pagos por um irlandês.

O advogado continuou a encará-lo em silêncio. Cabia a ele dizer se dava para confiar ou não em Sal Tropea. Mas não podia contentar-se com suas palavras. Precisava ler nos olhos dele.

E Sal sabia que seu futuro dependia daquele último olhar. Então, de repente, o medo que o mutilava desde que tinha levado o tiro no ombro desapareceu, e Sal se reencontrou. E se sentiu livre. E leve. E riu. Uma risada grave como um arroto.

Os traços delgados do rosto do advogado primeiro expressaram espanto e depois relaxaram. Sal Tropea não falaria. Agora tinha certeza. Mas havia uma última carta a jogar. Um último aviso.

— Aquela puta que você gosta tanto... — falou devagar, já sem urgência na voz, porque agora estava seguro e podia se permitir ser apenas cruel. — Está em casa com o filho dela. Como é o nome dele?... Christmas, não é?

Sal se enrijeceu.

— Não se parece com você, o menino — disse o advogado. — Eu vi, ele é loiro.

— Ele não é meu filho — disse Sal na defensiva. Sabia muito bem o que estava acontecendo.

— Tem um nome de preto e é loiro como um irlandês, o bastardinho.

— Não estou nem aí pro moleque — mentiu Sal.

O advogado riu. Devagar. Uma risada que significava: "Não acredito em você". E, continuando a sorrir, disse:

— Você deve gostar muito dessa puta, pra pagar a fiança dela.

— O senhor devia ser pistoleiro, não advogado. Se sairia bem — disse Sal.

O advogado riu novamente. Satisfeito, desta vez.

— Vou pensar no assunto, obrigado pelo conselho.

Depois voltou a se aproximar da tela. Mas não porque tivesse algo secreto a dizer. Devia cuidar para que a mensagem fosse bem compreendida, embora não tivesse dúvidas, pois se considerava muito bom e Sal Tropea era menos retardado que os capangas aos quais normalmente transmitia ameaças. E também porque gostava de ameaçar as pessoas. Era como disparar uma arma. O sangue, em vez de se mostrar numa ferida, jorrava dos olhos.

— O chefe resolveu te ressarcir a fiança que gastou com a puta — disse. — Já que ela é tão importante pra você, ele vai cuidar dela enquanto você está de férias.

Sal não disse nada.

— Somos uma família, não somos? — disse o advogado.

Sal fez sinal que sim.

— Vou cuidar pra que te hospedem aqui perto, assim a sua amada pode vir te ver quando quiser — disse o advogado Di Stefano, afastando-se.

Sal foi espancado naquele mesmo dia. À noite estava com os lábios tão inchados que ficou acordado por medo de morrer sufocado no sono. De manhã não percebeu que o sol tinha nascido porque estava com as pálpebras tão inchadas que os olhos não se abriam. E não sentiu o gosto do pouco que lhe deram para comer e beber porque tudo tinha gosto de sangue. Depois lhe ofereceram uma redução na pena. Depois até a liberdade. Mas Sal nem sequer disse que não. Dez dias depois o condenaram, despiram-no e lhe deram um uniforme de prisioneiro. O advogado Di Stefano cumpriu sua palavra. Sal não foi mandado para Sing Sing, como prescrevia a sentença, mas à prisão de Blackwell's Island, no East River, entre Manhattan e Queens.

Na semana seguinte, no parlatório, sentado diante de Cetta, Sal ainda tinha o rosto marcado.

– Quando sair daqui vou estar ainda mais feio – disse a ela.

Mas Cetta olhava outra coisa. Agora sabia que Sal não tinha mais medo. Que tinha voltado a ser o Sal de antes. Aquele que esmagava a mercadoria de um pobre ambulante só porque ela tinha sorrido para ele. E em seu coração agradeceu à Virgem, que tinha atendido sua prece.

Sal fez uma careta, depois apoiou as mãos na tela que os separava.

– Sabia que dava azar lavar as mãos – disse.

19

Ellis Island, 1922

A ÁGUA ESTAVA GELADA. DE TIRAR O FÔLEGO. Para não afundar, Bill estava agarrado a um pilar de madeira apodrecido e viscoso de algas. Nu. Os dentes batiam sem que conseguisse controlá-los. Não sentia mais as pernas.

Mas a balsa do Serviço de Imigração já estava chegando. Tinha-se anunciado com um longo lamento de sirene. Já conseguia vê-la. Era só questão de aguentar um pouco mais.

Desde quando tinha arquitetado seu plano, naquela noite, sabia que seria dificílimo. Mas não tinha outra solução. Se queria sobreviver, tinha que resistir às gélidas ferroadas da água.

Todos os jornais da cidade falavam do sangrento assassinato do casal Hofflund. E do estupro daquela putinha judia. O pai de Bill tinha sido pintado como um trabalhador honesto pelos colegas do mercado de peixe. Um bando de miseráveis bêbados que, como seu pai, certamente passavam as noites dando cintadas nas mulheres e nos filhos, tinha pensado Bill. Se soubesse como fazer uma bomba, mandaria todos eles pelos ares.

– Montes de merda – balbuciou, meio congelado.

Estava furioso. E a raiva – antes ainda que o medo de ser frito na cadeira elétrica – dava-lhe força para resistir. Se pudesse colocaria bombas também nas sedes dos jornais, onde se estampavam mentiras como aquelas que tinha lido. Seu pai tinha-se transformado numa espécie de herói, um imigrante alemão que trabalhava duro pela cidade de Nova York. Um símbolo de toda aquela gente que carregava nos ombros, em silêncio, o peso dos trabalhos mais humildes, sem reclamar. Sim, Bill queria jogar uma bomba em cada um daqueles jornais de merda e depois entregar cada um dos filhos daqueles jornalistas imbecis aos honestos e silenciosos trabalhadores do mercado de peixe, para que também os filhos pagassem pelas mentiras dos pais, para contar as marcas das cintadas nas costas deles. A palhaçada do sonho americano. Faria aquelas peles delicadas, acostumadas a banhos quentes e roupas de lã, sentirem os estalidos do pesadelo americano.

– Montes de merda vocês também – imprecou novamente, deixando escapar por um instante o pilar que sustentava o píer acima da sua cabeça. Tossiu a água que tinha entrado na garganta, depois voltou a bater os dentes.

"Cabelo loiro, olhos azuis, estatura média, constituição mediana", diziam os anúncios da polícia divulgados pelos jornais. Bill tentou rir. Mas tremia demais.

– Me encontrem – murmurou. Quantas pessoas correspondiam àquela descrição tão genérica? Praticamente todos os habitantes de Nova York exceto os negros, os judeus de merda e os italianos.

À distância, a balsa soltou três apitos. O píer acima da sua cabeça vibrou com os sapatos pesados e os passos indolentes dos funcionários responsáveis pelas operações de atracação. Um navio trazendo novos ratos para o grande sonho americano, pensou Bill. Estava quase na hora. Tinha quase conseguido.

Nem os jornais nem a polícia tinham uma fotografia dele. Não o encontrariam nunca. Mas sabiam seu nome. Tinham-no escrito com letras garrafais em todos os jornais, os vendedores gritavam-no por todas as ruas da cidade. William Hofflund, William Hofflund, William Hofflund... Seus documentos é que eram o problema. Se não mudasse de nome e de documentos, mais cedo ou mais tarde o pegariam.

Enquanto a balsa se aproximava, Bill se deslocou de pilar em pilar até alcançar uma escadinha de madeira que levava da água para o píer. Tudo estaria em jogo em poucos instantes. A parte mais difícil tinha sido resistir na água gelada, mas agora vinha a parte mais delicada. Se superasse aquele momento, estava praticamente feito. Subiu numa travessa entre dois pilares, ao lado da escadinha. Se um dos funcionários se inclinasse para cuspir, poderia vê-lo. Bill prendeu a respiração, tentando não deixar os dentes baterem. Mas não conseguia. Então enfiou a língua no meio deles. Doía, mas aquele barulho que o ensurdecia cessou. A trouxa com suas roupas estava seca. Assim que subiu na travessa, começou a se vestir. Logo o frio iria embora, repetia para si mesmo, com as mãos dormentes que não conseguiam abotoar a camisa. Os dedos estavam roxos. Até os lábios estavam inchados e túrgidos. Ia passar, tudo ia passar. Logo.

Relembrou a cara surpresa e assustada do pai quando tinha visto a faca que fedia a peixe enfiada em sua barriga, e depois na mão e nas costas e no pescoço. A ironia do destino era que, justamente lembrando do pai, tinha concebido seu plano. A sugestão tinha vindo daquele bebum cheio de escamas de peixe. Sim, era de dar risada.

Na noite anterior, aterrorizado pelo que tinha lido nos jornais, Bill tinha vagado sem rumo pelas ruas mais escuras e desertas da cidade, sem saber o que fazer. Como um rato de esgoto enlouquecido. Incapaz de parar. Quando se jogava atrás de uma lata de lixo para tomar fôlego, para tentar raciocinar sobre o que fazer, sentia-se enjaulado. O medo fazia suas pernas dispararem de novo, e ele voltava a se mover. Depois de um tempo percebeu que estava andando em círculos. Círculos concêntricos que acabavam por se fechar em torno do mercado de peixe. O lugar que mais odiava. O reino do pai dele. O alemão que tinha casado com a judia polaca. Mas naquele momento tinha tido a ideia. Tinha-se lembrado de uma ladainha maçante que o pai repetia *ad infinitum*. Uma cantilena que ele tinha vontade de fazê-lo engolir à base de pontapés, mas que naquela noite, inesperadamente, mostrou-se útil.

– A primeira coisa que eu vi, chegando de navio de Hamburgo, foi a Estátua da Liberdade – dizia sempre o pai em sua lenga-lenga de bêbado. – Era de noite e não dava pra ver a cidade. Mas o contorno daquela estátua impostora se destacava contra o céu. Foi a primeira coisa que eu vi, e não entendi que ela estava erguendo na mão aquela porra de tocha, pensei que estivesse mostrando um bolo de dinheiro. O meu dinheiro, o dinheiro que eu queria ganhar no Novo Mundo, a única razão que tinha me levado a deixar minha mãe e meu pai, pra não ter que ser peixeiro que nem ele, com a mão sempre cheia de escama de peixe. E não só não achei nem o dinheiro nem a liberdade nessa merda de cidade, mas ainda acabei com a mão cheia de escama de peixe, e toda vez que levanto os olhos, no mercado, vejo aquela escrota daquela estátua que fica ali, me sacaneando. Com aquela tocha ela queimou todos os meus sonhos.

E então, no escuro daquela noite de rato de esgoto, Bill tinha erguido os olhos. E a tinha visto. Com a tocha na mão. Fazendo luz para quem chegava. Dando-lhes as boas-vindas. A Estátua da Liberdade. Da sua nova liberdade. Olhando aquela silhueta, Bill tinha compreendido o que tinha de fazer: desembarcaria em Nova York, como um desconhecido qualquer desembarcando na terra da oportunidade, em Ellis Island. Aquela tocha não ia queimar os seus sonhos como os de seu pai.

– Vai se foder, *pa'* – tinha dito, rindo. E depois tinha destruído os próprios documentos.

Quem ia procurar um assassino na fila dos recém-chegados? Bill sabia que as chegadas já não eram mais tão frequentes como nos tempos de seu pai e que Ellis Island tinha-se transformado mais num centro de detenção do que de acolhimento. Mas ainda continuavam desembarcando alguns ratos. Sim, o governo dos Estados Unidos da América lhe daria as boas-vindas, um novo nome e novos documentos. Muito engraçado.

Assim, naquela noite – depois de esconder o dinheiro e as pedras preciosas do anel no buraco de uma árvore do Battery Park, enrolados num pedaço de encerado, bem no alto –, tinha roubado um barquinho a remo, daqueles usados para ir e vir entre dois barcos maiores, e remado para Ellis Island. Não tinha sido fácil como achara no início. O barco era pesado, a corrente forte, os pontos de referência quase nulos na noite escura. Mas tinha conseguido. Tinha chegado à Porta Dourada vindo do mar, enganando a vigilância. Tinha chegado ao molhe, se despido e entrado na água gelada, com o braço esticado para cima, para não molhar a trouxa com suas roupas. Tinha-se agarrado a um pilar, com o fôlego cortado pelo frio, e abandonado o barco, que se afastara lentamente, levado pela corrente.

Tinha havido momentos em que sentira medo de não aguentar, de se deixar afundar, de acabar com tudo. Mas tinha vencido. Agora – ensurdecido pelo último, longo apito da balsa do Serviço de Imigração – sabia que tinha vencido. Uma onda espumosa, com cheiro de nafta e sal, rolou por baixo do píer. Em seguida os pilares ancorados na água tremeram. As vozes dos funcionários do porto se sobrepunham, berrando ordens e manobras. Era a hora. Bill quase podia tocar a lateral de ferro do navio.

Esperou que as passarelas fossem posicionadas. Esperou, tremendo, que deixassem os recém-chegados descerem do navio. E então se agarrou ao primeiro degrau da escadinha e olhou por cima do píer.

– Ei, você! – gritou alguém.

Bill não se virou na direção da voz. Escalou os últimos degraus e caminhou na direção da massa que desembarcava.

– Você, pare! – ordenou a voz.

Bill queria sair correndo, mas se segurou. Virou-se lentamente. O policial era alto e forte e, enquanto se aproximava, tirou o cassetete do cinto. Junto com ele, três funcionários do porto.

– Quem é você? – perguntou o policial ao chegar até ele.

Bill olhou os imigrantes que desciam das passarelas e eram ordenados como um rebanho, em três filas. Depois voltou a fitar o policial. Não sabia o que fazer. Não sabia que língua falavam aqueles recém-chegados.

– Eu... – arriscou – estou com eles.

O policial apontou para as pessoas que desciam das passarelas.

– Se é um deles, que porra está fazendo aqui? – perguntou.

Bill olhou a escadinha.

– Aposto que foi cagar – disse um dos funcionários. – Nove de cada dez chegam com caganeira.

Bill olhou para ele.

– Você foi cagar lá embaixo? – perguntou o policial.

Bill fez que sim com a cabeça.

O policial caiu na gargalhada.

– Puta que pariu, vocês irlandeses parecem bichos. Tem privada aqui na América.

Os três funcionários riram junto com o policial.

– Olha que cara roxa – disse um deles.

– Esse aí cagou até a alma – disse outro.

O policial encostou a ponta do cassetete no peito de Bill.

– Vai pra fila com os outros – ordenou, empurrando-o.

Bill lentamente se virou e caminhou na direção dos irlandeses, devagar, sem pressa, enquanto sentia as lágrimas de alegria subindo-lhe aos olhos e uma risada sacudindo-o por dentro.

Os outros também riam, nas suas costas. O policial foi até a beira do píer e olhou para a água.

– Sente que fedor de merda! – exclamou.

Os três funcionários se inclinaram para a água e depois abanaram as mãos no ar.

– Empesteou tudo – disse um.

– Deve ter matado uns ratos, pelo menos – disse outro.

– Ei, irlandês, mas que porra você andou comendo? – gritou o policial.

Bill se voltou e sorriu. Depois entrou na fila e estudou seus novos companheiros. Cada imigrante tinha na mão um documento com as informações do navio que o tinha trazido para Nova York.

Na ponta da fila, três funcionários do Serviço de Imigração separavam os homens de um lado e as mulheres e crianças de outro. Dali foram levados para uma sala grande, onde um grupo de médicos examinava apressadamente as condições de saúde de cada um dos recém-chegados. Bill viu que nas costas de alguns escreviam uma letra, com um pedaço de giz. C para tuberculose, H para coração, SC para o couro cabeludo, TC para tracoma, X para retardo mental. E aqueles com a letra na prática estavam ferrados, seriam devolvidos ao remetente. Bill olhou em volta. Viu os banheiros. Pediu permissão a um policial para ir até eles.

O policial olhou-o de cima abaixo e depois fez sinal que sim.

Quando entrou no banheiro, havia outras cinco pessoas. Dois velhos, dois adolescentes e um homem na casa dos 40. Bill começou a ficar nervoso. Entrou numa das latrinas e esperou. Por tanto tempo que achou que ia enlouquecer. Até que finalmente a oportunidade se apresentou.

Estatura média, constituição média, cabelo loiro, olhos azuis. Por volta de 20 anos.

— Preciso falar com você — disse Bill ao jovem, aproximando-se.

O outro olhou-o desconfiado. Além deles, no banheiro, havia um velho.

— Descobri uma armação — disse Bill em voz baixa.

— Que armação? — perguntou o jovem.

Bill levou um dedo aos lábios e indicou o velho.

— Pode ser um deles — sussurrou-lhe no ouvido.

— Eles quem?

— Vamos esperar ele ir embora — concluiu Bill.

— Eu não quero saber de porra nenhuma — disse o jovem, encolhendo os ombros.

Bill agarrou-o pelo braço.

— Estou salvando a sua pele, imbecil — sibilou-lhe no rosto. — A sua e de todo mundo da nossa idade.

O jovem não sabia como reagir. Olhou para o velho, agora com desconfiança. E com mais atenção para Bill.

— Que armação? — perguntou em voz baixa.

O velho soltou um peido, virou-se para os dois jovens, fez uma careta e saiu do banheiro.

— Que armação? — perguntou o jovem outra vez.

Bill deu-lhe uma cabeçada em pleno rosto. Depois agarrou-o pelo pescoço com um braço e apertou, com toda a força que tinha, enquanto tentava arrastá-lo para uma das latrinas de madeira. O jovem era forte e se debatia. Tinha grudado no braço de Bill e tentava afrouxar o aperto para respirar. Bill estava debilitado pela permanência na água gelada, mas tinha uma necessidade mais premente que o outro de vencer. Tinha atrás dele uma noite inteira passada lutando para sobreviver. Uma noite inteira pensando na morte. Apertou cada vez mais forte, rangendo os dentes, resistindo aos socos que o jovem agora aplicava às cegas. Mas sentia-os gradativamente mais fracos. Pedindo aos músculos um último esforço, deu dois apertões violentos. Ouviu a traqueia do jovem sendo esmagada, como a casca de uma barata. Então o irlandês agitou as pernas, escoiceou, depois foi sacudido por um tremor e finalmente esmoreceu. Bill fechou a porta da latrina e fuçou nos bolsos dele. Encontrou os documentos de viagem e o passaporte. Na cueca encontrou também um rolo de dinheiro.

Ouviu alguém entrando no banheiro. A voz de dois homens rindo. Ajeitou o cadáver do jovem em cima do vaso sanitário. Em seguida, deslizou silenciosamente pelo chão até a latrina ao lado, passando por baixo da parede de madeira, e saiu. Sorriu para os dois homens e voltou para a fila.

Passados os exames médicos e a prova de ditado – cinquenta palavras para verificar se não era analfabeto – foi levado à sala de Registro, um enorme salão no segundo andar, com tetos altíssimos em arco e um passadiço a meia altura, sustentado por colunas retangulares. No centro do salão havia mesas onde se sentavam, cercados de papéis e carimbos, os inspetores da Imigração. Dos dois lados da sala, estruturas metálicas forçavam os homens a ficar em fila – como numa jaula – num percurso em ziguezague.

– Nome – disse o inspetor a Bill, quando chegou sua vez.

– Cochrann Fennore – disse Bill.

Enquanto saía da sala, viu um grupo de faxineiros indo na direção do banheiro, com vassouras de sorgo, panos e baldes cheios de desinfetante. Estava descendo as escadas com seu novo nome e seus novos documentos quando ouviu um grito agudo, de mulher. Tinham encontrado, pensou, sorrindo. Tinham encontrado o irlandês que lhe dera sua segunda vida.

Outro grito de mulher ressoou, agudo.

E então o novo Cochrann Fennore pensou na própria mãe. Ou melhor, corrigiu-se sorrindo, na mãe de Bill. Pela primeira vez desde aquela noite. Só naquele momento, ouvindo o grito estridente da mulher da limpeza, pensou que sua mãe tinha morrido do mesmo jeito que tinha vivido. Em silêncio. Sem um grito. Nem quando o pai judeu a tinha renegado, nem quando o marido alemão a agredia com socos e cintadas, nem quando o filho a tinha esfaqueado.

— Cadê o Cochrann? – ouviu dizerem às suas costas, enquanto punha os pés na balsa do Serviço de Imigração, que levava à sede de acolhimento de Nova Jersey.

Virou-se. Viu uma garota de bochechas vermelhas e mãos rachadas. Uma lavadeira, talvez. E um casal na casa dos 50 anos. Ele, baixo, forte. Estivador, provavelmente. Ela, corcunda, com duas olheiras profundas e mãos ainda mais vermelhas que as da garota, com umas feridas nas juntas dos dedos que nunca cicatrizariam.

— Eu não vou sem o Cochrann – disse a garota, tentando chegar à passarela.

Um policial a impediu.

— Volte pra dentro, não pode descer – disse.

— Eu não vou sem o meu Cochrann – disse a garota.

— Volte pra dentro! – gritou o policial.

A mulher mais velha pegou-a pelos ombros e puxou-a para dentro da balsa. O homem baixo e forte olhava em volta.

— Está com todo o nosso dinheiro – disse em voz baixa, quase sem esperança.

Também a garota procurava em volta, passando os olhos entre os passageiros.

— Cochrann! Cochrann! – chamava.

"Estou aqui, tesouro", pensou Bill, que se tivesse esticado o braço teria conseguido tocá-la. "Cochrann sou eu" – e de repente riu, feliz.

20

Manhattan, 1912-1913

CETTA ESTAVA SOZINHA AGORA. Pela primeira vez desde que tinha chegado a Nova York. E Sal não cuidaria mais dela, por um longo tempo. Quando sentia mais forte a solidão, ia até a Queensboro Bridge e dali olhava para a Blackwell's Island e a penitenciária na qual Sal cumpria sua pena. O advogado Di Stefano tinha subornado a administração da prisão e Cetta tinha obtido permissão para ver Sal uma vez por semana, por uma hora, numa sala sem telas divisórias. Subia na barca do Departamento Penitenciário de Nova York, atracava na ilha e era escoltada pelos carcereiros, que caçoavam e lhe ofereciam dinheiro para se fecharem junto com eles na sala. Mas Cetta não os ouvia. Só queria estar com Sal, sentada ao lado dele, quase sempre em silêncio, olhando para suas mãos, sujas outra vez. Depois, encerrada a hora, Cetta se levantava e voltava para a própria vida. Sem ele.

O bordel tinha sido transferido para um prediozinho pequeno e discreto na esquina da Oitava com a 47 Oeste. Cetta não tinha gostado da mudança sobretudo porque, quando as janelas do velho bordel estavam abertas, podiam-se ouvir as notas alegres do *ragtime* que se tocava na Tin Pan Alley, na Rua 28, entre a Broadway e a Sexta Avenida. Porém, uma vez que a natureza de Cetta a levava a não perder tempo com as desgraças, mas procurar o lado positivo das coisas, aquela mudança de sede se transformou numa nova aventura. Pela primeira vez estava sozinha, e pela primeira vez pegou o metrô da IRT.

Subia a Fulton e entrava na estação de Cortlandt Street. Descia na 48 e voltava até a 47. Toda tarde e toda noite. Sentava-se entre as pessoas e sentia-se como todas elas. Uma cidadã americana. E nada lhe dava mais alegria que aquela sensação de pertencimento. Tanto que mais de uma vez também levou Christmas, nos horários em que não trabalhava, para transmitir ao filho aquela emoção.

– Está vendo? Você é um americano no meio de um monte de americanos – dizia-lhe baixinho.

Uma noite, voltando do trabalho, Cetta estava sentada num lugar apartado do vagão. Cantarolava baixinho "Alexander's Ragtime Band", uma musiquinha de grande sucesso do ano anterior. Quando soubera que tinha sido composta por um tal de Berlin, um músico judeu, Cetta tinha tentado não gostar mais dela. De fato, desde que atiraram em Sal, declarara guerra aos judeus e odiava-os com todo o coração. Mas depois tinha decidido abrir uma exceção, porque gostava muito de "Alexander's Ragtime Band". E assim, também naquela noite, estava embalada nas notas de Irving Berlin.

Mais ou menos na metade do vagão, três delinquentezinhos de seus 18 anos zombavam entre eles e de vez em quando davam uma olhada na direção dela. Cetta não olhava para eles. Mais adiante, perto do fundo do vagão, estava sentado um homem na casa dos 30 anos, com uns óculos pequenos na ponta do nariz, um terno amarrotado e um livro aberto sobre os joelhos. Desde que tinha subido no vagão, não tinha parado de ler. De frente para o homem, um policial com jeito de exausto segurava a cabeça entre as mãos, cochilando.

– O que uma moça bonita como você está fazendo por aí a essa hora? – disse um dos três delinquentes, sentando-se ao lado de Cetta e fazendo uma careta de gracejo para os dois amigos.

Cetta não respondeu e desviou o olhar para a janela.

– Não banque a madame, belezinha – sussurrou-lhe o jovem. – Uma madame não pega o trem – e riu, fazendo sinal para os amigos se aproximarem.

Os dois rapazes vieram. Um se sentou na frente de Cetta, com os pés no assento, encarando-a. O outro foi por trás e se enfiou entre ela e a janela.

– O que vocês querem? – disse Cetta e olhou para o policial, que continuava cochilando.

Tentou se levantar, mas o jovem sentado na sua frente a empurrou, fazendo-a sentar de volta. O que estava atrás tapou-lhe a boca, imobilizando-a, e com a outra mão encostou a ponta da lâmina de um canivete no seu pescoço.

– Fica boazinha – sussurrou.

O rapaz que estava sentado ao lado dela enfiou a mão por baixo da saia.

– A gente só está querendo fazer amizade – disse.

Nesse momento o trem diminuiu a velocidade, aproximando-se da estação seguinte. O homem do outro lado do vagão levantou a cabeça do livro e cruzou com o olhar aterrorizado de Cetta.

— Ei! – gritou, ficando em pé.

O policial acordou. Olhou para o homem com um olhar embasbacado, depois se virou na direção de Cetta. Nesse momento, as luzes da estação de Canal Street iluminaram o vagão. O trem parou. Os três delinquentes soltaram Cetta e fugiram. O policial colocou o apito na boca e saiu do vagão, perseguindo-os.

— Você está bem? – perguntou o homem a Cetta, aproximando-se.

Cetta estava com os olhos cheios de lágrimas, mas fez sinal que sim. O homem pegou um lenço do bolso do paletó e lhe ofereceu. Cetta olhou para ele. Era magro e não muito alto, mas tinha olhos bons. Honestos.

— Obrigada – disse.

O homem sorriu, ainda com o lenço estendido para ela.

— Enxugue as lágrimas – disse.

— Precisava era assoar o nariz, em vez das lágrimas – ela riu.

O homem também riu.

— Então assoe – e olhou para ela, sorrindo. Um sorriso aberto. – Tem vergonha de assoar o nariz na frente de um desconhecido? Quer que eu me vire?

Cetta riu outra vez. Depois assoou o nariz.

— Nunca aprendi a fazer isso de um jeito silencioso, como as damas da sociedade.

O homem continuava sorrindo.

— Sempre achei as damas da sociedade muito chatas – disse. – Posso me sentar do seu lado?

Cetta fez que sim com a cabeça.

— E também posso acompanhar você até em casa? – perguntou o homem.

Cetta ficou dura.

— Já teve emoções demais por esta noite. Me sinto no dever de escoltá-la.

Cetta olhou para ele. Tinha olhos bons. Podia confiar.

— OK – disse. – Vamos descer na Cortlandt Station. Depois tem que caminhar um pouco.

— Cortlandt Station e depois caminhar um pouco. Entendido – disse o homem, fazendo a saudação militar com a mão na fronte.

Cetta riu.

— Eu me chamo Andrew Perth – disse ele, estendendo a mão.

— Cetta Luminita – ela respondeu, enquanto a apertava.

O homem segurou a mão dela na sua, sem violência mas com força, olhando-a bem nos olhos. Olhos bons, pensou Cetta de novo. Olhos de homem, porém. Olhos que desejavam. Olhos que Cetta conhecia. Mas se sentiu lisonjeada. Abaixou o olhar e o homem soltou sua mão. Pouco depois, Cetta fez sinal de que era hora de descer.

Durante o trajeto para casa, caminhando lado a lado nas calçadas desertas, Cetta veio a saber que o jovem Andrew Perth era um sindicalista. Dedicava-se às condições de trabalho dos operários. E enquanto lhe contava dos horários infames, da miséria dos pagamentos, dos abusos que os operários eram obrigados a sofrer, sempre com o risco de demissão, Cetta viu que seus olhos se inflamavam. E reconheceu no fundo deles uma paixão verdadeira. Como um grande amor.

Quando chegaram diante da casa dela, Cetta parou.

– Cheguei – disse.

– Que pena – disse Andrew, olhando para ela.

Cetta sorriu, corando. Porque naquela noite ela não era uma prostituta, mas uma garota qualquer que tinha encontrado um homem de bem. Um homem que tinha gostado dela e que não queria só se aproveitar. Porque aquela noite ela não custava cinco dólares a meia hora.

– Preciso ir – disse então, sabendo que aquele momento não poderia durar para sempre. Apertou a mão dele apressadamente, deu-lhe as costas e correu para dentro do seu porão sufocante.

Algumas noites depois, encontrou Andrew uma segunda vez. Na estação da Cortlandt Street. Reconheceram-se, riram e depois Andrew se ofereceu para acompanhá-la até em casa. Quando chegou o momento de se separarem, Andrew segurou novamente sua mão na dele enquanto se despediam.

– Não nos encontramos por acaso – confessou. – Queria te ver de novo.

Cetta sentiu que perdia o fôlego. Não sabia o que dizer.

– Posso te convidar pra jantar, uma noite dessas? – ele perguntou.

– Jantar...? – perguntou Cetta, surpresa.

– Sim.

– No restaurante...?

Ninguém jamais a tinha convidado para jantar. Tinha quase 19 anos e ninguém jamais a tinha levado para jantar fora. Porque não era uma garota como as outras. Era uma prostituta. E as prostitutas eram para levar para a cama, não para o restaurante.

– OK – disse.

– E quando? – ele perguntou.

– Mas antes preciso te dizer... – começou Cetta, subitamente séria, olhando-o assustada. Andrew tinha olhos honestos. E ela talvez devesse lhe contar...

– Depois de amanhã à noite? – insistiu ele, sorridente.

Ninguém jamais tinha olhado para ela assim.

– OK – disse.

– Venho pegá-la às sete.

– Sim, às sete – repetiu Cetta. – E depois vamos para o restaurante.

No dia seguinte, Cetta foi encontrar Sal. E enquanto estavam fechados na sala, sentados uma ao lado do outro, Cetta pensou que deveria dizer alguma coisa para ele também. E pela primeira vez, além do amor e do senso de gratidão, deu-se conta de experimentar um novo sentimento. O senso de culpa estava abrindo caminho na sua alma. "Mas culpa de quê?", pensou, enquanto permaneciam sentados em silêncio. "Não aconteceu nada. Não estou fazendo nada de mal", pensou ainda, e o senso de culpa a fez experimentar uma súbita raiva, e a raiva levou-a a detestar Sal.

Enquanto voltava a Manhattan na barca da penitenciária, Cetta virou-se na direção da escura, tétrica construção.

– Não estou fazendo nada de mal, Sal – sussurrou, cuidando para não se deixar ouvir pelos funcionários da penitenciária. – Só estou saindo pra jantar.

Disse a Madame que Christmas não estava bem e precisava dela. Naquela noite desempenhou sua atividade de prostituta até tarde. Depois correu para casa e se enfiou na cama rangente que tinha sido de Tonia e Vito Fraina com a empolgação de uma garotinha. Adormeceu só ao amanhecer, e, quando a Senhora Sciacca lhe trouxe Christmas de volta, Cetta praguejou porque às sete estaria com os olhos inchados de sono. E Andrew talvez não a achasse muito bonita. E ela arruinaria seu primeiro jantar em um restaurante.

Passou o dia escolhendo o vestido adequado. E maquiou-se e desmaquiou-se dez vezes porque nunca ficava bom. Porque toda vez que se olhava no espelho via somente o rosto vulgar de uma prostituta. Chorou. Riu. Passou mil vezes do desespero à euforia. Borrifou-se de perfume. Depois se lavou com água gelada porque até o perfume era de puta. Lustrou os sapatos. Lustrou até a bolsa. Prendeu os cabelos num coque. Penteou-os soltos nos ombros. Enrolou-os com fitas. E quase os arrancou, gritando.

— Está lindíssima, Senhorita Luminita — disse-lhe Andrew naquela noite às sete. — Tem um restaurante italiano na Delancey Street. O que acha?

— Por que não? — disse Cetta, que sempre tinha achado aquele jeito de falar muito sofisticado.

— Posso te chamar de Cetta? — disse ele, depois de alguns passos.

— Sim, Andrew — ela respondeu, segurando-lhe o braço.

Alguns flocos de neve pairavam levemente no ar, reluzindo como uma pedra preciosa quando cruzavam a luz dos lampiões.

— Está com frio? — perguntou Andrew.

— Não — disse Cetta, sorrindo.

O restaurante era um lugar modesto que fedia a alho e linguiça. O menu — com os preços dos pratos — estava escrito na vitrine externa, diretamente no vidro, com uma tinta branca. Os pratos especiais eram destacados com um sublinhado espesso.

— Queria ter olhos escuros como os seus — disse Andrew.

Cetta ficou vermelha e depois, sem levantar os olhos, disse:

— Já eu queria ter olhos claros que nem os seus. São muito americanos.

Comeram caponata de pimentão e berinjela, linguiça picante ao molho de tomate e, de sobremesa, *cannoli* recheados de ricota e frutas cristalizadas, bebendo um vinho tinto, forte e levemente ácido, enquanto Andrew contava de uma cidadezinha industrial na qual, no ano anterior, os patrões tinham passado dos limites, como ele disse.

— Silk City, sabe?

— E onde fica?

— Nunca ouviu falar dela? — espantou-se ele.

— Não, desculpe — respondeu ela, mortificada.

Andrew estendeu a mão por cima da mesa.

— Desculpe-me você, Cetta — disse num tom delicado. — Eu vivo no meio dessas coisas, mas você... — e interrompeu-se, para em seguida se inflamar novamente. — É isso que quero dizer quando falo com gente comum. Os problemas dos trabalhadores são os problemas de todos, entende?

Cetta assentiu timidamente.

— A ignorância permite aos patrões fazê-los de gato e sapato. Mas está acabando, Cetta. Se todos vocês se sensibilizarem com os problemas dos trabalhadores, a nossa batalha terá sucesso. Entende?

— Sim... — respondeu Cetta. — Não quero mais ser ignorante.

Andrew olhou-a orgulhoso.

– Eu vou te instruir – disse.

Cetta sentiu um calor percorrê-la.

Em seguida Andrew continuou explicando que em Paterson, Nova Jersey, uma cidadezinha com mais de 300 fábricas de seda – razão pela qual era chamada de Silk City –, que davam trabalho a 73 mil pessoas, os patrões tinham decidido designar quatro teares para cada operário em vez dos dois de que tinham que cuidar até aquele momento.

– Desse jeito vão cortar drasticamente o pessoal, entende?

– Sim...

– Consegue imaginar quantas famílias serão reduzidas à miséria?

– Sim...

– É por isso que eu luto.

Cetta olhou para ele com admiração. Aquele homenzinho loiro de olhos azuis, tão magrinho, lutava por 73 mil pessoas. Era como um general. Um general bom que cuidava da humanidade mais fraca. Era isso o socialismo, os direitos civis, as lutas sindicais. Andrew cuidava de todos eles. E agora cuidaria dela também. E a instruiria. Faria com que ela se tornasse melhor.

Por isso quando ele, na frente do porão, puxou-a para si, docemente, passando o braço ao redor da sua cintura, Cetta deixou. E quando Andrew beijou-a nos lábios, Cetta deixou. E fechou os olhos e entregou-se àquele homem bom e honesto que a achava linda. E agarrou-se a ele, quando os lábios se separaram, e abraçou-o forte, porque pela primeira vez em sua vida Cetta era uma garota como as outras. E então, abraçando-o com força, sentiu que não merecia aquele homem maravilhoso que se interessava por ela.

– Sou uma prostituta. Trabalho no bordel da esquina da Oitava com a 47 Oeste – disse baixinho no ouvido dele.

Sentiu o corpo magro de Andrew se enrijecendo. E depois lentamente se soltando do abraço.

– Preciso ir agora – disse ele.

– Sim...

– Tenho muito trabalho para organizar... você sabe, a greve...

– Sim...

– Então eu vou.

– Obrigada pelo jantar – disse Cetta baixinho, sem abaixar os olhos porque sabia que não o veria mais. – Foi lindo.

Andrew esboçou um sorriso. Por educação. E se afastou.

– Obrigada pelo beijo – disse Cetta com um fio de voz, olhando-o dobrar a esquina.

Depois entrou em seu quarto e se jogou na cama. "Tinha jurado não beijar nenhum outro", pensou, acariciando Leo, o boneco despelado que Sal tinha dado a Christmas. Então, antes de chorar as lágrimas que a sufocavam por dentro, levantou-se da cama e correu para o bordel. Disse para Madame que Christmas tinha sarado e trabalhou até tarde da noite.

Duas semanas depois, na véspera do Ano Novo, Madame lhe disse que um cliente estava esperando na sala verde. Cetta passou batom nos lábios, ajeitou os seios no corpete e entrou na sala.

Andrew estava de costas. Olhava pela janela. Quando ouviu a porta se fechando virou-se.

– Penso em você dia e noite – disse, indo ao encontro dela, abraçando-a e apertando-a como não faria com uma garota qualquer. – Desejo você demais – e enquanto isso beijava-a no pescoço e corria as mãos pelos quadris e mais para baixo, enfiando-as por baixo do vestido.

Cetta não o deixou beijá-la na boca, mas deitou-se na cama e abriu as pernas. Virou a cabeça e viu os cinco dólares de Andrew na mesinha de cabeceira. Andrew tirou a roupa e apalpou-a e penetrou-a como não faria jamais com uma moça de bem. Quando terminaram, Andrew vestiu-se com pressa. Já Cetta continuou estendida na cama, nua, com a naturalidade de uma prostituta com um cliente.

– Coloque a roupa, por favor – ele pediu.

– A meia hora terminou – respondeu Cetta.

Andrew balançou a cabeça e cobriu os olhos. Pegou a carteira, puxou uma nota de cinco dólares e, estendendo-a para Cetta, disse:

– Aqui está, eu te pago outra meia hora.

Cetta pegou o dinheiro e colocou-o sobre a mesinha.

– Coloque a roupa, Cetta – pediu ele.

Cetta, com indolência, vestiu as roupas que Andrew tinha quase lhe rasgado.

Ele tinha se sentado na beira da cama, de costas para ela. E agora segurava a cabeça entre as mãos. E soluçava.

– Me perdoa – disse com a voz cortada pelo choro. – Estou me sentindo um animal – continuou entre os soluços. – Um animal como todos aqueles homens que eu sempre desprezei. Eu... nunca tinha me acontecido... eu nunca tinha saído com... com...

— Uma puta — disse Cetta, com uma voz fria.

— Cetta, acredite em mim — disse Andrew, virando-se abruptamente. Tinha o rosto riscado de lágrimas.

Cetta olhou-o nos olhos. Olhos bons, pensou. Olhos honestos.

— Eu sou um animal — disse ele em voz baixa. — Você vai me perdoar algum dia? Não parei um instante de te desejar, desde que te vi pela primeira vez, e agora... agora... estou com nojo de mim mesmo.

Cetta aproximou-se dele em silêncio. Sentou-se ao seu lado, pegou sua cabeça e encostou-a no peito. Acariciou-lhe o cabelo loiro, olhando para o vazio. E ficaram assim, sem falar nada.

— A meia hora terminou — disse ela por fim.

Andrew se levantou. As lágrimas tinham secado em seu rosto. Cetta não o olhou saindo. Escutou a porta se fechando devagar. Deitou-se na cama, imóvel. Pouco depois, a porta se abriu e se fechou novamente.

— Finge que está dormindo — disse uma voz desconhecida e rude. — Não se mexe.

Em seguida o cliente colocou cinco dólares sobre a mesa de cabeceira, ao lado dos de Andrew, levantou sua saia e pegou-a por trás, apressadamente.

Aquela semana Cetta não teve coragem de ir ver Sal. Mandou-lhe um bolo que tinha comprado numa confeitaria.

Nos primeiros dias de janeiro, Andrew voltou ao bordel.

— Não quero fazer amor — disse-lhe. — Quero só ficar com você — e soltou cinco dólares sobre a mesa de cabeceira.

Cetta olhou para ele. Tinha voltado. Acariciou suas faces barbeadas. O homem que defendia 73 mil operários tinha voltado. Por ela. Aproximou os próprios lábios dos dele e o beijou. Longamente. De olhos fechados. Depois tirou-lhe a roupa e levou-o para dentro de si. E por fim abraçou-se a ele com força, entre os lençóis desfeitos, depois que ele a tinha enchido com seu prazer.

— Você não precisa mais pagar. Não quero mais pegar dinheiro de você — disse então. — Vamos nos ver na sua casa.

Andrew olhou para ela com seus olhos azuis.

— Não podemos — disse. — Eu sou casado.

21

Orange-Richmond-Manhattan-Hackensack, 1923

DEPOIS DE SAIR DA SEDE de acolhimento de Nova Jersey e trocar por um total de 372 dólares as economias do irlandês cujo nome tinha tomado, Bill foi para o interior e conseguiu trabalho em uma serraria de Orange, perto de uma fábrica de cerveja fechada pela Lei Seca, cujas placas – desbotadas e abandonadas ao esfacelamento – diziam: "The Winter Brothers' Brewery". O trabalho era mal pago e massacrante. Os grandes troncos, depois de desbastados e descascados, eram erguidos em longas esteiras rolantes e cortados em grossas tábuas cheias de farpas que – apesar das luvas que tinham sido descontadas do pagamento da primeira semana – sempre se enfiavam em suas mãos.

À noite, Bill estava moído. Comia um prato de sopa com um pedaço de toicinho cozido e ia para a cama. A velha que o hospedava cobrava uma fortuna pela cama, a sopa da noite, o café da manhã à base de mingau e, de almoço, duas fatias de pão preto, uma cebola fresca e um pedaço de carne seca. Pegar ou largar, tinha-lhe dito, com olhos ávidos e as mãos ossudas plantadas nos quadris, no dia em que Bill batera à sua porta. E Bill tinha pegado, porque precisava deixar as águas se acalmarem antes de poder voltar à árvore do Battery Park na qual tinha escondido o dinheiro e as pedras preciosas.

Dividia o quarto com outros dois hóspedes. Jovens como ele, dois recém-chegados como ele. Um era um italiano baixinho de olhos amarelados pela bílis. Tinha "traidor" escrito na testa, pensou Bill assim que o viu. O outro era um gigante loiro e corado, com jeito de bobo, que falava pouco e vinha de um país da Europa do qual Bill nunca tinha ouvido falar. Era tão grande e gordo que os pés ficavam dois palmos para fora da cama e os ombros sobravam dos lados, de modo que um braço sempre ficava pendurado para o chão. Sozinho, levantava troncos que precisariam do esforço de pelo menos três homens. Mas Bill não falava com nenhum dos dois. Com o italiano, porque não confiava nele; com o gigante, porque era tão imbecil que ia acabar lhe causando problemas mesmo sem querer.

A serraria era cheia de gente. Negros, principalmente. Negros que ficariam trabalhando ali a vida toda e imigrantes que talvez conseguissem outras oportunidades. Mas nem no trabalho Bill se misturou. Ficava apartado dos outros. Quando a sirene anunciava o intervalo do meio-dia, pegava o lenço no qual estava embrulhado seu almoço e se afastava. Procurava um lugar isolado e mastigava devagar a cebola fresca, o pão preto e o pedaço de carne seca. E pensava. No começo, pensava em seu futuro, fazia planos. Mas depois de algumas semanas os pensamentos se restringiram aos sonhos que estava começando a ter. Sonhos que, no decorrer de mais duas semanas, se transformaram em pesadelos. Bill acordava gritando, quase toda noite, suado e aterrorizado.

– Você está me dando no saco, Cochrann – disse o italiano depois de um tempo.

Já o gigante nem percebia nada, continuava no maior ronco. Quando o italiano perdeu metade do braço numa serra circular, foi demitido da serraria e em seu lugar entrou um velho que gastava quase todo o pagamento em destilados contrabandeados e à noite roncava igual ao gigante. Assim, Bill ficou sozinho com seus pesadelos.

Eram sempre diferentes e, no entanto, sempre iguais. Qualquer que fosse a situação que sonhava, mesmo a mais bonita, acontecia sempre a mesma coisa, invariavelmente. Morria. Morria pelas mãos de Ruth, a putinha judia. Da primeira vez, sonhou que estava num restaurante de luxo. O garçom lhe trazia um prato que, sob a tampa de prata cintilante, devia conter frango assado e batatas. Porém, quando Bill destampava a comida, havia apenas um dedo de mulher. E então o garçom, que tinha na mão uma faca de carne, enfiava-lhe a lâmina na garganta – e de repente o garçom tinha virado a putinha judia. Ou então ele estava voando, pairando no ar como um pássaro, e Ruth, num uniforme de tiro ao prato, gritava "Fogo!" e atirava nele. Ou o afogava, ou o sufocava ou o queimava, ou o enforcava, ou ligava a energia da cadeira de balanço na qual ele estava brincando e que de repente tinha virado uma cadeira elétrica.

Ruth o obcecava. E enquanto mastigava sozinho seu almoço, não conseguia se livrar das imagens impressionantes que o tinham visitado à noite. Tentou se atordoar com o destilado do velho, e naquela noite sonhou que era envenenado. E enquanto seus músculos se paralisavam e enrijeciam, Ruth ria e mostrava-lhe o dedo amputado da mão que esguichava sangue.

Ao fim de sete meses, Bill tinha duas olheiras profundas e um olhar alucinado. Tentava resistir ao sono, tentava passar a noite acordado. Mas o cansaço do trabalho logo o fazia fechar os olhos, e Ruth voltava para pegá-lo. No decorrer daqueles sete meses, achou que ia enlouquecer. E então, uma noite, depois de receber o pagamento da semana, voltou para casa, juntou suas poucas coisas sem dizer nada, revirou a cozinha da velha até encontrar dinheiro, roubou-o e desapareceu. Tinha chegado a hora de voltar ao Battery Park, de pegar de volta o que era seu e de fazer um gesto que lhe permitisse extravasar, ao menos em parte, o ódio que tinha acumulado. O cabelo e a barba estavam compridos, descuidados. Ninguém o reconheceria. Daria um jeito neles num barbeiro, para não ficar parecendo um vagabundo, mas não o reconheceriam, tinha certeza. Assim como tinha certeza de que já o tinham esquecido mesmo, depois de todos aqueles meses. A morte não deixava grandes marcas em seu bairro miserável. E, para qualquer imprevisto, no bolso da calça levava um canivete que o protegeria.

No dia seguinte, no caminho que o levava de volta para casa, parou em Richmond e entrou numa papelaria.

– Preciso escrever uma carta para uma garota – disse à atendente. – Queria um envelope colorido, com algum desenho, talvez. Alguma coisa alegre.

A atendente deu-lhe um envelope rosa, com flores estampadas.

– A senhora poderia escrever o nome pra mim? – pediu ele então. – Tenho uma letra muito feia, queria fazer bonito.

A atendente sorriu, talvez até comovida. Pegou uma caneta-tinteiro e esperou.

– Senhorita Ruth Isaacson – disse Bill, pronunciando aquele nome tão odiado com tamanha doçura que qualquer um juraria que era amor verdadeiro.

– Não quer que escreva também o endereço? – perguntou a atendente.

– Não – respondeu. – Vou entregar pessoalmente.

Pagou e, depois de jogar fora as velhas roupas sujas da serraria e comprar um casaco de lã, um terno cinza de empregado e uma camisa azul, com botões de osso, ajeitou o cabelo e a barba numa barbearia. Depois retomou sua marcha de aproximação.

Enquanto esperava que escurecesse novamente, Bill parou perto de Manhattan. Ficou girando o envelope na mão, satisfeito com o próprio plano. Ninguém suspeitaria, com um envelope daqueles. Ninguém o abriria antes de Ruth. Ninguém leria antes dela. Era um envelope inocente. Alegre. A carta de uma amiga, pensariam. O convite para uma festa, talvez. Bill riu e, depois de meses, ouviu novamente no ar as notas daquela sua risada cristalina, que tinha calado por tempo demais. Agora, mais uma vez, sentia-se vivo. Pensou e repensou no que escreveria e, depois de decidir cada palavra, riu outra vez. E quanto mais ria, mais gostava de sua velha risada.

Quando caiu a noite, foi até o Battery Park, subiu na árvore, enfiou a mão no buraco e pegou o encerado que tinha escondido. Abriu com cuidado e encontrou seus 22 dólares e 90 *cents* e as pedras do anel – a grande esmeralda e os pequenos diamantes. Calculou que agora possuía 454 dólares e alguns trocados. Uma fortuna. Sobretudo pensando que ainda não tinha vendido as pedras preciosas. Enfiou tudo no bolso e dirigiu-se com passos decididos para a Park Avenue.

Perto da luxuosa residência de Ruth, Bill sentiu a excitação aumentando. E a tensão de todos aqueles meses de pesadelos. E teve medo de que naquele momento se tornassem realidade. Imaginou Ruth apontando-o para um policial, viu-se fugindo, sendo atingido nas costas por um projétil, viu-se frito na cadeira elétrica.

– Puta! – disse com fúria enquanto enfiava a carta na caixa do correio. E de repente lhe pareceu que aquela carta não fosse nada, só uma bobagem, e que deveria era esperar a judia escondido, pegá-la quando estivesse indo para a escola e cortar-lhe o pescoço, lá, na frente de todas as amigas ricas, deixando o sangue sujar o casaco de caxemira dela. – Puta! – disse novamente enquanto se afastava e voltava instintivamente, sem raciocinar, para seu velho bairro, para casa. Como se aquele lugar pudesse protegê-lo. Ou pelo menos oferecer-lhe a possibilidade de voltar a ser o Bill de sempre. Como se aquele bairro miserável onde tinha matado o pai alemão e a mãe judia pudesse lhe devolver sua risada, que estava de novo se calando.

No caminho – onde a Terceira e a Quarta Avenidas se juntam na Bowery – viu as luzes de uma *clubhouse* de aspecto ambíguo e decadente. Precisava de bebida. E de uma puta. Entrou.

Notou-a logo. Acompanhava os clientes até as mesas ou os reservados. Sorria. Tinha uns trinta anos. Devia ser italiana. Eram todos italianos, ali, aliás. Reconhecia-os pelas roupas berrantes, coloridas, vulgares. Reconhecia-os pela voz espalhafatosa, pelo jeito de mafioso, de *guappo*.[4] E ela também devia ser italiana, com aquele cabelo moreno. Italianos e judeus, para Bill, eram a mesma coisa. E aquela mulher tinha um detalhe que o deixou excitado imediatamente. Arrastava de leve a perna esquerda. Após cumprimentar dois clientes, voltando para o balcão, tinha dado um soquinho na coxa esquerda e depois – achando que ninguém estivesse vendo – tinha curvado as costas, inclinando-se para a esquerda, e a perna tinha voltado a se mover. Então a mulher tinha se reendireitado e recomeçado a caminhar normalmente. "Você é manca, puta", pensou Bill enquanto ia até o balcão, excitado com aquela tara.

– Um uísque – disse ao *barman*.

– As bebidas alcoólicas estão proibidas, senhor – respondeu o *barman*, encarando-o.

Bill balançou a cabeça, olhou em volta, depois apontou um cliente pouco adiante.

– E aquele ali, o que está bebendo? – perguntou.

– Chá gelado – respondeu o *barman*.

– Então me dá um chá gelado – disse. – E que seja do bom – acrescentou, tirando o dinheiro do bolso.

– Com gelo ou soda?

– Puro. E duplo.

– É o melhor chá que se pode encontrar por aí – sorriu o *barman*, servindo-lhe uma dose dupla de uísque contrabandeado.

– E quanto custa aquela puta ali, meu amigo? – perguntou Bill em voz baixa, inclinando-se por cima do balcão e indicando a mulher que o excitava por ser coxa.

– A Senhorita Cetta não é uma prostituta, senhor – disse o *barman*, também se inclinando para Bill. – Mas se estiver interessado no produto, há outras garotas no andar de cima.

Bill não respondeu. Tomou o uísque num gole só, fez uma careta e bateu o copo no balcão.

– Outro chá duplo – disse.

---

[4] Em dialeto napolitano, criminoso violento, bandido, fanfarrão, cafetão, rufião. Atualmente, a palavra é mais usada para designar um membro da Camorra, organização mafiosa da região de Nápoles, na Itália. [N.E.]

O *barman* encheu de novo o copo até a borda, Bill bebeu e pagou. Depois deu uma volta pelo local, sempre de olho em Cetta. Quando a viu indo em direção à porta que dava para os fundos com uma caixa de garrafas vazias, seguiu-a.

– Ei, doçura – chamou, alcançando-a do lado de fora –, quer que eu faça uma massagem na sua perna?

Cetta se voltou assustada. Pousou as garrafas sobre uma pilha de outras garrafas e fez menção de voltar para dentro. Mas Bill barrou-lhe o caminho.

– O que foi? Não foi com a minha cara? – perguntou com um sorrisinho malicioso no rosto.

– Me deixa passar – disse Cetta.

– Não quero te deixar apaixonada – continuou Bill, agarrando-a pelo braço. – Quero só te foder, não entendeu?

– Me solta.

Mas Bill segurou seu braço com mais força, torcendo-o atrás das costas dela e puxando-a na sua direção.

– Pode deixar que eu pago, sua puta.

– Me solta, imbecil.

– Então você não me entendeu...

– Ela entendeu muito bem – interrompeu-o uma voz grave como um arroto.

Bill viu um homem de cara feia e mãos encardidas na porta do estabelecimento.

– E você, quem é? – disse, soltando Cetta e procurando o canivete que tinha no bolso.

O homem de mãos encardidas sacou a pistola do coldre, numa velocidade inesperada, e enfiou-a na cara de Bill, apertando-a contra sua testa.

– Cai fora daqui, seu merda – disse com sua voz profunda e desprovida de emoção.

Bill tirou devagar a mão do bolso. Levantou os dois braços e tentou sorrir.

– Ei, eu estava brincando. Não sabem levar as coisas na brincadeira nesse lugar, meu amigo?

O homem de mãos encardidas não disse uma palavra nem parou de apertar o cano da pistola contra sua testa.

Bill deu alguns passos para trás e depois foi embora, devagar, temendo um tiro na traição. Suando de medo. Quando chegou à esquina, antes de dobrá-la, virou-se para olhar. A mulher tinha abraçado o homem de mãos sujas.

– Puta! – disse para todas as mulheres do mundo.

Caminhou depressa por três quarteirões. Estava furioso. E fugia do próprio medo, da própria humilhação, da própria frustração.

– Quer um boquetinho? – perguntou-lhe uma voz, no escuro de um beco. A puta era velha. De cabelo pintado, cor de palha, esturricado. O vestido decotado deixava entrever dois mamilos escuros e murchos. Tirou a dentadura. – Tenho uma boca de veludo, tesouro.

Bill olhou em volta, empurrou-a para um canto, desabotoou a calça e colocou-a de joelhos.

– Você tem que me pagar – tentou protestar a prostituta.

Bill sacou o canivete e apertou-o contra o pescoço dela.

– Chupa, puta – disse. – Se der um pio eu te mato. – E enquanto a mulher enfiava na boca o seu membro, endurecido pela raiva, Bill não parou nem um instante de apertar o canivete contra o pescoço dela. – Engole, puta judia – disse, esvaziando-se de todo o seu fel, pouco depois. Então deu um passo para trás, reabotoou a calça, olhou a prostituta ainda de joelhos e deu-lhe um chute no rosto. Saltou em cima dela e de novo a fez sentir o canivete no pescoço. Enfiou a mão no decote e rasgou o vestido. Os seios flácidos balançaram no ar, liberando alguns dólares. Bill os pegou e enfiou no bolso. Depois se levantou.

– Não me mata... – choramingava a prostituta.

Bill olhou para ela com profundo desprezo. Depois pisou na dentadura, que tinha caído no chão, destruindo-a.

– Puta judia! – gritou-lhe, depois se afastou depressa e deixou Manhattan.

Conseguiu saltar num trem de carga indo para o norte, mas o trem parou uma hora depois, antes que ele tivesse decidido para onde ir. Desceu e, ainda tremendo, com o maxilar contraído, leu o cartaz da estação. "Hackensack", dizia. Pegou a estadual e voltou a caminhar para o norte. Nenhum dos poucos caminhões que passavam lhe deu carona. Depois de algumas milhas, porém, inesperadamente, um carro preto parou à beira da estrada.

– Pra onde está indo, rapaz? – perguntou o motorista, pondo a cabeça para fora. – Quer uma carona?

Bill entrou no carro. O homem tinha uns 50 anos, aspecto jovial, a fala solta de caixeiro-viajante e uma peruquinha barata que não parava reta e que ele ficava ajeitando o tempo todo.

– Conversar me faz ficar acordado – disse, e a partir daí não parou de falar um minuto.

Na primeira pausa, Bill disse:

— Bonito esse carro.

— É um Tin Lizzie – disse o homem, orgulhoso. – Esse não te deixa na estrada. É um Ford!

— Ford – repetiu Bill, absorto. E pela primeira vez aquela noite sentiu-se relaxado. Gostava de carros. E aquele era bonito mesmo.

— É o Ford T – continuou o homem, orgulhoso, acariciando o painel como se faria com um animal de raça. – Rapaz, se você é um americano de verdade, tem um Ford T.

— Ford T.

— Sim, senhor – riu o caixeiro-viajante. – E este é um Runabout, o modelo de luxo, com partida e roda reserva. Paguei 420 dólares.

— É lindo.

— Ah é, sim – disse o homem, estufando o peito. – Qual o seu nome, rapaz?

— Cochrann. Mas pode me chamar de Bill.

— OK, Bill. Pra onde está indo?

— Onde fabricam os Fords? – perguntou Bill.

— Como assim "onde fabricam"? Em Detroit, Michigan.

Bill olhava a estrada à sua frente, iluminada pelos faróis tremulantes do automóvel. E seus ouvidos se enchiam do som do motor que crepitava com regularidade. E de repente reencontrou sua risada.

O caixeiro-viajante também riu. E de novo acariciou o painel.

— Então, pra onde está indo, Bill? – perguntou.

— Detroit, Michigan – Bill respondeu.

22

Manhattan, 1923

CHRISTMAS TREMIA DE RAIVA. As mãos estavam cerradas no pedaço de papel e tremiam com a tensão. Não ouvia a algazarra das crianças ao redor brincando na grama recém-embranquecida pela neve tardia do Central Park; não sentia o frio daquela primavera que, no final de março, não queria esquecer o inverno; não via nada além daquele bilhete, escrito num papel grosso, pobre. Não percebia nada, absorvido pelo ódio que lhe explodia por dentro, incontrolável. Os olhos fitavam a caligrafia deselegante e percorriam obsessivamente a mensagem.

"Putinha judia, está pensando em mim? Tenho certeza que sim. Eu faço mais que isso. Todo dia te olho, te sigo, te acompanho. E quando eu quiser, vou te pegar de novo. Lembra quanto a gente se divertiu junto? Ainda tem sangue seu na minha tesoura.
Com amor, Bill"

Sentada ao lado dele no banco onde se viam toda semana, já fazia alguns meses, Ruth tinha um olhar perplexo.

– Não mostrei pra ninguém – tinha dito uma primeira vez, entregando o bilhete a Christmas. – Não mostrei pra ninguém – disse baixinho, agora, pela segunda vez.

Christmas virou o rosto para ela, tirando com esforço os olhos do bilhete de Bill. Olhou para ela e sentiu uma onda de ciúmes e de raiva. "Ela é dele", pensou.

Ruth tinha os olhos de uma menina. Olhos grandes, verdes, com a pupila dilatada de medo.

– Por que não contou pra ninguém? – perguntou-lhe Christmas.

— Por que me proibiriam de fazer qualquer coisa.

— Precisa falar pro seu avô.

Ruth não respondeu e abaixou o olhar para a própria mão mutilada. Christmas a abraçou, apertando-a forte contra si. Ruth se debateu, desvencilhando-se, e ficou em pé, com o rosto vermelho.

— Nunca mais tente pôr as mãos em cima de mim — disse com uma voz cortante.

Christmas olhou para ela. Estava acostumado com aquele olhar duro, cada vez que se aproximava mais que o permitido.

Ruth se virou e dirigiu-se à calçada onde Fred a esperava, de uniforme, ao lado do carro que a levaria de volta para casa. Christmas seguiu-a com o bilhete de Bill na mão e, de novo, olhando-a caminhar na sua frente, no seu casaco quente e elegante de caxemira, pensou: "Ela é dele". Chegando ao carro, Ruth entrou sem dizer uma palavra e fechou a porta.

— Fique de olhos abertos — disse Christmas a Fred.

Depois voltou-se para a janela do carro, do outro lado da qual estava Ruth, como uma estátua de gelo. O motor funcionou e o automóvel começou lentamente a se mover. Christmas ficou imóvel na calçada. Então Ruth voltou o olhar na direção dele. Os olhos, agora que estava indo embora, tinham perdido a dureza de pouco antes. Encostou a mão mutilada na janela, olhando-o intensamente, depois desapareceu em meio ao tráfego.

Christmas girava na mão o bilhete de Bill, que Ruth tinha se esquecido de pegar de volta. Ou que tinha deixado para que ele não se esquecesse. Um grupinho de crianças passou por ele fazendo barulho e atirando bolas de neve um no outro. Um projétil gelado veio pousar aos pés de Christmas, que se virou com os olhos ainda cheios da raiva que o impregnava.

— Desculpa, senhor — disse um dos meninos, assustado com o olhar. Tinha por volta de quatro anos a menos que Christmas. Mas Christmas não parecia mais um menino. Tinha virado um homem, repentinamente. As coisas não eram como tinha imaginado. E o que o tinha feito crescer tão rápido, que o tinha arrancado da adolescência, era o amor. O amor era uma coisa que queimava, que consumia, que deixava as pessoas bonitas mas também feias. O amor mudava as pessoas, não era conto de fadas. A vida não era um conto de fadas.

Havia alguns meses que ele e Ruth se viam, uma vez por semana, sempre na sexta-feira. Encontravam-se na esquina do Central Park West com a 72. Christmas cumprimentava Fred e depois, caminhando lado a lado, iam até o banco deles no parque e ficavam sentados, conversando e olhando o lago mais adiante. Falavam de tudo, brincavam e riam, mas havia longos momentos em que ficavam sérios. E calados. Como se as palavras não fossem necessárias. E cada vez que se separavam, Christmas tinha crescido um pouco. Ela entrava no luxuoso Rolls-Royce do avô, ele remexia nos bolsos para ver se tinha algum trocado para pegar o trem da BMT na parada da Rua 72 e voltar para o gueto do Lower East Side. Ela tinha casacos quentes que a protegiam do frio cortante do inverno, ele se encolhia e abotoava a jaqueta de pano até o pescoço. Ela tinha luvas de couro forradas com pelo macio de coelho, ele, as juntas dos dedos rachadas. Ela era uma rica judia ocidental, ele, um carcamano, um *wop*, um *guappo*, como chamavam todos os italianos.

Mas o que o tinha feito crescer mais depressa não era só o próprio amor, mas o amor que lia, por vezes, nos olhos de Ruth. Aquele amor contra o qual ela lutava dia e noite, porque Bill os tinha feito se encontrarem e ao mesmo tempo ficarem separados. Porque Bill, com suas ameaças e sua tesoura e sua violência, tinha manchado o amor, e Ruth não conseguia ver outra coisa além da sujeira. Inclusive em Christmas. E mantinha-o distante. De modo que, quanto mais o sentia crescer, menos Christmas sabia o que fazer com aquele amor, que permanecia dentro dele, silenciado mas violento, e, em vez de fazê-lo florescer, o envenenava. Sua personalidade tinha se tornado mais sombria; até seus olhos tinham ficado mais turvos; suas esperanças, seus sonhos, sua alegria e leveza tinham se transformado em lembranças desbotadas da infância que não tinham sobrevivido àquele furacão interno de gente grande.

Enquanto voltava para casa, segurando o bilhete escrito por Bill, Christmas tremia de raiva. Os pensamentos se amontoavam dentro dele de maneira confusa, sem conseguir tomar forma, mas também sem se calar. Como uma massa ululante de fantasmas sem corpo, que deslocavam o ar sem produzir vento.

Entrou em casa em silêncio. A porta do quarto de Cetta estava fechada. Ela ainda estava dormindo. Christmas foi até a sala e ligou o rádio, mantendo o volume baixo. "*Buy a Ford, spend the difference*", dizia um locutor de publicidade. "E lembrem-se: a partir de 1909, você pode ter o seu Ford T da cor que quiser... desde que seja preto." Ouviam-se as risadas do público que acompanhavam o famoso chiste de Henry Ford, depois um breve *jingle* e por fim: "O Tin Lizzie pode ser seu por apenas 269 dólares..."

– Ué, o que está fazendo em casa? – perguntou Cetta atrás dele, aparecendo sonolenta na sala. – Não devia estar trabalhando?

– O que você fez no cabelo? – perguntou ele, esbugalhando os olhos.

– Gostou? É a última moda – respondeu Cetta, dando uma voltinha e mostrando o corte *à la garçonne*, drasticamente curto e liso, na linha do queixo, deixando a nuca descoberta.

– Está parecendo um homem – disse Christmas.

– É a nova moda – respondeu ela, dando de ombros.

– Está parecendo um homem – repetiu Christmas.

– Virei uma melindrosa.

– Melindrosa?

– É, uma *flapper*. É assim que chamam quem segue essa moda.

– Por que querem ser homem?

– Queremos ser independentes e livres como os homens. Nós, *flappers*, não temos preconceitos.

– Mas... vocês quem?

– As novas mulheres. As mulheres modernas.

– Está parecendo um homem – concluiu Christmas e deu-lhe as costas.

– Você não tinha que trabalhar hoje? – perguntou ela novamente.

– Não estou com vontade de ficar passando piche em telhado – respondeu ele.

– Sal me disse que te pagavam dez dólares.

– Não quero saber.

– Dez dólares, Christmas.

– Não quero fazer esses trabalhos de morto de fome que te deixam com a mão suja pro resto da vida e arrebentam suas costas. Eu quero ficar rico.

– E como? – perguntou Cetta, aproximando-se e passando a mão naqueles cabelos loiros que ele tinha herdado do pai estuprador.

– Não sei – disse Christmas, afastando-se, irritado. – Vou achar um jeito. Mas não passando piche em telhado dos outros.

– A vida é diferente do que a gente imagina na sua idade... – Cetta olhou-o com ternura. Já havia algum tempo que tinha notado a mudança de humor do filho. No começo, falava para ela daquela garota judia que tinha salvado. Contava da casa luxuosa em Nova Jersey, do apartamento gigantesco perto do Central Park, dos automóveis, das roupas. E do quanto estava apaixonado. Cetta tinha tentado dizer que eles não pertenciam ao mesmo mundo, que coisas desse tipo não aconteciam na vida real, mas depois, a certa altura,

Christmas tinha parado de falar com ela e estava cada vez mais fechado em si mesmo. E Cetta temia que o filho não aprendesse a se contentar, como ela mesma tinha feito, como faziam todos os habitantes do Lower East Side.

– É por causa daquela garota? – perguntou. – Você está apaixonado?

– O que você sabe sobre o amor? – disparou Christmas, com os olhos em chama. – O que sabe sobre o amor uma... uma que faz o seu trabalho?

Cetta sentiu uma pontada no peito, na altura do coração. Os olhos se turvaram de lágrimas.

– O que está acontecendo com você, meu menino? – disse com um fio de voz.

– Eu não sou um menino! – gritou Christmas e saiu batendo a porta.

O ar da rua tinha um cheiro pesado de alho, como sempre na hora do almoço. Os imigrantes não conseguiam se desprender de suas origens, e aquele molho de tomate que fervia nas panelas e espalhava seu aroma pela vizinhança era como uma raiz líquida e vermelha que os acorrentava ao próprio papel na sociedade. O mesmo cheiro vindo de cada uma das centenas de casas do bairro. "Eu não sou como vocês", pensou Christmas, ainda tomado por aquela raiva que turbilhonava dentro dele e que ele queria descarregar no mundo inteiro. "Eu sou americano", e chutou uma pedra.

– O que você tem? – perguntou Santo, que tinha visto o chefe da sua janela no primeiro andar e descido correndo para a rua, apesar dos protestos da mãe ameaçando-o com uma colher de pau na mão.

Christmas tirou do bolso o bilhete de Bill e mostrou a ele. O rosto de Santo, conforme ia lendo, ficava cada vez mais pálido, e as espinhas, por contraste, pareciam ainda mais vermelhas e reluzentes.

– Então? – perguntou Christmas quando Santo lhe devolveu o bilhete.

– Merda – disse Santo apenas.

– A gente precisa proteger ela.

– Quem? A gente? – e Santo ficou ainda mais pálido, esbugalhando os olhos. Instintivamente, como se Christmas fosse portador de um vírus perigoso, deu um passo para trás.

– É, a gente. Quem mais? – continuou Christmas, inflamando-se. – E se a gente pegar ele, eu vou arrancar o coração dele pelo cu.

Santo deu mais um passo para trás.

– Esse cara matou os próprios pais que nem dois porcos – disse com um tremor na voz. – E fez aquilo que fez com a Ruth. Ele é perigoso... – outro passo para trás. – Dois caras que nem a gente ele fode num segundo.

— Você está se cagando. Como sempre. Vai tomar no cu, Santo.

— Christmas, espera...

— Vai tomar no cu — e Christmas se afastou depressa, empurrando as pessoas que atrapalhavam seu caminho. "Lugar de merda", pensava, cada vez mais cheio de raiva. E com aquela raiva olhava para os homens e mulheres do seu bairro, que enxergava mais baixos, mais peludos, com sobrancelhas tão grossas que pareciam uma linha só, preta, traçada acima dos olhos. Aqueles olhos derrotados, aqueles dorsos curvados pela miséria e pela resignação, aqueles bolsos sempre vazios que gritavam a fome, escancarados como as bocas de seus filhos berrando, desnutridos. E enquanto se afastava, era como se as velhas frases de sempre, de todos aqueles infelizes como ele, ressoassem em seus ouvidos. Ouvia-os falar do céu e do sol do seu país natal — do qual tinham fugido sem tirá-lo de si, levando-o grudado nas costas como um parasita, como uma maldição — e ouvia-os falar dos burros, das ovelhas, das galinhas e da terra, aquela terra a arar com o suor do rosto e adubar com o sangue das mãos e que era, no discurso deles, a única coisa que valia alguma merda neste mundo. E ouvia ainda todo o papo furado sobre a América, a extraordinária nação que prometia tudo, mas que para eles não dava nada. E enquanto os empurrava, abrindo caminho entre os ambulantes que vendiam cadarços e suspensórios e as comadres que enrolavam num papel uma linguiça que daria para quatro bocas, experimentava o mesmo incômodo furioso de sempre. Porque aquelas pessoas falavam da América como se fosse uma miragem, algo que existisse apenas em suas histórias, como se não estivesse ali, do lado de fora da casa deles. Como se não conseguissem enxergá-la, pegá-la. Como se tivessem partido, mas nunca chegado.

De cabeça baixa, atravessou o que todos chamavam de Bloody Angle, em Chinatown, entre a Doyer, a Mott e a Pell. Mudava a cor da pele, as regatas manchadas de molho davam lugar às túnicas sem colarinho, mudava o formato dos olhos, os cheiros na rua — um misto de cebola, ópio, óleo de fritura e vapor de amido das tinturarias —, mas os olhares eram idênticos. Era só outro gueto. Outra prisão. "É um mundo do qual ninguém sai. Um mundo sem portas nem janelas", pensava Christmas. "Mas eu vou sair daqui." E, sempre de cabeça baixa — como se avançasse contra o vento —, continuou andando, tão rápido que era quase correr, sem rumo, como se procurasse simplesmente fugir daquele labirinto no qual todos os outros tinham se perdido. E seguiu reto, até o limite dos bairros pobres.

Quando parou, sem fôlego, ergueu os olhos e viu que desde o início soubera aonde ir. Sobre o edifício maciço e quadrado de tijolos vermelhos, destacava-se um letreiro, desbotado pela chuva. "Saul Isaacson's Clothing". Afrouxou a mão que não tinha deixado nem por um instante de apertar a ameaça de Bill. Tinha chegado. Sabia o que era melhor para Ruth. Sabia quem era a única pessoa que tinha culhões.

Viu Fred fumando um cigarro encostado no para-lama reluzente do Rolls-Royce.

– Olá, Fred – disse. – Deixou a Ruth em casa, né?

– Claro.

– Tudo tranquilo?

– O que aconteceu?

– Deixa pra lá, Fred. O velho está lá dentro? – e indicou a fábrica com o queixo.

O motorista suspirou, preparando-se, afadigado, para censurá-lo por aquele "velho" que ele não dava jeito de eliminar do vocabulário.

– Sim ou não, Fred? – antecipou-se Christmas. – É um assunto sério.

– Sim – Fred respondeu. – No segundo andar, no escritório dele. – Depois virou-se para um homem robusto plantado diante da entrada, constituída por dois pesados portões de correr feitos de ferro, laqueados de vermelho. – Deixe ele entrar – gritou para o homem, que fez um aceno imperceptível de consentimento em resposta. – Greves... – disse a Christmas.

– Você é um amigo – e Christmas dirigiu-se para a entrada.

– Se envolveu em problemas, mister? – Fred lhe perguntou.

Christmas virou-se e piscou para ele. O homem na entrada tinha um cassetete enfiado na cintura. Christmas levantou o queixo, em sinal de cumprimento, e depois desapareceu no interior do edifício.

Não era um barulho ensurdecedor. Estava mais para o burburinho amplificado de uma colmeia mecânica. Alguns homens, mas principalmente mulheres, lado a lado, dezenas e dezenas, curvados cada um sobre sua máquina de costura, executavam todos – como um exército – os mesmos gestos rápidos, eficientes, quase em sincronia. De novo a cor do cabelo, o formato do rosto, o jeito de vestir, tinham mudado. Eram todos judeus. E assim como no caso dos italianos e depois dos chineses, Christmas viu que não havia um único americano no meio deles.

– Mas eu vou sair daqui – repetiu para si mesmo, depois abriu a porta do patrão sem bater.

Saul Isaacson estava sentado atrás de uma escrivaninha elegante, com um longo charuto claro entre os lábios e a bengala pousada de través sobre o tampo de madeira, ao lado de um copo cheio de bebida. O velho não dava a mínima para a Lei Seca. No meio da sala – cujo piso era coberto por um tapete escuro –, um homenzinho miúdo, careca e com uma barba comprida que parecia pendurada no nariz de gancho estava ajoelhado, com a boca cheia de alfinetes, aos pés de uma moça alta e magra.

– Mais longa que isso? – perguntava o costureiro, cético.

Saul Isaacson ergueu os olhos para Christmas. A moça, que tinha um cabelo curto e liso, como o de Cetta, sorriu para o recém-chegado. Usava um vestido apertado no peito, quase achatado, que depois descia reto até metade da panturrilha.

– Preciso falar com o senhor – disse Christmas ao velho, com uma expressão séria.

O velho olhou para ele em silêncio, como sempre fazia, pesando as situações sem a necessidade de palavras. Depois fez um sinal de consentimento e dirigiu-se ao costureiro.

– Asher, sim, dois dedos mais comprido.

– Mas Coco Chanel diz que... – tentou protestar o costureiro, falando com a boca cheia de alfinetes.

– Não quero saber de Coco Chanel – interrompeu o patrão. – O que fazem na Europa não me interessa. Aqui estamos na América. Dois dedos mais comprido, Asher.

O costureiro puxou a barra para baixo e prendeu um alfinete no vestido da moça.

– Quem é Coco Chanel? – perguntou Christmas enquanto o costureiro e a moça saíam do escritório.

– Uma grande mulher. Acabei de dar o perfume *N° 5* dela de presente para Ruth. Excepcional. Mas é europeia demais para os americanos. – Esquadrinhou-o por um instante. – E então? Não deve ter vindo aqui para uma aula sobre Madame Chanel, estou certo?

Christmas se aproximou da escrivaninha, tirou do bolso o bilhete de Bill e lhe entregou. O rosto do velho era impenetrável enquanto ele lia. Quando terminou, bateu com violência a bengala na mesa, levantou-se, abriu a porta do escritório e gritou:

– Greenie! Greenie! – e depois voltou a se sentar, com a sobrancelha franzida.

Passaram-se poucos instantes e Greenie, um homem com um terno extravagante de seda verde e camisa listrada de roxo combinando com os suspensórios, entrou na sala. Christmas olhou para ele. E reconheceu em seus olhos algo que já tinha visto pelas ruas do Lower East Side. Uma espécie de calma glacial. Como algo que se vislumbra no fundo de um pântano.

Saul Isaacson entregou o bilhete a Greenie, que o leu sem mover um único músculo do rosto e depois o depositou na escrivaninha, sem mudar de expressão, esperando que o velho falasse.

"Ele é dos que conseguiram", pensou Christmas, com admiração. "É americano."

– Não quero que aconteça nada com a minha neta – disse Saul Isaacson. – Cuide disso.

Greenie fez um leve movimento com a cabeça. O cabelo com brilhantina era curtíssimo na nuca, onde o pescoço atarracado e musculoso fazia dobras.

– E se encontrar aquele filho da puta – continuou o velho –, me traga a cabeça dele.

– William Hofflund – disse Christmas. – Bill.

Greenie nem se dignou a olhar para ele.

– Não importa quanto vai custar o serviço – disse o velho.

De novo Greenie fez um leve aceno de anuência e depois se voltou. Os sapatos reluzentes de couro envernizado rangeram no chão.

– Eu vou com você – disse Christmas.

– Sai da frente, moleque – disse Greenie, e saiu.

23

Manhattan-Brownsville, 1923

— EI, AMIGO... É VOCÊ?

A voz às suas costas fez Christmas se virar, absorto em pensamentos sombrios, devorado pela raiva crescente. Viu um rapaz uns dois anos mais velho que ele, esquelético e com olheiras escuras. Tinha um jeito alerta e vivido.

— Aposto que não se lembra de mim, Diamond – disse o rapaz, se aproximando.

Christmas olhou-o melhor. Tinha mãos compridas de pianista, brilhosas de um jeito pouco natural, untadas de cera.

— Você é o... – e tentou desenterrar o nome do rapaz que tinha conhecido na prisão depois de levar Ruth para o hospital. – Você é o...

— Joey.

— Joey, claro. O que bate carteira – sorriu Christmas.

— Ei, fala baixo, Diamond! Não quero que caia no ouvido de todas as galinhas da vizinhança – disse o batedor de carteiras, olhando em volta. – Como vão as coisas?

Christmas agitou uma mão no ar, sem querer dizer nada, ainda distraído pela própria raiva. Depois encolheu os ombros. Queria estar com Greenie, protegendo Ruth.

— Eu fiquei no "hotel" até uma semana atrás – disse Joey, dando de ombros ele também.

— Hotel?

— No reformatório de Elmira, no norte – explicou Joey, fingindo que a coisa lhe fosse indiferente.

Mas Christmas percebeu que as olheiras dele estavam mais escuras e mais marcadas, e que, naquela moldura preta, os olhos tinham se apagado um pouco. E quando o garoto enfiou as mãos no bolso, pareceu-lhe que estivesse fazendo isso porque tinha começado a tremer.

– Foi duro? – perguntou, e também enfiou as mãos no bolso.

– Umas férias – riu Joey, mas sem alegria. – Você come de graça e dorme o dia inteiro.

Christmas fitou-o sem falar nada.

Joey abaixou os olhos, sem jeito. Depois, quando voltou a levantá-los, tinha um sorriso debochado.

– Você faz um monte de amizades novas e aprende o que é a vida de verdade – disse.

Christmas sabia que ele estava mentindo. E ainda assim – como por Greenie – sentiu uma ponta de admiração. Também Joey estava tentando sair do gueto.

– No hotel ninguém tinha ouvido falar dos Diamond Dogs – disse Joey.

– Bom... é que a gente é novo... mas já está fazendo carreira.

– E com que negócios estão mexendo?

– Agora a gente está protegendo uma garota de um assassino.

– Caralho! Um assassino! Um assassino de verdade mesmo, você quer dizer?!

– Já deu cabo de dois.

– Só que isso parece trabalho de policial – observou Joey. – Sem querer ofender, Diamond.

– Nos pagam bem.

– Quem?

– Um sujeito judeu. A gente também dá uma olhada na fábrica dele. É podre de rico.

– Ah, um judeu do Oeste – sorriu Joey.

– O que você sabe disso?

– Você não entende de judeus, né? – disse Joey, com um sorrisinho de superioridade. – Eu sim. Desde quando estava nas fraldas só ouvia falar de Abraão e Isaac, do Dilúvio, das pragas do Egito, do Êxodo, dos Mandamentos...

Christmas franziu a sobrancelha.

– Eu também sou judeu, Diamond – riu Joey e, pela primeira vez, no fundo das olheiras escuras, seus olhos se iluminaram, divertidos. – Joey Fein, conhecido como Sticky porque todas as carteiras grudam na ponta dos meus dedos. Filho do Abe Palerma, um judeu do Leste que chegou aqui achando que tinha encontrado a Terra Prometida, e depois de vinte anos ainda vende gravatas e suspensórios pelas ruas, com uma mala de papelão e os sapatos furados. Entendeu por que sei tudo dos judeus? Os do Oeste são os ricos, nós do Leste, os mortos de fome.

– Achava que os judeus fossem todos ricos – disse Christmas.

– Ah, é? Bom, um dia passa na minha casa em Brownsville que faço você mudar de ideia.

– Onde?

– Porra, Diamond, você nunca saiu do East Side, não? – riu Joey. – Brownsville, o cu sujo do Brooklyn. – Olhou para Christmas por um instante. – Ei, o que você tem pra fazer hoje?

– Hoje? Nada...

– E o seu assassino?

– Coloquei no encalço dele o Greenie, um cara de confiança.

– Por que não vem comigo pra Brownsville, então? Tenho que fazer um servicinho pros Shapiro... conhece?

– Ouvi falar, sim... – mentiu Christmas.

– Caça-níqueis e outros esquemas. Vão virar peixe grande, se não matarem eles antes. Envelhecer nesse negócio não é fácil – disse Joey, com um ar vivido.

– É, não é fácil – comentou Christmas, tentando se fazer de entendido.

– E então? Vamos?

Christmas sentiu que estava para entrar num mundo novo e perigoso. Lembrou as recomendações que Cetta tinha feito desde que era pequeno. E lembrou as histórias de tantos garotos que não tinham querido escutar as recomendações de suas mães. Que tinham tentado enganar o próprio destino. Hesitou. Depois a empolgação prevaleceu. "Eu vou sair daqui", pensou. Deu de ombros, sorriu e disse:

– Vamos.

Joey deu um assovio, passou um braço por cima dos ombros dele e partiu na direção da parada da BMT na Bowery. Quando chegaram aos portões, Christmas remexeu nos bolsos em busca de moedas.

– Ah, não, meu amigo – disse Joey. – Que porra que essa cidade te dá? Nada. E a gente não dá nada pra ela. Olhou em volta, correndo os olhos por entre a multidão do metrô. – Lá está – disse e foi na direção de uma mulher de jeito cansado, vestida de preto, carregando uma cesta de maçãs ressequidas. Junto da mulher, uma menina, também vestida de preto, que já tinha um rosto abatido de velha. Esbarrou nas duas como se fosse por acaso, derrubando a cesta, depois pediu desculpas, ajudou a mulher a recolher as maçãs, deu-lhe um tapinha nas costas e fez um carinho na menina. Em seguida, voltou até Christmas, piscando o olho para ele enquanto mostrava os dois bilhetes.

— Eram duas pobres coitadas – protestou Christmas.

— Ah, é? Eu só vi que tinham os bilhetes ao alcance da mão, Diamond. Não sei quem elas são e nem quero saber. É assim a vida aqui na América. Todo dia alguém como eu pode ser esmagado, pisado num mercado e deixado sangrando no chão. Num minuto acaba tudo, e as pessoas em volta vão embora fingindo não ter visto porra nenhuma. Eu não vou deixar que me esmaguem – continuou, enquanto o trem parava com um rangido metálico. Entraram no vagão e se sentaram no fundo. – Olha o Abe Palerma, por exemplo – disse Joey, com desprezo –, meu pai – e em seus olhos ardia uma raiva surda, como uma brasa. – Chegou aqui sem ter nada. Encontrou uma mulher que não tinha nada, como ele, se casaram e continuaram não tendo nada juntos. Aí eu nasci, e pela primeira vez eles tiveram alguma coisa. – Cuspiu no chão. – Percebe?

E enquanto Joey continuava falando, Christmas olhava pela janela, e a cidade inteira lhe parecia diferente, como se até então ele tivesse vivido num sonho. Um sonho que tinha sido despedaçado pelo amor que sentia por Ruth. Aquele amor impossível. Porque ele era um indigente. Porque ela era uma judia do Oeste. Porque Bill tinha colocado sua marca em Ruth. Porque tudo, agora, parecia sujo para ela.

— Quando o Abe Palerma bater as botas, vão jogar ele numa cova no Mount Zion Cemetery e no túmulo vão escrever: "Nascido em 1874. Morto em..." sei lá... "1935". E ponto final. E sabe por quê? Porque não tem mais porra nenhuma pra falar do Abe Palerma – disse Joey, e seus olhos estavam cheios da mesma raiva que os de Christmas.

"No meu túmulo não vão escrever Christmas-Ponto-Final", pensou Christmas.

— A gente tem que descer aqui – avisou Joey. – Vamos ter que andar um pouquinho – acrescentou, saindo da estação.

Christmas olhou em volta. No horizonte viam-se os arranha-céus de Manhattan, embaçados entre as nuvens. Mas ali as casas eram baixas. Como se fosse outra cidade. Um outro mundo. Viam-se homens cansados como em qualquer lugar, pobres como em qualquer lugar, saindo do turno da manhã nos moinhos ou nas fábricas de conservas, parecendo fantasmas. E em cada esquina da rua, molequinhos que os encaravam, fazendo-se de durões.

— Fala, Sticky — disse um deles.
— Qual é, Red? — respondeu Joey.
— E aí?
— Estou de guia turístico do meu amigo Christmas, dos Diamond Dogs lá do East Side.
— Está a fim de quebrar uns ossos? A gente tem que dar um jeito num rato — disse o delinquente.
— E mandaram você dar um jeito nele? Deve ser um percevejo então, não um rato — disse Joey, continuando em frente sem olhar mais para ele.
— Vai se foder, Sticky.
— Bom dia, Red — riu Joey.
— Quem era? — perguntou Christmas.
— Um metido a durão.
— E o que quer dizer "rato"?
— É um sujeito condenado à morte.

Christmas e Joey caminharam outros dez minutos sem falar nada. Christmas olhava ao redor. Sim, era outro mundo. E, no entanto, o mesmo mundo. Cheio de gente que não chegaria lá.

— A América não te dá nada — disse Joey de repente, parando diante de um bloco baixo de apartamentos caindo aos pedaços, na esquina entre a Pitkin Avenue e a Watkins Street. — O que ela promete não se consegue com trabalho, como nos dizem. Precisa pegar à força, mesmo que isso custe barganhar a própria alma. O importante é chegar lá, Diamond. E não como chegou. Só os idiotas ficam discutindo como chegar lá — e apontou uma janela no primeiro andar, com a moldura descascada. — Ali é onde chegou o Abe Palerma — disse, indo em direção ao prédio.

O apartamento era miserável, como tantos que Christmas tinha visto no Lower East Side. O cheiro de alho era substituído por especiarias picantes e carne defumada; no lugar das imagens de Nossa Senhora e do Santo Protetor, havia símbolos judaicos, um pequeno candelabro de latão com sete braços, uma estrela de Davi. Cheiros diferentes, imagens diferentes. Nada de novo. E até a mãe de Joey era uma mulher em tudo semelhante àquelas que Christmas conhecia bem: um rosto resignado, as pantufas de feltro arrastando no chão, como se não lhe restasse no corpo nem a vontade de dobrar os joelhos, ou como se tivesse medo de se desprender do chão e perceber — no voo — que não tinha um sonho para sonhar.

— O Palerma está por aí? — perguntou Joey assim que entrou.

– Não chama ele assim. É seu pai – disse a mulher, sem ênfase, como se fosse mais uma ladainha repetida mecanicamente, sem acreditar no milagre.

– Dá um tempo, *ma'*. Esse é o meu amigo Diamond.

Christmas sorriu para a mulher, estendendo-lhe a mão.

– Você é judeu? – perguntou a mulher.

– Sou americano...

– É italiano – atravessou Joey.

A mulher, que tinha estendido a mão para apertar a de Christmas, freou o gesto e enfiou-a no bolso grande do avental sujo que usava. Depois se virou e voltou para a cozinha.

– Vem – disse Joey a Christmas e levou-o a um quartinho minúsculo, com uma caminha tão pequena quanto a de Christmas. Empurrando para o lado um tampão de madeira, revelou o esconderijo de dois canivetes. Pegou um deles e depois, quando estava colocando o tampão de volta no lugar, pensou melhor, pegou o outro e passou para Christmas, dizendo:

– Senão como você vai se divertir, né? – Riu e fechou o esconderijo. – Estou saindo, *ma'*! – gritou, abrindo a porta da rua.

Da cozinha veio um resmungo, que não era nem despedida nem recomendação, e no entanto, para Christmas, pareceu ser as duas coisas.

– Pra que isso? – perguntou Christmas com o canivete na mão, assim que chegaram à rua.

– Pro servicinho que precisamos fazer.

Caminharam por alguns quarteirões sem falar nada, com as mãos no bolso, apertando o canivete, até que chegaram a um *diner* sujo e esquálido na Livonia. Joey entrou e Christmas foi atrás dele, com o coração na garganta e a mão que apertava o canivete suada e dolorida. Joey fez um aceno com a cabeça para a dona do restaurante e foi se sentar a uma mesa no fundo.

– O que vão querer? – perguntou a dona, uma mulher gorda, com as meias escuras enroladas nos tornozelos.

– Dois sanduíches de rosbife – disse Joey, sem consultar Christmas.

Quando a dona se afastou, Christmas olhou em volta. Poucos clientes. E todos de cabeça baixa. Todos em silêncio.

– E agora o que vamos fazer? – perguntou, nervoso.

– Vamos esperar – respondeu Joey, largando-se no encosto acolchoado do sofazinho verde escuro.

Chegaram os sanduíches. Joey devorou o dele com voracidade. Christmas nem sequer o pegou na mão. Deixou-o no prato branco, lascado num dos lados. Sentia um frio na barriga. O canivete fazia pressão na sua costela.

– Não vai comer? – perguntou Joey, agarrando o sanduíche de Christmas e cravando os dentes antes da resposta. Estava na metade quando de uma portinha imunda que dava para um corredor escuro tocou o telefone. Christmas deu um salto na cadeira. Joey riu, cuspindo um pouco de migalhas.

A dona do *diner* foi atender.

– É pra você, *Stinky* ["fedorento"] – disse, com o auscultador na mão.

– Sticky – corrigiu-a Joey, levantando-se irritado.

– Então vai tomar um banho – disse a mulher, passando-lhe o telefone.

– Pronto? – atendeu Joey, falando baixo, com uma voz de conspirador. – OK – disse apenas, depois de uma breve pausa, e desligou. – Vamos – disse a Christmas. – O caminho está limpo.

– Você tem que pagar os dois sanduíches, *Stinky* – disse a dona, vendo-os sair.

– Põe na conta, gorducha – respondeu Joey.

Nenhum dos fregueses virou a cabeça ou moveu um músculo.

– Ei, e aí, Sticky? – disse um menino de uns 12 anos, assim que saíram. Era magro e baixo, mesmo para a idade. Com olhos vivos e assustados ao mesmo tempo. Saltitava de um pé para o outro, como se não conseguisse se equilibrar.

– Cai fora, Chick – disse Joey e continuou em frente.

Mas o garoto grudou-lhe no calcanhar, caminhando de lado.

– Aonde você vai, Sticky?

– Não me enche o saco, Chick, dá o fora daqui.

– Tem que fazer um servicinho, não é? – continuou Chick. – Vai no *speakeasy* do Buggsy, aposto.

– Cala a boca, Chick – estourou Joey, parando e pegando-o pelo colarinho da jaqueta. – Como você sabe, caralho?

– Ouvi falar...

– Merda. Se você ouviu falar, o Buggsy pode ter ouvido também – raciocinou Joey.

– Não, não, só eu que sei – ganiu Chick. – Posso ir junto?

– Fica quieto e me deixa pensar.

– Tem alguma coisa errada? – perguntou Christmas.

Joey pegou-o pelo braço e se afastou, apontando o dedo contra Chick.

— Me deixa conversar em paz com o Diamond senão eu te arrebento a fuça – ameaçou. Depois, em voz baixa, explicou a Christmas que Buggsy era um delinquentezinho barato que administrava um *speakeasy* e não queria colocar os caça-níqueis dos Shapiro. Por isso tinha esperado o telefonema de um olheiro avisando que Buggsy tinha saído da pocilga de merda dele, assim poderiam furar sem perigo os pneus do furgãozinho que ele usava para o transporte. — Mas se o Chick sabe, o Buggsy pode saber também e fazer uma emboscada pra gente – concluiu, olhando para Christmas.

Christmas, mais uma vez, sentiu que estava numa encruzilhada. Tinha a oportunidade de desistir, de devolver o canivete para Joey e voltar à sua vida de sempre, antes que fosse tarde. Mas a raiva não parava de corroê-lo. E não queria voltar à vida de sempre.

— Vamos – disse, apertando o canivete no bolso.

Joey olhou para ele em silêncio.

— É, vamos lá e que se foda – disse em seguida.

Christmas pegou-o pelo braço.

— Vamos levar o Chick com a gente – disse em voz baixa.

— Aquele fedelho?

— Se ficar aqui vai acabar falando – explicou Christmas. — Se estiver com a gente não tem como causar problemas.

— Você tem cérebro, Diamond – Joey sorriu, satisfeito. — A gente é uma dupla do caralho, hein?

— Uma dupla do caralho – repetiu Christmas, com o coração martelando na garganta.

— Se mexe, Chick – disse Joey, atravessando a rua.

— Posso ir junto? – exclamou o menino, empolgado.

— Mas se der um pio eu te jogo embaixo de um trem.

— Viva! Não se preocupe, Sticky, vou ficar quietinho, juro pela minha mãe, vou ficar quieto que nem um peixe, vou ficar...

— Começa já! – gritou Christmas.

O menino ficou mudo e os olhos mostraram um lampejo de medo. Joey deu risada. Retomaram a caminhada. Christmas e Joey na frente, Chick atrás, em silêncio, sempre saltitando.

O céu começava a ficar escuro quando, três quarteirões adiante, Joey indicou uma construção baixa e tosca, nada além de um casebre de telhado plano, grudado numa garagem. Era o *speakeasy*. Depois, sempre em silêncio, Joey indicou a Christmas um alambrado, esticado entre dois canos de ferro.

– O furgão está ali atrás – disse em voz baixa. – Deve ter um buraco no alambrado.

Caminhando rente ao muro, os três chegaram até o alambrado. Uma corrente e um cadeado fechavam o portão desengonçado. Joey olhou em volta.

– Bom, não estou vendo o carro do Buggsy, então ele deve ter saído. – Virou-se para Chick: – Vai olhar o tamanho do buraco.

O menino cerrou os punhos, arregalou os olhos e avançou na direção do ponto onde o alambrado se prendia ao muro do boteco. Mexeu nele e sorriu para Joey e Christmas, saltitando de um pé para o outro.

– Agora é com a gente – disse Joey, fazendo saltar a lâmina do canivete. – Você cuida das rodas da frente, eu cuido das de trás.

Christmas sentiu um nó na garganta que o impedia de engolir. A mão que segurava o canivete não se mexia, como se estivesse petrificada. Depois a raiva que lhe crescia por dentro voltou a ferver, e a lâmina saltou.

– Vamos – disse, mais para si mesmo que para Joey.

Enfiaram-se no buraco aberto pelo informante, como prometido, e viram-se numa espécie de pátio de terra batida. O furgão, um caminhãozinho com assoalho de madeira e uma lona para cobrir a mercadoria transportada – álcool contrabandeado, naturalmente –, estava num canto do pátio. Joey caminhou decidido para as rodas traseiras. Christmas aproximou-se das dianteiras e afundou a lâmina no pneu. O sibilo pareceu-lhe insuportavelmente alto, como um lamento, como um grito. Como o grito que arrancaria da garganta de Bill, pensou enquanto atacava o outro pneu. Uma, duas, três vezes. Com força, como se estivesse enfiando o canivete no corpo de um homem chamado William Hofflund. Bill. No quarto golpe, a lâmina se partiu.

– Vamos, que porra você está fazendo? – disse Joey, puxando-o pelo braço.

– Sticky! – gritou Chick, que estava ali olhando, saltitando nervoso.

– Peguei vocês, seus chupa-rolas de merda! – berrou um homem na casa dos trinta, baixinho e parrudo, de nariz amassado num rosto de boxeador, saindo dos fundos com uma pistola na mão, seguido por outros dois sujeitos armados.

– Vaza! Vaza! – gritou Joey para Christmas, enquanto começavam a se ouvir no ar as primeiras detonações e a terra do pátio levantava poeira onde aterrissavam os projéteis.

Joey foi o mais ligeiro para se enfiar no buraco do alambrado. Christmas chegou à passagem junto com Chick. Empurrou-o para o lado, tomado pelo pânico, e saiu para a rua. Chick tinha tropeçado com o empurrão de Christmas. Voltou a se levantar e de repente deu um grito, caindo no chão. Christmas se voltou. Seus olhos encontraram os olhos aterrorizados de Chick. Voltou, enquanto as balas se estilhaçavam contra o muro do *speakeasy*, estendeu a mão e puxou-o para fora do buraco.

– Não consigo – choramingou Chick.

Nesse momento Joey também voltou, pegou Chick pelo braço e levantou-o do chão.

– Corre, Chick, senão eu que te mato! – gritou. Christmas agarrou o menino pelo outro braço e começaram a correr, os três grudados, enquanto o sujeito com cara de boxeador se enroscava no arame cortado do alambrado, praguejando.

Os três garotos continuaram correndo por dois quarteirões, enquanto Chick ficava cada vez mais pesado. Num beco estreito e escuro, pararam, ofegando. Christmas e Joey se olhavam, com as pupilas dilatadas e as narinas tremendo. Mas nenhum dos dois tinha coragem de olhar para Chick, que gemia caído no chão.

– Estou sangrando – disse Chick, levantando a mão vermelha no ar.

Christmas e Joey se viraram para ele.

– Onde foi que te acertaram, fedelho do caralho? – perguntou Joey, com a voz tremendo.

– Na perna – chorou Chick. – Está doendo...

A calça do menino estava completamente encharcada de sangue, do joelho para baixo. Joey tirou do bolso um pedaço de pano que talvez um dia tivesse sido um lenço e amarrou-o apertado na coxa magra de Chick, pouco acima do ferimento.

– O que que a gente faz? – perguntou Christmas, assustado.

Joey olhou ao redor. Espiou para fora do beco.

– Vamos levar ele no Big Head – disse. Depois virou-se para Chick: – Você tem que andar até o bilhar, merdinha. Se não conseguir, eu te deixo no meio da rua e o Buggsy te corta em pedacinhos. Entendeu? E para de choramingar.

Chick engoliu e tentou conter as lágrimas. Christmas pensou que agora ele parecia ainda menor e que tinha olhos de criança. E outro pensamento começou a se formar na sua cabeça, mas ele fechou os olhos, como para expulsá-lo, e disse, com uma voz dura e firme:

– Vamos, anda, seu veadinho.

Quando entraram na sala de bilhar da Sutter Avenue, Chick estava extremamente pálido. Christmas e Joey tiveram que carregá-lo nos braços para fazê-lo subir as escadas. Todos os fregueses da sala se viraram, vendo-os entrar. Eram delinquentes, acostumados com sangue. Mas de qualquer forma ficaram duros porque a primeira coisa que cada um deles pensava era que sangue trazia mais sangue, na maioria das vezes. E, olhando os três garotos, tinham que decidir se era o caso de dar o fora ou se podiam terminar a partida.

– Que porra estão fazendo aqui? – disse um homenzarrão feio, sentado numa mesinha de canto, ocupado em jogar dados. Tinha uma cabeça grande, quase disforme de um lado, que lhe aumentava a têmpora e parte da testa. Era por isso que todos o chamavam de Big Head.

– O informante nos traiu – disse Joey, sem fôlego. – Buggsy estava lá nos esperando.

– Eu avisei pra cuidar sozinho desse trabalho. Que que você estava fazendo com essa merda desse Chick, caralho? Você sabe que ele não presta pra nada. E esse outro, quem é? – perguntou Big Head, pousando uma mãozona cheia de cicatrizes no ombro de Joey.

– Diamond, do Lower East Side. Tem uma gangue só dele – disse Joey.

Big Head olhou para Christmas.

– Veio aqui pra foder com a gente? – perguntou.

– Não, senhor – respondeu Christmas. – Chick está mal – disse em seguida.

– Leva ele pro escritório – disse Big Head a Joey, indicando uma salinha ao fundo. – Vai chamar o Zeiger – ordenou a um dos parceiros do jogo de dados. – E vê se se mexe.

Enquanto isso, Joey e Christmas tinham levado Chick para a salinha, onde havia um sofá sujo e afundado. Estavam deitando-o no sofá quando Big Head também entrou.

– Ei, ei, que porra é essa que vocês estão fazendo, seus bostinhas? – esbravejou. – Esse é o meu sofá. Botem ele no chão e sumam daqui.

Christmas e Joey se olharam.

– Fora! – berrou Big Head.

Os dois garotos saíram e se enfiaram num canto escuro da sala de bilhar. Todos os jogadores levantaram os tacos e os encararam por um instante. Depois voltaram a jogar. Christmas e Joey não disseram uma palavra. Christmas não conseguia parar de pensar. Tinha chegado ao alambrado junto com Chick. Era maior, mais forte. Chick era uma criança, magra e frágil, e ele o tinha empurrado, para passar primeiro. E Chick tinha levado um tiro. Era nisso que Christmas pensava. Chick tinha tomado o tiro que estava reservado para ele. Que o destino lhe tinha reservado.

Zeiger, um homem na casa dos cinquenta que parecia um funcionário dos correios com um chapéu de palha, entrou na sala de bilhar, escoltado pelo homem de Big Head. Zeiger caminhava instável. Mas não estava bêbado. Parecia percorrido por um tremor contínuo. Tinha um rosto comprido, amarelado, e dentes escuros e descarnados. A maleta preta que trazia caiu, abrindo-se. Instrumentos cirúrgicos se esparramaram pelo chão. Zeiger enfiou-os de volta na maleta, recolheu-a e continuou caminhando na direção do escritório.

Christmas olhou para Joey. Tinha os olhos baixos e torcia nervosamente as mãos.

— Toma — disse Christmas, estendendo-lhe o canivete quebrado.

Joey olhou para a arma, fez uma careta e depois a pegou sem levantar os olhos para o amigo.

— Sinto muito, Diamond — disse em voz baixa.

Christmas não disse nada. Depois de um instante, viu o sujeito que tinha levado Zeiger até Chick sair da sala e entrar num depósito. Saiu com uma lona de cobrir as mesas de bilhar e entrou de volta no escritório. Christmas moveu-se devagar na direção da salinha. Joey pegou-o pelo braço, mas Christmas se desvencilhou, com violência. Não queria ser tocado. Joey o seguiu. Quando chegaram diante da porta entreaberta, Big Head estava saindo. Olhou para os dois garotos.

— A partir desse momento, o informante e Buggsy são dois ratos — disse. — E eu vou cuidar deles pessoalmente.

Christmas esticou os olhos para dentro da salinha, o suficiente para ver Chick chorando, deitado na lona de cobrir as mesas de bilhar.

Big Head enfiou a mão no bolso da calça e pegou um bolo de dinheiro. Estendeu cem dólares para Joey.

— Isso é pra mãe do Chick. Ele vai ficar coxo. Buggsy acertou ele no joelho. Cuida de fazer chegar ao destino — disse. Depois pegou duas notas de cinquenta e deu uma para Christmas e uma para Joey. — E isso é pra vocês.

Zeiger saiu do escritório.

— Tem alguma coisa pra mim? — resmungou para Big Head.

— Dá o fora daqui — respondeu Big Head, sem sequer lhe dirigir o olhar. — Vai procurar com os chineses a tua merda.

— Eu estou duro...

— Já disse pra dar o fora daqui — rosnou Big Head, ainda sem olhar para ele. Em seguida, enquanto Zeiger deixava a sala de bilhar com seu andar capenga de drogado, Big Head apontou para um velho sentado num banquinho ao lado de uma cuspideira e gritou: — Está esperando o que pra limpar aquela porra de sangue do meu piso, caralho!

O velho deu um salto, entrou no depósito, saiu com um balde, um esfregão e um pedaço de pano e arrastou os pés cansados até o escritório. Chick foi trazido nos braços e depositado numa cadeira. Tinha os olhos cheios de lágrimas, a calça cortada na coxa e o joelho enfaixado. O sangue coagulava na meia.

— E vocês dois, o que querem ainda? — disse Big Head a Christmas e Joey. — Um beijinho de boa noite?

Joey pegou Christmas pelo braço e arrastou-o para fora da sala de bilhar da Sutter Avenue.

— Vou ter que tirar umas férias enquanto Big Head cuida dos dois ratos — disse Joey assim que chegaram na rua. — De repente eu arranjo um buraco na sua área.

Christmas meneou distraidamente a cabeça em sinal de anuência. Não conseguia pensar em nada além de Chick. Chick, que saltitava de um pé para o outro, como uma mola, fazendo um barulhinho que agora também não saía dos ouvidos de Christmas.

Joey enrolou a nota de dinheiro num dedo.

— O Abe Palerma leva pelo menos seis meses pra juntar cinquentão — disse, tentando rir.

— É... — fez Christmas. Mas não ouvia o que estava dizendo. Queria só ir para casa. Estava vivo. E Chick estava coxo por ele.

Joey continuou enrolando a nota no dedo. Enrolava e desenrolava para depois enrolar de novo.

— A gente se vê, meu amigo — disse enfim.

— A gente se vê — respondeu Christmas, e partiu para o Lower East Side.

Quando chegou em casa, o apartamento não estava no escuro como ele esperava. Cetta estava sentada no sofá da salinha. Imóvel. Com o rádio desligado.

— Não foi trabalhar? — perguntou Christmas, surpreso.

– Não – respondeu Cetta simplesmente. Não lhe disse que estava esperando por ele, que tinha implorado para Sal não a fazer trabalhar naquela noite, porque sabia que o filho precisava dela.

Christmas permaneceu em pé. Sem falar nada. Com a raiva daquele dia que continuava a envenená-lo. Sem conseguir parar de pensar em Chick. E em Bill. E em Ruth. Na vida.

– Senta aqui – disse Cetta, alisando com a mão o lugar ao lado dela.

Christmas hesitou. Depois sentou. Ficaram um ao lado da outra, imóveis, em silêncio. De cabeça baixa, olhando a ponta dos sapatos. E lentamente a raiva de Christmas cedeu lugar ao medo.

– Mãe... – disse baixinho, depois de muitos minutos.

– Sim?

– Quando a gente vira adulto, vê tudo sujo?

Cetta não respondeu. Olhava para o vazio. Havia perguntas que não era preciso responder. Porque a resposta era tão feia quanto a pergunta. Então puxou para si o filho de 15 anos, apertou-o em seus braços e começou a acariciar-lhe os cabelos com ternura.

Christmas teve o impulso de se afastar, mas depois se abandonou nos braços da mãe. Porque sabia que aqueles eram seus últimos carinhos de criança. Em silêncio. Porque não havia mais nada a dizer.

24

Manhattan, 1913

CETTA PERMANECEU ENTRE OS LENÇÓIS enquanto Andrew se levantava da cama e começava a se vestir.

— Como está a greve em Paterson? — perguntou ela.

— Indo — respondeu ele distraidamente.

— Como assim? — insistiu Cetta, com um sorriso forçado nos lábios.

— Está indo — respondeu ele, sem se virar. Sentou-se na beirada da cama, de costas para ela, e amarrou os sapatos.

— Vão conseguir o que estão pedindo? — perguntou ela, esticando uma perna e acariciando as costas dele com o pé.

Andrew endireitou as costas e se levantou novamente. Pegou o relógio no criado-mudo e enfiou-o no bolsinho do colete. Depois abotoou os cinco botões.

— Tenho que ir, amor — disse. — Não tenho tempo, me desculpe.

Andrew sempre a chamava de amor, pensou Cetta, observando-o enquanto enfiava o paletó com remendos nos cotovelos e limpava os óculos redondos com o lenço. Chamava-a sempre de amor, mas nunca tinha muito tempo para ficar com ela. Não depois de fazerem sexo. Nunca tinha nem ido à casa dela, no domingo, para conhecer Christmas e comerem juntos. E nunca mais a tinha levado ao restaurante italiano na Delancey. Nada de jantar à luz de velas. Só aquele quarto na pensão de South Seaport, perto da seção do sindicato. Sempre o mesmo quarto. Quinta-feira. Às vezes também na terça.

Andrew virou-se e olhou para ela.

— Amor, não fique chateada...

Sim, amor era uma palavra que Andrew pronunciava com muita facilidade, pensou Cetta. Ao contrário de Sal, que não a tinha usado com ela uma única vez. Mas que ia vê-la no porão de Tonia e Vito Fraina todo domingo, com suas mãozonas encardidas, levando linguiça picante e vinho, e não a ajudava nunca a cozinhar.

Andrew inclinou-se sobre a cama e beijou-a nos lábios.

Beijava-a sempre nos lábios, pensou de novo Cetta. Quando se encontravam, quando faziam sexo e quando ia embora, recomendando que ela esperasse para sair da pensão porque era melhor não serem vistos juntos. Porque era um homem casado.

– Espera dez minutos pra sair.

– Sim.

– O que foi? – perguntou ele.

Cetta encarou-o com um olhar duro.

– Dava mais gosto quando eu ganhava cinco dólares por foda, *amor*. É isso – disse com um sorriso nos lábios, virando de lado.

Andrew suspirou. Olhou para a porta do quarto. Depois suspirou de novo e se sentou na cama. Pousou uma mão nas costas nuas de Cetta.

– Você é linda – disse.

Cetta não se virou.

Andrew se esticou na cama. Beijou-a nas costas e depois desceu, empurrando o lençol, até as nádegas.

Cetta estendeu a mão e agarrou-lhe os cabelos loiros. Sentou-se na cama e abriu as pernas.

– Me experimenta – disse.

– O quê? – estranhou Andrew.

– Lambe minha boceta. – O olhar de Cetta era duro. E por dentro crescia-lhe uma sensação violenta que não queria admitir, uma dor remota, incômoda como um remorso.

Andrew olhou-a perplexo.

– Eu preciso ir... – disse. – Os companheiros estão me esperando no sindicato...

– E vai contar pra eles que está trepando com uma puta? – perguntou Cetta, com aquele olhar duro.

– Amor, o que você está dizendo?

– Não conta pra eles todas as coisas que dá pra fazer com uma puta? – continuou Cetta, ainda com as pernas abertas.

– Não!

– Não conta pra eles de quando eu coloco na boca?

– Cetta... o que está acontecendo com você?
– Você gosta quando eu coloco na boca?
– Gosto, amor, gosto, claro...
– Então lambe minha boceta. Me mostra que você também sabe ser puta.

Andrew saltou da cama.

– Tenho uma greve pra cuidar! – gritou.
– Com a sua mulher?
– Com os companheiros! Você não entende? É a minha vida! – Andrew puxou a ponta do lençol e cobriu Cetta. – É a minha vida... – Virou-se e foi até a porta. Pousou a mão na maçaneta e permaneceu imóvel, sem olhar para Cetta.

– Então divide comigo essa porra de vida, se eu não sou só uma puta pra você! – gritou Cetta.

Andrew virou-se e olhou para ela, parecendo surpreso.

Tinha olhos bons, pensou ela. E então, suavizando o tom, disse:

– Você tinha me prometido que ia me fazer virar uma americana de verdade.

Andrew sorriu.

– Você parece uma criança – disse com ternura, voltando para a cama. Abraçou-a com força, passando a mão entre seus cabelos pretos. – Você parece uma criança – disse outra vez, segurando seu rosto. – Queria te fazer uma surpresa – falou baixinho. – Mas é difícil fazer surpresa pra criança. Daqui a dez dias vou te levar no Madison Square Garden. Estamos organizando um espetáculo para recolher fundos e sensibilizar a opinião pública. Vou te levar ao teatro.

Depois a beijou. Cetta se entregou ao beijo. Quando os lábios se separaram, os óculos de Andrew estavam embaçados pela respiração dos dois. Cetta riu, pegou-os e limpou no lençol que estava com o cheiro deles.

– No teatro? – disse.
– Dia sete de junho – sorriu ele. – Sábado. Às oito e meia.
– Às oito e meia. Madison Square Garden – repetiu Cetta e se agarrou nele com força.

Andrew riu e se soltou do abraço.

– Preciso ir agora. Estão me esperando. – Foi até à porta do quarto. – Talvez terça-feira eu consiga me liberar – disse.
– Senão quinta-feira – disse Cetta.
– Espera dez minutos antes de sair.

Depois a porta se fechou atrás dele. E por dentro Cetta voltou a sentir crescer aquela sensação abrasadora que não queria admitir. "Vou ao teatro", pensou então, para silenciar aquela dor remota, incômoda como um remorso.

– Me transferiram – disse Sal, sentado na cadeira bamba da sala de visitas da prisão, de cabeça baixa, olhando para as mãos. – Nada de oficina mecânica agora. Vão fechar. Me transferiram pra carpintaria.

Ergueu os olhos para Cetta, sentada na frente dele, fitando-o em silêncio.

– É mais difícil sujar as mãos na carpintaria – disse Sal. – Só ficam cheias de farpas.

Baixou os olhos de novo e voltou a mexer num dedo. Em silêncio.

– Deixa eu ver – disse Cetta, pegando sua mão. Examinou-a com atenção. – Vem pro claro – disse, levantando-se e se aproximando da vidraça opaca e suja, protegida por uma grade de ferro.

Sal se levantou mecanicamente e aproximou-se dela.

Cetta pegou a mão dele entre as suas e inspecionou-a.

– Aqui está – disse, tentando extrair a farpa com as unhas.

Sal olhou pela janela opaca, para além da qual o contorno dos prédios da prisão de Blackwell's Island era indefinido como um enorme fantasma geométrico.

– Não consigo – disse ela. Levou a mão dele à boca e mordeu devagar no ponto em que a farpa tinha entrado na pele. – Está doendo? – perguntou.

Sal olhou para ela sem dizer nada. Estava pálido. E tinha uma expressão de derrota nos olhos. Cetta não sustentou o olhar e voltou a se concentrar na farpa.

– Pronto. Saiu – disse pouco depois, cuspindo.

– Obrigado – disse Sal, com sua voz grave, e voltou a fitar os fantasmas para além da janela opaca.

Cetta apertou-o contra o peito.

– Você emagreceu – disse.

Sal permaneceu imóvel.

– Me abraça – disse ela.

Sal não se mexeu.

– O que mudou? – perguntou.

Cetta ficou dura. Sentiu um calafrio percorrendo-lhe a espinha.

– O que mudou? – perguntou, com a voz insegura.

Sal se afastou.

– Estou falando de Nova York – disse, voltando a se sentar.

Cetta olhou para ele. Não estava falando de Nova York. Ela lia nos olhos dele. Olhos derrotados, fracos. Não os olhos que tinha depois de ser ferido no ombro. Não eram olhos cheios de medo e paranoia. Eram só olhos que sabiam. Os olhos de um homem que sabia, mas não podia fazer nada para conservar a própria mulher. Porque não era mais um homem. Era um prisioneiro.

– Estão construindo um monte de arranha-céus novos – disse Cetta, sentando de frente para ele.

– Bom... – disse ele distraidamente.

Permaneceram outra vez em silêncio.

– As meninas mandaram lembrança. E Madame também.

Sal não disse nada.

– Todas sentem sua falta.

Sal olhou para ela sem falar nada.

– Eu sinto sua falta – disse ela, pegando a mão dele entre as suas.

– Sim...

De novo silêncio.

– Sal... – Cetta começou a falar, mas ele se levantou, quase num salto.

– Preciso ir – disse, virando-lhe as costas. Bateu na porta atrás da qual estava o guarda da prisão. – Abre! – falou alto.

– Sal... – disse Cetta.

– Tenho que terminar de polir a escrivaninha do diretor pra hoje à noite – interrompeu ele de novo, sem olhar para ela.

Cetta ouviu a chave girando na fechadura. A porta se abriu.

Na barca do Departamento Penitenciário de Nova York, sentiu novamente uma fisgada no estômago. Como uma dor remota. Como um remorso. Como uma sensação abrasadora suspensa entre a saudade e a culpa. E sentiu-se suja. Seus olhos se encheram de lágrimas.

Era quinta-feira. Encontraria Andrew no segundo andar da pensão em South Seaport, tiraria a roupa, o acolheria dentro dela e depois, antes de ir embora, ele a recompensaria com um ingresso para o teatro.

No sábado, 7 de junho de 1913, Cetta estava diante da entrada do Madison Square Garden. A primeira coisa que viu, por cima da cabeça dos espectadores que se amontoavam nas bilheterias, foi o cartaz do espetáculo. Era todo preto, e da escuridão emergia apenas a parte superior de um jovem operário. O rosto olhava reto diante de si, com uma expressão determinada. Tinha o braço direito erguido no ar e a mão aberta. O braço esquerdo estava para trás e se perdia no escuro à altura do cotovelo. Atrás da cabeça orgulhosa do jovem operário apareciam três letras, IWW, as iniciais de *Industrial Workers of the World*. "*The pageant of the Paterson Strike*", dizia o título. E depois, menor: "Representado pelos próprios grevistas".

Cetta abriu caminho entre as pessoas e se aproximou do cartaz com o ingresso na mão. Na parte de baixo estavam indicados os preços. Camarotes: $20 e $10. Assentos: $2 – $1,5 – $1 – 50 *cents* – 25 *cents* – 10 *cents*. Cetta conferiu seu ingresso: um dólar. Depois olhou em volta, procurando por Andrew.

– Não vou poder me sentar com você, amor – ele tinha dito, entregando-lhe o ingresso. – Preciso ficar com a liderança. Você entende, não é?

Mas Cetta queria vê-lo pelo menos um instante, antes do espetáculo. Talvez não pudesse beijá-lo, mas apertaria sua mão. Era o primeiro e único homem que a tinha convidado para ir a um restaurante. E era o primeiro e único homem que a tinha convidado para ir ao teatro. Um homem bom e importante, que cuidava de toda aquela gente que desde o início de fevereiro estava em greve na Silk City. Por esse motivo não tinha muito tempo para ela, disse para si mesma, correndo os olhos pela multidão.

– Os chefes onde estão? – perguntou a um homem que parecia do sindicato, parado na entrada com uma faixa vermelha no braço.

O homem olhou para ela.

– Você é das nossas? – perguntou.

– Claro – disse Cetta com orgulho, e por um instante não se sentiu mais estranha a toda aquela multidão.

– Me desculpe – disse então o homem. – É que... enfim, nossas mulheres não andam empetecadas assim... normalmente.

Cetta corou e baixou os olhos para o vestido verde com flores amarelas, com um decote cavado.

– É, normalmente nem eu – disse, sorrindo envergonhada.

– Quem está procurando? – perguntou o homem. – John, Bill, Carlo ou Elizabeth?

– Quem?

– Reed, Haywood, Tresca ou Elizabeth Flynn – disse o homem.

– Não, eu procuro Andrew Perth – disse Cetta.

O homem pensou um momento. Depois bateu no ombro de alguém ao seu lado.

– Escuta, você conhece Andrew Perth?

O outro balançou a cabeça.

– Sabe quem é Andrew Perth? – perguntou a outro homem um pouco adiante, também este com a faixa vermelha no braço.

– Andrew Perth? Não é um da seção de South Seaport?

– Não sei – respondeu o homem. – A companheira aqui está perguntando dele.

– Deve estar lá dentro. O pessoal de South Seaport ficou com o camarote três.

– Camarote três – repetiu Cetta. – Entendi. Eu vou lá.

– Espera, companheira – o homem a deteve. – Você tem o ingresso?

Cetta mostrou-lhe.

– Lugar de um dólar – disse o homem. Olhou para ela. – Podia economizar no vestido e nos dar mais dinheiro – acrescentou. Depois esticou o braço com a faixa vermelha e indicou uma entrada. – Você é lá.

Cetta deu-lhe as costas e foi para a sua entrada. Não tinha ideia de quem fossem aquelas pessoas que o homem do sindicato tinha mencionado, mas era evidente que Andrew não era o chefe.

Quando entrou no teatro, ficou sem fôlego. Era imenso. Ou pelo menos assim lhe pareceu. Mas não sabia se todos os teatros eram assim. Havia cartazes delimitando os setores, conforme o tipo de ingresso que se tinha. O de um dólar era quase no fundo da sala. Correu novamente os olhos pelo local enquanto chegava a um lugar livre no setor de um dólar. E então viu Andrew, encostado na balaustrada de um camarote de 20 dólares. Estava em pé e gesticulava e gritava. E depois aplaudia. Ao lado dele uma mulher vestida como homem. Devia estar até de calça, pensou Cetta. Tinha óculos redondos como os de Andrew e uma boina na cabeça que lhe escondia os cabelos. Mas Cetta sabia que eram loiros, finos e lisos. E tinha uma pele clara, quase transparente. Olhava para Andrew, sorrindo, orgulhosa. Atrás deles havia outros quatro homens e duas mulheres. Todos vestidos do mesmo modo. Como operários. E Andrew também estava vestido de operário.

De novo Cetta ficou com vergonha do próprio vestido verde com flores amarelas, que tinha comprado especialmente para a ocasião de um vendedor ambulante no Lower East Side por três dólares e oitenta.

Quando ergueu os olhos novamente, viu Andrew rindo, virando-se para a mulher de óculos e abraçando e beijando-a. Ficou tentada a ir embora. Mas algo a detinha.

– Está livre o lugar ao seu lado, belezinha? – perguntou uma voz à sua direita.

Cetta se virou. O operário estava encarando seu decote.

– Se puser a mão eu arranco seu pinto e te faço engolir – disse Cetta e voltou a olhar para Andrew e a esposa. Eram iguais, pensou. Eram dois americanos. E de novo se sentiu fora de lugar.

Depois as luzes diminuíram e começou o espetáculo. Cetta acompanhava com dificuldade o relato dos confrontos entre os operários e a polícia. Sentia-se tomada por uma crescente sensação de desconforto. Não era a raiva que tinha imaginado assim que vira Andrew e a esposa. Era algo mais sutil. Algo que não queria ainda aceitar.

A plateia ficou em pé, e todos os espectadores entoaram uma canção numa língua estrangeira, junto com os atores no palco. Cetta também se levantou. Para olhar para Andrew.

O operário que estava ao lado dela olhou para o seu decote.

– Não conhece a *Marseillaise*? – perguntou.

– Vai tomar no cu – respondeu ela, e continuou olhando para Andrew, que cantava abraçado à mulher de óculos.

Acompanhou o segundo quadro, no qual, durante os confrontos com a polícia, um pobre desgraçado que estava na varanda observando o tumulto era morto acidentalmente por um projétil. Chamava-se Valentino Modestino. "Sempre sobra pros italianos", pensou Cetta, continuando a olhar para Andrew. No terceiro quadro, o caixão de Modestino, coberto de panos vermelhos dos grevistas, era baixado na sepultura acompanhado pela Marcha Fúnebre. Como se fosse um herói. "Ele não era um de vocês. Não estava nem aí", pensou Cetta com raiva. Depois olhou para Andrew e falou, baixinho, com a voz entrecortada:

– Não tinha te pedido pra instruir ele.

E Cetta não conseguiu acompanhar mais nada do espetáculo, tomada por aquele pensamento que não queria formular racionalmente, sem tirar os olhos de Andrew e sua esposa. "Eu não sou como vocês", pensou. E enquanto a plateia entoava a "Internacional", Cetta percebeu que o operário continuava espiando o decote de seu vestido. "Não, eu não sou como vocês", pensou de novo, deixando-se vencer pela sensação de estranheza. "Sou uma puta com o vestido errado."

Foi então que Andrew a viu. Os olhos dos dois se cruzaram. Por um instante. Ele desviou o olhar, envergonhado. A esposa dele também viu Cetta.

Quando o espetáculo terminou, a multidão se derramou pelas ruas. Cetta viu Andrew conversando animado com as pessoas. A esposa estava um pouco adiante e distribuía panfletos. Cetta percebeu que estava olhando para ela. Depois a mulher veio até ela. Encontraram-se uma de frente para a outra, no meio do aperto, a menos de um passo de distância. A esposa de Andrew estudou o vestido de Cetta com evidente desprezo.

– Ele não me falou que era uma festa a fantasia – disse Cetta.

A mulher tirou a boina e sacudiu os cabelos. Eram loiros e finos. Lisos. E tinha olhos claros, azuis, de americana, pensou Cetta. Como Andrew.

– Pelo menos te ensinou a ter uma consciência? – disse a mulher, esquadrinhando-a com um sorriso sarcástico.

– E a você ele ensinou a trepar? – devolveu Cetta, com seus olhos pretos e os cabelos crespos presos num coque atrás da nuca.

A mulher ressentiu o golpe. Abaixou os olhos por um instante. Ferida. Cetta notou que Andrew as tinha visto. Estava pálido e tinha um olhar preocupado. Fraco. Mesquinho.

– É todo seu – disse então Cetta à sindicalista. – Só conseguiu me ensinar que eu sou uma puta – disse em voz baixa. – Mas isso eu já sabia.

Virou-se e se perdeu entre a multidão que celebrava a greve de Silk City.

Primeiro comprou uma revista de moda, depois correu para casa. Com a raiva que a sacudia por dentro. E a humilhação que lhe tirava o fôlego. Não desceu ao porão, foi até o segundo andar e bateu com violência na porta da Senhora Sciacca.

– O que você tinha enfiado na cabeça? – repetia para si mesma.

A vizinha gorda abriu sonolenta, com um xale azul de lã por cima da camisola.

– É tarde – disse.

– Preciso ver o Christmas – disse Cetta, com uma urgência despropositada na voz.

– Está dormindo...

– Preciso falar uma coisa importante pra ele. Dá licença – e empurrou a Senhora Sciacca, entrando como uma fera. Foi até a caminha onde Christmas estava dormindo e pegou-o no colo, arrancando-o do sono com violência.

Christmas resmungou alguma coisa. Depois abriu os olhos e reconheceu a mãe. Tinha 5 anos e o cabelo loiro lhe caía na testa, todo desarrumado. Nos olhos uma expressão assustada.

Cetta levou-o até a janela e a abriu. Colocou-o no parapeito e mostrou-lhe a revista de moda.

O menino estava paralisado.

– Olha bem, isso é um americano – disse Cetta, com uma voz exaltada, mostrando um modelo fotografado com uniforme de polo. Depois pegou o rosto de Christmas, apertando-lhe as bochechas, e apontou-o para a rua. – Olha aquilo – e mostrou um homem que voltava para casa com sua mala de ambulante. – Aquilo nunca vai ser um americano. – Folheou de novo a revista, freneticamente, tomada por aquela raiva interna que não dava sinal de diminuir. Parou na foto de uma atriz. – Ela é americana – disse. Depois de novo virou o rosto de Christmas para a rua. – E aquela ali nunca vai ser – disse, apontando para uma mulher encurvada, que remexia os restos das bancas.

– Mãe...

– Me escuta! Me escuta bem, tesouro – e pegou o rosto dele entre as mãos, com força, com olhos possessos. – Eu nunca vou ser americana. Mas você sim. Entendeu?

– Mãe... – Christmas começou a choramingar, confuso.

– Entendeu? – estrilou Cetta.

A boca de Christmas se franziu, contendo o choro.

– Você vai ser americano! Repete!

Christmas estava com os olhos arregalados.

– Repete!

– Eu estou com sono...

– Repete!

– Eu vou ser... americano... – disse ele em voz baixa e começou a chorar, tentando se desvencilhar.

Então Cetta o apertou contra si, com força, e finalmente sua raiva se transformou em lágrimas. E a humilhação a fez soluçar.

– Você vai ser americano, Christmas... sim, você vai ser americano... me perdoa, me perdoa, tesouro... – chorava, acariciando o cabelo do filho, apertando-o, enxugando as lágrimas dele e molhando-o com as suas. – A mamãe te ama... só existe você pra mamãe... só você... meu menininho. Meu menininho americano...

Na porta, a Senhora Sciacca olhava para eles, rodeada pelos filhos sonolentos, agarrados à camisola da mãe.

25

Manhattan, 1923

— FALA PRA ESSE MERDA sair do meu açougue — disse Pep a Christmas.

Lilliput, sua cadelinha, rosnava baixinho para Joey, encostado no batente da porta dos fundos. Santo, ao lado dele, estava com o rosto queimando. Girou nos calcanhares e saiu. Christmas virou-se para Joey.

— Deixa a gente sozinho — disse, com uma lata de metal na mão. — Você deixa um velho mandar em você? — disse Joey, com um sorrisinho de escárnio.

Pep se lançou com todo o seu peso para cima dele. Agarrou-o pelo colarinho da jaqueta surrada com as duas mãos, quase levantando-o do chão, e jogou-o para fora do açougue. Joey foi se chocar com Santo na calçada. Lilliput latia furiosa.

— Chega, Lilliput! — gritou Pep, depois bateu a porta dos fundos com violência, fazendo cair um pouco do reboco das paredes. Pôs a mão no peito de Christmas e empurrou-o contra a parede atrás dele. — O que você acha que está fazendo, rapaz? — disse com uma voz baixa e ameaçadora.

— Pep, se acalma — disse Christmas, sorrindo. — Trouxe a pomada pra Lilliput. Ela está sarando, não está?

— Sim, está sarando — disse Pep. — E então? Responde à minha pergunta.

— Eu respondi...

— Eu quero que se foda a pomada — disse Pep, tirando a mão do peito dele.

Christmas ajeitou a camisa na calça e estendeu a lata para Pep.

— Você não me deve nada — disse.

— Ah, é? E como pode? Ficou rico de repente? — apertou-o Pep.

Christmas deu de ombros.

— Vai ver eu me afeiçoei à Lilliput — e pôs a mão na maçaneta, começando a abrir a porta. Pep fechou-a de volta com violência.

— Escuta aqui, rapaz – e apontou-lhe um dedo sujo de sangue de animal. – Escuta bem...

— Ei, está tudo certo aí dentro, Diamond? – interrompeu-o de fora a voz de Joey.

Pep e Christmas se olharam em silêncio.

— Tudo certo – gritou Christmas.

— Eu não gosto dele – disse Pep, movendo o polegar na direção da porta.

— É meu amigo, não seu – replicou Christmas, com uma expressão de desafio. – Quem tem que gostar dele sou eu.

— Vou perguntar de novo: o que você acha que está fazendo, rapaz?

— Pep, é legal ficar batendo papo com você, de verdade, mas eu preciso ir – disse Christmas, que não queria escutar nem Pep nem ninguém, porque agora não era mais um menino, mas um homem.

— Você lembra quando a gente se conheceu? – continuou Pep.

— Lembra?

Christmas olhava para ele em silêncio, com o queixo um pouco levantado e um olhar de tédio.

— Os Diamond Dogs – riu Pep, com amargura. – Você achou mesmo que eu tinha acreditado? Você não tinha gangue nenhuma, eu sabia muito bem. E sabe por quê? Porque seus olhos me diziam.

Christmas abaixou o olhar por um instante.

— O que é que você quer, Pep? É hora do sermão, agora? – disse, mas em seguida enfiou as mãos no bolso com um jeito insolente.

— Não banque o durão comigo – disse Pep. – Você está virando um *guappo* de meia-tigela. Sabe por que eu te dei aqueles 50 *cents* pra proteger a Lilliput? Porque eu olhei nos seus olhos, não porque achasse que você podia cuidar dela de verdade. Porque eu li alguma coisa que eu gostava nos seus olhos. Mas agora não estou te reconhecendo mais. Se te encontrasse pela primeira vez hoje, te botava pra fora a pontapés, que nem aquele delinquente ali fora. – Pep balançou a cabeça, depois falou com uma voz calorosa, paternal. – A minha sarnenta logo abanou o rabo pra você, quando te viu. A gente precisa confiar nos animais, sabia? Têm um instinto infalível. Mas, se continuar assim, não dou duas semanas pra ela estar rosnando pra você também, quando vier me extorquir que nem aqueles desgraçados de Ocean Hill. Quando você também quiser sugar o sangue dos miseráveis que não têm uma pistola. Isso não é uma cidade. E nem uma selva, como todos dizem. É uma jaula. E nós somos muitos.

É fácil enlouquecer. Isso já não é mais a sua brincadeira. Agora é coisa séria. Mas ainda está em tempo de você ser um homem e não um *guappo*.

Christmas encarou-o com um olhar duro, sob o qual fervilhava toda a raiva que não conseguia conter.

– Foi bom falar com você, Pep – disse, com uma voz desprovida de entonação.

O açougueiro devolveu o olhar em silêncio, depois torceu a boca numa careta de pesar e ficou de lado, abrindo caminho. Christmas foi até a porta e a abriu.

– Uma última coisa – disse Pep. – O espinhento ali fora – com a cabeça, indicou Santo, encostado no muro junto com Joey – é um que vai acabar se lascando se te seguir. Se livra dele, se ainda tem um pouco de dignidade. Não arrasta ele também pro fundo com você.

– Você devia ser padre, Pep – disse Christmas.

Lilliput soltou um uivo comprido. Depois foi se encolher entre as pernas do dono, continuando a ganir baixinho.

– Não dê mais as caras aqui – disse Pep, fechando a porta.

Christmas sentiu que não era simplesmente a porta de um açougue do Lower East Side que estava se fechando. Teve medo, por um instante. Mas depois decidiu não dar ouvidos àquela sensação. Tinha uma couraça, agora. E com o tempo ela ficaria cada vez mais dura, disse para si mesmo. Deu um assovio para os dois amigos e partiu sozinho pelo beco.

– Ele te deu os dois dólares? – perguntou Santo, alcançando-o.

Christmas olhou para ele. Não sabia como estava agora o próprio olhar, mas sabia que o de Santo nunca tinha mudado. Enfiou a mão no bolso, tirou duas moedas e jogou-as para cima.

– Claro – disse, rindo. – Estava pensando o quê?

Santo conseguiu pegar uma moeda no ar. A outra caiu numa poça de lama. Santo enfiou a mão na lama e depois limpou-a na calça.

– Agora temos que dividir em três? – perguntou.

– Não, é tudo seu – respondeu Christmas.

– Dois dólares só pra mim? – disse Santo, contente.

– Como é? – interveio Joey.

Christmas virou-se bruscamente.

– São dele – disse apenas.

Joey olhou para ele por um instante.

– OK.

Na semana seguinte ao servicinho que tinha custado o joelho a Chick, Joey arranjou um buraco no andar de cima do Wally's Bar & Grill, um local administrado por uns italianos amigos de Big Head. Um mês depois, Buggsy e o informante tinham passado de ratos a cadáveres. Mas Joey tinha permanecido no Lower East Side. E se tornado o terceiro elemento dos Diamond Dogs. Em poucos dias percebera que a gangue não existia de verdade. Mas tinha um plano, que consistia em explorar a popularidade de Christmas no bairro. Ao final de um mês, estavam extorquindo alguns comerciantes e tinham aplicado meia dúzia de pequenos golpes. Sabia que não podia contar com Santo. Mas parecia que Christmas não queria ficar sem ele. Já o chefe dos Diamond Dogs tinha miolo, segundo Joey. Era esperto. Não sabia nada, mas aprendia depressa.

Poucos dias antes, o verão tinha desabado de repente sobre a cidade, matando a primavera com a mesma violência com que, pouco mais de dois meses antes, o inverno não a tinha deixado florescer. O asfalto das ruas parecia derreter.

– Que calor do caralho! – disse Christmas. – Vamos abrir um hidrante.

– Chuveiro grátis! – riu Joey.

Santo empalideceu. Christmas olhou para ele. Como sempre, Santo tinha o medo estampado no rosto. Christmas deu-lhe um tapinha no ombro.

– Vamos só eu e o Joey – disse.

– Por quê? – perguntou Santo.

– Preciso que você dê um pulo na padaria da Henry Street.

– Pra fazer o quê? – perguntou Santo, ainda mais pálido.

Christmas remexeu no bolso e tirou algumas moedinhas.

– Não precisa fazer nada. Compra uma *focaccia* doce e leva pra sua mãe.

– Tá, mas...

– Faz isso, Santo. Se não entender agora, vai entender depois. Você conhece a regra.

Joey deu risada e bateu a mão na própria coxa. Santo abaixou os olhos, mortificado.

– Santo – disse então Christmas, passando o braço por cima do ombro dele –, só preciso que vá lá e deixe que te vejam. Só isso. Compra uma *focaccia* doce. E paga com dez dólares – e passou uma nota de dinheiro para ele. – Eles te conhecem. Sabem que você é um dos Diamond Dogs. Mostra pra eles que os negócios estão indo bem. E que dinheiro não te falta. Depois vai pra casa da sua mãe.

– Certo, chefe – disse Santo, reencontrando o sorriso. – Suas moedas – disse, devolvendo-lhe as moedinhas.

– Obrigado, Santo. Te devo uma.

– Somos os Diamond Dogs, não é? – disse Santo, se afastando.

Christmas esperou que Santo dobrasse a esquina, depois encostou um dedo no peito de Joey.

– Se rir na cara dele outra vez eu te arrebento a fuça.

Joey deu um passo para trás, com os braços erguidos.

Christmas olhou para ele em silêncio.

– Resolvi me livrar dele – disse em seguida.

Ruth abriu seu diário. Acariciou nove flores secas, conservadas com cuidado. Nove flores que Christmas tinha lhe dado de presente quase um ano antes. Nove, como os dedos das mãos dela.

Ao seu redor, no pátio da escola luxuosa e privativa que frequentava, seus colegas e os alunos das outras salas riam e se divertiam. Ruth se mantinha afastada. Do outro lado do portão, podia ver um daqueles homens horríveis que o avô tinha colocado nos calcanhares dela. Toda vez que saía de casa, um daqueles sujeitos de terno vulgar colava nela. Entrava com ela nas lojas, deixava-a na escadaria do colégio e esperava por ela ali na saída. Quando um dos garotos das séries seguintes tinha se aproximado para fazer uma gracinha, o sujeito que estava de turno o tinha pegado pelo braço e dito:

– Tudo certo, senhorita Isaacson? – e desde aquele dia na escola chamavam-na de Tudo-Certo-Senhorita-Isaacson.

Ruth tinha-se isolado ainda mais. Tinha-se tornado esquiva. Recusava-se a ir às poucas festas para as quais ainda a convidavam.

Mas havia outra razão pela qual mantinha distância dos colegas: tinha 14 anos e algo estava acontecendo em seu corpo. Algo que não podia controlar. O seio tinha começado a crescer e a fazer volume na blusa. Os mamilos primeiro tinham doído, uma dor aguda, como se alguém os tivesse beliscado, e depois – quando a dor tinha passado – tinham-se transformado. Não no aspecto, mas na sensibilidade. Tocá-los, agora, provocava uma sensação agradável e desagradável ao mesmo tempo. Como uma languidez. O trauma pior, porém, tinha sido o dia em que tinha sentido uma cãibra fria na barriga, como se duas garras tivessem se cravado na sua carne, e depois um fiozinho quente e vermelho que lhe escorria pela parte interna das coxas. Tinha ficado imóvel, no banheiro, aquela manhã. Com os olhos cheios de lágrimas e a mão na boca aberta. O sangue. Aquele mesmo sangue que tinha escorrido por suas coxas depois que Bill a tinha violentado. Aquela mesma dor por dentro. E desde então, todo mês, sua natureza de mulher voltava a lembrá-la de Bill. A relembrar que ela tinha sido manchada.

Folheando as revistas da mãe, Ruth tinha descoberto a nova moda. As *flappers*. Usavam cabelo curto e algumas enfaixavam os seios, para parecerem mais andróginas. No mesmo instante, tinha decidido ser uma *flapper*. Enfaixaria os seios tão apertado que pareceria uma tábua aplainada. Tão apertado que pareceria um garoto. A mãe, porém, não tinha dado permissão para cortar seus longos cachos negros. Mas Ruth pelo menos tinha começado – e isso ninguém podia proibir porque não pediu permissão a ninguém – a enfaixar os seios. A escondê-los.

Ruth virou a cabeça para um grupinho de garotos que riam, sentados na grama. Seguiu a direção do olhar deles. Olhavam para uma árvore e continuavam rindo. No início não entendeu por quê. Depois viu. Eram Cynthia Siegel e Benny Dershowitz. E estavam se beijando. Na boca. Vários colegas começavam a se beijar, naquela idade. Ruth via o tempo todo. Até sua única amiga, Judith Sifakis, uma vez tinha dado um beijo num garoto. Nunca tinha dito a ela quem era, mas o tinha beijado. E tinha-lhe contado todos os detalhes. Ruth desviou o olhar de Cynthia e Benny. Na sua idade, todos queriam beijar, Ruth sabia.

E sabia porque ela própria queria beijar Christmas. E por essa razão o odiava. Porque ela era diferente de todos os outros, porque tinha nove dedos e não dez. Porém, pensava o tempo todo nele. Era o único que a fazia sentir-se livre. E, justamente por isso, ultimamente procurava evitá-lo e não lhe dar confiança. Christmas era um perigo. Ruth não queria ser manchada de novo. O amor era sujo. Ela – que tinha feito tudo o que havia para fazer sem jamais ter tido seu primeiro beijo – sabia disso. Sentia nos lábios e mais embaixo, entre as pernas. Quando estava perto de Christmas era como se mil formigas corressem por baixo da sua pele. E por essa razão o odiava. E por essa razão odiava a si mesma.

Mas nos últimos tempos havia em Christmas algo mais que a perturbava. Seus olhos maravilhosos, tão radiantes e puros, tinham-se ofuscado, e de vez em quando lhe lembravam os olhos turvos de Bill. Tinha a impressão de não o reconhecer. E não o reconhecer, vê-lo misterioso, muito mais homem que seus ricos colegas de escola, além de perturbá-la, fazia crescer nela a vontade de beijá-lo, de se entregar em seus braços. E quanto mais aumentava esse desejo, mais se mostrava dura com ele, para que ele não pudesse adivinhar, porque senão também a veria suja como certamente a viam todos os outros.

– Ei, está dormindo? – disse uma voz. – Já tocou o sinal.

Ruth fechou depressa seu diário. Uma das nove flores secas caiu no chão.

O rapaz se aproximou. Era Larry Schenck, um dos galãs do colégio. Tinha 16 anos. Pegou a flor e entregou a Ruth.

– Então até a Tudo-Certo-Senhorita-Isaacson tem um coração – sorriu. – E quem é o sortudo? – perguntou.

Ruth despedaçou a flor.

– Ninguém – respondeu e voltou para a sala de aula.

– Olá, Greenie – disse Christmas, entrando na fábrica do velho Saul Isaacson, ao gângster sempre vestido de seda verde. – Ruth está em segurança?

Greenie olhou-o de esguelha, sem responder.

– Pegaram o rato? – perguntou Christmas.

Greenie cutucou um dente com a unha e fez sinal que não.

Christmas entortou a boca e seguiu para o escritório do velho, que tinha mandado chamá-lo.

– Existem dois caminhos para se tornar o gerente de uma loja – estava dizendo agora o proprietário da Saul Isaacson's Clothing. – Um começa no escuro, no depósito, no coração da atividade, onde se guardam as mercadorias, onde se aprende o que é necessário, onde se pode mostrar as próprias intuições de mercado. O outro começa atrás do balcão, no contato com os clientes, e aprende-se a entender as pessoas, o que querem e o que você quer fazê-las querer. Esses dois gerentes são muito diferentes um do outro. Mas em pouco tempo vão ter que se tornar semelhantes. Aquele que trabalhou no depósito terá que aprender a conhecer as pessoas, senão vai depender a vida toda dos seus vendedores; já o que foi vendedor terá que aprender a gerenciar o estoque, senão vai depender sempre do armazenista. Você sabe que tipo de gerente poderia ser?

– Por que eu deveria saber?

– Porque se na vida você souber o que poderia ser, vai fazer a escolha certa.

– Eu sou bom pra falar com as pessoas.

– Sim, eu percebi. Então, mandei chamar você pelo seguinte: tenho uma proposta. Estou abrindo uma loja de venda no varejo e preciso de vendedores e de armazenistas. Normalmente escolho gente com um mínimo de experiência, mas decidi abrir uma exceção. Quer uma vaga de vendedor? Se souber jogar bem suas cartas, pode virar gerente.

Christmas olhou para ele em silêncio.

– Foi a Ruth que pediu para o senhor fazer isso? – perguntou.

– Não.

– Não me interessa ser vendedor. Tenho outros planos.

– Estou em dívida com você – disse o velho. – O acaso é um chute na bunda que a vida lhe dá pra você dar um passo adiante. O acaso, no mundo dos adultos, é uma possibilidade que não deve ser desperdiçada.

– E eu tenho a intenção de aproveitá-la, na verdade.

– Como?

– O senhor já pensou alguma vez em dar a mão de Ruth em casamento a um gerente de loja? – perguntou Christmas.

– Não, quero algo melhor para a minha neta.

– Eu também.

– O que você enfiou na cabeça, rapaz?

– A Ruth é o meu acaso, senhor Isaacson. Não o senhor.

– Ruth é judia e você é italiano.

– Eu sou americano.

– Não diga bobagem...

– Eu sou americano.

– Bom, de qualquer forma não é judeu. E Ruth vai se casar com um judeu.

– Ela não vai amar um judeu – disse Christmas com raiva.

– E vai amar você? – riu o velho com escárnio. Porém forçando a risada. Aquele rapaz tinha olhos intensos, ele se lembrava. Mas agora, também decididos. Como se tivesse de repente se tornado um homem.

– É essa a possibilidade que o acaso me ofereceu, e eu não tenho a intenção de desperdiçar, como o senhor diz.

O velho Saul Isaacson encarou Christmas, brandindo sua bengala.

– A partir deste momento eu o proíbo de ver Ruth.

Christmas não parou de sorrir, desafiando-o.

– Mas o senhor continua se sentindo em dívida comigo, certo?

– Não a esse ponto.

— Não, estava pensando na sua oferta de trabalho — disse Christmas — Tenho a pessoa certa para o senhor.

— Eu não faço caridade.

— Quando encontrei Ruth tinha um amigo comigo. Ele também merece desfrutar do acaso. E da sua gratidão.

O velho judeu encarou-o de modo enérgico.

— E quem seria? Outro falastrão como você?

— Não, senhor. Santo é um armazenista nato.

— Santo?

— Santo Filesi. Sabe ler e escrever.

Saul Isaacson balançou a cabeça de um lado para o outro.

— Pois está bem — bufou por fim. — Diga-lhe para vir aqui na fábrica amanhã de manhã às nove em ponto, se quiser a vaga — depois apontou a bengala para o peito de Christmas. — Mas você fique longe da Ruth.

— Não, senhor. Vai ter que mandar o Greenie me arrancar sangue. Mas se não me matar... eu vou me levantar de novo — disse Christmas, decidido, virando-se e saindo do escritório.

Enquanto se afastava, ouviu a bengala do velho bater com raiva no tampo da mesa, por três vezes. Depois um estalo seco, de madeira se partindo.

No dia seguinte, Santo se apresentou ao velho com uma bengala novinha em folha, que Christmas tinha conseguido de graça com um brechó do bairro, ao qual tinha dado a entender que era para um grande chefão para o qual os Diamond Dogs trabalhavam. O número um em pessoa. O vendedor tinha escolhido sua melhor bengala de passeio, com castão de prata, madeira envelhecida de ébano africano, ponta reforçada.

— Da parte do Christmas — disse Santo às nove daquele dia, entregando-a ao velho judeu. — Disse que é muito resistente.

Saul Isaacson arrancou-lhe a bengala da mão e levantou-a no ar, pronto para golpeá-lo com ela. Depois, subitamente, explodiu numa estrondosa gargalhada e admitiu Santo com um salário de 27 dólares e 50 *cents* por semana.

No início do outono, o velho estava morto.

O doutor Goldsmith, médico da família, disse que tinha recomendado a Saul Isaacson que levasse uma vida mais regular, evitasse esforços e irritações, diminuísse o ritmo de trabalho, fosse mais contido na alimentação e parasse de fumar. Mas, ainda de acordo com o médico, o velho tinha respondido:

— Não quero viver como doente para morrer saudável.

Assim, o fundador da Saul Isaacson's Clothing, uma das mais prósperas fábricas de tecidos e confecções de todo o estado, tinha morrido de infarto.

E Ruth pensou: "Estou com frio".

Não conseguiu derramar uma única lágrima. Era como se tudo em seu corpo tivesse congelado instantaneamente. Só o cotoco do dedo amputado deu uma pontada aguda e dolorosa. Como um grito. Depois mais nada. Congelou-se ele também. E embora os dias ainda estivessem quentes, Ruth tinha-se coberto de agasalhos pesados e cobertores de caxemira. E ainda assim não deixara de sentir frio.

Sentava-se imóvel na cadeira que o avô sempre ocupava, tentando encontrar um eco do calor que aquele velho, tão irascível e afetuoso, sempre lhe tinha transmitido. Ao seu redor, os espelhos cobertos por panos pretos e a voz do pai recitando o *kadish*. Ninguém, naquela casa enorme, tinha derramado uma única lágrima. Não a tinha derramado o pai, enquanto deixava crescer a barba, como mandava a tradição. Não a tinha derramado a mãe, que talvez nunca tivesse sabido chorar, pensou Ruth.

No dia do funeral — anunciado por todos os jornais —, o gramado do cemitério estava cheio de operários e operárias, com suas roupas de indigentes e uma faixa preta no braço. E nem eles choravam. Mantinham os olhos baixos, os homens com o solidéu na cabeça. E havia, na primeira fileira, ao lado de Ruth e seus pais, homens e mulheres elegantes, do mundo deles, do mundo dos negócios e até concorrentes. Ruth ainda sentia frio. E ainda não conseguia derramar uma lágrima por aquele homem que tinha amado tanto.

Falou o pai de Ruth. Mas não contou quem era o vô Saul. Contou de quando tinha chegado da Europa, de quando tinha fundado a Saul Isaacson's Clothing, de como tinha feito os negócios prosperarem. Falou o costureiro, Asher Mankiewicz, mas disse apenas que o avô era duro mas justo, e que entendia de roupas e de moda. Falou um operário — em nome de todos os outros —, mas disse simplesmente que ele era um bom judeu, respeitador das tradições. E falaram os concorrentes, mas só disseram que ele tinha sido sempre um adversário duro, que parecia estar sempre um passo à frente de todos e que era entre eles o que tinha menos saldo de estoque no fim da estação. Falou por fim o rabino, e disse que ele ocupava pontualmente seu banco na sinagoga, que era pródigo e generoso nas doações para a comunidade hebraica, que nunca tinha faltado a um *brit milah* ou a um *bar-mitzvá* ao qual tivesse sido formalmente convidado e que – pelo que se sabia – tinha sempre comido alimentos *kosher*.

Em seguida o caixão começou a descer na sepultura.

"Estou sozinha", pensou Ruth em meio a toda aquela gente.

– E com sua bengala de passeio batia mais forte do que o Babe Ruth – disse nesse momento uma voz ao seu lado, alto o bastante para que quem estava na primeira fileira pudesse ouvir. – Amém.

Ruth e os outros se voltaram. Christmas usava um solidéu ridículo, todo colorido, feito de crochê, colocado muito para a frente e um pouco torto na cabeça.

E subitamente Ruth começou a chorar. Todas as lágrimas que não tinha conseguido soltar naqueles dias. Todas juntas, como um rio incontrolável transbordando dos diques, como uma geleira derretendo instantaneamente, devolvendo-lhe o calor que aquela morte lhe tinha roubado. Suas pernas cederam e, enquanto caía de joelhos, levou as mãos aos olhos, tentando estancar aquela terrível fenda líquida de dor aberta em seu peito.

Imediatamente Christmas ajoelhou-se também ao lado dela, cingindo-lhe os ombros com o braço, procurando conter os soluços que a sacudiam.

– Agora eu estou aqui – sussurrava no ouvido dela.

– Ruth! Ruth! – disse a mãe com uma voz estrídula, mas baixa. – Não faça escândalo.

– Rapaz, isto é um funeral, não um circo – disse o pai de Ruth, pegando Christmas pelo braço e tentando levantá-lo.

Mas Christmas permanecia abraçado a Ruth.

– Faça alguma coisa, Philip – continuou a voz estrídula da mãe, dirigindo-se ao marido. – Está nos expondo ao ridículo.

– Greenie! Greenie! – chamou o pai.

O gângster vestido de verde abriu caminho até a beira da cova na qual jazia Saul Isaacson. Pegou Christmas pelos ombros, resoluto, e levantou-o à força.

– Tire-o daqui – ordenou o pai de Ruth.

– Não me obrigue a descer a mão em você na frente de toda essa gente – disse Greenie a Christmas em voz baixa.

Christmas ajudou Ruth a se levantar e acariciou-lhe o rosto molhado de lágrimas.

– Vou sentir a falta dele – disse a ela.

Ruth caiu num choro ainda mais forte e agarrou-se a Christmas.

– Pare com isso, Ruth! – disse a mãe, histérica.

– Tire-o daqui – ordenou de novo o pai a Greenie.

– Vamos, rapaz – disse Greenie, apertando com mais força o braço de Christmas.

Ele olhou mais uma vez para Ruth e deixou que Greenie o escoltasse entre as pessoas até a aleia asfaltada do cemitério.

– Sinto muito – disse Greenie.

Christmas deu-lhe as costas e lentamente se dirigiu à saída, caminhando ao lado dos automóveis luxuosos com motorista uniformizado que tinham formado o cortejo fúnebre.

26

Manhattan, 1923

RUTH TINHA SAÍDO UMA HORA antes da biblioteca, mas não tinha avisado Fred. Ia voltar para casa sozinha, naquele dia.

Depois que o avô morrera, seus pais tinham dispensado Greenie e seu bando de gorilas. A atribuição de acompanhá-la aonde fosse tinha ficado a cargo apenas de Fred. O bilhete de Bill, depois de alguns meses, parecia mais a fanfarronice de um sádico do que uma real ameaça. As malhas da rede de proteção tinham-se afrouxado, mas, para Ruth, mesmo a presença constante de Fred era uma pesada limitação à sua liberdade. E cada dia sentia mais a necessidade de ser livre.

O avô tinha morrido havia três meses, e ela ainda não conseguira voltar à vida. O vazio que tinha deixado dentro dela era impossível de preencher. Sua natureza tinha se tornado ainda mais reservada. Parecia ter-se passado um século desde aquela noite em que, aos 13 anos, saíra escondida com Bill em busca de aventuras, de risadas, de alegria. Parecia ter-se passado um século – e no entanto fazia pouco menos de dois anos – e era como se ela nunca tivesse sido aquela garotinha ingênua. Bill a tinha marcado para toda a vida. E a morte do avô a tinha jogado ainda mais fundo na prisão que estava construindo para si mesma.

Assim, naquele dia Ruth tinha decidido que retomaria um pouco da própria vida. Tinha dito a Fred que passasse para pegá-la às cinco, mas às quatro já estava fora da biblioteca. E o primeiro passo para reconquistar a própria vida seria vagar pelas ruas, sozinha. Olhar as vitrines das lojas, sozinha. Como uma garota qualquer. Depois voltaria para casa e se prepararia para o encontro daquela tarde com Christmas, o único que a fazia se sentir livre. O único que ela amava e odiava com tanta intensidade. Os outros, era como se não existissem.

Caminhando pelas calçadas, imaginou o dia em que iria visitar Christmas. Sua rua, sua casa. Sozinha. Talvez até conhecesse a mãe prostituta dele, como poderia conhecer uma mãe qualquer de um namorado qualquer. E voltaria a ser uma garota qualquer. E não teria medo de andar pelo ameaçador Lower East Side – aquele lugar tão perto da sua casa e no entanto tão distante que nenhum dos seus amigos jamais havia posto os pés lá, tão distante que entre as pessoas importantes se falava dele como de um lugar mitológico ou infernal. Não teria medo, porque Christmas a protegeria. E imaginando aproximar-se daquele bairro mal-afamado, quando em vez disso passeava tranquila pela Quinta Avenida, estava certa de que não hesitaria, não se sentiria como uma menina amedrontada à beira de um bosque ameaçador; estava certa de que cruzaria aquela fronteira perigosa além da qual viviam feras terríveis e serpentes penduradas no emaranhado escuro dos galhos; estava certa de que não se perturbaria com os ruídos de animais desconhecidos que, movendo-se invisíveis, fariam estalar assustadoramente o tapete de folhas secas. E não teria medo dos espíritos endemoniados, das almas penadas e dos magos e bruxas. Porque estaria com Christmas.

Enquanto ia para casa – passando em frente ao Templo da Rua 86, a sinagoga que o avô tinha frequentado – Ruth sorriu para si mesma ao se ver refletida numa vitrine elegante. Não, não teria medo, porque estaria com Christmas, o duende do Lower East Side.

Entrou no apartamento com um ímpeto e um entusiasmo que não tinha havia meses. Com uma vontade de viver e de rir que não se lembrava sequer de já ter experimentado. Grata ao destino por tê-la feito encontrar o único duende bom do reino proibido do Lower East Side.

Seus pais certamente estavam fora, pensou. O pai, na fábrica, a mãe, jogando dinheiro fora em alguma loja. E pela primeira vez sentiu-se grata a ambos por aquela solidão que normalmente lhe pesava. Correu até o banheiro da mãe e começou a vasculhar as gavetas, exaltada como uma ladra no primeiro roubo. E maravilhou-se com a enorme quantidade de cosméticos. Era isso que significava ser mulher? Parou e olhou-se no espelho. Não sabia se estava pronta. Tudo, no seu corpo, tinha mudado. Sabia que tinha se tornado uma mulher. Mas não sabia se estava realmente pronta para ser uma.

Toda a alegria infantil que a levara até ali de repente sumiu. Sentiu que seus pensamentos não eram mais os de uma menina. Que não conseguia mais contê-los. E a alegria cedeu lugar a uma nova sensação, mais ardente, mais sombria, com um sabor misterioso. Como um redemoinho. Como uma vertigem.

Passou a mão na altura dos seios, que as faixas apertavam, fazendo-a parecer um garoto. Tirou o cardigã de caxemira azul e, lentamente, desabotoou a blusa branca. E de novo se olhou. Soltou timidamente o nó que segurava as faixas e começou a desenrolá-las. A primeira volta. A segunda. A terceira, a quarta e finalmente a quinta. Cinco voltas de gaze que não deviam deixá-la parecer uma mulher. Que não deviam deixá-la parecer ela mesma. Olhou-se outra vez. Nua. Os pequenos seios avermelhados pela compressão. Com sinais mais pronunciados, horizontais, onde as bordas da gaze tinham deixado sua marca. E então se acariciou de novo. Mas desta vez sobre a pele.

– Está pronta pra ser uma mulher? – perguntou-se, quase como se na pergunta esperasse a resposta, sem ter que pronunciá-la. Sem ter que decidir.

A mão se demorou no contorno do seio. Depois subiu até o mamilo. Sentiu um arrepio. Lânguido. Como se alguma coisa se derretesse dentro dela. Semicerrou os olhos. E naquela escuridão pungente e inesperada, apareceu o rosto de Christmas. Seu cabelo loiro, cor de trigo. Seus olhos de brasa, pretos e brilhantes. Seu sorriso aberto. Seu jeito gentil. Como era gentil o toque da mão no seio, das pontas dos dedos ao redor do mamilo.

Ruth arregalou os olhos. Assustada. Tinha tido a resposta que procurava. Que talvez temesse.

Estava pronta para se tornar mulher.

Mas não já, disse a si mesma, sem conseguir tirar os olhos da própria imagem refletida, nua, abandonada. Sensual. "Não já", pensou. E pareceu-lhe que até o pensamento tremia, como teria tremido a voz, se ela tivesse dito.

A imundície que Bill tinha grudado nela, como o rastro de sangue que tinha deixado para trás, ainda estava ali, escondida entre suas pernas, impressa em seu olhar. Então pegou de volta as gazes que tinha soltado no chão e voltou a se enfaixar. Quase com urgência. Mas suas mãos obedeciam à sensação que agora já a tinha tomado. As gazes não estavam apertadas como antes. Eram suaves como uma carícia. Como a lembrança de algo que devia protegê-la. Quentes, reconfortantes. Porque não devia ter pressa. Porque tinha medo daquilo que estava pensando. Daquilo que estava decidindo.

Vestiu-se, voltou a abrir as gavetas da mãe e passou uma leve camada de pó no rosto. E pincelou um imperceptível véu de âmbar dourado nas pálpebras. Penteou os cabelos e entrelaçou duas fitas de cetim vermelho nos cachos pretos. Foi até seu quarto e se perfumou com o Nº 5 de Chanel, o último presente do avô. Por fim, voltou ao banheiro da mãe e abriu um pequeno estojo preto que continha a essência de toda mulher. Aproximou-se do espelho e com as mãos trêmulas passou uma fina camada de batom nos lábios.

Porque naquele dia talvez beijasse Christmas, o duende.

– Precisamos falar com você, tesouro – disse o pai da sala de estar, enquanto Ruth se preparava para sair e não se atrasar para o encontro no Central Park.

Ruth teve um sobressalto. Não estava sozinha. Arrancou correndo os laços vermelhos do cabelo e passou as mãos no rosto freneticamente, apagando qualquer traço da maquiagem. Depois esfregou os lábios com uma ponta da blusa. Respirou fundo e apareceu na sala, com o coração batendo forte na garganta.

O pai e a mãe estavam sentados em duas poltronas, com as mãos no colo e uma cara de paisagem.

E só então Ruth percebeu que os tapetes tinham sido enrolados num canto e que alguns móveis tinham etiquetas penduradas nas alças ou nas chaves.

– Sente-se, Ruth – disse a mãe.

27

Manhattan, 1923

CHRISTMAS NÃO TINHA PRESSA de voltar para casa. Tinha ficado esperando Ruth no lugar de sempre, no banco deles no Central Park. Mas ela não aparecera. Era a primeira vez que faltava a um encontro. No início, tinha esperado, e só. Depois tinha se levantado do banco e corrido até a esquina do Central Park West com a 72, onde se viam no começo. Depois tinha voltado até o banco, sempre correndo, temendo que ela tivesse chegado e, não o encontrando, fosse embora. E tinha sido então que tinha visto Fred. Com um bilhete na mão.

"Me esqueça. Acabou. Adeus, Ruth."

E só. Christmas estava tão perturbado que não tinha perguntado nada a Fred. Tinha ouvido o carro se afastar, atrás dele, mas não tinha sequer se virado.

"Me esqueça. Acabou. Adeus, Ruth."

Tinha ficado sentado naquele banco – o banco dos dois – rodando o bilhete na mão, enrolando, amassando, jogando-o no chão e depois recolhendo e por fim, toda vez, relendo-o. Como se tivesse a ilusão de que, ao chacoalhá-lo, aquelas poucas letras pudessem se misturar e formar outras palavras. Uma mensagem diferente. Por fim, depois de duas horas, sentira crescer por dentro uma raiva profunda. Cortou pelo parque, atravessou a Quinta Avenida e chegou à Park Avenue.

O porteiro uniformizado o deteve imediatamente. Depois chamou pelo interfone o apartamento dos Isaacson.

— Um rapaz de nome Christmas está perguntando de Miss Ruth. – Ouviu empertigado a resposta. – Muito bem, senhora, e desculpe o incômodo – disse, encerrando a comunicação. Em seguida, virou-se para Christmas e relatou, com uma antipática voz nasal: – Madame Isaacson diz que a senhorita está muito ocupada e pede que não a importune também em casa.

— Quero que a Ruth diga isso na minha cara! – rosnou Christmas, agitando no ar o bilhete, e deu um passo à frente.

O porteiro bloqueou-lhe a passagem.

— Não me obrigue a chamar a polícia.

— Quero falar com a Ruth! – gritou Christmas.

Nesse momento, uma idosa elegante e refinada entrou no saguão do prédio, olhando escandalizada para Christmas.

— Boa noite, senhora Lester – disse o porteiro com uma meia reverência. – Mandei entregar suas revistas.

A velha franziu a boca enrugada e acenou um sorriso forçado. Depois dirigiu-se ao elevador, onde o ascensorista a esperava em posição de sentido.

Então o porteiro, sem perder o sorriso, inclinou-se para Christmas e disse:

— Cai fora, *wop*, senão vai acabar mal.

Depois se endireitou, cruzou as mãos no peito e voltou a assumir sua expressão oficial de porteiro da Park Avenue.

Assim, Christmas agora voltava sem pressa para seu gueto. Furioso. O que Ruth pensava? Que ele estivesse disposto a deixar que o tratasse como um servo? Só porque ela era rica e ele, um morto de fome? Pois ela ia ver só. Até o dia anterior parecia que ela também – ainda que fizesse de tudo para esconder – o amasse com aquele sentimento absoluto e incontrolável que ele sentia desde o exato momento em que a tinha visto, através de um véu de sangue coagulado, sem saber quem ela era. Sem perguntar. Tinha se sentido dela. Desde o primeiro momento. Desde que a tinha segurado nos braços, como se fosse um tesouro. E agora Ruth queria terminar tudo com aquele bilhete? Adeus. Christmas deu um chute num pedaço de asfalto solto.

— Ei, presta atenção, rapaz – disse um homem de uns quarenta anos, de terno cinza e casaco com gola de pele, quase atingido pela pedra.

— Que foi, caralho? – agrediu-o Christmas, empurrando-o. – Está querendo o quê, seu monte de merda? Acha que me assusta com essa pele de rato? – e deu outro empurrão. – Está pensando que é alguma coisa? Quer que eu te arrebente? Quer que eu te assalte? Quer passar o Natal no hospital?

— Polícia! Polícia! – o homem se pôs a gritar.

Imediatamente o apito de um policial.

Christmas olhou para o homem. Cuspiu-lhe no rosto e fugiu, correndo o mais rápido que podia, até não ouvir mais o apito do policial atrás dele. Então parou e se dobrou para a frente, com as mãos nos joelhos, tentando recuperar o fôlego. Ao seu redor, só gente alegre. Homens e mulheres que voltavam para casa carregados de presentes e embrulhos. Era Natal para todos, mas não para Christmas.

– Vão tomar no cu vocês todos! – gritou. E então seus olhos se encheram de lágrimas, que ele engoliu imediatamente. – Não vale a pena chorar por você, Ruth – falou baixinho. – Você é só uma porra de uma garotinha rica.

Chegou à Times Square. O letreiro tinha mudado. Agora lia-se: "Aaron Zelter & Son". Christmas nem se lembrava da última vez que tinha ido encontrar Santo. Suas vidas tinham se separado, tomando caminhos muito diferentes. Pôs a cabeça para dentro da loja. Até os rostos dos vendedores lhe pareceram diferentes, mas não tinha certeza. Já o gerente certamente tinha mudado.

– O que deseja? – perguntou o novo gerente, desconfiado.

– Santo Filesi ainda trabalha aqui?

– Quem?

– O armazenista – disse Christmas.

– Ah, o italiano. Sim. Por quê?

– Sou um amigo, queria cumprimentar ele – sorriu Christmas.

– Espere-o nos fundos. Agora está trabalhando – disse o gerente, sem retribuir o sorriso. Depois tirou um relógio do colete e olhou. – Em cinco minutos fechamos, e, se seu amigo tiver terminado, poderá conversar com ele o quanto quiser sem pesar no meu bolso.

– Obrigado... – disse Christmas, indo em direção à saída da loja.

– Existe um velho ditado: "Não se pode perder o tempo contado por Deus e pago pelo homem".

Christmas balançou a cabeça, enfadado. Não estava com saco para sermões. Dobrou a esquina e ficou esperando o horário de fechamento, rezando para que aqueles minutos passassem depressa, porque não queria ficar sozinho com seus pensamentos.

– Christmas! – exclamou Santo, surpreso, ao sair pelos fundos pouco depois, assim que viu o amigo.

– Mudaram a espelunca toda – disse Christmas, apontando para a loja. – Estranho que não tenham dispensado um mala sem alça como você.

– Faltou pouco – disse Santo, enquanto voltavam juntos para casa, alegres como nos velhos tempos. – Sabe qual é a frase preferida dele?

– "Não se pode perder o tempo contado por Deus e pago pelos homens."

Santo riu.

– Exatamente. Falou pra você também? Que pé no saco! Desde que o velho Isaacson morreu, o filho está se livrando, aos poucos, de tudo.

Agora a loja é daquele mão de vaca nojento. Reduziu meu salário em um dólar e cinquenta e estou trabalhando quase o dobro.

Christmas deu um empurrão em Santo.

– Está vestido que nem um funcionário veado – riu.

– Vou acabar virando um, desse jeito, sempre fechado naquela porra de armazém.

Os dois garotos riram. Tinham 15 anos. Nascia um pouco de barba em seus rostos. Um pouco de vida marcava seus olhos. Caminharam por alguns quarteirões em silêncio, como nos velhos tempos.

– Como vão as coisas com Joey? – perguntou então Santo.

– Não é igual com você – mentiu Christmas.

Santo sorriu radiante.

– Sinto falta dos Diamond Dogs.

– Você continua sendo sempre um dos nossos – disse Christmas.

– É... – murmurou Santo, e enfiou as mãos no bolso. – Minha mãe está mal.

– Sim, fiquei sabendo.

– Sabe quando me dei conta de que era um negócio sério?

– Quando?

– Quando ela parou de me estapear – e Santo tentou sorrir.

– É... – murmurou Christmas. – Sinto muito, Santo.

– É...

E por mais alguns quarteirões caminharam em silêncio.

– Não achava que podia sentir falta dos tapas da minha mãe – disse Santo de repente.

Christmas não disse nada. Porque não havia nada a dizer. E porque sabia que Santo não esperava que ele dissesse alguma coisa. Entre eles era assim. Tinha sido sempre assim.

– E aquela garota, como está? – perguntou Santo para mudar de assunto.

– Quem? – Christmas fingiu não entender.

– A Ruth.

– Ah, a Ruth... – fez Christmas, contendo a muito custo a raiva. – Não vejo mais ela. É uma tonta – cortou logo.

Santo não disse nada. Porque entre eles era assim.

– Feliz Natal, meu amigo – disse Christmas, quando chegaram em casa.

– Feliz Natal pra você... chefe – disse Santo.

28

Manhattan, 1913-1917

CETTA NUNCA MAIS VIU ANDREW. Depois de algum tempo, apagou-o de seus pensamentos e guardou somente a lembrança da emoção que tinha sentido no Madison Square Garden. E a partir daquele momento não fez outra coisa a não ser falar disso com Christmas.

– O teatro – dizia – é um mundo perfeito, onde cada coisa é como deveria ser. Mesmo quando acaba mal. Porque tudo é colocado em ordem.

Christmas tinha 5 anos e não entendia a conversa da mãe. Mas quando estavam juntos, deitados na cama ou passeando no Battery Park, olhando os *ferries* que se enchiam de gente alegre indo para Coney Island, ou quando Cetta o levava à Queensboro Bridge e lhe apontava a Blackwell's Island, dizendo que naqueles prédios cinzas estava Sal e que logo ele sairia, Christmas pedia para ela contar de novo do teatro. E Cetta, não se lembrando, a não ser vagamente, do espetáculo dos grevistas de Paterson, cada vez construía uma história nova em torno dele. E assim, do tema inicial da greve, nasciam histórias que falavam de amor ou de amizade, ou que se animavam com dragões e princesas e heróis que não traíam sua amada, nunca, mesmo se fossem casados com uma bruxa ou se o rei se opusesse ao seu amor.

– Quando vai me levar no teatro? – perguntava Christmas.

– Quando você for grande, meu filho – respondia-lhe Cetta, penteando sua franja loira sobre a testa.

– Por que você não vira atriz, mamãe? – ele perguntava então.

– Porque eu sou só sua – e Cetta o abraçava e apertava com força.

– Então nem eu vou poder fazer teatro – disse Christmas um dia. – Eu também sou seu, não sou?

– Sim, tesouro, você é meu – disse Cetta, comovida. Depois pegou o rosto dele entre as mãos e ficou séria. – Mas você vai poder fazer o que quiser, na vida. E sabe por quê?

– Afe, sei... – bufou Christmas, desvencilhando-se.

– Então fala.

– Ai, mãe, que chatice...

– Fala, Christmas.

– Porque eu sou americano.

– Muito bem, meu menino. – E Cetta riu. – Sim, você é americano.

E, para ser um americano de verdade, tinha que ir à escola. Assim, no ano seguinte, Cetta o matriculou na escola do bairro.

– A partir deste momento você é um homem – disse a ele.

Comprou-lhe a cartilha, três cadernos, duas penas metálicas, um potinho de tinta preta e um de vermelha, cinco lápis, um apontador e uma borracha. E ao final daquele primeiro ano – no qual Christmas mostrou-se um aluno modelo, inquieto e curioso, rápido para aprender –, deu-lhe de presente um livro.

Ficavam sentados num banco do Battery Park, um ao lado da outra, e Christmas lia em voz alta – primeiro silabando com dificuldade, depois, aos poucos, cada vez mais rápido – as aventuras de *Caninos Brancos*. Uma página por dia.

– Essa é a nossa história – disse Cetta a Christmas quando terminaram o livro, quase um ano depois. – Quando a gente chega aqui em Nova York, é como o *Caninos Brancos*, como os lobos. A gente é forte, mas selvagem. E encontra pessoas más que deixam a gente ainda mais selvagem. E que são capazes de nos matar se a gente deixar. Mas a gente não é só selvagem. A gente também é forte, Christmas, lembre-se sempre. E quando a gente encontra uma pessoa de bem, ou quando finalmente o destino fica do nosso lado, aí nossa força faz a gente ser que nem o *Caninos Brancos*. Americano. Aí a gente não é mais selvagem. É isso que o livro quer dizer.

– Eu gosto mais dos lobos que dos cachorros – disse Christmas.

Cetta acariciou seu cabelo dourado como o trigo.

– Você é um lobo, meu amor. E o lobo dentro de você vai te tornar forte e invencível quando você crescer. Mas, assim como o *Caninos Brancos*, você precisa escutar a voz do amor. Se for surdo a essa voz, você vai ficar igual a todos os garotos do nosso bairro, aqueles delinquentes que não são lobos selvagens, mas cachorros raivosos.

– O Sal está preso porque é um cachorro raivoso, mãe?

– Não, tesouro – sorriu Cetta. – O Sal está preso porque ele também é um lobo corajoso. Mas não tem o mesmo destino do *Caninos Brancos*.

Ele é como o velho líder da alcateia, cego de um olho, que é sábio do lado que vê e feroz do lado que não vê.

– Então você é a mãe do *Caninos Brancos*? Deixa os cachorros apaixonados e depois leva eles pro bosque, pros lobos devorarem?

Cetta fitou-o com um olhar orgulhoso.

– Não, eu sou sua mãe e só, tesouro. Eu sou como as páginas do livro, onde você pode escrever toda a sua história e...

– E virar americano, sim, eu sei – interrompeu-a Christmas, rindo e se levantando. – Vamos pra casa, mãe, que eu estou com fome. Os americanos também comem, não é?

Sal tinha dito que sairia da prisão no dia 17 de julho de 1916. "Daqui a duas semanas", tinha pensado Cetta.

Estava com 22 anos, Christmas, com 8.

Contava os dias, tomada por uma constante sensação de empolgação e medo, de alegria e de ansiedade. Relembrava o tempo todo os domingos passados com Sal, como que tentando se acostumar àquela presença antes mesmo que ela voltasse. E quando ia vê-lo na prisão, fazia-o lembrar também, quase que para ter certeza de que ele voltaria.

Depois daqueles anos solitários e estáveis, passados cuidando somente de Christmas, agora estava inquieta e não conseguia ficar parada um instante sequer. Permanecer no porão onde morava era insuportável. Especialmente aos domingos.

– Vamos sair – disse num desses domingos a Christmas, e saiu puxando-o pelas ruas.

Não sabia aonde ir. Nem tinha a mínima importância. Caminhar a distraía. Cada passo era um segundo decorrido. Um segundo mais perto do momento em que veria Sal na barca do Departamento Penitenciário de Nova York. Um segundo mais perto do momento em que ela e Sal se olhariam. Ambos livres.

Enquanto vagava pelas ruas do Lower East Side, Cetta notou uma aglomeração de pessoas. E bandeiras americanas tremulando no ar.

– Vem, vamos ver – disse a Christmas. Aproximou-se e viu um homem baixinho e atarracado que agradecia a todos os habitantes do Lower East Side de cima de um tablado enfeitado com cocardas. Tinha um rosto radiante e cheio de energia que parecia familiar a Cetta, mas ela não saberia dizer por quê. – Quem é? – perguntou a uma vizinha do bairro.

– É o cara que representa a gente no Congresso – respondeu a outra. – Se chama Fiorello... alguma coisa. Tem um nome estranho que nem o seu, Christmas.

E então, de repente, com um baque no coração, Cetta soube quem era o homem no palco. Esperou que o político terminasse seu discurso, abriu caminho entre as pessoas e chegou até ele, tomada por uma intensa emoção.

– Mister La Guardia! – chamou-o em voz alta. – Mister La Guardia!

O homem se virou. Dois capangas grandalhões se posicionaram imediatamente entre ele e Cetta.

– Olha bem pra ele, Christmas – disse Cetta, chegando até Fiorello La Guardia. Enfiou-se entre os dois gorilas, esticou-se na direção do homem, pegou a mão dele entre as suas e a beijou. Depois puxou Christmas e o empurrou na direção do político. – Esse é o meu filho Christmas – disse. – Foi o senhor que deu o nome americano dele.

Fiorello La Guardia esquadrinhou-a embaraçado, sem entender.

– Faz quase oito anos – continuou Cetta, empolgada –, a gente desembarcou em Ellis Island e o senhor estava lá... e era o único que falava italiano... e o inspetor não entendia e o senhor disse... ele, o meu filho, se chamava Natale... e o senhor disse...

– Christmas? – perguntou Fiorello La Guardia, achando graça.

– Isso, Christmas Luminita – disse Cetta, orgulhosa e comovida. – E agora ele é americano... – e seus olhos se encheram de lágrimas. – Toca nele. Por favor, põe a mão na cabeça dele...

Fiorello La Guardia, desajeitado, estendeu a mão curta e rechonchuda sobre a cabeça loira de Christmas.

Cetta jogou-se em cima dele e o abraçou. Depois imediatamente se afastou.

– Me desculpe, me desculpe... eu... – e não sabia mais o que dizer eu... eu... vou votar sempre no senhor – exclamou com ênfase. – Sempre!

Fiorello La Guardia sorriu.

– Então temos que nos apressar mesmo para dar o voto às mulheres – disse.

Os homens que estavam com ele riram. Cetta não entendeu e ficou vermelha. Abaixou os olhos e estava para ir embora quando Fiorello La Guardia pegou o braço de Christmas e o ergueu no ar.

– É pelo futuro destes jovens americanos que lutarei em Washington! – disse em voz alta, de modo que todo o público presente ouvisse. – É por estes novos campeões!

Cetta olhou para Christmas e disse a si mesma:

– Não chora, sua tonta. – Mas num instante sua vista se turvou e as lágrimas começaram a rolar copiosamente em seu rosto. Enquanto Fiorello La Guardia se afastava entre os aplausos do povo, Cetta pegou o filho e o abraçou com força. – Você ouviu o que ele disse? – repetia, quase gritando. – Você é um jovem americano! Um campeão! Você viu, Christmas? Foi ele o homem que te deu o seu nome... que nem o do *Caninos Brancos*, ele é o juiz Scott. Você é americano, até o Fiorello La Guardia falou!

Quando Sal saiu da prisão, na semana seguinte, Madame liberou Cetta. E a noite toda ela ficou contando a ele do encontrou com Fiorello La Guardia. Empolgada e feliz.

– Ele cresceu – disse Sal, já tarde da noite, olhando Christmas dormir. Depois acendeu um charuto, virou-se para Cetta e seu olhar ficou duro. – Acho que tem mais alguma coisa que precisa me contar.

Na noite seguinte Cetta também não foi trabalhar. De manhã, Sal tinha levado um vestido de seda para ela. Azul. Com a gola cor de pérola e uma faixa da mesma cor na cintura. E meias escuras e sapatos pretos e lustrosos, de bico redondo.

– Hoje à noite a gente vai sair. Venho te pegar às sete e meia – tinha-lhe dito friamente.

Cetta, na noite anterior, tinha contado a ele tudo sobre Andrew. Até sobre o Madison Square Garden.

– Mas acabou – tinha dito. Sal não tinha pronunciado uma única palavra. Terminara seu charuto, se levantara da cadeira estilo trono e fora embora. Cetta não sabia para onde. E não sabia se ele voltaria.

Mas quando foi de manhã ele reapareceu, com o vestido, as meias e os sapatos. E às sete e meia voltou para pegá-la de carro.

– Pra onde a gente vai? – ela perguntou.

– Madison Square Garden – respondeu ele. E mais nada. Usava um terno escuro, lustroso e elegante. Talvez de uma medida pequena demais. E um casaco de caxemira preto. E no bolso direito do casaco, um pacote, fino e comprido, embrulhado num papel florido. – Primeira fila, nada de poleiro – disse ele, ao entrarem no Madison.

Cetta sentiu que perdia o fôlego. E as pernas lhe tremeram de emoção.

Uma moça loira os acompanhou até os assentos. As luzes estavam apontadas para um quadrado elevado e circunscrito por uma corda. E no quadrado dois homens de calção e luvas de boxe esperavam para lutar, enquanto o árbitro olhava para o relógio.

– Só tinha isso hoje à noite – explicou Sal, com sua voz grave.

– Quem é o mais forte? – perguntou Cetta. – Quem vai vencer?

– O negro – disse ele.

– Mas os dois são negros – observou ela.

– Exatamente.

Cetta ficou em silêncio um instante e depois caiu na risada. E quando soou o gongo e os dois pugilistas se lançaram um contra o outro, ela se agarrou no braço dele.

– Eu te amo – disse-lhe no ouvido.

Sal não respondeu. Enfiou a mão no bolso do casaco, pegou o embrulho florido e entregou-o a Cetta, sem olhar para ela.

– Aprendi a trabalhar com madeira na carpintaria – disse. – Fiz isso pra você.

Cetta beijou-o no rosto, rindo feliz, e desembrulhou com ansiedade o pacote. E quando terminou de abri-lo, viu que se tratava de um pênis de madeira.

– A próxima vez que sentir vontade de abrir as pernas, usa isso – disse-lhe Sal. Depois se levantou. – Esqueci o charuto – disse, ainda sem olhar para ela, e se afastou, enquanto um dos lutadores levava um violento *uppercut* e um esguicho de suor ia manchar o vestido novo de Cetta.

Sal subiu os degraus, enfiou-se num dos banheiros, fechou-o a chave e apoiou as mãos na parede esburacada, apertando o maxilar, de olhos fechados. Então um rumor obsceno que lhe vinha de dentro o sacudiu, fazendo-o tremer, e Sal chorou todas as lágrimas que não queria mostrar a Cetta.

– Sal Tropea está estrompado. A rua não está mais pra ele – tinha dito o chefão Vince Salemme aos seus homens. Depois tinha convocado Sal.

– Quando aconteceu a porra toda com os irlandeses, eu dei um primeiro exemplo. Silver foi encontrado enforcado numa bandeira irlandesa, como merecia. Judas de merda. Mas estava esperando você para dar o segundo exemplo.

E para demonstrar sua gratidão por Sal não ter falado e por todos os anos passados na prisão, recompensou-o com um edifício no nº 320 da Monroe Street.

– Você me passa cinquenta por cento dos aluguéis, e os consertos e a manutenção ficam por sua conta – tinha-lhe dito. – Em quinze anos o prédio é seu. Mas você continua sendo da família, não se esqueça. Se eu precisar de você, você vem correndo.

A primeira coisa que Sal fez foi ir ver o edifício. A fachada estava em péssimo estado e as escadas, pior ainda. Os inquilinos eram todos italianos e judeus. Muitos deles não falavam inglês e viviam como animais, dez amontoados em dois cômodos. Havia de sete a nove apartamentos por andar, e eram cinco andares, mais um subsolo com oito quartos sem janelas. No térreo havia quatro apartamentos com banheiro. Nos fundos, no pátio do qual saía uma teia de aranha de fios nos quais a vida toda havia roupas estendidas para secar, tinha surgido um cubo sem janelas e com três portas de metal e vidro, dividido em três estabelecimentos mais uma latrina comum. No primeiro havia um sapateiro, no segundo, um carpinteiro, no terceiro, um ferreiro. E os três artesãos moravam na oficina com suas famílias. Sal calculou que tinha 52 potenciais inquilinos, mas na realidade cada inquilino sublocava o próprio apartamento para as pessoas com as quais o dividia.

No decorrer de um mês, escondido de Cetta, Sal limpou o prédio dos inquilinos inadimplentes e estabeleceu um sobrepreço exorbitante para quem queria sublocar. Ao final de mais um mês, quase todos os inquilinos tinham expulsado seus sublocatários. A essa altura, Sal recrutou um punhado de pedreiros italianos prometendo um apartamento para cada duas famílias em troca do trabalho de reforma do edifício. Por dois anos não pagariam o aluguel e depois teriam uma redução de 30% em contrapartida pela manutenção contínua do edifício. No ano seguinte, fez chegar energia elétrica e encanamentos de água e esgoto em cada apartamento, utilizando materiais roubados durante a noite. Dos dois banheiros comuns que eliminou em cada andar, obteve dois quartinhos, aumentando assim os apartamentos alugáveis de 52 para 57.

Quando o edifício tinha assumido um aspecto digno, Sal pegou um apartamento no primeiro andar como escritório. Mandou roubar de um antiquário uma escrivaninha de nogueira e uma poltrona com assento e encosto estofados e forrados de couro. No quarto dos fundos, colocou uma cama, ainda que não tivesse a intenção de deixar a casa em Bensonhurst. Em seguida, mobiliou o apartamento ao lado. Num cômodo, colocou uma cama de casal, na cozinha uma mesa quadrada, três cadeiras e um catre, e na sala de estar um tapete, um sofá e uma poltrona. Por fim, foi ao porão que tinha sido de Tonia e Vito Fraina.

– Anotem esta data: 18 de outubro de 1917... – começou a falar, orgulhoso, abrindo a porta do porão, mas se interrompeu.

Cetta estava ajoelhada diante de Christmas e limpava o peito nu e coberto de sangue do menino.

– Que porra você aprontou, pirralho? – disse Sal.

Christmas não respondeu. Estava com os lábios e os punhos cerrados enquanto a mãe desinfetava um ferimento de faca em seu peito. Uma incisão pouco profunda, mas nítida.

– Fizeram isso com ele na escola – disse Cetta.

Sal sentiu o sangue subir-lhe à cabeça enquanto Cetta contava do garoto grandalhão que tinha caçoado de Christmas pelo trabalho da mãe dele e depois o tinha marcado com o canivete.

– É um P – concluiu Cetta, olhando para Sal.

– Mas você não faz essas coisas feias, não é, mãe? – disse Christmas.

Antes que ela pudesse abraçar o filho, Sal o tinha pegado pela mão e o arrastava para fora. E, sem dizer uma palavra, caminhou como uma fera até a escola de Christmas.

– Quem foi? – perguntou, lançando um olhar sombrio para as crianças que saíam das salas de aula.

Christmas não respondeu.

– Quem foi? – repetiu Sal, furioso.

– Eu sou como você – disse Christmas, com os olhos anuviados pelas lágrimas. – Não sou dedo-duro.

Sal balançou a cabeça, depois voltou ao porão.

– Ou você ou o pirralho conseguem sempre estragar tudo – resmungou, enquanto enchia uma mala com as coisas de Cetta. Depois os fez entrar no carro e levou-os até a Monroe Street, 320. – Essa é a nova casa de vocês – disse de um modo rude, apontando o dedo sujo para uma janela do primeiro andar. Deu um empurrão em Christmas para fazê-lo entrar no portão e arrancou a mala das mãos de Cetta. – Vamos, anda – disse a ela. Chegando diante da porta do apartamento, pegou uma chave do bolso e entregou a Cetta. – Abre, o que está esperando? É a sua casa.

Cetta estava sem palavras. Abriu a porta e viu-se na cozinha. À direita, um quarto com uma cama de casal. À esquerda, uma sala de estar.

– É uma casa... – disse apenas.

– Bela descoberta – disse Sal. – Agora não façam bagunça que tenho que ir pro escritório. Estou aqui do lado...

Cetta saltou no pescoço dele e o beijou. Sal a empurrou.

– Não na frente do pirralho, porra, senão vai fazer ele virar bichinha – disse, saindo.

No dia seguinte, Sal chegou com uma placa de latão e parafusou-a na porta do apartamento. Cetta estava no trabalho.

– Como está o machucado, pirralho? – perguntou a Christmas.

– Eu não vou mais pra escola – disse Christmas.

– Vê isso com a sua mãe – cortou logo Sal, depois apontou o dedo para a placa de latão. – O que está escrito aqui?

Christmas ficou na ponta dos pés.

– Senhora Cetta Luminita – leu.

– *Senhora*... entendeu?

29

Dearborn-Detroit, 1923-1924

OS QUARTOS PARA ALUGAR eram todos iguais. As recomendações, as mesmas: pagamento antecipado, nada de mulheres no quarto. Bill tinha passado por quatro desde que chegara ao Condado de Wayne, em Michigan. Não ligava. Se trocava de quarto, era só porque achava um mais perto da fábrica de River Rouge. A fábrica onde se produziam os Fords. O Modelo T.

Mas era tudo muito diferente de como Bill tinha imaginado quando o contrataram. A fábrica estava em construção. Uma área imensa. Milhares de operários. Uma única, insignificante e anônima peça para cada operário. Não um automóvel completo. Bill tinha ficado com uma parte do chassi. Tinha que apertar três porcas de metal com o mesmo número de parafusos. E só. Era essa sua contribuição para o Ford T. Nada mais.

Na entrada do seu setor, no dia em que tinha sido contratado, estava afixada uma página de jornal. O artigo intitulava-se: *Mais Tin Lizzies que banheiras nas fazendas americanas.* O jornalista escrevia que o Modelo T tinha dado aos americanos das zonas rurais a possibilidade de se deslocarem de suas fazendas em mais de 20 quilômetros, a distância máxima que normalmente percorriam a cavalo. Com ele, as cidades tinham ficado ao alcance. E ao longo da reportagem, o jornalista percebera que praticamente toda fazenda tinha um Ford, enquanto com frequência faltava a banheira para tomar banho. Quando experimentou pedir uma explicação à mulher de um agricultor, esta respondeu: "Não dá para ir para a cidade de banheira".

Bill tinha achado graça e dado risada. O fiscal tinha batido em seu ombro e levado um dedo aos lábios. Bill tinha aprendido que a fábrica era regida pelo que os operários chamavam de "*Ford whisper*". O sussurro. Era estritamente proibido se encostar nos maquinários, ficar sentado, conversar, cantar e até assoviar e sorrir. Por isso, os operários tinham aprendido a se comunicar entre eles sem mexer os lábios, para enganar a vigilância dos fiscais. Sussurrando.

O que não dizia o jornalista em seu artigo era que o Ford T tinha iniciado uma nova prática. Os rapazes iam pegar as moças em casa, tiravam-nas dos balanços nas varandas e levavam-nas para dar uma volta. E depois as comiam no assento traseiro. Os operários riam entre eles, durante os intervalos. Os que eram encarregados dos assentos se divertiam contando aos colegas que já conseguiam até sentir o cheiro das bundas peladas das garotas. E um dia – depois que a direção, por esse motivo, tinha decidido produzir assentos traseiros mais estreitos – alguns deles conseguiram roubar um dos novos assentos e, atrás de um galpão em construção, fizeram testes para verificar se Henry Ford conseguiria realmente interromper aquela nova moda.

Bill estava entre eles. Não ria como os outros, ficava mais apartado, mas estava se divertindo. Uma das operárias que se prestavam a imitar as posições possíveis, uma moça loira de olhar provocante, pegou-o pela mão.

– Vamos, me mostra o que sabe fazer – disse em voz alta, rindo.

Os operários gargalharam e assoviaram. Bill se sentiu queimando com todos aqueles olhos apontados para ele, como se estivesse numa jaula. A garota ria, arrastando-o para o assento. O macacão de trabalho apertava seus seios fartos. Então Bill torceu o braço dela, com violência, obrigando-a a se virar. Depois a empurrou sobre o assento e subiu em cima dela, por trás, segurando-a pelos cabelos.

– Ei, essa posição se chama "Pegar o touro pelos chifres"! – gritou um operário.

– Que touro o quê! A vaca! – corrigiu um outro.

E todos continuaram a gargalhar e assoviar.

A garota, porém, tinha ficado séria de repente. Tinha sentido um calor por dentro. E uma emoção intensa. Quando Bill a soltou, virou-se e olhou para ele.

– Qual o seu nome? – perguntou.

– Cochrann.

Um operário com jeito fraco e tímido tinha se aproximado dos dois.

– Agora chega, Liv – disse à garota. Quase implorando.

– Cai fora, Brad – respondeu a garota, sem parar de fitar Bill nos olhos.

– Liv...

– Acabou, Brad – disse a garota. – Sai daqui.

O operário olhou para Bill.

Bill se virou para ele:

– Você é surdo?

O operário abaixou a cabeça, depois se foi.

Naquela mesma noite, Liv tornou-se amante de Bill. Fizeram amor num gramado. Com violência. E se Bill abrandava suas investidas, ela cravava-lhe as unhas nas costas, até machucar. Depois, assim que ele voltava a machucá-la, ela afrouxava o aperto. Como se não concebesse outra coisa além de dor no ato sexual.

E com Liv tinham cessado os pesadelos de Bill. Ruth tinha deixado de atormentá-lo, à noite.

Liv se deixava bater, amarrar, morder. Gritava de prazer quando Bill a agarrava pelos cabelos, até arrancá-los. E quando ele estava cansado, ela o machucava. Amarrava-o, batia, mordia. E Bill aprendeu a gritar de dor. E a descobrir o prazer da dor. Deixou seu quarto alugado e foi morar no barraco dela. E até a noite de Ano Novo pensou que talvez a amasse. E pensava que poderia vender as pedras preciosas, construir uma casa melhor que aquela e viver com ela. Talvez se casar.

Mas na noite de Ano Novo, Liv lhe disse:

– Estou esperando um filho. Estou grávida.

Bill, aquela noite, fazendo amor, espancou-a brutalmente. No rosto. E sodomizou-a com uma raiva que a fez quase desmaiar. Depois, tarde da noite, ele acordou suado. Ruth tinha voltado a visitá-lo. E tinha voltado a matá-lo. Levantou-se da cama, em silêncio, e foi se sentar na cozinha, com os cotovelos no tampo da mesa bamba e a cabeça entre as mãos. Fechou os olhos e viu o pai tirando o cinto da calça e açoitando sua mãe e ele. Abriu os olhos. Encontrou meia garrafa de *cocowhisky*, um destilado fermentado por três semanas numa casca de coco, e bebeu-a toda de uma vez. Quando o álcool fez sua cabeça girar, voltou a fechar os olhos. E ainda viu o pai, de costas, açoitando os dois, bêbado. Mas não era mais o pai, percebeu com um instante de atraso, quando já não podia mais abrir os olhos. Era ele. Ele próprio açoitando Liv e o filho deles. O filho que ia nascer.

Então Bill abriu a lata na qual Liv guardava suas economias de operária e as roubou. Pegou as próprias economias e as pedras preciosas, enfiou as roupas numa mala, em silêncio para não a acordar, e fugiu.

Chegou a Detroit ao amanhecer e alugou um quarto. Passou o dia estudando as várias joalherias da cidade, até que identificou a que melhor lhe serviria. Ficava numa área periférica. Tinha visto entrarem dois sujeitos de aspecto duvidoso. Tinha espiado pela vitrine. E tinha entendido. No dia seguinte, quando viu outro sujeito que parecia um gângster entrando na loja, foi atrás. Uma senhora gorda, atrás do balcão, estava polindo um armário de vidro com quinquilharias de cristal e porcelana.

– O Mônaco te mandou dois presentes – disse o gângster ao joalheiro.

Antes que o vissem, Bill tinha saído da loja. Esperou agachado atrás de uma esquina e, quando viu o gângster saindo, deixou passar alguns minutos.

– O Mônaco tinha esquecido o negócio grande – disse ao joalheiro.

O joalheiro olhou-o desconfiado, com um cigarro pendurado no lábio.

– Quem é você? – perguntou.

A gorda atrás do balcão encarava Bill.

– Não importa quem eu sou. O que importa é se o Mônaco vai ficar puto, não acha? – respondeu Bill em voz baixa, inclinando-se por cima do balcão.

O joalheiro dirigiu-se aos fundos da loja.

– Venha – disse com voz ávida, abrindo uma portinha atrás de uma cortina.

Bill olhou para a gorda e o seguiu.

– Mil – disse o joalheiro, erguendo os olhos da lente. As pedras preciosas brilhavam sob a luz. O cigarro do joalheiro queimava num pesado cinzeiro de bronze.

– Mil pelos diamantes? OK – disse Bill. – Agora diz o preço da esmeralda, porque o Mônaco está ansioso pra saber se você também acha que tudo junto vale pelo menos dois mil.

– Dois mil? – exclamou o joalheiro, balançando a cabeça.

Mas Bill percebeu logo que ele pagaria.

– E eu o que ganho? – choramingou o joalheiro.

– A saúde.

O joalheiro recolheu as pedras e virou-se para o cofre. Abriu-o e começou a contar o dinheiro. Bill acertou-o na cabeça com o cinzeiro de bronze. O joalheiro desabou com um gemido. O maço de dinheiro esvoaçou no ar. Enquanto uma mancha vermelha e densa começava a se espalhar pelo chão saindo da nuca do joalheiro, Bill recolheu todas as notas, enfiou no bolso e saiu correndo da loja, atropelando a gorda que tinha posto a cabeça na porta para olhar o que tinha acontecido.

Foi até um revendedor de automóveis e comprou um dos melhores Ford T em circulação, com rodas removíveis e ignição, por 590 dólares, pagando em dinheiro. Dirigiu até a pensão onde estava hospedado, recuperou a mala e deixou Detroit. Quando estava em campo aberto, contou o dinheiro do joalheiro. 4.500 dólares. Riu. Escutou a própria risada se espalhando no ar e depois morrendo. "Estou rico", pensou. E então, quando tudo ficou de novo em silêncio, riu outra vez e engatou a marcha.

Sabia para onde ir. Liv falava sempre de lá. Dizia que o clima era maravilhoso e a água do oceano, sempre quente. Não falava de outra coisa a não ser de palmeiras, areia branquinha, sol.

– Aí vou eu, Califórnia! – gritou pela janela, enquanto a Tin Lizzie acelerava pela estrada.

30

Manhattan, 1924

— FELIZ ANO NOVO, MISS ISAACSON — disse o ascensorista, fechando as portas.

Ruth mantinha o olhar fixo à sua frente, mas era como se não estivesse ali. Não respondeu. O rapaz de uniforme e quepe acionou o mecanismo e a cabine começou a descer. Ruth apertava na mão um pingente preso num cordão simples de couro. Um coração vermelho, lustroso, do tamanho de um caroço de damasco. Horrível.

— Feliz Ano Novo, Miss Isaacson — disse o porteiro na entrada, abrindo a porta.

Ruth não respondeu. Passou de cabeça baixa e não se deu conta nem do vento gelado que a recepcionou do lado de fora. Passava a ponta do polegar na superfície lisa do pingente, recebido como presente na véspera do Natal. Tinha-o encontrado na caixa de correio. "Então adeus", estava escrito no bilhete que o acompanhava. Nada mais. Nenhuma assinatura.

— Feliz Ano Novo, Miss Ruth — disse Fred, enquanto fechava a porta do Silver Ghost.

Mas Ruth não respondeu nem a ele. Sentou-se nos bancos macios de couro que não tinham mais o cheiro de charuto e *brandy*, que já não a faziam mais se lembrar do avô. E enquanto isso continuava passando a ponta dos dedos no coração vermelho. Quase com raiva, como se quisesse arrancar aquele esmalte horroroso. Tinha-se passado uma semana desde que o recebera. Era Ano Novo.

— Você sabe onde o Christmas mora? — perguntou de repente a Fred, sem levantar os olhos.

— Sim, Miss Ruth.

— Me leva lá.

— Miss Ruth, sua mãe está esperando a senhorita para o almoço na casa da...

– Fred, por favor.

O motorista diminuiu a velocidade, indeciso.

– Já te demitiram, não foi? – perguntou Ruth.

– Sim.

– O que podem fazer com você, então?

Fred olhou para ela no espelho retrovisor. Sorriu.

– Tem razão, Miss Ruth.

Inverteu o sentido da viagem e rumou para o Lower East Side.

– Já encontrou outro trabalho, Fred? – perguntou Ruth depois de alguns quarteirões.

– Não.

– E como você vai fazer?

Fred riu.

– Vou começar a dirigir os caminhões dos contrabandistas de uísque.

Ruth olhou para ele. Conhecia-o desde sempre.

– Meu pai aprontou uma zona com todo mundo, né?

Fred deu uma olhada para ela, achando graça.

– Miss Ruth, não acho que a convivência com esse rapaz esteja favorecendo seu vocabulário.

Ruth passou outra vez o dedo no coração esmaltado.

– Você simpatiza com o Christmas, não é?

Fred não respondeu, mas ela viu que ele estava sorrindo.

– O vovô também gostava dele – disse. Olhou pela janela. Estavam passando por baixo dos trilhos da BMT. Começava o reino do Lower East Side. – Eram parecidos – disse baixinho, como que para si mesma.

– Eram – disse Fred, mais baixo ainda. Depois saiu da Market Street e entrou na Monroe, parando diante do número 320. – Primeiro andar – disse, descendo do carro e abrindo a porta para Ruth. – Eu acompanho a senhorita.

– Não, eu vou sozinha.

– Melhor não, Miss Ruth.

As escadas eram estreitas e íngremes. Cheiravam a alho e outros odores que Ruth não conseguia decifrar. Cheiro de corpos, pensou. De muitos corpos. As paredes eram descascadas e cheias de inscrições. Algumas obscenas. Os degraus eram sujos e escorregadios. Ruth enfiou no bolso do casaco de caxemira o pingente horroroso. O presente de Natal mais lindo que tinha ganhado naquele ano. Enquanto subia as escadas, escoltada por Fred, sentia um aperto no peito. "Então adeus", tinha-lhe escrito Christmas. Fazia dez dias que não o via. E ele não sabia. Não sabia que ela tinha roubado a maquiagem da mãe, para deixar os lábios mais vermelhos. Não sabia que aquele dia ela queria beijá-lo.

— Espera, Fred — disse, quando chegaram diante da porta do apartamento. Christmas não sabia por que ela não tinha ido ao encontro. Não sabia o que seus pais tinham comunicado a ela naquele dia. Não sabia por que tinha acabado. Ruth sentiu os olhos se enchendo de lágrimas.

— Espera, Fred — disse outra vez e virou as costas para a porta.

Vozes ressoavam no prédio. Vozes de pessoas gritando, rindo, brigando. Falando uma língua desconhecida. Barulho de pratos, músicas cafonas, choro de crianças. E aquele cheiro horrível. Aquele cheiro de gente. Ruth se sentiu irremediavelmente excluída daquele mundo. As lágrimas secaram em seus olhos, a respiração ficou ofegante e uma raiva impotente a fez contrair os músculos. Virou-se e bateu na porta. Com fúria.

Quando Christmas abriu e a viu diante dele, ficou paralisado. Apertou os olhos e lançou uma olhada rápida e severa para Fred. Depois voltou a encarar Ruth com frieza. Sem falar nada.

— Quem é? — perguntou uma voz de mulher de dentro do apartamento.

Um homem feio, com um guardanapo manchado de molho enfiado na gola da camisa, pôs a cabeça na porta.

Christmas não dizia nada.

A mulher que tinha falado também veio ver. Era baixa e morena. Tinha um cabelo de *flapper*. Não parecia uma prostituta, pensou Ruth.

— Mãe... é a Ruth, lembra? — disse então Christmas.

Ruth viu a mulher olhar imediatamente para sua mão.

— Desculpa — disse Ruth a Christmas. — Não devia ter vindo — virou-se e foi em direção às escadas.

— Por que você trouxe ela aqui? — Christmas disse para Fred, com raiva, passando por ele e correndo escada abaixo, atrás de Ruth. Alcançou-a no saguão estreito do prédio, segurou-a pelo braço, obrigando-a a se virar.

— Quem você pensa que é? — gritou no rosto dela.

Fred estava no pé da escada.

— Quem você pensa que é? — Christmas gritou de novo.

Fred deu um passo à frente.

— Me espera no carro — disse-lhe Ruth, com olhos gélidos e uma voz dura. — É só um instante.

Fred continuou olhando os dois jovens, indeciso.

– Tranquilo, Fred – disse Christmas. – É só um instante.

Fred saiu. Christmas e Ruth se olhavam em silêncio.

– Já viu o bastante? – disse ele por fim, com uma voz baixa e sombria. Inspirou de um jeito exagerado, de braços abertos. – Respira, Ruth. É esse o ar que eu tenho no pulmão. Seu avô tinha razão, essa merda não desgruda da gente. Viu quem a gente é? Agora pode ir embora.

Ruth deu-lhe um tapa no rosto. Christmas pegou-a pelos ombros, empurrou-a contra a parede, ofegando. Os olhos em chamas. Os lábios cerrados. Perto dos lábios dela. E então viu um medo no olhar dela. O medo que ela devia ter tido com Bill. Soltou-a abruptamente e recuou. Assustado com o medo dela.

– Me desculpa – disse.

Ruth não falava nada – enquanto o medo se dissolvia em seus olhos – e só balançava a cabeça.

Christmas deu outro passo para trás.

– Agora pode ir embora.

Não sabia por que ela não tinha aparecido no encontro, por que tinha escrito aquele bilhete de despedida. Não sabia que ela tinha passado batom nos lábios. Não sabia que, por um instante, Ruth estava pronta para ser uma garota como todas as outras. Por ele.

– Eu vou pra Califórnia – disse ela num fôlego só, e uma raiva fria vibrava em sua voz. – Meu pai vendeu a fábrica. Quer produzir filmes. Vamos mudar pra Los Angeles, na Califórnia. – Achava que ia ser difícil dizer isso a ele, mas agora experimentava uma sensação de alívio. Olhava-o com os olhos apertados como duas fendas. Odiava-o. Odiava-o de todo o coração. Porque ele era tudo o que lhe restava. E teria que deixá-lo. Para sempre. Por uma nova vida. Odiava-o por aqueles olhos límpidos que deixavam transparecer sem pudor cada emoção. Porque tinha visto no olhar dele o medo daquela violência que tinha marcado o encontro dos dois. Porque agora olhava para ela como um cachorro que tivesse apanhado. Porque lia no olhar dele o desespero de perdê-la. – Adeus – disse apressadamente, antes que ele lesse o mesmo desespero nos olhos dela. Deu-lhe as costas e foi para o carro. – Vamos embora, depressa – disse a Fred, fechando a porta.

Christmas se mexeu com um instante de atraso. Chegou à rua quando o carro estava se afastando da calçada.

– Não estou nem aí! Que se foda! – berrou com todo o fôlego que tinha na garganta.

Mas Ruth não se voltou.

31

Manhattan, 1917-1921

TODAS AS TENTATIVAS DE CETTA de fazê-lo mudar de ideia falharam por completo: Christmas nunca mais voltou para a escola. Por fim, Cetta se rendeu. Olhava o filho crescer e se perguntava, preocupada, o que ele faria quando crescesse. Quando o via voltar para casa com alguns trocados no bolso, depois de ficar uma tarde inteira gritando as manchetes dos jornais pelas ruas, ficava com o coração apertado. Queria outra coisa para o filho, mas não sabia o quê. Por mais de uma ocasião pegou-se pensando que nenhum deles jamais se tornaria americano, com as mesmas possibilidades que os americanos. Porque o Lower East Side era como uma prisão de segurança máxima. Não se podia fugir. E quem estava dentro dela estava condenado à prisão perpétua.

Mas logo seu otimismo natural voltava a lhe dar esperança. E então pegava o filho pelos ombros e dizia:

— É só questão de esperar a oportunidade certa. O importante é não deixar ela passar. Mas cada um de nós tem a sua oportunidade, nunca se esqueça disso.

Christmas não entendia bem as palavras da mãe. Tinha aprendido a assentir e dizer tudo o que ela queria que ele repetisse. Era o jeito mais rápido de ser deixado em paz e poder voltar para as brincadeiras de criança.

Estava com quase 10 anos e tinha construído um mundo todo dele, feito de amigos imaginários e de inimigos imaginários. Não gostava muito de ficar com os outros meninos do prédio. Faziam-no pensar em algo que preferia não lembrar. Lembravam-no da escola e do garoto que tinha gravado o P de puta em seu peito. E toda vez que brincava com eles, temia que alguém fizesse uma piada sobre Cetta e o trabalho dela. Além disso, todos eles tinham um pai. E mesmo que fosse um alcoólatra, violento, bruto, mesmo que fosse um animal, ainda era um pai.

Um dia, estava brincando sozinho nas escadas quando ouviu os passos pesados de Sal saindo do escritório. Escondeu-se num canto escuro, com sua pistola de madeira na mão. Assim que Sal chegou a um passo dele, Christmas saltou do esconderijo, apontou-lhe a arma e berrou:

– Bang!

Sal não se descompôs.

– Não faça isso nunca mais – disse com sua voz grave como um arroto. Depois continuou descendo a escada.

Christmas riu até quando ouviu o motor do carro de Sal partindo. Depois voltou a brincar sozinho.

Na semana seguinte, ouviu de novo os passos de Sal nas escadas. Escondeu-se e depois apareceu de repente, com a pistola na mão.

– Bang! Te peguei, filho da puta! – gritou.

Sal, sempre impassível, acertou-lhe um tapa no rosto que o fez cair no chão.

– Eu tinha te avisado pra não fazer mais isso – disse. – Não gosto de repetir as coisas. – E foi para o escritório.

Christmas voltou para casa com a bochecha vermelha.

– Quem te fez isso? – perguntou Cetta.

Christmas não respondeu e foi se sentar no sofá, com uma expressão alegre no rosto.

– Quem te fez isso? – perguntou Cetta outra vez.

"Meu pai", pensou Christmas, sorrindo. Mas não disse nada.

Cetta vestiu o sobretudo e disse que precisava sair para resolver uns assuntos.

Assim que ela fechou a porta da casa, Christmas se levantou do sofá, rindo, correu até o quarto da mãe e colou o ouvido na parede que dava para o escritório de Sal.

Cetta entrou no apartamento de Sal, abraçou-o e se jogou na cama. Sal levantou a saia dela, tirou a calcinha e se ajoelhou. Depois abriu-lhe as pernas e afundou a cabeça entre elas. Cetta se rendeu à língua dele e se entregou ao prazer.

Christmas continuava com o ouvido colado na parede. E ria. Como riem todas as crianças quando ouvem os ruídos do amor. Como de uma coisa engraçada.

– O chefe disse que ainda é cedo pra parar – disse Sal, de cara fechada.

– Até quando vou ter que fazer esse trabalho? – Cetta perguntou.

Sal se levantou do sofá do bordel.

– Tenho que ir – disse.

– Até quando? – berrou Cetta.

– Não sei! – berrou Sal.

E Cetta pela primeira vez viu algo que nunca tinha lido nos olhos de seu homem. Um dissabor. Sal não gostava que ela fosse prostituta.

– Quem sabe ano que vem... – disse então, pegando na mão dele.

Sal não respondeu. Olhou para o chão.

– Vai dormir no escritório hoje à noite? – perguntou Cetta.

– Talvez... Tenho que organizar umas contas.

Já fazia alguns meses que toda noite ele encontrava uma desculpa para não voltar para Bensonhurst. E Cetta ia dormir na cama dele até o amanhecer. Depois se levantava e voltava para o próprio quarto, furtivamente, para não acordar Christmas.

– Eu fico contente – disse Cetta.

– Vamos ver, não te garanto nada.

– Eu sei, Sal.

– Agora eu preciso ir, menina.

Cetta sorriu. Gostava quando ele a chamava de menina. Ainda que agora já fosse uma mulher de quase 25 anos e tivesse se tornado mais arredondada e menos firme.

– Fala de novo.

– O quê?

– Menina...

Sal soltou a própria mão da dela.

– Não tenho tempo pra perder. Está uma zona essa história das bebidas alcoólicas.

– Então é certeza? – perguntou ela.

Estava todo mundo comentando. O governo queria fazer uma lei proibindo o consumo de álcool.

– Sim, é certeza – disse Sal. – Vai começar uma nova era. Você acha possível que ninguém na América vá mais beber?

Cetta encolheu os ombros.

– É o negócio do século. Vamos todos ganhar um monte de dinheiro – disse Sal. – E eu não quero ficar de fora.

– Como? – perguntou Cetta, preocupada.

Ele riu.

– É claro que eu não quero sair por aí levando tiro da polícia. Mas não existe só o contrabando. Também vamos ter que abrir lugares clandestinos onde as pessoas possam beber, não é? E eu quero que me confiem um desses lugares.

Cetta olhou para ele.

– Vai ficar ainda menos em casa... – disse.

– Quem sabe eu convenço o chefe a te contratar como garçonete no meu estabelecimento? – disse Sal, piscando um olho.

– Sério? – exclamou ela, empolgada, passando os braços em volta do pescoço dele.

– É um trabalho duro o de garçonete – disse Sal, se desvencilhando do abraço. – Não é que nem ser puta, o dia inteiro na cama.

– Vai embora – disse Cetta, rindo.

– Tchau – e Sal foi em direção à saída do bordel.

– Me fala! – gritou Cetta atrás dele.

– Não sou seu macaquinho amestrado – disse ele, fechando a porta.

Cetta se sentou no sofá. Com um sorriso nos lábios maquiados. Olhou-se no espelho à sua frente. Olhou o vestido que tinha pensado ser de madame logo que desembarcara em Nova York. E lembrou a primeira vez que tinha visto Sal. O homem que a tinha salvado. E que logo a salvaria de novo, fazendo-a ser garçonete. E se imaginou com um avental listrado de branco e vermelho.

Tocaram a campainha.

Cetta se levantou correndo.

– Eu atendo! – gritou alegre do corredor para as outras prostitutas. "É o Sal que quer me chamar de menina", pensou, rindo.

O homem na porta olhou para seu decote cavado. E sorriu, entrefechando os olhos.

– Estava mesmo te procurando, docinho – disse, apalpando a bunda dela. Era gordo, baixinho e sempre fedia a água-de-colônia. – Trouxe balinhas pra você, menina malvada.

E queria sempre fazer brincadeiras nojentas.

Christmas logo parou de rir dos ruídos que Cetta e Sal faziam na cama. O amor não lhe parecia mais engraçado como antes. Alguma coisa mudara em seu corpo. E embora não soubesse bem como lidar com aquela mudança, tinha compreendido que o amor era um negócio sério e obscuro. Misterioso e fascinante. Para gente grande. E assim parou também de colar o ouvido na parede entre os dois apartamentos. E toda vez que ouvia a mãe voltar para casa, ao amanhecer, fingia estar dormindo.

Alguns dos garotos maiores do prédio falavam de mulheres. Mas eram conversas confusas. E, sobretudo, nenhum deles mencionava jamais a palavra "amor". Parecia mais uma questão mecânica. Pela conversa deles, Christmas tinha entendido como se fazia. Mas era o amor que lhe interessava. E ninguém jamais falava dele. Nem os adultos.

Quando completou 13 anos, Cetta lhe deu um taco de beisebol e uma bola de couro de presente. Agora era garçonete e não mais prostituta. Ganhava menos, e Christmas sabia quanto devia ter economizado para comprar aquele presente.

Um dia, estava sentado com o taco e a bola encostados ao lado dele, nos degraus da entrada do prédio da Monroe Street, lendo pela segunda vez sobre o amor trágico e impossível do morto de fome Martin Eden[5] pela rica Ruth Morse.

Sal estacionou o carro entre as duas bancas de ambulantes e, entrando no edifício, disse:

– Se quiser, achei um servicinho pra você.

Christmas fechou o livro, pegou o taco e a bola e seguiu Sal pelas escadas.

– Se eu fosse você, jogava fora a bola e ficava com o porrete, pirralho – disse Sal. Depois riu sozinho.

– Que serviço seria? – perguntou Christmas.

– Vão te dar sete dólares pra passar piche num outro telhado na Orchard Street – explicou Sal. – São os mesmos da semana passada. Disseram que você é bom.

Christmas pensou que com sete dólares por dia não dava para ficar rico. E arriscava-se a levar uma vida de merda como a de Martin Eden. Mas gostava que Sal se ocupasse dele.

– A gente é uma espécie de família, não é? – perguntou.

Sal parou no meio da escada e olhou para ele. Balançou a cabeça, recomeçou a subir e abriu a porta daquele que insistia em chamar de escritório, apesar de já ter vendido a casa de Bensonhurst.

---

[5] Referência ao romance *Martin Eden*, de 1909, do autor americano Jack London, sobre um jovem proletário que lutava para se tornar escritor. [N.E.]

– Quem enfia essas idiotices na sua cabeça? Sua mãe?

Christmas o seguiu dentro do apartamento.

– Você ama ela? – perguntou.

Sal ficou duro. Balançou-se de um pé para o outro, sem jeito. Depois passou pela escrivaninha e se pôs a olhar pela janela.

– Nunca falei isso pra ela – disse, de costas para Christmas.

– E por quê?

– O que é que te deu, hein? – estourou Sal, virando-se com o rosto vermelho. – Por que esse tanto de pergunta, porra?

Christmas deu um passo para trás. Abaixou os olhos para a capa do *Martin Eden.*

– Só queria saber por quê... – falou baixinho e foi em direção à porta.

– Porque nunca fui um homem corajoso, eu acho – disse Sal então.

No dia seguinte, ao amanhecer, Christmas ouviu Cetta voltando para casa. Sorriu embaixo das cobertas, imóvel. Depois saiu e vadiou um pouco pelas ruas do gueto, comprou um pão doce com o dinheiro que tinha ganhado passando piche nos telhados na semana anterior e voltou para casa por volta das 11, hora em que Cetta acordava. Sentou na cama da mãe e lhe deu o pão quente e doce.

Cetta acariciou sua mão enquanto mordiscava o pão.

– Você está ficando bonitão mesmo – disse.

Christmas corou.

– Eu não ligo de você ficar na casa do Sal – disse então, de olhos baixos.

Cetta engasgou com um pedaço de pão. Tossiu. Deu risada e depois puxou Christmas para si, abraçando-o e beijando-o na testa.

– Não, eu gosto de saber que você está cuidando de mim, de manhã – disse, e depois permaneceram abraçados, deitados um ao lado da outra na cama.

– Mãe, o Sal te ama, sabia? – disse ele, depois de um tempo.

– Sim, tesouro – respondeu Cetta baixinho.

– E como você sabe se ele nunca te falou?

Cetta suspirou, acariciando a franja loiro do filho.

– Você sabe o que é o amor? – disse a ele. – É conseguir ver aquilo que ninguém mais pode ver. E é deixar ver aquilo que você não ia querer deixar mais ninguém ver.

Christmas abraçou a mãe com força.

– Eu também vou me apaixonar um dia?

32

Manhattan, 1924

— PARTEM HOJE À NOITE — tinha dito Fred, naquela manhã de meados de janeiro. Tinha ido procurá-lo em casa, para dar a notícia.

Christmas olhara para ele sem dizer nada. Abaixara os olhos. "Então é verdade", pensara. Até aquele dia, fingira não acreditar. Porque não conseguia cogitar que não veria Ruth nunca mais. Que teria que esquecê-la.

— Central Station — tinha dito Fred, como se adivinhasse seus pensamentos. — Plataforma número 5. Às 7h32.

E Christmas aquela noite foi até a Grand Central Station. Aproximando-se da entrada principal, na Rua 42, olhou o enorme relógio que dominava a fachada. Eram 7h25. No início, tinha decidido não ir. Aquela riquinha mimada não merecia o amor dele. Era capaz de apagá-lo com tanta facilidade da vida dela? Pois bem, ele faria o mesmo, tinha dito a si mesmo com raiva. Mas depois não resistira. "Vou te amar sempre, mesmo se você não me amar nunca", tinha pensado, e no mesmo momento toda a raiva o abandonara e se dissipara. Christmas tinha reencontrado o garoto que sempre fora. E dentro dele, agora, só havia lugar para o imenso amor que sentia por Ruth.

O ponteiro dos minutos se moveu. 7h26. As estátuas de Mercúrio, Hércules e Minerva o encaravam, severas. Decidiu entrar, sob o olhar cego da estátua do magnata das ferrovias Cornelius "Commodore" Vanderbilt. E de repente lhe pareceu que não daria mais tempo.

Saiu correndo em direção à plataforma número 5. Queria vê-la! Ao menos uma última vez. Para que aquelas feições que conhecia de cor se imprimissem em seus olhos de maneira indelével. Porque Ruth era dele e ele era de Ruth.

Chegou esbaforido e, abrindo caminho entre as pessoas que se aglomeravam na plataforma, começou a correr ao lado dos vagões, com o medo de não a encontrar fazendo seu coração saltar na garganta. A partida já tinha sido anunciada. 7h29. Três minutos. Três minutos, e depois Ruth desapareceria da sua vida.

Por fim a viu, sentada junto à janela, com o olhar no vazio e uma expressão ausente. Christmas parou. Queria bater na janela, tocar a mão dela através do vidro, uma última vez. Mas faltou-lhe coragem para se aproximar. Ficou ali, em pé, em meio ao enxame de pessoas, olhando para ela. Sem saber por quê, tirou a boina. Então viu Ruth abaixando o olhar para algo que segurava na mão. E depois pendurando aquela coisa no pescoço. As pernas de Christmas tremeram.

– É horrendo – disse a mãe de Ruth, sentada de frente para ela, olhando o pingente em forma de coração.

– Eu sei – disse Ruth, passando a ponta do dedo na superfície vermelha e lustrosa do coração. Acariciando-o. Com amor, admitiu para si mesma, agora que, partindo, não corria mais nenhum perigo. Depois desviou o olhar para fora.

E então o viu. O cabelo cor de trigo despenteado na testa. Os olhos escuros, profundos, passionais. E aquela boina ridícula na mão. De repente, sem que pudesse fazer nada, a imagem de Christmas ficou embaçada pelas lágrimas.

Christmas deu um passo à frente, incerto, destacando-se da multidão, quando já era tarde, quando não podiam mais dizer nada um ao outro. Mas os olhos dos dois estavam enlaçados. E naqueles olhares turvados pelas lágrimas houve mais palavras do que conseguiriam dizer, mais verdades do que conseguiriam admitir, mais amor do que conseguiriam demonstrar. E havia mais dor do que seriam capazes de suportar.

– Eu vou te encontrar – disse Christmas baixinho.

O trem apitou. Começou a se mover.

Christmas viu que Ruth apertava na mão o coração vermelho que ele tinha dado.

– Eu vou te encontrar – repetiu baixinho, enquanto Ruth era levada para longe.

Quando Christmas desapareceu de sua vista, Ruth se endireitou no assento. Uma lágrima cortava seu rosto.

A mãe olhava para ela com seu ar gélido e distante. Ela também tinha visto Christmas e espiado a emoção da filha. Fitou-a por um momento e depois se dirigiu ao marido, que lia um jornal.

– O amor dos jovens é como um temporal de verão – suspirou com uma entonação enfastiada. – Num instante o sol enxuga a água, e pouco depois nem se percebe que choveu.

Ruth se levantou.

– Aonde vai, tesouro? – perguntou a mãe.

– Ao banheiro – disse Ruth, encarando-a com um olhar feroz. – Posso?

– Tesouro, controle-se – respondeu a mãe, pegando uma das revistas que mandava vir de Paris.

Ruth procurou o camareiro do vagão, pediu uma tesoura e trancou-se no banheiro. Tirou a roupa e amarrou ainda mais apertada a faixa que lhe achatava os seios, escondendo-os. Depois se vestiu novamente e, com um tesourada certeira, cortou seus longos cachos escuros. Na linha do maxilar, mais longos na frente e mais curtos na nuca. Molhou-os e tentou alisá-los. Devolveu a tesoura ao garçom e voltou a se sentar no seu lugar, de frente para a mãe.

A viagem para a Califórnia tinha começado.

"Adeus", pensou Ruth.

SEGUNDA PARTE

33

Manhattan, 1926

NAQUELE FIM DE MANHÃ de 2 de abril de 1926 – dia em que Christmas completava 18 anos –, uma fumaça acre invadia grande parte da rua e fazia os olhos arderem. Mesmo de tão longe. Mesmo do outro lado da calçada. A multidão se amontoava, murmurando, ao redor do caminhão dos bombeiros que escondia o local do incêndio.

Christmas tinha crescido, ficado alto. E forte. Tinha uma cicatriz recente logo abaixo do olho esquerdo. E uma barba rala e malfeita aloirava suas bochechas. Usava um terno que muitos não teriam condições de comprar, porém amarrotado e sujo. No bolso direito, um canivete. No olhar, uma luz apagada, como que adormecida. Na expressão, uma pincelada densa e espessa de cinismo. Uma dureza fria. O sinal externo de que não só tinha crescido, mas também se transformado num dos tantos garotos que viviam pelas ruas. Que viviam da rua.

Seguido por Joey, abria caminho entre as pessoas, empurrando, enfiando-se nas brechas, puxando pelo ombro os curiosos que atrapalhavam seu caminho. Sabia que precisava olhar do outro lado do caminhão dos bombeiros. Sabia que precisava ver o local do incêndio. E enquanto avançava na fumaça, que ficava cada vez mais densa e compacta, ouvia alguém dizendo:

– Não tinha como fazer tudo sozinho! E outro: – Era teimoso como uma mula! E uma mulherzinha baixa e magra, com o semblante pesado da maldade dos fracos e dos famintos: – Achava que era melhor do que os outros... E outro, ainda: – Não tem jeito, tem que pagar por proteção – dirigia-se ao do lado, que respondia balançando a cabeça para cima e para baixo, como para dizer que sim, e depois de um lado para o outro, como se ao mesmo tempo dissesse que não: – Ou pros policiais irlandeses ou praqueles fedorentos daqueles judeus e italianos, você tem que pagar.

A fumaça fazia seus olhos lacrimejarem cada vez mais, mas principalmente – conforme Christmas se aproximava do caminhão dos bombeiros – entrava-lhe nas narinas um odor áspero e venenoso. Que ele parecia reconhecer.

– Eu tinha falado pra ele – disse um homenzarrão que Christmas afastou com dificuldade para avançar.

– Ele procurou – disse outro, quase com rancor.

– Que triste fim – murmurou assustada uma mulher vestida de preto, fazendo o sinal da cruz.

– Mas o que é que eles são? Animais? Demônios? – protestou sua vizinha, mas com uma entonação fraca, resignada, porque todos no gueto do Lower East Side sabiam que a resposta àquela pergunta retórica era um simples "sim".

Cheiro de carne queimada, assada demais, pensou Christmas, que agora já estava a poucos passos do caminhão dos bombeiros que escondia o local de onde saía a fumaça densa e úmida do incêndio recém-controlado. Cheiro de carne queimada e depois encharcada.

Logo depois do caminhão, alguns policiais, em semicírculo, empurravam as pessoas para trás, ameaçando com os cassetetes, gritando ordens que ninguém parecia ouvir. Como se os olhos, saturados de curiosidade e horror, ensurdecessem os ouvidos.

– Puta que pariu – disse Joey com um risinho, ao lado de Christmas, quando chegaram à primeira fileira, cara a cara com um policial gordo e suado, de cabelos vermelhos. Cara a cara com o que restava do açougue.

Christmas ainda tinha o olhar duro e frio que se formara em seu rosto naqueles dois anos que se seguiram à partida de Ruth enquanto começava a ver, na fumaça que se dissipava, o interior do estabelecimento de propriedade de Giuseppe LoGiudice, conhecido como Pep. Conseguia distinguir o piso de mármore claro, rachado pelo calor. E os mil fragmentos tostados dos vidros da vitrine de carnes, que brilhavam como lantejoulas em cima dos pedaços de carne ressecados, pretos, chamuscados, mergulhados na água despejada pelos bombeiros. E via as cordas de linguiça penduradas nos ganchos, encolhidas, gotejando gordura. E via os azulejos de cerâmica branca que tinham estourado, arrancados da argamassa que os prendia às paredes. E ainda via as marcas que o fogo tinha tatuado nas paredes nuas, como longas línguas negras que se afinavam na direção do teto, fixadas na última lambida voraz com que tinham devorado todo o oxigênio.

E por um instante, num fragmento triangular de espelho que um bombeiro tirava do local, Christmas viu a si mesmo. O próprio olhar apagado e desprovido de emoções. E não se reconheceu. Depois – enquanto os bombeiros soltavam o bocal metálico do hidrante e enrolavam de volta a mangueira na traseira do caminhão – viu chegar um policial e atrás dele uma mulher na casa dos 50 anos, que chorava desesperada, agarrando-se aos ombros de um homem de uns 30, alto e forte, com mãos de estrangulador, que era a cara do Pep. "Você tinha uma mulher e um filho", pensou Christmas. "Eu não sabia, Pep."

Uma rajada de vento repentina varreu o açougue, bem no momento em que o policial dizia à mulher: – Não olhe, senhora LoGiudice – e limpou-o da fumaça, jogando-a na cara da multidão, como uma bofetada tóxica, e depois dispersando-a para o alto. E então Christmas o viu. Viu o que restava dele. No meio do açougue.

A mulher gritou.

A cadeira tinha uma estrutura de metal. A cadeira que Pep usava para ler o jornal, no beco nos fundos do açougue. E Christmas viu o que restava. Da cadeira e de Pep. No meio do açougue. Um grumo seco de carne – que não parecia mais o gigantesco ogro bondoso que tinha sido em vida – fundido à estrutura retorcida.

– Amarraram ele com arame na cadeira – dizia um policial ao colega. – Se tivessem usado uma corda, ela teria queimado e talvez o infeliz tivesse se salvado.

A mulher deu outro grito. Depois tossiu. Seus joelhos se dobraram. O filho tentou levá-la para mais longe, mas a mulher fincou os pés e gritou:

– Não! – com uma voz que o martírio tornava menos forte.

"Feliz aniversário", pensou Christmas.

– Vamos embora – Joey sussurrou-lhe ao ouvido. – Já fiz a despesa.

Christmas se virou e olhou para ele. Joey tinha olhos cada vez mais fundos, e o escuro das olheiras tinha ficado profundo como uma poça de lama, como um pântano, como uma areia movediça escura que lhe sugava lentamente o olhar. E de novo, vendo-se refletido naquelas pupilas que já não eram de garoto, não se reconheceu. E então virou a cabeça abruptamente, para não dar às perguntas – e mais ainda às respostas – o tempo de se formarem. Não havia perguntas nem respostas que quisesse ouvir. Sentiu uma pontada de saudade da ingenuidade de Santo, que não via mais havia pelo menos dois anos. Teve quase vontade de rir, relembrando sua cara cheia de espinhas, no dia que o tinha recrutado pagando-lhe meio sorvete, sua vagareza para entender as coisas, o medo que o tinha feito perder a voz quando precisara fazer o bando de delinquentes atrás do açougue de Pep acreditar que os dois iam se encontrar com Arnold Rothstein. O creme para espinhas que vendiam ao Pep para... Christmas arregalou os olhos. Que fim tinha levado Lilliput? Esquivou-se do policial que tentava contê-los, chegou à porta ainda incandescente do estabelecimento, sentindo o ar quente, úmido e áspero que bafejava em seu rosto. E espiou em meio à carne.

O policial de cabelo vermelho agarrou-o pelo braço e arrastou-o para trás. Christmas lançou um olhar para o filho de Pep, sem saber o que dizer, o que perguntar.

– Espera – disse a viúva ao policial. – Você conhecia o meu Pep? – perguntou a Christmas.

– Sim, senhora.

– Como você se chama?

– Christmas.

A mulher fez uma careta que em outra situação – se não estivesse contorcida pela dor – seria como o sorriso de quem acaba de se lembrar.

– Você é o menino que o Pep queria manter longe da rua, não é?

Christmas sentiu um frio no estômago. Balançou a cabeça.

– Não, a senhora está enganada... está me confundindo com alguém...

A viúva olhou-o de cima a baixo. Passou a mão na lapela do paletó dele, com uma intimidade e uma confiança que Christmas não estava esperando.

– Bonito esse terno – disse baixinho. E depois: – Viu o que fizeram com ele? – e voltou a olhar para Christmas. Mas não disse mais nada e depois de um instante se virou.

Christmas permaneceu imóvel. Em seguida o policial de cabelo vermelho voltou a empurrá-lo na direção da multidão de curiosos.

– E a Lilliput? – gritou Christmas para a mulher.

A viúva nem o ouviu. Mas o filho de Pep se virou.

– Morreu no ano passado. De velhice – disse.

A viúva levantou a cabeça para o filho, como se estivesse revendo o marido, e acariciou-lhe o rosto. Um carinho lento, feito não naquele momento, mas a repetição de um gesto antigo, que agora pertencia para sempre ao passado. E mecanicamente seu olhar se abaixou para os pés do filho, ou de Pep, como se procurasse a horrível cadelinha sarnenta de olhos saltados que era o próprio Pep. Então um soluço a sacudiu novamente. Os olhos se encheram de lágrimas, e não havia raiva, só pena, quando voltou a fitar Christmas.

— Viu o que fizeram com ele? — disse outra vez, com o olhar desfocado, para ninguém em particular, talvez já sem querer dizer nada, só procurando repetir palavras que pudessem mantê-la no chão, agarrada ao filho, que era tudo o que lhe restava.

Christmas não sustentou o olhar e se desvencilhou do policial.

— Vamos embora — disse bruscamente a Joey e abriu caminho na multidão à base de empurrões, com raiva, como se de repente lhe faltasse o ar. Parou, ofegante, só quando chegou à calçada oposta. E de novo olhou o quadro completo (os curiosos, o caminhão dos bombeiros que escondia o açougue, a fumaça que saía dele e se estendia para o alto), porém agora conhecendo cada detalhe de tudo. — Onde você estava? — perguntou-se. — Onde você esteve? — repetiu. — Vai se foder! — disse por fim em voz alta, para sobrepujar as perguntas que não conseguia mais conter.

— Vai se foder! — gritou Joey, só que rindo. — Vamos sair correndo daqui.

Christmas virou-se bruscamente. Atrás de Joey reconheceu os garotos que não o tinham aceitado em seu bando quando era mais novo, quando tinha fundado os Diamond Dogs. Tinham as mesmas olheiras escuras de Joey. O mesmo olhar duro, frio, indiferente. Estavam com as mãos enfiadas no bolso. E sorriam. Sorriam olhando para ele. E cada um daqueles sorrisos era uma mensagem. Tinham virado paus-mandados de quinta categoria dos Ocean Hill Hooligans. Ficavam sempre vadiando perto do Sally's Bar & Grill, esperando que alguém tivesse uma ordem para lhes dar.

— Foi o Dasher? — gritou Christmas, indo para cima deles.

Mas Joey o deteve. Em seguida ouviu-se o apito de um policial. As cabeças se voltaram, atentas. E quando Christmas voltou a procurar o bando, a rua estava vazia.

— Vamos dar o fora, caralho! — disse Joey.

Christmas o seguiu. Rápido, quase correndo. E num instante se perderam nos labirintos sujos do gueto. Num beco, pararam. Joey tirou a camisa de dentro da calça e deixou cair na calçada um porta-níqueis, uma carteira, um relógio de bolso e algumas moedas. Riu.

— Eu te falei que tinha feito a despesa — disse, começando a remexer no porta-moedas e na carteira, jogando fora fotos antigas e papéis e pescando míseros dois dólares. — Indigentes — disse, balançando a cabeça.

– Foi o Frank Abbandando – disse Christmas.

– E daí?

– O Pep não queria dar dinheiro pra eles.

– Grande imbecil que era – disse Joey, dando de ombros. Com rancor. – Lembra o que ele me falou, aquele açougueiro de merda? Vai se foder, Pep! Enfia no cu. Eu estou aqui e você é um idiota de merda ao forno.

Com os dentes cerrados, Christmas plantou o antebraço na garganta de Joey e o empurrou com violência contra o muro. Sufocando-o. Mas de novo se viu refletido nas pupilas escuras de Joey. "Você é o menino que o Pep queria manter longe da rua, não é?" A frase da viúva zunia em sua cabeça. E vendo-se refletido em Joey, finalmente se reconheceu. Era como ele. Era como os Ocean Hill Hooligans. Era como Frank Dasher Abbandando. Era um delinquente. E se tornaria um assassino. Porque quando a própria vida não vale nada, quando não se tem respeito por si mesmo, os outros acabam não valendo porra nenhuma. Como Pep. Um idiota ao forno.

Soltou Joey, que tossiu, cuspiu, respirou ruidosamente.

– Qual é a tua, porra? – disse, chutando o porta-moedas vazio. – Qual é a tua, caralho?

34

Manhattan, 1926

O CADILLAC V-63 PRETO PAROU na calçada, com as rodas fazendo estalar o asfalto esburacado da Cherry Street. Christmas virou-se para a porta que se abria com o carro ainda em movimento. Viu um homem de uns 30 anos – loiro, de olhos claros, orelhas de abano e um nariz aquilino esmagado por socos – saltar do carro, agarrá-lo pelo colarinho e acertá-lo na testa com a coronha de uma pistola. Depois sentiu que o empurravam e se viu dentro do carro. Enquanto o sangue começava a pingar em seus olhos, caiu de cara contra as pernas de um homem moreno, com cara de cachorro *cocker*, sorriso aberto e o nariz um pouco grande, bem vestido, com um chapéu cinza na cabeça. O homem pegou-o pelos ombros e puxou-o para cima, enquanto o loiro entrava no carro e o motorista acelerava, partindo a toda velocidade.

"Eu devia ficar com medo", pensou Christmas, enquanto batia a testa no ombro do homem com cara de *cocker*, sujando-lhe o terno. O homem o empurrou e o sorriso se apagou dos lábios grossos. Levantou o cotovelo para verificar a mancha de sangue no terno. Em seguida, Christmas sentiu o impacto da cotovelada no rosto, cortando seu lábio inferior contra os dentes. E ouviu o homem com cara de *cocker* dizendo:

– Imbecil.

Christmas deixou a cabeça cair para trás, contra o couro do assento que cheirava a charuto barato e pólvora. Procurou dentro de si um lampejo de emoção, mas reemergiu de mãos vazias. Fechou os olhos, escutou. Nada. "Eu devia ficar com medo", repetiu mentalmente, virando-se para o homem, que olhava para a frente com ar sanguinário. "Que se foda."

Desde a morte de Pep – que desencadeara uma série de perguntas que nunca quisera responder –, Christmas tinha se dado conta de que, se precisasse contar como tinha passado aqueles dois anos desde o momento em que Ruth desaparecera rumo à Califórnia, não saberia o que dizer. Tinha simplesmente se deixado levar, como naquele momento se deixava levar no assento daquele automóvel. Tinha passado de momentos de juvenil despreocupação a momentos de igualmente juvenil desespero, sem que nem estes nem aqueles deixassem cicatrizes. Mas entre uns e outros, se tivesse que descrever uma imagem constante, como um fio condutor, como um elemento aglutinador, falaria somente daquela noite, dois anos antes, na Grand Central Station. E falaria dos olhos de Ruth, presos nos dele. Contaria daquele trem comprido ficando cada vez menor, até desaparecer, engolido pelos arranha-céus que deixava para trás, levando Ruth embora, infligindo-lhe a única, profunda ferida da sua vida, que continuava a sangrar sem jamais cicatrizar. Recordaria os empurrões das pessoas que se amontoavam na plataforma da estação, quase como se não o vissem, quase como se ele não estivesse ali, e conseguiria repetir uma a uma suas mil palavras inúteis, que ecoavam em seus ouvidos mesmo agora, mesmo à distância de dois anos, como o murmúrio lúgubre das ondas contra as rochas, como o grito das gaivotas na praia. Uma cacofonia sem sentido nem força que não conseguia se sobrepor à sua própria voz, que sussurrava:

– Ruth...

E enquanto o Cadillac corria em direção a um destino ignorado, as palavras "imbecil" e "Ruth" se sobrepuseram em sua mente confusa pelas pancadas, transformando-se num pensamento único. "Você ainda é o imbecil que ama a Ruth", disse para si mesmo. Então fechou os olhos e teve vontade de sorrir. E ao mesmo tempo teve vontade de chorar pela teimosa constância do seu amor, que o tinha acorrentado àquela noite na Grand Central Station. Que o impedia de viver a própria vida, sugando-o – como um redemoinho sem esperança – para aquele instante no qual não tinha conseguido dar um passo na direção de Ruth, tocar as mãos dela através do vidro frio da janela, gritar para ela toda a sua dor.

O Cadillac corria pelas ruas empoeiradas do gueto. Christmas sentia a cabeça latejando, o lábio ficando inchado. O homem com cara de *cocker* passava um lenço no ombro do paletó, tentando limpar a mancha de sangue.

– Pra onde estão me levando? – perguntou Christmas, com uma entonação vazia.

O homem loiro levou o dedo aos lábios, fazendo sinal para que se calasse.

— O que vocês querem? – perguntou ainda Christmas, sem um real desejo de saber.

O loiro deu-lhe um soco no estômago, violento e repentino. Christmas dobrou-se ao meio, sem fôlego. O motorista riu, desviou de um pedestre e o V-63 derrapou. Christmas caiu em cima da perna do homem loiro.

— Mas você é um imbecil mesmo! – esbravejou este, batendo nas costas de Christmas.

"Que se foda", pensou Christmas pela terceira vez, gemendo de dor.

Nas primeiras semanas após a partida de Ruth, tinha conseguido arrombar, durante a noite, com a ajuda de Joey, a pequena guarita da portaria do prédio na Park Avenue. Encontrou uma carta para os Isaacson pronta para ser levada pelo correio da manhã, endereçada a um hotel de Los Angeles, o Beverly Hills Hotel, na Sunset Boulevard, 9641. Escreveu uma carta para Ruth, sem obter resposta. Então escreveu outra e outra ainda. E não se conformou com o silêncio dela até que um dia a última carta voltou com um comunicado: "O destinatário mudou de endereço", e nada mais. Mas Christmas não se deu por vencido. Foi até a AT&T[6] e ligou para o Beverly Hills Hotel. Perguntaram seu nome e, depois de uma espera interminável – que lhe custou dois dólares e noventa – responderam de forma evasiva que os senhores Isaacson não tinham deixado um endereço de contato. Mas Christmas compreendeu que tinha sido inserido numa lista de indesejáveis. Então pediu a ajuda da mãe, levando-a até a AT&T, instruindo-a a se apresentar ao recepcionista do Beverly Hills Hotel como a Senhora Berkowitz do Park Lane, uma vizinha com quem a Senhora Isaacson tinha deixado um *vison* por engano. Como por encanto, surgiu o endereço de uma mansão em Holmby Hills. Porém Ruth continuou a não responder.

— Para na frente da entrada – disse o homem com cara de *cocker* ao motorista.

— Não no fundo? – perguntou este.

— Não ouviu o que o Lepke mandou fazer, porra? – estourou o rapaz loiro, que mastigava as palavras numa velocidade incrível, e deu um tapa na nuca do motorista. – Dirige mal pra caralho e ainda fica enchendo o saco. Se te mandam fazer uma coisa, faz e pronto.

---

[6] AT&T (abreviação em inglês para American Telephone and Telegraph Corporation): companhia americana de telecomunicações fundada em 1883. [N.E.]

O motorista encolheu os ombros e lançou uma olhada rápida para Christmas pelo espelho retrovisor. Não tinha nem 20 anos, pensou Christmas. A sua idade. Quantos carros transportando um "rato" já tinha dirigido? Quantos mortos já tinha visto? Quantos tiros tinha ouvido? Quantos rostos azulados pelo estrangulamento com um fio de arame já tinha espiado daquele espelho retrovisor? Muitos, pensou Christmas. E agora não poderia mais voltar atrás. Não tinha nem 20 anos. A sua idade.

– O que querem de mim? – perguntou outra vez. E em sua voz ouviu crescer uma inquietação nova, ditada pelos pensamentos sobre aquele motorista que se parecia com ele.

– Gurrah, esse carro está cheio de pés no saco – disse o homem com cara de *cocker*, num tom calmo, jogando pela janela o lenço sujo de sangue.

O loiro acertou Christmas com um soco na boca, fulminante, mecânico. Depois bateu no ombro do motorista.

– Encosta – ordenou.

O V-63 parou bruscamente no meio da rua. O loiro com nariz de boxeador tirou Christmas do carro e empurrou-o para a calçada, fazendo-o passar entre um Pontiac marrom e um LaSalle sedã novinho em folha. Christmas tentou fugir. Mas o loiro estava atento e não se deixou abalar. Deu-lhe um chute nas pernas que o fez voar de cara no chão. Depois o levantou, segurando-o sempre pela lapela do paletó. Christmas viu que tinham chegado em frente ao Lincoln Republican Club, na esquina entre a Allen e a Forsyth. Então, na mesma hora, soube quem era o homem com cara de *cocker*. E o loiro que falava muito rápido. E quem estava para encontrar.

Pensou que também não poderia voltar atrás uma vez que entrasse ali. Como o motorista sem nome. Como Pep. Como Ruth.

E teve medo.

– Não fiz nada pra vocês – disse.

– Vamos, se mexe, imbecil – disse o loiro, empurrando-o para a entrada do Lincoln Republican Club.

– Lepke Buchalter e Gurrah Shapiro – murmurou Christmas, agora sentindo o terror lhe apertar o estômago.

– Cala a boca – disse o loiro, jogando-o com violência contra a porta do clube.

Quando entraram, Christmas viu Greenie – o gângster que o velho Saul Isaacson tinha mandado proteger Ruth depois da carta de ameaça de Bill – sentado numa cadeira, com um cigarro na boca. Olhou para ele, com o sangue lhe escorrendo do lábio e da testa. Greenie usava um terno de 200 dólares, extravagante como um papagaio.

– Greenie... – murmurou o garoto.

Greenie devolveu o olhar, sem emoção, mas entortou levemente a boca, soltou uma baforada de fumaça e balançou a cabeça.

– Anda, imbecil – empurrou-o novamente o loiro, fazendo-o entrar numa sala onde um homem, de costas, jogava bilhar sozinho.

"Olha aonde você chegou", pensou Christmas. Seus olhos se encheram de lágrimas. E num instante – enquanto o obrigavam a se sentar numa cadeira – reviu o caminho. Aquele mundo que Joey lhe tinha revelado e para o qual se tinha deixado arrastar sem se opor, sem pensar nas consequências. Pensou na própria vida, naqueles últimos dois anos inúteis. Reviu o caminho e percebeu que estava num beco sem saída.

O homem de costas acertou a 8 na caçapa do meio, com uma tacada seca. A bola branca, atingida na parte de baixo, parou assim que bateu na 8 e depois, obedecendo ao efeito, voltou lentamente, indo se posicionar a um palmo da 5, perto de um dos buracos do canto.

– Bela tacada, chefe! – exclamou um sujeito de sobrancelhas grossas e cara de buldogue, baixinho e atarracado, na metade do caminho entre um macaco e um idiota, com uma pistola enorme saindo do coldre abaixo da axila.

O homem não se dignou a olhar para ele nem a responder e virou-se para Christmas, em silêncio, com o taco na mão.

Desde o primeiro dia em que o Rolls-Royce do velho Saul Isaacson tinha parado na Monroe Street, na frente do edifício de propriedade de Sal Tropea, todo o Lower East Side tinha acreditado na história inventada por Christmas. Todos haviam murmurado – por uns quatro anos – o nome daquele homem, convencidos de que Christmas tivesse negócios com ele. O homem que era conhecido como Mr. Big, ou The Fixer, ou o Cérebro. O homem que tinha sempre no bolso um grande bolo de dinheiro. O homem que tinha comprado a World Series de beisebol em 1919. O chefão que Christmas não tinha jamais conhecido de verdade. O Homem da Uptown. Christmas reconheceu-o na mesma hora. Tinha ouvido falar do prendedor de gravata de diamantes e do relógio de ouro. Dos dedos longos e pontudos e dos pulsos finos.

O homem se aproximou dele, encarando-o. Era magro, de uma beleza tenebrosa, testa alta, nariz aquilino, lábios finos, olhos de corte alongado, voltado para baixo, e uma pinta do lado esquerdo do rosto. Tinha uma elegância natural, não parecia um gângster como os outros. O terno de lá era feito sob medida, escuro e não extravagante. De classe. Parecia um homem de negócios. E Christmas sabia que ele era. Mas o que mais o impressionava era o modo como o estava encarando, em silêncio. Com graça e violência ao mesmo tempo, como se em seus olhos se misturassem blefe e atrevimento, elegância e brutalidade.

O homem voltou para a mesa de bilhar, sem dizer uma só palavra. E quando encaçapou a 5 no canto e passou a estudar a disposição das outras bolas, como se na sala houvesse apenas ele e ninguém mais, Christmas sentiu que não conseguiria mais controlar o medo.

– Mr. Rothstein... – disse com uma voz fina.

Arnold Rothstein não se voltou. Bateu na bola branca com um efeito lateral; ela ricocheteou na borda da mesa e voltou, tocando a 13, que foi sugada pela inclinação da caçapa. Rothstein apontou o taco para a 3, no canto oposto. Entre a branca e a 3 havia a 9.

"Que se foda", pensou então Christmas. E o medo que lhe apertava a garganta se dissolveu imediatamente. E imediatamente soube que não estava indo a lugar nenhum, que havia dois anos que estava jogando a própria vida fora. E que, como aquelas bolas de bilhar, estava destinado a, mais cedo ou mais tarde, desaparecer num buraco escuro.

– Que se foda – disse então, com uma voz plena que o fez se endireitar na cadeira.

Rothstein deu a tacada. A madeira do taco produziu uma vibração dissonante, a bola branca tomou uma trajetória incerta, chocou-se contra a 9 e parou rodando sobre si mesma no meio da mesa. A sala caiu num silêncio anormal.

– Como disse, rapaz? – perguntou Rothstein, jogando o taco sobre a mesa.

Christmas não tinha mais medo. Estava no fundo do seu beco sem saída? Talvez. Mas aqueles dois anos não tinham sido um único, longo beco sem saída? Olhou para Rothstein sem falar nada.

– Explicou alguma coisa pra ele? – Rothstein perguntou a Lepke.

Louis Lepke Buchalter fez que não com a cabeça.

– Não... – disse Rothstein. – E você imagina por que está aqui, rapaz? – perguntou então a Christmas.

Christmas balançou a cabeça. O lábio e a testa doíam. E também as costas e o estômago. E a perna, onde Gurrah tinha acertado o chute.

– Não... – repetiu Rothstein, calmo, continuando a encará-lo. – Greenie chegou? – perguntou a Lepke.

Lepke assentiu.

– Greenie me conhece – disse Christmas.

– Eu sei – disse Rothstein. – Greenie é o seu advogado. Senão você já estaria morto.

Christmas engoliu o sangue que enchia sua boca.

– Então, rapaz, ainda estou esperando – disse Rothstein. – O que você disse antes?

Christmas passou a manga do paletó nos olhos. Olhou para o tecido escurecido pelo sangue.

– Que se foda – disse.

Rothstein começou a rir. Mas não havia alegria na sua risada.

– Fora – disse em seguida, com uma voz fria e cortante.

Lepke, Gurrah e o capanga com cara de macaco saíram. Rothstein pegou uma cadeira e colocou-a diante de Christmas. Inspirou e expirou profundamente. Limpou a ponta do dedo sujo do azul do giz.

– Que se foda... – repetiu em voz baixa. – Que se foda o quê?

– Quer me deixar com medo? – disse Christmas, endireitando-se na cadeira, numa atitude de desafio.

– E você quer me fazer acreditar que não está com medo? – sorriu Rothstein.

– Não tenho medo do senhor – respondeu Christmas. Não tinha tanta certeza. E no entanto alguma coisa dentro dele o impelia a jogar aquele jogo. A arriscar. Porque tinha se dado conta de não ter nada a perder.

Rothstein o estudava.

– O Lower East Side e o Brooklyn estão infestados de bandos de delinquentezinhos como você em cada esquina. Eu não me importo, seria como começar a contar baratas e ratos. E Nova York está cheia deles.

Christmas olhou para ele em silêncio.

– A primeira vez que ouvi falar de você e dos Diamond Dogs foi uns anos atrás – continuou Rothstein –, porque você andava por aí dizendo que tinha negócios comigo. E não tem nada que me diga respeito que eu não saiba.

Christmas olhava-o nos olhos. Não abaixou o olhar. E no entanto sabia que devia ter medo de Rothstein. "Que porra você está fazendo?" – perguntava-se. "O que está tentando provar?" Sentia uma espécie de saudade do medo sentido pouco antes, e subitamente evaporado. Porque o menino que tinha sido um dia teria sentido um medo do cão de estar ali, pingando sangue, diante do chefão mais poderoso de Nova York. Porque lembrava as palavras de Pep no dia em que o tinha expulsado de seu açougue dizendo que alguma coisa tinha se turvado em seu olhar: "Ainda está em tempo de você ser um homem e não um *guappo*". Porque se lembrava de ter visto a si mesmo refletido nos olhos de Joey e de todos os delinquentes do Lower East Side e de ter-se visto igual a eles. Apagado como eles.

– É por isso que mandou me baterem? – perguntou. E de novo, em seu tom atrevido, sentiu que era como todos os garotos de rua sem futuro. Cheio só de raiva. Sem sonhos.

Rothstein sorriu, descobrindo os dentes brancos como se estivesse mostrando lâminas.

– Não banque o durão comigo, rapaz – disse com uma voz calma. – Você não tem pinta de durão. É uma manteiga.

– O que quer de mim? – e Christmas se ergueu ainda mais na cadeira, com as costas eretas.

– O Lepke é durão – prosseguiu Rothstein, levantando-se. – O Gurrah é durão – e deu as costas a Christmas. – Você não.

– O que quer de mim? – disse Christmas outra vez. E se levantou.

– Sente-se – disse Rothstein, calmo e autoritário, ainda de costas para ele.

Christmas sentiu que as pernas obedeciam à ordem antes do cérebro. E viu-se sentado outra vez.

Rothstein, assim que ouviu a cadeira ranger, virou-se, sorrindo. Pegou um lenço com as próprias iniciais bordadas num canto e estendeu para Christmas.

– Limpe-se.

Christmas passou o lenço na testa, depois pressionou-o contra o lábio.

– Então, terminamos de jogar? – sorriu Rothstein, dando-lhe um tapinha no ombro.

E com aquele toque Christmas teve a sensação de se esvaziar. Como se entregasse as armas.

– O que eu fiz para o senhor? – perguntou em voz baixa, sem agressividade.

– Desde que se meteu com aquele merdinha do Joey Sticky Fein você está me dando um pouco no saco – disse Rothstein, voltando a se sentar de frente para ele, inclinando-se na sua direção, com uma mão em seu joelho, como se estivesse falando com um amigo. – Seu sócio é uma maçã podre. Um traidor nato. Está escrito na cara dele. Mas isso é problema seu. O fato é que vocês tiram alguns trocados do aluguel dos meus caça-níqueis, recolhem algumas das minhas taxas de proteção dos pequenos comerciantes e já estão até começando a traficar mercadoria minha...

– Eu não trafico! – protestou Christmas, com veemência.

– O que o seu pessoal faz é como se você mesmo fizesse, essa é a regra – disse Rothstein, calmamente, como um homem de negócios normal.

Christmas olhava para ele sem mover um músculo.

– Mas agora você está me criando problemas que eu não quero ter – e subitamente a voz de Rothstein se tornou cortante. – Está falando por aí que foi o Dasher quem deu cabo de um certo açougueiro...

– Foi ele!

– Não foi ele. Perguntei ao Happy Maione, que veio reclamar comigo.

– Foi ele!

– Eu quero que se foda o seu açougueiro! – berrou Rothstein. Seus olhos se apertaram e as narinas se dilataram. Pôs um dedo no peito de Christmas e bateu-o compassadamente no esterno, enquanto falava com uma voz sombria, enrouquecida pelo berro. – Quero que se foda. O que me importa é não ter problemas com Happy Maione e Frank Abbandando. Posso esmagá-los quando quiser... mas se for conveniente para mim. Não quero problemas porque um merdinha que todos acham que é um homem meu sai por aí falando bobagem. Happy Maione veio me pedir permissão pra dar um jeito em você. Porque ele sabe quais são as regras. Eu podia dizer a ele que sim...

Christmas abaixou o olhar.

– Você é uma figura estranha. Em princípio não tem onde cair morto, e no entanto todos juram ter sempre visto você cheio de dinheiro – continuou Rothstein, levantando-se e dando-lhe as costas. – Dizem que você solta cinquenta dólares por dia pra um fedelho cheio de espinha que trabalha de vendedor numa loja de roupas.

– Não, senhor, aconteceu uma vez só e eu peguei o dinheiro de volta logo em seguida. Era só enganação.

Rothstein sorriu. Não sabia por quê, mas gostava daquele garoto. Era um jogador, podia jurar.

– Viram você dando dez dólares de gorjeta ao motorista de um Silver Ghost que todos achavam ser meu.

– Peguei de volta esses também.

Rothstein riu, olhando-o nos olhos.

– O que você é, um ilusionista? Um trapaceiro?

– Não, senhor. Mas não é tão difícil. As pessoas veem o que querem ver.

– E então o que você é? – continuou Rothstein, achando graça. – Um golpista?

– Não, senhor – respondeu Christmas. E de repente se lembrou de quem tinha sido. Lembrou-se da própria vida antes daqueles dois anos de escuridão. Lembrou-se de Santo e de Pep e de Lilliput e da pomada para sarna. E se lembrou de Ruth. E viu em suas mãos, como se nunca tivessem morrido, mas só sido deixados de lado, os seus próprios sonhos. – Eu sou bom pra inventar histórias.

Rothstein estudou-o por um momento.

– Ou seja, dispara lorotas.

– Não, senhor, eu...

– Já me encheu o saco com esse "senhor" – interrompeu Rothstein, sem paciência. – E então?

– Sei contar histórias. É a única coisa que sei fazer bem – disse Christmas, reencontrando o próprio sorriso. E soube que, se olhasse no espelho, reencontraria também o próprio olhar, aquele que Pep tinha visto anos antes. – Histórias em que as pessoas acreditam. Porque as pessoas gostam de sonhar.

Rothstein voltou a se sentar e se inclinou na direção dele. Tinha uma expressão entre o incrédulo e o entretido. Podia jurar que aquele garoto era um jogador. E ele gostava dos jogadores. Ele próprio era antes de tudo um jogador.

– Por que você fala por aí que trabalha pra mim? – perguntou.

– Eu juro que nunca falei o seu nome uma única vez sequer – sorriu Christmas. – Só deixei que as pessoas do bairro pensassem e eu... bom, é, nunca desmenti o boato... mas foi tudo por conta delas.

Rothstein pegou um cigarro de uma cigarreira de ouro e pôs na boca, apagado.

– Nenhum dos meus homens acreditaria em você – disse.

– Claro – replicou Christmas na mesma hora, inclinando-se para o temível chefão, com um entusiasmo que acreditava ter enterrado. – Mas eles também eu poderia fazer acreditarem em algo que gostariam de acreditar, sem dizer realmente.

– Tipo?

A escuridão tinha desaparecido, pensou Christmas. Tinha só se esquecido de brincar. Não sabia como e por que tinha acontecido. Porque Ruth tinha desaparecido da sua vida? Tinha prometido reencontrá-la. Mas como poderia reencontrá-la se ele próprio estava se perdendo pelas ruas de Nova York? Precisava reencontrar a si mesmo. Depois encontraria Ruth também.

– Quer fazer uma aposta? – disse.

Os olhos de Rothstein se iluminaram. Por um instante. Tinha abandonado a vida confortável e a família rica só pelo amor às apostas. Sabia que aquele garoto era um jogador. Rothstein não se enganava jamais ao julgar uma pessoa.

– O que um morto de fome pode apostar? – perguntou.

– Cem dólares?

– E onde vai arranjar esse dinheiro?

– O senhor me empresta, aí eu aposto eles.

Rothstein riu.

– Você é louco – mas enquanto isso tirava do bolso um grande bolo de dinheiro, pegava os cem dólares e estendia para Christmas. – E eu sou mais louco que você. Porque, se eu vencer, pego de volta o meu dinheiro e, se perder, te dou o dobro – e riu de novo.

– Agora precisa me ajudar – disse então Christmas.

– Ainda vou te ajudar a ganhar? O semblante de Rothstein mostrava que estava se divertindo cada vez mais.

– Basta que não me atrapalhe. Que dê condições... pra que acreditem em mim.

Sim, aquele garoto era louco. Como todos os jogadores. E Rothstein estava gostando cada vez mais dele. A tarde estava ficando interessante.

– O que eu tenho que fazer?

– Nada. Mas eu vou chamar o senhor de Arnold, como se tivéssemos ganhado intimidade. Como se não quisesse mais me matar.

– Eu nunca te mataria – sorriu Rothstein.

– Mas os seus homens, sim, poderiam me matar, não é verdade?

– É – riu Rothstein, como se isso não fosse nada. Em seguida se levantou da cadeira, virou-se para a porta e chamou: – Lepke, Greenie, Gurrah, Monkey!

Os homens entraram. Tinham as caras sanguinárias de sempre e o andar seguro de quem não hesitava. Porém, vendo Christmas, que tinha esticado as pernas na cadeira desocupada por Rothstein, com as mãos cruzadas atrás da cabeça, relaxado e sorridente apesar dos sinais dos socos, diminuíram o passo e olharam para o chefe. Rothstein, no entanto, estava de costas para eles e tinha voltado a jogar bilhar sozinho.

– Greenie – disse Christmas –, o Arnold me disse que você era meu advogado. Te devo um favor pela intenção. Mas já resolvemos tudo como bons amigos, não é, Arnold?

Rothstein se voltou. Sorria, achando graça. Não disse nada. Limitou-se a brincar com uma bola. A 11, seu número preferido. O número de quem vencia nos dados.

– Relaxa você também, Lepke – continuou Christmas. – Dessa vez não precisa me matar.

Rothstein deu uma gargalhada.

Os três gângsteres não sabiam o que pensar. Seus olhos frios, que permaneciam impassíveis diante de rios de sangue, corriam estupefatos de Christmas para Rothstein e de Rothstein para Christmas.

– O que está acontecendo, chefe? – perguntou Monkey, o capanga com cara de bobo.

Rothstein olhou para Christmas.

– Você não conhece a regra número 1, Monkey? – disse Christmas. – Se não entender agora, vai entender depois. E se mesmo depois não entender, lembre que o chefe sempre tem uma razão – e olhou novamente para Rothstein. – Disse bem, Arnold?

– Estou escutando – respondeu o chefe, arqueando a sobrancelha. "Jogue os dados, rapaz", estava pensando.

Christmas sorriu para ele. Depois virou-se para Lepke, Greenie, Gurrah e Monkey e começou a falar de modo genérico dos irlandeses, de como os odiava, de como eram corruptos se eram policiais e como eram grosseiros como criminosos. Em seguida, como se continuasse a conversa, passou de repente a falar dos próprios cabelos loiros, que tinha herdado do filho de uma égua que tinha violentado sua mãe quando ela era só uma menina.

Os quatro gângsteres o escutavam e continuavam olhando para Rothstein, sem entender.

– E dizem que aquele desgraçado... mas também não me importa nem um pouco... que aquele desgraçado levasse sempre no bolsinho do colete um chaveiro com uma pata de coelho – e Christmas tirou as pernas da cadeira, levantou-se, foi até os quatro e sussurrou: – De coelho... morto, entendem? – Girou nos calcanhares e voltou a se sentar. – Um loiro imbecil com um coelho morto no bolso – murmurou, como se estivesse falando sozinho.

— Era um dos Dead Rabbits? – perguntou Gurrah.

— Não fui eu que falei isso – respondeu Christmas, apontando o dedo para ele. – Não fui eu que falei, Arnold – disse a Rothstein. Voltou a olhar Gurrah nos olhos. – Falei? – perguntou.

— Não – disse Gurrah.

— Falei? – perguntou a Monkey.

— Não, mas...

— Mas, mas, mas... – interrompeu-o Christmas. – Estão pondo na minha boca palavras que eu não disse. Eu não tenho nada a ver com certo tipo de gente, que fique claro. A única coisa que eu sei com certeza é que aquele desgraçado do meu pai... bom, que um raio o parta se não era o melhor amigo do patrão.

— Seu pai era o braço direito do...? – começou Greenie.

Mas ele também foi interrompido por um gesto seco de Christmas.

— Eu não sei e não quero saber o nome daqueles merdas, Greenie. Tudo que eu sei é que ele me deixou de herança esse cabelo loiro que me faz parecer uma porra de um irlandês, e que o sangue dele corre nas minhas veias, querendo eu ou não! – disse, inflamando-se, e cuspiu no chão, fazendo cara de nojo.

Seguiu-se um silêncio embaraçado. Lepke olhou para Rothstein e depois para Christmas e disse:

— Seu pai era um irlandês de merda, você tem razão. E os Dead Rabbits eram uns montes de merda como todos os irlandeses. Mas eram uns caras durões. Até hoje se comenta pelas ruas de Manhattan. Aproximou-se de Christmas e deu-lhe um tapinha nas costas.

— Tinham me dito que você era um merdinha, rapaz – disse Gurrah, dando uma olhada para Greenie. – Mas assim que entrou aqui percebi que você tinha culhão.

— Vai se foder, Gurrah – riu Greenie.

— Pensei mesmo – protestou Gurrah.

— Ah, sim, como não – Greenie continuou a zombar. Em seguida olhou para Christmas. – Fico contente, rapaz.

— Sinto muito ter te espancado – disse então Gurrah. – Nada pessoal.

— Sem problemas – disse Christmas. Depois olhou para Rothstein, brincando com os cem dólares. – Vamos terminar nosso papo em particular, Arnold?

Rothstein fez um aceno com a cabeça para os quatro, que saíram imediatamente da sala.

— Não falei uma única mentira, senhor – disse Christmas, assim que ficaram sozinhos. – Exceto aquela dos irlandeses, que na verdade não tenho nada contra. De resto, só falei verdades. Minha mãe tinha 13 anos quando foi violentada por um homem loiro, amigo do dono da fazenda onde minha mãe morava, na Itália. Não era irlandês, só era loiro, e foi o que eu disse. E o desgraçado tinha uma pata de coelho pendurada no colete enquanto estuprava minha mãe. Na Itália, pata de coelho traz sorte. E é óbvio que o coelho precisa necessariamente estar morto. Mas eles acham que eu sou filho de um dos Dead Rabbits. Mesmo as datas não batendo, porque precisaria ter acontecido quase cem anos atrás. Mas eles gostam de achar isso, porque são gângsteres...

Rothstein riu e sentou de frente para ele.

— Ganhei a aposta, senhor? – perguntou Christmas.

— Me devolva meus cem dólares – disse Rothstein.

Christmas ficou tenso, depois entregou o dinheiro.

Rothstein pegou-o e depois voltou a lhe entregar.

— Você tem talento para lorotas. E ganhou a aposta. Aqui estão os seus cem dólares – e riu.

— Não tinha dito que, se o senhor perdesse, perderia em dobro? – disse Christmas com os cem dólares na mão.

— Não exagere, rapaz. Foi uma boa mão. Dê-se por satisfeito. Eu não gosto de perder.

Christmas sorriu e depois fez uma careta. O lábio tinha voltado a sangrar.

Rothstein riu outra vez, como se aquela dor fosse uma pequena compensação.

— E o que dá pra fazer com o dom de inventar histórias? – perguntou.

Christmas olhou para ele, com a boca entreaberta. Como que paralisado por uma imagem. Um pacote. Um pacote que era aberto por Fred e do qual saía um rádio, de baquelita. Preto. E voltaram-lhe à mente as vozes e os sons. "Precisa esperar as válvulas esquentarem", e depois um chiado. E então a música. E depois a bengala preta do velho Saul Isaacson batucando no chão. "Se na vida você souber o que poderia ser, vai fazer a escolha certa." E depois ela, Ruth, com a mão enfaixada e a mancha de sangue nas ataduras, na altura do anular. E os cabelos pretos. Como a baquelita. E a voz. "Eu gosto dos programas onde eles falam."

— Ei, rapaz, ficou enfeitiçado? – disse Rothstein. – De que servem as suas histórias?

– Queria contar elas no rádio – disse então Christmas.

Rothstein fez uma careta e inclinou a cabeça de lado, como se não entendesse.

– Por quê?

– Pra que talvez uma certa garota escutasse a minha voz – disse Christmas. – Mesmo estando muito longe.

Rothstein levou a mão ao topo do nariz, entre os olhos, massageou-o e depois separou o polegar e o indicador, alisando as sobrancelhas. Continuava gostando daquele garoto.

– O rádio chega longe – disse apenas.

– Sim, senhor.

– Arnold – emendou Rothstein. – Entre jogadores se chama pelo nome, Christmas.

– Obrigado... Arnold.

Rothstein se levantou da cadeira e voltou à mesa de bilhar.

– E chega dessa história com Dasher e Happy Maione.

Christmas olhou para ele em silêncio.

– Pode ir – disse Rothstein. – E fala praquele imbecil do Sticky pra ficar esperto. Não tenho simpatia por ele como por você. E você, fica longe das ruas. Vai por mim. Não é pra você.

Christmas lançou uma longa, intensa olhada para o gângster mais temido de Nova York, depois se virou e se encaminhou para a saída.

– Espera – deteve-o Rothstein. – Essa história do rádio é outra das suas lorotas?

– Não.

Rothstein abriu a boca para falar, depois balançou a cabeça, bufando.

– Me deixa pensar – resmungou. Levantou uma mão no ar e de repente, com um gesto brusco, abaixou-a. Como se espantasse uma mosca. – Some daqui, Christmas.

35

Manhattan, 1926

A HISTÓRIA SE ESPALHOU RAPIDAMENTE.

– Raptaram Christmas Luminita – tinham dito as testemunhas da Cherry Street. E quando se dizia que alguém tinha sido "raptado", não eram muitos no bairro os que esperariam seu retorno. Ainda mais se os raptores fossem Lepke Buchalter e Gurrah Shapiro, dois chefes, porque se eles tinham se dado ao trabalho pessoalmente, queria dizer que era um serviço para o Homem da Uptown. Por isso as possibilidades de o raptado voltar diminuíam ainda mais. A história correu ligeira. E num instante Christmas já era dado como morto.

Uma vizinha daquelas que gostam de trazer más notícias – e que talvez se vistam sempre de preto justamente para nunca serem pegas despreparadas – já estava com um pé nos degraus do número 320 da Monroe Street, indo ao apartamento da Senhora Luminita colher em primeira mão a dor da mãe do defunto, quando o mesmo Cadillac V-63 preto que tinha levado Christmas parou a um passo dela. E o coração da vizinha disparou quando a porta se abriu e dela saiu cambaleando, com o rosto inchado e ensanguentado, o raptado em pessoa. Talvez o visse morrer ali, pensou. Diante dos seus olhos. E num instante imaginou com quanta vividez descreveria à Senhora Luminita os últimos instantes da vida de seu filho, como poderia temperar o relato com todas as especiarias venenosas que anos e anos de maledicência lhe tinham refinado na boca. E por um instante pareceu sentir-se jovem, como se uma nova linfa fluísse em suas pernas gordas e cheias de varizes. E pensou que tinha valido a pena viver uma vida miserável como a dela, se o destino lhe tinha reservado, quase ao final do caminho, um golpe de cena daquela magnitude. E, embora não sorrisse nunca – e talvez nunca tivesse sorrido –, a boca de serpente, sem lábios, se repuxou numa careta que fez seus olhos brilharem.

– Ei, Rabbit, se cuida. A gente se vê por aí – disse, porém, um homem com cara de *cocker*, em tom amistoso, sem a mínima sombra de drama, esticando-se para fora da janela do carro.

– É o Lepke... – comentou atônito um dos delinquentes que estavam na rua. E os que estavam com ele abriram a boca, embasbacados.

A vizinha ouviu e abriu ela também a boca, enrijecendo-se. Depois viu outro sujeito, loiro, de olhos claros, alucinados, e um nariz esmagado por socos, saindo do carro, batendo a mão no ombro do raptado – que não dava nenhum sinal de estar a ponto de tombar na calçada – e dizendo:

– Até mais, meu amigo – e depois rindo alegremente enquanto o raptado lhe respondia:

– Vai se foder, Gurrah – e de dentro do carro Lepke se juntava às risadas.

A vizinha sentiu as pernas lhe faltarem, e toda a juventude que a empolgação tinha evocado desapareceu num instante. Sentiu um gosto amargo na boca, de bile e de ódio por aquele garoto que roubava o seu golpe de cena. E talvez tenha sido o rancor cultivado em sua vida miserável que a sufocou, ou talvez o excesso de emoções, talvez a raiva, ou talvez seu coração simplesmente fosse velho e decrépito como ela, mas o fato é que desabou nos degraus do número 320 da Monroe Street. E antes de morrer teve só dois pensamentos. Um, de terrível inveja de uma vizinha vestida de preto que se aproximava naquele momento e que poderia comunicar aos seus familiares a terrível notícia. O outro, de profunda antipatia por aquele raptado sortudo que passava por ela sem sequer perceber que ela estava morrendo.

– Cuidado pra não pisar na velha, Rabbit! – gritou Lepke, enquanto o Cadillac partia a toda velocidade e o ronco dos oito cilindros em V cobria a risada dele e de Gurrah Shapiro.

Christmas sorriu sem entender. Seu lábio doía. E também a testa. E sabia que estava com um aspecto feio demais para aparecer em casa naquele estado. Então atravessou o saguão e bateu de leve numa porta do térreo, onde esperava encontrar um velho amigo pronto a lhe dar uma mão.

– Caralho, chefe, quem te arrebentou desse jeito? – exclamou Santo Filesi, abrindo a porta do apartamento onde morava com a mãe e o pai.

– Se eu te contar você dá um jeito neles? – experimentou brincar Christmas.

Santo corou.

– Eu... não, queria dizer que...

— Bendito seja você, Santo — disse Christmas, desmoronando em cima dele.

Uma semana depois os ferimentos estavam cicatrizando. Cetta tinha-lhe dito que iam ficar as cicatrizes. A da testa ficaria escondida pela franja loira, mas a do lábio ia aparecer para sempre. Um médico — que parecia mais um alfaiate ambulante, daqueles que andavam pelas ruas com sua máquina de costura portátil, especializados em remendos rápidos — tinha-o costurado. Mas a casca descia quase uma polegada na direção do queixo. Cetta a tinha acariciado com um olhar triste, como se tivessem estragado um brinquedo perfeito. E depois tinha contado de Mikey, o filho dos seus avós adotivos Tonia e Vito Fraina. Era um garoto que ria sempre, tinha dito ela, que não levava a vida a sério, que se vestia com roupas extravagantes, que tinha sempre no bolso um monte de dinheiro. E enquanto falava, a voz de Cetta era suave, quente, amorosa. Sentida. Contou que tinham enfiado um picador de gelo na garganta, no coração e no fígado dele. E depois tinham-lhe dado um tiro no ouvido, que tinha feito metade do cérebro espirrar do outro lado, e, como ainda estava se mexendo, tinham-no estrangulado com um arame. Por fim, tinham-no colocado num carro roubado — continuou Cetta, sem tirar os olhos do filho e sem deixar que ele abaixasse os dele — e tinham obrigado Sal, seu único amigo, a dirigir e abandonar os dois, Mikey e o carro roubado, num lote em construção em Red Hook, no Brooklyn.

— Eu lembro da vó Tonia — disse Cetta. — Ela sempre passava o dedo na foto do filho morto dela. Tinha gastado o terno dele de tanto acariciar a foto... — e então Cetta pôs a mão aberta no peito de Christmas, e lentamente, sem falar nada, começou a mover o polegar para cima e para baixo, acariciando-o. Com o olhar desfocado.

E então lhe voltou à mente a própria mãe e o dia em que a tinha aleijado para que não fosse violentada pelo patrão. Tinham-se passado vinte anos desde aquele dia. Nunca tinha pensado nisso, era uma outra vida, um outro mundo. Mas naquele momento, enquanto passava o polegar no peito do filho, compreendeu o que sua mãe tinha sentido. E depois de vinte anos a perdoou.

— Me escuta, Christmas — disse então, com a mesma voz dura da mãe, usando as mesmas palavras que ela. — Você já está grande e pode entender bem quando falo com você, assim como pode entender bem, olhando nos meus olhos, que eu sou capaz de fazer o que vou te falar agora. Se você não mudar de vida, eu te mato com estas mãos – parou o polegar que acariciava o peito dele. Fez uma pausa. – Eu não sou como a vó Tonia. Não vou gastar a foto do meu filho – os olhos se encheram de lágrimas, mas o olhar continuou duro e determinado. Cerrou lentamente os dedos da mão que continuava mantendo encostada nele e de repente, com toda a força que tinha, deu-lhe um soco violento no peito. Depois saiu de casa.

Quando voltou, dez minutos depois, trazia um pacote nas mãos.

Christmas continuava sentado no sofá, com a cabeça nas mãos e os cabelos loiros, cor de trigo, entrelaçados nos dedos.

– Levanta – disse Cetta.

Christmas olhou para ela. Levantou-se.

– Tira essa roupa – disse ela.

Christmas franziu a sobrancelha, mas depois, encontrando o olhar duro da mãe, começou a tirar o paletó, a calça e a camisa, até ficar só com a malha de lã, ceroulas e meias. Cetta recolheu as roupas, embolou-as, foi até o fogão de lenha, abriu o compartimento onde queimava o carvão e jogou-as lá dentro.

Christmas não disse uma palavra.

Então – enquanto uma fumaça densa começava a sair da grelha do forno – Cetta voltou e jogou de qualquer jeito o pacote em cima dele.

– A partir de hoje você não se veste mais como um gângster – disse, com um tom que não estava se abrandando: pelo contrário, ficava cada vez mais determinado.

Christmas desembrulhou o pacote. Continha um terno marrom, daqueles que as pessoas normais do bairro usavam, e uma camisa branca. Como se vestia Santo.

– E penteia esse cabelo – disse Cetta, dando-lhe as costas e indo se fechar em seu quarto, batendo a porta, porque agora o medo a estava vencendo.

Christmas permaneceu imóvel, no meio da sala, seminu, com o terno marrom e a camisa branca na mão, enquanto a sala se enchia de uma fumaça densa e acre, que fazia seus olhos lacrimejarem. Como a fumaça que saía do açougue de Pep. Tossiu. Escancarou a janela. Olhou a rua lá abaixo, ouviu a voz das pessoas, viu a molecada maltrapilha rodeando um bêbado, esperando o momento oportuno para roubá-lo. Estremeceu com o ar frio que se misturava à fumaça das suas velhas roupas queimando.

E, lentamente, vestiu a camisa branca e o terno marrom.

— Ei, Diamond, quase não te reconheci vestido assim. – riu Joey. – Está parecendo um empregado. Onde pegou essa roupa, no mercado de pulgas?

— Faz duas semanas que você desapareceu – Christmas puxou-o pelo colarinho do paletó. – Onde se meteu?

Joey abriu os braços, deu um sorrisinho malandro, inclinou a cabeça de lado.

— Calma. Tinha uns negócios pra cuidar...

Christmas o empurrou contra o muro, sem soltar o colarinho.

— Que negócios?

— Calma... – Joey continuava sorrindo, mas em seus olhos, que tentavam fugir dos de Christmas, dava para ler um crescente desconforto. – Os negócios de sempre, Diamond – e enfiou a mão esquerda no bolso. – Sua parte está aqui, fica tranquilo. A gente é sócio, não é? Eu não me esqueço do meu sócio...

— Por que você desapareceu? – a voz de Christmas vibrava sombria no beco. – Tinha me dado por liquidado? Tinha se cagado todo?

— Mas do que você está falando? – Joey riu, com uma nota estridente, a mão sempre no bolso. E de novo desviou o olhar.

Christmas empurrou-o com mais força contra o muro.

— Olha pra mim! Por que você desapareceu? – gritou.

Os olhos de Joey se afundaram ainda mais nas olheiras escuras que os cercavam. Entrefecharam-se. Então a mão saiu do bolso, a lâmina do canivete saltou e Christmas sentiu sua ponta apertando-lhe a costela, na altura do fígado.

— Tira a mão de cima de mim, Diamond – disse Joey em voz baixa.

Christmas não o soltou. Olhou-o bem nos olhos e lentamente um sorriso desabrochou em seus lábios. Um sorriso cheio de desprezo.

— É, você se cagou todo – murmurou.

A lâmina cutucou sua costela com mais força.

— Me solta – repetiu Joey. – Não vamos foder com tudo.

— Fala – continuou Christmas, com o olhar cheio de desprezo. – Fala que você se cagou todo.

Os dois se encararam em silêncio. Olhos nos olhos. Os de Christmas, altivos, e os de Joey, fugidios. Então Joey, esmagado pelo desprezo que lia no olhar de Christmas, afastou lentamente o canivete.

— Você é um perdedor – disse. – É igual o Abe Palerma, é da raça do meu pai.

Christmas sorriu enquanto o soltava e lhe dava as costas, afastando-se um passo.

– Você não é nada. Não é ninguém – continuou Joey, com a voz cheia de ressentimento. – Eu que te dei de comer esses anos. Os Diamond Dogs são só uma lorota. Você é uma lorota ambulante. Só aquele idiota do Santo poderia acreditar nas suas lorotas. Você acha que isso é uma brincadeira... olha pra mim! Olha pra mim, agora! – gritou de repente.

Christmas se voltou. A franja loira, desarrumada na testa, escondia o ferimento na têmpora. A casca que descia do lábio quase até o queixo estava escura e grossa.

– Eu que te dei de comer! – gritou Joey outra vez, batendo no peito.

Christmas sorriu, balançando a cabeça.

– Dá o fora daqui – disse em voz baixa, sem emoção.

– O que você falou pro Rothstein pra salvar sua pele? – perguntou Joey. – Disse o quê? Me entregou?

– Ele já sabe de tudo, não precisei falar nada – respondeu Christmas. Depois olhou-o demoradamente, em silêncio. E o desprezo cedeu lugar à pena. – Você é um verme, Joey. Dá o fora daqui.

Joey se atirou em cima dele. Com uma fúria cega. Christmas se esquivou, agarrou-o pelo braço e o fez girar sobre si mesmo, aproveitando o próprio ímpeto dele, e jogou-o de encontro ao muro de tijolos vermelhos. Joey caiu no meio do lixo. Levantou-se e se lançou outra vez contra Christmas, com os olhos cheios de raiva. Christmas já estava esperando. Deu-lhe uma cotovelada na garganta e depois um soco no estômago. Joey se retorceu, tossindo, sem fôlego. As pernas se dobraram e ele caiu de joelhos, vomitando uma mancha amarelada no chão esburacado do beco. Christmas se jogou em cima dele, para golpeá-lo outra vez, agora que estava no chão. Com a mesma raiva com que espancaria Bill, se o encontrasse. Como espancava sempre seus rivais, pensando em Bill, sempre em Bill. Quase para matar. Porque se encontrasse Bill, o mataria. Tinha se tornado forte por isso. Por causa de Bill.

Levantou o punho, pronto para descê-lo na nuca de Joey. Então parou.

– Não quero brigar – disse.

– Quem você acha que é, caralho? – disse Joey, assim que conseguiu respirar. – Quem você acha que é? Você não é ninguém...

– Toma cuidado com o Rothstein. – Christmas apontou o dedo para ele. – Ele sabe de tudo. E está puto com você. Você tem razão, não é uma brincadeira. Fica longe da droga dele...

– Que droga...?

– Ele sabe de tudo, imbecil! – Christmas gritou-lhe na cara. – Sabe do que eu não sabia!

Joey riu e se levantou.

– Você é igualzinho ao Abe Palerma. De onde achava que vinha todo aquele dinheiro? Vai tomar no cu, Diamond. Guarda pra você o seu sermão. O que você virou, o lambe-cu do Rothstein?

– Faz o que você quiser. Mas não fala por aí que faz parte dos Diamond Dogs – deu-lhe as costas e foi em direção à saída do beco.

Um trem da BMT passou com um rangido metálico pela Canal Street. Christmas começou a caminhar entre as pessoas. E se deu conta de olhar para cada uma delas como se a qualquer momento pudesse dar de cara com Bill. Para descarregar no ódio a dor do seu amor por Ruth. Fechou os olhos. Abriu-os de novo. Não sabia para onde ir. Não sabia o que fazer. Mas o importante agora era não ficar ali.

– Diamond! Diamond! – ouviu chamar atrás dele. Virou-se.

Joey estava na calçada, a uns dez passos dele.

Christmas parou.

Joey, assim que o viu parando, diminuiu o ritmo. Como se aqueles últimos passos lhe custassem mais esforço.

– Escuta... Diamond – disse, tropeçando nas palavras, quando chegou mais perto –, por que a gente precisa estragar tudo? A gente é amigo... – e olhou para ele com olhos inseguros, fracos.

Christmas achou-o mais magro, mais pálido, mais marcado.

– Ainda somos amigos, não somos? – disse Joey, tentando sorrir, na voz o eco de uma súplica.

– Joey... – começou Christmas, balançando a cabeça.

– Não, espera, espera – interrompeu-o Joey, agitado, e de novo tentou rir, mas a tensão lhe cortava o fôlego. – Espera, porra. Eu sei o que você quer dizer. Eu sei... tá bom, me escuta, vamos deixar a droga pra lá. Vamos pôr uma pedra em cima disso. Chega de droga, pau no cu dos drogados, pau no cu do Rothstein. Está bem assim?

Christmas suspirou.

– Joey...

Joey pegou-o pelo braço. O aperto frouxo de quem se agarra para não se afogar.

– Porra, Diamond...

Christmas fitou-o em silêncio.

— Eu e você somos sócios — disse Joey, voltando a olhá-lo com seus olhos fundos e fracos. — Somos os Diamond Dogs... — enfiou a mão no bolso, com urgência, e tirou algumas notas. Contou-as e estendeu uma parte para Christmas. — Tá aqui a sua fatia. A metade exata. Temos um negócio, não temos?

Christmas olhou para o dinheiro sem se mexer.

— Vai, pega — disse Joey, com a mão balançando a meia altura. — Pega. — Perscrutou o olhar de Christmas. — Você é meu único amigo — nos olhos um medo que não conseguia mais conter. — Por favor...

— Quero mudar de vida, Joey — disse Christmas, com uma voz calma e determinada.

— Tá, eu também... — respondeu Joey, sem nem pensar. Com ênfase. Com um brilho de esperança assustada nas pupilas. — Tá bom, que se foda, a gente vai pôr a cabeça no lugar — riu, batendo a mão com o dinheiro no peito de Christmas. — Mas um pouco de cada vez, né? Vamos manter em pé uns negócios que não deem no saco de ninguém. Só pra levantar uma graninha até a gente achar um trabalho decente... Porra, Diamond... não vai me pedir pra vender cadarço que nem o Abe Palerma. Isso nem você pode me pedir. A gente tem que achar um trabalho à nossa altura. O que você acha? — e deu um tapinha nas costas de Christmas. Depois passou o braço por cima dos ombros dele e começou a caminhar. — Pra onde a gente vai? A gente precisa festejar. Vamos, pega esse dinheiro, Diamond...

— Não, Joey. Já te falei, quero mudar de vida.

Joey olhou para o dinheiro e depois o colocou no bolso.

— Ah, caralho, tudo bem. Vou deixar separado caso você mude de ideia, tá bom? Mas é seu — e riu, desconfortável, sem parar um segundo de falar. — E aí, onde a gente vai festejar? Ah, ouvi falar que abriram um *speakeasy* novo na Broome Street, acredita? Um lugar de merda, um porão embaixo de um prédio, mas... que tal? Aí a gente vê se eles têm caça-níqueis, de repente dá pra descolar algum trocado. Eles não estão achando que vão fazer negócio sem dar nada pros Diamond Dogs, né?

— Joey...

— Ei, estou brincando!

36

Los Angeles, 1926

QUANDO CHEGARA À CALIFÓRNIA — depois de uma longa viagem que durou uma semana –, Bill tinha ficado boquiaberto. E tinha pensado que era ainda mais bonita que nas descrições que Liv fazia dela o tempo todo, nos tempos de Detroit. A primeira coisa que o impressionou foi o clima. Tinha crescido em Nova York, onde no inverno fazia um frio do cão e o verão era sufocante, úmido e abafado. Já na Califórnia o clima era brando, seco, arejado. A segunda coisa foi a luz. O céu escuro e baixo de Nova York, espetado de arranha-céus, na Califórnia era substituído por uma abóboda azul, límpida, alta, estrelada à noite. Uma luz pura, fulgurante. Que desvelava um horizonte infinito, seja do lado do Pacífico, seja na direção da Serra Nevada e do fértil vale do Éden que encerrava. E o próprio oceano era de um azul intenso, convidativo, e não o mar escuro, limoso, que se misturava às águas do East River ou do Hudson. Toda cor na Califórnia, fosse o vermelho ou o verde ou o azul, era intensa, viva, radiante. Mas toda cor tinha que se curvar ao dominador incontestável daquele mundo: o amarelo. Não existia nada na Califórnia que não tivesse em si um pouco de amarelo. O amarelo do ouro que os caçadores de pepitas tinham encontrado, o amarelo do sol que esquentava cada cantinho, o amarelo claro, quase branco, das praias que davam para o oceano. Não as escuras, úmidas, viscosas docas nova-iorquinas, mas as amplas e largas faixas de areia quente, brilhante, que invadiam as dunas áridas para além das quais corria a via costeira. E a natureza toda parecia se adequar àquela explosão de sol, fazendo desabrochar papoulas amarelas que se multiplicavam rapidamente, nascendo de um dia para o outro, colonizando a terra seca e bem drenada, falando de uma vida rápida, desenfreada, sem pensamentos, sem remorsos, sem incertezas, sem reflexões sobre o futuro. Era a vida assim como devia ser. Alegre. E as pessoas, como as papoulas californianas, vestiam roupas espalhafatosas, corriam nas praias, riam, faziam amor como se não se preocupassem com o amanhã.

Era isso que Bill tinha visto, três anos antes, chegando à Califórnia. E tinha pensado: "Estou em casa". E tinha imaginado que naquele reino encantado poderia ser feliz.

Passando por São Francisco, chegou a Los Angeles. Jamais tinha imaginado um conglomerado urbano tão extenso. Dormiu no primeiro hotel que encontrou na estrada e pediu para o proprietário lhe indicar um arranha-céu onde pudesse alugar um apartamento. Queria olhar o oceano do alto, queria ficar o mais próximo possível do sol. O proprietário do hotel lhe disse que a prima dele alugava apartamentos na Cahuenga Boulevard. No térreo. Num condomínio residencial muito decente, mas acessível. Bill deu risada na cara dele.

— Eu sou rico – disse, apalpando o bolso inflado com quase 4.500 dólares.

— O dinheiro em Los Angeles acaba rápido – advertiu o proprietário.

Bill riu outra vez. Sentia-se como uma papoula da Califórnia. Tinha desabrochado e queria aproveitar o sol, nada mais. Não havia um amanhã a temer. Só um hoje a festejar.

Mas depois de dois meses Bill se deu conta de que a maravilhosa vista panorâmica do seu apartamento logo o esgotaria. Recolheu suas poucas coisas e voltou ao hotel.

— Onde fica aquele condomínio da Cahuenga Boulevard? – perguntou ao proprietário.

E naquela mesma noite tomou posse do seu apartamento no condomínio hispanizado da senhora Beverly Ciccone, uma mulher de 50 anos, de formas avantajadas e cabelo oxigenado, que tinha herdado a propriedade do seu segundo e falecido marido, Tony Ciccone, de 83 anos, um siciliano que tinha plantado um laranjal no Vale, mais tarde vendido a uma fábrica de suco de frutas. E agora que era viúva, como ela mesma tinha feito questão de especificar, a senhora Ciccone tinha que ficar atenta aos caçadores de dotes, porque Los Angeles estava cheia deles – pelo que ela dizia –, e um lugar como o Palermo Apartment House enchia os olhos de muita gente.

— Como encheu os meus – tinha rido a mulher, balançando no ar as enormes mamas. Depois tinha levado Bill até sua nova casa.

O Palermo Apartment House era uma construção em U que dava para a Cahuenga Boulevard e à qual se chegava subindo três degraus de pedra avermelhada e passando por baixo de um arco que parecia aqueles das construções mexicanas que Bill tinha visto em alguns filmes de faroeste. No meio corria um caminho de placas quadradas de granilito cimentado, e dos lados a Senhora Ciccone tinha plantado rosas. Um caminhozinho de cascalho ia até a varanda de cada apartamento. Todos os vinte apartamentos – sete em cada um dos dois lados compridos, dois de canto e quatro no fundo – eram constituídos por uma salinha de estar para a qual dava a porta de entrada, um banheiro e uma cozinha compacta equipada. Na sala havia um sofá-cama de dois lugares, uma poltroninha, uma esteira no chão e uma mesa com duas cadeiras. Ao lado do sofá-cama, um movelzinho baixo que funcionava como criado-mudo e um armário de duas portas, embutido.

– Se quiser um espelho no banheiro tem que me pagar cinco dólares adiantado – disse a viúva Ciccone. – O inquilino anterior quebrou o que tinha e foi embora sem me pagar. Não tenho como repor.

– E por que eu que tenho que repor? – perguntou Bill.

– OK – disse então a avantajada viúva oxigenada. – Vamos fazer metade cada um e não falamos mais nisso. – Dois dólares e cinquenta.

Bill enfiou a mão no bolso e tirou um bolo de dinheiro. Pagou quatro semanas adiantado e metade do espelho. A viúva Ciccone não conseguia tirar os olhos do bolo de dólares. Quando voltou com o espelho, Bill notou que ela tinha passado batom nos lábios, desenhando-os em forma de coração, e tinha soltado dois botões da blusa rosa, que deixavam entrever as enormes mamas cor de leite espremidas num sutiã da mesma cor da blusa. E os chinelos gastos que estava usando antes nos pés tinham sido substituídos por um par de sapatos pontudos, de salto alto.

– O senhor é ator, Mr. Fennore? – perguntou, passando a mão nos cachos oxigenados.

– Não – respondeu ele.

– Mas trabalha no cinema, não é?

– Não.

– Estranho – comentou a viúva Ciccone.

– Por quê?

– Porque todo mundo em Los Angeles quer fazer cinema.

– Eu não.

– Que pena... tem uma bela aparência – sorriu a mulher. – Pode me chamar de Beverly, se quiser, Mr. Fennore. Ou só Bev.

– OK.

– E aí eu te chamo de Cochrann – disse ela. – Ou talvez seja mais fácil... Cock – e deu uma risadinha maliciosa, levando a mão à boca.

Bill não riu. Não achava nenhuma graça em mulher que bancava a prostituta.

– Onde tem um banco? – perguntou.

– A dois quarteirões daqui. O gerente é meu amigo... enfim, me conhece. Fala pra ele que fui eu que te mandei, Cock – e a viúva saiu do apartamento requebrando o abundante traseiro que talvez tivesse sido uma das causas da morte prematura de Tony Ciccone.

Bill fechou a porta e inspecionou com calma o apartamento. As paredes estavam sujas, e aqui e ali havia manchas retangulares mais claras, com bordas escuras, onde algum dia deviam ter sido afixadas gravuras.

No dia seguinte, fez um depósito de dois mil dólares no American Savings Bank, ficou com 77 dólares no bolso e comprou um pincel e duas latas de tinta branca. Depois voltou ao condomínio e pintou as paredes. Naquela noite o cheiro no apartamento estava insuportável, e ele dormiu com as janelas escancaradas, ouvindo os ruídos de Los Angeles estendido na cama.

Quase todos os hóspedes do Palermo Apartment House sonhavam com o cinema. A garota do apartamento número 5, de frente para o de Bill, tinha longos cachos castanhos, dos quais cuidava com grande atenção desde a morte de Olive Thomas, em 1920. Leslie Bizzard – "Mas o meu nome artístico é Leslie Bizz", confidenciou a Bill – tinha certeza de que Hollywood precisava encontrar uma atriz para substituir a musa de *The Flapper*, que tinha se suicidado em Paris com uma dose letal de veneno – "Bicloreto de mercúrio granulado", especificou ela – após ser envolvida no escândalo das drogas. Tinham-se passado seis anos desde o falecimento de Olive Thomas, mas Leslie nunca deixara de cuidar dos cachos castanhos que, segundo ela, deixavam-na incrivelmente parecida com a falecida estrela e garantiriam o seu sucesso.

– É só questão de ter paciência – disse a Bill. Enquanto isso, era vendedora numa loja de roupas. E esperava.

No número 7 vivia Alan Rush, um velho artrítico que todos os inquilinos respeitavam porque tinha sido figurante em duas superproduções de Cecil B. DeMille.

No número 8 havia um rapazinho afeminado, Sean Lefebre. Um bailarino que trabalhava no teatro e, ocasionalmente, também no cinema. Bill tinha sentido uma repulsa imediata por aquele dândi deslavado.

E quando uma noite o viu entrar no próprio apartamento abraçando outro homem e trocando efusões sexuais, compreendeu o motivo. No dia seguinte denunciou o homossexual à dona do Palermo Apartment House, dizendo-se incomodado. Mas a viúva Ciccone riu na cara dele.

– Los Angeles está cheia de bichas, tesouro – disse ela. – Se acostuma, Cock.

No número 14 vivia um homem grande e rude, Trevor Lavender, contrarregra na Fox Film Corporation, que desprezava os "artistas". Todos, sem exceção. Porque eram gente fraca, dizia.

No apartamento número 16 vivia Clarisse Horton, uma mulher de 40 anos que trabalhava como cabeleireira nos estúdios da Paramount e que criava sozinha o filho Jack – de 7 anos na época da chegada de Bill –, fruto de uma aventura ocasional com um misterioso galã do cinema cujo nome ela jamais quis revelar. Jack, segundo a mãe, se tornaria um galã dos musicais, e por essa razão praticava o canto, interpretando o tempo todo sempre a mesma patética canção que falava de um menino cuja mãe tinha fugido, durante a noite, abandonando-o. Jack abria os braços, o rosto atônito e triste voltado para o horizonte, seguindo a viagem imaginária da mãe e se perguntando – como dizia a canção – onde ela teria ido parar, e respondendo que talvez ela tivesse se juntado a todas as mães que tinham abandonado seus filhos, tivesse se arrependido, e voltariam todas elas para casa. "Em busca da felicidade", dizia a última estrofe da canção.

Mas de felicidade, conforme o tempo ia passando, Bill não encontrava nenhum sinal. Nem em si mesmo nem nos outros. Era tudo enganação.

Passava cada vez mais horas dormindo. Ruth não o atormentava mais. Os pesadelos tinham desaparecido. Seu sono ia se tornando letárgico, denso, pesado. Acordava mais cansado e sonolento do que quando tinha adormecido. Bocejava o tempo todo, muitas vezes ficava de pijama dias inteiros, não fazia a barba, não tomava banho. No começo achou que fazia isso porque era assim que tinha sempre imaginado a vida de rico. Uma vida sem deveres, sem horários, sem obrigação de acordar. Uma vida de ócio total. E nos primeiros tempos tinha experimentado, se não a felicidade, uma espécie de satisfação. Porém depois, com o passar do tempo, esse hábito se transformou em apatia. E a apatia trouxe consigo uma forma de depressão. A insatisfação – uma insatisfação subterrânea, ainda não digerida – levava-o a olhar sem interesse todo o mundo ao seu redor, e mantinha-o por mais tempo ainda no sofá-cama, sem jamais o fechar.

A conta no American Savings Bank estava secando, semana após semana. E, semana após semana, Bill adiava o problema. Mas agora já sabia que não era mais rico. Tinha que economizar em tudo. A começar pela comida. No começo, ia sempre comer num restaurantezinho mexicano na La Brea. Depois passou a um quiosque de sanduíches no final da Pico Boulevard. Estacionava seu Ford na esquina com a via expressa e se esticava na areia quente, comendo com o olhar perdido no oceano. Mas logo teve que abrir mão também dos sanduíches da Pico e usava cada vez menos sua Tin Lizzie, porque precisava economizar na gasolina. Começou a comprar comida numa lojinha para hispânicos e a cozinhar ele mesmo. A viúva Ciccone não bancava mais a prostituta, ele notou. E parou de chamá-lo de Cock.

Quanto mais Bill se apertava, mais voltava a crescer nele a velha raiva de antes. E com a raiva, lentamente, se reencontrou. E com raiva destilou um novo sentimento. A inveja. Uma inveja que o devorava, da riqueza que passava ao seu lado em cada esquina. Não viu mais os mortos de fome como ele, não notou mais os vizinhos e suas misérias cotidianas. Passava grande parte do seu tempo na Sunset Boulevard, espiando as mansões ou observando os carros luxuosos que passavam à toda, indiferentes a ele e ao resto da humanidade que não tinha importância nenhuma. Olhou de perto o Pierce-Arrow de 25 mil dólares que tinha sido do "Chico Boia", Roscoe "Fatty" Arbuckle; o McFarlan cobalto que tinha sido de Wally Reid antes de ele morrer no manicômio; o Voisin de turismo de Valentino, com a tampa do radiador em forma de cobra enrolada; o Kissel vermelho de Clara Bow; o Pierce-Arrow amarelo-canário e o Rolls Royce branco – com chofer uniformizado – de Mae Murray; o Packard violeta de Olga Petrova; o Lancia de Gloria Swanson, forrado de pele de leopardo, que deixava para trás uma nuvem de Shalimar. E então seu velho Ford passou a lhe revirar o estômago de tão feio, insignificante, ridículo. E ali, na Sunset, Bill se deu conta de que cada um daqueles ricos do caralho tinha alguma coisa que ele queria ter. E, dia após dia, a inveja o cegou até que se convenceu de que todos, sem exceção, tinham algo a mais que ele, não só os ricos.

E então prometeu outra vez a si mesmo, furiosamente, que ia fazer dinheiro. Que ficaria rico de verdade, a qualquer custo. E o jeito mais rápido – agora que sua reserva no American Savings Bank estava por um fio – era trabalhar no cinema.

E foi assim que Bill virou escravo do mesmo sonho que todos os habitantes de Los Angeles.

Quando se apresentou numa ruazinha do centro da cidade, em resposta a um anúncio lido num jornal do mundo do espetáculo, estava cheio de esperanças. O anúncio dizia que estavam procurando pessoas para novas equipes de filmagem que estavam se formando. O galpão não era na área dos estúdios, mas Bill sabia que tinha que começar por algum lugar para chegar a realizar o seu sonho de riqueza. Por isso foi até lá. Foi admitido como auxiliar de maquinista. O pagamento era baixo, mas lhe permitia comer e manter o apartamento no Palermo Apartment House, e isso bastava, para começar. Cinco dias por semana.

– OK – disse Bill.

– Até amanhã – disse o chefe da equipe.

– Também vamos fazer filme de faroeste? – perguntou Bill, sorrindo.

– Vamos gravar um amanhã – respondeu o chefe.

– Adoro filme de faroeste – disse Bill, indo embora.

O faroeste com o qual Bill colaborou durava 12 minutos e foi rodado num único dia. Uma mulher atravessava o deserto numa carruagem. Na realidade não se via o deserto nunca, a câmera enquadrava apenas o interior da carruagem, sacudida de fora por duas pessoas, uma das quais era Bill, para dar a ideia de movimento. A mulher levantava a saia, abria o corpete, mostrando dois seios brancos e fartos, e se deixava foder por um sujeito que viajava com ela. A cena durava sete minutos, incluindo a sedução. Então a carruagem era atacada pelos índios. E a mulher, tendo sobrevivido ao ataque – que não era mostrado –, era fodida pelo chefe da tribo, um ator loiro com uma peruca corvina ridícula e a pele do rosto pintada de vermelho. A cena durava cinco minutos.

Quando o diretor disse que o dia estava encerrado, a mulher que tinha trepado com dois homens na frente de todos tinha se vestido, passado batom nos lábios e saído do galpão, diante do qual um velho num Packard novinho em folha a esperava.

– Nunca tinha visto esse tipo de faroeste – caçoou Bill com um contrarregra que esfregava a braguilha olhando uma atriz que experimentava os figurinos para o filme do dia seguinte.

– Tem que ser rico pra comprar um filme pornô – respondeu o outro. – E também pra pagar uma dessas bocetinhas.

À noite, de volta em casa, Bill teve de aceitar a ideia de que o caminho para Hollywood não seria tão simples. Mas algo mais o perturbava naquele novo trabalho. Os homens da equipe de filmagem ficavam todos babando atrás das atrizes. Já ele sentia que desprezava aquelas vadias. Mas se sentia intimidado diante dos olhares delas. Porque eram vadias ricas, com roupas de pele e joias, ainda que baratas, e se achavam superiores a ele. E era certo que ninguém da equipe de filmagem jamais conseguiria ir além de uma punheta pensando naquelas putas. Porque era preciso ser rico para entrar no campo de visão delas, para ser levado em consideração como ser humano. Só ao diretor e produtor dos filmes, Arty Short, davam confiança. E Arty Short certamente tinha fodido todas elas. E as fodia quando quisesse.

Mas Bill não podia largar o emprego. Não tinha mais um centavo. Sua sobrevivência agora dependia daquele trabalho, por mais repugnante que fosse. E isso o fazia tremer de raiva, aumentando o ódio que sentia por aquelas putas daquelas atrizes.

Enquanto se corroía por dentro, ouviu a voz estridente de Bev Ciccone no pátio. Foi até a janela e afastou as cortinas. Atrás da viúva havia uma moça morena, de pele muito clara, bem vestida, com uma mala pesada de papelão que ela arrastava com dificuldade. A garota tinha um olhar debochado, seguro de si. Como todas que chegavam a Hollywood. Um olhar que se endureceria com o tempo. Com as desilusões. Ela criaria uma casca, como uma crosta, que precisaria colocar entre ela e o mundo, se quisesse sobreviver.

"Outra atriz", pensou Bill. Outra vadia.

A garota percebeu Bill espiando-a por trás das cortinas. Imediatamente se endireitou, estufou o peito e olhou para outro lado, com um ar de indiferença. Mas Bill teve a impressão de que ela tinha corado.

– Aqui está – disse a voz de Bev Ciccone, no apartamento ao lado, perfeitamente audível através das paredes finas. E contou-lhe do falecido marido Tony Ciccone, do laranjal no Vale, dos sucos de fruta e dos caçadores de dotes que a assediavam como proprietária do Palermo Apartment House. – Tesouro, se quiser um espelho no banheiro, tem que me pagar cinco dólares adiantado – disse por fim a viúva, seguindo o roteiro. – O inquilino anterior quebrou o que tinha e foi embora sem me pagar. Não tenho como repor. Você entende, não é, tesouro?

Bill, da sua sala, ouviu a garota aceitar sem discutir. Chamava-se Linda Merritt e – quem diria? – tinha certeza de que viraria uma *star*. Tinha deixado a fazenda onde crescera com os pais e estava certa de que logo conseguiria um papel em Hollywood. Bill se jogou no sofá, perdendo o interesse pela conversa entre a viúva Ciccone e sua nova vizinha, até que ouviu a porta do apartamento se fechando e as pantufas de Bev fazendo estalar o cascalho do pátio.

Então se levantou do sofá e encostou o ouvido na parede divisória. Não sabia nem por quê. Era alguma coisa que tinha capturado no olhar da recém-chegada. Como uma fraqueza. Ou talvez fossem aqueles cabelos escuros e a pele tão clara, que na penumbra do fim de tarde o tinham feito se lembrar por um instante de Ruth. Não sabia por quê, mas de repente estava curioso. Ouviu-a colocar a mala em cima da mesa. Depois a ouviu entrar no banheiro. E pouco depois o barulho da descarga. Em seguida um rangido. As molas do sofá-cama na sala. Depois mais nada, por vários minutos. Como se Linda Merritt estivesse imóvel. E então, de repente – quando Bill estava para voltar a se sentar no sofá –, um soluço. Como se vindo do nada. Um único soluço. Contido. Talvez tivesse levado a mão à boca para sufocá-lo, pensou Bill.

Percebeu um formigamento pelo corpo.

– Você não é uma vadia – sussurrou, com uma espécie de sorriso. Levou a mão à virilha e percebeu que estava excitado. Depois de três anos de solidão, tinha encontrado uma garota da qual gostava. Adormeceu satisfeito e de manhã, assim que ouviu Linda saindo à procura de trabalho, com um sorriso falso estampado nos lábios finos e levemente maquiados, gastou um dólar e setenta numa loja de ferramentas para comprar um arco de pua. Voltou para casa e fez um pequeno furo entre a parede do próprio banheiro e o de Linda.

À noite, quando a viu chegar, encostou o ouvido na parede da sala e, assim que a ouviu indo para o banheiro, correu para o buraco na parede, na ponta dos pés, e espiou-a enquanto abaixava a calcinha e se sentava no vaso sanitário. Olhou-a passando um pedaço de papel higiênico entre as pernas e levantando a calcinha. Era branca e grossa. Assim como eram brancas as meias e a cinta-liga. Roupa de baixo de pobre. Depois ela saiu do banheiro e voltou para a sala. E Bill também voltou para a sala e encostou o ouvido na parede. Ouviu ruídos que não conseguia decifrar. Barulho de papel. Ou estava lendo os anúncios no jornal ou escrevendo uma carta para os pais, decidiu. Em seguida ouviu-a mexendo na cozinha e por fim comendo. Por volta de nove e meia, ela voltou para o banheiro e ele a espiou. A garota se despiu por completo e começou a se lavar. Bill pôs a mão a virilha. Mas não havia vestígio da excitação da noite anterior.

Deu um chute na pia na qual estava apoiado. Linda virou a cabeça na direção do barulho. Tinha um olhar desorientado. Fraco. Então alguma coisa formigou entre as pernas de Bill. Mas assim que a garota continuou a se lavar o formigamento desapareceu.

Bill se jogou na cama, de péssimo humor. E não prestou atenção ao rangido do sofá-cama de Linda sendo aberto. Já era noite e não conseguia dormir quando ouviu um soluço. Depois outro, a pouca distância. Levantou-se da cama e encostou o ouvido na parede. E então, entre um soluço e outro, ouviu Linda chorando. Baixinho. A calça do seu pijama se encheu de prazer.

No dia seguinte, quando Linda saiu, fez um furo entre as duas salas com o arco de pua. Foi para o trabalho, suportou os olhares distraídos e desdenhosos da vadia da vez que se deixava foder na frente de todo mundo e voltou correndo para o apartamento. Espiou pelo furo e viu que Linda já tinha voltado para casa e estava comendo. Então também preparou algo para comer, com uma espécie de alegria no corpo, e esperou, sem espiá-la, mas com o ouvido sempre alerta, até ouvir o rangido do sofá-cama.

Assim que ouviu o primeiro soluço, encostou o olho no furo e espiou no escuro. Podia ver os contornos da garota embaixo das cobertas, em posição fetal. E os ombros se agitando levemente. Então Bill levou a mão ao pijama e lentamente começou a se tocar, ao som do choro de Linda. E quando alcançou o prazer, sussurrou baixinho o nome dela, com os lábios encostados na parede que os separava.

E só então, nutrido pela infelicidade de Linda, saboreou um pouco da felicidade que, três anos antes, tinha tido a ilusão de poder encontrar a bom preço na Califórnia.

37

Los Angeles, 1926

— QUERO FAZER ALGUMA COISA com esses seus cabelos horríveis. Agora você não é mais uma menina, é uma mulher, lembre-se disso — disse sua mãe aquela manhã. — Vou te levar ao meu cabeleireiro.

— Sim, mãe — respondeu Ruth, sentada de frente para a janela de seu quarto que dava para a piscina da mansão em Holmby Hills.

— Quero que você esteja perfeita.

— Sim, mãe — respondeu Ruth, mecanicamente, com o mesmo tom de voz, sem tirar os olhos das oito estátuas de estilo neoclássico em volta da piscina. Três em cada um dos lados compridos e uma no centro dos mais curtos e arredondados.

— E hoje à noite se esforce para sorrir — continuou a mãe. — É uma noite importante para o seu pai, você sabe.

— Sim, mãe — respondeu pela terceira vez. E ficou imóvel. Então a mãe pegou-a pelo braço.

— O que está esperando?

Ruth se levantou sem falar mais nada e saiu do quarto, seguindo-a pela ampla escadaria da mansão até a majestosa entrada em mármore italiano. Depois entrou no novo Hispano-Suiza H6C, que tinha substituído o H6B que tinham em Nova York. Chegando ao cabeleireiro, sentou-se em uma poltrona numa salinha reservada e deixou que uma moça oxigenada lhe vestisse um avental enquanto a mãe e Auguste — o cabeleireiro de nome francês — decidiam sobre o seu cabelo.

Auguste olhou-a refletida no espelho.

— Vai estar linda, hoje à noite — disse.

Ruth não respondeu. Auguste, um pouco despeitado, voltou-se outra vez para a mãe.

— Que cor para as unhas, madame?

O olhar da Senhora Isaacson foi pousar no dedo amputado de Ruth.
– Vai usar luvas – disse, gélida. Depois saiu.

Ruth ficou imóvel, não registrando nada do que acontecia ao seu redor. Se lhe diziam para levantar a cabeça, ela levantava, se lhe diziam para virar de lado, ela virava. E quando lhe perguntavam se a água estava muito fria respondia que não, e quando lhe perguntavam se estava muito quente respondia que não, do mesmo modo distraído. Estava ali, mas não estava ali. E nada lhe importava. Não sentia nada.

Porque Ruth – havia quase três anos – conseguia não sentir.

Era como se tivesse voltado àquele trem que a levava embora de Nova York. Assim que chegara a Los Angeles, tinha ficado à espera de que Christmas lhe escrevesse. Tinha concentrado toda a atenção, todos os pensamentos, todas as emoções em sua vida passada. E tinha cultivado a esperança de que Christmas, o duende do Lower East Side que ela estava prestes a beijar no banco deles no Central Park, continuasse a ser o seu presente e o seu futuro. Mas Christmas tinha desaparecido. Ruth tinha escrito para Monroe Street, 320, ao chegar ao Beverly Hills Hotel. Nenhuma resposta. Tinha-lhe escrito quando se mudaram para a mansão de Holmby Hills. Nenhuma resposta. Mas ela tinha esperado. Christmas nunca a trairia, repetia para si mesma. Cada dia com menos convicção. Até que uma manhã, ao acordar, tinha guardado o horrível coração esmaltado de vermelho no fundo de uma gaveta.

E então, fechando aquela gaveta, tinha ouvido como que um pequeno *crack* na cabeça. Um ruído imperceptível mas claro.

Mas mesmo assim continuara a esperar. Já sem esperança. E a perda da esperança tinha-lhe enchido a cabeça de pensamentos que por muito tempo a presença de Christmas tinha conseguido afastar. Quando se dera conta de estar à espera de que Bill desaparecesse de seus pesadelos, já era tarde demais para parar. E quando se dera conta de estar à espera de que a ferida deixada pela morte de vô Saul cicatrizasse, era tarde demais. Num instante, a espera tinha se transformado em angústia. E ela não tinha armas para se defender daquela angústia crescente. De repente se via ofegante, como depois de uma corrida, mesmo estando simplesmente sentada no banco do *college* caro que frequentava. Ou se descobria de olhos arregalados, como se contemplando algo terrível, mesmo que estivesse apenas olhando para a lousa onde o professor escrevia com giz os pontos principais de uma aula. Ou era como se seus tímpanos fossem perfurados por uma explosão assustadora, mesmo sendo apenas a voz de um colega convidando-a para uma festa. Porque era como se o mundo todo tivesse adquirido cores e sabores e cheiros e sons que eram simplesmente violentos demais para ela.

Tinha passado a usar óculos escuros. Mas as cores estavam em sua mente. À noite, tapava os ouvidos embaixo do travesseiro, mas os gritos estavam em seu coração. Quase não comia mais, mas os sabores que lhe envenenavam a boca estavam enterrados dentro dela. Tentava não tocar as coisas e as pessoas, mas era como se o dedo amputado por Bill continuasse fazendo-a sentir o gelo e o inferno do mundo.

E então, depois de quase um ano da sua partida, num dia em que achava que ia morrer, esmagada por todos aqueles fardos que lhe pesavam por dentro, um dia em que tinha tido certeza de não aguentar mais e tinha pensado em se jogar na frente de um Pierce-Arrow que passava estrondando, naquele dia tinha de novo ouvido um *crack* em sua cabeça.

Mais forte dessa vez. Mais claro.

E enquanto o eco daquele ruído interno se extinguia, as cores e os sons e os cheiros, tudo se extinguia junto. Tinha ficado tudo cinza. E silencioso. E imóvel. As ondas do mar tinham silenciado, e tinham silenciado as gaivotas no céu. E não ouvia mais a risada de Bill. Nem a voz do avô.

"Estão todos mortos, finalmente", pensara, com uma espécie de apatia.

Tinha sido então que descobrira, ainda que estivessem ali desde sempre, as suas "oito irmãs".

E agora, depois de quase duas horas em que Auguste, o cabeleireiro, arrumava seu cabelo, Ruth ainda não tinha se olhado no espelho. Também não se olhou enquanto a mãe – voltando com um embrulho volumoso de uma das lojas mais exclusivas de Los Angeles – cumprimentava Auguste pelo penteado, preenchendo-lhe um cheque de valor astronômico.

– Tente não estragar o penteado até hoje à noite – disse a mãe a Ruth, enquanto entravam no carro.

– OK – disse Ruth. E não falou mais nada até Holmby Hills. Desceu do carro, voltou para o quarto, sentou-se diante da janela e continuou fitando as estátuas neoclássicas à beira da piscina. Suas "oito irmãs", como as chamava. Oito irmãs desprovidas de alma e de sentimentos. Frias e mudas. Estremeceu. Mas não se levantou para pegar um agasalho. Não valia a pena.

Assim como as suas oito irmãs, ela tinha frio por dentro. E nenhuma caxemira poderia aquecê-la.

Além disso, a própria apatia a protegia. Induzia um sono pesado, turvo, escuro, sem sonhos nem pensamentos. Silencioso e denso.

Como uma total ausência. Como a morte. Um sono entrecortado por breves despertares que era fácil vencer, que traziam consigo apenas um sutil mau humor, nada além de um ligeiro aborrecimento. Um peso na cabeça, uma lentidão, um cansaço que cedia logo à sedução de um novo sono, de uma nova ausência. E então Ruth podia desaparecer outra vez. Sem que ninguém a encontrasse. Nem ela mesma. E essa letargia à qual tinha se entregado a acompanhava nas aulas, ficava ao seu lado à mesa com os pais, escondia-lhe os horrores da noite e o despudor do dia.

Sentada diante da janela, abandonou-se ao sono. Acordou, cochilou de novo e de novo abriu os olhos e outra vez os fechou. E cada vez que abria os olhos via uma nova tenda montada à beira da piscina. Para a festa. E pouco a pouco, conforme se erguiam as tendas para o bufê, as oito irmãs eram escondidas da sua vista. Mas Ruth sabia que estavam ali. E não desviava o olhar. Sem que um único pensamento ou uma única emoção lhe atravessassem a cabeça. Eram os pensamentos e as emoções que a tinham presenteado com aquele gelo que nem o sol californiano conseguia derreter. Aquele frio que tinha sentido pela primeira vez na vida quando o avô morrera. Um frio para o qual não havia remédio. E assim, não fazia nada. Nem naquele momento. Simplesmente olhava – ou imaginava – suas oito irmãs, sem se deixar distrair pela pequena multidão de garçons e garçonetes correndo para cima e para baixo, entrando e saindo da cozinha da mansão, arrumando as grandes mesas para o bufê; indiferente às notas da orquestra que afinava os instrumentos e ensaiava as peças musicais da moda; surda à voz gélida da mãe que censurava o marido por ser um desmiolado, um fracassado, a sombra do vô Saul; surda à voz fraca e histérica do pai que censurava a esposa por ser uma mulher mimada e incapaz de solidariedade; cega à luz do dia que esmaecia, conforme se aproximava o pôr do sol. Porque já havia muito tempo que Ruth havia fechado os olhos e se entregado à escuridão. E ao silêncio. E ao gelo.

– Ainda não se vestiu? – disse a mãe, entrando no quarto, quando lá fora as oito irmãs pareciam adquirir vida à luz tremulante das tochas espalhadas à beira da piscina e ao longo das alamedas da mansão.

Ruth virou-se lentamente.

A mãe apontou-lhe alguma coisa em cima da cama.

Ruth olhou, sem curiosidade. O vestido era de seda. Vermelho rubi. Decotado e sem mangas. Ao lado do vestido, luvas da mesma cor, longas, indo até o cotovelo. E sobre o tapete francês, sapatos de salto alto e duas tiras finas no dorso do pé. Vermelhos.

– Meia preta ou fumê – disse a mãe. Fechou os olhos, como imaginando o efeito, depois os abriu, balançando a cabeça. – Não, fumê, sem dúvida – decretou e, abrindo uma gaveta, escolheu inclusive as meias e as pousou sobre o vestido. Em seguida abriu outra gaveta e remexeu nas cintas-ligas. – Quando você vai resolver virar uma mulher? – bufou, insatisfeita com a busca. Saiu do quarto e voltou pouco depois com uma cinta-liga cinza pérola na mão. – Aqui está – disse. – Uma cinta-liga precisa ser leve como a carícia de um amante, se quiser usar um vestido de seda.

Ruth não tinha deixado nem por um instante de fitar o vestido sobre a cama.

– Quando estiver pronta, vá ao meu banheiro e passe um pouco de batom. O número 7 – continuou a mãe. – Vou deixar aberto para você, assim não tem como errar.

Ruth não se mexeu.

– Entendeu?

– Sim, mãe.

A mãe ficou por um instante olhando para ela. Ajeitou-lhe uma mecha de cabelo.

– Quer pôr um colar? – perguntou.

– Como a senhora quiser.

A mãe estudou-a com um ar crítico.

– Melhor não – concluiu. – Preciso te lembrar mais uma vez o quanto esta noite é importante para o seu pai?

Ruth conseguiu tirar os olhos da cama e olhar para a mãe. Queria dizer que detestava aquele vestido vermelho rubi. Mas não sabia por quê.

Crack.

– Ruth, no que você está pensando? – perguntou a mãe, aborrecida.

– Em nada, mãe. – "Em nada", pensou de novo, como dando uma ordem a si mesma. "Em nada."

– Sorria e seja gentil com todo mundo.

Ruth assentiu.

– Que garota chata você é... – resmungou a mãe, saindo do quarto. – Desça só quando todos já tiverem chegado. Às oito e meia – disse, afastando-se pelo corredor.

Ruth permaneceu imóvel por um instante, depois voltou a olhar o vestido sobre a cama. Detestava-o. E aquele sentimento deixou-a em alerta.

Fazia quase dois anos que não detestava alguma coisa. Mas o que mais a perturbava era não saber por que detestava com uma intensidade crescente, assemelhando-se cada vez mais ao ódio, aquele vestido sobre a cama. Que se espalhava sobre a cama como uma mancha vermelha.

Crack.

"Oito irmãs", pensou, tentando se distrair daquele barulho que de repente tinha começado a soar em seus ouvidos.

– E você é a nona – disse a si mesma. Nove. Nove como os seus dedos. – Em nada! – ordenou a si mesma, fechando os olhos com força. – Não estou pensando em nada! – repetiu, tentando se convencer. – Não estou sentindo nada!

Mas mesmo naquele escuro artificial continuava a surgir o vestido vermelho rubi espalhado na cama como uma mancha vermelha de sangue.

Crack. Leve. Como o ruído de uma folha seca sendo pisada. *Crack.* Mais forte. Como o ruído de um galho podado. *Crack.* Ainda mais forte. Como o ruído de um dedo amputado por uma tesoura.

Ensurdecedor.

Olhava-os se esbaldando. Tragavam sistematicamente a comida e o champanhe disponibilizado por seu pai. Pareciam gafanhotos, pensou. Gafanhotos mortos que ainda agitavam as patas, de boca cheia. Ou talvez, pensou sem tirar os olhos dos convidados barulhentos, fosse ela que estivesse morta. De olhos abertos. Repentinamente esbugalhados.

Estava linda. Ela sabia. Tinha-se olhado no espelho. Estava linda. Como Bill a tinha visto. Tinha um batom – não o delicado número 7 que a mãe lhe tinha preparado, mas o violento número 11 – espalhado generosamente nos lábios. E tinha-o passado também nas pálpebras. Vermelho escarlate. Tinha olhos escarlates esbugalhados fitando os gafanhotos.

Ruth riu. Desceu o primeiro degrau. Cambaleou.

Estremeceu em seu novo traje noturno que deixava descobertos os ombros e as costas. Um vestido de seda vermelho rubi.

– Vermelho como o sangue no meio das minhas pernas, não é, Bill? – disse baixinho, rindo. – Vermelho como o sangue que não para de escorrer do meu dedo que você arrancou, não é, Bill? – e continuou rindo, porque era tudo engraçado. Tão engraçado que precisava contar para os gafanhotos também. Ruth, a Vermelha.

Desceu outro degrau. Apoiou-se no corrimão.

– Boas as suas pílulas, mamãe... – murmurou, com as pernas instáveis. Mas ninguém a escutava ainda. Os gafanhotos estavam de boca cheia. E riam. Eles também riam. – Também é bom o seu uísque contrabandeado, mamãe... – disse, descendo outro degrau. Ia fazê-los rir ainda mais. Sim, ia fazê-los rir. Rir do sangue. – Vermelho como aquele coração vermelho, não é, Christmas? Vermelho como o beijo que eu nunca te dei, não é, Christmas? – Outro degrau. – Eu sou a sacerdotisa do sangue – riu. – Por isso minha mãe me deu esse vestido vermelho, feito de sangue... – Mais dois degraus. Mas tudo girava em volta dela. O teto se soltava das paredes. As paredes se soltavam do piso. E o piso balançava como o convés de um navio na tormenta. – É, eu estou no meio do lago de sangue... e estou me afogando. Estou me afogando e... é engraçado, não é? É engraçado alguém se afogando no sangue... porque... porque é engraçado, pronto – mais três degraus, com os joelhos se dobrando. Segurou com mais força no corrimão e tirou os sapatos. – Sapatos vermelhos – riu, deixando-se cair no chão. Ergueu os olhos e viu o pai em seu imaculado terno de linho branco. Com o rosto branco. Tenso. – Você está sem sangue, papai... – resmungou. – Eu perdi... todo o seu sangue... – riu, olhando a mão com o dedo amputado. – Não pus as luvas... me desculpe, mamãe... fiquei com medo de sujar de sangue... – riu outra vez, agitando no ar, sem conseguir colocá-lo em foco, o dedo cortado, que tinha pintado de vermelho rubi. Com o mesmo batom dos lábios e dos olhos. Voltou a olhar para o pai. Para o seu rosto fraco procurando entre os convidados. – Não vieram, né, papai? – Foi sacudida por uma ânsia de vômito. Levou a mão à boca. Arregalou os olhos. Sentiu a testa gelada. E molhada de suor. Desceu o último degrau da escada. Via-os depois da entrada de mármore. Os convidados estavam todos ao redor das mesas do bufê. Perto das oito irmãs, que não se dignavam a falar com eles. Tentou colocá-los em foco, mas não reconheceu nenhuma daquelas estrelas, porque na tela pareciam anjos, mas na vida eram só gafanhotos, com mandíbulas terríveis, que mastigavam qualquer iguaria que ficasse ao seu alcance. Sem nem mesmo saber quem estava oferecendo. Eram galãs e divas, tinham direito a tudo. Ou talvez, pensou Ruth, simplesmente pressentissem que não durariam muito. Como ela.

– Eu também não vou durar muito! – gritou, dando risada. – Boa noite a todos! – e desabou no chão. Bateu a cabeça contra o montante de ferro batido do corrimão. Riu. Viu a mãe correndo em direção a ela. – Mamãe... – murmurou, quase com afeto. Quase como se uma golfada de esperança lhe invadisse a garganta, falseando a entonação daquela palavra. – Mamãe... – repetiu. E enquanto pronunciava aquele nome, teve a impressão de que soasse diferente, como composto por outras letras. Como se tivesse dito "vovô". Ou talvez "Christmas". E então, enquanto a mãe chegava até ela seguida por dois empregados, enquanto todos os gafanhotos se voltavam na sua direção com as mandíbulas cheias de comida, o riso se transformou em pranto. Por um instante. – Mamãe, eu estou chorando sangue? – perguntou, com a voz empastada pelo álcool e pelas pílulas da mãe.

– Ruth! – murmurou esta, irritada. – Ruth...

– ... não faça escândalo – completou Ruth. E recomeçou a rir, enxugando as lágrimas. Então a raiva a sacudiu, como um tremor, como um terremoto. Ficou em pé, se debateu, deu um tapa em um dos empregados, empurrou a mãe. Olhou enfurecida para os gafanhotos que de repente tinham se calado e a encaravam. E quando a raiva a dominou, rápida e inesperada, como fogo num campo de palha, cravou as unhas no vestido, em si mesma, porque não era contra a mãe, não era contra os gafanhotos, não era contra Christmas nem Bill, nem contra o mundo inteiro que ela sentia aquela raiva terrível. Era contra si mesma. Agarrou o vestido e o rasgou. E todos viram que a garota de olhos vermelhos tinha uma atadura grossa que lhe achatava os seios. Quando começou a puxar as faixas, os dois empregados a seguraram com firmeza.

– Não é nada. Divirtam-se – dizia a mãe aos convidados, enquanto os empregados carregavam Ruth escada acima e ela gritava, dando voz a todo o seu silêncio.

Foi jogada na cama.

– Será que eu vou ter que te amarrar? – disse a mãe, com um olhar gélido e feroz.

Ruth se calou. Subitamente, assim como tinha começado a gritar. Virou a cabeça para o outro lado.

– Não, mamãe – disse baixinho.

– Você arruinou a noite do seu pai, consegue perceber?

– Sim, mamãe.

– Você está louca.

– Sim, mamãe.

– Agora preciso ir falar com os convidados. Depois vou chamar um médico.

— Sim, mamãe.

— Fora! – disse a mãe aos dois empregados. Depois os seguiu.

Ruth ouviu a porta do quarto sendo fechada a chave. Permaneceu com a cabeça virada. Imóvel.

Crack.

Um som doce, desta vez. Um som amigável. Abafado. Surdo.

— Você arruinou a festa do seu pai... – começou a murmurar, com uma voz desprovida de entonação. – Faça-me o favor, Ruth... seu pai investiu todo o dinheiro dele... o nosso dinheiro... no sistema DeForest... DeForest... você sabe, não é? Os filmes com som... seu pai não é como o seu avô... não é como o seu avô... não é como o seu avô... DeForest... o sistema DeForest... todo o dinheiro dele... DeForest Phonofilm... todo o dinheiro dele... DeForest Phonofilm... falido... DeForest está falido... os produtores... seu pai não é como o vô Saul... os produtores precisam ajudá-lo... não é como o vô Saul... ajudar... ajudar... ajudar... você arruinou a noite do seu pai... vô Saul... do seu pai... você arruinou o seu pai...

Crack.

Como um baque suave.

Ruth se calou. Tudo havia parado de girar. As paredes e o teto e o chão estavam parados. Estava tudo parado agora. Estava tudo claro. Sua mente estava límpida. Transparente.

Levantou-se da cama. Foi até a janela. Abriu-a. Subiu no parapeito. Podia ver os gafanhotos lá embaixo. Mas os gafanhotos não a viam. Só as oito irmãs se voltaram e olharam para ela, sorrindo. E abriram os braços. Para ela.

Saltou no vazio.

Crack.

Quando tocou o chão entre os convidados da festa, sobre os ladrilhos quadrados de terracota toscana, Ruth se surpreendeu. Não sentia nada. De novo não sentia nem ouvia nada. Nenhuma dor, nenhum grito. E não via as cores. E na boca tinha um sabor doce. Seu sangue tinha ficado doce.

Depois, finalmente, veio também a escuridão.

38

Manhattan, 1926

CHRISTMAS CONTOU SETE DEGRAUS largos de granito branco e poroso. Empurrou a porta giratória e entrou no saguão do edifício na Rua 55 Oeste, não muito longe do banco do Central Park onde uma época se encontrava com Ruth. Seguiu com passo inseguro para o balcão em rádica, de tampo lustroso. Duas mulheres, uma muito jovem e outra na casa dos quarenta, ambas bonitas e vestidas do mesmo jeito, estavam sentadas atrás do balcão. Atrás delas, um letreiro grande: "N.Y. Broadcast".

– Disseram para eu me apresentar aqui hoje – disse Christmas à mais jovem.

A moça sorriu, estendendo a mão para o auscultador do telefone interno.

– Tem horário com quem? – perguntou, gentilmente.

Christmas pôs a mão no bolso e tirou um pedaço de papel no qual tinha anotado um nome.

– Cyril Davies – disse.

A moça franziu a sobrancelha e fez um sinal com o dedo para que esperasse. Depois virou-se para a colega e esperou que ela terminasse um telefonema.

Christmas olhava ao redor e pensava, empolgado: "Consegui".

– Você sabe o ramal de... Cyril Davies? – perguntou a moça à colega, quando esta encerrou a ligação.

A mulher entortou os lábios para baixo, balançando a cabeça.

– Tem certeza que ele trabalha aqui? – perguntou a moça a Christmas.

As duas mulheres olhavam para ele. Observavam o terno marrom barato, a cicatriz que marcava seu lábio inferior e descia em direção ao queixo.

– Tem certeza? – perguntou a mais velha.

– Foi o que me disseram – respondeu Christmas, incomodado.

A mais velha ergueu a sobrancelha e, sem deixar de observá-lo, disse à colega mais jovem:

– Confira na lista. – Depois pegou o telefone e discou um número. – Mark – disse em voz baixa –, onde você se enfiou? – Nada além disso.

Pouco depois, enquanto a jovem percorria uma longa lista murmurando: "D... D... Dampton... Dartland... Davemport...", um homem de uniforme apareceu no saguão.

– Algum problema? – disse o segurança, esquadrinhando Christmas.

– Davidson... Dewey... – dizia a jovem enquanto isso. – Nenhum Davies – disse à mais velha.

– Sinto muito – disse esta a Christmas. – Nenhum Davies.

– Disseram para eu me apresentar aqui hoje – insistiu Christmas. – E o nome é esse.

A mais velha pegou a lista e apontou o dedo entre dois nomes.

– Depois de Davidson vem Dewey. Não tem nenhum Davies, sinto muito – disse com frieza.

– Não é possível – protestou Christmas.

– Senhor... – começou a dizer o segurança, estendendo a mão para o braço dele.

– Não, não é possível – repetiu Christmas. – Fui admitido para trabalhar aqui na rádio – disse com vigor, dando um passo para trás para escapar do segurança.

– Senhor... – repetiu o homem, com a mão ainda estendida na direção dele.

– Confere de novo. Não é possível – insistiu Christmas com a mais jovem.

– Não trabalha nenhum Cyril Davies aqui, rapaz – disse a mais velha, com uma voz fria.

– Sinto muito – murmurou a mais jovem, olhando para ele.

– Cyril? – perguntou então o segurança.

– Cyril Davies – confirmou Christmas.

O homem riu e abaixou o braço.

– É o cara do almoxarifado – disse às duas recepcionistas.

– Quem? – perguntou a mais velha.

– O negro – disse o segurança.

– Cyril? – perguntou a mais velha.

– Cyril, claro – disse o segurança.

— Cyril — repetiu a mais velha para a colega. — O negro. Lembrou qual é?

A jovem fez um vago sinal de anuência com a cabeça e em seguida perdeu o interesse por Christmas, começando a folhear uma revista.

— Você precisa ir pela entrada do pessoal de serviço — disse a mais velha para Christmas.

— Saia, vire à direita e bata numa porta verde no final do beco. Está escrito "N.Y. Broadcast", não tem como errar — disse o segurança, depois lhe deu as costas e apoiou os cotovelos no balcão, inclinando-se para a recepcionista mais velha. — Lena, eu tenho dois ingressos para...

— Não me interessa, Mark — interrompeu ela, azeda. — Fique no seu posto e não saia andando por aí. Você é pago para ficar atento a quem entra. Não me obrigue a fazer uma reclamação contra você.

O homem ficou vermelho, bufou, afastou-se do balcão e se virou para a porta de entrada. Christmas ainda estava no meio do saguão, olhando para o grande letreiro "N.Y. Broadcast".

— E então, o que está esperando? — rosnou-lhe o segurança. — Esta é a entrada pras pessoas que importam. Se manda. Você não trabalha na rádio, é só um almoxarife.

Christmas se virou e saiu.

Enquanto descia os sete degraus de granito branco, sentia a desilusão tomando conta dele, mas no último degrau se virou para a entrada e — enquanto um homem bem vestido, com uma pasta de couro lustrosa entrava nos estúdios da N.Y. Broadcast — disse baixinho:

— Um dia eu vou entrar por essa porta e a Ruth vai ouvir a minha voz. Depois deu a volta no edifício, entrou num beco escuro, entulhado de caixas vazias, e viu ao fundo uma porta de metal pintada de verde, na qual se destacavam, numa placa de latão reluzente, as letras "N.Y. Broadcast". Passou a ponta dos dedos nela.

— Agora me mostra que essa história de rádio não é mais uma das suas lorotas, rapaz — tinha dito Arnold Rothstein dois dias antes, depois de convocá-lo ao Lincoln Republican Club.

No início Christmas não tinha entendido. Lepke e Gurrah estavam lá, de braços cruzados, olhando para ele enquanto Rothstein lhe explicava que, por intermédio de "certos amigos", tinha-lhe arranjado um trabalho na estação de rádio. E Christmas não tinha conseguido sequer dizer "obrigado". Tinha só ficado de boca aberta. Depois tinha dito, meio abobado:

— Rádio?

Tinham todos caído na risada. Rothstein tinha-lhe dado um tapinha no ombro, depois pegado suas mãos e virado as palmas para cima. Estavam pretas e rachadas.

— Melhor que passar piche em telhado, não é?

— Eu lhe devo um favor, Mr. Big – tinha dito então Christmas.

E de novo todos tinham caído na gargalhada. Gurrah mais que os outros, uma risada alta e estridente, batendo a mão na coxa, e, enquanto repetia "Eu lhe devo um favor, chefe!", sua pistola tinha caído no chão. Só depois que as risadas cessaram Christmas conseguira olhar nos olhos do homem que governava Nova York. Rothstein sorrira com tanta benevolência quanto podia um homem como ele. Tinha-o pegado pela nuca e levado até a mesa de bilhar. Tinha afastado todas as bolas e tirado do bolso dois dados de marfim, branquíssimos, que colocara na mão de Christmas.

— Me mostra se você tem sorte. Onze ganha, sete perde.

Enquanto relembrava aquele lance de dados, Christmas continuava passando os dedos nas letras de latão da porta verde. N.Y. Broadcast.

— Tira esses dedões sujos do meu letreiro – disse uma voz áspera atrás dele.

Christmas se virou e viu um negro magro e torto, com uma perna mais curta que a outra, no meio do beco. O negro tirou do bolso do macacão de trabalho um molho de chaves, chegou até Christmas e o empurrou. Passou a manga da jaqueta de algodão nas letras e depois enfiou a chave na fechadura da porta. Tinha um rosto murcho e enrugado, como os velhos pescadores de ostras de South Street e Pike Slip que viviam no East River, embaixo da ponte de Manhattan. E olhos esbugalhados, saltando das órbitas, amarelados e cheios de pequenas veinhas escarlates. Mas não tinha mais que 40 anos. Girou a chave na fechadura e depois se virou para Christmas.

— O que está procurando? Vai fuçar em outro lugar.

Christmas olhou para ele e sorriu.

Pensava no voo dos dados que corriam no tecido verde, quicando desordenadamente, colidindo silenciosamente contra a borda e voltando, começando a parar, enquanto Rothstein continuava com a mão em seu pescoço. Cinco. E depois seis. Onze.

— Você é rabudo, Rabbit – tinha dito Gurrah.

Rothstein tinha apertado a mão em seu pescoço.

– Agora some da minha frente – tinha dito.

E só então, saindo pela porta, Christmas tinha conseguido dizer:

– Obrigado.

Lepke tinha assoviado para ele, como os italianos fazem com as garotas na rua.

– Toma cuidado, artista é tudo bichona – e tinha começado a gargalhar.

– Qual é a graça, rapaz? – perguntou-lhe o negro, na porta da N.Y. Broadcast.

Talvez não fosse como tinha sonhado naqueles dois dias, pensou Christmas. Talvez levasse algum tempo até poder entrar pela porta da frente dos estúdios. Mas estava ali. E essa era a única coisa que importava.

– Tirei onze – respondeu.

– Você é meio tonto?

– Você é o Cyril?

O negro franziu a sobrancelha.

– O que você quer?

– Disseram pra eu me apresentar aqui hoje – e entregou-lhe o bilhete, hesitante.

Cyril arrancou o papel da mão dele, rude.

– Sou negro, não sou analfabeto – resmungou, enquanto lia. – Ah, tinham me falado que ia chegar um novato. – Encarou-o. – Eu não preciso de ajudante. Mas se te contrataram... – e encolheu os ombros. – O que você sabe de rádio?

– Nada.

Cyril balançou a cabeça e entortou os lábios para baixo, aumentando as rugas que lhe escavavam o rosto.

– Qual o seu nome?

– Christmas Luminita.

– Christmas?

– Sim.

– Que porra de nome... É nome de negro.

Christmas olhou-o bem nos olhos.

– Nisso você que é o entendido, Cyril – disse.

Cyril apontou o dedo para o peito dele.

– Pra você é "Mr. Davies", rapaz – resmungou, mas Christmas viu que os dois bulbos saltados tinham se iluminado, achando graça. Então Cyril esticou a mão para dentro do almoxarifado, pegou um pedaço de pano e jogou em cima dele. – A partir de hoje é serviço seu polir as letras. – Entrou e fechou a porta atrás dele, com um baque surdo.

Christmas passou o pano nas letras, rapidamente, depois bateu na porta.

– Quem é? – perguntou Cyril de dentro.

– Abre, Cyril, já terminei.

– Não tem nenhum Cyril aqui.

Christmas bufou.

– OK. Poderia abrir a porta, por favor, Mr. Davies?

Cyril abriu, empurrou Christmas para trás e conferiu as letras. O latão brilhava. Assentiu e entrou, deixando a porta aberta. Christmas o seguiu.

– E fecha devagar – disse Cyril, sem se virar.

"Estou dentro", pensou Christmas.

Era uma sala enorme, cheia de prateleiras, escura, de teto baixo. No fundo havia uma bancada de trabalho, com um soldador elétrico, uma morsa, chaves de fenda, uma grande lente de aumento presa à parede com um extensor sanfonado, tesouras, caixas cheias de parafusos de todos os tamanhos, microfones desmontados, rolos de cabos, válvulas e outros dispositivos que Christmas não tinha ideia do que fossem.

– O que que eu tenho que fazer? – perguntou.

– Nada – respondeu Cyril, sentando diante da bancada. – Acha um lugar onde não me incomode e fica quieto.

Christmas andou pelo almoxarifado, xeretando nas prateleiras. Pegou uma base com válvulas fixadas na parte de cima.

– Põe de volta no lugar – disse Cyril, sem se virar.

Christmas colocou-a de volta na prateleira e continuou sua inspeção. A sala tinha um cheiro que não conhecia, mas que achou agradável. Um cheiro de metal, diria. Viu uma grande bobina de madeira, com fio de cobre desencapado enrolado em volta dela.

– Isso aqui pra que serve? – perguntou.

Cyril não respondeu. Pegou uma chave de fenda e desmontou um microfone.

Christmas se aproximou. Olhou o que ele estava fazendo.

– Está consertando?

– É isso que você entende por ficar quieto? – disse Cyril, sempre sem levantar a cabeça do trabalho.

Christmas continuou olhando as mãos esqueléticas de Cyril, que se moviam com velocidade e destreza. Depois de desmontar a cúpula de proteção do microfone, soltou a chave de fenda, enfiou o dedo num emaranhado de cabos, puxou-o cuidadosamente e por fim exclamou:

– Ah, aí está você, desgraçado!

– "Aí está" quem? – perguntou Christmas.

Cyril não respondeu. Pegou novamente a chave de fenda, desmontou um terminal dentro do microfone, desenrolou um pouco de fio de chumbo, encostou um cabo numa chapa de ferro e usou o soldador para fundir duas gotas de chumbo nas quais mergulhou a extremidade desencapada do cabo. Depois assoprou, verificou a solda, reparafusou o terminal, enfiou os cabos de volta no compartimento na mesma ordem e fixou a carapaça de metal. Por fim, poliu com um pedaço de pano sujo de graxa os cromados do microfone e inseriu-o num painel.

– Não fode, filho da puta – disse ao microfone. Um alto-falante amplificou a voz dele do outro lado do almoxarifado. Cyril deu risada, desconectou o microfone e colocou-o numa caixa de papelão branca, à sua esquerda, com os dizeres: "Sala A – IV p. – Efeitos sonoros".

Espreguiçou-se e depois, de uma caixa idêntica, à sua direita, pegou uma válvula. Colocou-a contra a luz da bancada e examinou-a em silêncio. Balançou a cabeça, enrolou-a num pano grosso, pegou um martelinho e deu uma pancada seca. Abriu o pano, recuperou alguns filamentos finos com uma pinça, colocou-os numa caixinha, depois se levantou, com o pano na mão.

– Você precisa mesmo ficar em cima de mim, rapaz? – disse, enquanto ia em direção a um cestinha metálica e despejava dentro dela os cacos de vidro. Quando voltou à bancada, Christmas tinha nas mãos uma velha fotografia que retratava uma mulher negra, de olhar fixo porém intenso, em pé, apoiada com as duas mãos numa cadeira sobre a qual se viam um casaco e um chapéu.

– É sua mãe? – perguntou o garoto.

Cyril tomou-lhe a foto da mão e colocou-a de volta na mesa. Voltou a se sentar e pegou de outra caixa um painel com controles deslizantes. Empunhou a chave de fenda e começou a desmontá-lo, em silêncio.

Christmas ficou imóvel por um instante, depois se virou e foi se sentar no chão, desacorçoado, do outro lado do almoxarifado. Pouco depois ouviu um estalo eletrostático proveniente do alto-falante acima da sua cabeça.

– Você é um ignorante como todos os brancos, rapaz – disse a voz amplificada de Cyril. – Não é minha mãe. É Harriet Tubman. Era uma escrava. O dono emprestava ela pra outros senhores de escravos. Bateram nela, amarraram ela com correntes, arrebentaram a cabeça e os ossos dela, ela viu as irmãs serem vendidas pra outros donos. E quando conseguiu escapar, foi abandonada pelo marido, um negro livre, que ficou com medo de perder o nada que ele tinha. A partir daí, Harriet ajudou dezenas e dezenas de escravos a fugir. Depois da guerra civil, existia uma recompensa de 40 mil dólares pela cabeça dela. Mais do que qualquer outro criminoso da época. Porque a Grandma Moses, como a gente chama ela, era pior do que um criminoso pra vocês, brancos. Falava de liberdade, e essa é uma palavra com a qual vocês, brancos, enchem a boca e tudo bem. Mas na boca de um negro vira um crime. Ela lutou até o fim pra abolir a escravidão. Morreu aqui no condado de Nova York em 10 de março de 1913. E todo dia 10 de março eu cuspo em alguma coisa que pertence a um branco, em homenagem a ela. Por isso não deixe nada seu por aí nesse dia. Está avisado...

Christmas ficou um instante em silêncio.

– Minha mãe é italiana – disse então. – E trataram ela como uma espécie de negra.

– Bobagem – disse Cyril. Depois se ouviu o estalo do alto-falante sendo desligado.

Por alguns minutos, não se ouviu uma palavra. Cyril permanecia debruçado sobre o trabalho. Christmas, sentado no chão.

– Vem segurar esse cabo pra mim – disse Cyril a certa altura.

Christmas se levantou e foi até a bancada.

– Aqui, segura firme assim – murmurou Cyril.

– Aqui?

Cyril pegou a mão dele e bateu-a na mesa, onde devia segurar firme o cabo. Depois começou a soldar a ponta a outro cabo.

– Obrigado – disse Christmas.

– Você fala demais.

39

Manhattan, 1926

CYRIL ESTAVA DEBRUÇADO, como sempre, sobre a bancada de trabalho. E em sua carranca enrugada podia-se ler, havia uma semana, uma expressão satisfeita. Cyril entendia tudo de rádio. O rádio era sua vida. Nunca poderia fazer carreira porque tinha a pele preta como piche, mas isso pouco importava para ele. Bastava-lhe poder consertar tudo o que quebrava e estudar novos artifícios para melhorar a transmissão de palavras e música pelo ar. Era só o que pedia. E, a seu modo, já tinha feito carreira. Quando o tinham contratado como almoxarife, sua única atribuição era separar peças e entregá-las aos técnicos que consertavam as avarias. Depois, com o tempo, ainda que o salário continuasse sendo o de almoxarife, tinha-se tornado o técnico ao qual todos os andares superiores recorriam. E isso tinha feito dele um homem feliz. O almoxarifado era o seu mundo. Seu reino. Conhecia cada prateleira e sabia sempre onde encontrar o que precisava, mesmo que para um olhar de fora o lugar pudesse parecer caótico. Quando avisaram que teria um ajudante, uns dez dias antes, tinha ficado tenso. A ideia da presença de um estranho o incomodava. Tinha imediatamente sentido aquilo como uma invasão. Mas havia uma semana que se podia ler – levemente esboçada em sua cara fechada – certa satisfação pela chegada de Christmas. Se havia uma coisa que odiava era subir aos andares superiores, os andares dos brancos, para entregar e montar as peças consertadas. Quando se encontrava nos estúdios de verdade, não era mais o rei que se sentia no almoxarifado. Voltava a ser só um negro.

– Não é hora de fazer a faxina – diziam quando o viam aparecer. Pois é, o que é que um negro podia fazer num lugar de brancos? A faxina. O que mais? Então era obrigado a explicar, com a máxima educação possível, porque os brancos também eram muito suscetíveis, que precisava montar um microfone consertado, por exemplo. E toda vez o pálido interlocutor olhava para ele surpreso. E nenhum daqueles brancos dos andares de cima jamais o reconhecia. Os negros eram todos iguais para os brancos. Como uma merda de cachorro na calçada, semelhante a todos os outros milhões de merdas de cachorro em todas as calçadas de Nova York. Agora, porém, era incumbência de Christmas entregar as peças reparadas. Era ele que subia com as caixas de papelão branco para os andares dos brancos. E Cyril não deixava nunca de ser o rei do almoxarifado. Por isso, inclusive naquele momento, enquanto recuperava um cristal de galena de um velho rádio, sorria de si para si.

– Diamond! – gritou de repente uma voz. – Ei, Diamond!

Cyril virou-se para a porta de metal do almoxarifado, que ribombava com as pancadas da pessoa que gritava do outro lado. Levantou-se da bancada e se aproximou com cautela da porta.

– Diamond! Diamond, você está aí? Abre essa porra dessa porta!

– Quem é? – perguntou Cyril, sem abrir.

As pancadas cessaram.

– Estou procurando o Christmas – disse a voz. – Ele não trabalha aqui?

– Quem é? – perguntou Cyril outra vez.

– Sou um amigo dele.

Cyril destrancou a fechadura e abriu um pouco a porta. Viu um rapaz que mal tinha ultrapassado os 20 anos, branco, com uma cara de degenerado, olheiras profundas e um terno extravagante demais para ser de uma pessoa de bem. Arrependeu-se imediatamente de ter aberto.

– Christmas não está. Está fazendo uma entrega – disse apressadamente e tentou fechar a porta, porém o rapaz a barrou com o pé. Usava sapatos bregas de couro envernizado.

– E quando volta? – perguntou.

– Daqui a pouco – respondeu Cyril, tentando de novo fechar a porta. – Espera aí fora.

– Quem você pensa que é pra me dar ordens, negro? – disse o rapaz agressivamente, empurrando a porta com força e escancarando-a. – Vou esperar aqui dentro.

– Você não pode ficar aqui – protestou Cyril.

O rapaz fez saltar a lâmina de um canivete e passou a ponta entre os dentes.

– Odeio sanduíche de rosbife. A carne se enfia toda nos dentes – disse, olhando em volta com um ar atrevido.

— E eu odeio sujeito fanfarrão. Cai fora daqui, seu monte de merda — disse Cyril, erguendo a voz.

— Quem você está chamando de monte de merda? — disse o rapaz, indo para cima dele com o canivete na mão. — Monte de merda é aquele preto do seu pai.

— Você não me assusta.

— Pois eu acho que você está se cagando todo, negro do caralho — riu o rapaz, empurrando-o.

— Vai embora... — disse Cyril, com menos força.

O rapaz empurrou-o de novo.

— Já falei que você não manda em mim, negro. Fica na tua senão...

— Joey! — gritou Christmas, entrando naquele momento pela porta interna.

— Ei, Diamond — exclamou Joey, balançando de um pé para o outro, como se estivesse dançando uma música que só ele conseguia ouvir. — O seu escravo aqui está achando que pode me dar ordens — e riu.

Christmas chegou como uma fera e se enfiou entre os dois.

— Guarda esse canivete — disse, com voz dura.

Joey olhou para ele, sorrindo. Depois fechou o canivete, gingando nos joelhos, e enfiou-o no bolso com um gesto fluido. Passou os olhos pelo almoxarifado.

— Então é nesse muquifo que você trabalha...

Christmas pegou-o pelo braço, bruscamente, e levou-o até a porta que dava para o beco.

— Me desculpe, Mr. Davies. Eu já volto — disse a Cyril enquanto continuava empurrando Joey para a saída.

— Mr. Davies? — Joey arreganhou a boca, com uma expressão exagerada de espanto nos olhos escuros.

— Anda, Joey.

— "Mr. Davies" pra um negro? — riu Joey. — Caralho, você é demais, Diamond. É isso que você virou? Trabalha pra um negro a ainda tem que chamar ele de *mister*?

— É só um instante — disse Christmas outra vez a Cyril enquanto fechava a porta. Quando ficaram sozinhos no beco, empurrou Joey e soltou o braço dele. — O que você quer? — perguntou num tom frio.

Joey abriu os braços e deu uma voltinha sobre si mesmo.

— Não percebeu nada?

– Belo terno.
– 150 dólares.
– Bonito, já disse.
– E não quer saber como consegui comprar?
– Já imagino.
– Pois eu aposto que não, meu amigo. Tenho um trabalho, agora. 75 dólares por semana, mas logo vão virar 125. Sabe o que isso quer dizer? 500 por mês. 6.000 por ano – Joey piscou o olho para Christmas enquanto dava outra voltinha. – Quer dizer que logo vou comprar um carro todo meu.
– Fico contente por você.
– E você, quanto levanta nesse buraco?
– Vinte.
– Vinte? Puta que pariu, ser honesto não compensa – e Joey riu outra vez. Artificialmente. – Quando seus sapatos furarem vai ter que remendar com papelão que nem o Abe Palerma, hein?
– É – disse Christmas. – Agora tenho que entrar.
– Não quer saber que trabalho estou fazendo?
– Traficando droga.
– Errado. *Schlamming*.
Christmas olhou para ele sem dizer nada.
– Aposto minha bunda que você não sabe do que eu estou falando, não é verdade?
– Não me interessa, Joey.
– E eu te falo mesmo assim. Assim você aprende alguma coisa. No fundo, tudo o que você sabe fui eu que ensinei. É ou não é?
– E também já esqueci.
Joey riu.
– Você é demais, Diamond. Parece que é você o filho do Abe Palerma. Dá as mesmas respostas que ele.
Christmas assentiu com um ar de indiferença. Um olhar impassível, frio, que fez Joey tremer de raiva.
– *Schlamming* quer dizer que você pega uma barra de ferro, enrola numa cópia do *New York Times* e vai arrebentar as cabeças e as pernas de uns operários. É divertido. Sabe todas aquelas lorotas sobre solidariedade que circulam sobre nós, judeus? Pois é, são lorotas mesmo. Os judeus ricos do Oeste pagam os gângsteres judeus do Leste pra quebrar os ossos dos judeus mortos de fome do Leste que fazem greve pra ter aumento de salário. Engraçado, não é?

– Muito.

– Vamos lá, abaixa a guarda, Diamond – e Joey deu-lhe um soquinho fraco no ombro, dançando com pequenos passinhos como um pugilista. – A gente é amigo, não é? – e abriu os braços. – Se pensar melhor e quiser entrar no negócio, pode me encontrar sempre no Knickerbocker Hotel entre a 42 e a Broadway. Você é fortão, ia se dar bem. Pensa no assunto.

– OK, agora tenho que ir. Foi um prazer te ver de novo – disse Christmas, virando-se para a porta verde sobre a qual se destacavam as letras "N.Y. Broadcast" que tinha polido naquela manhã também.

– Diamond, por que não tira duas horas de folga? – disse então Joey, com a voz tremendo de raiva.

– Não posso.

– Não pode ou não quer?

– Que diferença faz?

Joey retorceu os lábios num sorriso malicioso.

– Vamos lá, fala praquele *mister* negro que você volta daqui duas horas. No Knickerbocker tem duas putas que são um espetáculo. Você dá uma boa trepada e depois volta pra esse buraco. É por minha conta.

– Não saio com prostitutas – Christmas se enrijeceu, encarando-o com um olhar duro.

Joey deu alguns passos para trás. Bateu a mão na testa, de um jeito teatral.

– Ah, é, tinha esquecido que sua mãe era puta – e sorriu, com os olhos cheios de fel, continuando a se afastar caminhando de costas. – Se pegar uma puta você tem a impressão de estar comendo a sua mãe, é isso?

– Vai se foder, Joey – e Christmas entrou no almoxarifado, batendo a porta com violência. Deu um chute numa caixa. E outro. E outro ainda. Até que a caixa ficou destruída.

Cyril estava sentado à bancada dele. Virou-se e não disse nada. Christmas interceptou seu olhar.

– Me desculpe, Mr. Davies – disse com a voz tremendo de raiva.

– Se quer quebrar alguma coisa, vem aqui e faz algo de útil. Tem uns "casamentos judeus" pra comemorar – disse Cyril.

Christmas se aproximou da bancada, mal-humorado.

– Uns o quê?

Cyril sorriu.

– Chamo assim porque os judeus no casamento deles enrolam um copo num lenço e quebram – disse e apontou para um recipiente. – Ali dentro está cheio de válvulas estragadas. Pega aquele trapo e o martelo. Quebra elas e coloca o cátodo nessa caixinha, o ânodo nessa outra e as grades de controle aqui.

– OK – disse Christmas, com a cara fechada.

– Quando tiver descarregado a raiva, tem que ir ao quinto andar, na Sala de Concerto. Você é capaz de montar um microfone?

– Não sei...

– Que diabos eu faço com um assistente que não sabe nada? – resmungou Cyril. – Você já me viu fazendo isso dezenas de vezes. Qualquer idiota conseguiria fazer.

– OK.

– OK. – Cyril se virou e voltou a se curvar sobre a bancada.

Christmas pegou o recipiente de válvulas estragadas e começou a quebrá-las raivosamente, martelando com fúria. Estilhaçou mais de cinquenta. Depois parou. Olhou para Cyril, ocupado em consertar um quadro elétrico. Inspirou e expirou profundamente.

– Sinto muito pelo que aconteceu, Mr. Davies – disse.

– Se tiver terminado de fazer toda essa zona, poderia, se não for muito incômodo, ir montar o microfone no quinto andar? Sem pressa, naturalmente. A N.Y. Broadcast está à sua disposição – disse Cyril.

Christmas sorriu, despejou os vidros quebrados no cesto de lixo e pegou a caixa do microfone.

– Já vou, Mr. Davies – disse.

– E para com essa história de "Mr. Davies", idiota. Quer que todo mundo fique rindo nas suas costas?

A Sala de Concerto era assim chamada por ser a mais ampla das salas da N.Y. Broadcast e equipada para receber uma orquestra de quarenta elementos. Christmas já tinha ido lá com Cyril e desde a primeira vez tinha ficado fascinado com o formato de anfiteatro, com os postos elevados dos músicos. Na parede da frente via-se um grande vidro retangular que mostrava, do outro lado, a cabine onde ficavam os técnicos de som. E no meio da sala, com um microfone à parte, o posto do solista ou do cantor. À direita, um monumental piano de cauda, preto e reluzente.

– Ah, até que enfim chegou – disse uma voz atrás dele.

Christmas se virou e viu sair de uma portinha com isolamento acústico uma mulher de uns 25 anos, de pele morena e uma vasta cabeleira preta como piche, crespa e ondulada.

– Vamos, se apresse – disse a mulher, que tinha um leve sotaque hispânico. – Vou chamar o operador de áudio.

– Eu...

– Por favor, não me faça perder mais tempo – disse a mulher, que tinha um jeito despachado mas gentil de falar. – O microfone do solista – e indicou-lhe um microfone no centro da sala. – Trouxe a partitura?

– Não, olha, eu...

– Eu sabia! – riu a mulher, mostrando uma fileira de dentes brancos e perfeitos. – Vocês são todos iguais. OK, eu vou pegar. Mandei fazer uma cópia de reserva – e foi em direção à porta pela qual Christmas tinha entrado.

Naquele momento, da mesma porta, apareceu um homem na casa dos 40 anos, com um estojo preto embaixo do braço.

– E o senhor, quem é? – perguntou a mulher.

– Me chamaram para uma sessão de trombeta – disse o homem, movendo no ar o estojo preto.

A mulher se virou para Christmas.

– Mas então quem é você?

– Eu tenho que montar um microfone – disse Christmas. – Trabalho lá embaixo, no almoxarifado, e...

– E eu não deixei você falar – riu a mulher.

Christmas achou-a muito bonita. Radiante.

A mulher deu uma espécie de giro ao redor de si mesma e ficou cara a cara com o músico.

– E o senhor trouxe a partitura?

– Não – respondeu o outro.

A mulher se virou para Christmas.

– O que eu te disse? Nunca trazem – e deu uma piscadela. – OK, você, enquanto isso, monta o microfone. – Virou-se outra vez para o músico. – E o senhor aqueça os lábios, vamos gravar já, já. Vou chamar o operador de áudio e pego a partitura...

– Mandou fazer uma cópia de reserva – disse Christmas.

A mulher se virou e sorriu para ele antes de sair.

Christmas pousou a caixa branca no chão, abriu-a e tirou o microfone. "5R3", estava escrito. Ou seja, a quinta posição à direita da terceira fileira.

O músico, enquanto isso, tinha levado a trombeta à boca, depois de umedecer os lábios, e executava algumas escalas ligeiras diante de um microfone da segunda fileira.

– Com licença – disse-lhe Christmas, enquanto conectava os cabos. – O senhor grava no microfone do solista.

– Que diabos está dizendo? – disse o músico. – A trombeta fica sempre aqui.

A mulher hispânica entrava de volta naquele momento, acompanhada do operador de áudio.

– Mas ele tem razão. Microfone do solista, obrigada – disse ao músico, posicionando a partitura na estante no meio da sala.

– E esse aí, quem é? – perguntou o operador de áudio, apontando com o queixo para Christmas.

– Meu assistente pessoal – respondeu a mulher, rindo.

O operador de áudio entrou numa portinha com isolamento acústico e reapareceu um momento depois atrás do grande vidro retangular. Ouviu-se o estalo do interfone.

– Quando quiser. Um teste de níveis primeiro. E peça ao seu assistente pessoal para fechar bem a porta quando sair.

A mulher se virou para Christmas, que tinha terminado de montar o microfone.

– Quer ficar? – perguntou baixinho.

O rosto de Christmas se iluminou.

– Posso?

– Você é o meu assistente pessoal, não é? Vem, senta aqui perto de mim – e foi até uma mesinha que ficava de costas para o vidro e de frente para a Sala de Concerto.

Christmas sentou-se ao lado dela.

– Luzes, Ted – disse a mulher.

As luzes da sala diminuíram, criando uma meia-luz agradável. Uma lâmpada se acendeu sobre a partitura.

– Do compasso 54 ao 135 – disse a mulher ao músico.

– Teste de níveis – disse o operador de áudio ao interfone.

– Não, Ted, verifica os níveis enquanto ele ensaia a peça.

– OK.

– Manda o resto da gravação para nós na sala e depois deixa no fone de ouvido para ele.

– Estou pronto – disse o operador de áudio.

– Pronto? – perguntou a mulher ao músico.

O músico fez sinal que sim.

A música invadiu a sala. O músico olhava para a mulher, que movia a mão no ar, na frente dela, suavemente, como uma borboleta. Então ela disse baixinho:

– E... um, dois, três, quatro – e fez um sinal para o músico. A corneta iniciou sua melodia, no tempo perfeito.

Christmas estava de olhos arregalados. Era uma espécie de mágica.

A mulher se virou para ele. Era bonito, pensou. Tinha um ar altivo e inteligente. E a cicatriz que lhe cortava o lado do lábio e descia em direção ao queixo deixava-o muito atraente. Mesmo sendo tão jovem.

– Como você se chama? – perguntou baixinho.

– Christmas.

– Christmas?

– Eu sei, eu sei, é um nome de negro – adiantou-se ele, num tom resignado, sem se virar, hipnotizado pela música.

– Não, não era isso que eu queria dizer. É um nome alegre.

Então Christmas se virou para ela. Seus rostos estavam próximos. Ela tinha lábios grandes, vermelhos e sensuais, pensou ele.

– E você, como se chama?

– Maria – respondeu a mulher, olhando para ele com seus olhos escuros. Sorriu. – Eu sei, eu sei, é um nome de italiana...

– Maria – interrompeu-a o operador de áudio –, você pode ficar calada?

– Sim, Ted – disse ela, bufando de brincadeira, sem parar de olhar Christmas nos olhos. Depois se aproximou ainda mais dele e encostou os lábios quentes em sua orelha. – Mas sou porto-riquenha.

Tinha um cheiro bom, pensou Christmas. De especiarias curtidas ao sol.

E percebia que ela estava gostando dele.

Na primeira vez que estivera com uma mulher, tinha 17 anos. Ruth tinha partido para Los Angeles já fazia um ano. Christmas estava num *speakeasy* do Brooklyn, na Livonia, com Joey. Joey sempre falava de mulheres, mas Christmas nunca o tinha visto sair de verdade com uma. Naquela noite ele tinha bancado o engraçadinho com uma garçonete mais velha que eles. Assoviava quando ela passava, servindo as mesas, e dizia frases que Christmas achava idiotas. A garçonete a certa altura se virou, voltou e ficou encarando Joey, com as mãos na cintura e o rosto a poucos palmos do dele. Sem falar nada. Christmas viu Joey corar, dar um passo para trás e resmungar alguma coisa.

— É só isso que sabe fazer, Rodolfo Valentino? – disse a garçonete, esquadrinhando-o da cabeça aos pés. Christmas caiu na gargalhada. A garçonete então se virou para ele. – Você é bonitinho – disse, e foi servir as mesas. Joey, assim que ficaram sozinhos, fez um comentário zangado e disse que não tinha tempo para aquela cretina, precisava espremer algum dinheiro das máquinas caça-níqueis.

— Os negócios vêm antes das mulheres, Diamond – disse, afastando-se e indo até um sujeito de ar sanguinário.

Christmas ficou sozinho, com um sorriso nos lábios, e seu olhar foi parar na garçonete. E então percebeu que ela também estava olhando para ele. De uma maneira diferente de como tinha olhado para Joey. O sorriso desapareceu de seus lábios. Sentiu uma espécie de agitação por dentro. Mas agradável. Inclinou a cabeça devagar, para afastar a franja loira dos olhos. A garçonete olhou em volta, como se verificasse alguma coisa. Depois voltou a olhar para Christmas e lhe fez um sinal imperceptível com a cabeça. Convidando-o para segui-la. E Christmas a seguiu, como que hipnotizado. A garçonete parou no balcão, olhou em volta outra vez, depois pegou um molho de chaves e dirigiu-se à saída dos fundos. Christmas viu a porta se fechar atrás dela. Hesitou, com aquela sensação de inquietação que continuava se movendo dentro dele, depois foi atrás dela. Saiu e viu-se num estacionamento escuro. Mas nenhum sinal dela.

— Psst...

Christmas se voltou. A garçonete estava num automóvel, no banco de trás, e tinha abaixado a janela, fazendo-lhe sinal para se juntar a ela.

— Fecha que está frio – disse assim que ele entrou no carro.

Christmas se sentou, rígido, empertigado. Seu coração batia forte e a respiração estava acelerada. Então sentiu vontade de rir. Baixinho. E a garçonete também riu, encostando a cabeça em seu ombro e começando a acariciar o seu peito. E depois a desabotoar sua camisa. Abriu-a e beijou sua pele clara. Christmas fechou os olhos e não conseguia parar de rir, sempre baixinho. E a garçonete, enquanto seus beijos desciam para a barriga, ria com ele. Depois pegou a mão dele e levou-a ao seio, por cima do uniforme azul, apertando-a e movendo-a. E continuou rindo. E Christmas riu, mais alto, continuando a apalpar através do tecido aquela carne farta e macia de mulher, com que sonhava toda noite, em sua cama.

— Tira minha blusa – disse ela em seu ouvido, escorregando a mão entre as pernas de Christmas.

Ele, ao contato, teve um sobressalto e se jogou para trás no assento, retraindo-se instintivamente. Com vergonha da turgidez que lhe apertava na calça.

A garçonete riu mais alto. Sem escárnio. Só achando graça.

– É a sua primeira vez? – perguntou baixinho no ouvido dele.

– É – sorriu Christmas, sem pudor.

A garçonete deu um gemido, como diante de um prato apetitoso, e sussurrou:

– Então a gente tem que fazer as coisas direito. – Desabotoou o uniforme, abriu-o e mostrou a Christmas o seio macio e branco como leite, comprimido no sutiã. Pegou as mãos dele entre as suas e bafejou-as, esfregando uma na outra. – Estão frias – disse. – Tem que estar com as mãos quentes pra uma mulher, sabia?

– Sim... – murmurou Christmas, que não conseguia tirar os olhos do decote generoso.

A garçonete pegou sua mão e enfiou no sutiã. Christmas, ao contato com a pele, abriu a boca, como se perdesse o fôlego.

– Belisca ele – disse ela, assim que sentiu os dedos dele no mamilo. – Devagar... isso, assim... sentiu como cresce?

– Sim...

– E agora tira do sutiã, com delicadeza, como uma coisa preciosa... como um pudim – e ela riu.

E Christmas queria rir, porque sentia por dentro uma vontade de rir, mas estava concentrado apenas naquela miraculosa esfera de carne que cheirava um pouco a uísque, um pouco a suor e um pouco a um perfume desconhecido, que ele pensou que devia ser cheiro de mulher.

– Beija ele... e passa a ponta da língua no mamilo... isso, assim... e dá uma mordidinha, mas devagar, como se faz com a orelha de um nenê... isso, muito bom...

Então a garçonete levantou a saia e levou a mão dele até o meio das suas pernas. E Christmas sentiu, por baixo do manto macio de musgo, uma úmida delicadeza de veludo, fechada mas pronta para se abrir, que lhe revelou uma fonte quente de líquidos viscosos e convidativos, de aroma acre e pungente. E quando ela desabotoou sua calça e sentou-se em cima dele, arqueando as costas e guiando-o para dentro dela, Christmas compreendeu que não ia mais querer fazer outra coisa senão afogar o seu desejo naquela fonte.

Ao final, enquanto ela se vestia, Christmas voltou a sentir vontade de rir. E riu, abraçando-a. E beijando-a no seio e na boca e no pescoço. E ainda ria e ria quando sentiu que uma nova força, renascida depressa, empurrava e inflava em sua virilha.

— Tenho que voltar pro trabalho — disse a garçonete, e o fez sair do carro. Depois limpou com um lenço os traços que tinham deixado no assento. Quando saiu também, ela passou a mão nos cabelos loiros e desgrenhados dele. — Como você é bonito. Vai deixar as mulheres loucas com essa franja.

Christmas puxou-a para si e a beijou. Com ternura. De olhos fechados, como para imprimir na mente aqueles cheiros e sabores.

— Seu cheiro é gostoso — disse.

— É, você vai deixar as mulheres loucas, rapazinho — sorriu a garçonete, revirando-lhe os cabelos. — Mas por um tempo eu quero você todo pra mim. Vem me ver de novo. Eu te levo pra minha casa. — Depois desapareceu no interior do *speakeasy*.

Christmas ficou no estacionamento, atordoado, num estado de graça extenuada, com um sorriso bobo no rosto, sem sentir o frio cortante do inverno nova-iorquino.

— Ah, você está aí — disse Joey, aparecendo no estacionamento. — Que diabos está fazendo aqui? Faz meia hora que estou te procurando.

Christmas não respondeu. Limitou-se a olhar para ele com os olhos enlanguescidos pela sensação ainda fresca da sua primeira vez.

— Sabe aquela garçonete de antes? — disse então Joey, pavoneando-se. — Cruzou comigo agora, ali dentro, e me deu um beijo no rosto. Pego ela a hora que eu quiser.

— Sim... — disse Christmas, com um ar sonhador.

— Você bebeu, Diamond? Você é fraco pra bebida. Vamos embora, arranjei 20 dólares, sócio.

Christmas o seguiu, e enquanto caminhavam só tentava recordar todos os perfumes do amor.

Aquela noite, na cama, pensou em Ruth. Mas não se sentiu culpado. Porque sabia que não amava a garçonete. E prometeu aprender a ser um amante delicado e virtuoso para Ruth. Porque com ela devia ser ainda mais bonito.

— Preciso exercitar — falou baixinho, encolhido na cama. Depois adormeceu feliz.

Nos meses seguintes, frequentou assiduamente a casa da garçonete. E dela passou a outras mulheres, quase sempre mais velhas que ele. Aprendeu que os fartos seios brancos de mamilos rosa claro, do tamanho de uma pinta, eram adocicados; aqueles em forma de pera com o mamilo em forma de crisântemo, macio, escuro e meio murcho, tinham um gosto acre; os pequenos seios morenos e firmes, de mamilos virados para cima, como peixes-voadores saltando da flor da água, tinham um gosto salgado e picante; aqueles transparentes, rígidos, com veias azuladas, que pareciam balões cheios de éter, com os mamilos comprimidos e cansados, como se fossem mesmo válvulas, tinham cheiro de pó de arroz; e aqueles moles e relaxados das mulheres mais maduras, com os mamilos um pouco enrugados, como a uva-passa doce que secou ao sol, em seu esconderijo agora já revelado pelo tempo, tinham o cheiro de todas as iguarias sentimentais que aquelas senhoras tinham consumido, acolhido e olvidado. E a pele das mulheres era escorregadia, ou então feita para reter todas as carícias, ou lisa e empoada, ou ainda molhada e capaz de diluir o mais intenso prazer. E o segredo que guardavam entre as pernas era uma flor que devia ser desfolhada com atenção ou com paixão ou com delicadeza ou com ardor. Aprendeu a colher cada olhar, cada aceno. A usar sua franja rebelde, seu sorriso aberto, sua expressão amuada, sua cara de pau, sua alegria, seu corpo que tinha ficado musculoso e ágil ao mesmo tempo. E aprendeu a amar as mulheres, todas, com naturalidade, mas sem se esquecer um só instante de Ruth.

— Gravando — chiou a voz do operador de áudio no interfone da Sala de Concerto, trazendo Christmas de volta ao presente.

— No que estava pensando? — perguntou Maria, baixinho.

— Estava escutando os seus pensamentos — disse Christmas no ouvido dela.

Ela sorriu.

— Mentiroso.

— Maria, dá você o ataque — disse o operador de áudio.

Maria colocou os fones de ouvido e voltou a mover a mão no ar, na direção do músico. Em seguida deu o ataque e a trombeta entrou no tempo exato. Então ela se virou para Christmas, tirando os fones.

— Agora a gente precisa ficar em silêncio — sussurrou.

Christmas sorriu para ela, depois levou as mãos juntas à boca e bafejou-as, fitando-a.

Maria franziu as sobrancelhas, numa pergunta silenciosa.

Christmas pôs um dedo diante dos lábios, fazendo sinal para ela ficar calada, e inclinou a cabeça, de modo que a franja loira lhe cobrisse um olho.

– Agora estou com as mãos quentes – sussurrou.

De novo ela franziu as sobrancelhas.

– Eu disse que escutei os seus pensamentos – disse ele.

Maria se virou para olhar o operador de áudio, preocupada.

– A gente tem mesmo que ficar em silêncio.

Christmas sorriu para ela. E em silêncio estendeu a mão e acariciou a dela. Sensualmente, correndo as pontas dos dedos sobre o dorso e depois ao longo dos dedos dela. Maria ficou rígida, por um instante. Voltou a se virar para o operador de áudio e depois olhou para o músico. Mas não tirou a mão. Então Christmas deslizou a ponta dos dedos para o pulso e subiu pelo antebraço. Depois passou para a perna. E lentamente chegou ao joelho e começou a enrolar a saia para cima. Maria segurou a mão dele, mas sem afastá-la. Ele ficou parado por alguns instantes, depois voltou a enrolar a saia. E ela soltou sua mão. Quando ele sentiu a barra da saia entre os dedos, afastou-a e correu os dedos pelas meias lisas; depois, devagarinho, sem pressa, subiu de volta pelo lado de dentro da coxa, acariciando a pele lisa acima das cintas-ligas. E antes de chegar ao seu objetivo, lá onde as pernas de Maria se encontravam, os dedos delicados de Christmas se demoraram, aproximando-se e depois se afastando, retardando o momento, deixando que fosse imaginado, desejado, temido. Quando afastou a borda da calcinha e insinuou os dedos, depois de passar o emaranhado dos pelos, Christmas encontrou Maria quente e úmida. Pronta. Aberta. Disponível. Convidativa. Rendida.

Maria teve um estremecimento, ao contato.

– A gente tem que ficar em silêncio – sussurrou ele em seu ouvido.

Em resposta, teve apenas um suspiro ofegante e lânguido.

Então ele procurou o centro do desejo – aquela pequena saliência macia e ao mesmo tempo firme que a garçonete, nos tempos da sua instrução, tinha-lhe mostrado e ilustrado para que ele tivesse intimidade com o prazer das mulheres – e começou a acariciá-lo devagar, com lentos movimentos circulares, mas não geométricos nem repetitivos, constantemente variados, até que sentiu – coincidindo com um agudo da trombeta gravando sua peça – as pernas de Maria se contraindo, cada vez mais forte. E a mão dela segurando seu braço e apertando com força, convulsivamente.

Então Christmas aumentou o ritmo e só quando sentiu que ela enfiava as unhas no seu braço e ficava sem fôlego, tentando inutilmente não abrir a boca, ele parou, lentamente, para guiá-la na descida, sem tropeços, sem solavancos.

— Acho que ficou boa — disse o operador de áudio quando o músico tomou fôlego depois do último compasso. — O que você acha, Maria?

— Sim...

— Quer fazer mais uma? — perguntou o operador.

— Não... não, está bom assim. Obrigada — respondeu ela apressadamente, se levantando. — Eu preciso ir, Ted. Obrigada, foi ótimo — disse ao músico. Depois puxou a borda do paletó de Christmas e saiu da Sala de Concerto. Olhou em volta, caminhou a passos largos até o final do corredor, abriu uma porta e olhou para dentro. Então puxou Christmas, trancou a porta e beijou-o apaixonadamente. Christmas levantou-a pelas axilas e colocou-a na beira da pia, que rangeu perigosamente.

— Depressa — disse Maria.

Christmas levantou-lhe a saia, com a veemência que ela estava esperando, e penetrou-a. Maria se agarrou aos cabelos dele, com fúria, beijando-o e puxando-o cada vez mais para dentro dela, enquanto gemia baixinho. As respirações dos dois logo ficaram ofegantes e seguiram juntas até o momento final, quando caíram no chão, junto com a pia, que tinha se soltado da parede.

— Se machucou? — perguntou Christmas.

— Não — riu ela. — Mas vamos sair logo daqui senão vão nos fazer pagar — e riu outra vez.

— Gosto de mulheres que riem — disse Christmas.

Naquela noite, voltando para casa, viu Santo caminhando na calçada oposta de mãos dadas com uma garota feinha, baixinha e gorducha. Parou e olhou para eles. Santo se virou, como se tivesse sentido nas costas o olhar do amigo, e seus olhos cruzaram com os de Christmas. À luz do poste, Christmas percebeu que Santo corou, baixando os olhos para o chão, e seguiu adiante como se não o tivesse visto. Christmas sorriu e se enfiou na entrada descascada do nº 320 da Monroe Street. Começou a subir as escadas assoviando a melodia de *jazz* que a trombeta tinha entoado naquele dia, na Sala de Concerto. Porém, chegando ao mezanino, parou e apurou os ouvidos, escutando um vozerio animado proveniente do térreo.

— Olha só, ele que é o pai da Carmelina — escutou o pai de Santo gritando na porta da casa dele para a mulher, que estava de cama havia três anos sem morrer, como tinham diagnosticado os médicos. – O Antonio é meu companheiro na doca 13 desde... há quanto tempo a gente descarrega mercadoria, Tony?

– Não vamos nem contar, pelo amor de Deus, senão a gente parece mais velho ainda – respondeu o outro estivador. – Vamos pensar nos nossos filhos, que são jovens. E esperar que o casamento deles seja feliz como o nosso.

– É verdade – disse o outro. – Entra e vamos brindar à sua Carmelina e ao meu Santo.

Christmas ouviu a porta do apartamento dos Filesi se fechando. Então olhou pela janelinha do mezanino que dava para a Monroe Street. E viu Santo, num canto escuro da rua, puxando para si Carmelina, sua namorada feinha, e beijando-a, enquanto passava as mãos nas costas dela, desajeitadamente.

– Afoito demais, Santo – riu Christmas baixinho. – Depois, afastando-se da janela, voltou a assoviar a melodia de *jazz*. Mas sentia por dentro uma pequena melancolia. Porque a única coisa que o tinha feito se sentir vivo naqueles últimos anos eram as mulheres.

Mas tinha perdido Ruth.

– Eu vou te encontrar – disse.

40

Newhall-Los Angeles, 1926-1927

AOS DOMINGOS, O PAI E A MÃE IAM VISITÁ-LA. O pai mal a cumprimentava, dava-lhe um beijo no rosto, apressadamente, depois ficava de lado. Ruth e a mãe se sentavam no pátio. Olhavam os outros fantasmas vagando pelo jardim, seguidos pelo olhar atento dos enfermeiros de jaleco branco. A mãe falava. Mas sem dizer nada. Falava porque era necessário. Depois de uma hora iam embora.

– Está tarde – dizia a mãe.

– Está tarde – dizia o pai.

– Até domingo que vem – dizia a mãe.

O pai já estava no carro, com a porta aberta. Não o Hispano-Suiza H6C. Nem o Pierce-Arrow. Outro carro. Mais velho. Menos reluzente. Sem motorista.

Mas naquele domingo a mãe falou de algo.

– Aquele fracassado do seu pai perdeu quase todo o nosso dinheiro no negócio da Phonofilm. Ninguém em Hollywood quer. A Warner Brothers usa o Vitaphone. O William Fox usa o Movietone. E a Paramount usa o Photophone. Ninguém quer o Phonofilm, e o DeForest está falido. E nós com ele... quase...

– Deixa ela em paz – interveio o pai, pela primeira vez desde que iam visitá-la. – O que interessa isso para ela no... no estado...

– Ela precisa saber – continuou a mãe.

– Não está vendo que ela nem está escutando você? – e o pai balançou a cabeça.

– Ela precisa saber – repetiu a mãe, gélida como sempre.

– Deixe-a em paz – disse o pai. Com uma voz dura. Quase forte. Quase decidida.

Então Ruth se virou pela primeira vez para olhar para ele.

E o pai quase lhe sorriu.

E por um instante Ruth teve a impressão de que ele se parecesse com o avô dela.

— Está tarde — disse a mãe, levantando-se e colocando as luvas.

— Já vou. Espere no carro — disse o pai, rompendo a liturgia dominical, sem deixar de corresponder ao olhar da filha.

— Está tarde — repetiu a mãe, empertigando-se e indo em direção ao carro, estacionado sobre o cascalho da alameda.

Então o pai se sentou ao lado de Ruth. Pela primeira vez naqueles meses. Tirou do bolso uma caixa de papelão duro, preto. Abriu-a e tirou uma pequena máquina fotográfica.

— É uma Leica I — começou a dizer, girando a máquina na mão, como um pai qualquer numa situação qualquer. — É alemã. Tem um filme. E uma objetiva de 50 mm. E um telêmetro... aqui, está vendo? Serve para focalizar, para medir as distâncias. — Estendeu a máquina fotográfica para a filha. — Você tem que colocar o olho neste visor. O que você vê é o que fotografa. É só apertar este botão. Mas primeiro precisa regular o tempo de abertura do diafragma. Quanto menos luz houver, mais tempo você tem que dar.

Ruth permaneceu imóvel, com o olhar baixo, nas mãos do pai, que seguravam a máquina fotográfica. Sem pegá-la. A voz inesperadamente doce do pai vibrava em seus ouvidos. E pensou que parecia um pouco a do seu avô.

— Depois que disparar a foto — continuou o pai —, precisa carregar o fotograma seguinte girando esta rodinha, assim... nesta direção.

Ruth não se mexeu.

Então o pai pousou a câmera no colo dela e ficou alguns instantes em silêncio.

— O que a sua mãe disse é verdade — continuou, mas com uma voz diferente, cansada, derrotada. Fraca. — Perdemos quase tudo. Estamos vendendo as coisas de valor. Mas é como se farejassem, sabe? São abutres. Oferecem valores ridículos, sabendo que não posso dizer não. Tive que pôr à venda até a mansão de Holmby Hills... — e parou, como se não tivesse forças para continuar.

Ruth se virou e olhou para ele. Em silêncio.

O pai estava com a cabeça baixa, encolhida nos ombros. Levantou os olhos para a filha.

– Tenta melhorar logo, tesouro – disse. E a voz tinha voltado a ficar doce. – Não sei por quanto tempo ainda vou poder manter você aqui – e a cabeça se abaixou de novo, como por conta própria. Estendeu a mão e acariciou suavemente a perna da filha.

Ruth olhou para a mão dele. Os dedos tinham ficado nodosos. Como os de seu avô. E apareciam as primeiras manchas no dorso da mão. Como nas de seu avô.

– Sinto muito... – disse o pai, levantando-se e indo para o carro.

Ruth ouviu o barulho das portas sendo fechadas. E do motor do carro sendo ligado. E da marcha sendo engatada. E das rodas fazendo estalar o cascalho. Sem levantar a cabeça. Com o olhar fixo naquele carinho que ainda aquecia sua perna.

E então, sem nem saber por quê, pegou a máquina fotográfica e olhou através do visor o automóvel que levava embora seus pais. E disparou uma foto.

Sua primeira foto.

Quando a revelou, viu o carro e o portão em preto e branco. E em preto e branco estava o letreiro "Newhall Spirit Resort for Women" da clínica de doenças nervosas na qual tinha sido internada.

E sentiu que tinha conquistado uma pequena fatia de paz.

A Senhora Bailey tinha uns 60 anos e havia mais de dez que era hóspede do Newhall Spirit Resort for Women. A maior parte do tempo ficava sentada num canto da sala comum reservada às pacientes consideradas "não problemáticas". As outras, as "problemáticas", eram trancadas em celas acolchoadas e quase nunca eram vistas. As não problemáticas eram as pacientes, como a Senhora Bailey e Ruth, que reagiam de maneira positiva aos tratamentos farmacêuticos, que na realidade consistiam na administração de anestésicos que deviam induzir um efeito sedativo. As problemáticas eram aquelas internadas por motivo de alcoolismo, drogas e esquizofrenia, perigosas para si mesmas e para as outras. Eram submetidas a frequentes banhos gelados e trancadas em celas onde se reduzia ao mínimo a possibilidade de causarem danos. Isso não significava que os robustos enfermeiros, com o consentimento dos médicos, não as espancassem e maltratassem. Porque a violência, associada à abstinência forçada, era na realidade a única terapia praticada. E a única diferença entre o Newhall Spirit Resort for Women e os hospitais psiquiátricos onde eram esquecidos os doentes das classes menos favorecidas consistia na comida, nos cobertores, nos colchões, nos lençóis, enfim, na fachada externa da estrutura que devia isentar do sentimento de culpa as famílias que estavam se livrando das próprias filhas, esposas, mães. E a diferença mais relevante, naturalmente, residia na cifra que era preciso desembolsar pelos tratamentos, isto é, para fechar os olhos.

Ruth – fichada superficialmente como potencial suicida e mantida em isolamento por um breve período de observação –, depois que os médicos se convenceram de que não era uma problemática e não representava perigo para as outras, tinha ido para um quarto duplo. A outra cama era ocupada pela Senhora Bailey. A Senhora Bailey tinha sido diagnosticada com esquizofrenia oscilante entre a hebefrênica e a catatônica. À prevalência dos sintomas de dissociação do pensamento da primeira juntavam-se os distúrbios de vontade e a desorganização comportamental da segunda. No início, Ruth tinha ficado com medo da Senhora Bailey e do silêncio sombrio dela.

Desde o primeiro dia de convivência tinha notado que ela não suportava os sapatos. Assim que podia os tirava. E, depois de tirá-los, cruzava os dedões sobre o dedo ao lado. Nesse momento o rosto da mulher relaxava, assumindo uma expressão de distraída serenidade.

– Cada um deve encontrar o próprio equilíbrio – tinha dito a Senhora Bailey, depois de uma semana de muda convivência, sem deixar de fitar um ponto impreciso diante dela, quase como se tivesse sentido o olhar de Ruth.

A Senhora Bailey foi a primeira paciente que Ruth fotografou com a sua Leica.

– Posso tirar uma foto da senhora? – perguntou-lhe um dia.

– As galinhas não pedem permissão para botar o ovo – respondeu a mulher.

– Como?

– E a raposa não pede permissão para comê-los.

– Então posso tirar a foto?

– E o fazendeiro não pede à raposa permissão para armar a armadilha.

Ruth levantou a Leica e enquadrou a Senhora Bailey, de perfil.

– Por isso que eu estou aqui – disse a mulher, sem desviar o olhar do ponto que fitava. – Por causa da armadilha... – e uma lágrima desceu pela sua face enrugada.

Ruth disparou a foto e recarregou o filme.

A Senhora Bailey se voltou e olhou para ela.

Ruth disparou outra vez. E quando revelou a foto, os maravilhosos e dramáticos olhos azuis da Senhora Bailey a encaravam do papel. Como naquele dia. Mas sem assustá-la. Ruth passou muito tempo observando-os e teve a impressão de entender quem era a Senhora Bailey. Olhá-la através da objetiva estabelecia um distanciamento ao mesmo tempo maior e menor. Permitia-lhe indagar sem ser indagada. Tinha a sensação de olhar, mas de não ser vista. Como se a sua Leica fosse uma armadura, um biombo, um esconderijo. Como se a película mediasse suas emoções, como se as simplificasse também no preto e branco da impressão.

E as tornasse suportáveis. Aceitáveis.

Depois da Senhora Bailey, foi a vez da jovem Esther, que toda vez que era enquadrada pela Leica levava a mão à boca fina e roía as unhas, preocupada, e logo em seguida perguntava:

— Pode fazer uma da minha mãe também? — ainda que Ruth tivesse descoberto que a mãe dela tinha morrido trazendo-a ao mundo. E depois a Senhora Lavander, que só se deixava fotografar de olhos fechados. E Estelle Rochester, que estava sempre preocupada com o fundo, porque não queria que o marido visse uma rachadura na parede atrás dela, já que era construtor e se importava com as paredes. Ou Charlene Summerset Villebone, que não se dava conta de Ruth nem de ninguém mais. Ou Daisy Thalberg, que lhe pedia para contar em voz alta até três antes de tirar a foto, porque era insuportável para ela não saber quando aconteceria, e prendia a fôlego, sem respirar, tomada por uma crescente agitação, até que ouvia o *clic* da máquina fotográfica.

— Tira uma foto de mim também — pediu-lhe algum tempo depois um jovem médico.

— Não — respondeu Ruth.

— Por quê?

— Porque o senhor sorri.

Mas o objeto preferido de Ruth continuou sendo sempre a Senhora Bailey.

Tirou mais de cinquenta fotos dela em suas três semanas de convivência. E guardava-as todas na gaveta do criado-mudo, separadas das fotos das outras hóspedes do Newhall Spirit Resort for Women. Talvez porque a Senhora Bailey fosse sua colega de quarto. Talvez porque gostasse mais dela do que das outras. Talvez porque tinha no olhar algo que a lembrava de si mesma. Talvez porque era a única à qual contasse – à noite, quando os enfermeiros fechavam o quarto a chave – de si e de Bill e de Christmas, ainda que a Senhora Bailey não lhe respondesse nunca nem desse sinal de escutar. Ou talvez justamente por isso.

– Mostre para ele – disse-lhe um dia a Senhora Bailey.

Era um domingo. E era o primeiro domingo que os pais de Ruth não iriam visitá-la. O pai tinha-lhe escrito um telegrama. Precisavam visitar um possível comprador da mansão de Holmby Hills.

– Para quem? – perguntou Ruth mecanicamente, sem curiosidade, acostumada com as frases incongruentes que a mulher, rompendo de vez em quando o silêncio, dizia.

Naquele momento a porta do quarto se abriu e entrou um homem na casa dos 70 anos, gorducho, baixinho, com um nariz em forma de batata, sobrancelhas brancas cerradas e dois olhos minúsculos e claros, encovados e espirituosos.

– Clarence – disse a Senhora Bailey –, olhe as fotos da Ruth.

O rosto do homem se abriu num sorriso pleno de alegria.

– Como você está, tesouro? Fico feliz de ouvir você falando – disse, cheio de entusiasmo, indo até a esposa e beijando-a com ternura na cabeça. – Amo você – sussurrou baixinho, para que Ruth não ouvisse.

Mas a Senhora Bailey tinha-se fechado de novo em seu mundo e voltado a fitar o ponto diante dela.

– Tesouro... – disse o homem. – Tesouro...

O sorriso que tinha desabrochado em seus lábios esmoreceu depressa. Pegou uma cadeira e colocou-a ao lado da de sua mulher. Com delicadeza, sem fazer barulho. Sentou-se e pegou a mão dela entre as suas, acariciando-a devagar. Em silêncio.

Ficou assim por uma hora, depois se levantou, beijou de novo a esposa na cabeça e de novo lhe sussurrou:

– Amo você.

Por fim saiu, com um andar cansado, e fechou devagar a porta atrás de si sem olhar uma única vez para Ruth.

– Como sabia que seu marido estava chegando? – perguntou Ruth assim que ficaram sozinhas.

A mulher não respondeu.

Na semana seguinte, a Senhora Bailey lhe disse:

– Porque eu sempre o senti. Mesmo antes de conhecê-lo.

Era domingo, e o pai de Ruth tinha anunciado, com um novo telegrama, que naquele dia também não viriam visitá-la. Ruth, como no domingo anterior, tinha ficado no quarto com a Senhora Bailey, sem descer para o pátio.

– Quem? – perguntou Ruth.

Então Clarence Bailey entrou no quarto.

– Olhe as fotos da Ruth, Clarence – disse a Senhora Bailey.

Então o homem, pela primeira vez desde que ia visitá-la, desviou o olhar da esposa e virou-se para Ruth.

– Ajude-a, Clarence – disse a Senhora Bailey.

Enquanto voltava para casa, depois de quatro meses de permanência no Newhall Spirit Resort for Women, Ruth sentia-se deslocada e empolgada ao mesmo tempo. O pai e a mãe estavam sentados na frente, o pai na direção e a mãe com a cabeça voltada para a janela, aparentemente concentrada em observar a paisagem. Ruth ocupava o banco de trás. O carro não exalava o cheiro habitual de couro e de limpeza que sempre tinha caracterizado os automóveis da família. Nem era luxuoso como sempre foram os carros nos quais ela tinha viajado, desde pequena. Mas para ela não importava. Era o carro da sua primeira foto. E diante dela estava seu pai, o homem que a tinha presenteado com a Leica, o homem que tinha falado com ela com doçura, com uma voz que parecia a do vô Saul, o homem que tinha feito carinho em sua perna e que cuidaria dela. Seu pai. Seu novo pai. Porque era nisso que Ruth pensava todos os dias desde aquela visita que tinha mudado sua vida na clínica. Tinha um novo pai. Que a abraçaria, aqueceria, protegeria.

– Prepare-se – disse de repente a mãe, rompendo o silêncio e virando-se para encarar a filha. – Vai encontrar grandes mudanças em casa. – Depois voltou a olhar pela janela, por um instante. – E isso graças ao seu pai...

– Sarah, não comece de novo – disse o pai, com a voz cansada, sem tirar os olhos da estrada.

– ...e ao faro dele para os negócios – continuou a mulher, impassível.

– Ela acabou de sair daquele lugar...

– Manicômio de rico – disse gélida a Senhora Isaacson, virando-se outra vez para olhar a filha.

Ruth abaixou os olhos e apertou o pacote de fotografias que tinha na mão.

– E é bom que saiba que não somos mais ricos graças a você...

– Sarah... estou lhe pedindo.

– Olha nos meus olhos, Ruth – continuou a mãe.

Ruth levantou o olhar. Queria se esconder atrás da sua Leica.

– Se acontecer de novo – disse a mãe, encarando-a –, não vamos mais ter condições de te mandar para "aquele lugar", como seu pai diz...

Queria se esconder atrás da sua Leica. Mas nunca fotografaria a mãe, pensou Ruth.

– Sarah, chega! – gritou o Senhor Isaacson, batendo com o punho no volante.

Não havia força naquele grito, pensou Ruth. Não havia mais o eco da força do vô Saul na voz do seu pai.

– Quero que a sua filha... pelo menos ela – continuou a mãe, fitando o marido com um sorriso gélido de desprezo – tenha coragem de encarar a realidade.

– Não dê ouvidos a ela, Ruth – interveio o pai, procurando o olhar da filha no espelho retrovisor.

Ruth viu que o pai tinha os olhos fracos de sempre. Não a luz cintilante do vô Saul.

– Não dê ouvidos a ela, tesouro...

Nem a mesma doçura que ele.

– Estou entrando num projeto muito interessante – disse o pai e depois se interrompeu, gaguejou, desviou o olhar da filha. – Vou produzir um filme... – disse por fim, em voz baixa.

A mãe de Ruth olhou para ele e soltou uma gargalhada cruel.

– Pare com isso, Sarah...

– Vai, diga a ela, grande produtor – e riu de novo. – Diga à sua filhinha. Diga que filme vai produzir.

– Sarah, cale a boca!

A Senhora Isaacson fitou o marido em silêncio. Longamente. Depois voltou a olhar pela janela.

– Seu pai vai investir o pouco dinheiro que nos restou... – começou a falar em voz baixa.

– Sarah! – gritou o pai, freando bruscamente. O carro derrapou enquanto parava à beira da estrada.

A mãe de Ruth bateu a testa contra o para-brisa. Ruth foi jogada para a frente, bateu o rosto no banco da mãe e deixou cair o pacote de fotografias. As fotos se esparramaram no chão.

— Não vou permitir — disse o Senhor Isaacson, apontando o dedo trêmulo para a esposa.

A mulher tocou a testa, no pé dos cabelos. Depois olhou o dedo. Estava sujo de sangue.

— Acostume-se, tesouro — disse com uma voz fria e controlada à filha, olhando-a pelo espelho retrovisor que tinha movido para examinar o pequeno ferimento aberto em sua pele bem cuidada. — A atmosfera que vai respirar é esta. Seu pai se esqueceu de quem é filho, de onde vem, de quem nós somos.

O Senhor Isaacson encostou a cabeça no volante.

— Por favor, Sarah... — disse com uma voz chorosa.

A esposa olhou para ele. Passou um lenço imaculado no ferimento, com elegância.

— Seu pai vai fazer um filme só para homens, Ruth...

— Sarah...

Ruth se abaixou e começou a recolher as fotografias. Não queria ouvir, repetia para si mesma, não queria ouvir.

— Um filme cheio de prostitutas. Para depravados...

— Por favor, Sarah...

— E vamos conviver com prostitutas e depravados de agora em diante...

— Sarah...

Ruth continuava recolhendo as fotos. O rosto da Senhora Bailey. E o de Estelle Rochester e Charlene Summerset Villebone e Daisy Thalberg e da jovem Esther, e depois de Clarisse, Dianne, Cynthia. "Não fale, mãe", pensava. "Fique calada."

A Senhora Isaacson abriu a bolsa e pegou um frasco de metal, fino e reluzente.

— Não na frente dela, Sarah, por favor...

A mulher desenroscou a tampa, molhou o lenço e passou na ferida. Depois tomou um gole generoso.

E Ruth compreendeu de onde vinha aquele cheiro tão diferente do dos automóveis que tinham possuído até então.

— Não na frente dela... — repetiu o pai.

A Senhora Isaacson rosqueou a tampa e colocou o frasco metálico de volta na bolsa.

— E vai conseguir fracassar até nesse esquálido empreendimento — disse, com um sorriso de escárnio. Passou batom nos lábios e penteou o cabelo. — Leve-nos para casa, perdedor — disse ao marido.

O Senhor Isaacson ficou imóvel por um instante. Depois engatou a marcha e acelerou, obediente. Com o olhar perdido na estrada.

Ruth terminou de recolher as fotos e apertou-as contra o peito.

– Você tem talento – tinha-lhe dito Clarence Bailey, depois de olhar com atenção as fotos, naquele domingo. – Eu entendo disso. Você tem talento. Sabe ver a alma das pessoas. – Depois tinha segurado uma foto de sua esposa e os olhos pequenos e vivos tinham-se enchido de lágrimas. – Posso ficar com esta? – pedira. – É ela como era... antes. E Clarence Bailey, antes de ir embora, escrevera um endereço atrás de uma foto da esposa e dissera: – Vou ajudar você. Venha me visitar se... quando...

– Ela não caiu na armadilha – tinha dito então a Senhora Bailey. – Ela vai sair. Ajude-a, Clarence.

– Vou ajudá-la, meu amor – dissera o Senhor Bailey, e, como todo domingo, saíra do quarto fechando gentilmente a porta que aprisionava a esposa havia dez anos.

No carro, agora, ninguém mais falava, e Ruth relembrava aquele domingo de dois meses atrás, apertando as fotos contra o peito.

Quando avistaram o imponente portão da mansão de Holmby Hills, Ruth pegou uma foto. Os olhos da Senhora Bailey fitavam-na, inexpressivos. Ruth virou a foto. A caligrafia do Senhor Bailey era pequena e precisa. "Wonderful Photos – Venice Boulevard, 1305 – quarto andar."

O pai de Ruth parou o carro. Desceu, abriu o portão e voltou para a direção.

– Tenho um trabalho – disse então Ruth. – Não vou voltar para a faculdade e não vou ficar morando aqui.

Nem o pai nem a mãe se viraram para ela. A mãe permaneceu imóvel, elegante como sempre, composta. O pai agarrou o volante e o apertou. Ruth viu os nós dos dedos dele ficando brancos.

– Vamos – disse a mãe.

O Senhor Isaacson engatou a marcha.

41

Manhattan, 1927

— PODE FICAR TRANQUILO. No próximo dia 10 de março, não vou cuspir numa coisa sua pra honrar a morte de Harriet Tubman – riu Cyril, balançando um velho jornal embaixo do nariz de Christmas. – E sabe por quê?

— Porque eu sou um auxiliar de almoxarifado extraordinário e graças a mim você não precisa mais ir aos andares de cima – sorriu Christmas.

— Não diga bobagem. Não vou cuspir numa coisa sua porque você não é branco – e Cyril, rindo com gosto, abriu o jornal em cima da bancada. – Olha só. Alabama, 1922. Jim Rollins, um negro mais negro que eu, vai pra cama com uma branca. *Miscegenation*, mistura de raças, um crime grave. Teve uma época que te enforcavam por uma coisa do tipo, rapaz. Mas depois se descobre que a mulher com a qual Jim Rollins tinha ido pra cama é italiana. Lê aqui... Edith Labue. E ele é absolvido. Porque vocês, italianos, não são brancos pros americanos. Vocês têm o que eles chamam de "gota negra" – e de novo Cyril deu risada. – A gente é quase irmão, rapaz, e por isso no dia 10 de março não vou te incluir na lista dos brancos que eu cuspo.

— Onde arranjou esse jornal?

— No arquivo do meu cunhado. É um ativista dos Direitos Civis de nós *bobres* negros, *sinhozinho Ghrisdmas* – brincou Cyril. – Estava falando de você e saiu essa história.

— E por que estava falando de mim com o seu cunhado, *irmão*?

— Estava dizendo pra ele que, pra um branco, até que você não era tão ruim. E, de fato, a explicação é que você não é branco – riu Cyril outra vez. – E agora deixa de perder tempo e vai trabalhar. Se vê mesmo que tem sangue de negro, não tem vontade de trabalhar igual os brancos de verdade. – Depois estendeu uma caixa para Christmas. – Imagino que não vá se importar de ir montar este mixador na Sala de Concerto – disse.

– Mas não vai passar a manhã toda com a sua gata. Hoje a gente trabalha meio período e ainda tem um monte de serviço.

Christmas pegou a caixa.

– Se eu for rápido você me ensina como montar um rádio? Queria dar de presente a um amigo que vai se casar.

Cyril olhou para ele por um instante em silêncio, como se precisasse tomar uma decisão importante.

– Já que hoje vamos trabalhar meio período – disse –, se não tiver nada melhor pra fazer, pode vir comer na minha casa. Devo ter alguns já prontos.

– Na sua casa? – perguntou Christmas, maravilhado.

– Que foi? Tem nojo de ir na casa de um negro?

Christmas riu.

– Por quanto vai me fazer o rádio?

Cyril fez um gesto de desprezo.

– Você é um meio branco mesmo, rapaz. Quando um negro como eu te diz que tem um rádio e te convida pra ir almoçar na casa dele, quer dizer que vai te dar o rádio. Você não entende porra nenhuma de negro mesmo.

– Sério? – perguntou Christmas, surpreso.

– Sério o quê? Que não entende porra nenhuma de negro? E como!

– Você é demais, Cyril! É um amigão. Eu vou retribuir. Eu juro. Um dia vou te retribuir o favor.

– Vai se foder, *padrino* – esbravejou Cyril, curvando-se sobre a sua bancada. – Agora anda logo com esse mixador. Lembra como faz, pelo menos?

– Claro – disse Christmas, indo para a porta interna.

– Primeiro precisa desconectar...

– Eu sei, irmão, eu sei – e Christmas saiu do almoxarifado, surdo aos resmungos de Cyril. Subiu correndo as escadas e chegou à Sala de Concerto.

– Christmas, não faça planos para nós dois – tinha-lhe dito Maria, depois de algumas semanas que se viam, experimentando cada lugar da N.Y. Broadcast onde dava para fazer amor. – Vou me casar com um porto-riquenho como eu.

Christmas, sorrindo, tinha respondido:

– Fico feliz, Maria, porque eu vou me casar com uma judia.

A partir daquele momento, a relação dos dois, despida de ânsias sentimentais, tinha ficado ainda mais apaixonada.

Maria, que era encarregada de entrar em contato com os artistas contratados para os diferentes programas, tinha aberto as portas dos estúdios para ele, e Christmas finalmente vira como se fazia rádio. Nas horas livres, assistia às gravações ou às transmissões ao vivo. Ouvia música, mas também programas de humor ou debates. E em pouco tempo cada um dos estúdios que tinha visto tinha-se tornado familiar para ele. Dava-se bem com os técnicos, com os diretores das comédias e também com alguns artistas. Sentava-se num canto, no escuro da sala, e escutava. Aprendendo. Fantasiando.

– Tenho que montar um mixador – disse a Maria quando a encontrou na Sala de Concerto.

Maria estava radiante como sempre. Agitou no ar a vasta cabeleira preta e apontou uma mesa de som desmontada, na salinha do operador de áudio.

– É toda sua – disse e depois, assim que o operador de áudio saiu, acariciou suas costas. – Essa noite eu sonhei com você – sussurrou-lhe no ouvido.

– E o que eu fazia? – perguntou Christmas, concentrado em desembaraçar um emaranhado de cabos.

– O de sempre.

– Até no sonho? – riu ele.

Maria se esfregou nele, abraçando-o.

– Claro – disse. – E de fato hoje não estou com vontade.

Christmas se virou e olhou para ela.

– Vou fazer ela voltar.

Maria ajeitou a franja loira dele.

– Quer ir ao teatro comigo hoje à noite? – perguntou, séria.

– Ao teatro?

– Sim, ao teatro. Victor Arden, um pianista muito bom que também toca para nós, quando está livre, me deu dois ingressos para hoje à noite.

– E você quer ir ao teatro comigo? – perguntou Christmas, surpreso.

– Sim... você quer?

– Hoje é o dia dos convites.

– E quem seria a outra?

Christmas riu.

– É o Cyril. Vou almoçar na casa dele.

Maria inclinou a cabeça, com os olhos pretos brilhando.

– Você é diferente de todos que eu conheço. Nenhum branco iria almoçar na casa de um negro.

– Se for por isso, nem você é tão branca assim e... – Christmas deu uma piscadela.

— Para fazer isso os brancos não criam muitos problemas.

— E, de qualquer forma, acabei de descobrir que os italianos não são brancos — sorriu Christmas, puxando-a para si e beijando-a. — Você, Cyril e eu somos americanos. E ponto final.

— Belo sonho.

— É assim, Maria — disse Christmas, decidido.

Maria olhou para ele.

— Você tem o dom de fazer acreditar nas histórias que conta, sabia?

Christmas olhou para ela, sério.

— É assim — repetiu.

Ela abaixou os olhos e se afastou.

— E então, vamos ao teatro? — disse, enquanto ele voltava a se inclinar sobre o emaranhado de cabos.

— Onde?

— No Alvin. Acabaram de construir. Vão inaugurar esta noite. É o espetáculo de abertura. Montaram *Funny Face*, um musical com Adele e Fred Astaire, aqueles dois irmãos, sabe?...

— *Lady, Be Good!* — exclamou ele. — Minha mãe sempre canta. Quando eu disser que vou ver eles, ela vai morrer de inveja.

— Talvez eu possa arranjar dois ingressos para outra noite...

— Eu te adoro, Maria — disse ele, abraçando-a. — Seria magnífico.

— Hoje à noite, então?

— Mas... como tenho que me vestir? — perguntou ele, o rosto se anuviando.

Ela sorriu.

— Assim você está lindo. As outras vão todas ficar com inveja de mim.

— Maria! — chamou um homem de paletó e gravata, aparecendo na Sala de Concerto. — Já vamos começar.

— Tenho que ir — disse ela depressa. — 52 West. Alvin Theater...

— *Funny Face* — concluiu Christmas, fazendo uma careta.

Maria riu e desapareceu.

Era noite. Christmas caminhava pelas estradas escuras de Manhattan, sem um destino preciso, relembrando seu dia.

O almoço na casa de Cyril tinha sido uma fonte de contínuas surpresas. Tinha conhecido uma parte da cidade que ignorava completamente. Da 110 em diante, onde terminava a extensão verde do Central Park, o panorama das zonas ricas mudava radicalmente e em poucos quarteirões começavam os chamados "*Negro Tenements*", prédios feios de apartamentos na altura da 125 que em nada se diferenciavam daqueles do gueto do Lower East Side onde ele tinha crescido. Cyril, porém, não vivia num daqueles edifícios. Tinha uma casa de madeira e tijolo, no estilo daquelas que Christmas tinha visto em Bensonhurst e em geral no Brooklyn. E naquela casa desengonçada, de dois andares, com a fachada corroída pelo frio úmido do inverno e pelo calor abafado do verão nova-iorquino, Cyril vivia com a mulher Rachel, a irmã da mulher, Eleanore, o cunhado Marvin – ativista dos Direitos Civis –, os três filhos deles, de 5, 7 e 10 anos, a velha mãe de Cyril, vó Rochelle – filha de dois escravos do Sul e viúva de um escravo libertado – e o pai do cunhado, Nathaniel, que na juventude era amigo do pai de Count Basie e tinha ficado o tempo todo martelando um piano vertical de um verde brilhante, instalado na cozinha, acompanhado do resmungo baixinho de vó Rochelle, que repetia *ad infinitum* que os artistas eram todos uns malandros que não serviam para nada. Christmas tinha se sentado à mesa e comido uma torta de batata-doce e um gigantesco bagre-americano.

Mas o que mais o tinha surpreendido – além da naturalidade com que tinha sido acolhido na casa – era o que Cyril chamava de seu laboratório. Na realidade era um barraco de madeira instavelmente assentado num pedacinho de terra atrás da casa – e que talvez um dia tivesse sido a latrina –, que Cyril tinha ampliado com materiais de descarte reunidos até transformá-lo num pequeno galpão. No interior do laboratório, havia um caos ainda pior que o do almoxarifado da N.Y. Broadcast. E uma série de engenhocas estranhas. Christmas tinha-as examinado uma a uma, admirando a engenhosidade de Cyril.

– São protótipos – tinha dito Cyril, orgulhoso. – Todos em perfeito funcionamento. Olha – e tinha pegado dois paus finos que se emendavam um no outro, alcançando quase seis metros de altura, e fixado o mastro resultante à parede externa do barraco. No alto dele balançava uma antena rudimentar. Cyril tinha ligado a corrente a uma caixa preta, que tinha começado a chiar. Depois tinha inserido um microfone e desenrolado o cabo até a cozinha, posicionando o microfone ao lado do velho Nathaniel, que continuava imperturbável martelando o piano enquanto as mulheres lavavam os pratos. Por fim, tinha levado Christmas do outro lado da rua, um quarteirão mais para baixo. Tinha batido na porta de uma mercearia fechada. – Abre, negão! – tinha gritado, e, quando o proprietário abrira a porta, rindo com uma voz baixa e áfona, Cyril levara Christmas para dentro. E no fundo do estabelecimento, depois que as válvulas de um receptor de rádio escangalhado se esquentaram, Christmas ouvira com clareza as notas do piano, a voz impaciente de vó Rochelle gritando para o velho Nathaniel parar e este respondendo que não podia porque era amigo do pai de Count Basie. – E aí, o que me diz, branco? – tinha perguntado Cyril, com as mãos na cintura e o peito estufado. – Também tenho a minha estação de rádio. – Christmas tinha ficado sem palavras até quando voltaram ao laboratório. – Caralho, você é um gênio! – tinha dito então. O chefe de almoxarifado sorrira sem jeito, regozijando-se, e depois tinha desmontado o mecanismo rudimentar e levantado uma lona. – Aqui está o rádio para o seu amigo. – Não é a coisa mais linda do mundo, mas funciona – dissera, indicando uma velha caçarola que tinha furado para fazer o suporte das válvulas. – Eu monto e dou de presente pros negros da vizinhança – explicara. Depois tinha perguntado o nome dos noivos, pegado tinta preta e um pincelzinho e escrito na calota, com a caligrafia trêmula e incerta de uma criança: "Santo e Carmelina Filesi".

Christmas voltara para casa de metrô – com o rádio numa grande caixa de biscoito que a esposa de Cyril tinha enfeitado com um laço – e levara para Santo seu presente de casamento. Tinham sintonizado a N.Y. Broadcast, e Christmas tinha se gabado contando à família Filesi, reunida em torno daquele prodígio da ciência, que conhecia o cara que estava falando naquele momento, que se chamava Abel Nittenbaum e era metidão, mas no fundo boa pessoa. Santo tinha se comovido e ficado sem jeito com o presente.

– Ei, nós dois somos os Diamond Dogs, não somos? – tinha dito Christmas.

Ficaram papeando um pouco, e Santo contara que tinha mudado de trabalho.

– Agora sou vendedor-chefe no departamento de roupas da Macy's.

Christmas o cumprimentara, dizendo que precisava ir para casa tentar dar uma limpada no seu velho terno marrom, porque aquela noite ia ao teatro ver os irmãos Astaire. E então os olhos de Santo tinham-se iluminado. Pegara Christmas pelo braço, gritando para a mãe dizer a Carmelina que ele voltava logo, e arrastara o amigo até a Rua 34. Tinha entrado na Macy's, confabulado com o gerente e por fim levado Christmas até um provador. Tinha-o feito provar um traje completo de lã azul, pedindo a uma das costureiras para fazer imediatamente a bainha da calça, com uma polegada de altura; depois o embrulhara, dizendo:

– Isso que é roupa adequada para o chefe dos Diamond Dogs.

Depois tinham voltado para o velho prédio de apartamentos na Monroe Street, sem dizer uma palavra, porque era assim que funcionava entre eles.

Naquela noite, no Alvin Theater, Christmas estava elegantíssimo. Ou pelo menos assim se sentia. E Maria tinha se agarrado ao braço dele durante todo o espetáculo, enquanto Adele e Fred Astaire enchiam o palco com sua graça inata, ela no papel de Frankie e ele no de Jimmy Reeve, e cantavam juntos *Let's Kiss and Make Up*. Ao final do espetáculo, Maria tinha levado Christmas aos camarins para apresentar Victor Arden, o pianista. E enquanto conversavam, tinha passado Adele Astaire, enrolada num casaco de caxemira preto, e Christmas tinha-lhe dito "*Brava!*" em italiano. A atriz tinha-lhe feito uma reverência brincalhona. O irmão Fred aparecera na porta do seu camarim e protestara:

– E para mim, nenhum cumprimento?

Então Christmas dissera:

– O senhor não dança simplesmente. Desliza! É como se patinasse numa placa de gelo. Incrível! – e tinha feito uma reverência, semelhante àquela que Adele fizera para ele. Os irmãos Astaire começaram a rir e foram embora de braços dados, satisfeitos.

E era por essa soma de emoções que naquela noite Christmas ainda não tinha se decidido a voltar para casa. A engenhosidade de Cyril, a amizade de Santo e a magia do teatro tinham-no deixado empolgado demais. Sua cabeça estava cheia de pensamentos. O teatro, então, tinha-o enfeitiçado. Nunca em sua vida tinha visto um musical. Era tudo perfeito, no teatro. O teatro era uma vida perfeita, pensava, em seu traje completo de lã azul, novinho em folha, com o casaco aberto apesar do frio, porque queria vê-lo enquanto caminhava.

Quando se deu conta de ter ido parar na frente dos estúdios da N.Y. Broadcast, olhou as letras grandes na entrada. Do outro lado da porta giratória, podia ver a silhueta do vigia noturno cochilando em sua mesinha. O prédio inteiro estava no escuro, com exceção do último andar, o sétimo, reservado aos escritórios da direção. Christmas levou a mão ao bolso e apalpou a chave da entrada dos fundos. Então sorriu, deu meia-volta, entrou no beco lateral, abriu a porta do almoxarifado, atravessou-o sem acender as luzes e subiu ao segundo andar, ao estúdio número 3, uma sala grande de gravação da qual iam ao ar os programas de humor, com uma mesa reluzente no centro, na qual estavam montados nove microfones.

Christmas entrou no estúdio mergulhado na penumbra, sentou-se à mesa, deixou o casaco escorregar para o chão, tirou o paletó e arregaçou as mangas da camisa, como tinha visto os atores fazendo. Aproximou-se do microfone e o ligou.

Ouviu-se o estalo eletrostático e depois mais nada.

Christmas pensou no silêncio tenso que tinha antecedido a abertura das cortinas, no teatro. Fechou os olhos e de repente pareceu reviver a explosão das luzes assim que a orquestra tinha começado a tocar a música envolvente de Gershwin.

Então limpou a voz e disse:

– Boa noite, Nova York...

Karl Jarach tinha 31 anos. Seu pai, Krzysztof, filho de um pequeno comerciante de grãos de Bydgoszcz, na Polônia, chegara a Nova York em 1892. Quando desembarcara em Ellis Island, não sabia fazer nada. Tinha trabalhado no porto, como estivador, mas, pela pouca estatura e o porte frágil, não aguentara mais que três meses. Por outros seis meses, tentara trabalhar de pedreiro. Porém, também para ser pedreiro não era musculoso o bastante. Durante um baile – organizado pela pequena comunidade de poloneses que frequentava à noite, para falar a própria língua –, o imigrante tinha conhecido Grazyna, e os dois jovens se apaixonaram. Naquele mesmo ano se casaram, e Krzysztof foi admitido como vendedor na casa de ferragens do pai de Grazyna. Ao final de mais um ano, Krzysztof tinha aplicado à casa de ferragens as regras que aprendera com o pai no depósito de grãos de Bydgoszcz, racionalizando as compras e os estoques e investindo nas novas invenções. A atividade comercial da loja tinha-se beneficiado enormemente com isso. O pai de Grazyna o promovera a gerente e, no decorrer do ano seguinte, endividando-se até o pescoço com os bancos, Krzysztof tinha mudado a loja do precário endereço na Bleecker Street para a sede bem mais arejada e comercial na Worth Street, na esquina com a Broadway. Krzysztof tinha bom faro para os negócios, e as duas grandes vitrines da casa de ferragens – nas quais expunha artigos para casa que atraíam também as mulheres dos bairros vizinhos – tinham logo se revelado um bom investimento, de modo que conseguiu devolver depressa o dinheiro aos bancos. A única coisa que não funcionava na vida de Krzysztof era que a sua Grazyna não conseguia lhe dar um filho. De modo que a mãe dela, que estava ficando doente com isso, foi à igreja e fez uma promessa a Nossa Senhora.

E apenas três meses depois Karl foi concebido.

Karl foi o menino mais mimado de toda a comunidade polonesa. Cresceu despreocupado, sem problemas econômicos, e quando atingiu a idade de ir para a universidade, Krzysztof tinha guardada a soma necessária para pagar seus estudos. Mas Karl, surpreendendo a todos, disse que não tinha vontade. Então Krzysztof, embora desapontado, começou a iniciá-lo na administração da loja. Mas Karl estava sempre distraído, não se esforçava, aborrecia-se e sempre que podia ficava lendo livros incompreensíveis sobre a nascente tecnologia de transmissão por ondas de rádio.

– Puta que pariu! – berrou Krzysztof um dia, à mesa, perdendo a paciência com o filho pela primeira vez desde que ele tinha nascido. – Se é o rádio que te interessa, vai trabalhar com rádio, caramba! Mas não desperdice a sua vida!

O berro paterno teve um efeito benéfico sobre o torpor de Karl. Ao cabo de uma semana, as abstrações dos livros tinham-se transformado numa lista das recém-nascidas estações de rádio e das fábricas de rádio e telefonia de Nova York e arredores. Karl bateu em todas as portas e por fim foi admitido na N.Y. Broadcast, como funcionário comum.

O pai lhe comprou dois ternos novos, dizendo que ele não devia jamais parecer um indigente polaco. E, graças a um daqueles ternos, Karl foi notado por um dirigente, que simpatizou com ele e o pôs à prova. E assim como Krzysztof tinha aplicado à gestão da casa de ferragens as regras aprendidas com o pai dele no depósito de grãos, também Karl aplicou à estaçao de rádio as regras da casa de ferragens aprendidas com o pai.

Adaptando às pessoas os mesmos critérios que o pai usava para pregos e parafusos, Karl deu um impulso racional ao "armazém humano" que devia administrar. Em poucos anos, trabalhando além das horas estabelecidas, empenhando-se de corpo e alma, fez carreira e se tornou um dirigente de segundo nível da N.Y. Broadcast, encarregado não só de gerir as transmissões, mas também de propor novos programas.

Naquela noite, bem tarde, como acontecia com frequência, ainda estava no escritório, tentando fazer surgir uma ideia para substituir um tedioso programa cultural apresentado por um professor universitário – amigo de um dos dirigentes de primeiro nível – que falava da história da América sem conseguir despertar o mínimo interesse nos ouvintes, porque usava palavras complexas demais. O ilustre professor tinha uma voz nasal que faria dormir por uma semana até um homem entupido de café, pensava Karl. Porque não sabia para quem estava falando, não conhecia as pessoas às quais se dirigia nem tinha o mínimo interesse em entendê-las. Porém, se a N.Y. Broadcast queria que o rádio entrasse nas casas das pessoas comuns, tinha dito Karl mais de uma vez à direção, era preciso falar a língua delas, conhecer seus problemas e sonhos.

Karl esfregou os olhos cansados. Desanimado, fechou a pasta na qual anotava as ideias de novos programas e vestiu o paletó e o casaco. Estava desacorçoado. Havia semanas que procurava uma ideia para narrar a América sem as palavras maçantes daquele professor esnobe. Trancou o escritório, enrolou no pescoço o cachecol de caxemira que ganhara do pai e começou a descer pelas escadas de serviço, porque à noite não tinha coragem de pegar um dos dois elevadores. Àquela hora os ascensoristas já tinham ido embora e o guarda noturno era famoso pelo sono pesado. Se ficasse preso no elevador, Karl provavelmente teria que esperar a chegada dos ascensoristas na manhã seguinte. Por isso, quando ficava até tarde, descia sempre pela escada.

O prédio estava imerso na penumbra e no silêncio. Seus passos ressoavam nos degraus. Quando estava quase chegando ao segundo andar, no entanto, ouviu uma voz subindo pela caixa de escada. Amplificada. Quente, redonda. Alegre. Viva. Uma jovem voz desconhecida. Karl abriu a porta que dava para o segundo andar e prosseguiu a passos leves pelo corredor para o qual se abriam os estúdios de gravação.

Quando chegou diante do estúdio número 3, viu um ajuntamento de pessoas.

– ...porque a regra fundamental do gângster – dizia a voz, que agora tinha ficado mais forte e clara – é que um homem possui uma coisa só enquanto consegue ficar com ela...

Karl se aproximou mais. Um homem do grupinho reunido fora do estúdio 3 se virou e o viu. Era negro e segurava um escovão e um balde de água. Seus grandes olhos brancos e saltados lampejaram no escuro. Tocou preocupado o ombro da mulher na frente dele. Esta também se virou e em seu rosto negro também se formou uma expressão preocupada. Abriu a boca para falar, mas Karl a deteve com um gesto de mão e depois levou o dedo aos lábios, fazendo sinal para que ficasse calada. Juntou-se ao grupo e a cada um deles, conforme se viravam, fez sinal para ficarem calados. Eram todos negros. Todos funcionários da limpeza.

– Vocês vão me perguntar como eu sei todas essas coisas – continuava a voz. – Bom, é fácil. Eu sou um deles. Sou o chefe dos Diamond Dogs, a gangue mais famosa do Lower East Side. Já fui um morto de fome...

Karl tocou de leve no ombro da mulher que limpava seu escritório.

– Olá, Betty – sussurrou.

– Boa noite, Mr. Jarach – disse a negra, com um sobressalto.

– Quem é? – perguntou Karl baixinho, apontando o estúdio imerso na escuridão.

Betty encolheu os ombros.

– A gente não sabe – disse.

E Karl percebeu que a mulher falava com ele só por educação, mas na realidade não queria fazer outra coisa a não ser escutar a voz. Karl sorriu para ela e se calou.

– ...tudo começa em Five Points, no que então se chamava o Bloody Ould Sixth Ward, o Sexto Distrito. Mas nem eu nem vocês tínhamos nascido, para nossa sorte...

Karl viu que os funcionários sorriam e olhavam uns para os outros, assentindo.

– Eram lugares selvagens e insalubres formados pelo cruzamento entre a Cross, a Anthony, a Orange e a Little Water... – continuava a voz. – Não conhecem essas ruas?

Os funcionários balançaram a cabeça.

– Nunca ouvi falar – murmurou Betty baixinho.

– Pois eu aposto que já passaram lá dezenas de vezes – continuou a voz, como se tivesse ouvido as respostas. – A Anthony é a atual Worth Street...

Karl viu que os funcionários ficavam de boca aberta. E ele próprio também, pensando, surpreso: "É a rua da casa de ferragens do meu pai. A rua onde eu cresci".

– ...a Orange agora se chama Baxter. E a Cross é a Park Street. Já a Little Water desapareceu... E então, quantas vezes já caminharam nessas calçadas históricas?

Os funcionários balançavam a cabeça, incrédulos. E também Karl estava maravilhado e fascinado. Abriu caminho entre o grupinho e tentou olhar para dentro do estúdio, mas tudo que via era a silhueta escura de uma figura curvada sobre a mesa, com o microfone na mão.

— E naquele estranho lugar, cheio de salões de baile e *saloons*, uma espécie de Coney Island da época, frequentada por gente como a gente, marinheiros, vendedores de ostras, operários e empregados de salário modesto, nasceu a cultura do gângster, que naqueles tempos era muito mais durão que hoje em dia...

Karl estava enfeitiçado. E ouvia com o mesmo silêncio tenso dos funcionários ao seu redor.

— Está tarde, chegou a hora de te deixar, Nova York...

Houve um murmúrio desapontado dos funcionários.

— Mas logo estarei de volta pra contar a vocês dos cortiços, dos recrutadores, da Old Brewery, de Moses, o gigante, de Gallus Mag, de Patsy the Barber, e de Hell-Cat Maggie, uma mulher que vocês não iam jamais querer encontrar...

Os funcionários riram baixinho e se cutucaram com o cotovelo. E Karl sorriu junto com eles.

— E vou revelar as façanhas dos *gangsters* de hoje, aqueles que eu encontro todo dia e que vocês veem por aí nas ruas com ternos extravagantes de seda. Vou ensinar vocês a falar como eles e vou contar as aventuras fantásticas que se escondem nos becos da nossa cidade...

— Quando? — perguntou ingenuamente um dos funcionários.

— Agora deixo vocês com uma historiazinha sobre Monk Eastman, nos tempos em que trabalhava como leão de chácara num salão de baile do East Side, no início da sua carreira sanguinária, e mantinha a ordem no local com um enorme porrete, no qual ele fazia meticulosamente uma marca toda vez que abatia um cliente turbulento. Pois uma noite Monk se aproximou de um pobre velhinho inofensivo e abriu a cabeça dele com um golpe tremendo...

— Oh... — fez uma negra gordona ao lado de Karl, levando a mão ao peito.

— Shh! — silenciou-a Betty.

— Quando perguntaram pra ele por que tinha feito aquilo, Monk respondeu: "Bom, eu já tinha 49 marcas no porrete e queria fechar um número redondo..."

Os funcionários riram baixinho. E Karl também riu.

— Agora deixo vocês. Preciso dar um jeito num "rato" que está bancando o "caguete" e recolher a "gaita" no meu *speakeasy* — concluiu a voz.

– Boa noite, Nova York. E lembre-se... os Diamond Dogs estão de olho nas suas histórias.

Em seguida ouviu-se o estalo do microfone sendo desligado.

"Essa é a história da América!", pensou Karl e, depois de um momento de silêncio, começou a aplaudir. E os funcionários aplaudiram com ele.

Então se ouviu o ruído de uma cadeira sendo afastada apressadamente da mesa e, quando Karl acendeu a luz do estúdio, viram-se todos diante de um rapaz de 20 anos, assustado, com a franja loira despenteada na testa, as mangas da camisa enroladas até o cotovelo, olhando para eles de olhos arregalados e sussurrando para Karl:

– Desculpe... eu... me desculpe... eu já vou embora...

– Qual o seu nome? – perguntou-lhe Karl.

– Por favor, não me despeça...

– Qual o seu nome?

– Christmas Luminita.

– Você sabe mesmo muitas dessas histórias?

– Sim... senhor... – respondeu Christmas.

– Às dez. Amanhã. Aqui – sorriu Karl. – Vamos gravar o primeiro episódio.

42

Los Angeles, 1927

BILL ESTAVA DESMONTANDO UM CENÁRIO. Eram nove da noite e não havia mais ninguém no galpão. Naqueles meses, não tinha feito nenhum progresso no mundo do cinema. O primeiro estágio de sua aproximação com Hollywood e com a riqueza não tinha dado em nada. Tinha sido contratado como auxiliar de maquinista e não passava disso. Ganhava pouco mais que um negro bem pago. Mas suas possibilidades de carreira eram exatamente as mesmas que as de um negro qualquer. Zero.

Deu uma pancada decidida na base de uma das duas traves de madeira que seguravam em pé um painel do cenário. Depois fez o mesmo com o outro. Segurou as duas hastes de madeira e deixou que o painel caísse no chão, ecoando no galpão. Era isso o que tinha aprendido em Hollywood. Tudo dependia de em qual lado do *set* você se encontrava. Se estava na frente do cenário, podia ser o que quisesse. Hoje um paxá, amanhã um rico industrial, de qualquer forma o dono do mundo. E estava numa mansão dos sonhos, num escritório administrativo, numa piscina aquecida. Bill se virou e olhou o *set* mutilado. O faustoso harém no qual tinham sido rodadas cenas de sexo lésbico durante todo o dia agora era patético e ridículo. Se você estava atrás do cenário, todas aquelas realidades se mostravam pelo que eram: painéis de papelão pintado, sustentados por estruturas de madeira. E esses painéis seriam pintados novamente e mostrariam outra enganação. No primeiro dia, o maquinista-chefe, batendo a mão nas hastes que mantinham o cenário em pé, tinha dito:

— A madeira é o que importa, lembre-se sempre. Quando desmonta um *set*, é com a madeira que deve se preocupar. A madeira permanece. O papelão não vale porra nenhuma.

Porque isto era Hollywood: nada. Pior: uma ilusão.

Bill colocou o painel num canto e desmontou mais dois suportes, tirou os pregos da base e do topo e empilhou as traves com cuidado junto com as outras. Normalmente, tinha pressa para terminar o trabalho e voltar para casa. Para espiar Linda Merritt chorando. Mas naquela noite, não. E a partir daquela noite não teria mais pressa nenhuma. Porque Linda tinha partido. Tinha ido embora. Não mais se tornaria uma *star*. Tinha jogado a toalha e voltado para sua fazenda. Onde certamente não deixaria de chorar, ainda que por novas razões, por novos arrependimentos, por novas desilusões. Mas Bill se roía porque não poderia nunca mais espiá-la.

Recolheu o painel do chão e arremessou-o com violência para o canto onde estava amontoando todos os outros. O painel pegou o vento como uma vela – ou uma asa quebrada –, empinou no ar, deu um giro desajeitado e desabou no chão, retorcido. Bill chutou-o com raiva, recolheu-o e colocou no canto. Depois, voltando ao *set*, subiu na cama grande na qual as atrizes daquele dia tinham rolado nuas, espalhando suas secreções de mentira nos lençóis que os projetores faziam parecer de seda. Afundou o rosto num travesseiro e tentou controlar a raiva. Suas narinas se encheram de Shalimar, o perfume que a atriz principal usava, aquela vadia que se achava a Gloria Swanson. Bill a detestava. Mais do que qualquer outra vadia que frequentava o galpão. As outras nem o notavam, mas ela o tinha marcado desde o primeiro dia. Obrigava-o a lhe levar café, água, inventava qualquer serviço, desde que fosse humilhante, e o desmoralizava. De todas as formas. O café estava sempre muito forte, ou muito doce, ou muito fraco, ou com muito pouco açúcar. E a água estava sempre muito quente ou muito fria. Ou tinha demorado tempo demais ou de menos. A vadia olhava para o diretor e dizia:

– Mas onde você foi arranjar esse bronco, Arty? – e ria, virando-se para a maquiadora ou o maquinista-chefe e dizendo: – Deve ser meio retardado da cabeça, não é?

E Bill tinha que ficar quieto, apesar de olhar para ela com os olhos em chamas. E ela, a vadia, percebia, gostava, desafiava-o, passava a mão nas tetas sempre nuas e ria. Ria dele.

Bill agarrou o travesseiro e fez menção de rasgá-lo. Mas depois se controlou. No dia seguinte o maquinista-chefe colocaria na sua conta. E Bill não ganhava o suficiente para ter condições de pagar um travesseiro fedendo a Shalimar e àquela vadia. Jogou-o longe e se virou, de barriga para cima, com as narinas dilatadas, tremendo de raiva, fitando as treliças penduradas no teto do galpão, com todos aqueles refletores que o observavam como olhos elétricos.

Não, não tinha pressa de voltar para casa aquela noite. E não só aquela noite. Nunca mais teria pressa de voltar para o seu esquálido apartamentinho no Palermo Apartment House. Porque ela tinha ido embora. Nos últimos meses, Linda tinha tentado puxar conversa. Mas ele sempre se esquivava dela. Não queria que ela encontrasse nele um amigo a quem confidenciar suas dores. Queria que ela sofresse sozinha, porque esse era o prazer dele. E mesmo quando ela tinha batido em sua porta, uma noite, perguntando se queria dividir uma garrafa de tequila com ela, Bill tinha-lhe fechado a porta na cara, grosseiramente. Tinha deixado que ela se embriagasse sozinha, e aquela noite tinha sido maravilhosa. Linda tinha chorado mais que o normal, e com a luz acesa, deixando-se amar através da parede como nunca antes. Tinha sido uma noite de paixão.

Mas não era simplesmente o desaparecimento de Linda que o fazia enlouquecer de raiva. Naquela manhã, o novo inquilino tinha aparecido na porta dele. Era um jovem de jeito esnobe. Um que se sentia melhor que os outros porque era roteirista, porque tinha uma máquina de escrever. E, quando Bill abrira a porta, na cara daquele roteirista de merda do nariz empinado havia um sorriso malicioso.

– Desculpe, meu amigo, a festa acabou.

Bill não entendera na hora. Então o roteirista, sem parar de sorrir, tinha arqueado a sobrancelha e indicado com o queixo a parede da sala. – O seu espetáculo grátis. Eu vi os buracos na parede – dissera, rindo. – Sinto muito que sua amada tenha ido embora. Não tenho a intenção de lhe oferecer o mesmo divertimento, por isso os tapei. Mas me deu uma boa ideia para uma história.

Bill queria tê-lo espancado até arrancar sangue, mas o roteirista tinha se virado com aquele arzinho de superioridade, e depois de um tempo, de sua sala, Bill o tinha ouvido batendo na porra da máquina de escrever. E tinha certeza de que estava escrevendo sobre ele. Que estava rindo dele. Tirando sarro dele.

– Está sentindo meu cheiro, bronco? – ressoou de repente uma voz no galpão.

Bill saltou da cama com um ar culpado.

A atriz riu, mostrando os dentes cândidos e perfeitos.

– Não se preocupe, não vou contar pra ninguém – disse, enquanto subia as escadas que levavam ao passadiço para o qual se abriam os camarins. – Fica sendo nosso segredinho – e, segurando no corrimão com as mãos vestidas de luvas, virou-se para Bill e passou a língua nos lábios escarlates de batom, com um movimento rápido, provocador. – Esqueci o presente de um admirador – disse, sem se dignar a olhar outra vez para ele. – Você pode continuar descabelando o palhaço. Faz de conta que não estou aqui – e desapareceu no camarim, rindo.

Bill ferveu de raiva. Empunhou o martelo e atacou com fúria mais duas traves de madeira. Arrancou-as das tábuas às quais estavam pregadas e empilhou-as na ordem. Depois levantou o painel e levou para o canto, junto com os outros.

– Você que pegou? – disse a atriz com uma voz dura, um momento depois.

Bill se virou e olhou para ela. Estava envolta num casaco de pele claro, de baixa qualidade, aberto, mostrando um vestido de seda vermelho-púrpura, colado.

– Você que pegou? – repetiu a atriz, percorrendo com passos decididos o passadiço e começando a descer as escadas.

– O quê? – perguntou Bill, permanecendo parado.

– Indigente de merda – insultou-o a atriz, enquanto ia até ele, com seus passos ecoando no galpão deserto.

Era mexicana, mas de pele clara. Não parecia mexicana. Parecia mais uma judia, Bill se surpreendeu pensando. Uma judia rica, com casaco de pele e joias. Magra. Com seios que tinham acabado de desabrochar. Quantos anos podia ter? Dezoito? Parecia mulher porque era uma vadia, pensou Bill. Mas era só uma menina.

– A minha pulseira. É de ouro, filho da puta – disse a atriz quando chegou diante dele. – Eu esqueci no camarim e você roubou.

– Eu não peguei – respondeu Bill.

– Me devolve e vamos encerrar o assunto – disse a atriz, apontando o dedo na cara dele. Tinha unhas bem cuidadas, compridas, com esmalte vermelho. E um anel com uma esmeralda retangular de bijuteria.

– Eu não peguei – repetiu Bill. E pensou que era só uma menina. Com longos cabelos negros que se enrolavam em cachos macios.

– Filho da puta...

– Puta aqui só tem uma – interrompeu-a Bill, enquanto sentia toda a raiva acumulada dentro dele pressionando para sair.

– Eu vou contar pra todo mundo, ladrãozinho de merda – disse a atriz. – Você está acabado. Vão te mandar embora e vai acabar na cadeia, seu imbecil – mas, enquanto o insultava, deu um passo para trás.

E Bill viu que toda a sua segurança, toda a sua arrogância de puta desapareciam de seu olhar. Então ele riu, como já não fazia havia muito tempo. E na sua risada ecoou aquela velha nota alegre e alta que uma época tinha sido a voz de sua natureza.

– Você vai acabar na cadeia! – gritou a atriz e deu outro passo para trás, porque o que lera no olhar de Bill a tinha deixado alerta.

– Está com medo, né? – disse Bill, aproximando-se. Era só uma menina, pensou. E acariciou seus longos cachos negros. E passou a mão na pele clara do rosto, que não era de mexicana. Era de judia, isso sim.

– Não toque em mim – disse a atriz, cheia de desprezo, e tentou se virar.

Mas Bill já a agarrara pelo pulso. Era só uma menininha mimada, pensava, fitando-a com um olhar alucinado. Sombrio. Uma rica garotinha judia, vadia e mimada.

– Não vou te beijar, eu juro – disse e deu um soco no rosto dela.

A atriz caiu no chão, gemendo. Tentou fugir, engatinhando.

– Não vou te beijar... Ruth – sussurrou Bill, agarrando-a pelo colarinho do casaco de pele.

A atriz se debateu, gritando enquanto tentava escapar, e o casaco de pele se soltou. Então Bill a pegou pelos cabelos corvinos e a girou. Tinha o lábio partido e o sangue se misturava ao batom. E os olhos estavam cheios de medo. Bill deu risada – escutando com alegria aquela nota reencontrada, leve e brilhante, que gorgolejava em sua garganta – e deu outro soco. Pensando em Linda, que tinha ido embora. Pensando nas lágrimas que tinham iluminado suas noites solitárias em Hollywood. Pensando no roteirista esnobe que se sentia superior a ele porque tinha uma máquina de escrever. Pensando em Ruth, naquela primeira vez, naquela primeira alegria. Naquela noite em que tinha compreendido que havia um jeito de botar para fora toda a sua raiva e a sua frustração, para que não o envenenassem. E então esmurrou outra vez a atriz. No rosto. Depois na barriga e no estômago. E agarrou-a pelos cabelos, levantou-a e arrastou até a cama onde tinha rolado o dia todo com aquele sorriso atrevido e lascivo no rosto, aquele sorriso que agora tinha perdido. Jogou-a sobre os lençóis que as luzes faziam parecer de seda, montou em cima dela, imobilizando-a pelos pulsos, e lambeu as lágrimas que se misturavam ao sangue.

– Quer conhecer a vida real, vadia? – dizia, continuando a cobri-la de socos e bofetadas. Enfiou a mão no decote do vestido de seda e rasgou-o, com violência, rindo com sua risada leve. Em seguida arrancou o sutiã, golpeando-a no rosto cada vez que tentava se rebelar. E depois de tantos anos, finalmente Bill se sentiu vivo outra vez. E nada mais lhe interessava. Não pensava nas consequências. Não pensava em nada. Porque não havia nada além daquilo. Nada além daquele momento. Nada além dele. Os seios pequenos e firmes se agitaram levemente no ar. Bill agarrou um deles e apertou, com força, como se fosse uma laranja, como se tivesse que espremê-lo, como se contivesse um suco que ele desejasse avidamente.

A atriz gritou. Engasgou com o sangue e tossiu.

Bill riu outra vez – não conseguia mais conter aquela alegria esquecida – e ergueu a saia dela. Arrancou-lhe a calcinha e a cinta-liga, abriu suas coxas, desabotoou a calça e afundou-se em seu corpo, excitado.

– Quer ver o mundo real? – gritou em seu rosto. – Está aqui: este é o mundo real, vagabunda!

E enquanto empurrava o membro para dentro dela, com uma violência raivosa – devorando cada expressão de dor e de desespero de sua vítima –, não conseguia pensar em ninguém além de Ruth. E enquanto chegava ao orgasmo e arqueava as costas e enchia a atriz com todo o seu fel, assustou-se com a ideia de que Ruth tivesse entrado no sangue e na cabeça dele. Então apertou a mandíbula, até os dentes rangerem, com uma raiva no corpo que a violência sexual não tinha extinguido por completo, pronto para se encarniçar ainda mais contra a atriz embaixo dele.

A garota olhava para o lado. E uma nova expressão enchia seus olhos negros. Um olhar de surpresa e perplexidade que tinham se juntado ao medo.

Bill se virou e viu Arty Short, fitando-o em silêncio, atrás de um painel do *set*. Bill enrijeceu os músculos sem fazer um único movimento. Mas estava pronto para saltar. Mataria o diretor, se fosse obrigado. E talvez devesse fazer isso mesmo, pensou. Arty o fitava com uma estranha expressão estampada no rosto. Ele também não movia um músculo. Da mão esquerda pendia uma pulseira. De ouro. E era o único movimento no interior do galpão. Os dois homens se esquadrinhavam em silêncio, medindo-se com o olhar, estudando-se. E Bill tentava imaginar o primeiro movimento do diretor, para não ser pego despreparado.

A atriz, aprisionada pelo peso do seu estuprador, fez um pequeno movimento, gemendo.

E então o diretor falou.

– Você conseguiria fazer de novo na frente da câmera? – perguntou com uma voz rouca a Bill.

Bill franziu a sobrancelha. O que havia de errado naquela situação? Estava pronto até para matá-lo, mas não para aquilo.

E o diretor agora sorria e estava se aproximando da cama.

— Arty... — choramingou a atriz, com o lábio partido e já inchado.

— Fica quieta – o diretor a interrompeu, sem deixar de encarar Bill.

Bill se levantou da cama. Abotoou a braguilha. Limpou os dedos viscosos na ponta do lençol.

— Se conseguir fazer de novo na frente da câmera, vamos ficar ricos – disse Arty.

Bill olhava para ele em silêncio.

Então o diretor se virou para a atriz e depositou a pulseira de ouro entre seus seios, com delicadeza.

— Estava procurando isto, Frida? – perguntou, sorrindo. – Você deixou no meu carro. – Depois passou por Bill e recolheu do chão o casaco de pele. O rebordo, à esquerda, estava manchado de vermelho. Arty deu duas batidinhas no casaco, como que tirando o pó, voltou até a atriz e estendeu a mão na direção dela, como um cavalheiro educado. Ajudou-a a se levantar e vestiu o casaco nela. – Fecha – disse –, assim não dá pra ver nada. – Enfiou a mão no bolso da calça, pegou uma nota de cinquenta de uma carteira dourada e estendeu para Frida. – Pro táxi. E a lavanderia – e passou dois dedos no pelo claro do casaco, manchado de sangue. Riu. Pôs as duas mãos nos ombros dela, girou-a e empurrou-a na direção da saída do galpão. – Tire quinze dias pra se recuperar. Chame o doutor Winchell e diga que eu pago. – Deu-lhe um beijo nos cabelos e de novo empurrou-a para a saída. – E não diga uma palavra a ninguém sobre o que aconteceu, se quiser continuar trabalhando.

— Arty... – murmurou a atriz.

— Boa noite, Frida – disse o diretor, e deu-lhe as costas, fitando Bill com um olhar intenso, em silêncio, até que os passos incertos dela deixaram de ressoar no galpão. Depois, assim que ficaram sozinhos, seu rosto esburacado se abriu num sorriso amigável. – Venha, vamos comer e falar de negócios – disse. Passou o braço sobre os ombros de Bill. – Vou fazer de você uma estrela.

43

Manhattan, 1927

— PODE COMEÇAR QUANDO QUISER — disse Karl Jarach, pelo interfone.

Christmas olhou do outro lado do vidro, na sala de direção de onde o dirigente da N.Y. Broadcast, o operador de áudio, Maria e Cyril — aos quais Christmas tinha pedido que assistissem — fitavam-no, em silêncio. Tentou sorrir para Maria e Cyril, mas lhe veio só uma careta. Estava com os lábios secos. Estava tenso.

— Quando quiser — repetiu Karl.

Christmas fez que sim com a cabeça. Estendeu a mão para o microfone e o segurou. A palma da mão estava suada.

— Boa noite, Nova York... — disse, com a voz insegura.

Ergueu os olhos. Maria olhava para ele, ansiosa, mordendo as unhas. Cyril parecia impassível, mas Christmas viu que estava com os punhos cerrados.

— Boa noite, Nova York... — disse outra vez, com uma leve entonação brincalhona. — Eu sou o chefe dos Diamond Dogs e quero contar pra vocês algumas histórias que... — interrompeu-se. — Não, primeiro tenho que explicar quem são os Diamond Dogs. Os Diamond Dogs são uma gangue e eu, quer dizer, nós, somos... — olhou de novo para Maria.

Ela sorriu para ele, assentindo. Mas não havia alegria em seus grandes olhos negros. Cyril agitou os punhos na direção dele, para lhe dar coragem. "Força", Christmas leu em seus lábios.

— É por essa razão que eu conheço um monte de segredos — continuou Christmas. — Os segredos dos becos, do Lower East Side, do Bloody Angle em Chinatown, do Brooklyn... e da Blackwell's Island e de Sing Sing, porque eu... eu sou um durão... estão entendendo? Sou um daqueles... — e de novo se interrompeu.

Não conseguia respirar. Agora que estava ali, a um passo do seu sonho, gaguejava. Agora que tinha a oportunidade ao alcance das mãos, sentia um aperto no estômago. Os pulmões pareciam dois panos molhados, torcidos e amarrados. E nos olhos de Maria e Cyril lia um crescente nervosismo. E talvez um pouco de decepção. A mesma decepção que ele estava sentindo. Decepção e medo.

Afastou o microfone, com raiva. "Não consigo", pensou.

– Começa de novo do início – disse a voz de Karl Jarach no interfone. – Com calma.

– Quando está lá embaixo no almoxarifado não fica quieto um instante – resmungou a voz de Cyril.

Christmas levantou os olhos e riu. Forçado.

– Vamos recomeçar – disse Karl outra vez.

Christmas se aproximou do microfone. O aperto no estômago e nos pulmões não dava sinal de passar.

– Olá, Nova York... – ficou um instante em silêncio, depois se levantou de repente. – Me desculpe, senhor, não consigo – disse, cabisbaixo, com a voz cheia de frustração.

– Deixa eu falar com ele – disse Cyril a Karl.

– Maria? – perguntou Karl.

Ela assentiu.

Cyril fez menção de sair da sala de direção.

– Espera – deteve-o Karl. – Esperem... – disse, pensando. Depois se voltou para o operador de áudio. – Apague as luzes.

– Quais?

– Todas.

– Da sala?

– Da sala e daqui – disse Karl, impaciente.

– Não vai dar para ver mais nada – protestou o operador.

– Apaga! – gritou Karl.

O operador de áudio apagou todas as luzes. O estúdio mergulhou na escuridão.

E na escuridão a voz de Karl chiou no interfone:

– Uma última vez, Christmas. – Uma pausa. – Brinca. – Uma pausa. – Como na noite passada.

Christmas permaneceu imóvel.

– Brinca – repetiu para si mesmo. Depois, lentamente, se sentou. Tateou até achar o microfone. Inspirou e expirou. Uma, duas, três vezes. Fechou os olhos. E ouviu o silêncio tenso da plateia, como no teatro...

– Ergue o trapo! – gritou de repente, com uma voz espalhafatosa.

– Que diabos deu nele? – perguntou no escuro o operador de áudio.

– Quieto! – disse Karl.

Maria grudou a mão no ombro de Cyril.

– Ergue o trapo! – gritou Christmas de novo. Deixou que o eco do grito se dissipasse. – Boa noite, Nova York – disse então, com uma voz cálida, divertida. – Não, eu não enlouqueci. "Ergue o trapo" era o modo que se usava muito tempo atrás pra dizer "Abram-se as cortinas". Então... vamos erguer o trapo, pessoal, porque vocês estão prestes a assistir a um espetáculo nunca visto. Uma viagem pela cidade de polícia e ladrão, como se chamava na época a nossa Nova York. Vocês estão num dos teatros da Bowery, e as atrizes no palco são tão devassas e depravadas que não poderiam se apresentar em nenhum outro teatro, eu garanto. Preparem-se para assistir a farsas vulgares, comédias indecentes, espetáculos que falam de gângsteres de rua e assassinos. E cuidado com a carteira... – e Christmas riu baixinho. O aperto no estômago tinha desaparecido. O ar entrava e saía livremente dos pulmões. Os refletores tinham-se acendido, a música espalhava suas notas. E podia ouvir a burburinho das pessoas, seus pensamentos, suas emoções. – Os seus vizinhos de cadeira são vendedores de jornal, varredores de rua, limpadores de chaminés, trapeiros, jovens mendigos, mas sobretudo prostitutas e "mergulhadores"... sim, vocês ouviram bem, mergulhadores. Ah, é, desculpem, vocês são várzea, não conhecem nosso jargão. OK, primeira lição. "Várzea" é um sujeito como vocês, que não sabe nada das manhas da malandragem. E mergulhador é alguém... que mergulha a mão no bolso de vocês. É o melhor batedor de carteira que vocês podem imaginar. Por isso... cuidado. Ah, olha lá, acabei de ver! De você já levou a carteira, e de você um "feijão", quer dizer, uma moeda de ouro de cinco dólares. E você pode dar adeus ao seu "Charlie", que é o que você chama de relógio de ouro. Daqui a pouco vai querer ver que horas são, vai levar a mão na correntinha pendurada no seu "Ben"... nem isso vocês sabem? Caramba, vocês são várzea mesmo! Ben é o colete. Pois então, vai procurar o seu Charlie e descobrir que ele foi surrupiado. Adeus. E não adianta começar a gritar, vão rir de você. E vão rir ainda mais se você correr pra uma "rã" ou um "porco", ou seja, pra um policial, porque ele não vai poder fazer nada, acreditem. Nem que vier o "Hamlet"... não, não olhem para o palco. Hamlet não é um personagem, é o chefe da polícia. – Christmas fez uma pequena pausa. Agora estava tudo fácil. As palavras se formavam em sua boca antes mesmo que pensasse nelas.

Estava brincando. Riu. Riu alto. – Sabe onde foi parar o seu Charlie, pobre trouxa? Foi pra "igreja". Não aquela que você frequenta, aquela lá a gente chama de "outono". E pra dizer outono a gente fala "folha". Não, a igreja que eu estou falando é o lugar onde a gente altera as marcações das joias. Então aí está você sem o Charlie e com um problema: precisa voltar pra casa e explicar pra sua "maldição". Não consegue entender sozinho? Maldição é a esposa, quem mais? A sua maldição não vai acreditar e vai te xingar, te acusando de ter dado de presente pra sua "canhota", quer dizer, pra sua amante. Aí é problema. Mas se por acaso antes de vir ao teatro você tiver dado uma voltinha com um "morcego", ou seja, com uma prostituta que trabalha de noite, torça pra que nenhum "vampiro" tenha te visto. Aí sim é que a coisa fica feia. Porque, vocês sabem, vampiros são caras que pegam um pato de bem como você saindo de um bordel e depois chantageiam ele. Pra ficar de boca fechada com a sua maldição, pode pedir um "Ned", e você se sai com uma moeda de ouro de dez dólares. Mas de repente ele pode te espremer um "século". E aí, tem cem dólares, pato? Tomara que com a decepção você não caia no "bingo", ou seja, no álcool. Mas, se for o caso, é bom conferir se não é "batizado"... com água, entendem?... ou se não é um *blue ruin*, porque, como diz o nome, é uma ruína, uma triste ruína, e num instante você me vira um "sentimental", quer dizer, um beberrão... E a essa altura você está "consagrado", acabado, e começa a rolar ladeira abaixo. Senta num "Caim e Abel", como a gente chama a mesa, e as suas *flappers* – as mãos, meu amigo, não as mulheres de hoje com o cabelo curto como a Louise Brooks – ...enfim, as suas *flappers* começam a folhear o "livro do diabo", isto é, o baralho e, num piscar de olhos, primeiro você fica com "cara de sexta-feira", ou seja, deprimido, acaba jogando até a "flauta alemã", quer dizer, as botas, tenta dar um golpe e no instante seguinte é um "canarinho" na gaiola e aí se vê na "moldura", ou seja, na forca...

– Excepcional – disse Karl baixinho, no escuro da sala de direção.

Cyril segurou a mão que Maria não tinha tirado nem um instante do seu ombro e a apertou.

– É assim no almoxarifado. Não fica quieto um instante. Me deixa louco – disse com uma voz orgulhosa.

O operador de áudio ria.

– Caralho, como é que ele sabe essas histórias? – disse, e logo acrescentou: – Desculpe, senhor, me deixei levar.

– Está gravando? – sussurrou Karl.

– Sim – respondeu o outro, sem parar de rir.
– Shh – fez Maria.
– Bom, já está tarde, Nova York... – disse a voz cálida de Christmas, enchendo com seu tom luminoso a sala de direção imersa na escuridão. – Mas eu volto. Agora a minha gangue me espera. Os Diamond Dogs, já ouviram falar, né? Pois é, somos famosos, e é por isso que eu sei todas essas coisas. E vou ensinar pra vocês, que são várzea, assim quem sabe um dia podem entrar pra gangue. Fiquem de orelhas bem abertas. Vou revelar a vocês cada canto da nossa cidade e levar vocês pela mão nos becos escuros... onde fervilha a vida que assusta... e que mais fascina vocês. Fez uma pausa e depois disse: – Boa noite, Nova York...

E caiu o silêncio.

"Boa noite, Ruth", pensou Christmas.

Então as luzes se acenderam e do outro lado do vidro Christmas pôde ver o rosto de seus quatro espectadores se abrindo num sorriso entusiasmado. Maria correu para fora da sala de direção e o abraçou.

– Ótimo, ótimo, ótimo – murmurou em seu ouvido.

Cyril também apareceu na sala, balançando de um pé para o outro, orgulhoso e sem jeito, sem saber o que dizer.

– Tenho que falar primeiro com a direção – disse Karl, apertando a mão de Christmas –, mas você... ninguém jamais fez um programa assim.

– Ninguém – disse Cyril, com a voz emocionada.

– Quanto você consegue avançar? – perguntou Karl.

– Avançar? – disse Christmas, atordoado e com uma estranha sensação no corpo, um misto de euforia e melancolia, como se tivesse vontade de rir e de chorar ao mesmo tempo.

– Quantas histórias consegue contar?

Christmas apertou a mão de Maria.

– A vida toda – disse. – E quando terminar começo a inventar outras – acrescentou, rindo.

– Você é demais – disse o operador de áudio.

– Obrigado – respondeu Christmas, que agora só queria fugir e ficar sozinho.

– Um programa assim ninguém nunca fez – repetiu Karl, como se falasse consigo mesmo.

44

Los Angeles, 1927

A GAROTA ESTAVA NO MEIO DO *SET* e olhava em volta com ar confuso. O galpão estava no escuro. Só uma lâmpada pendurada na treliça espalhava sua luz nua, desenhando no meio do cenário um círculo de contornos imprecisos. A cenografia representava, com grande realismo, a lavanderia de um condomínio popular. Uma porta descascada, do lado esquerdo da parede ao fundo, dava para o ambiente. À direita da porta, três grandes tanques. Nas duas paredes laterais, muito no alto, como se a lavanderia se localizasse no subsolo do edifício, abriam-se duas janelas, altas e estreitas, atrás das quais estavam escondidas duas câmeras. Uma terceira, posicionada atrás da parede do fundo, espiava a cena a partir de um buraco que simulava um cano de escoamento entre dois tanques, à altura de uma pessoa. Ao contrário dos *sets* normais – nos quais a quarta parede não existia, para permitir as tomadas sem estorvos –, o cenário se fechava com um alambrado esticado entre dois postes de ferro. Do outro lado do alambrado, duas câmeras para as tomadas transversais, de lado o suficiente para não entrar no enquadramento da câmera escondida entre os dois tanques. As cinco câmeras começariam a gravar em sincronia, ao sinal do diretor, e gravariam a cena sem cortes. A claquete seria batida uma vez só. Não era uma cena que se pudesse repetir. Por essa razão, as câmeras começariam todas juntas, carregadas com uma bobina de filme de vinte minutos cada. Um rolo só. A ação não duraria mais que isso.

Tinha sido uma ideia de Arty Short. Com esse sistema, tinha certeza de obter um realismo que de outra forma seria impossível. E a cena que estavam para gravar precisava de realismo absoluto. Era cara, com certeza. Mas os negócios iam bem, ultimamente. Muito bem. E aquele último esforço levantaria ainda mais dinheiro.

– Começou uma nova era – tinha dito Arty ao seu pupilo, aquele que todos conhecem como o *Punisher*. – Nós dois – tinha enfatizado o diretor – estamos iniciando uma nova era. Você e eu.

Agora a garota estava parada no meio do *set* e torcia as mãos. Estava sem jeito, não sabia o que fazer. A tensão era grande. Tentava sorrir, fazer um ar desenvolto, mas estava tudo escuro. Não conseguia ver nem a equipe de filmagem nem o diretor do outro lado do alambrado, e sentia-se um pouco desconfortável. Tinha sido abordada no dia anterior, enquanto estava na fila, com outras dezenas de figurantes, para tentar conseguir um papel em *The Wedding March*, um filme do diretor Erich Von Stroheim. Um homem tinha se aproximado dela e dito que lhe oferecia a oportunidade de uma audição que a tiraria do anonimato, se fosse aprovada. Era um papel de protagonista, tinham-lhe assegurado. Num filme curto, mas que seria visto pelos maiores produtores de Hollywood. E por todos aqueles que tinham alguma importância em Hollywood. Não tinha conseguido dormir, tinha passado a noite tomada por uma agitação febril. Esperava que a maquiadora apagasse os sinais da noite em claro, mas ninguém a tinha maquiado. Tinham somente lhe dado um vestido para a cena. E roupa íntima. A figurinista tinha dito que o diretor era um maníaco do realismo. Mas tinha achado estranho. Assim como tinha achado estranho não haver outras garotas para a audição. Mas Hollywood não previa que uma garota fizesse muitas perguntas se quisesse subir na carreira, tinha repetido para si mesma. Na verdade, já tinha feito algumas concessões desde sua chegada a Los Angeles, e não se arrependia. Tinha posado como modelo para a *GraphiC*, e para conseguir isso tinha ido para a cama com o fotógrafo. Tinha tido até um relacionamento com um homem casado que era amigo do produtor Jesse Lasky, e desse modo tinha conseguido ser figurante em alguns filmes. Era assim que se fazia carreira em Hollywood. E era para fazer carreira que tinha deixado Corvallis, Óregon, no coração do Willamette Valley, três anos antes. Claro, em Corvallis, se tivesse ido para a cama com um fotógrafo e com um homem casado seria considerada uma puta, mas em Hollywood as regras eram diferentes, e ela não se sentia uma puta. Não ia para a cama com quem aparecia. Não o fazia nem por prazer nem por vício. Tinha acontecido só com o fotógrafo e com o amigo de Jesse Lasky. Em Corvallis, sua beleza teria servido apenas para se casar com um funcionário da prefeitura em vez de um lenhador, como todas as suas amigas. Era isso que se podia esperar de Corvallis, um lugarejo que tinha como flor-símbolo o crisântemo. Uma vez, na biblioteca municipal, tinha lido que em certas partes do mundo o crisântemo era a flor dos mortos. E ela não queria levar uma vida de defunta.

A porta do *set* se abriu e apareceu o diretor. Tinha um rosto feio, muito magro, com a pele esburacada, e uma expressão desagradável. Mas ela queria mais da vida. Por isso, sorriu para ele.

— Então, está pronta? – perguntou Arty Short.

— O que eu tenho que fazer? – riu ela, como se estivesse à vontade, como se fosse uma atriz consumada. – Não tem um roteiro?

Arty olhou para ela em silêncio. Tocou seus cabelos, apertando os olhos. Depois virou-se para a porta aberta.

— Quero duas tranças! – berrou.

Uma mulher insignificante entrou no *set* arrastando as sandálias. Trazia na mão quatro fitas. Duas vermelhas e duas azuis.

— Fecho com um laço? – perguntou.

Arty Short fez sinal que sim.

— Vermelho ou azul? – perguntou a mulher, numa cantilena desprovida de emoção.

— Vermelho.

A mulher tirou um pente do bolso, foi para trás da garota e começou a pentear seu cabelo, sem cuidado.

Arty continuou observando a garota enquanto a cabeleireira fazia as duas tranças.

— Quero você ingênua, entendeu? – disse à garota.

A garota assentiu, sorrindo. Detestava tranças. Todas as garotas de Corvallis usavam tranças. E tinha certeza de que com as tranças ficaria com a mesma cara de montanhesa que elas. Mas era a audição da sua vida. Um papel de protagonista. Estava disposta a fazer muito mais que isso para conseguir aquele papel.

— Como disse que se chama? – perguntou Arty.

— Bette Silk... – A garota engasgou. Riu. – Quer dizer, esse é o meu nome artístico. Na verdade me chamo...

— OK, Bette, me escute com atenção – Arty interrompeu-a. – O que quero de você é o seguinte... – o diretor fez um gesto de impaciência. – Porra, vai demorar muito pra fazer duas tranças?

A cabeleireira apertou o segundo laço e saiu de cena.

— Me desculpe, Bette – disse Arty, suavizando a voz –, mas não quero bagunça no *set* enquanto gravo. Você está tranquila?

– Sim.

– Pois então, você é uma garota em fuga. Quando eu gritar "Ação", você entra aqui, ofegante e aterrorizada. Fecha a porta com este ferrolho – e Arty mostrou um ferrolho leve, no meio da porta. Fechou-o.

– Aqueles outros dois não? – perguntou a garota, apontando dois ferrolhos muito mais robustos na base e no topo da porta. – Se eu estou fugindo...

– Bette – cortou-a Arty Short, irritado. – Bette, não invente. Se eu te digo que deve fechar com este apenas, você fecha com este apenas.

– Sim, me desculpe, é que eu...

– Se eu te disser pra pular de uma janela, você pula, Bette. Está claro isso? – disse ele, com uma voz dura.

Bette corou e abaixou o olhar.

– Sim, me desculpe.

– Bom. Então, é só isso que você precisa fazer – e a voz de Arty voltou a se suavizar. – Você está fugindo. E procura refúgio nesta lavanderia.

– Fugindo de quem? – perguntou a garota.

Arty olhou para ela em silêncio, depois disse:

– Está pronta?

– Sim... – respondeu Bette, timidamente.

– Muito bem.

– Preciso dizer alguma fala?

– Vão vir espontaneamente, você vai ver – sorriu Arty, amável.

– Luzes! – gritou em seguida para o alto.

Os refletores apontados para a cena se acenderam. Bette sentiu-se banhada pelo calor da luz. E naquele momento compreendeu que estava para fazer cinema. De verdade. Como protagonista.

– Venha – disse-lhe Arty, pegando-a pelo ombro e levando para fora do *set*. Correu o ferrolho e abriu a porta.

Bette olhou para a cena iluminada antes de sair para o escuro dos bastidores. E sentiu o coração acelerando no peito.

– Ele é o seu parceiro – disse-lhe Arty.

Bette se voltou e viu um rapaz de uns 25 anos que a olhava nos olhos, sem revelar a mínima emoção. Sentiu como se uma onda de frio percorresse seu corpo e voltou imediatamente a olhar a cena e as luzes fulgurantes dos refletores.

– Câmera! – gritou Arty.

O coração de Bette se acelerou ainda mais.

— Ação!

Seu sonho estava se tornando realidade, pensou Bette. Inspirou fundo e se lançou na cena. Pelo ímpeto excessivo acabou caindo. Levantou-se e se jogou contra a porta. Fechou-a e puxou o ferrolho.

Então Arty Short se virou para Bill.

— É toda sua — disse.

Bill enfiou na cabeça uma máscara de couro preto, justa, com uma fenda para os olhos, uma para a boca e uma para o nariz.

— Vai, Punisher — disse Arty.

Bill bateu com o ombro contra a porta. O ferrolho cedeu. A porta se escancarou. Bill permaneceu imóvel olhando para Bette, as longas tranças, a figura formosa. Viu-a recuar para a parede, com uma expressão de terror fingido no rosto. Era uma péssima atriz. Virou-se para a porta e a fechou. Com o pé correu o ferrolho robusto da base. Depois fechou também o de cima. E então voltou a olhar para sua vítima. Nos ouvidos sentia o zunido das câmeras. Sorriu por trás da sua máscara de couro. A garota tinha levado a mão à boca, teatralmente, como faziam as atrizes do cinema mudo. Aproximou-se dela com passos medidos. A garota sussurrava com uma voz lamuriosa:

— Não... não... por favor... vá embora... não...

Bill pegou-a por uma das tranças e jogou-a no meio do *set*. Quando ela se levantou, sua expressão de medo era mais verossímil. Mas ainda não o bastante. Então Bill lhe deu um soco no estômago. A garota se dobrou ao meio, gemendo. E quando o Punisher levantou sua cabeça, colocando-a de frente para a câmera, a dor e o terror eram perfeitamente realistas. Bill deu risada e depois rasgou seu vestido enquanto continuava a cobri-la de socos, escutando a câmera zunir e sentindo sua excitação crescer.

— Corta! — gritou Arty Short dez minutos depois.

No silêncio que se seguiu, ouviu-se o estalo do interruptor do gerador. Os projetores se apagaram, chiando enquanto esfriavam. O galpão mergulhou na escuridão. A lâmpada que pendia da treliça, no centro do *set*, voltou a espalhar sua luz nua. E no círculo de contornos imprecisos, no chão — enquanto Bill tirava a máscara de couro preto e abandonava o *set* —, a garota permaneceu imóvel por alguns instantes, como morta. Depois levou a mão à virilha, cobrindo-a, com uma lentidão pouco natural. E com o outro braço cobriu os seios nus. Foi sacudida por um soluço. Virou a cabeça para as câmeras que não zuniam mais e disse, baixinho:

– Oh, meu Deus...

Ao seu redor, na escuridão, tudo estava em silêncio.

– Doutor Winchell! – gritou Arty Short.

No círculo de luz débil apareceu um homem de uns 60 anos, com cabelos brancos ralos que resistiam apenas nas têmporas, óculos dourados, redondos, terno cinza, uma maleta numa mão e duas cobertas na outra. Ajoelhou-se ao lado da garota, estendeu uma coberta em cima dela e enrolou a outra embaixo da cabeça. Depois abriu a maleta. Tirou uma seringa e encheu-a com um líquido claro, viscoso. A garota continuava com a cabeça virada para o escuro, para as câmeras desligadas. Quando sentiu que o médico pegava seu braço, com delicadeza, e apertava-o com um garrote elástico, virou-se para ele.

– É morfina – disse o Doutor Winchell. – Vai tirar a dor.

Depois enfiou a agulha na veia que tinha inchado, soltou o elástico e injetou o líquido. Removeu a agulha e tamponou a picada com um chumaço de algodão embebido de desinfetante.

Enquanto o médico colocava seus instrumentos de volta na maleta, Arty Short se aproximou. Tirou do bolso um maço de dinheiro, abaixou-se perto da garota e colocou-o em sua mão.

– São 500 dólares – disse. – E já falei com um produtor que me prometeu te dar um papel num filme. Se for à polícia, porém, vai fazer mal só a si mesma. – O diretor se levantou. – Você foi ótima – disse. Depois se afastou, e seus passos ecoaram no escuro do galpão.

O Doutor Winchell sorriu para a garota, sem jeito, depois pegou uma gaze e começou, com delicadeza, a estancar e desinfetar os ferimentos do rosto, lavando o sangue.

– Você foi demais! – ouviu-se mais adiante a voz de Arty Short. – Você vai ver o que eu vou conseguir tirar disso na montagem. Vamos beber alguma coisa, Punisher. Você vai virar uma lenda, acredite em mim – e sua risada ecoou no galpão.

A garota olhava para o Doutor Winchell, que continuava cuidando de seus ferimentos.

– O senhor parece o meu avô... – disse.

45

Los Angeles, 1927

— ERA SÉRIO QUANDO PROMETEU à sua esposa que ia me ajudar? – perguntou Ruth ao Senhor Bailey, ao comparecer à agência fotográfica Wonderful Photos, no quarto andar da Venice Boulevard.

O Senhor Bailey olhou para ela. Ruth tinha uma mala na mão. Uma mala verde, elegante, de couro de crocodilo.

— Está se metendo em confusão? – perguntou, dando passagem para ela entrar.

Ruth permaneceu imóvel.

— Não – disse simplesmente.

— E imagino que também não esteja me metendo em confusão, certo? – perguntou ele então.

Uma expressão de espanto surgiu no rosto de Ruth.

— Não... claro – murmurou.

— Por que não entra, Ruth?

Ela permaneceu na porta, atrapalhada. Incapaz de se mover.

Deixar a mansão de Holmby Hills não tinha sido difícil. Assim que voltara da clínica, a enorme casa tinha-lhe parecido ainda mais inóspita. A grande sala onde os pais tinham organizado festas suntuosas estava quase vazia, exceto por alguns móveis de pouco valor. As paredes um dia cheias de quadros tinham sido saqueadas por comerciantes de arte. Os pisos estavam nus, sem os tapetes macios que os recobriam. A piscina, esvaziada, estava se enchendo de folhas secas. O pai passava os dias esperando a visita dos possíveis compradores ou saindo com um ar furtivo para encontrar seus novos sócios. A mãe, quando via o marido se esgueirando para fora, saía atrás dele gritando:

— Vai fazer algum teste com suas prostitutas? Pelo menos volte com alguns dólares no bolso, fracassado. Depois se afundava na poltrona na qual passava a maior parte do seu tempo bebendo. Desde cedo pela manhã.

Mas o que tinha tornado fácil para Ruth a decisão de ir embora não fora essa atmosfera sombria. Após três dias, nos quais não conseguia se resolver a fazer o que tinha anunciado, o pai tinha entrado uma manhã em seu quarto junto com um homem elegante, de rosto delgado e olhos frios. O homem inspecionara o quarto, sem demonstrar interesse. O Senhor Isaacson tinha ficado de cabeça baixa, evitando cruzar o olhar de Ruth.

– Esta – tinha dito então o homem, indicando sobre a mesinha de cabeceira a preciosa moldura antiga de prata trabalhada contendo o daguerreótipo do vô Saul. O pai de Ruth não tinha se movido. Então o homem pegara a moldura, abrira a parte de trás, tirara a foto do velho Saul Isaacson, jogando-a sobre a cama. Depois saíra do quarto com a moldura na mão, dizendo: – Tem mais alguma coisa para ver? Vamos rápido, estou com pressa.

O pai de Ruth não tivera força para dizer nada à filha e fechara a porta devagar, desaparecendo.

Naquele mesmo dia, Ruth tinha pegado a mala verde de couro de crocodilo, enchido com suas roupas, o daguerreótipo do vô Saul, o coração esmaltado de Christmas e tinha deixado a mansão de Holmby Hills. Não tinha sido difícil fazer isso.

Nem chegar ao quarto andar na Venice Boulevard.

– Entre, Ruth – repetiu o Senhor Bailey.

Ruth olhou para ele. Depois olhou para o chão, fitando a chapa de latão que separava o piso do corredor do edifício do da agência fotográfica. Como uma fronteira. Como se aquele último passo lhe pesasse mais que todos os que tinha dado até ali. Como se, passada a soleira da porta, não tivesse como fugir de sua decisão. E enquanto fitava a chapa de latão, seu nariz e sua mente se encheram dos cheiros que tinha respirado na Monroe Street, quando fora dizer adeus a Christmas. E aqueles mesmos cheiros, que naquele dia a tinham assustado, agora lhe pareceram reconfortantes. E por um instante, a imagem do velho Senhor Bailey, refletida na chapa de latão, pareceu-lhe a de Christmas. Reviu o sorriso alegre, a franja loira despenteada, os olhos pretos como piche, a expressão petulante. E sentiu-se invadir pela sua vivacidade, pela sua inconsequência, pela sua coragem, pela sua confiança na vida.

Ergueu os olhos para o Senhor Bailey. O velho lhe sorria, compreensivo.

– Como está a Senhora Bailey? – perguntou.

– Como sempre... – respondeu o Senhor Bailey. – Entre...

— Sente muita falta dela? — perguntou Ruth, com uma profunda melancolia na voz, carregando a pergunta com toda a saudade que sentia de Christmas.

O Senhor Bailey se esticou na direção da mala de couro de crocodilo, pegou-a e com a outra mão empurrou Ruth para dentro da agência.

— Venha — disse. — Vamos conversar aqui dentro.

Ruth viu que ele estava pisando na chapa de latão. E viu que não usava sapatos ingleses refinados como seu pai, mas resistentes botinas americanas. Hesitou, depois ultrapassou aquela fronteira reluzente. "Pronto, consegui", pensou.

Dez minutos depois, a secretária do Senhor Bailey depositou uma bandeja com chá quente e biscoitinhos na escrivaninha do agente. Em seguida saiu do escritório, fechando a porta devagar.

— Não fui eu que decidi colocar a Senhora Bailey naquele lugar — disse então o velho, sem que Ruth lhe perguntasse nada. — Eu nunca teria feito isso. Se dependesse de mim, teria parado de trabalhar e me dedicado a ela de corpo e alma, dia e noite. Não, não fui eu que decidi — e os olhos dele se desfocaram por um instante, voltando àquele momento doloroso e íntimo. — Um dia... já fazia meses que tinha caído na armadilha, como ela sempre chamou a doença dela... enfim, um dia ela se sentou de frente para mim e disse: "Olhe para mim, Clarence. Vê como estou lúcida? Você precisa me levar a uma clínica de doenças mentais". Assim, sem preâmbulos, sem rodeios. Tentei objetar, mas ela me deteve imediatamente. "Não tenho tempo para discussão, Clarence", ela disse. "Em menos de dez palavras vou voltar a falar bobagens. Não seja desleal comigo, você nunca foi. Não tenho tempo para discussão." — O velho agente fitou Ruth. — Eu peguei as mãos dela nas minhas e abaixei o olhar, como um covarde, porque sentia vontade de chorar e não queria... não queria que ela me visse tão fraco. Apertava as mãos dela e quando levantei os olhos... a Senhora Bailey não era mais ela. Simplesmente... não estava lá. E então eu fiz o que ela tinha me pedido. Porque se tivesse mantido ela comigo, teria sido... desleal. — Os olhos do Senhor Bailey sorriram, cheios de tristeza. Tomou um gole de chá, se levantou e foi até a janela, dando as costas para Ruth. Quando se virou de novo, tinha uma expressão serena. Como se tivesse sacudido dos ombros toda a melancolia.

Ruth olhava para ele. A xícara de chá esquentava suas mãos. E o olhar do Senhor Bailey era ainda mais quente. De repente sentiu que não estava mais com medo, que se sentia em segurança. Como tinha se sentido com o avô. Como tinha se sentido com Christmas.

— A Senhora Bailey teve que fazer um grande esforço para se libertar por um momento da armadilha dela e me pedir para olhar as suas fotos – disse o Senhor Bailey. – E fez isso duas vezes. Tem uma força extraordinária... não acha?

— Sim – murmurou Ruth.

— Então vamos ao trabalho.

O Senhor Bailey deu a volta na escrivaninha, pegou Ruth pela mão e levou-a para fora do escritório. As paredes da agência eram cobertas de fotos. O Senhor Bailey, sempre levando-a pela mão, parou diante da sala da secretária.

— Senhorita Odette, a partir de amanhã, quando chegar, se encontrar a porta do arquivo fechada, não entre e não faça muito barulho. Temos uma hóspede – disse. Depois continuou pelo corredor até uma porta de madeira clara e a abriu. – Vamos lá, me ajude a desentulhar esta sala – disse a Ruth e começou a recolher álbuns cheios de fotos, esparramados por todo lado, no chão e nos móveis, e a levá-los para a sala do lado, onde recriava a mesma idêntica desordem. – Pode dormir aqui até encontrar uma acomodação melhor. Eu moro no apartamento de cima, no quinto andar. Se precisar de alguma coisa, pode tocar a campainha. Na verdade haveria espaço ali também, mas... bom, você sabe, não me parece certo um meio viúvo como eu colocar em casa uma menina... não acha?

— Sim, Senhor Bailey – sorriu Ruth, corando.

— Me chame de Clarence – disse o velho. – Naquele guarda-roupa deve ter cobertores e lençóis. Sabe por que tem uma cama nesta sala? A Senhora Bailey dizia que os artistas estão sempre sem dinheiro e que um bom agente deve cuidar deles mesmo que não o façam ganhar um centavo. – O Senhor Bailey riu. – Não é um raciocínio muito prático, mas sempre gostei dele – e riu de novo, levando para fora o último álbum de fotos e jogando-o sobre um sofá. – Não acha? – disse, voltando para a sala.

Ruth assentiu.

Ouviu-se uma porta se fechando.

— A Odette sempre vai embora sem se despedir. Além desse nome horrendo também tem esse defeito – riu o Senhor Bailey. – Não pense que tem alguma coisa contra você, faz isso com todo mundo. É meio arredia para certas coisas. Mas é uma ótima secretária. E uma boa pessoa.

Ruth assentiu novamente. Olhou pela janela. O sol já tinha se posto.

– Você jantou? – perguntou-lhe o Senhor Bailey.

– Não estou com fome, obrigada.

– Se eu lhe dissesse que está muito magra a Senhora Bailey ficaria brava comigo – disse o agente –, por isso faça de conta que eu não disse. – Sorriu e fitou-a em silêncio, por um instante. – Bom, eu sou velho – disse depois. – Normalmente vou para a cama cedo. Tem medo de ficar aqui sozinha?

– Não...

– Então durma bem. – O Senhor Bailey olhou em volta, balançando a cabeça. – Não é grande coisa, eu sei. Mas com o tempo podemos deixar mais aconchegante...

– Não acha? – disse Ruth, e riu. Como não fazia havia muito tempo.

O velho agente riu com ela.

– Domingo que vem, se quiser, pode ir comigo visitar a Senhora Bailey. Tenho certeza que ela vai gostar – disse, enquanto um véu de melancolia cobria seus olhos novamente. – Mesmo que ela nunca demonstre... – Olhou ainda uma vez para a sala. – Ah, estava esquecendo. As chaves. Tome, fique com as minhas e tranque por dentro. Amanhã fazemos uma cópia. – Estendeu a mão e acariciou os cabelos pretos de Ruth, com a rudeza desajeitada de um avô. – Boa noite, Ruth – disse por fim.

– Boa noite... Clarence.

Ruth esperou até ouvir a porta da agência se fechar, depois abriu o guarda-roupa e encontrou lençóis e cobertores. Arrumou a cama, um simples catre encostado na parede, num canto, coberto de travesseiros que faziam-no parecer um sofá desconjuntado. Em seguida, colocou a mala verde de couro de crocodilo em cima da cama e abriu os dois fechos. Pegou a foto do avô e colocou sobre uma prateleira. Depois pegou o coração esmaltado de vermelho que Christmas tinha lhe dado na despedida, três anos antes, e apertou-o com força. Pôs a mala embaixo da cama e se deitou, de roupa.

– Boa noite, Christmas – disse baixinho e fechou os olhos, como se esperando uma resposta.

No meio da noite, acordou de sobressalto, tomada pela angústia. Correu até a porta da agência e trancou-a a chave.

– Vai embora. Vai embora, Bill – murmurou, com uma voz fraca e desesperada. Depois voltou para a cama. Pendurou o coração esmaltado no pescoço. "Tenho medo", pensou. "Tenho medo de tudo." Fechou os olhos e esperou adormecer depressa. – Você tinha medo até do Christmas, sua idiota – disse em voz alta. E então, pela primeira vez depois de tanto tempo, sentiu uma espécie de ternura por si mesma. E as lágrimas que chorou não eram de desespero, mas de aceitação.

Ruth estava se rendendo a si mesma.

Sentou-se na cama, tirou a blusa e soltou as ataduras com as quais enfaixava os seios. Olhou os sinais vermelhos. Acariciou-os de leve, com amor. E deixou que o horrível pingente vermelho em forma de coração lhe acariciasse a pele. Depois pegou as gazes e jogou no cesto de lixo. Voltou para a cama, vestiu a blusa e, enquanto adormecia apertando o coração de Christmas, surpreendeu-se ao descobrir que, sem o aperto das faixas, estava voltando a respirar.

– Enquanto não tiver um fluxo regular de trabalho, pode completar revelando as fotos dos outros – disse na manhã seguinte o Senhor Bailey, em seu escritório. – A câmara escura é uma boa escola. Compreende-se muito como as fotos devem ser batidas e, sobretudo, entra-se em contato com a magia da fotografia. Ah... você vai encontrar duas pilhas de livros no seu quarto. A primeira é de manuais técnicos. Queria que os estudasse. A segunda é uma coletânea dos melhores fotógrafos do mundo. Folheie-os com atenção. Depois gostaria que fizesse uma lista daqueles de que mais gosta e daqueles dos quais não gosta. E de cada um desses dois grupos você deve indicar aqueles nos quais não se reconhece de forma alguma e aqueles nos quais vê alguma coisa de você. Feito isso, terá que escolher quatro fotos. A que você nunca tiraria, a que queria ter tirado, a que nunca seria capaz de tirar e a que mais descreve você. Por fim, vai tirar todas essas quatro fotos. Não vai ter o mesmo objeto, e o enquadramento talvez não possa ser idêntico, é claro, mas tente reproduzi-las com a maior semelhança possível. Prestando atenção sobretudo às luzes e às sombras. Você tem à disposição todas as minhas máquinas fotográficas. Escolha a que lhe parecer mais adequada para cada foto.

Nas quatro semanas seguintes, Ruth aprendeu a arte da revelação e da impressão e, como o Senhor Bailey tinha previsto, descobriu a magia da fotografia. Como fantasmas nebulosos, os objetos fotografados emergiam do papel, na escuridão da câmara de revelação. E enquanto ganhava prática com os reagentes e os banhos, experimentava as máquinas fotográficas que o Senhor Bailey tinha colocado à sua disposição, os *flashes* de magnésio, os cavaletes, aprendia os tempos de exposição para as placas, e suas narinas começavam a distinguir os odores das gelatinas, do bicromato de potássio, do brometo e do cloreto de prata. À noite, estudava os manuais e a história da fotografia, desde os antigos estudiosos árabes, passando pelas placas de contato primitivas, os daguerreótipos, a ambrotipia, a ferrotipia, até as gelatinas sensíveis. E, folheando os livros de fotografia, entrou em sintonia com a alma dos fotógrafos, com as infinitas possibilidades de narração que uma imagem fixada no papel oferecia.

Quando julgou que estava pronta, apresentou-se ao Senhor Bailey.

– Terminei. Esta é a lista que me pediu e estas são as quatro fotos.

– Muito bem – disse ele. – Agora está pronta para o seu primeiro trabalho.

– Não vai olhar?

– E para quê? – disse ele, apertando os olhos pequenos e agudos. – Eu jamais saberia dizer o que você compreendeu de si mesma. Só você pode saber... não acha?

Ruth ficou desnorteada com a resposta. Girou nas mãos o produto do seu trabalho, refletindo, e ao final compreendeu e sorriu.

– Sim, Clarence.

– Muito bem. Você deve ir à Paramount. Amanhã à tarde, às quatro. Tem um encontro com Albert Brestler no estúdio 5. É uma pessoa muito importante. Adolph Zukor escuta sempre o que ele diz.

– E eu tenho que fotografá-lo? – perguntou Ruth, surpresa.

– Não, vai fotografar o filho dele, Douglas. Está fazendo 7 anos. Brestler organizou uma festa para ele no estúdio 5. São crianças. Faça fotos dele enquanto brinca e apaga as velinhas.

– Ah... – disse Ruth.

– O que foi?

– Não gosto de fotografar gente rindo.

– Então fotografe quando ele não estiver rindo.

Ruth permaneceu imóvel, em silêncio.

– Tem mais alguma coisa? – perguntou Clarence, distraidamente.

Ruth fez menção de começar a falar. Depois cerrou os lábios e saiu do escritório.

Quando chegou ao estúdio 5, Ruth se sentia desconfortável. As mães das crianças estavam cobertas de joias, como se fosse uma *première*. As crianças vestiam trajes ridículos de pajem, num estilo do século XVIII.

O estúdio inteiro estava iluminado como se fosse dia, com potentes refletores cinematográficos. Um trono dourado se erguia sobre um pequeno palco no centro do galpão. E no trono sentaram Douglas Brestler, com uma coroa na cabeça e um cetro na mão.

— A senhorita é a fotógrafa? — perguntou a mãe do aniversariante quando a viu chegar. Olhou-a de cima a baixo com soberba e depois, com um gesto da mão que faria com a criada, disse: — Vamos, vamos, menina, se mexa. — E por fim se esqueceu dela, como se ela não existisse.

Pouco a pouco, Ruth foi se sentindo menos desconfortável. Nem os pais nem as crianças pareciam prestar atenção nela. Era como se fosse invisível.

Ruth bateu uma série de fotos de Douglas olhando sério para um aviãozinho que ganhara de presente, do qual um dos seus amigos tinha quebrado uma asa. Depois fotografou a bochecha avermelhada pelo tapa que a mãe tinha dado no vândalo. E a Senhora Brestler com a boca cheia e uma gota de chantili escorrendo no queixo. E outra mãe que enfiava a unha comprida e vermelha na boca para arrancar um pedaço de comida enroscado entre os dentes. E outra olhando uma meia-calça desfiada. Mas sobretudo fotografou as crianças. Suadas, cansadas, com os ridículos rufos do século XVIII sujos de chocolate, com os jabôs soltos. E fotografou aqueles que, exaustos, se jogavam num canto para cochilar. Ou uma pequena rusga. Ou as lágrimas de uma menina da qual tinham rasgado o tutu de cetim. E depois fotografou-os todos juntos, do alto de um mezanino. Em volta da mesa dos doces, como esfomeados. Como num campo de guerra.

— Que diabos de fotos são essas? — estava dizendo Albert Brestler a Clarence quando Ruth chegou em casa, na semana seguinte. — Você diria que isto é uma festa? Para mim é um funeral. Minha esposa está furiosa.

Ruth quase caiu morta. O escritório estava vazio. Odette já tinha ido embora. Aproximou-se da porta lateral do escritório do Senhor Bailey, que estava entreaberta, e ficou escutando.

— O que o senhor veio me dizer, Mr. Brestler? — perguntou Clarence, com uma voz pacata. — Imagino que não queira ser reembolsado, senão não teria se incomodado pessoalmente. Estou certo?

Ruth viu que Brestler se sentava, olhando as fotos em silêncio, com uma expressão carrancuda.

— Quanto mais olho para elas... mais... — fez uma pausa, suspirou. — São... têm um...

– Sim, pensei a mesma coisa quando as vi – disse Clarence.

Brestler olhou para ele.

– Mas não devia mandá-la fotografar uma porra de uma festa. Você é famoso porque não erra uma, sempre admirei você por isso, mas desta vez... – Jogou as fotos na escrivaninha, com raiva. – Minha esposa tem razão, isso é um funeral.

Ruth quase caiu morta outra vez. Nenhum dos dois homens falava. Um silêncio denso tinha caído sobre o escritório. Queria ir embora, não escutar. Mas não conseguia se mover.

– Se tivesse lhe proposto a garota para algo mais importante, teria lhe dado uma chance? – perguntou Clarence, sorrindo.

Brestler bufou.

– Não, acho que não – disse.

– Pois é, eu também acho – e Clarence fitou-o em silêncio com seus olhos astutos.

Brestler balançou a cabeça, voltou a olhar as fotos uma por uma, colocou um cigarro na boca e acendeu. Aspirou uma longa tragada, prendeu a fumaça nos pulmões e depois deixou-a sair lentamente.

– São boas – disse por fim.

– É, são muito boas.

Ruth sentiu que estava corando. Agora sim, queria fugir.

– Está bem – disse Brestler. – Quem ela deve fotografar, na sua opinião?

– Gente que não ri.

– Gente que não ri... – resmungou Brestler, impaciente. – O que quer dizer? Atores dramáticos?

– Atores dramáticos, perfeito.

– E quem mais?

– Vamos começar com os atores dramáticos – disse Clarence, com sua voz pacata. – Se as fotos ficarem boas, aqueles que riem também vão querer ser fotografados... e vão evitar rir. Não acha?

– Como se chama a garota?

– Ruth Isaacson.

– Judia?

– Não perguntei a ela.

– Ser judia é um bom salvo-conduto em Hollywood.

– Então vou perguntar.

— Vai pro inferno, Clarence — disse Brestler, se levantando. Depois apontou o dedo para as fotos do filho. — Mas estas eu não vou pagar. E cuide de me mandar rápido um fotógrafo infantil para tapar a boca da minha mulher antes que ela peça o divórcio.

— Pode ser o fotógrafo do ano passado?

— Você tinha dito que ele tinha morrido.

— É mesmo? — sorriu Clarence. — Devo ter me confundido.

Brestler riu e saiu do escritório assoviando.

Clarence segurou as fotos da festa e olhou-as em silêncio.

— Entre, Ruth — disse então. — O que ainda está fazendo aí fora?

Ruth sentiu-se gelar. Entrou, com o rosto vermelho de vergonha por ter sido descoberta.

— Clarence, me desculpe... eu...

— A partir de hoje você é a fotógrafa das estrelas "amuadas" — interrompeu-a o velho agente, rindo. — O que acha? Está bom pra você?

46

Manhattan, 1927

– POSSO? – DISSE CHRISTMAS DE MANHÃZINHA, colocando a cabeça para dentro do escritório, no primeiro andar, do administrador e proprietário do edifício no nº 320 da Monroe Street.

– Entra, pirralho – respondeu Sal Tropea com sua voz que, com a idade, tinha ficado ainda mais grave e rouca. Estava sentado atrás da escrivaninha, concentrado nas contas.

– Arranjei dois ingressos para o *Funny Face*, no Alvin – disse Christmas, agitando-os no ar.

– E daí?

– É um musical.

– E daí? – repetiu Sal.

– Leva minha mãe – disse Christmas, depositando os ingressos em cima do livro contábil.

Sal o esquadrinhou.

– Onde arrumou esse terno?

Christmas sorriu satisfeito, passando a mão na manga azul de lã fina.

– Bonito, né?

– Onde arrumou, eu perguntei. Sua mãe quer que você use aquele marrom.

– Não estou fazendo nada de errado – disse Christmas, fechando a cara. – O Santo que me deu.

– Quem?

– Santo Filesi.

– Aquele que vai se casar? – perguntou Sal.

– Ele.

– É seu amigo?

— É.

— Gente boa – disse Sal, aproximando-se do livro contábil e deixando escorregar os ingressos do teatro sobre a escrivaninha, sem tocar neles. – Pagam todo mês, em dia. – Suspirou. – Mas esse casamento está me preocupando. Casamentos custam um monte de dinheiro. Por que diabos as pessoas se casam?

— São pra hoje à noite – disse Christmas, apontando para os ingressos.

— Acho que este mês não vou cobrar o aluguel deles – disse Sal, sempre concentrado no livro contábil. – Já não iam conseguir me pagar mesmo. Pelo menos assim não preciso me irritar e fazer papel de bobo. – Levantou os olhos para Christmas. – É um bom presente de casamento, não é?

— Vai levar ela?

— Você nunca responde as perguntas.

— Nem você, Sal – disse Christmas. – Vai levar ela no teatro?

— Você tem a cabeça mais dura que a sua mãe – resmungou Sal. – É um bom presente de casamento ou não?

Christmas suspirou.

— É, Sal, é.

— É, eu também acho – resmungou Sal, satisfeito. – Você sabe que aquele tampinha daquele estivador...

— Levanta cem quilos com uma mão só, sei, Sal. Todo mundo sabe há anos – interrompeu-o Christmas.

— Mas é um bom diabo.

— Vai se foder, Sal. Já entendi – disse Christmas, enfezado, e estendeu a mão na direção dos ingressos.

A mão de estrangulador de Sal, eternamente encardida, agarrou-o pelo pulso. Com força.

— Lava essa boca, pirralho.

— Está bem, Sal. Agora me solta, tenho que ir trabalhar.

— Que espetáculo seria? – perguntou Sal, soltando o pulso dele e se encostando no espaldar da cadeira de madeira com rodinhas de ferro.

— *Funny Face*.

— Nunca ouvi falar.

— É um espetáculo novo. Um musical, com...

— Onde você disse que vai ser?

— Alvin Theater, Rua 52 Oeste – bufou Christmas. – Você não conhece, eu sei. O teatro também é novo, acabaram de...

— E por que se chama Alvin? – perguntou Sal.

– Como é que eu vou saber, Sal! – disse Christmas, exasperado.

Sal deu risada e colocou as mãos atrás da cabeça, cruzando as pernas.

– Foi construído por Mr. Pincus, um peixe grande, mas também estão no meio alguns velhos conhecidos meus – disse com um sorrisinho na cara feia. – Os donos são Alex Aarons e Vinton Freedley. Alex e Vinton. Al e Vin. Alvin. Pros espetáculos eu não dou a mínima, mas do mercado imobiliário eu sei tudo. – Mostrou os dentes num sorriso ainda mais satisfeito. – Está vendo como você é um sabichãozinho de merda, pirralho? – e deu risada, com sua voz que parecia um arroto.

– OK, você venceu – riu Christmas.

– Voltando a esse musical... – disse Sal.

– É com Fred e Adele Astaire. Fred Astaire é...

– Sim, sim, já entendi. A sua mãe me estoura os tímpanos de manhã até de noite com aquela porra de música. É bicha, esse Fred não-sei-quê?

– Astaire. O que tem a ver se é bicha ou não?

– É dançarino.

– Não é bicha – bufou Christmas novamente. – Mas por que tem que ser sempre tão difícil falar com você?

– Como sabe que não é bicha? – perguntou Sal, sem se descompor nem mudar a expressão. – É dançarino, não é? Dançarino é tudo bicha. Quem ia querer fazer uma coisa de mulherzinha se não fosse uma bichona?

– Vi ele com uma mulher que você nem sonha.

Sal olhou para ele.

– Então esse Fred não-sei-quê não seria bicha?

– Não, Sal, quantas vezes tenho que dizer?

Sal abaixou os olhos para o livro contábil e começou a folheá-lo. Pouco depois, levantou a cabeça e olhou para Christmas.

– O que foi? Mais alguma coisa?

– Vai levar minha mãe no teatro hoje à noite? – perguntou Christmas, que não tinha a mínima intenção de se render.

– Vamos ver.

– Sal, há quanto tempo não sai com ela?

O olhar de Sal se desfocou. E sua memória voltou àquela noite no Madison Square Garden, quando tinha acabado de sair da prisão.

– Você virou o quê, agora, um cafetão? – rosnou para Christmas. Depois balançou a cabeça. – Há muito tempo – resmungou.

– Então vai levar ela?

— Vamos ver.
— Sal!
— Tá bom, vou, caralho! — Sal pegou os ingressos na mão. Deu risada. — Te dei uma suadeira, hein? — perguntou, contente.
— E não fala pra ela que fui eu que te dei — disse Christmas. — Ela vai gostar mais se achar que foi você que comprou.
— Pelo menos são lugares bons, ou vai me fazer passar vergonha?
— Plateia.
— Plateia, plateia... No meu tempo eu levei ela na primeira fileira.
— Tchau, Sal. Tenho que ir — e Christmas foi em direção à saída.
— Espera, pirralho.
Christmas se virou, com a mão na maçaneta da porta.
— Como ficou aquela história do programa de rádio? — perguntou Sal.
Christmas ergueu os ombros, com uma expressão desapontada.
— Nada ainda — disse.
— Quanto tempo demoram pra decidir, porra? — estourou Sal, batendo o punho na escrivaninha e fazendo o livro contábil pular. — Puta que pariu, já faz quinze dias! Estão pensando o quê, que você pode ficar esperando a vontade deles? Ricaços de merda, bostinhas idiotas...
Christmas sorriu.
— Obrigado pelo Santo — disse, saindo.
— Tchau, pirralho... — resmungou Sal. Sozinho, soltou um violento jato de ar pelas narinas, como um touro, deu outro soco na mesa, levantou-se e foi até a janela, escancarando-a. — Se quiser mando quebrar as pernas deles! — gritou para Christmas, que já estava na rua. — Você me fala e eu mando dois caras irem quebrar as pernas deles, pra aprenderem!

Karl Jarach não podia acreditar. Depois de mais de vinte dias de espera, tinham-lhe respondido que não. Primeiro tinham dado voltas, sustentando que não havia o espaço certo, depois — quando os tinha apertado — tinham resolvido dizer que era um programa vulgar e sem interesse. Que nenhum ouvinte o acompanharia, que nunca funcionaria. Idiotas. A direção da N.Y. Broadcast era composta de idiotas. E era exatamente isso que tinha acabado de dizer a Christmas, depois de descer ao almoxarifado para comunicar-lhe que o programa não seria feito.
— Brancos — comentou Cyril, cuspindo no chão. E lançou uma olhada cheia de desprezo para Karl.

Karl via a decepção no rosto de Christmas.

– Sinto muito – disse. – Sinto muito mesmo.

Christmas deu um sorriso triste para ele, virou-se e perguntou a Cyril:

– Tem casamentos judeus pra celebrar?

O almoxarife pegou uma caixa grande do chão, com raiva, e dois martelos.

– Eu também preciso – disse. – Ainda que eu preferisse arrebentar a cabeça de certas pessoas – e voltou a lançar um olhar turvo para Karl.

Em seguida Karl os viu irem para o fundo do almoxarifado, abrirem a caixa e caírem em cima das velhas válvulas.

– Tenho que voltar lá para cima – disse. Mas nem Christmas nem Cyril escutaram. Ou talvez tivessem feito de conta que não escutaram, pensou Karl. E então saiu, cabisbaixo, e subiu para o sétimo andar.

– Aconteceu um problema, Mr. Jarach – disse a secretária, indo ao seu encontro, esbaforida.

– Outro? – disse Karl, de cara fechada, entrando no escritório e indo olhar pela janela. Nova York estava envolta na escuridão da noite iminente. Muitos empregados já se despejavam nas ruas, espremendo-se em direção ao metrô. Outro dia estava terminando.

– Skinny e Fatso – disse a secretária.

– Skinny e Fatso o quê? – perguntou Karl de mau humor, voltando-se.

– Sofreram um acidente de carro. Não vão poder vir fazer o programa – disse condoída a secretária, que era uma ávida ouvinte do programa cômico *Cookies*, apresentado pelos dois atores de variedades.

Karl olhou para ela sem dizer nada. Não dava a mínima para aqueles dois imbecis.

– Vamos colocar música no lugar? – perguntou a secretária.

– Sim, sim...

– Que tipo de música?

– Faça como quiser...

A secretária permaneceu um instante imóvel. Depois se virou e saiu do escritório.

Karl olhou de novo pela janela. As pessoas corriam para casa. "Boa noite, Nova York", pensou. E então sentiu um arrepio lhe percorrer a espinha.

– Que se dane! – exclamou e saiu correndo do escritório. – Mildred! Mildred! – gritou para a secretária, que estava entrando no elevador. – Suspenda tudo – disse. – Vá para casa, eu cuido disso.

— Mas Mr. Jarach...

— Vai, Mildred. — Empurrou-a para fora do elevador e disse ao ascensorista: — Segundo, depressa. — Assim que as portas do elevador se abriram, Karl se precipitou para a Sala de Concerto. — Onde está a Maria? — perguntava a quem encontrava.

Maria estava vestindo o casaco quando ele a encontrou.

— Você não pode ir embora ainda — disse-lhe Karl, sem fôlego. — Me escute, temos pouco tempo. Lembra como se chama o operador de áudio que gravou o teste do Christmas?

— Leonard.

— Leonard, ótimo. Encontre-o imediatamente. Peça para ele lhe dar a gravação e me encontre... de onde a gente transmite *Cookies*?

— Da 9.

— Terceiro andar?

— É, terceiro.

— Está bem, nos vemos lá — disse Karl, apertando os ombros dela. — Corra — e olhou o relógio de ouro que tinha ganhado do pai. — Temos menos de cinco minutos.

Na sala 9 do terceiro andar, o operador de áudio e o locutor da N.Y. Broadcast estavam esperando a música a colocar no ar.

— Estamos prontos? — perguntou Karl, entrando na sala.

— Sim, mas... — começou o operador de áudio.

— É só um instante — interrompeu-o Karl, apontando-lhe um dedo para fazê-lo se calar, e virou-se ansioso para a porta da sala.

Naquele momento Maria entrava correndo, com a gravação na mão.

— Aqui está — disse.

— Vai — disse Karl, passando-a para o operador de áudio.

— O que é? — perguntou o locutor, posicionando-se ao microfone.

Maria e Karl se entreolharam.

— Tem certeza? — perguntou Maria.

— Nunca tive tanta — disse Karl, com um sorriso radiante.

— Estou pronto — disse o operador de áudio ao interfone.

— Obrigado, Maria. Agora pode ir para casa — disse Karl.

— Eu não perderia isso por nada no mundo — sorriu Maria. — Mas vou escutar lá no almoxarifado.

— Mande um abraço — disse Karl.

Maria assentiu, saiu da sala e fechou a porta à prova de som.

– Quando quiserem. Quinze segundos para o anúncio – chiou a voz do operador de áudio.

– O que eu devo dizer? – perguntou o locutor.

– Depois do anúncio, apague as luzes. Todas – disse Karl ao operador de áudio.

Este lhe fez um sinal de anuência do outro lado do vidro.

– O que eu devo dizer? – perguntou de novo o locutor, com um tom ansioso na voz. – Dez segundos.

Karl olhou para ele. Em seguida empurrou-o para o lado.

– Deixe comigo – e virou-se para o operador de áudio, para receber o sinal para começar.

O operador de áudio contou no ar com os dedos da mão. Cinco, quatro, três, dois, um. E abaixou o braço.

– Esta é a N.Y. Broadcast, a sua rádio – começou Karl, impostando a voz. – Esta noite, devido a um pequeno imprevisto, *Cookies* não poderá ir ao ar... – e Karl apertou os punhos, esperando que ninguém mudasse de canal. – Mas estamos orgulhosos de apresentar a vocês o nosso novo, extraordinário programa conduzido por Christmas... – Karl parou. "Caralho, Christmas de quê?", pensou, suando frio. – Christmas... Christmas e basta, senhores – disse. – E já já vocês vão entender por que não posso revelar seu sobrenome. É um sujeito pouco recomendável. E o programa se intitula... – Karl parou outra vez. Um título. Precisava de um título. – *Diamond Dogs*! – anunciou, e depois fez sinal para o operador de áudio.

A sala mergulhou na escuridão.

– Ergue o trapo! – ressoou na sala. Silêncio. E então outra vez: – Ergue o trapo!

O eco do grito desapareceu. Karl passou a mão na testa. Estava suado. "Que se dane", pensou, sentando-se, feliz.

E então a voz aveludada de Christmas disse:

– Boa noite, Nova York...

47

Los Angeles, 1927

— TEM UMA VISITA PRA VOCÊ, RUTH — disse o Senhor Bailey, batendo à porta da câmara escura, sem abri-la.

— Já vou — disse Ruth, com uma voz alegre.

Estava satisfeita com as fotos que estava revelando. Retratavam Marion Morrison, que tinha sido um aclamado jogador da famosa Horda Trovejante, a equipe de futebol americano da Universidade do Sul da Califórnia. Era um rapagão grande e forte que não tinha sorrido nenhuma vez durante a sessão de fotos. Nem no intervalo. No momento era só um contrarregra nos estúdios da Fox, mas Clarence tinha dito que se tornaria uma estrela. Winfield Sheehan, o chefe da Fox, tinha lhe confidenciado. Para Ruth, pouco importava. A única coisa que contava para ela era que o jovem não tinha sorrido nenhuma vez. Tinha-o feito posar ao ar livre, não em estúdio. Clarence tinha dito que era perfeito para filmes de faroeste, então Ruth o tinha levado para um campo árido, quase desértico, num dia que prometia chuva. As fotos ficaram escuras, cheias de contrastes. A figura imponente de Marion Morrison se sobressaía no campo. Mãos no bolso, atitude prepotente. Mas das fotos de Ruth emergia mais que isso. Uma sensação de grande solidão. Como se fosse o último homem no mundo.

— Venha, Ruth — repetiu o Senhor Bailey.

— Sim, pronto, terminei — disse Ruth, pendurando a última foto para secar. — Quem é? — perguntou, alegre.

— Venha — disse apenas o Senhor Bailey.

Ruth notou a nota tensa na voz de Clarence. Abriu a janela da câmara escura e saiu da sala.

— Está esperando no meu escritório — disse Clarence.

Ruth atravessou o corredor e teve um momento de hesitação antes de entrar no escritório. Pôs a mão na maçaneta de latão reluzente, girou-a e empurrou a porta.

— Olá, tesouro – disse o Senhor Isaacson, em pé diante da escrivaninha.

— Oi, pai – murmurou Ruth, parada na porta.

— Faz tempo que não vem nos ver – disse o pai.

Ruth entrou na sala e fechou a porta.

— Pois é – disse. Não sabia o que fazer. Não sabia se abraçava o pai, se continuava ali, imóvel, como uma estranha. – E a mamãe, como está? – perguntou, para romper o silêncio.

— Está no carro – disse o Senhor Isaacson, virando a cabeça para a janela iluminada do escritório de Clarence, que dava direto para a Venice Boulevard. – Não estava com disposição para subir... Não tem estado muito bem ultimamente...

— Está bebendo muito? – perguntou Ruth, bruscamente.

O Senhor Isaacson abaixou o olhar, sem responder.

— Vamos nos mudar – disse.

— Se mudar? – disse Ruth, surpresa. – Vão voltar para Nova York?

O pai balançou a cabeça, com melancolia.

— Não. Sua mãe não suportaria... – disse, ainda com os olhos baixos. – Vamos para Oakland. Vendi por uma cifra ridícula a mansão de Holmby Hills e aceitei uma oferta em Oakland. Acabaram de abrir um cinema... enfim, precisavam de um administrador e eu... Sabe aqueles filmes só para adultos? Sua mãe tinha razão, como sempre. Não é o nosso mundo. É gente muito rude e vulgar. Eu queria morrer com aquilo, e depois... bom, os ganhos não eram grande coisa. Em Oakland, pegamos um apartamento perto do cinema e... enquanto der, ficaremos ali.

Ruth deu um passo em direção ao pai. Dura. Depois outro e mais outro. Quando chegou até ele, o abraçou.

— Sinto muito, pai – disse.

O Senhor Isaacson pareceu esvaziar-se ao contato com a filha. Os olhos se umedeceram. Enfiou a mão no bolso, pegou um lenço e assoou o nariz. E naquele momento Ruth sentiu toda a fraqueza daquele homem. Mas não o odiou. Porque, no fim das contas, era seu pai. E não era culpa dele se não era o pai que uma filha desejaria. Puxou-o de novo para si e abraçou-o outra vez. Com força. Perdoando-o por tudo o que não tinha jamais conseguido ser.

— Sou uma fotógrafa – disse, segurando-o abraçado, como se faria mais com um filho que com um pai. – E é tudo graças ao senhor. Obrigada, pai. Obrigada.

O Senhor Isaacson caiu no choro. Uma breve sequência de soluços. Mas quando levantou o olhar para a filha tinha uma espécie de alegria nos olhos.

— Muito bem, minha menina – disse, rindo e chorando ao mesmo tempo. – Você é como meu pai. É como o vô Saul. – Pegou o rosto dela entre as mãos. – Você é forte, Ruth, e eu agradeço aos céus todo dia por você não se parecer comigo. Seria terrível carregar mais esse peso nos ombros.

— Não diga isso, pai – disse Ruth, abraçando-o. – Não diga...

— Se for para Oakland, vá nos visitar. West Coast Oakland Theater, Telegraph Avenue – disse o Senhor Isaacson, soltando-se do abraço. Então levou a mão ao bolso interno do paletó elegante e tirou um envelope. – Tem cinco mil dólares. Não posso lhe dar mais, tesouro – disse, estendendo-o para ela.

— Não preciso, pai. Tenho um bom trabalho...

— Pegue, Ruth. Por favor. Seu avô dizia que somos gente que só sabe expressar os próprios sentimentos com dinheiro. Por favor.

Ruth estendeu a mão e pegou o envelope.

— Mas eu lhe dei também a Leica, não foi? – disse o Senhor Isaacson.

— O melhor presente que já me deram.

— Tem uma última coisa... – acrescentou o pai, com voz incerta. Engoliu em seco, abaixou de novo o olhar. – Eu não sabia... – fitou Ruth, deu um leve sorriso, com amargura. – Mas talvez não tivesse feito nada, de qualquer forma... – Tocou a aliança de casamento, girando-a nervosamente em torno do anular, indeciso se prosseguia. – Não sei se faço bem em te contar... Não a odeie, Ruth. Não a odeie. Ela sempre achou que estava fazendo pelo seu bem...

— O quê, pai? Quem?

— Sua mãe, Ruth – disse o Senhor Isaacson. – Eu não sabia, mas nesses últimos tempos, desde que você foi embora, ela... fala muito, sabe... o álcool... e...

— Pai – pressionou-o Ruth.

— Aquele garoto que salvou você...

— Christmas...?

— Aquele garoto lhe escreveu... muitas cartas. Para Beverly Hills e depois para Holmby Hills, e a sua mãe... sua mãe nunca deixou você ver. E também as cartas que você escreveu para ele... ela sempre rasgou.

Ruth permaneceu em silêncio. Sem fôlego. Como se tivesse levado um soco no estômago.

— Não a odeie, Ruth... ela achava que estava fazendo pelo seu bem...

— Sim... – murmurou Ruth. Depois deu as costas ao pai, foi até a janela e olhou para a rua. Viu um carro marrom estacionado ao lado da calçada oposta. E no carro teve a impressão de enxergar um reflexo metálico, atrás do para-brisa, no assento ao lado do motorista. O reflexo de um frasco de metal.

Quando se voltou, o pai não estava mais na sala.

48

Manhattan, 1927

— ESTÃO DEMITIDOS — disse Neal Howe, diretor-geral da N.Y. Broadcast, sentado atrás da escrivaninha de cerejeira marchetada, limpando os óculos redondos com um lenço de linho imaculado no qual se destacavam suas iniciais. Tinha um rosto delgado, com veinhas finas que formavam uma imperceptível teia de aranha nas bochechas. A pele do crânio, por baixo dos cabelos ralos, era avermelhada. Usava um terno cinza sob medida, impecavelmente engomado, com condecorações militares na lapela do paletó. Quando ficou satisfeito com a limpeza dos óculos, colocou-os no rosto e fitou Christmas e Karl, em pé diante dele. — Vão me perguntar por que me dei ao trabalho de lhes comunicar pessoalmente — e sorriu com animosidade. Apontou para eles um dedo fino, com a unha pontuda. — Porque o que fizeram, se estivéssemos em guerra, se chamaria insubordinação. E seria punido com a corte marcial.

— Quer mandar nos enforcar? — disse Christmas, enfiando as mãos no bolso, com um olhar insolente. Olhou para Karl com o canto do olho e se surpreendeu com o quanto o rosto dele parecia pálido e imóvel.

O diretor-geral fez um movimento de cólera.

— Não banque o engraçadinho, rapaz — disse, com uma voz cortante. — E quando estiver na minha frente, tire as mãos do bolso.

— Senão o quê? — disse Christmas. — Vai me demitir?

O rosto antipático do diretor-geral ficou lívido.

— Senhor Howe, me escute, por favor — interveio Karl, com voz fraca. — O garoto não tem nada a ver com isso. Foi ideia minha. Ele não sabia que eu ia colocar no ar... o senhor não pode descontar nele também...

— Não posso? — riu o diretor-geral.

— O que eu queria dizer é que o senhor...

– Deixa pra lá – Christmas interrompeu-o, colocando a mão em seu braço. – Quer nos fazer implorar pra depois nos demitir do mesmo jeito. É esse o jogo dele. Não entendeu? Não está fazendo por um senso de justiça. Gosta de humilhar a gente. Não perde seu tempo e não dá essa satisfação pra ele. Vamos embora...

– Como se atreve, rapaz? – explodiu o diretor-geral, ficando em pé, com o rosto vermelho.

– Pode parar, velho bolorento – Christmas riu na cara dele e virou-se para sair. – O senhor vem, Mr. Jarach?

Karl olhou para ele com os olhos embotados, como se tivesse dificuldade para se dar conta do que estava acontecendo.

– Turkus! Turkus! – berrou o diretor-geral.

Apareceu na sala um homem com a cara marcada de socos. Vestia o uniforme de segurança.

– Ponha esses dois pra fora a pontapés! – gritou histericamente o diretor-geral.

O segurança esticou o braço na direção de Christmas.

– Encosta um dedo em mim e Lepke Buchalter te enfia um picador de gelo na garganta – disse Christmas, com uma expressão feroz.

O homem mostrou uma incerteza no olhar e parou o gesto no ar.

– Quer que amanhã de manhã a polícia encontre o seu cadáver num carro abandonado num lote em Flatbush? – continuou Christmas para o segurança. Depois se virou para Karl. – Vamos, Mr. Jarach. – Pegou-o com determinação pelo braço e arrastou-o para a saída, passando pelo segurança, que continuava imóvel e atrapalhado.

– Turkus!

– Adeus, velho bolorento – riu Christmas, saindo do escritório, seguido por Karl.

– Jarach, vou cuidar pra que nenhuma rádio te contrate, eu juro! – berrou o diretor-geral, roxo de raiva. – Turkus, ponha-os pra fora a pontapés ou está demitido você também!

O segurança saiu e alcançou Christmas e Karl nos elevadores.

– Não apareçam aqui nunca mais – rosnou.

– OK, muito bem, já livrou sua cara. Agora cai fora – disse Christmas, entrando no elevador e fechando as grades. – Térreo – disse ao ascensorista.

Enquanto o elevador descia rangendo, Karl se permitiu formular o pensamento que estava tentando manter distante. Estava tudo acabado.

Seu escritório no sétimo andar alojaria outro dirigente. Os degraus que tinha subido com tanto esforço, negando-se uma vida privada, divertimentos e distrações, dedicando tudo de si mesmo à sua ascensão, ao trabalho, à radio, estava tudo acabado. Karl Jarach voltaria a ser o que devia ser de nascença.

– O senhor está bem? – perguntou Christmas, vendo-o cambalear quando saíram do elevador.

Karl assentiu, sem falar nada.

– Obrigado pelo que o senhor fez – disse Christmas. – Foi bom acreditar que meu sonho se tornaria realidade.

Karl assentiu outra vez, tentando sorrir.

– Venha – disse Christmas e, em vez de se dirigir à saída, entrou pela portinha que dava para o subsolo.

– Cancelaram a transmissão? – perguntou Cyril, aparecendo mais abaixo, na porta do almoxarifado. – Idiotas. Não entendem porra nenhuma, rapaz... – olhou para Karl, que tinha parado na metade das escadas, e fez menção de voltar para o seu reino.

– Me demitiram – disse Christmas.

Cyril se voltou.

– O quê?

– E Mr. Jarach também perdeu o cargo dele. Insubordinação.

Cyril deu uma olhada para Karl, que tinha parado na metade da escada, encostando-se contra a parede, e balançou a cabeça por alguns instantes, bufando pelas narinas largas. Depois pegou a porta com suas mãos nodosas e bateu-a com violência. Abriu-a e bateu de novo. E outra vez, com força e raiva, até que o reboco do batente rachou e se esfarelou no piso.

– Idiotas! – gritou para o alto.

– O que está acontecendo? – perguntou o guarda, olhando do térreo.

– Você escutou o programa desse rapaz? – perguntou Cyril, com os olhos esbugalhados de raiva.

– Que programa?

– *Diamond Dogs* – disse Cyril.

– Era você? – disse o homem, maravilhado, apontando o dedo para Christmas. – Um barato!

– Então, demitiram ele – rosnou Cyril.

– Demitiram?

– Demitiram. Pois é. Insubordinação.

– Insubordinação?

— Não adianta ficar repetindo tudo que eu digo – esbravejou Cyril. Tomou fôlego. – São uns idiotas! – berrou.

O guarda fechou a porta atrás dele, preocupado.

— Não crie confusão, Cyril – disse.

— Que porra é essa de insubordinação? – continuou Cyril. – São uns idiotas!

— Cyril, chega – advertiu outra vez o guarda. – Devem ter tido... quer dizer... eu não entendo nada dessas coisas... bom... enfim, devem ter tido as razões deles. Quero dizer...

— Idiotices, é isso que você quer dizer – interrompeu-o Cyril.

— Chega! – disse o guarda, duro. Depois apontou para Christmas. – E você, rapaz, não pode ficar aqui, se foi demitido.

— Vou pegar minhas coisas e já vou – disse Christmas, indo em direção ao almoxarifado.

— Vai se foder – resmungou Cyril para o guarda que estava indo embora. Depois deu passagem para Christmas e o seguiu para dentro do almoxarifado.

Karl continuava imóvel. E se segurava com a mão na parede. Todo o peso do que tinha acabado de acontecer desabava em seus ombros e comprimia seus pulmões como uma placa de pedra. Estava tudo acabado. Karl Jarach voltaria para o lugar de onde tinha vindo, pensava. Voltaria a ser um polaco, filho de imigrantes. Voltaria a frequentar a comunidade, os bailes e as festas nos galpões e se casaria com uma boa moça do seu país. "Prego sem cabeça, prego de cabeça larga, pregos de parede, tacha de tapeçaria..."

— Mr. Jarach – chamou-o Christmas, pondo a cabeça na porta. – Tem certeza que está bem?

Karl assentiu com o semblante carregado, desceu as escadas e entrou no almoxarifado. "Parafuso para ferro, parafuso para madeira, parafuso com bucha...", pensava.

— Você tem talento, rapaz – estava dizendo Cyril. – Não ligue pra esses idiotas. Puta que pariu, você tem talento pra dar e vender! Tanto talento que... ah, vai se foder, vai se foder e vai se foder de novo! País de merda... sonho americano o caralho! Se não for um deles, te enfiam o sonho no cu... Mas não desiste, não – pegou Christmas pelos ombros e sacudiu. – Olha pra mim. Olha pra esse negro e escuta bem: você tem o dom, rapaz. Você pode conseguir. Entendeu?

— Entendi – sorriu Christmas.

— Estou falando de verdade — e Cyril sacudiu-o outra vez pelos ombros, com um vigor afetuoso. — Não desiste senão vai ter deixado esses idiotas vencerem. Entendeu?

— Entendi, Cyril. Obrigado.

Karl estava na porta. "Lima de ferro, lima de madeira, martelo de carpinteiro, martelo de sapateiro, martelinho de relojoeiro, chave de fenda longa, chave de fenda curta, alicate universal, alicate bico de papagaio..." — continuava a listar mentalmente enquanto olhava para os dois. Gente de almoxarifado. Gente de subsolo, não de sétimo andar. Um negro e um italiano. Dois imigrantes. Como ele. E se sentiu sozinho, não simplesmente derrotado, porque, para subir os degraus que o tinham levado ao topo do edifício da N.Y. Broadcast, tinha negligenciado o que existia entre aqueles dois. Amizade, solidariedade. Tudo aquilo a que tinha renunciado para a sua escalada. "Serrote para madeira de dentes largos, serrote para madeira de dentes finos, serra de arco, serra para metal com lâmina removível, serra sabre, serrote de costa..." E agora estava de volta à estaca zero. Num subsolo. Sem possibilidade de subir. E além disso estava sozinho.

— Estou indo — disse então, porque sentia que estava sobrando ali.

Christmas e Cyril se voltaram para ele.

E Karl viu nos olhos deles que não teriam palavras de encorajamento para ele. Nem solidariedade. Porque ele tinha sido soberbo. Porque Karl Jarach tinha acreditado poder chegar lá sozinho. E agora, sozinho, voltaria a fazer aquilo a que estava destinado. "Goiva reta, goiva inclinada, goiva em V, goiva redonda larga, goiva redonda estreita...

— E o senhor o que vai fazer agora, Mr. Jarach? — perguntou-lhe Christmas.

"Olhal, parafuso olhal, porca olhal..." — disse Karl, com um sorriso estranho desenhado nos lábios.

— Como? — perguntou Christmas, franzindo as sobrancelhas.

— Nada — disse Karl, balançando a cabeça. — Estava pensando em voz alta — e foi em direção à porta do almoxarifado que dava para o beco de onde voltaria para o mundo ao qual pertencia.

— Não desiste, rapaz — ouviu Cyril dizendo a Christmas. — Puta que pariu, não desiste!

E Karl esperou que alguém também lhe dissesse para não desistir. E sentiu um imenso vazio por dentro porque sabia que ninguém ia dizer.

— Se eu não fosse um negro morto de fome, ia montar eu mesmo uma rádio pra você — continuava Cyril.

"Colher de pedreiro, espátula, marreta..."

– Montaria uma rádio com as minhas próprias mãos, e Nova York inteira ia te escutar, embaixo das fuças daqueles idiotas – dizia a voz inflamada de Cyril.

"Arco de pua, fresa, broca para metal, broca para madeira, broca para parede..."

– Sabe que porra é preciso pra montar um transmissor como deve ser? – insistia Cyril enquanto Karl abria a porta do almoxarifado e sentia o choque do ar frio e úmido da cidade. – Tecnicamente, seria uma moleza pra mim...

"Trave, viga de ferro, porca, parafuso, fio encerado..."

– ...mas precisa de dinheiro...

"Rebite de velcro, rebite de alumínio de cabeça chata, suporte de viga aberto, suporte de viga fechado...", pensava Karl obsessivamente, enquanto soltava a maçaneta da porta que o botava definitivamente para fora da N.Y. Broadcast, devolvendo-o ao seu destino. À próspera casa de ferragens do pai.

– ...muito dinheiro...

"Braçadeira para mangueira, braçadeira para cabo, grampo, cabo de aço...", continuava pensando Karl, mas retardando a saída, porque de repente o que Cyril estava dizendo adquiria um sentido coerente com seus pensamentos.

– Era só eu ter um pouco de dinheiro que eu montava uma rádio e você poderia fazer todos os nova-iorquinos escutarem o seu programa...

– Eu tenho os materiais! – exclamou Karl de repente, entrando de volta no almoxarifado. – Eu tenho os materiais!

Christmas e Cyril olharam para ele, surpresos.

Karl fechou a porta e foi até eles. Sentia-se empolgado. E de novo cheio de vida.

– Não devemos desistir! – disse a Christmas. E dizendo isso foi como se alguém o estivesse dizendo a ele. – Não devemos desistir! – repetiu, porque aquela simples frase agora o fazia se sentir menos sozinho. – Eu tenho os materiais para montar a rádio. Meu pai tem uma casa de ferragens. Uma casa de ferragens grande. Tem tudo que precisamos – disse, dirigindo-se a Cyril. – Tem certeza mesmo de que consegue montar uma estação de rádio?

Christmas olhou para Cyril.

– Acho... – disse o almoxarife.

– Acha? – apertou-o Karl.

– E aquela que você fez na sua casa? – lembrou Christmas.

– Aquela... é, bom, é um transmissor artesanal... cobre só um quarteirão... – balbuciou Cyril, confuso.

– Consegue montar ou não? – pressionou Karl outra vez.

Cyril coçou a cabeça, pensando.

– Cyril... – disse Christmas.

– Não me apresse, rapaz! – estourou Cyril. Depois deu as costas aos dois e começou a caminhar de um lado para o outro do almoxarifado. De vez em quando parava diante de uma prateleira, pegava uma peça na mão e a examinava, resmungando. Colocava de volta no lugar e recomeçava a andar de cabeça baixa.

Christmas e Karl observavam-no, tensos, em silêncio.

Por fim, Cyril parou e cruzou os braços no peito, com uma expressão indecifrável no rosto.

– E então? – perguntou Christmas.

– Poupe o fôlego pro seu programa, rapaz – disse Cyril.

– Você consegue fazer? – perguntou Karl.

– O senhor acha que consegue me arranjar o que for necessário?

– Tudo que quiser – disse Karl.

Cyril balançou a cabeça para cima e para baixo, com um ar brejeiro.

– Para um branco, até que o senhor não é tão ruim, Mr. Jarach – disse.

– Me chame de Karl.

Cyril sorriu com um orgulho satisfeito.

– O suco não muda. Você não é tão ruim, para um branco.

– E então? Dá pra fazer? – perguntou Karl.

– Dá – respondeu Cyril.

– Dá pra fazer mesmo, Cyril? – perguntou Christmas, no ápice da empolgação.

– Dá pra fazer, sim, dá pra fazer! – riu Cyril.

49

Manhattan, 1927

— VAI, NEGRADA! — gritava Cyril de cima de um prédio de apartamentos na 125. – Isso é trabalho que até um branco conseguiria fazer! Vai, negrada! – gritava para os dez homens que tinha recrutado, os mais fortes do bairro.

O cabo de aço que Karl tinha pegado na loja de ferragens do pai estava enganchado numa estrutura metálica em forma de pirâmide alongada. A estrutura – que consistia numa série de barras de ferro verticais, horizontais e oblíquas parafusadas umas às outras – rangia assustadoramente enquanto os dez negros a içavam em direção ao telhado, bufando como touros pelo esforço.

— Vai, negrada! – continuava a instigá-los Cyril, que tinha levado um mês para construir a estrutura.

Christmas e Karl assistiam à cena da calçada, junto a uma pequena multidão de vizinhos, toda composta por negros, com exceção de Maria, que estava grudada no braço de Christmas, tensa e com a respiração suspensa como todos os outros espectadores.

— Por que não montaram a estrutura no telhado? – ela perguntou a Christmas.

— Porque o Cyril é mais teimoso que uma mula – disparou Karl, chutando um pedaço de asfalto partido pelo gelo.

— Vamos lá em cima – disse Christmas, indo em direção ao portão do edifício. Subiu os cinco andares do prédio onde se amontoavam dezenas e dezenas de famílias e chegou ao telhado, seguido de Maria e Karl, bem no momento em que a estrutura de metal se engastava no dente inferior da última cornija.

— Vai, negrada! – gritou Cyril, se inclinando por cima da cornija.

Os dez negros puxaram com força o cabo de aço.

A estrutura bateu na moldura, lascando-a e derrubando sobre a multidão lá embaixo uma chuva de gesso e argamassa.

– Não vamos conseguir! – gritou um dos dez negros, com a voz entrecortada pela fadiga.

– Vou ter que açoitar vocês que nem os donos de escravos faziam com os seus avós? – rosnou Cyril. – Não desistam! Não desistam agora! Estamos quase lá!

Christmas e Karl se juntaram aos negros e puxaram, com todas as suas forças. A estrutura voltou a ranger, empinou e girou, virando de ponta para baixo.

Da calçada lá embaixo chegaram os gritos preocupados dos espectadores.

A estrutura voltou a balançar e os negros arriaram por um instante. Dois caíram no chão, arrastados pela estrutura. Enquanto os outros conseguiam conter o cabo, Christmas sentiu um ardor lancinante na palma das mãos. Deu um grito, mas não soltou. O cabo se tingiu de sangue.

– Vamos, tentem de novo! – ordenou Cyril. – No meu três. – Todo mundo junto.

Os dois negros que tinham caído se levantaram. Seguraram o cabo.

– Um... dois... três! – gritou Cyril. – Agora! Com toda a força, negrada!

O cabo se moveu, sob o impulso. A estrutura voltou a subir, mas de novo emperrou na cornija, balançando de um modo assustador.

– Não vamos conseguir! – disse um dos negros, esgotado pelo cansaço e com a pele reluzente de suor apesar do frio.

– Vamos descer ela de volta – ofegou um outro.

– Não! – gritou Cyril.

– Eles não conseguem, Cyril! – gritou Karl, fora de si.

Cyril olhou em volta.

– Vamos amarrar o cabo naquela chaminé – disse. – Aí fazem uma pausa e depois recomeçamos.

– Grampo e chave 23 – disse Karl.

Passaram o cabo ao redor da estrutura de cimento e depois um dos negros inseriu o grampo e apertou os parafusos, fixando o cabo. Todos se deixaram cair sobre o piche do telhado, ofegando.

Christmas olhou para as mãos. Sangravam. Maria enfaixou-as com um lenço, que rasgou em dois.

– Toma, rapaz – disse um negro gigantesco, jogando-lhe um par de luvas. – Eu tenho dois pares.

– Eu disse que a gente precisava de um guincho – resmungou Cyril.

– E eu disse pra montar aqui no telhado – disse Karl.

Cyril se encurvou, sem responder. Foi olhar por cima da cornija e balançou a cabeça, com uma expressão grave no rosto.

Christmas foi até ele. Apoiou os cotovelos na cornija e permaneceu em silêncio.

– Nunca vamos conseguir – disse Cyril em voz baixa, depois de alguns instantes.

Christmas olhou para a estrutura balançando no vazio, três metros abaixo.

– Nunca vamos conseguir – repetiu Cyril.

– Me esperem aqui – disse então Christmas. – Não façam nada até eu voltar. – Olhou para os dez negros. – Alguém tem uma bicicleta pra me emprestar?

O negro gigantesco que tinha lhe dado as luvas se levantou, foi até ele e se inclinou para a calçada.

– Betty! – berrou. – Dá a bicicleta pra esse branco! – Depois se virou para Christmas. – Vai lá, rapaz. Minha esposa vai cuidar disso.

Christmas sorriu para ele e desceu correndo as escadas rachadas do edifício decadente. Assim que chegou à rua, uma mulher de pele reluzente como ébano lustrado, de olhos grandes e expressivos, entrou num porão e saiu pouco depois com uma velha bicicleta enferrujada. Christmas montou no selim e olhou para cima.

– Já volto! – gritou para Cyril, Karl e Maria.

Depois começou a pedalar com toda a força que tinha nas pernas, sem diminuir a velocidade nos cruzamentos, com o vento bagunçando sua franja loira. E pedalou por toda a Manhattan, percorrendo-a até a doca 13.

Num enorme galpão encontrou o que estava procurando. Os homens estavam sentados em círculo, contando histórias e rindo.

– Senhor Filesi – disse Christmas, sem fôlego –, preciso do senhor.

O Senhor Filesi acolheu-o com um sorriso e se levantou da sua cadeira.

– Este rapaz é amigo do meu filho – disse, apresentando-o aos amigos. – Ele que deu o rádio de presente de casamento pra ele. Se chama Christmas.

Os outros estivadores cumprimentaram Christmas.

– Está servido? – perguntou o Senhor Filesi, indicando uma garrafa de vinho que um dos estivadores tirou de um esconderijo na parede do galpão.

Christmas, sem fôlego, dobrado ao meio, com a mão apertando o baço, fez sinal que não.

– Então, o que aconteceu? – perguntou o Senhor Filesi, placidamente.

– É verdade que o senhor consegue levantar cem quilos com uma mão só?

Meia hora depois, o senhor Filesi, junto com Tony – o pai de Carmelina, esposa de Santo – e outro estivador de nome Bunny pararam o furgão em frente ao edifício da 125 do qual pendia a estrutura de ferro montada por Cyril. Olharam a multidão de negros e depois ergueram os olhos, todos os três coçando a cabeça.

– Desafasta – disse o Senhor Filesi.

– Desafasta – confirmou Tony.

– Corda e trilhos? – perguntou o Senhor Filesi.

– Não tem outro jeito – disse Tony.

– Corda e trilhos – disse Bunny, abrindo a carroceria do furgão. Pôs no ombro um longo rolo de corda, úmido e esverdeado de algas, e pegou duas barras de ferro mais altas que ele. – Só? – perguntou.

– Só – disse o Senhor Filesi.

– Eu me dependuro e você pesca – disse Tony.

– De jeito nenhum! – disse o Senhor Filesi. – Christmas é amigo do meu filho. Eu me dependuro e você pesca – e se dirigiu decidido para o portão do edifício, seguido pelos olhares da multidão de negros, que nesse ínterim tinha aumentado.

– Bom dia a todos – disse, com um sorriso nos lábios, quando chegou ao telhado. Depois se inclinou sobre a cornija, voltou a coçar a cabeça e, quando se virou, correu os olhos pelos dez negros que tinham se levantado. – Ele – disse, indicando com ar profissional o negro gigantesco que tinha dado as luvas a Christmas.

O negro deu um passo à frente e foi até o Senhor Filesi, que mal e mal lhe batia no estômago.

– Comeu muita bisteca quando era criança, hein? – riu o Senhor Filesi, dando um tapinha no ombro dele. – Então... como se chama?

– Moses.

– Moses, você é o pilar. OK?

– O que é o pilar? – perguntou Moses.

Tony pegou a corda com Bunny e amarrou-a em volta do peito de Moses.

– O pilar que sustenta quem está dependurado.

– O que eu tenho que fazer? – perguntou Moses.

O Senhor Filesi pegou uma barra de ferro e bateu no canto da cornija, lascando-a. Com a argamassa que arrancou, marcou um X no piche, a um passo e meio da borda.

– Tem que ficar aqui e não se mexer nem um centímetro. – Olhou-o nos olhos. – Posso confiar em você, Moses?

– Não vou me mexer.

– Eu acredito – disse o Senhor Filesi. – Quem vai se dependurar tem que confiar no pilar. Bunny é a escora. E o meu compadre Tony é o pescador. Agora a gente é uma equipe.

Tony pegou a corda e a desceu da cornija, medindo-a com os braços. Depois a puxou de volta e amarrou na cintura e embaixo da virilha do Senhor Filesi, criando uma espécie de arnês.

– Pronto – disse.

Bunny escorou os pés na cornija e depois se esticou, até abraçar Moses na altura da cintura, como num estranho movimento de dança.

– Me abraça você também, mas não vai começar com ideias estranhas. Se experimentar tocar na minha bunda eu arranco seu pinto – disse.

Tony e o Senhor Filesi deram risada. Moses também riu e enrolou seus poderosos braços em volta de Bunny.

– Pronto – disse Bunny.

– Pronto – disse Moses.

O Senhor Filesi subiu na cornija.

– Estiquem o cabo de aço – disse aos negros – e quando Tony der o sinal vocês puxam.

Tony pegou a corda e o Senhor Filesi começou a descer no vazio. A multidão na calçada prendia a respiração. Christmas apertava a mão de Maria.

Cyril se aproximou de Karl.

– Você tinha razão – disse. – Sinto muito.

– Deixa pra lá – disse Karl, sem tirar os olhos do Senhor Filesi, que descia lentamente, até passar a estrutura suspensa.

– Pronto – disse o Senhor Filesi.

– É todo de vocês agora – disse Tony a Bunny e Moses.

– Agora está leve, mas não se deixe enganar, depois fica pesado – disse Bunny a Moses.

– Daqui eu não me movo – disse Moses.

– Pronto – disse Bunny.

Então Tony pegou as duas barras, uma em cada mão, e desceu-as na direção do Senhor Filesi, fazendo-as passar entre a cornija e a estrutura. Pendurado na horizontal, com os pés escorados no edifício, o Senhor Filesi agarrou a ponta das duas barras, uma em cada mão, dobrou as pernas, cerrou o maxilar e esticou as pernas, empurrando ao mesmo tempo as duas barras para fora. A estrutura se afastou da parede do edifício, apoiando-se nas duas barras paralelas.

– Trilhos prontos – disse o Senhor Filesi, com a cara roxa do esforço.

– Você aguenta? – perguntou Tony.

– Vai tomar no cu! Dá logo esse sinal, porra!

– É que eu gosto de te ver vermelho assim, me lembra uma garrafa de vinho – riu Tony.

– Palhaço! – riu o Senhor Filesi.

– Ao meu sinal vocês começam a puxar – disse Tony aos negros. – Devagar, sem solavancos. Não soltem senão me esmagalham o compadre na calçada... – disse, sério, e voltou a se inclinar na direção do Senhor Filesi. – Se a gente não se ver mais, queria dizer que você foi um bom amigo – riu.

– Vai tomar no cu!

– Agora! – gritou Tony.

A estrutura, rangendo nos trilhos, começou a subir sem se enroscar na cornija, da qual apenas a força do Senhor Filesi a mantinha afastada. Quando chegou à borda de cima da cornija, Tony se virou para os negros.

– Parem! Segurem esticado assim, vocês! Solta os trilhos – disse ao Senhor Filesi, depois puxou de volta as barras e passou-as por cima da cornija, jogando-as no chão. – Bunny, puxa ele de volta – disse, por fim.

– Vai pra trás – disse Bunny a Moses. – Devagar.

Moses começou a recuar, empurrado também por Bunny. O Senhor Filesi, ajudado por Tony, reapareceu no telhado.

– Continuem mantendo esticado – disse ele aos negros que seguravam o cabo de aço. – Vamos lá, pescador – disse em seguida para Tony. – Vamos puxar o peixinho pra cima.

– Eu dou uma mão pra vocês – disse Moses.

– Não, Moses, você não é do ramo – disse o Senhor Filesi. – Vamos lá, Tony – e agarrou a estrutura por uma extremidade.

Tony alcançou a outra.

– Pronto. Girando pra direita?

– E pra onde poderia ser?

— Vai ficar todo o peso pra você, que já está velho — riu Tony.

— Se não parar de tagarelar eu puxo esse negócio sozinho.

— Pronto.

— Agora!

E os dois, gemendo pelo esforço, mas com a leveza de dois bailarinos sincronizados, giraram a estrutura, aproveitando a quina da cornija, e num instante ela caiu ruidosamente no telhado, deixando a própria marca no piche. Os dois estivadores, satisfeitos, deram tapinhas nas costas um do outro e, como se não fosse nada, tiraram a poeira dos macacões enquanto Christmas, Maria, Karl, Cyril, Moses e os outros nove negros aplaudiam, junto com a multidão reunida na calçada.

— Temos que endireitar esse negócio ou vocês cuidam disso? — perguntou o Senhor Filesi a Christmas, com um sorriso brincalhão.

— Sem vocês não teríamos conseguido nunca — disse Cyril. — Mesmo sendo brancos...

O Senhor Filesi encolheu os ombros.

— Não é questão de pele. É só a prática — disse com modéstia. Depois se virou para Moses e apontou o dedo para o peito dele. — Quando quiser, tem um trabalho pra você na doca 13. O que acha, Tony? É um novato, mas não é muito fracote.

— É, poderia aguentar... mesmo sendo só um negro — disse Tony, piscando para Cyril.

Moses riu.

— Obrigado — disse.

— Só por curiosidade... — disse então o Senhor Filesi —, que porra que é esse treco?

— É a nossa estação de rádio — disse Christmas, orgulhoso.

50

Los Angeles, 1927

Caro Christmas,
Só há pouco tempo soube que você me escreveu. Nunca recebia as suas cartas. Nem você as minhas. Por culpa da minha mãe. Meu pai me pediu para não a odiar. Mas não sei o que eu sinto.
Tenho frio e calor, tudo junto, minhas mãos tremem, sinto um nó no estômago ao qual não consigo dar um nome, me sinto confusa e assustada e tenho vontade de gritar e de rir ao mesmo tempo.
No momento, contento-me em chorar.
É uma libertação chorar desse jeito, sabe? Chorar todas as lágrimas que tenho dentro de mim, sem contê-las, sem aprisioná-las no gelo, sem medo que a minha vida se perca fora das barreiras.
É engraçado. Parece que estou sentada no nosso banco, com você. Lá também eu sentia frio e calor ao mesmo tempo, lá também minhas mãos tremiam, lá também eu não conseguia dar um nome àquela emoção que me apertava o estômago.
Mas você estava lá comigo. E eu não tinha muito medo.
Depois, ficou tudo diferente. O calor desapareceu da minha vida e do meu corpo, deixando lugar apenas para um gelo paralisante. Proibi minhas mãos de tremerem, apertando-as no assento daquele trem que me levava para longe de você. Não tive mais vontade de rir. Só de gritar. Mas nunca gritei. Simplesmente esperei. Esperei você, uma carta sua, um aceno. Um sinal que me dissesse que você viria me salvar pela segunda vez, que nos sentaríamos de novo no nosso banco, que me ajudaria a quebrar o terrível feitiço que me aprisionava naquela noite em que uma menina se tornou velha sem jamais ter sido mulher.

Mas suas cartas não chegaram. E um dia eu parei de esperar. Minhas mãos soltaram a boia e me entreguei àquelas águas escuras e geladas, à deriva, já sem o desejo de alcançar a praia.

No nosso conto de fadas há muitos dragões e bruxas más. E eu estou muito velha para ter coragem de combatê-los e ir procurar você. Tenho medo de encontrá-lo sentado naquele banco com outra. Tenho medo que aquele banco não exista mais. Tenho medo que você tenha esquecido meu nome. Tenho medo que não tenha mais tempo para escutar o que eu tenho para lhe dizer. Tenho medo de não saber como dizer.

Mas vou imaginar suas palavras que nunca li. E vou deixar que me aqueçam. Toda vez que tiver medo, toda vez que estiver escuro. Toda vez que tiver vontade de rir.

Perdoe-me se não consigo fazer melhor que isso. Perdoe-me por não ter tido fé. Perdoe-me por ter deixado que o dragão contaminasse nosso conto de fadas. Perdoe-me por não ter sido capaz de crescer, só de ficar velha. Perdoe-me por não ter sabido acreditar em nós.

Mas nós existimos. E dentro de mim existiremos para sempre.

Agora eu me levanto do banco, Christmas. Christmas. Christmas. Christmas. É bom dizer seu nome. Amo você.

Sua, e jamais sua, Ruth

Ruth dobrou o papel ao meio. Depois o rasgou. E rasgou outra vez. Até transformá-lo em pedacinhos pequeninos como confetes. Então foi até a janela e lançou-os no ar.

Um pedestre na calçada da Venice Boulevard levantou os olhos e viu uma garota morena, no quarto andar de um edifício, olhando imóvel uma pequena nevasca de papel. E mesmo não podendo distinguir seus olhos àquela distância, teve certeza de que a garota estava chorando. Serenamente. Com a dignidade que cabe a um imenso, tétrico sofrimento.

– Seu modelo de hoje telefonou dizendo que não pode vir aos estúdios – disse Clarence, entrando na sala.

Quando Ruth se virou, tinha os olhos secos. E uma expressão de dor desenhada no rosto.

O Senhor Bailey abaixou o olhar, como faria se ao entrar a tivesse encontrado nua.

– Me desculpe... – murmurou.

– Então eu estou com o dia livre? – brincou ela.

– Não – disse ele. – Ele quer que você vá à casa dele.

Ruth se enrijeceu.

– É uma boa pessoa – tranquilizou-a Clarence.

Os olhos dela vagaram pela sala.

– É estranho... mas é uma boa pessoa. – O Senhor Bailey se aproximou. – Vai mandar o motorista dele, mas se quiser levo você de carro.

– Não, tudo bem... – disse Ruth, pegando sua bolsa e conferindo as máquinas fotográficas.

– Posso fazer alguma coisa? – perguntou então Clarence.

Ruth se virou e olhou para ele. Sabia que não estava se referindo à sessão fotográfica. Balançou a cabeça e sorriu. Depois o abraçou.

– Obrigada – disse.

O Senhor Bailey acariciou seus cabelos. Em silêncio. Longamente. Como se o tempo tivesse parado.

E Ruth sentiu uma espécie de paz que aliviava sua dor e sua confusão. Tinha acreditado que Christmas a tivesse esquecido. Tinha duvidado dele. Porque estava suja e enxergava apenas sujeira, dissera a si mesma. Era essa sua maior dor. Não ter confiado em Christmas. "Eu que traí você", pensou. E se sentiu esmagada por um peso enorme. "Eu não mereço você."

Soltou-se do abraço. Olhou para o Senhor Bailey.

– Eu nunca fotografei uma pessoa tão importante – disse.

Clarence sorriu para ela.

– Sério mesmo.

– Ele tem um rosto como todos nós. Dois olhos, um nariz e uma boca – disse o Senhor Bailey.

Ruth suspirou.

– E se ele achar minhas fotos uma porcaria?

– Olhe para ele e depois lhe dê a luz certa.

Ruth abriu a boca para falar, mas a porta da sala se abriu e apareceu Odette.

– O motorista de Mr. Barrymore chegou – disse.

– Vai – disse Clarence. Abaixou-se, recolheu a bolsa de Ruth e estendeu para ela. – Dois olhos, um nariz e uma boca – repetiu.

Ruth sorriu insegura, pegou a bolsa com as máquinas fotográficas e foi em direção à porta.

– Clarence – disse, virando-se –, posso ficar aqui?

O Senhor Bailey fez uma expressão de surpresa.

– Sei que agora ganho o suficiente para alugar um apartamento, mas queria ficar aqui. Posso?

Clarence riu.

– Vai, se apresse – disse.

O motorista abriu a porta do luxuoso automóvel para ela, como Fred fazia uma época. Ruth entrou, sentou-se no assento de couro e se agarrou à bolsa.

Quando chegaram à mansão, uma governanta hispânica confabulou com o motorista, em voz baixa, preocupada, olhando de vez em quando para Ruth.

– Então, vamos começar? – trovejou uma voz grave de dentro da mansão. E então apareceu John Barrymore, *The Great Profile*, como o chamavam todos em Hollywood pelo seu nariz perfeito. Vestia um robe de cetim e estava despenteado.

A governanta hispânica olhou novamente para Ruth. Preocupada.

– *Ha bebido...* – sussurrou.

– É você que vai me fotografar? – perguntou John Barrymore. – Vamos, depressa – e entrou na casa.

Ruth hesitou um momento, com a bolsa na mão, depois entrou na mansão.

O grande ator tinha se jogado numa poltrona na sala de estar. Tinha 45 anos e era de uma beleza dramática e desarmante ao mesmo tempo. Não pareceu notar a presença de Ruth. Olhava o vazio, com uma expressão perdida, distante. Como se não estivesse ali.

Ruth ajoelhou-se em silêncio e pegou sua Leica. Tirou uma foto. De perfil. Aquele perfil perfeito, maculado por uma mecha de cabelo despenteada na testa. E aqueles olhos dramáticos olhando para o nada.

Barrymore se voltou. Olhou para Ruth, como se só agora a visse, e seu belo rosto se abriu num sorriso remoto.

– Na traição, hein? – disse.

– Desculpe-me – disse Ruth, se levantando.

John Barrymore riu.

– Então vou te chamar de "Traidora". Sou famoso por encontrar apelidos.

– Posso tirar mais algumas assim? – perguntou Ruth.

– Claro, sou todo seu, Traidora – disse Barrymore, e fez uma pose, sorrindo.

Ruth abaixou a câmera.

– Não sorria.

– Não quer que minhas admiradoras me vejam feliz?

Ruth não respondeu e fitou-o intensamente.

Barrymore não parou de sorrir com os lábios, mas os olhos se apagaram e ficaram pensativos.

Ruth fotografou e recarregou.

Barrymore se virou e deu-lhe as costas. A luz que entrava pela ampla janela da sala iluminava as mechas desalinhadas do galã. As costas largas e retas estavam curvadas. E os punhos, cerrados.

Ruth fotografou.

Barrymore virou-se e olhou para ela. A bela boca sensual, quase de adolescente, estava ligeiramente aberta. E os olhos, desorientados.

Ruth fotografou. E recarregou.

– Vou me vestir – disse Barrymore, levantando-se e indo para uma sala contígua.

Ruth esperou alguns segundos, depois o seguiu.

Ele estava numa sala pouco iluminada, na penumbra. Só um fio de luz, infiltrando-se através de duas cortinas grossas, iluminava parcialmente seus pés descalços, uma garrafa no chão e as mãos, uma na outra, como em oração. Estava de cabeça baixa e olhava para a garrafa, imóvel.

Ruth abriu o obturador ao máximo. Regulou o tempo de exposição. Encostou-se no batente da porta, para reduzir ao mínimo o movimento. E fotografou.

Barrymore não reagiu.

Ruth entrou na sala, abriu um pouco as cortinas, de modo que a luz banhasse também os cabelos do galã, desalinhados na testa. Ajoelhou-se ao lado dele e fotografou. Depois se deslocou para uma posição mais frontal e fotografou.

– Olhe para mim – disse.

Barrymore levantou só os olhos.

Ruth fotografou.

– Você sabe que eu nunca vou deixar você publicá-las, não é, Traidora? – disse Barrymore com sua voz cálida, velada de melancolia. Não havia arrogância em seu olhar. Nem agressividade.

Ruth fotografou.

– Vou lhe dar de presente – disse. – O senhor pode fazer o que quiser com elas.

– Vou rasgá-las – disse Barrymore.

Ruth fotografou.

– Eu também rasguei uma coisa hoje de manhã – disse, surpreendendo-se com a própria confissão.

— O quê?

— Algo que não queria ver — e os olhos, atrás da máscara da Leica, se umedeceram, enquanto recarregava.

Barrymore se inclinou para a frente. Tirou a máquina das mãos dela, enquadrou-a na objetiva e bateu uma foto.

— Desculpe-me, Traidora — disse, devolvendo-lhe a Leica. — Você estava muito bonita.

Ruth corou e se levantou.

Barrymore riu.

— Te peguei, hein?

Ruth não respondeu.

Barrymore se levantou da cadeira, pôs a mão no ombro dela e disse:

— Dê-me cinco minutos. Vou me vestir e depois fazemos fotos que possamos mostrar por aí. — Olhou para ela. — Não vou sorrir, prometo.

Ruth voltou para a sala. Sentou-se onde antes o ator tinha-se deixado cair. Tentou sentir o calor dele. E então sua mente voltou aos confetes voando sobre a Venice Boulevard. À carta que nunca teria coragem de enviar para Christmas. "Eu vou te encontrar", tinha dito ele mais de três anos antes, na Grand Central Station. Ruth tinha lido em seus lábios. E desde aquele dia tinha esperado que ele a encontrasse. E continuaria esperando. Porque não tinha coragem de se fazer encontrar. "Sua, e jamais sua", disse baixinho.

Na hora seguinte, John Barrymore posou com paciência, assumindo todas as expressões sombrias pelas quais era famoso. Mas em nenhuma foto mostrou as sombras que Ruth lhe tinha roubado antes.

No dia seguinte, Ruth revelou as fotos. Todas. Entregou a Clarence as oficiais e depois foi até a casa de Barrymore.

— Aqui estão o negativo e as fotos que tirei sem a sua permissão — disse a ele. — Ninguém as viu.

Barrymore olhou para elas.

— Você é boa, Traidora — disse. — Este sou eu.

Então Ruth puxou da bolsa uma foto e entregou a ele.

Barrymore olhou. Era a foto que tinha tirado de Ruth.

— Esta também sou eu — disse ela. — Rasgue junto com as suas, quando fizer isso.

Enquanto Ruth se afastava, Barrymore virou a foto e no verso leu: "Para Christmas. Sua, e jamais sua, a Traidora".

51

Manhattan, 1927

A GENTE DO BAIRRO, QUANDO PASSAVA, olhava o grande relógio que marcava as sete e meia e sorria. Os policiais brancos que apareciam por lá olhavam para cima, balançavam a cabeça e infalivelmente comentavam:
— Negros, vai entender. Montam um relógio que não funciona.

A razão pela qual os habitantes do bairro sorriam era que sabiam o que havia atrás daquele relógio de mentira, pintado por Cyril. A primeira patrulha a parar diante do prédio na 125, no dia em que o Senhor Filesi içou a antena repetidora de rádio, tinha feito um monte de perguntas. Christmas, não sabendo o que responder – porque a estação era clandestina –, tinha tido a ideia de dizer que era o esqueleto de um grande relógio.

— O que foi? Os negros do Harlem não podem ter um relógio? – tinha perguntado Cyril, agressivamente.

Os policiais, cercados pela multidão de curiosos que se juntaram naquele dia, não estavam querendo problemas e tinham ido embora, dizendo porém que iam ter que relatar o caso. E assim fizeram, encaminhando ao departamento competente um relatório escrito de qualquer jeito, no qual comunicavam que os negros do Harlem tinham construído um grande relógio em cima de um edifício na 125. Desde então, os policiais passaram a tirar sarro dos negros, e os negros, a aceitar de bom grado as piadas, sabendo que os brancos estavam fazendo papel de idiotas.

Ao final de mais um mês, a estação estava pronta para transmitir. Naqueles dois meses – como Maria contara a Christmas, Cyril e Karl – a N.Y. Broadcast fora inundada por cartas de ouvintes que tinham gostado da transmissão de *Diamond Dogs* e que perguntavam "como assim, não havia mais episódios?". A direção da N.Y. Broadcast tinha-se reunido e decidido atender aos pedidos do público. A ideia de contratar Christmas não tinha passado pela cabeça de nenhum dos dirigentes. "É um amador", disseram simplesmente. Assim, tinham colocado dois autores de comédias de rádio para escrever os textos. Depois tinham contratado um ator de voz grave e dicção perfeita e iniciado a transmissão, intitulada *Gângster por uma noite*. Mas as histórias eram sem graça. Não tinham clima nem realismo. Os autores tinham crescido na Nova Inglaterra, em lugarejos anônimos, no seio de famílias bem de vida. Eram dois jovens que, saídos da universidade, sonhavam com Hollywood e escreviam programas de rádio como quebra-galho, com o entusiasmo de dois colarinhos-brancos. O ator, medíocre, completava o orçamento lendo propagandas e tentava em vão conseguir contratos com os teatros da Broadway. Nenhum dos três havia jamais pisado nas ruas sujas do Lower East Side ou de Brownsville. Os termos que usavam eram artificiais, jargão de gângster de filme de quinta categoria. Estereótipos que não conseguiam envolver os ouvintes como tinha feito Christmas naquele primeiro episódio. E assim, pouco a pouco a audiência tinha caído, a direção da N.Y. Broadcast decidira suspender o programa, e as pessoas voltaram a se contentar com as velhas piadas de Skinny e Fatso em *Cookies*.

— Venham ver — disse Cyril após aqueles dois meses, na calçada esburacada da 125, cruzando orgulhoso os braços no peito e erguendo os olhos para a antena camuflada de relógio, numa noite em que a lua cheia brilhava num céu límpido e intenso. Depois atravessou a rua e entrou no edifício, seguido por Christmas e Karl.

Subiram ao quinto andar e Cyril bateu numa porta laqueada de marrom.

Um instante depois, uma mulher na casa dos 30, de uma beleza provocante, num vestido de seda sintética azul elétrico, justo e muito decotado, abriu e deu um sorriso.

— Entrem — disse.

— Esta é a Sister Bessie — disse Cyril, fazendo as apresentações. — Era a mulher do meu irmão, mas ele gostava mais da garrafa. A última vez que tive notícias ele estava em Atlanta. Mas faz dois anos que a gente não sabe mais nada dele.

— E desde então eu sou prostituta — disse Sister Bessie, levantando ligeiramente o queixo, num gesto atrevido, com dois olhões escuros que tremiam de raiva e orgulho ao mesmo tempo.

Christmas sentiu um incômodo repentino. Levou a mão à cicatriz em seu peito, aquele P de puta que tinham gravado nele por culpa do trabalho de sua mãe e que ele carregava desde criança, como uma marca. Abaixou a cabeça, envergonhado. A franja caiu sobre seus olhos.

– Mas olha que cabelo tem esse branco – disse Sister Bessie, bagunçando-o com a mão.

Christmas afastou a cabeça abruptamente.

Sister Bessie olhou para ele.

– Não quero te seduzir, fique tranquilo – disse, com aquele seu tom provocador. – Não trabalho em casa – e riu.

Christmas fez um gesto de aborrecimento.

Sister Bessie pegou-o pela mão e convidou Karl para segui-la também. Levou-os até uma porta fechada, fazendo sinal para ficarem calados. Abriu a porta e apontou para duas caminhas.

– São meus filhos – disse baixinho.

Na penumbra, Christmas viu duas crianças num sono plácido.

Sister Bessie, sempre segurando sua mão, levou-o para dentro do quarto. Acariciou a cabeça de uma menina de 5 anos com um grande volume de cachos negros, que dormia chupando o polegar, abraçada a uma boneca de pano.

– Ela é a Bella-Rae – sussurrou no ouvido de Christmas. Depois acariciou a cabeça raspada da outra criança.

O menino abriu os olhos, grandes e sonolentos.

– Mamãe...

– Dorme, tesouro – disse Sister Bessie.

O menino fechou os olhos e se encolheu embaixo das cobertas.

– E ele é o Jonathan – sussurrou ela. – Tem 7 anos.

Christmas sorriu, embaraçado. E enquanto isso revia a si mesmo, à noite, quando acordava chorando, na casa da Senhora Sciacca – depois da morte de seus avós de Nova York, como chamava Tonia e Vito Fraina – e aquela cadeiruda e os filhos dela olhavam para ele irritados, fazendo-o se sentir um estranho. E depois se reviu, mais crescido, acordando de um pesadelo em sua caminha, na quitinete da Monroe Street, e chamando pela mãe, que não estava, e enfiando-se na cama dela, para sentir pelo menos o seu cheiro no travesseiro e embaixo dos lençóis, até ela voltar do trabalho.

Sister Bessie levou-o para fora do quarto. Esperou que Karl também saísse e, enquanto fechava a porta, disse:

– São dois anjinhos, não são?

Christmas foi tomado por uma profunda melancolia e pareceu sentir de novo, como uma doença, a terrível solidão de quando era criança.

– Sim – disse, soltando bruscamente a mão de Sister Bessie.

– É arredio esse menino – riu ela, olhando para Cyril.

– Sister Bessie, agora a gente precisa... – começou Cyril.

– Vieram aqui pra trabalhar ou pra bater papo? – interrompeu-o Sister Bessie, com uma rispidez proposital. – Disponibilizo o cômodo pra vocês, mas não tenho tempo pra fazer sala – deu as costas para eles e foi para o próprio quarto.

Cyril caiu na risada. Depois, junto com Christmas e Karl, entrou no cômodo que Sister Bessie tinha destinado a eles, bem embaixo da grande antena. Uma série de fios encapados entrava e saía da parede, subindo até o teto. Dois cavaletes de madeira, sobre os quais estavam pregadas duas tábuas aplainadas, sustentavam uma instrumentação rudimentar e artesanal.

– Funciona? – perguntou Karl, erguendo uma sobrancelha.

– Sister Bessie, ligue o rádio – gritou Cyril.

– Se acordar o Jonathan e a Bella-Rae com esse vozeirão eu ponho os três pra fora – disse Sister Bessie, aparecendo na porta. E antes que Cyril abrisse a boca, acrescentou: – Já liguei. Era óbvio que vendo esse monstrengo não iam acreditar que funciona.

– Vai pra lá, Karl – disse Cyril. Depois olhou para Christmas. – Você também.

Christmas e Karl foram para o quarto de Sister Bessie. A casa toda, notou Christmas, era muito limpa e discreta.

– Eu te disse, não trabalho em casa – disse Sister Bessie, piscando para ele.

"Minha mãe também não trabalhava", pensou ele, corando.

O rádio que Sister Bessie mantinha em cima de uma cômoda branca não era daqueles à venda no comércio.

– Aquele maluco lá montou isso aqui também – disse ela, apontando para o aparelho. Depois girou um botão feito com uma rolha de cortiça.

– Estão me ouvindo, bobões? – a voz de Cyril ecoou no quarto. – Claro que estão me ouvindo. Estão sintonizados no canal pirata do Harlem, frequência 540... pertinho da 570 da WNYC, assim quem se engana encontra a gente... Inteligente o negro de vocês, hein? Cobrimos toda a Manhattan e o Brooklyn. – Uma pausa. – OK, já me enchi de falar. Voltem pra cá. Estamos prontos pra transmitir.

– Não, não estamos prontos – disse Karl, entrando de volta na sala e fechando a porta.

Christmas e Cyril olharam para ele, surpresos.

– O que pensam em fazer? – continuou Karl. – Simplesmente começar a transmitir?

– O que mais deveríamos fazer? – perguntou Cyril, fechando a cara.

– Deixar as pessoas em condições de nos ouvir – disse Karl.

– Como assim?

– Fazer elas saberem que estamos transmitindo, Cyril – disse Christmas, que tinha entendido aonde ia chegar o raciocínio de Karl.

– Os meus negros já sabem e não esperam outra coisa – disse Cyril.

– Mas o resto da cidade não sabe, e não podemos simplesmente esperar que caiam na nossa frequência por acaso ou procurando a WNYC – disse Karl, em tom conciliatório.

– Tenho que sair por aí avisando Nova York inteira? – disse Cyril.

– Algo do tipo – sorriu Karl.

– Bom, vão vocês dois – resmungou Cyril. – Eu já fiz o meu trabalho.

– Não vai nenhum dos três, Cyril – continuou Karl, sorrindo. – Essa é a minha área.

– Se está dizendo...

– Mas agora precisamos de dinheiro – continuou Karl, sério. – Eu posso colocar quinhentos dólares.

– Eu não tenho um centavo – disse Christmas, vexado.

– Idem – fez Cyril.

– Então temos que achar mais mil em algum lugar – sorriu Karl.

– O que vai fazer com todo esse dinheiro? – perguntou Cyril.

– Eu confiei em você, Cyril – disse Karl, pondo a mão no ombro dele. – E você foi demais.

Cyril deixou escapar uma expressão satisfeita.

– Mas agora chegou o momento de você confiar em mim – continuou Karl. – Me ajude a encontrar mil dólares.

– Mil dólares... – murmurou Cyril.

– Você também, Christmas – disse Karl, fitando-o com uma expressão séria. – É importante.

– Mil dólares não dão em árvore, caralho – disse Cyril, com uma entonação teimosa na voz.

– Eu pensei num jeito – disse Karl. – Vamos pedir um dólar a mil pessoas.

— Como é que é? – fez Cyril.

— Um dólar é a quota mínima para possuir um pedacinho da nossa rádio – prosseguiu Karl. – Nos comprometemos a devolver o dólar no fim do ano. E se tivermos lucros maiores... serão dois dólares, quem sabe?

— Olha que negocião.

— Cyril, escuta o que ele está dizendo – disse Christmas, empolgado. – É uma boa ideia.

— É uma ideia de merda, isso sim! – explodiu Cyril. – A gente é uma rádio clandestina, como pensa em obter lucro? Com publicidade ilegal? Que porra vocês dois têm na cabeça?

— Não vamos ser clandestinos para sempre – protestou Karl. – Estamos num país livre...

— Olha em volta, polaco! – gritou Cyril. – Esses negros na sua opinião são livres? Livres pra fazer o quê? Pra morrer de fome. E quer que eu tire um dólar deles?

— Você tira um dólar e dá uma esperança – disse Christmas.

— Então tenho que achar mil negros dispostos a comprar um pedacinho de rádio?

— Não mil – disse Christmas. – Alguém vai dar dez dólares, outro cem...

— Cem dólares! É, caralho, vocês dois são loucos.

— Vou falar com o Rothstein – disse Christmas. – Ele é rico. Poderia dar até mil dólares ele sozinho.

— Sim, pode acreditar... – resmungou Cyril.

Nesse momento a porta da sala se abriu e Sister Bessie apareceu com uma bolsinha na mão. Abriu o fecho, procurou entre as moedinhas e as contou. Depois despejou em cima das tábuas um punhado de trocados.

— O primeiro dólar vocês já têm – disse.

Christmas olhou para ela e foi como se a visse pela primeira vez. Como uma mulher. E pela primeira vez leu nos olhos daquela mulher tudo aquilo que não tinha conseguido aceitar de sua mãe.

Sister Bessie tinha se virado para ele, sentindo-se fitada.

Christmas abaixou os olhos, corando, embaraçado. Depois voltou a olhar para ela.

— Minha mãe também era prostituta – disse, procurando ter o mesmo ar altivo dela.

Cyril e Karl se voltaram para ele.

Os generosos lábios vermelhos escuros de Sister Bessie descobriram seus dentes imaculados. Aproximou-se de Christmas e pegou o rosto dele entre as belas mãos delgadas. Acariciou sua sobrancelha com o polegar e depois lhe deu um beijo no rosto. E de novo sorriu, mostrando os dentes retos, perfeitamente alinhados. Depois se virou para Cyril e Karl.

– Um filho de puta vale cem filhos de papai, lembrem-se disso – disse num tom agressivo.

Cyril e Karl abriram os braços, em sinal de rendição.

– Você deve ter orgulho da sua mãe – disse então Sister Bessie.

– Sim – disse Christmas.

Sister Bessie pegou de novo seu rosto entre as mãos e lhe deu outro beijo no rosto. Depois se virou para Cyril.

– E então? Vai pegar ou não esse dólar?

– Está bem – cedeu Cyril, batendo o punho nas tábuas. As moedas tilintaram. – De conviver com os loucos a gente acaba ficando maluco também. Vamos tentar. Eu bato meus negros. Christmas os gângsteres dele – e balançou a cabeça. – Que rádio de merda...

Christmas, Karl e Sister Bessie caíram na risada.

– É, riam, riam... – sorriu Cyril. – Ainda não entendi pra quê que a gente precisa de todo esse dinheiro.

– Você vai ver – disse Karl.

– A CKC vai ser grande – disse Christmas.

– A o quê? – perguntaram Karl e Cyril em uníssono.

– A CKC. É assim que vai se chamar a nossa rádio – explicou Christmas, orgulhoso. – As iniciais dos nossos nomes. Simples, não?

– E o primeiro C seria de quê? – perguntou Cyril, desconfiado. – Christmas ou Cyril?

– Quer vir primeiro? – riu Christmas. – OK, o primeiro C é seu.

– Está me zoando?

– Não, sócio – disse Christmas.

– Sócio... – escandiu Cyril, saboreando a palavra na boca, com um ar sonhador.

– Sócio – disse Karl, radiante.

– Sócio de dois brancos, Sister Bessie. Você acredita? – riu Cyril. – Eu vou pro inferno, pode escrever.

Na semana seguinte, Cyril recolheu 800 dólares. As pessoas do bairro esvaziavam os bolsos com entusiasmo assim que ouviam a proposta.

A ideia de possuir uma minúscula quota daquela rádio que representava a liberdade não os empolgava tanto assim, mas saber que tinham comprado um pedacinho daquele relógio de mentira que os brancos não sabiam o que era lhes dava a sensação de enfiá-lo no cu deles pessoalmente. Nenhum daqueles infelizes se preocupou em ter uma garantia da restituição do dinheiro. Se era para enfiar no cu dos brancos, era um dólar bem gasto.

Christmas recolheu 1.400 dólares. Rothstein sozinho colocou 500. Christmas sabia como arrancá-los dele. Disse que era como uma aposta. E Rothstein pagou. Juntou outros 700 entre Lepke Buchalter, Gurrah Shapiro e Greenie. Com eles a história da aposta não funcionou – não tinham a mesma doença de Rothstein. Porém, assim que lhes disse que era um negócio ilegal, os três se entusiasmaram imensamente com a ideia de possuir uma quota de algo que fosse contra a lei e que ainda não tinham experimentado. Por fim, sua mãe lhe entregou 85 dólares que tinha economizado com seu trabalho e depois atormentou Sal até convencê-lo a despejar 125 dólares para fechar a cifra redonda de 200.

– 2.200 dólares! – exclamou Karl, satisfeito, no final daquela semana. – Com os meus 500 chegamos a 2.700. E meu pai me garantiu 300. Três mil dólares redondos! Vamos poder fazer as coisas em grande estilo – e riu como uma criança, esfregando as mãos.

No dia seguinte, uma série de *outdoors* instalados em áreas estratégicas mas pouco custosas da cidade, entre o Harlem, o Lower East Side e o Brooklyn, anunciavam, em letras garrafais: "CKC – A sua rádio clandestina".

Na semana seguinte, os *outdoors* foram substituídos e todos os nova-iorquinos leram: "CKC – A sua rádio clandestina – Comecem a contar. Faltam só 7 dias". No dia seguinte o 7 foi substituído por um 6, sem refazer o *outdoor*. Depois veio o 5, o 4, o 3, o 2 e finalmente o 1.

Com essas duas rodadas de anúncios – incluindo as intervenções para mudar o número – foram gastos 920 dólares. Restaram 2.080, que na semana seguinte foram inteiramente investidos em novos *outdoors* com cores chamativas que, além das informações de sempre, anunciavam: "É hoje o dia que você estava esperando, Nova York. Às 7:30 p.m., sintonize a frequência 540 AM e ouça *Diamond Dogs*. Você vai virar um de nós". E as escritas CKC, 540 AM e *Diamond Dogs* ficavam acendendo e apagando sem parar.

O Harlem já estava fervilhando bem antes das sete e meia. Todos os rádios montados por Cyril nos últimos anos estavam ligados e sintonizados.

E Cetta também tinha ligado uma hora antes a Radiola que Ruth tinha dado a Christmas, e Sal estava sentado ao seu lado, mais pálido e emocionado que ela, enquanto o rádio espalhava no ar apenas o zunido das válvulas. Na sede da N.Y. Broadcast, Maria, junto com os dois operadores de áudio que tinham participado da primeira transmissão de *Diamond Dogs*, estava fechada numa salinha do terceiro andar e tinha sintonizado os equipamentos da rádio em 540 AM. Cyril estava no quarto de Sister Bessie, e as crianças se agarravam à mãe, sem entender muito bem por que tinham que escutar no rádio um branco que estava falando do outro lado da parede.

A sala equipada para a transmissão tinha sido obscurecida para dar a Christmas a atmosfera de que precisava. A porta e a janela tinham sido acusticamente tratadas com as caixas das centenas de ovos que o pessoal do Harlem cozinhou nas semanas anteriores.

— Está pronto? — perguntou Karl.

Christmas respondeu com um sorriso tenso.

— Vai dar tudo certo — tranquilizou-o Karl.

— Vai — disse Christmas, e fechou os olhos, respirando fundo e segurando com força um dos três microfones que Cyril tinha roubado do almoxarifado da N.Y. Broadcast.

Ao lado do equipamento radiofônico, tinham posicionado um velho gramofone. Karl girou a manivela e apertou para baixo a alavanca de pausa. No prato, um disco comprado por Christmas.

No quarto de Sister Bessie, Cyril olhava para o relógio.

— Agora — disse baixinho.

— Estamos ao vivo — disse Karl.

— Vai — sussurrou Christmas.

— Boa noite, amigos. Bem-vindos a esta primeira, histórica transmissão clandestina — disse Karl em seu microfone, com a voz ligeiramente trêmula. — Estamos prestes a transmitir *Diamond Dogs*. A CKC deseja a todos uma boa escuta.

Houve um momento de silêncio, no qual Cyril se remexeu na cama, e depois uma voz jovem e calorosa disse:

— Boa noite, Nova York...

— É o meu Christmas — disse Cetta, emocionada.

— Fica quieta, idiota — disse Sal, tenso.

— Antes de começar, quero fazer uma recomendação — disse Christmas no microfone.

Karl olhou para ele, na penumbra da sala.

Cyril se levantou da cama e assumiu uma careta satisfeita.

Cetta prendia a respiração. Sal apertou forte as mãos dela, sem tirar os olhos do rádio.

— Quero que pensem em todas as prostitutas de Nova York. Mas não no sexo. Quero que vejam elas como eu vejo. Como mulheres — ressoou a voz de Christmas nas rádios do Harlem e do Lower East Side e do Brooklyn. — Eu devo muito a elas. E Nova York inteira também. Pensem nelas... Elas têm coração mesmo para aqueles de nós que não temos.

Sister Bessie abraçou os filhos e se virou para Cyril, rindo.

— Agora uma canção especial — disse a voz melodiosa de Christmas. — Depois vou deixar vocês entrarem no mundo escuro e perigoso dos gângsteres de rua como nós...

Christmas fez um aceno para Karl, que posicionou o microfone no alto-falante do gramofone e liberou a alavanca de pausa.

— Esta é pra você, mãe — disse a voz de Christmas.

Karl pousou delicadamente a agulha no disco.

Na sua sala de estar, Cetta ouviu o chiado da agulha nos sulcos e depois a voz do filho:

— Fred Astaire me disse pessoalmente que dedica ela a você. Está reconhecendo?

A Radiola começou a difundir as primeiras notas.

— *Lady*... — exclamou Cetta, mas foi interrompida por um soluço. — *Lady... Be...* — balbuciava, chorando. — *Lady, Be Good!* — conseguiu dizer finalmente. Depois se entregou totalmente às lágrimas, abraçando Sal, que continuava rígido, petrificado, fitando o rádio, como que hipnotizado.

— Me disseram que o Fred Astaire é bicha — disse ele, em voz baixa, enquanto tirava o lenço do bolso e entregava a Cetta.

Cetta riu entre as lágrimas.

— Obrigado, mãe — disse a voz de Christmas ao final da canção. — E agora gritem comigo, todos juntos: ergue o trapo! E que comece o espetáculo, Nova York!

52

Los Angeles, 1927

BILL PAROU O STUDEBAKER BIG SIX TOURING de 1919 diante do toldo listrado do Los Angeles Residence Club, na Wilshire Boulevard, sem desligar o motor. Acariciou o volante do Big Six. Devia ser reluzente, quando o automóvel era novo. Quase dez anos de mãos passando por ele tinham-no deixado opaco e rachado em alguns pontos. Mas ainda continuava sendo um automóvel de classe. Um carro que, em sua época, tinha sido de rico. Não o seu esquálido Ford T. Bill tinha-o comprado um mês antes. Por 800 dólares. Pagos em dinheiro vivo. Sim, mesmo velhinho, o Studebaker era um carro do qual se orgulhar, pensou satisfeito enquanto o porteiro do Residence Club abria a porta para ele.

– Boa noite, Mr. Fennore – disse o porteiro.

– Olá, Lester – sorriu-lhe Bill. – Leva ele pra nanar – disse, batendo a mão no capô.

O porteiro entrou no carro. Bill permaneceu na calçada enquanto a lustrosa carroceria bordô de seu conversível entrava no estacionamento dos clientes. Claro, ninguém na rua se virava para olhar para ele de boca aberta. E ninguém, vendo-o ao volante, achava que fosse rico. Mas já era um belo passo adiante em relação ao seu Ford. E se os negócios continuassem prosperando, um dia teria condições de comprar um Duesenberg. O Modelo J. Uma bala, capaz de atingir 191 quilômetros por hora. Tinha sido apresentado naquele ano no Salão do Automóvel de Nova York. Bill tinha visto as fotos numa revista. E tinha decidido que mais cedo ou mais tarde teria um Duesenberg. Sorriu outra vez, depois levantou os olhos para o quinto andar do Los Angeles Residence Club. Suíte 504. Não era como as suítes do Wilshire Grand Hotel, pouco adiante, no nº 320 da Wilshire Boulevard. Na realidade era uma grande sala dividida ao meio, sem porta. De um lado a cama, do outro duas poltroninhas, um sofá e uma mesinha. Nos cantos, em cima, o papel de parede estava escurecido e em alguns pontos se soltava. O porteiro não usava um uniforme com alamares como no Grand Hotel. Não havia serviço de quarto, era preciso descer e comprar um sanduíche na lanchonete da frente e subir com ele para o quarto. Lençóis e toalhas eram trocados toda semana, na segunda-feira, e se por acaso derrubasse café em cima e quisesse antecipar a troca, tinha que pagar uma sobretaxa de 50 *cents*. A camareira era uma velha negra manca que se limitava a arrumar a cama, levar embora as sacolas engorduradas dos sanduíches e muitas vezes se esquecia de esvaziar o cinzeiro das bitucas de cigarro. Não, não era uma suíte de verdade, ainda que a chamassem assim, para diferenciá-la dos quartos simples. E a piscina nos fundos não passava de uma poça esverdeada. O proprietário do hotel, tinha-lhe confidenciado Lester, era um mão de vaca nojento.

— Vai colocar ela pra funcionar só quando estivermos com lotação completa.

E naturalmente nunca estavam com lotação completa. Mas, para Bill, ainda era um enorme passo adiante em relação à miséria do Palermo Apartment House. E tinha certeza de que um dia chegaria ao Wilshire Grand Hotel.

"Começou uma nova era", pensou, alegre, repetindo a frase preferida de Arty.

Entrou no hotel, pegou o elevador e subiu até o quinto andar. Abriu as duas janelas da sala, organizou um pouco as coisas, enxaguou o rosto e conferiu no armário do banheiro, embaixo da pia. Estava lá. Lester tinha cumprido sua palavra. Tinha-lhe arranjado uma garrafa de uísque. Não a tequila mexicana de sempre. Não o rum de sempre. Bill pegou a garrafa e dois copos e organizou-os na mesinha da sala de estar. Esperava visita. Sorriu. Abriu a garrafa e serviu dois dedos de uísque. Arty achava que tinha sido convidado simplesmente para tomar alguma coisa. Não sabia que aquela noite tratariam de negócios. De dinheiro. Bill tinha feito umas continhas e queria mais.

Bateram na porta. Do lado de fora se ouviram as risadas de duas garotas. Arty tinha trazido companhia.

— Caralho! — praguejou Bill em voz baixa. Depois abriu a porta com um sorriso radiante nos lábios. — Arty, entre — disse.

— Olá, Punisher — disseram em uníssono as duas garotas, enfiando-se na sala e abraçando Bill.

Bill se desvencilhou, irritado.

— Achava que ia vir sozinho — disse a Arty.

— Opa, queria me trazer pra comer na sua casa? – brincou Arty, levando a mão à altura das nádegas, como para protegê-las.

As garotas riram. Uma era loira e de formas avantajadas, quase gorda. A outra, magérrima e morena. Bill as conhecia. Chamavam-nas de "as Gêmeas". Eram especializadas em papéis lésbicos. Arty gostava disso. Gostava de ficar olhando e depois comê-las.

— Queria falar de negócios – disse Bill.

— Já eu queria usar o "negócio" – disse Arty.

As garotas riram e depois se beijaram na boca.

— Estou falando sério – disse Bill.

— Eu também, acredite. Pergunta pra Lola – e Arty pegou a mão da loira e levou-a ao pênis.

A loira deu um gemido fingindo espanto e depois riu junto com a outra. A morena foi para trás de Bill e enfiou a mão entre as pernas dele, subindo para a braguilha.

— Sai pra lá – disse Bill, empurrando-a para trás.

— O que é que tem de tão importante? – perguntou Arty, ficando sério.

— Quero falar de negócios – repetiu Bill. Depois olhou para as garotas. — Não na frente delas.

Arty suspirou e olhou em volta.

— Vão pro banheiro – disse. — Se fechem lá dentro e só saiam quando a gente chamar.

— OK, Arty – disseram as garotas.

— E fiquem boazinhas, meninas – brincou Arty, apalpando a bunda da loira.

As garotas riram e se fecharam no banheiro.

— E então? – perguntou Arty.

— Senta – disse Bill. Despejou duas doses generosas de uísque. Levantou o copo e tilintou-o contra o do diretor. — Quantos filmes já fizemos, Arty?

— Oito.

— Nove com o de hoje, certo?

— Certo.

— Eu e você estamos iniciando uma nova era. Certo? – fez Bill, olhando o diretor bem nos olhos.

— Com o de hoje, sim – riu Arty, satisfeito. — Olhei um pouco da gravação. É um material excepcional. – Bebeu. — Lembra o que eu te disse a primeira vez que te peguei em ação?

– "Vou fazer de você uma estrela."

– E não mantive a promessa?

Bill sorriu.

– Sim – admitiu. Entre os ricos depravados de Hollywood, o Punisher já era um ícone. Um ícone selvagem daquele mundo selvagem. A máscara de couro que tinha querido vestir por medo de ser reconhecido e ter que pagar pelos crimes cometidos em Nova York tinha-se revelado uma ideia de sucesso. O Punisher não tinha rosto. E cada um dos espectadores podia pensar estar atrás daquela máscara. E cada um dos espectadores podia pensar que tinha culhão para violentar uma mulher. Para bater nela. Para tratá-la como mercadoria estragada. Como uma escrava. Acima da lei, acima das regras. Acima de qualquer moralidade. O Punisher era a voz e o corpo de toda a violência inerente a cada homem. A cada macho. – Sim – disse Bill outra vez.

– E isso não é nada, acredite – disse Arty, terminando seu uísque e despejando mais.

Os oito filmes anteriores tinham sido filmados conforme um esquema tradicional. Tomada, corte, pausa, tomada e assim por diante. As vítimas do Punisher eram atrizes profissionais, rostos – e corpos – já conhecidos no mundo da pornografia. Fingiam ser violentadas. Por dinheiro. Bill as espancava a sério, mas não como faria na realidade. Era um fingimento. Entre uma tomada e outra, uma garota devia cuidar de não deixar cair a excitação de Bill e a maquiadora coloria de vermelho os ferimentos de mentira das vítimas. No começo, Hollywood acolhera com grande entusiasmo as proezas do Punisher. Tinham-se contentado com a encenação. Ninguém, até então, jamais havia ousado tanto no campo da pornografia. Os filmes que circulavam eram artificiais, em comparação. Mas depois tinham se acostumado àquilo também. Alguns atores e diretores que sempre compravam os filmes do Punisher para suas festinhas particulares tinham começado a dizer que estavam cansados das atrizes de sempre. Outros disseram que estava claro que eram de mentira. E então Arty tinha tido a ideia. Seria tudo de verdade. Tudo realista. Sem cortes, sem pausas, sem atrizes profissionais. Precisavam de garotas de verdade. Vítimas de verdade. E tinha que ser tudo como quando tinha espiado Bill, aquela primeira vez, no galpão deserto, violentando sua principal atriz, Frida, a mexicana.

– É sério, isso não é nada – disse Arty, com ênfase. – Você acredita em mim?

– Sim.

– Espera só até começar a circular o novo filme que você vai ver – continuou Arty. – Vão nos cobrir de ouro.

Bill se serviu de bebida. Em silêncio.

– É disso que queria falar com você – disse.

– Disso o quê?

– Quanto entra no meu bolso?

– O que quer, um aumento? – riu Arty. – OK, de acordo. Mil é pouco? Quanto quer? Posso chegar a 1.500 por filme. Está bom pra você?

Bill bebeu, olhando para ele. Sem falar nada.

– Caralho! 1.500!

Bill não disse nada.

– Puta que pariu! 1.700. Mais que isso não posso. Não dou conta das despesas.

Bill matou o uísque num gole só. Estalou os lábios e se serviu de outro copo.

– Não venha querendo me encostar na parede – disse Arty, com voz dura.

– Senão...? – sorriu Bill.

Arty ficou em pé, despeitado.

– Eu que criei você! Nunca se esqueça disso! Que porra era Cochrann Fennore antes que eu... eu, puta que pariu!... que eu o inventasse? Um auxiliar de maquinista. Um morto de fome. E agora, olha pra você. Tem um carro de luxo, essa porra de suíte... e vai melhorar. Sua situação vai melhorar – apontou o dedo para ele. Abaixou a voz. – Mas não vem querendo me encostar na parede, estou avisando.

Bill continuou bebendo. Sentia a cabeça leve e uma sensação crescente de exaltação. Sentia-se invencível. E também um pouco bêbado.

– E Arty Short, que porra ele era antes do Punisher? – disse com uma voz cheia de desprezo. – Um cafetão. Nada além de um cafetão que gravava filminhos baratos de putaria. Como todos os outros cafetões de Los Angeles. E que porra você seria sem o Punisher? Um cafetão, Arty. Você é só um cafetão, não um diretor. Um cafetão de merda.

Arty tentou controlar a raiva. Deu as costas para Bill e caminhou de um lado para o outro da sala.

– Olha pra mim, Arty – disse então Bill, se levantando.

Arty parou. Bill se aproximou, fitando-o nos olhos. Tinha um olhar sombrio, frio, indiferente. Arty recuou um pouco. Bill avançou na direção dele. Arty tentou desviar o olhar, balançando a cabeça. Bill agarrou seu pescoço.

— "Vou fazer de você uma estrela", é verdade, foi isso que você me falou aquela primeira vez – disse Bill, sem soltá-lo. – Você não faz outra coisa a não ser repetir isso, não faz outra coisa a não ser pensar como você foi esperto. Mas não passa nunca pela sua cabeça o que foi que eu pensei. Antes de você dizer isso. Já passou alguma vez pela sua cabeça, Arty?

— Está me machucando... – disse o diretor.

Bill deu risada.

— Quer saber o que eu pensei quando te vi lá? – Fitou-o em silêncio por um momento, depois aproximou os lábios da orelha do diretor. – Que eu ia te matar, Arty – sussurrou. Então afrouxou o aperto, soltou o pescoço dele e voltou a se sentar, despejando mais bebida no copo. – É sobre isso que você devia refletir. Se não tivesse tido a sua brilhante ideia, a essa hora seria um cafetão morto.

Arty deu um sorrisinho e sentou-se de frente para Bill, com uma risadinha sem jeito.

— Mas por que a gente está tendo essa conversa? Por que está se esquentando? Do que é que a gente está falando? Dois mil por filme? Está bem, se é isso que...

— A partir de agora, vamos fazer cinquenta por cento cada um – interrompeu Bill.

— O quê?

— Está ficando surdo, Arty?

— Desculpa, mas pensa um pouco... eu tenho um monte de despesas. A película, o pessoal do *set*, o aluguel do galpão...

— Vamos deduzir as despesas e o que sobrar dividimos pela metade.

— Você não entende...

— Eu entendo muitíssimo bem. Vamos manter um livro contábil e anotar cada centavo. E se o pessoal do *set* quiser um aumento, vamos discutir juntos. E se precisar comprar película, vamos comprar juntos. E se precisar construir um cenário, vamos contar cada suporte de madeira e cada balde de tinta. Vou verificar cada centavo, Arty. E se tentar me passar pra trás eu arrebento sua fuça e depois encontro outro diretor. Está claro? – e Bill mandou para dentro outra golada de uísque.

Arty balançava a cabeça, olhando para baixo, procurando argumentos.

— Eu... o que você não entende... não é só uma questão de livros contábeis... toda essa coisa é muito complexa... – Passou a mão na pele esburacada do rosto. Respirou fundo. Depois ergueu os olhos e olhou para

Bill. Estava com o rosto vermelho. – Eu que tenho os contatos! – gritou com uma voz fraca.

Bill agarrou-o pelo colarinho, por cima da mesa, puxando-o para si.

– E eu tenho o pau. Tenho os culhões. Tenho a raiva, Arty. – Soltou-o. – Eu tenho a raiva – disse em voz baixa.

Os dois permaneceram em silêncio. Bill com um olhar de vencedor. Arty com o pescoço e a cabeça enfiados nos ombros.

– Está bem – disse por fim o diretor. – Temos uma sociedade.

Bill deu risada.

– Você fez a escolha certa, meu amigo.

Arty sorriu, depois mandou para dentro um copo de uísque.

– Bom, então temos que comemorar com as Gêmeas.

– Não quero saber – disse Bill, dando de ombros.

– Vadias! – gritou Arty. – Saiam do banheiro!

As garotas abriram a porta, sorridentes como sempre.

– Comecem vocês – disse Arty, indicando a cama com o queixo.

As garotas se jogaram na cama, rindo, e começaram a se beijar e se despir. Arty se levantou da poltrona e ficou olhando. Virou-se para Bill.

– Vem cá, sócio – disse.

– Não estou a fim – respondeu Bill. – Come elas você.

Arty deu um tapa na bunda redonda da loira.

– Vamos lá, sócio, tem carne aqui – e riu. Depois deixou que as garotas o arrastassem para a cama e o despissem e o enchessem de atenções.

Bill continuou bebendo. E olhou a ereção de Arty. Tão pronta. Tão imediata. Tão mecânica. Agora que podia ter todas as vadias que quisesse, Bill não conseguia mais trepar, em privado. Não levantava. Não se excitava. Tinha até experimentado bater nelas. Mas não conseguia ter uma ereção decente.

A morena tinha prendido um falo artificial na virilha e estava penetrando a loira, por trás, enquanto esta chupava Arty.

– Você precisa mandar colocar um espelho – disse Arty para Bill.

– Sim – respondeu Bill, distraidamente, e continuou bebendo. A garrafa estava quase acabando. Só no *set* não falhava nunca. Agora nem era mais a violência. Era o zunido baixinho da câmera que o excitava. A fama.

– Traz ele aqui – dizia Arty à morena, enquanto isso.

A garota se levantou da cama e foi até Bill, a passos lentos, provocantes, enquanto o rígido pênis artificial balançava à frente dela. Parou diante dele. Com o pênis esticado para a frente. Na altura do rosto de Bill.

— Já fez com um homem? — perguntou, passando a mão nos seios minúsculos.

Bill ficou em pé num salto e deu um soco no rosto dela.

— Vai se foder, vagabunda! — berrou e começou a chutá-la.

— Cochrann! Puta que pariu, Cochrann! — gritou Arty. — Não vai me estragar ela, caralho!

Bill parou, ofegante. Sua cabeça girava. Tinha bebido demais. A garota ainda estava no chão, encolhida em posição fetal para se proteger dos chutes.

— Vão embora daqui — disse Bill, com a voz empastada pelo álcool.

— Porra, Cochrann, o que é que deu em você? — disse Arty, empurrando a loira e sentando na cama.

— Fora! — gritou Bill. Estava com o olhar embaçado e os olhos vermelhos. Cambaleava.

A morena se levantou do chão, levou a mão ao lábio. Sangrava um pouco. Tirou o falo artificial e começou a se vestir, imitada pela loira. Arty continuava sentado na beirada da cama e balançava a cabeça. Depois suspirou, levantou-se e vestiu a roupa.

— Amanhã vou estar na montagem — disse, abrindo a porta da sala. — Quer vir dar uma olhada?

Bill assentiu sem olhar para ele.

Arty e as garotas saíram e fecharam a porta.

Assim que ficou sozinho, Bill se deixou cair na cama. Com o rosto afundado no travesseiro. De olhos fechados. A escuridão na qual estava afundando turbilhonava em volta dele. Então, naquele redemoinho escuro, começou a se formar a imagem de uma mulher. De uma menina. Com um vestido branco, de bordas azuis. Um vestido de colegial. E longos cachos pretos que lhe caíam sobre os ombros. Uma menina de 13 anos. Ruth. No início, Bill teve medo de que fosse um dos seus pesadelos costumeiros. Ruth o mataria também desta vez. Em vez disso, a garotinha judia lhe sorria e depois começava a se despir. E o vestido caía em pedaços, como se o rasgasse.

Bill levou a mão à virilha e abriu a calça, ainda de barriga para baixo. E começou a acariciar o membro.

E conforme Ruth se despia, Bill a via sangrar. Porém nada acontecia. Não se excitava. Mas então, quando estava para tirar a mão do membro inerte, na sua cabeça se formou um zunido, lento e baixinho, de obturador abrindo e fechando compassadamente, de filme correndo nas rodas dentadas, recebendo a gravação. E então sentiu um formigamento agradável entre as pernas. E o membro ficou duro.

E enquanto se tocava, cada vez mais freneticamente, imaginou que estivessem filmando aquela primeira violência. Aquela noite magnífica na qual tinha descoberto sua própria natureza. Até que chegou ao orgasmo.

Permaneceu imóvel por alguns minutos, enquanto o líquido quente grudava em sua mão e na barriga e na cama. Então se virou. Pegou o telefone, levou ao ouvido e esperou.

– Pois não, Senhor Fennore – chiou a voz do porteiro.

– Lester, fala pra negra vir trocar os meus lençóis.

– O senhor sabe que não é segunda-feira, certo, Senhor Fennore?

– Sim, 50 *cents*, eu sei, Lester – disse Bill, e desligou.

53

Manhattan, 1927-1928

O HOMENZARRÃO SE SENTOU diante do grande rádio, empurrando outras pessoas que, às sete e meia da noite, se espremiam no Lindy's para escutar *Diamond Dogs* beliscando um pedaço de *cheesecake*.

– Esse é o meu lugar – disse uma voz atrás dele.
– Ah, é? E onde está escrito? – respondeu o homenzarrão, sem se voltar.
– Não preciso escrever. Tira essa sua bundona mole daí – disse então a voz.
– Então você está procurando problemas – disse o homenzarrão, virando-se com os punhos enormes cerrados e uma expressão ameaçadora. Porém, assim que viu quem estava diante dele, empalideceu, levantou-se num salto e tirou o chapéu. – Me desculpe, Mr. Buchalter... eu... não sabia...

Lepke Buchalter não respondeu e se virou para o balcão.
– Leo, fala pra esse bronco quem foi que te deu esse rádio. – gritou para Leo Lindemann, o proprietário do estabelecimento na Broadway.
– Quem nos obrigou a colocar ele aí, quer dizer – replicou a esposa de Leo.
– Não reclame, Clara. Não saiu perdendo, admita – disse Arnold Rothstein, entrando naquele momento, com um sorriso nos lábios. – Às sete e meia da noite o seu estabelecimento enche graças a esse rádio.
– Está bem, eu admito, foi uma boa ideia – riu Clara. – Se quiser *cheesecake*, peça depressa, Mr. Big. Está acabando.
– Porção dupla – disse Rothstein, juntando-se a Lepke.

O homenzarrão encolheu ainda mais os ombros e, recuando, tropeçou e caiu em cima de uma mesa. As pessoas reunidas no local – na maioria homens de Rothstein – deram risada.

– Agora fiquem quietos – disse Rothstein, sentando-se. – Me deixem ouvir o garoto. Aumenta o volume, Lepke.

– Boa noite, amigos, e de novo bem-vindos à sua transmissão clandestina – anunciou a voz de Karl. – Vocês estão prestes a ouvir um novo episódio de *Diamond Dogs*.

– Quietos! – berrou Lepke.

Até Clara e Leo Lindemann pousaram os pratos que estavam passando para a cozinha, para ouvir a transmissão.

– A CKC deseja a todos uma boa escuta – ressoou ainda a voz de Karl.

– Já te falei que sou acionista dessa rádio, Leo? – perguntou Rothstein.

– Umas cem vezes, Mr. Big – respondeu Leo.

– Bom, se conforme, vou dizer outras 400, já que apostei 500 dólares – riu Rothstein. Em seguida virou-se para Lepke, depois de olhar ao redor. – E o Gurrah não vem?

– Ficou preso em Brownsville por um negócio urgente – respondeu Lepke. – Deve estar escutando no Martin's. E se conheço ele bem, deve estar praguejando porque o sanduíche de lá é uma porcaria.

– Boa noite, Nova York... – soou a voz calorosa de Christmas na rádio.

Subitamente, ninguém mais deu um pio no Lindy's.

– A noite está escura, Nova York – continuou a voz de Christmas. – Porque vida de gângster não é só belos carros e mulheres de girar a cabeça... Também tem os serviços sujos pra fazer. Aqueles que ninguém quer fazer... e que precisam ser bem feitos, sabem?

– É verdade – disse um sujeito com duas longas cicatrizes no meio do rosto, cortando em dois o olho direito, cego.

– Cala a boca, imbecil – disse Lepke. – O que é que você sabe de serviço bem feito?

– A história de hoje é triste e crua... e se vocês se assustarem demais... bom, não foram feitos pra Nova York. Por isso não mudem só de canal, mas também de cidade, vão por mim... – continuava Christmas.

– O rapaz sabe como fazer, hein? – sussurrou Lepke no ouvido de Rothstein, que assentiu, com um sorriso orgulhoso.

– Apostei no cavalo certo.

– É uma história que demonstra quanto precisamos inventar pra sobreviver nesta selva. Obviamente não vou citar nomes. Soube que vários funcionários da nossa amada polícia nos acompanham... Boa noite, capitão McInery, como vai sua esposa? E boa noite da CKC também ao sargento Cowley... Também está aí, procurador distrital Farland? Está fazendo anotações?

Todos os gângsteres reunidos no Lindy's riram.

E o mesmo ocorreu no Martin's, em Brownsville, onde – como Lepke tinha previsto – Gurrah Shapiro tinha acabado de praguejar ao morder um sanduíche que não valia a metade dos enormes *combo sandwiches* do Lindy's.

E riam os gângsteres reunidos na *clubhouse* da Bowery e aqueles na sala de bilhar da Sutter Avenue.

– Então – retomou Christmas –, uma noite, algum tempo atrás, tinha um cara que precisava desaparecer... definitivamente, se é que me entendem. Mas aqueles que tinham que fazer ele desaparecer estavam sendo vigiados. Uma hora feia, daquelas em que você tem todos os olhos da polícia em cima de você. Acontece. Mas acontece também que certos linguarudos precisam de qualquer jeito desaparecer logo. Como fazer, então? É preciso usar o cérebro. E o acaso às vezes te dá uma mão. Ainda que seja um acaso cruel. E quis o nosso acaso que o sujeito que precisa fazer desaparecer o linguarudo tenha um pai que está morrendo, no apartamento dele, bem em cima do desmanche que ele administra. Então o que ele faz? Leva o sujeito que tem que sumir pro desmanche, dá fim nele junto com seus cúmplices e dá uma grana pra um rapaz levar um carro roubado até um campo e abandonar ele lá, com o cadáver dentro. Assim, quando a polícia invade, no dia seguinte, a casa do suspeito, encontra todos em volta do leito de morte do pai dele. E aí os policiais tiram o chapéu, se desculpando, abaixam a voz, e o caso é arquivado e não vai ser resolvido nunca...

– Eu que contei essa pra ele! – exclamou Greenie, orgulhoso, na sala de um bordel da Clinton Street, enquanto cada uma das prostitutas em volta suspirava, sonhando encontrar aquele jovem de voz tão quente, que conhecia suas vidas como nenhum outro homem.

– De qual caso ele está falando? – perguntou o capitão Rivers aos seus homens, na sala do 97º Distrito. – Vocês precisam me trazer esse Christmas.

– E como a gente faz, chefe? – perguntou o sargento. – É só uma voz no ar.

– Comecem pelo nome – imprecou o capitão. – Quantas pessoas devem existir em Nova York que tenham um nome idiota como Christmas?

– Está na cara que é um nome falso – disse o sargento.

O capitão assentiu.

– É, também acho.

– Mas poderíamos...

– Sabem por que os policiais são chamados de *cops*? – dizia Christmas enquanto isso.

— Quietos – disse o capitão, aproximando o ouvido do rádio.

— Por causa da estrela de cobre, *copper* – continuou Christmas.

— Essa eu já sabia – disse um agente.

— Você não está num *quiz* premiado, não, imbecil – disse o capitão.

— Na época dos Five Points – prosseguia Christmas –, também eram chamados de "cabeças de couro", porque usavam capacetes de couro. Mas eu receio que isso fizesse pouca diferença contra os porretes...

— Também acho – riu Sal, na sala da casa de Cetta, onde estavam sentados de mãos dadas, com as orelhas coladas na Radiola.

— Deixa eu ouvir – disse Cetta, dando um tapa no braço dele.

— A propósito de porretes, me veio na cabeça uma coisa que meu pai sempre me repetia... – disse Christmas.

— O pai dele? – riu Sal. – Quanta lorota esse pirralho solta!

— Toda vez que me encontrava nas escadas com o meu equipamento de beisebol – continuou Christmas –, me dizia, com aquele vozeirão dele: "Vai por mim, pirralho. Joga fora a bola e fica com o porrete"...

— Isso era eu que falava, não o pai dele – riu Sal. Mas em seguida ficou sério. E apertou os lábios. E Cetta sentiu que ele tinha ficado duro como uma pedra. Passado um instante, Sal deu um salto e desligou o rádio. – Vamos dar uma volta. Esse programa é pura lorota mesmo. – Foi até a porta e a abriu. – E aí, vem ou não? – disse num tom rude.

— Não tem nada de mau se você fica comovido – disse Cetta.

— Você é uma idiota igual o seu filho – rosnou ele e saiu, batendo a porta.

Cetta sorriu e religou o rádio, aconchegando-se no sofá onde ainda podia sentir o calor de Sal.

— Sabem qual é a verdadeira diferença entre um gângster italiano e um judeu? – dizia Christmas naquele momento.

E no Wally's Bar & Grill, um velho mafioso, que por milagre tinha chegado vivo à sua veneranda idade, apertou as mãos enodadas pela artrite nos ombros do filho.

— Vamos ver se esse *guappo* conhece a gente mesmo – disse em italiano.

E o filho virou-se sorrindo para o próprio filho, um rapazinho de 16 anos que cutucava as unhas com um canivete com um palmo de lâmina.

— A maior diferença entre um gângster italiano e um judeu – prosseguiu Christmas – está no fato de que o italiano vai ensinar o ofício ao filho, pra fazer dele um gângster como o pai...

– Pode ter certeza, *guappo* do rádio – riu o velho mafioso.

E o filho riu com ele. E o mesmo fez o neto.

– Já o judeu manda o filho pra universidade, pra ele não ter que repetir as mesmas cagadas e poder ser confundido com um americano...

– Mas que porra é essa que esse veado está falando? – disse o velho mafioso, soltando os ombros do filho.

E o filho se virou para o próprio filho, arrancou o canivete da mão dele e lhe deu um tabefe.

– Você a partir de amanhã vai voltar pra escola, imbecil! – berrou, apontando o dedo para o rosto dele.

– E hoje já ficou tarde... é hora da gente se despedir – disse a voz de Christmas. – Boa noite, Nova York...

– Boa noite, Nova York! – berraram em coro todos os gângsteres reunidos no Lindy's.

– É um cavalo vencedor – disse Rothstein por cima das outras vozes. – Eu que mandei ele fazer rádio. E eu não erro uma aposta, vocês sabem.

Cetta se levantou do sofá, aproximou-se do rádio e passou a mão na superfície reluzente, como uma carícia.

– E boa noite pra você também, Ruth... onde você estiver... – concluiu Christmas.

Cetta desligou o rádio e as válvulas chiaram no repentino e denso silêncio da casa, esfriando.

Em pouco tempo, a estação clandestina CKC estava na boca de todos. Os gângsteres agora consideravam *Diamond Dogs* o programa pessoal deles. E como tinha-se espalhado a notícia de que Rothstein dera ao Lindy's um rádio para ouvir Christmas, muitas outras gangues rivais e organizações criminosas equiparam casas de jogo, salas de bilhar, *speakeasies* e até os desmanches onde eram adulterados os carros roubados para acompanhar o programa, às sete e meia em ponto.

A mesma coisa tinha acontecido também nos bairros pobres de Manhattan e do Brooklyn. As pessoas comuns, graças às histórias de Christmas, fantasiavam serem duronas, capazes de conquistar aquela liberdade que a sociedade lhes negava de fato e que não tinham força para reivindicar. Christmas tinha se tornado a voz delas. Sonhavam com oportunidades, sonhavam com transgressões. E sentiam-se capazes – confortavelmente sentadas diante das caixas valvuladas – de correr riscos.

O Harlem, então, como reduto secreto da emissora clandestina, sentia-se a verdadeira pátria da liberdade. E cada negro do bairro – tivesse ou não investido o dólar inicial que Cyril havia pedido – considerava-se proprietário da estação que se escondia atrás do relógio pintado no alto do edifício de apartamentos na 125.

Cyril não tinha um minuto de descanso e montava rádios o tempo todo para os habitantes do bairro. Porém, de todos os negros, a mais orgulhosa era Sister Bessie, que se gabava aos quatro ventos de ter doado o primeiro dólar, como se fosse o primeiro tijolo sobre o qual se sustentava todo o empreendimento.

Os jornais, naturalmente, não deixaram escapar a ocasião de florear em cima. Em suas páginas havia sempre uma referência à transmissão, ao fenômeno que se espalhava como uma mancha de óleo.

– É tudo propaganda de graça – diziam, felizes, Christmas e Cyril, lendo as manchetes enfáticas. Karl, porém, balançava a cabeça, preocupado. Mas não dizia nada. Andava pensativo, ultimamente.

A polícia logo foi acionada pelas autoridades municipais, sobre as quais as estações de rádio oficiais faziam forte pressão, porque sua audiência caía vertiginosamente às sete e meia e não havia programa que pudesse resistir à concorrência. Nasceram, naturalmente, programas que tentavam copiar *Diamond Dogs*, mas nenhum dos autores nem dos atores conseguia ter o frescor de Christmas; e, sobretudo, a legalidade da transmissão tirava grande parte da empolgação do público. Mas a polícia nunca chegou nem perto de descobrir onde se escondia a sede da CKC. E não só por existir, no Harlem e entre os gângsteres, uma rede de cooperação que funcionou perfeitamente, mas também porque os próprios policiais – a maior parte, fiéis ouvintes do programa – nunca se empenharam a fundo. E assim passou o inverno e veio a primavera, e as grandes emissoras voltaram a fazer pressão. E a influenciar a imprensa, invocando o inalienável princípio da legalidade que a CKC infringia cotidianamente.

– Não vamos conseguir resistir para sempre – disse Karl uma noite, depois da transmissão.

– O que quer fazer, desistir? – resmungou Cyril.

– Só disse que não vamos conseguir resistir para sempre – repetiu Karl. – É hora de dar o salto. Agora ou nunca.

– Que salto? – perguntou Cyril.

Christmas estava sentado longe deles e escutava, de cara fechada. Com pensamentos sombrios turbilhonando na cabeça.

– Temos que ter uma programação mais ampla – prosseguiu Karl. – Precisamos virar uma emissora de verdade. E entrar na legalidade, no sistema. Nos inserirmos. Ou conseguimos isso agora ou vão nos tirar da jogada. Diga aí, você também – disse, voltando-se para Christmas.

Christmas evitou o olhar dele.

– É... talvez... – resmungou.

– Como "talvez"? – fez Karl, abrindo os braços, num gesto de desconforto. – Tínhamos falado disso...

– Sim, sim, OK – explodiu Christmas, se levantando. – Mas não sei de mais nada...

– O que deveria saber? – disse Karl.

– Não sei e pronto, caralho! – berrou Christmas e saiu do apartamento de Sister Bessie, batendo a porta.

– O que ele tem? – perguntou Cyril.

Karl não respondeu e foi até a janela. Olhou Christmas saindo pelo portão e zanzando pela calçada suja da 125.

– Então, o que é que o garoto tem? – perguntou Cyril outra vez.

– E eu que vou saber! Por que não pergunta pra ele? – disse Karl, num tom duro. – Não sou babá dele. Nem sua.

– Se é assim, sócio – respondeu Cyril, fechando a cara –, então vai tomar no cu.

– OK, me desculpe, Cyril – e Karl se sentou de novo. – Eu sei como funciona uma rádio. Agora estamos na crista da onda, as pessoas ainda estão curiosas, mas... está tudo nas costas do Christmas. E ele não pode durar para sempre.

Cyril pegou um microfone na mão.

– E aí acaba tudo, você quer dizer? – perguntou, com um semblante preocupado.

– Não, não estou dizendo isso. Mas precisamos diversificar... precisamos ficar independentes dele.

– Está querendo se livrar do garoto?

– E se ele se livrar de nós? – disse Karl, com veemência.

– Por que ele faria isso? – perguntou Cyril, na defensiva.

– Não disse que ele vai fazer – se corrigiu Karl. – Mas precisamos diversificar. Precisamos ter outros programas... precisamos...

— É por isso que o Christmas está com aquele humor de merda de uns dias pra cá? – interrompeu-o Cyril.

— Talvez. Ou talvez tenha em mente alguma coisa diferente.

— Está sentindo que está com os dias contados?

— Não sei o que ele está sentindo – disse Karl, irritado. – Mas nós dois precisamos inventar alguma coisa, Cyril... e começar a ganhar. Nosso sonho precisa começar a dar dinheiro, senão...

— É só um sonho.

— Pois é...

— E com sonhos não se come.

— Não.

— O que o garoto fala disso?

Karl olhou para Cyril.

— Não fala nada.

Cyril se levantou da cadeira e foi até a janela. Viu que Christmas ainda estava na rua.

— Não estou gostando... – murmurou.

Christmas levantou os olhos para a janela e o viu. "Vai pro diabo você também", pensou, enfezado, e se afastou, voltando para casa. Ruminando o que tinha lhe acontecido três dias antes, quando cruzara a porta de vidro da N.Y. Broadcast, após ser convocado em segredo por Neal Howe, o diretor-geral que o tinha demitido.

— Entre, Mr. Luminita – tinha-lhe dito o velho com as condecorações militares espetadas na lapela do paletó.

Ao lado dele, atrás de uma grande mesa de cerejeira, estavam sentados também os outros três administradores da estação de rádio e o novo diretor artístico, um sujeito magricela, na casa dos 30 anos, que tinha entrado no lugar de Karl.

— Sabe por que está aqui, Mr. Luminita? – tinha dito Neal Howe.

— Quer me demitir de novo? – tinha respondido Christmas, enfiando as mãos no bolso, provocativamente.

O velho exibira um sorriso amarelo.

— Vamos deixar de lado os ressentimentos, pode ser? E falemos de negócios. – Tinha feito uma longa pausa, dizendo depois: – Dez mil dólares por ano é um bom argumento?

Christmas sentira o sangue gelar nas veias.

– Admito que nos equivocamos ao avaliar o potencial desse seu programa... – prosseguira Neal Howe, com uma nota de irritação mal disfarçada na voz. – Como se chama mesmo? – fingindo não lembrar.

– *Diamond Dogs* – tinha intervindo o diretor artístico.

– Ah, sim, *Diamond Dogs*...

Christmas se sentia confuso. Não conseguia tirar da mente aqueles dez mil dólares por ano.

– Não é grande coisa como título, para dizer a verdade – Neal Howe sorrira, e os outros também, com a mesma prepotência do chefe. – Mas como as pessoas já o conhecem assim... vamos mantê-lo. – O que me diz, Mr. Luminita?

– O que eu digo...? – balbuciara Christmas.

– Nosso departamento jurídico está com o contrato pronto – tinha dito o Senhor Howe, fitando-o nos olhos, e, inclinando-se por cima da mesa, enfatizara: – Dez mil dólares são uma oferta mais que generosa.

Christmas tinha engolido em seco. Sentia as pernas bambas. "Dez mil dólares", repetia para si mesmo.

– Então, o que me diz, Mr. Luminita?

Christmas não conseguia falar. Tinha permanecido em silêncio, com a cabeça se enchendo de números.

– Eu...

– Por que não se senta? – Neal Howe o interrompera imediatamente.

– Sim... – e tinha se sentado. – Sim... – repetira.

– Sim o quê? Aceita nossa proposta? – pressionara o diretor-geral.

– Eu... – e respirou fundo. – E Karl e Cyril?

– Quem? – Neal Howe fingira não entender.

– Karl Jarach vai ter o cargo dele de volta? – perguntara Christmas, recuperando a coragem. E Cyril Davies, o almoxarife, tem que ser promovido a técnico-chefe.

– Mr. Luminita – Neal Howe sorrira, olhando para os outros, sentados atrás da mesa de cerejeira. – É o senhor que é o *Diamond Dogs*, não aqueles dois. É o senhor que as pessoas querem ouvir.

– Nós somos sócios – tinha dito Christmas, com mais energia na voz. – Sem eles não existiria nenhum *Diamond Dogs*. Quando o senhor nos demitiu, falou de insubordinação. Isso seria traição.

– Não, rapaz. Isto são negócios.

— Karl e Cyril têm que fazer parte da equipe – tinha repetido Christmas.

O rosto de Neal Howe tinha ficado roxo.

— Está achando que pode ditar regras? – tinha dito, com uma voz dura e cortante. — Estamos lhe oferecendo dez mil dólares. Porque para nós o senhor vale isso. Aqueles dois não valem nada para a N.Y. Broadcast. Se aquele negro quiser continuar sendo almoxarife, o lugar é dele, mas nada mais. Já o Jarach não vai pôr os pés nunca mais nem na N.Y. Broadcast nem em qualquer outra rádio, eu lhe garanto. É pegar ou largar, Mr. Luminita. Pense no assunto. Diga que sim e os dez mil dólares são seus. Não existe uma negociação em andamento. E se for tolo a ponto de recusar, vai afundar junto com seus companheiros. Se o Jarach sabe fazer pelo menos um pouco o trabalho dele, já deve ter lhe dito que essa aventura dos senhores não pode continuar por muito tempo. Estamos lhe estendendo uma mão, Mr. Luminita. Aproveite a sua oportunidade. O senhor pode se salvar. Senão vamos fazer tudo que está ao nosso alcance para fechar a estúpida emissora dos senhores. E lhe asseguro que o nosso alcance não é pequeno.

Christmas tinha se levantado.

— Dez mil dólares – tinha repetido Neal Howe.

Christmas o encarara em silêncio.

— Pense por uma semana, Mr. Luminita. Não se deixe influenciar pela sua jovem idade. Pense em seu futuro – e Neal Howe baixara os olhos para uma pasta de documentos, folheando-os como se a discussão não lhe interessasse mais. Depois voltara a olhar para Christmas. — Estava me esquecendo. Aceite um conselho. Não fale nada sobre isso com os seus... sócios. As pessoas são muito nobres quando falam do dinheiro dos outros, mas raciocinam diferente quando a coisa as envolve diretamente. Seu amigo Jarach veio aqui duas semanas atrás me perguntar se queria comprar o *Diamond Dogs*. Mas não o mencionou com o mesmo louvável ardor juvenil do senhor. Pelo contrário, me disse que o convenceria... por um valor modesto.

Christmas tinha se enrijecido.

— Eu não acredito – dissera instintivamente.

Neal Howe rira.

— É só perguntar a ele, não é? A menos que decida guardar para si a nossa conversa de hoje e refletir seriamente sobre a vida que dez mil dólares por ano lhe garantiriam. — Olhara para ele com os olhos semicerrados. — Nos vemos em uma semana, Mr. Luminita.

Christmas permanecera imóvel por um instante, aturdido. Depois tinha se virado e saído da sala de reuniões.

– Providenciem para que Karl Jarach venha a saber que esse rapazinho veio aqui se vender – tinha dito Neal Howe aos seus colaboradores.

Christmas descera as escadas da N.Y. Broadcast como um bêbado. Duas informações se sobrepunham em sua mente. Dez mil dólares por ano. Karl queria vender a CKC a Neal Howe.

No decorrer daqueles três dias, tinha permanecido em silêncio. Sem falar no assunto. Tinha-se fechado em si mesmo. Porque de repente tinha se dado conta de não ter mais tanta certeza de que Neal Howe tivesse mentido. E não tinha mais certeza de que Karl não fosse um traidor.

"É por isso que ele insiste tanto no salto de qualidade", pensou, voltando para casa naquela noite, depois de deixar às pressas o apartamento de Sister Bessie. "É por isso que diz que não podemos durar pra sempre. Está nos vendendo. Sem nos dizer nada", continuou a ruminar, subindo as escadas que o levavam ao seu esquálido apartamento. E quanto mais a fúria crescia dentro dele, mais aquele edifício, aquela vida, lhe pareciam horrendos. E as rachaduras nas paredes lhe pareciam insuportáveis. E o seu terno, triste, de morto de fome. "Acha que pode nos manipular como fantoches", pensou com raiva enquanto abria a porta de casa e o cheiro acre do alho que grudava nas paredes lhe invadia as narinas. Quando correu os olhos pelo seu catre no canto da cozinha, pela mísera salinha, pelos móveis baratos, teve certeza de que Karl era um traidor nojento.

"Canalha", pensou.

54

Manhattan, 1928

NÃO TINHA MAIS FÔLEGO. As pernas doíam. Mas não podia parar, não podia deixar de correr, sentia-os nas suas costas. Dobrando a Water Street, viu um trabalhador do porto voltando para casa com a sacola de ferramentas no ombro.

– Ei! – gritou, desesperado. – Me ajuda! O portuário se virou para o rapaz de terno extravagante que corria desajeitado, já exausto, seguido por dois sujeitos que empunhavam uma pistola. E viu que mais atrás vinha um automóvel, de faróis apagados. – Me ajuda! – gritou o rapaz.

O portuário olhou em volta, enfiou-se num portão e estava fechando-o quando o rapaz chegou até ele e tentou entrar.

– Me ajuda! Vão me matar! – gritou o rapaz outra vez.

O portuário olhou para seu rosto, transtornado pelo medo e pelo cansaço da corrida. Tinha olhos sombrios. E olheiras escuras, profundas. O portuário continuava a fitá-lo em silêncio, enquanto os arquejos do rapaz passavam pela fresta aberta.

– Me ajuda... – sussurrou o garoto, com lágrimas nos olhos.

O portuário deu um empurrão com o ombro no portão e o fechou. Joey se virou para seus perseguidores. Voltou a correr. Mas suas pernas já estavam endurecidas pelo cansaço. Virou a Jackson Street. Dali podia ver as águas escuras do East River e, mais adiante, o contorno ondulado de Vinegar Hill. Escorregou. Caiu. Levantou-se e voltou a correr, mas ainda não tinha chegado ao viaduto da South Street quando o carro preto o alcançou e cortou bruscamente seu caminho. As portas se abriram.

Joey parou. Virou-se. Os dois perseguidores atrás dele tinham parado de correr. Sorriam, ofegantes, e avançavam com calma. De repente, era como se o tempo tivesse parado. Joey abaixou o olhar e viu que, ao cair, tinha rasgado no joelho a calça de seu terno de 150 dólares. E lembrou-se daquela vez, quando criança, em que tinha caído e o Abe Palerma, seu pai, tinha limpado seu joelho cuspindo na própria gravata e depois, em casa, tinha remendado sua calça. Então se deixou cair no chão, começando a chorar.

Do automóvel saíram Lepke Buchalter e Gurrah Shapiro. E atrás deles, um homem de rosto anônimo e chapéu de feltro na cabeça. O motorista permaneceu ao volante.

– Joey, Joey... – disse Gurrah, com uma voz lamuriosa. – O que você está fazendo? Vai começar a chorar igual a uma menininha?

Joey não conseguia levantar os olhos.

– Onde está o dinheiro? – perguntou Gurrah, com voz gentil.

Joey fazia sinal que não com a cabeça e não dizia nada. Estava com o rosto molhado de lágrimas e fungava.

Gurrah se abaixou. Os joelhos estalaram. Tirou um lenço do bolso, pegou Joey pelo queixo, levantou-lhe o rosto e apertou o lenço no nariz dele.

– Assoa – disse.

Joey chorava.

– Assoa, Joey – disse outra vez Gurrah, com uma voz menos amigável.

Joey assoou no lenço.

– Mais forte – disse Gurrah.

Joey assoou mais forte.

– Muito bem. Então, Joey, onde enfiou o dinheiro? O Lansky está querendo ele de volta.

Joey levou a mão ao bolso interno e tirou um bolo de dinheiro.

– Está tudo aqui? – perguntou Gurrah sem pegá-lo.

Joey fez que sim com a cabeça.

– Está vendo como foi fácil? – riu Gurrah. – Está se sentindo mais leve? Hein? Fala a verdade. Tirou um peso da consciência, não foi? – Em seguida pegou-o pelo braço. – Vem, Joey. Entrega você o dinheiro pro Lansky. É mais bonito se você mesmo devolver, não acha? – e empurrou-o na direção do homem com o chapéu de feltro. – Lansky, olha o garoto. Está te entregando ele mesmo. Tinha roubado de você, é verdade, mas agora está devolvendo. É um bom garoto – disse, quando estavam de frente para Lansky.

Lansky olhava para Joey sem expressão, com as mãos no bolso.

Joey lhe estendeu o bolo de dinheiro.

– Coloca de volta no lugar – disse, sem tirar as mãos do bolso da calça.

Joey enfiou o bolo no bolso do paletó do gângster.

Lansky olhou para ele.

– Você rasgou a calça – disse.

Então Joey recomeçou a chorar.

– Com licença, Lansky – disse Gurrah, tirando o lenço do bolso dele. – O meu está sujo. – Passou o braço por cima dos ombros de Joey e levou-o na direção de um pilar do viaduto. – Assoa – disse, colocando-lhe o lenço no nariz.

Joey tentou se soltar. Mas Gurrah segurava-o firme. Virando-se, Joe viu Lepke entrando no carro.

– Eu sou amigo do Christmas! – gritou, chorando. – Lepke, eu sou amigo do Christmas!

Lepke se virou e olhou para ele. Sorriu. Um sorriso aberto, tranquilizador.

– Eu sei, Joey. Fique tranquilo. Depois entrou no carro e fechou a porta.

Lansky também fechou sua porta.

– Assoa – disse de novo Gurrah.

Joey assoou.

– Mais forte – disse Gurrah.

E Joey assoou mais forte.

– Toma bastante fôlego – disse Gurrah, amigavelmente. – Abre a boca, toma fôlego e assoa.

Joey abriu a boca. Gurrah enfiou o lenço dentro dela. E depois enfiou também o próprio lenço. Joey se agitou, arregalando os olhos, pego de surpresa, e não percebeu que um dos dois sujeitos que o tinham seguido a pé lhe passava um arame ao redor do pescoço e começava a apertar. Joey esperneou, começou a gritar, levou as mãos ao arame. Mas quanto mais se agitava, mais ficava fraco. E num instante seus olhos saltaram das órbitas e a calça ficou molhada de urina.

Gurrah olhava.

– Que nojo – disse por fim. Depois se virou para o carrasco de Joey e disse: – Não suje o East River com essa merda. Deixa ele no lixo – e entrou no carro, que partiu logo em seguida, com os faróis apagados.

– Então esta é a última vez – disse Christmas, puxando Maria para si. Maria se esticou preguiçosamente e depois se aconchegou no peito dele.

– Sim – respondeu.

– Vou sentir falta dessa cama – disse Christmas, passando a mão entre os longos cachos negros dela.

– Vai mesmo? – perguntou Maria.

– A cama da minha casa não é tão confortável.

Maria riu.

– Mal-educado – e deu-lhe um beliscão. – E eu vou sentir falta de você – disse depois.

Christmas deslizou por baixo das cobertas e beijou-a entre os seios.

– Vai me convidar pro casamento? – perguntou.

– Não.

– Por quê? – perguntou ele, abandonando-se de novo no travesseiro.

Maria despenteou sua franja loira e fitou-o nos olhos, em silêncio.

– Por isso – disse.

– Isso o quê?

– Ramon veria como a gente se olha – sorriu ela. – E não ia gostar.

– Ia me matar?

Maria sorriu.

– Estou apaixonada por ele. Não ia querer nunca que ele sofresse.

– Vocês vão ser felizes – disse Christmas, com uma pontinha de tristeza.

Maria encostou o rosto no dele. Roçou seu pescoço com os lábios.

– Está pensando nela? – sussurrou com voz doce.

Christmas se levantou e começou a se vestir.

– Todo dia. Todo instante.

– Vem cá – disse ela, abrindo os braços. – Se despede de mim antes de ir embora.

Christmas abotoou o paletó, depois se inclinou sobre ela e beijou-a com ternura nos lábios.

– Você é linda – disse, com os olhos nublados pela melancolia da despedida. – Vou sentir muito não rir mais com você.

– Sim... – disse ela.

– Estou indo...

– Sim...

Olharam-se. Sorriram. Dois amantes que se deixavam sem pesar. Dois amigos que se perdiam. Dois companheiros de brincadeira cujas estradas se separavam. Sorriram por aquela leve dor que estavam se infligindo.

– É cedo... Não quer ficar mais um pouco? – disse então Maria.

Christmas acariciou o rosto dela, balançando a cabeça.

– Não. Tenho um compromisso antes da transmissão.
– O que pode ser mais interessante do que ficar comigo? – brincou ela.
Christmas sorriu sem responder.
– E então?
– Tenho que me despedir de um amigo.
– Ah...
Olharam-se.
– Estou indo... – disse ele.
– Sim...
E continuaram se olhando.
– Você vai encontrá-la – disse então Maria, apertando a mão dele.
Christmas sorriu, virou-se e saiu do apartamento e da vida de Maria.

Subiu num trem da BMT e permaneceu sentado, fitando o parafuso enferrujado diante dele, sem prestar atenção em quem subia e descia do vagão, com a cabeça vazia e cheia ao mesmo tempo. Preparando-se para um outro adeus. Definitivo. Doloroso. Inevitável.

E uma parte da sua mente, agora como quando estava com Maria, continuava remoendo aquilo que Karl, o traidor, tinha feito. "Canalha", pensou com rancor. Queria vendê-los. "Sua hora vai chegar também."

Desceu na estação e caminhou devagar, sem pressa. Passou pelos portões do Mount Zion Cemetery, percorreu as alamedas silenciosas e por fim – numa área isolada do cemitério hebraico – viu um homem que nunca tinha encontrado, mas do qual tinha ouvido falar com frequência, e uma mulher que não tinha apertado a mão dele ao saber que não era judeu. O homem, com um terno cinza escuro, de mangas e colarinho lisos, tinha um solidéu na cabeça. A mulher, um véu. E estava vestida de preto. Ambos usavam roupas de inverno. E suavam no mormaço do verão.

Christmas se aproximou dos dois e perguntou:
– Posso ficar?

O homem e a mulher viraram a cabeça e olharam para ele sem expressão no rosto. Nem de espanto nem de aborrecimento. Depois voltaram a fitar a lápide, pequena, branca, sobre a qual estava gravada a estrela de Davi.

"Yosseph Fein. 1906-1928", dizia a escrita na lápide.

Nada mais. Nem "amado filho", nem que todos o chamavam de Joey, nem que seu apelido era Sticky porque as carteiras grudavam em sua mão, nem que era magro de dar desgosto ou que tinha olheiras fundas e escuras. "Quando o Abe Palerma bater as botas, vão jogar ele numa cova no Mount Zion Cemetery e no túmulo vão escrever: 'Nascido em 1874. Morto em...' sei lá... '1935'. E ponto final. E sabe por quê? Porque não tem mais porra nenhuma pra falar do Abe Palerma", tinha dito um dia Joey, cheio de desprezo. E agora Joey tinha o túmulo que imaginara para seu pai. Não estava escrito que queria comprar um belo automóvel. Ou que recolhia o pagamento pelos caça-níqueis dos outros, ou que vendia droga, ou que ganhava mais que o pai dele fazendo *schlamming*, espancando sua gente com uma barra de ferro escondida por uma cópia do *New York Times*. Não estava escrito que tinha o medo pintado nos olhos e uma fraqueza de traidor. Não estava escrito que tinha roubado de Meyer Lansky uma fatia do dinheiro que o sindicato passava à organização para ter a proteção da máfia judaica. Não estava escrito que tinha sido morto estrangulado e que tinha sido jogado no meio do lixo, nem que estava vestindo um terno de seda de 150 dólares, extravagante demais para ser de uma pessoa de bem. Não estava escrito nada. Nome, data de nascimento, data da morte.

Não estava escrito nem que Christmas tinha sido seu único amigo.

E ali, naquela área isolada do Mount Zion Cemetery, não havia ninguém exceto seu pai e sua mãe, imóveis diante da terra remexida. Como duas estátuas de sal, suando em suas roupas de inverno. Ninguém mais. Ninguém que chorasse por Joey. Ninguém que fosse amigo o bastante do Abe Palerma e de sua esposa para lhes prestar solidariedade. Eram só eles três.

– Era... um garoto... – começou a dizer Christmas, porque não queria que Joey se fosse sem uma palavra. Mas se enroscou, sem saber como prosseguir.

A mãe de Joey se virou para ele. Por um momento. Sem reprovação nem esperança. Depois voltou a fitar a terra que recobria a cova e o caixão. "Era um garoto", pensou Christmas, afastando-se. Porque não havia muito mais a dizer.

E então, naquela quietude sem esquecimento, ressoou um soluço, súbito e descontrolado. Desafinado. Como um mugido sufocado.

Christmas se virou e viu os ombros do pai de Joey cedendo, sacudidos por outro, breve, quase ridículo soluço, que lhe fez cair o solidéu da cabeça. A mulher se abaixou, recolheu-o e ajeitou-o de volta na cabeça do marido. Depois os ombros do homem se endireitaram e ambos voltaram a se transformar em duas estátuas de sal, fitando em silêncio a terra remexida.

55

Los Angeles, 1928

ARTY INSISTIA PARA QUE BILL também comprasse uma casa como a dele. Dizia que era um investimento para a velhice. E dizia que aquelas casas geminadas que estavam construindo no centro eram um bom negócio.

Mas Bill não pensava na velhice. Não conseguia se imaginar velho. Não sabia por quê, mas era assim. Ali, em Hollywood, Arty Short era provavelmente o único a pensar na velhice. Bill achava que em Hollywood nem os velhos pensavam na velhice. Por isso nunca compraria uma daquelas tristes casas geminadas, com uma faixinha de jardim na frente, que obrigavam a cumprimentar os vizinhos toda vez que colocasse o lixo para fora, e outra faixinha verde no fundo, de modo que teria de suportar os churrascos deles aos domingos. Não, aquilo não era vida para Bill. Não era a vida que ele esperava de Hollywood.

Desde que tinha se tornado coprodutor dos filmes do Punisher, seus ganhos tinham aumentado vertiginosamente.

– Queria se empanturrar sozinho, hein? – tinha dito a Arty depois do primeiro embolso. Descontadas as despesas, cada um tinha ficado com uma fatia de quase quatro mil dólares. Depois tinha se espalhado a notícia de que estava circulando pornografia nova, violenta, real, e seus clientes aumentaram. Havia até texanos, canadenses e nova-iorquinos. E até de Miami. Do segundo filme tinham tirado sete mil dólares cada um. E os novos clientes tinham acabado comprando o primeiro filme também. Assim, àqueles quatro mil iniciais tinham-se somado outros três. Na época do terceiro filme, a espera era tal que quando tinha sido colocado no mercado, Bill e Arty tinham dividido 21 mil dólares num único mês. 10.500 cada um. Eram cifras estonteantes. E de filme em filme os ganhos aumentavam. Agora tinham na conta sete filmes – e o último tinha arrecadado 32 mil dólares – e eram convidados com cada vez mais frequência para as festas que importavam. O Punisher era uma estrela. Todos queriam saber quem era. E por isso cortejavam os dois produtores. Mas nenhum dos dois havia jamais revelado sua identidade.

O Punisher, Bill tinha compreendido frequentando aquela gente, fazia exatamente o que eles faziam. Era assim que Von Stroheim tinha ganhado a alcunha de *Dirty Hun*, o "Porco Huno", como o chamavam todos depois da publicação das memórias de Mae Murray. Tinha sido assim com o "Chico Boia", Roscoe "Fatty" Arbuckle, quando tinha matado Virginia Rappe no Hotel St. Francis, violentando-a com uma garrafa. Hollywood era uma máquina de estupro. As ilusões que criava e destruía num piscar de olhos não eram estupros? Era por isso que o Punisher tinha sucesso. Porque encarnava o espírito de Hollywood e dos homens na ponte de comando. O Punisher fazia fisicamente, e de forma descarada, o que todos eles faziam por outras vias.

Bill tivera a confirmação disso quando Moll Daniel, uma das garotas que tinha estuprado para o quinto filme da nova série do Punisher, tinha começado a chantageá-los. As outras garotas normalmente se calavam. Os 500 dólares que lhes eram oferecidos por Bill e Arty eram um belo pé-de-meia naqueles tempos. A promessa de recomendá-las a produtores e diretores fazia o resto. A ilusão de que os homens poderosos olhariam para elas naqueles degradantes momentos filmados – e que com base naquilo decidiriam oferecer-lhes um papel – era o ingrediente típico que as tinha levado a Hollywood. E também havia a vergonha. Mas Moll queria mais que promessas e ilusões. E não se envergonhava. Bill, a seu modo, a admirava. Já Arty estava aterrorizado. Então tinham ido até um cliente deles, um famoso produtor que Arty conhecia havia muitos anos e que negociava só com ele, e tinham-lhe exposto o problema. O produtor, um grande apreciador da violência do Punisher, tinha prometido dar um jeito na coisa. Ofereceria um papel a Moll e a transformaria em sua amante, porque tinha uma queda pelas ruivas, disse. Mas em troca queria conhecer a identidade do Punisher. Arty estava prestes a dar com a língua nos dentes quando Bill o tinha empurrado, pegado o produtor pelo ombro, levado para um canto do escritório e sussurrado alguma coisa em seu ouvido. O produtor tinha levantado a cabeça e olhado para Bill em silêncio. Depois tinha assentido. Sério.

– O que você disse a ele? – perguntara Arty ao saírem dos estúdios.

Bill tinha se aproximado do ouvido de Arty e repetido:

– É você o Punisher. Machuca ela. Ela vai gostar.

E, a partir daquele dia, o famoso produtor quisera negociar apenas com Bill.

Isso era Hollywood. Arty não sabia de porra nenhuma. Era só um cafetão que entendia de câmeras.

E como prova de que não sabia porra nenhuma de Hollywood, aquele idiota queria que Bill comprasse uma casinha geminada, igual a um funcionário de banco. Não, Arty não sabia mesmo viver, pensava Bill naquele dia, deitado à beira da piscina da mansão que alugara em Beverly Hills. A piscina era pequena. O jardim era pequeno. Não era nem na parte melhor de Beverly Hills. Mas já tinha avançado muito desde os tempos do Palermo Apartment House. E o Studebaker tinha sido substituído por um LaSalle novinho em folha. Bill o tinha comprado depois de ler que Willard Rader, no ano anterior, tinha lançado o motor de oito cilindros em V na pista de teste da GM em Milford e conseguido manter a média recorde para um carro de turismo de 153 quilômetros por hora, incluindo as paradas para reabastecer, por 1.532 quilômetros. Nem quatro quilômetros a menos que a média estabelecida, no mesmo ano, pelos carros de corrida de Indianápolis. Era um carro excepcional. Arty tinha dito que custava uma fortuna, que era uma idiotice jogar fora todo aquele dinheiro num carro. Mas Arty não sabia viver. Já Bill, sim. Por isso o tinha comprado e, sempre que podia, ia correr com ele na via costeira. Não havia nada que se igualasse à sensação de se lançar no asfalto a velocidades insanas, com o oceano reluzindo à sua direita, em direção a San Diego.

– Eu sou rico – disse consigo mesmo, esticando-se na espreguiçadeira à beira da piscina, enquanto o sol californiano enxugava seus cabelos, depois do mergulho matinal. – Vadia – disse depois, pegando na mão a capa que a *Photoplay* havia dedicado a Gloria Swanson, indicada para o Oscar de melhor atriz daquele ano, pelo papel de Sadie Thompson em *Sedução do Pecado*. Os homens ricos ele suportava. As mulheres não. – Vadia nojenta – repetiu, cuspindo na revista pousada na mesinha de madeira laqueada. Depois deu risada, vestiu o roupão e decidiu ir dar uma volta de carro. Seu LaSalle reluzia perto do portão.

Foi nesse momento que os viu.

Dois policiais uniformizados tinham estacionado a viatura de patrulha do lado de fora da entrada. Tinham descido do carro, um deles com uma folha de papel na mão. O outro tinha tirado as algemas da cintura. Bill se escondeu atrás de um canto da casa em estilo mourisco. Viu que tocavam a campainha. Uma, duas, três vezes. Um som agudo que entrava nos ouvidos de Bill como um grito. Então um dos policiais – aquele com as algemas – olhou em volta.

– A senhora conhece Cochrann Fennore? – perguntou a uma mulher que estava entrando na mansão da frente.

– Quem? – perguntou a mulher.

– O homem que mora aqui – explicou o policial, indicando a casa de Bill.

O outro policial continuava espiando entre as grades do portão e tocando a campainha.

– Ah, sim... aquele. Dirige como um louco – resmungou a mulher. – Estão aqui por isso?

– Não, senhora, não tem nada a ver com como ele dirige.

– O que ele fez? – perguntou a mulher.

– Quando morava no Leste, anos atrás, fez coisa errada. O procurador reservou umas férias pra ele em San Quentin – riu o policial.

– Nunca gostei dele – disse a vizinha, em tom rancoroso.

– Não vai mais ver a cara dele, fique tranquila.

– Melhor – disse a mulher, e desapareceu em sua mansão.

"Me encontraram", pensou Bill, com o coração saltando na garganta. E num instante reviu o vestido branco de babado azul de Ruth se tingindo de vermelho, e o anel com a esmeralda, e a tesoura apertando o anular, e a faca de peixe entrando na mão do seu pai e depois na barriga e nas costelas da mãe. E reviu os dois cadáveres no chão, a poça de sangue se espalhando no piso, uma escama de peixe boiando dentro dela. E ouviu o último suspiro do rapaz irlandês de quem tinha roubado a identidade e o dinheiro, e reviu o rosto corado da noiva procurando por ele, gritando seu nome no barco da Imigração. E num instante, mais rápido que com seu LaSalle, Bill percorreu a própria vida de violência e de estupros e de abusos. "Acabou", pensou, tomado pelo pânico. E todo o sangue que tinha derramado, todas as lágrimas que tinha arrancado, penetraram em seu cérebro enquanto os tímpanos eram lacerados pelo som insistente da campainha e da voz áspera de um dos policiais, que gritava:

– Cochrann Fennore, abra! Polícia!

Em pânico, Bill entrou na casa por uma janela aberta, vestiu-se depressa e foi para o portãozinho de madeira do fundo. Abriu, olhou em volta e começou a correr. Correr. Correr. Até que caiu no chão, sem fôlego. Então se escondeu atrás de uma moita e tentou respirar. Mas tudo ao redor dele se tingia de vermelho. O sangue saía da terra, dos galhos secos. O próprio céu se tingia de vermelho. Levantou-se e recomeçou a correr, correr, correr. Fugindo antes de si mesmo que da polícia. E enquanto corria – sem saber para onde ia nem onde se encontrava – começou a sentir um zunido na cabeça, cada vez mais forte. Tapou os ouvidos, gritou para cobrir o ruído. Tropeçou, caiu e começou a rolar por um despenhadeiro. Os galhos machucavam-lhe o rosto e as mãos. Parou na metade do despenhadeiro, batendo contra o tronco de uma árvore. Dobrou-se ao meio com o impacto. Tentou se levantar, as pernas cederam. Escorregou e recomeçou a rolar. Conseguiu se agarrar a uma raiz. Ofegava. Mas o zunido continuava enchendo seus ouvidos. Viu uma súbita explosão de cores, brilhante, depois ficou tudo preto.

No escuro, o zunido recomeçou, familiar. A câmera gravava. E ele estava ali, no meio do *set*. Sentado numa poltrona rígida, desconfortável. Tentou se mover. As mãos e os pés estavam amarrados com tiras de couro. Ouvia vozes às suas costas. Tentou se virar, mas a cabeça e o queixo também estavam presos. E de uma calota fria, fixada no topo do seu crânio, escorria um líquido ainda mais frio. Água. Água pura. O melhor condutor de eletricidade. Estava na cadeira elétrica. Apareceu Ruth. Vestida de guarda carcerária. Aproximava-se dele e acariciava seu rosto. A mão tinha um dedo amputado. E da ferida jorrava sangue. Ruth fitava-o com uma expressão de adoração. "Eu te amo", sussurrava-lhe. Mas naquele momento um diretor – talvez Erich Von Stroheim – levava o megafone à boca e gritava: "Ação!" Então Ruth mudava de expressão. Fitava-o com olhos frios, de gelo, e com a mão ensanguentada abaixava a alavanca da eletricidade. Bill sentiu o corpo todo sendo percorrido pela descarga, enquanto Ruth ria, e Von Stroheim não parava de gritar "Ação!", e os projetores de dez mil *watts* iluminavam o *set*, cegando-o, e as câmeras zuniam maliciosamente, filmando sua morte.

Bill urrou e arregalou os olhos.

Era noite. Ainda estava agarrado à raiz. Estava tudo escuro. Nem uma única luz. Não sabia onde estava.

E tinha medo. Como quando era criança e o pai chegava com o cinto enrolado na mão. Um medo que lhe cortava o fôlego, que gelava suas mãos, que imobilizava suas pernas. Como sempre, quando era noite.

E então, lentamente, as lágrimas começaram a molhar seus olhos e a escorrer, misturando-se com a terra que sujava seu rosto e transformando-a em lama.

Durante toda a noite, Bill permaneceu agarrado à raiz, com os pés apoiados contra uma pedra, tremendo, sozinho com o peso da própria natureza. Sozinho com o horror ao qual tinha se entregado já havia seis anos. E naquela escuridão se perdeu. Perdeu o caminho. As imagens do passado, o tempo que fluía, tudo se misturou e se sobrepôs – a infância de sofrimento e a juventude depravada, Nova York e Los Angeles, suas vítimas e suas esperanças, a pobreza e a riqueza, o furgão de 40 dólares no qual tinha violentado Ruth e seu velocíssimo LaSalle, seu rosto e a máscara do Punisher, o medo do pai e o medo da cadeira elétrica, os sonhos e os pesadelos –, dando vida a um único pântano de areia movediça, escuro e assustador, que o sugava para uma escuridão ainda mais escura que a noite que não se decidia a passar. E o amanhecer não trouxe a luz, mas deixou-o atolado naquele lodo negro que era tudo o que lhe restava. Sua herança.

Bill tinha escancarado as portas de sua loucura.

56

Manhattan, 1928

– ESSE MICROFONE É UMA MERDA – explodiu Christmas, sentado no seu posto clandestino na CKC e olhando nervoso para o relógio.

– O que tem ele? – perguntou Cyril.

Christmas não respondeu. Olhou de novo para o relógio. Sete e vinte. Só dez minutos para a transmissão ao vivo. E nem sinal do convidado ainda. Que cara fariam Karl e Cyril vendo-o na frente deles! Mas o prazer de antegozar a cena era estragado por aquele misto de rancor e incredulidade que nutria por dentro desde que tinha sabido de Karl. Karl, o traidor. Karl, o canalha. Mas tinha chegado a hora dele também. Tinha alimentado a própria raiva por uma semana inteira, sem deixar escapar uma única palavra. Tinha chegado o momento do acerto de contas. Com um rompante histérico, desmontou o microfone e remexeu numa gaveta.

Karl olhava para ele com uma expressão carregada.

– O que está procurando? – perguntou Cyril, pacientemente.

Christmas de novo não respondeu. Imprecou em voz baixa e jogou para cima cabos e plugues. Depois olhou outra vez para o relógio.

– Por que é que esse microfone não está bom? – perguntou de novo Cyril, examinando-o.

Christmas se virou e arrancou com brutalidade o microfone da mão dele.

– É uma porcaria, não vale um centavo – resmungou com desdém.

– Ele tem razão, Cyril. Para uma estrela como ele é preciso só o melhor – disse Karl, em tom sarcástico.

Christmas fitou-o com olhos sombrios.

Karl sustentou o olhar, depois se virou para a janela e afastou o pano preto para olhar para fora.

– Fecha – ordenou Christmas. – A luz me incomoda, você sabe.

— Tem muita coisa que te incomoda, ultimamente – respondeu Karl, fechando de volta a cortina.

– É, tem razão – disse Christmas, carrancudo. – E no topo da lista está você.

– Mas pode-se saber o que vocês dois têm? – interveio Cyril, ficando em pé e colocando-se, como por acaso, no meio dos dois. – Faltam menos de dez minutos. Vamos dar um jeito de se acalmar – disse em tom conciliatório. – É a fama que faz vocês brigarem como duas mulherzinhas histéricas? – e riu, balançando a cabeça.

– Quando a pessoa vem do nada, basta pouco para lhe subir à cabeça – disse Karl, fitando Christmas.

– E quando a pessoa é capacho dos chefes, vende os outros como se fossem os pregos da casa de ferragens de merda dela. Por quilo – disparou Christmas, olhando para ele com ar de desafio.

Cyril olhou pasmo para eles.

– Querem me dizer que porra que está acontecendo? – perguntou, com voz dura. Olhou para o relógio. – Mas expliquem depressa porque eu em oito minutos vou pro ar.

Christmas deu um riso gelado.

– Vai, Karl. Explica pra todo mundo que nos ouve que quer nos vender a preço de banana.

– Você é patético – disse Karl, balançando a cabeça. – Pelo menos seja homem de dizer.

– Dizer o quê? – perguntou Cyril, desconfiado.

– O garoto está se vendendo pros peixes grandes. Vai abandonar você, eu e a porra toda. Decidiu voar alto e que se danem aqueles que acreditaram nele – disse com desprezo.

– Bela historinha essa – Christmas apontou o dedo contra ele, virando-se para Cyril. Sua voz tremia de raiva. – Sabe o que ele está armando? Foi falar com os mandachuvas da N.Y. Broadcast pra vender nossa barraca por nada, em troca de um lugar ao sol pra escrivaninha dele!

– Que porra é essa que você está falando? – explodiu Karl, agarrando-o pelo colarinho.

– Que porra está falando você! – gritou Christmas, desvencilhando-se com um gesto brusco.

– Parem com isso. – A voz de Cyril, semelhante a um rosnado, fez cair na sala um silêncio tenso, cortado apenas pela respiração ofegante dos dois. – E agora me expliquem do que estão falando.

– Ele esteve na N.Y. Broadcast – grunhiu Karl.

Cyril olhou para Christmas.

– É verdade? – perguntou, com voz pacata.

Christmas permaneceu em silêncio.

Karl deu um sorriso amargo.

– Quanto te ofereceram?

– Mais do que você pediu pra me vender – respondeu Christmas com dureza.

– Não diga bobagens – Karl pegou Cyril pelos ombros e virou-o para Christmas. – Olha pro seu garoto. Olha pra ele. Já virou um tubarão. Mas o que é que a gente podia esperar de alguém que só vive com delinquentes? Olha pra ele. Vai dar no pé. Fala pra ele, vai, fala que está indo embora, Christmas.

– É verdade? – perguntou de novo Cyril.

Christmas olhou para ele. Em silêncio. Depois perguntou:

– Você acredita nele?

Cyril o encarou.

– Eu acredito no que eu estou vendo – disse.

– E o que está vendo? – perguntou Christmas.

– Estou vendo que faltam cinco minutos pro programa. Estou vendo que você fica olhando pro relógio que nem um condenado à morte. E principalmente estou vendo dois franguinhos brigando no galinheiro, enchendo a boca de palavras. Mas não estou vendo um único fato.

Christmas se virou para Karl. Levantou-se e aproximou-se dele. Tão próximo que seus rostos quase se tocavam.

– Você também esteve na N.Y. Broadcast...

– Não – disse Karl.

– Antes de mim, antes que eles me chamassem...

– Não.

– Queria vender o programa pra eles. E disse praquele merda do Howe que me convenceria a trabalhar por uma mixaria.

Karl olhou para ele em silêncio. Sem abaixar os olhos, sem recuar um passo sequer. Sem nenhuma sombra de capitulação ou incerteza.

– Enganaram você – disse então, com voz firme. – Eu não fiz nada disso.

Christmas mediu o olhar de Karl, surpreendido pela sua segurança. E, ao mesmo tempo, desnorteado pelas próprias emoções conflitantes. De um lado ainda o eco da raiva pela traição, do outro a sensação de que Karl estava dizendo a verdade. De um lado o rancor injustamente nutrido por dias, do outro uma nova raiva misturada com a vergonha por ter sido descoberto por Karl. E enquanto se debatia entre essas forças opostas, sem conseguir falar – sustentando o olhar severo de Karl, no qual lia a mesma reprovação e repulsa que tinha sentido, a mesma acusação e condenação – ouviu um grande tumulto proveniente da entrada.

– Quem são vocês? – perguntava Sister Bessie, desconfiada e temerosa.

– Christmas está me esperando, me deixe passar, está tarde!

E então se sobrepunha outra voz, indistinta, como de alguém que falasse com a mão na frente da boca.

– O que está acontecendo? – perguntou Cyril, prestes a abrir a porta para olhar. Nesse momento, entraram na sala um garoto e um homem encapuzado, com um elegante casaco escuro de caxemira, seguidos por Sister Bessie.

– Tirem esse negócio. Estou sufocando – disse o encapuzado.

Cyril olhava de olhos arregalados. Sister Bessie perguntou:

– Você conhece eles, Christmas?

– Tira o capuz dele, Santo – disse Christmas, sem parar de encarar Karl, que também não desviava os olhos dele.

Santo tirou o capuz do homem.

– Mas o senhor é o Fred Astaire! – exclamou Sister Bessie.

– Foi divertido, mas não estava aguentando mais – disse Fred Astaire, passando a mão nos cabelos. Depois viu Christmas e Karl se fitando em silêncio, os rostos a não mais de um palmo de distância um do outro. – O que está havendo? Um duelo? – perguntou, rindo.

Nem Christmas nem Karl responderam. Nem viraram a cabeça. Continuavam se encarando em silêncio.

– E então? – disse Karl, com voz dura. – Você se vendeu?

– Eu disse a eles que não. Ontem – respondeu Christmas, com voz decidida.

Cyril soltou um suspiro longo, sonoro, como se até então estivesse prendendo o ar, sem respirar.

– Desculpem perturbar – interveio, prático –, mas queria lembrá-los que teríamos uma transmissão a colocar no ar, que falta um minuto e que o Fred Astaire chegou na casa da Sister Bessie encapuzado. – Aproximou-se dos equipamentos, balançando a cabeça, e começou a mexer neles. – Não estou entendendo mais nada... – resmungou.

Christmas se virou para Fred Astaire. Recuperou o controle e sorriu para ele.

– Obrigado, Mr. Astaire – disse e, com um gesto teatral, indicou-o a Cyril. – Mr. Astaire é o primeiro convidado do *Diamond Dogs*. – Bateu a mão no ombro de Santo e piscou para ele. – E este é o Santo, o outro membro dos Diamond Dogs, além de novo gerente do setor de vestuário da Macy's. E ganha tanto dinheiro que tem um carro, o que nos permitiu "sequestrar" Mr. Astaire.

– Sempre às ordens, chefe – disse Santo.

– Vocês são malucos – resmungou Cyril, ligando uma série de botões. – Trinta segundos...

– Lembra como começar, Mr. Astaire? – perguntou Christmas.

– Sim, fiz o dever de casa – respondeu o ator.

– Vinte... – e Cyril lançou um olhar carrancudo para Karl e Christmas. – Vocês duas acabaram de se arranhar, meninas?

Christmas se virou para Karl. Os olhos dos dois, ao se cruzarem, ainda estavam carregados de tensão.

– Dez...

Fred Astaire se sentou e pegou o microfone na mão.

– Achava que confiasse em mim – disse Christmas, tenso.

– Cinco...

– Eu também – fez Karl, com um olhar duro.

– No ar – tremeu Cyril, apertando o botão.

Christmas e Karl se fitavam com uma expressão glacial.

– Boa noite, Nova York... – disse uma voz.

Todos se voltaram.

– Eu sei, não é a voz do nosso Christmas. Com efeito, eu sou Fred Astaire...

Christmas desprendeu o olhar de Karl e sentou-se ao lado do ator.

– Estou falando com vocês aqui da sede clandestina da CKC, meus amigos – continuou este. – Mas não me perguntem como cheguei aqui. Fui sequestrado. Me enfiaram um capuz na cabeça, me jogaram num carro e ficaram dando voltas por meia hora, pra me confundir as ideias...

– E conseguimos, Mr. Astaire? – perguntou Christmas ao microfone.

– Pode apostar – riu o ator. – Nada mal os métodos de vocês, gângsteres.

Christmas também riu. Mas não procurou Karl com o olhar, como sempre fazia, para ler a aprovação em seus olhos. E Karl riu, mas sem olhar para Christmas, para não ter que lhe negar o apoio que sempre tinha dado. Os dois sabiam que alguma coisa tinha se trincado.

– Mas não se preocupe, Nova York – continuou, alegre, Fred Astaire. – Estou são e salvo. Assim que terminar o programa, volto a ficar livre e espero todos vocês no teatro, hoje à noite... No fundo, estava pensando, os gângsteres e os atores não são lá tão diferentes. Tenho algumas historiazinhas bastante interessantes pra contar pra vocês. Nós também temos os nossos métodos pra nos livrarmos de um colega...

Christmas, Karl, Cyril, Santo e Sister Bessie riram. E os ouvintes que estavam sintonizados riram. E os gângsteres riram. E Cetta riu, levando as mãos à boca de emoção. E Sal deu uma risadinha, resmungando:

– Bichona.

– Existe só uma raça pior que os gângsteres e os atores – continuou a voz de Fred Astaire. – Estou falando dos advogados, naturalmente.

57

Manhattan, 1928

DEPOIS DE FRED ASTAIRE, que teve uma repercussão extraordinária até nos jornais, foi a vez de Duke Ellington ser "sequestrado". Durante o programa, antes de se exibir gratuitamente, disse:

— Ei, tirando a amolação do capuz, gostei dessa CKC. Aqui deixam entrar os negros também, não é como o Cotton Club. Tem um par deles aqui, sentados bem do meu lado.

Cyril estufou o peito com orgulho, em silêncio. Sister Bessie, porém, não conseguiu se conter e berrou:

— Eu coloquei o primeiro dólar dessa rádio. Tenho um pedaço dela e você nada, Duke. É você que está sentado ao meu lado e não o contrário –, o que desencadeou uma estrondosa gargalhada nos microfones do *Diamond Dogs* e lhe rendeu grande popularidade e respeito em todo o Harlem.

Depois foram sequestrados Jimmy Durante, Al Jolson, Mae West, Cab Calloway, Ethel Waters e dois jovens atores da Broadway, James Cagney e Humphrey DeForest Bogart, o qual disse ter participado sobretudo para conhecer Christmas.

— Por quê? – lhe perguntaram.

— Bom, eu nasci no dia de Natal. Como é que eu ia perder de conhecer um cara que tem o nome do meu aniversário?

Ser sequestrado virou moda. Não havia figura pública que não quisesse participar do *Diamond Dogs*. Ser encapuzado significava fazer parte daquela fatia de privilegiados que conseguia pôr os pés na sede clandestina da rádio.

— Eu estive no "covil" – dizia-se nos restaurantes exclusivos ou nas festas ou nas *premières* do teatro ou do cinema. E não havia convidado que se rebelasse contra a prática do capuz. E assim a sede da CKC continuou secreta e alimentando as lendas populares. Santo virou o motorista da Gangue, como agora todos chamavam a CKC, e reencontrou a alegria e a empolgação dos velhos tempos, quando ele e Christmas eram os únicos elementos do bando fantasma.

Os repórteres, no começo, tentaram seguir as estrelas que cheiravam a sequestro, grudando em seus calcanhares, com máquinas fotográficas e bloquinhos de anotação. E provavelmente, mais cedo ou mais tarde, teriam conseguido descobrir a sede da CKC, porém não podiam prever que os gângsteres de Nova York tinham decidido não deixar que isso acontecesse. Os intrometidos foram desencorajados por métodos convincentes, os mesmos que eram usados na vida criminosa. Uma bala no painel do carro, uma carta anônima na qual eram listados horários e endereços dos familiares, uma intimidação cara a cara, se necessário, acompanhada da destruição da câmera.

O coordenador dessa rede de proteção era Arnold Rothstein. Porém, quando viu que a cada tentativa sua de desencorajar um jornalista movido pelo fogo sagrado da informação aparecia logo um novo, Mr. Big organizou uma expedição drástica, que empenhou dezenas de homens e doze automóveis. Uma manhã, depois de estudar cada detalhe da operação, Rothstein mandou raptar os diretores do *New York Times*, do *Daily News*, do *Forward*, do *New York Amsterdam News*, do *Post* e até o do politizado *Daily Worker*. Os seis homens foram encapuzados na rua. E, conforme previsto no plano de Rothstein, nenhuma das testemunhas avisou a polícia. Pelo contrário, riram, certos de se tratar de um sequestro para o *Diamond Dogs*. E a mesma coisa pensaram os diretores, inicialmente. Porém, quando se viram todos juntos, reunidos no Lincoln Republican Club, diante de Arnold Rothstein, seu bom humor desapareceu na hora e deu lugar ao medo.

– Christmas não é um gângster. Mas é como se fosse um dos nossos – começou sem preâmbulos Mr. Big, depois que fizeram, com modos rudes, os diretores se sentarem em seis cadeiras preparadas de antemão. – Eu estou disposto a desencadear uma guerra contra vocês, jornalistas, todos vocês, se tentarem enxovalhar a sede da CKC ou desacreditar aquele rapaz e o programa dele por causa dessa nossa conversa... que aliás nunca aconteceu. Ninguém deve saber nada da CKC e do *Diamond Dogs*. Instruam os paus-mandados de vocês, amarrem todos os vira-latas que saem pela cidade procurando um furo de reportagem. E não venham com bobagens do tipo liberdade de informação. A porra da liberdade de vocês coincidiria com o fim de uma das poucas coisas divertidas desta cidade de merda. – Rothstein se afastou da sua mesa de bilhar e se aproximou deles, fitando-os um a um. – Estraguem o *Diamond Dogs* e vão me ver aparecendo de repente na casa de vocês – disse com uma voz sombria. Depois sorriu, mostrando os dentes brancos e afiados, e acrescentou: – Mas decidi lhes fazer um favor. – Deu uma olhada para Lepke e mandou trazerem um maço de fios de palha. – Vamos fazer um jogo, igual a quando a gente era criança. Quem de vocês pescar a palha mais curta poderá ser sequestrado e presenciar um episódio do *Diamond Dogs*. E para não desagradar ninguém, não vai ser um convidado oficial, só vai tomar nota de tudo e depois passar as informações para os outros, de modo que cada um dos jornais de vocês possa sair com um relato detalhado da transmissão, como se tivessem sido, todos juntos, convidados da CKC. De acordo? – e de novo Rothstein sorriu, daquele seu jeito especial, que assustava ainda mais. – Nem preciso dizer que se, por certos indícios, fizerem suposições sobre onde se localiza a CKC, vou considerar nosso pacto rompido.

Então Mr. Big aproximou dos diretores a mão que segurava as palhinhas. Primeiro do diretor do *New York Amsterdam News*, depois de todos os outros. E a palha mais curta acabou justo com o diretor do semanário que era impresso no Harlem.

– Bom, negócio feito – disse então Rothstein, dispensando-os. – Christmas não sabe de nada desse nosso amigável bate-papo, por isso não enfiem caraminholas na cabeça. Ele é um bom rapaz, cheio de talento. – Esquadrinhou-os, um a um. – E está sob a minha proteção – concluiu, fazendo sinal para seus homens os botarem para fora. – E agora sumam da minha frente, seus borra-papéis.

No dia seguinte, o diretor do *New York Amsterdam News* parou diante do edifício na 125 e olhou para cima, para o relógio do Harlem que indicava eternamente as sete e meia. Deu risada e subiu ao quinto andar, de onde sabia, como todos os habitantes do gueto negro, que era transmitido *Diamond Dogs*. Assim como sabia que tinha de pescar primeiro a palhinha e escolher aquela que tinha uma imperceptível marquinha vermelha. Porque Rothstein não gostava de arriscar. Nem de perder apostas. O diretor se apresentou a Christmas e contou-lhe sobre Rothstein.

Dois dias depois, todos os jornais de Nova York saíram com um relato detalhado da transmissão. "No covil dos Diamond Dogs", foi o título dado por quase todos os diretores, na primeira página, assinando pessoalmente os artigos para se pavonearem nas ocasiões mundanas daquele privilégio normalmente reservado a atores e músicos famosos. E naquele dia os vendedores de jornal esgotaram suas cópias nas ruas de Nova York numa velocidade nunca antes registrada.

E os ouvintes de *Diamond Dogs* aumentaram ainda mais.

O fenômeno foi tal que até os jornais nacionais reproduziram a notícia, que viajou de uma costa à outra, até Los Angeles, chegando aos ouvidos de estrelas e produtores de Hollywood.

– Publicidade demais – disse Karl, dez dias depois.

– Primeiro você encheu o saco com aquela confusão dos cartazes e agora está reclamando de muita publicidade? – estourou Cyril.

– Estamos colocando as autoridades contra a parede – respondeu Karl. – Não vão mais poder fingir que não é nada. Vão pegar a gente.

– Que venham nos pegar – disse Cyril. – Vão ter que acertar as contas com os meus negros.

– O Karl tem razão – disse Christmas.

Karl olhou para ele. E Christmas devolveu o olhar, em silêncio.

Desde o dia em que tinham se desentendido, cada um duvidando do outro, alguma coisa tinha se rompido na relação dos dois. Como se ambos se sentissem esmagados pela suspeita que tinham nutrido em relação ao outro.

– Você tem razão, Karl – disse Christmas. – Sempre teve razão.

Karl continuou olhando para ele.

– Sinto muito – disse Christmas.

O olhar de Karl se desanuviou, imperceptivelmente.

– Sinto muito também – disse. Deu um passo na direção de Christmas e estendeu a mão para ele.

Christmas apertou-a e puxou Karl para si, abraçando-o.

– Brancos do caralho – resmungou Cyril e continuou a consertar um microfone, de cabeça baixa, sorrindo.

– Que ceninha patética! – disse Sister Bessie, entrando na sala. – O diretor do *Amsterdam* está aí. Mando ele entrar ou espero vocês se vestirem, meninas?

– Caralho, o que é que ele quer de novo? – perguntou Cyril.

– Lava essa boca, as crianças estão por aí – disse Sister Bessie. – E aí, o que eu faço? Está ali fora esperando.

– Posso? – disse o diretor, enfiando a cabeça na sala. Agitava no ar um envelope. – É para Christmas. Chegou hoje de manhã na redação. Estava endereçada a mim e continha uma carta fechada para Christmas. Pediam para entregá-la a ele.

– E se você a entregar, admite que sabe onde a gente se esconde, imbecil do caralho – disse Cyril.

– Cyril! – exclamou Sister Bessie.

– Desculpe, Sister Bessie.

– Entendem o que eu quero dizer? – disse então Karl. – Estamos a descoberto.

– Sinto muito – disse o diretor do *New York Amsterdam News*. – Vem de Los Angeles...

Christmas empalideceu, arrancou o envelope das mãos dele e abriu com ânsia. "Ruth", pensava apenas. "Ruth." Tirou a folha dobrada em três e correu para a assinatura, com o coração batendo forte na garganta. Abaixou a carta, desapontado.

– Louis B. Mayer... – disse em voz baixa.

– Quem? – perguntou Cyril.

Christmas olhou de novo a assinatura.

– Louis B. Mayer, Metro-Goldwyn-Mayer... – leu.

– E o que ele quer? – perguntou Cyril.

– Não sei – disse Christmas, jogando a carta sobre a mesa. "Ruth", o pensamento ainda o esmagava.

Karl pegou a carta.

– "Caro Mr. Christmas, soubemos pela imprensa do seu sucesso em contar histórias misteriosas e realistas que apaixonam as pessoas" – leu em voz alta. – "Estamos convencidos de que o seu talento poderia ser muito apreciado aqui em Hollywood, e gostaríamos de convidá-lo para vir a nossos estúdios para uma conversa e para estudar possíveis argumentos. Pode entrar em contato comigo nos números... blá, blá, blá... despesas de viagem e estadia por nossa conta... blá, blá, blá... mil dólares pelo incômodo... Atenciosamente, Louis B. Mayer..."

Seguiu-se um silêncio atônito.

– O cinema... – murmurou Sister Bessie, depois de alguns instantes.

– Não quero saber – disse Christmas.

– Pois deveria pensar a respeito – disse Karl.

Christmas continuou de cabeça baixa.

– Sério mesmo – Karl insistiu.
– Não quero saber de Hollywood – repetiu Christmas.
– Não é em Los Angeles que está aquela sua garota? – perguntou Cyril, como que casualmente.

Christmas se virou para ele.

Mas Cyril já tinha abaixado os olhos e fingia estar ocupado com algumas tomadas.

– Em dois minutos entramos no ar – disse ele em seguida.

Christmas assentiu e se sentou no seu lugar, de frente para o microfone.

– Eu vou indo – disse o diretor do *Amsterdam*.

Ninguém lhe respondeu. Sister Bessie bateu a mão no ombro dele, depois conduziu-o para fora da sala, fechando a porta.

Christmas, Karl e Cyril permaneceram em silêncio.

– Trinta segundos – disse Cyril.
– Tenho que falar com vocês sobre uma coisa... – disse então Karl.
– Agora? – resmungou Cyril.

Christmas não se mexeu. Pensava apenas em Ruth.

– Com toda essa publicidade vão acabar nos pegando. E nos fazendo fechar – disse Karl.

– Teve uma das suas ideias brilhantes? – perguntou Cyril, cético. – Vinte segundos.

– A WNYC quer nos comprar – disse Karl, com um sorriso enigmático desenhado nos lábios.

Christmas e Cyril olharam para ele.

– Nos deixam transmitir na nossa frequência, colocam à nossa disposição os recursos deles, incluindo os estúdios, e nós decidimos a programação, sem interferências – continuou Karl, tirando do bolso interno do paletó um punhado de folhas. – Aqui está o contrato. Continuamos sócios majoritários. 51% para nós.

– E que vantagem vamos ter? – perguntou Cyril, desconfiado. – Dez segundos...

– Nos tornamos uma estação legalizada. Podemos fazer comerciais, ter lucros... – disse Karl.

– Pegam o programa mais ouvido de Nova York e não nos dão nada além dos estúdios deles? – interrompeu-o Cyril. – Só isso? – e balançou a cabeça. – Cinco...

Karl sorriu.

– Na verdade também fizeram uma oferta para comprar os 49%.

– ...quatro...

Karl abriu o contrato ao lado do equipamento rudimentar da CKC e apontou o dedo para uma cifra.

– ...três... dois...

– 150 mil dólares é o bastante pra vocês assinarem, sócios? – disse Karl.

Cyril escancarou a boca e arregalou os olhos, pálido. Depois apertou mecanicamente, como um autômato, o botão de iniciar a transmissão.

– Estamos no ar... puta que pariu – disse, quase sem voz.

Christmas riu e sua risada reverberou nos rádios da cidade.

– Boa noite, Nova York... – disse, depois riu outra vez.

E os ouvintes puderam ouvir claramente outras duas vozes rindo junto com ele.

58

Los Angeles, 1928

— O QUE VOCÊ FEZ COM O BARRYMORE? — riu o Senhor Bailey, entrando na sala de Ruth. — Está dizendo por aí que não existe fotógrafo melhor que você. — Agitou algumas fotos que trazia nas mãos. — E se for para ser sincero, não é dos seus melhores trabalhos. Pelo contrário, diria que é quase frio.

Ruth sorriu, de um jeito evasivo e ambíguo.

O rosto alegre do Senhor Bailey se turvou de repente e seus olhos expressivos deixaram transparecer uma preocupação. Ruth riu.

— Não pense mal, Clarence — disse. — Talvez os índios tenham razão em acreditar que as fotos roubem a alma. Mas eu a devolvi a ele.

— Bom... não entendi nada — disse Clarence, fazendo uma careta cômica. — Só sei que agora em Hollywood todo mundo quer você. Está com a agenda cheia.

Nas duas semanas seguintes, Ruth fotografou John Gilbert, William Boyd, Elinor Fair, Lon Chaney, Joan Crawford, Dorothy Cumming, James Murray, Mary Astor, Johnny Mack Brown, William Haines, Lillian Gish. E tanto as estrelas quanto os produtores ficaram entusiasmados com as fotos de Ruth, tão enigmáticas, intensas, sombrias, dramáticas. E quando viu as fotos dos colegas, Douglas Fairbanks Jr. — que tinha sorrido demais — pleiteou outra sessão e prometeu seguir à letra suas instruções para ter fotos como as dos outros, ricas de uma densidade que não necessariamente tinham na vida. A Paramount, a Fox e a MGM começaram a fazer pressão sobre Clarence Bailey para tê-la com exclusividade, com o único resultado de fazer os honorários de Ruth subirem às alturas.

Um sábado de manhã, Ruth tinha um encontro com Jeanne Eagels nos estúdios da Paramount. No ano anterior, a atriz tinha feito um filme pela MGM, mas agora parecia que a Paramount estava apostando nela. Para o ano seguinte tinha programados dois filmes como protagonista.

Ruth encontrou-a sentada num canto de um grande estúdio. O galpão inteiro estava na penumbra. A única área com luz era aquela onde as atrizes figurantes se maquiavam e se vestiam. Jeanne Eagels estava sentada numa cadeira e uma cabeleireira a penteava. Conforme se aproximava, Ruth conseguia distinguir pouco a pouco as feições da atriz. Tinha cabelos platinados e pele claríssima. Estava com as pernas cruzadas, e Ruth viu que tinha tornozelos finos. Assim como os pulsos, quase frágeis, como de cristal. A atriz apertava as mãos, com uma expressão carregada. Quando chegou mais perto, Ruth notou que ela era magérrima, de uma beleza inocente e sombria ao mesmo tempo, e procurava disfarçar a respiração ofegante. Estava vestida sobriamente, com uma saia cinza até o joelho, sapatos pretos, meias cor de pele, uma blusa branca e uma fina gargantilha de pérolas.

– Não estou pronta – disse em tom irritado ao ver Ruth. Em seguida sua expressão mudou, num instante, e em seus olhos apareceu uma espécie de desorientação. Mordiscou o lábio inferior, delicado, e sorriu para Ruth. – Estou fazendo teatro – disse. – Me fizeram vir só para essas fotos.

– Deve estar cansada – disse Ruth.

Jeanne Eagels não respondeu. De novo sua expressão mudou, como se tivesse sido subjugada por uma angústia repentina. Afastou a mão da cabeleireira que a penteava e virou-se para a penumbra do estúdio, escrutando-a com um olhar ansioso. Depois levou uma mão ao peito, como se tentasse controlar o arquejo. Olhou para Ruth e riu. Baixinho, sem alegria. Mas com uma gentileza surpreendente.

Tinha passado dos 30 fazia pouco tempo, mas parecia ter 20 anos. Uma garota de 20 anos com o olhar de uma mulher. Seriam fotos muito interessantes, pensou Ruth.

Jeanne Eagels se levantou de repente, remexeu na bolsa e tirou um cigarro. Girou-o nos dedos sem acendê-lo, virando-se o tempo todo para a entrada do estúdio. Quando ouviu passos na penumbra, esticou o pescoço magro e quase parou de respirar. Tinha uma expressão dramática e intensa.

Ruth apontou a câmera e fotografou.

– Não! – gritou Jeanne Eagels. Depois voltou a se virar para o ponto do qual se aproximavam os passos. – É você, Ronald? – disse com a voz entrecortada pela tensão.

– Sim – disse uma voz alta e rouca.

O rosto da atriz se iluminou num sorriso. Mas sem ficar luminoso, pensou Ruth. Ela se afastou e foi até as escadas que levavam aos camarins de cima, reservados aos atores protagonistas. Subiu os degraus depressa, segurando no corrimão. Ao chegar no topo, virou-se para a base da escada. Um homem baixinho, magro, com um chapéu de palha caído sobre os olhos a seguiu. Ao contrário de Jeanne, o homem tinha um passo controlado, quase indolente. A mão segurava uma maleta de couro, de médico. Os dois desapareceram num camarim.

Ruth se virou para a cabeleireira. Esta desviou o olhar na mesma hora, embaraçada.

Menos de dez minutos depois, Jeanne Eagels reapareceu na porta do camarim. Foi em direção à escada e desceu com passo calmo e leve, só ligeiramente insegura. Como se flutuasse. Sentou-se diante do espelho e terminou de se pentear sozinha. Depois se virou para Ruth.

– Então, podemos começar? – disse, com um sorriso angelical e distante.

– Podemos fazê-las aqui? – perguntou Ruth. – Gostaria de usar os espelhos.

Jeanne Eagels semicerrou os olhos, sem responder, e inclinou a cabeça para trás, numa pose sensual e abandonada. Passiva. Indiferente. Ruth fotografou. A atriz abriu os olhos e olhou-a refletida no espelho, com um sorriso desarmante. Ruth fotografou. Então a atriz encostou a cabeça na penteadeira. Os cabelos platinados se esparramaram sobre o tampo de madeira, iluminados pelas lampadinhas ao redor do espelho. Ruth fotografou. A atriz fechou os olhos, levando a mão ao ombro. As mãos agora se moviam com doçura, como se estivessem dentro d'água, e tinham perdido todo o nervosismo de pouco antes. Ruth fotografou. A atriz riu, entreabrindo os lábios. Ruth fotografou. A mão subiu do ombro para o pescoço, como uma carícia. Ruth fotografou. Então Jeanne se voltou, endireitou-se na cadeira, com os braços largados no colo e a cabeça ligeiramente inclinada de lado. Ruth apontou a câmera. Ficariam fotos maravilhosas, pensou. E no entanto esse pensamento, em vez de enchê-la de alegria, deu-lhe uma sensação de mal-estar.

– A senhora manchou a blusa – disse Ruth, abaixando a máquina fotográfica e apontando para o braço direito da atriz, na altura do cotovelo, do lado de dentro.

Jeanne Eagels reagiu lentamente. Primeiro sorriu para Ruth, distante, depois abaixou o olhar para a manchinha vermelha que se espalhava sobre o tecido branco. Cobriu-a com a mão.

— Batom — disse.

Mas Ruth sabia que era sangue. Sangue que saía da minúscula picada na veia do braço. E então — enquanto os passos do homem com a maleta de médico ressoavam na escada — compreendeu a que se devia a transformação da atriz. E compreendeu por que não tinha sentido alegria ao imaginar que as fotos ficariam boas. E soube de onde vinha aquela sensação familiar de incômodo que tinha experimentado a cada foto. Ruth agora sabia quem estava fotografando. Tinha começado fotografando mulheres que tinham aquele mesmo olhar ausente. Perdido. Tinha-as fotografado no Newhall Spirit Resort for Women. Na clínica onde tinha sido internada. E sabia o que havia no fundo daquelas pupilas pequenas como a cabeça de um alfinete. Desespero. Derrota. Morte. Ruth estava fotografando a morte.

— Terminamos — disse apressadamente.

— Ah, é? — fez Jeanne Eagels, distante e indiferente.

Ruth colocou a máquina fotográfica na bolsa e saiu correndo do estúdio. E só quando estava sob a luz ofuscante do sol californiano, longe de Hollywood, parou. Olhou ao redor. Não sabia onde estava. Talvez no centro. Talvez não estivesse longe do mar. Não sabia onde estava, mas não tinha importância. Aquele era o mundo real. O mundo do qual estava fugindo havia muito tempo. Desde que tinha partido de Nova York em direção à Califórnia. Desde que tinha perdido Christmas. Desde que tinha perdido a si mesma. "Desde quando está fazendo de conta que se reencontrou", pensou.

Tinha fechado os olhos outra vez, enganando-se, dizendo a si mesma que estavam abertos atrás da objetiva da sua Leica. Tinha-se entrincheirado na sala de uma agência fotográfica, tinha deixado que um velho bom e protetor se tornasse um diafragma entre ela e a realidade. Tinha-se iludido achando que fotografar estrelas fosse como viver. Aquelas mesmas estrelas que tinha visto como gafanhotos, na noite em que tinha tentado se suicidar. Aquelas mesmas estrelas que batiam as asas loucamente porque sabiam que não durariam muito, porque aquilo não era vida, mas um breve sonho. Ou um pesadelo, como para Jeanne Eagels. Ou John Barrymore. Ou ela mesma.

Ruth se sentou no degrau de um portão fechado e segurou a cabeça entre as mãos. Ao seu redor ouvia as vozes das pessoas, os gritos das gaivotas no céu, uma música proveniente de uma janela, acima dela o ruído surdo dos automóveis. Tinha tapado os ouvidos, pensou. Não tinha olhado, não tinha escutado. Não tinha sentido. E depois tinha só fingido olhar e escutar e sentir. Mas nada mudara. Tinha-se escondido atrás de um daguerreótipo do vô Saul, fazendo-o reviver nos olhos gentis de Clarence Bailey. Tinha aprisionado Christmas num horrível coração esmaltado que era a única coisa a lhe fazer companhia à noite. Um objeto inanimado.

– Você está sozinha – disse consigo mesma, escutando as pessoas ao redor correndo, caminhando, chamando-se, rindo, insultando-se. Comunicando-se.

Tinha se nutrido de fantasmas. O fantasma do avô. O fantasma de Christmas. Um estava morto. O outro era como se estivesse, porque não tinha coragem de procurá-lo, de ir ver se estava vivo. Vivo por ela.

– Você está sozinha – repetiu-se. E sentiu uma grande pena.

Então se levantou e tirou a Leica da bolsa. Começou a caminhar por aquelas ruas desconhecidas, sem pressa, sem destino. Sem um desejo que não o de sair da própria prisão. Aquela prisão cujos muros e grades e cadeados ela própria havia construído. Aquela prisão cuja chave havia perdido. Caminhou olhando ao redor, como não fazia mais. Havia muito tempo. Olhava e tentava ver. Escutava e tentava ouvir.

Num beco escuro e sujo viu um mendigo jogado no chão, adormecido. Tirou uma foto. Depois outra. Por fim abaixou a Leica e olhou para ele. Com os próprios olhos. E sentiu o cheiro desagradável que exalava. Em seguida voltou a caminhar, entrando pelas ruas daquela cidade que não conhecia, como se estivesse adentrando uma selva misteriosa.

No interior de uma lojinha viu uma senhora gorda experimentando um vestido florido. A vendedora tentava desesperadamente fechar os botões. O rosto da senhora gorda estava mortificado. Ruth levantou a Leica e fotografou, através da vitrine. A mulher gorda e a vendedora a viram e se viraram para ela, surpresas. Ruth fotografou. Entre as duas mulheres, desfocada, em primeiro plano, com caracteres dourados de bordas pretas, a escrita *"Clothes"*.

Ruth continuou caminhando. E tudo lhe parecia diferente, agora. Como se voltasse a pertencer àquele mundo. O mundo comum. O mundo real. Como se voltasse a respirar. Como quando tinha tirado as gazes com as quais enfaixava os seios e que apertavam seus pulmões. Como se a partir daquele momento não pudesse mais fugir.

Voltou para o estúdio muito tarde e passou a noite revelando as fotos que tinha tirado. Um homem com a boca inverossimilmente cheia, no restaurante, e o olhar desapontado da esposa. Uma garçonete uniformizada nos fundos do restaurante, massageando os pés, com um cigarro na boca. Uma longa fila de carros usados, com os preços escritos no para-brisa, e no fundo o vendedor, minúsculo, sozinho, sem clientes. Um homem e uma mulher que se beijavam enquanto o filho pequeno puxava a saia da mãe, chorando enfezado com aquele amor que não lhe dizia respeito. Um trem de carga e um velho mendigo que não conseguia subir nos vagões em movimento. Uma fileira de casas com as janelas fechadas, como se fossem desabitadas. Uma mulher que estendia as roupas com um olho roxo. Um velho numa cadeira de balanço, na varanda descascada de sua casa. Uma criança que jogava fora o lixo.

No dia seguinte entregou as fotos ao Senhor Bailey. As poucas de Jeanne Eagels e também as de Los Angeles.

– Está resolvendo mudar de rumo? – perguntou-lhe Clarence.

– Não sei – disse ela.

O Senhor Bailey colocou as fotos de Jeanne Eagels num envelope para a Paramount, distraidamente. Depois pegou as que Ruth tinha tirado no centro e olhou-as de novo. Lentamente, com atenção.

– São tocantes – disse.

Ruth adquiriu o hábito de caminhar por Los Angeles com sua Leica. Sistematicamente. Todo dia. Para roubar imagens tocantes, dizia a si mesma. Mas sem perceber, dia após dia, foto após foto, o que estava fazendo era se acostumar com a vida. Como se a estivesse aprendendo do começo. Como se aquele vagar sem rumo fosse uma espécie de escola. E ao cabo de duas semanas se deu conta de que em suas fotos tinha aparecido até gente rindo. Ainda não eram fotos alegres, sua marca intensa e sombria permanecia, mas era como se estivesse se diluindo. Ou como se os enquadramentos se alargassem, para abranger na objetiva a vida em sua totalidade. Com luzes e sombras.

Porém, à noite, fechando a porta do próprio quarto, sempre repetia para si mesma:

– Você está sozinha.

Um domingo, voltando da visita semanal à Senhora Bailey no Newhall Spirit Resort for Women, viu um parque cheio de crianças e pediu a Clarence para parar o carro. Desceu e foi em direção ao parque, enquanto o Senhor Bailey se distanciava com o automóvel. Conforme se aproximava, ouvia cada vez mais claramente os gritos animados das crianças. E sentiu vontade de sorrir, depois do tenso silêncio catatônico da clínica psiquiátrica. Sentou-se num banco e ficou olhando-as brincar. Crianças quaisquer. Parecidas com aquelas crianças ricas que devia ter fotografado alegres em seu primeiro trabalho. E lembrou-se do esforço que tinha feito para excluir os sorrisos e as brincadeiras de suas fotos. Então, quase para devolver às crianças a alegria que lhes tinha subtraído daquela vez, levantou a máquina fotográfica e os enquadrou.

No visor apareceu o rosto engraçado de um menino de 5 anos que a tinha notado. Olhava para ela e ria, fazendo poses divertidas. Tinha orelhas de abano evidenciadas pelo cabelo cortado muito curto. Duas pernas magras e compridas, com joelhos ossudos. O menino fez uma pose de boxeador. Ruth sorriu e fotografou. Depois o menino fez uma pose de *cowboy*, com uma pistola imaginária na mão. Ruth fotografou. O menino ria, empolgado com a novidade. Imitou a dança de guerra de um índio. Ruth fotografou.

– Vou fazer o Tarzan! – gritou o menino, trepando numa árvore baixa e tentando se agarrar num galho, para se pendurar como se fosse de um cipó. Porém, a mão se soltou e ele caiu de mau jeito no chão, esfolando o joelho. No rosto engraçado imediatamente apareceu uma expressão carrancuda, desorientada. Olhou em volta e depois começou a chorar.

Ruth se levantou do banco e correu até ele. Estava se abaixando para levantá-lo quando duas mãos fortes e bronzeadas agarraram o menino.

– Não foi nada, Ronnie – disse o jovem, pegando-o no colo.

Ruth olhou para ele. Era alto, tinha ombros largos e uma longa franja loira desarrumada na testa. Era bronzeado e os olhos azuis e límpidos brilhavam no rosto regular, de nariz delgado. Tinha lábios vermelhos, carnudos, que revelavam dentes brancos e compridos, regulares. Devia ter poucos anos a mais que ela, Ruth pensou. Vinte e dois, talvez.

– Foi culpa minha – disse ela, abaixando os olhos para sua Leica. – Estava tirando fotos dele e...

– E o Ronnie não perde o costume de subir nas árvores, não é? – disse o jovem ao menino, com um tom de repreenda afetuosa.

O menino parou de chorar.

– Queria fazer o Tarzan, o rei dos macacos – disse, emburrado, com o rosto riscado de lágrimas.

– E em vez disso abriu uma cratera no parque com o bumbum – disse o jovem, apontando no chão o buraco imaginário. – Olha que estrago! Se os tiras descobrirem, nos levam em cana e nos fritam na cadeira elétrica.

O menino riu.

– Não é verdade!

– Pergunta pra moça – disse o jovem, olhando para Ruth. – Ela vai te dizer.

Ruth sorriu.

– Bom, tenho amigos na polícia, talvez a gente consiga se safar só com uma prisão perpétua.

O jovem riu.

– Meu joelho está doendo – disse o menino.

O jovem olhou para o machucado e balançou a cabeça, com ar de tristeza.

– Droga, vamos ter que amputar.

– Não!

– É um ferimento muito grave, Ronnie. Não tem outro jeito. – O jovem olhou para Ruth. – A senhorita é enfermeira, não é?

Ruth abriu a boca, surpresa.

– Eu...

– Precisa ajudá-lo. É uma operação terrível, muito dolorosa.

– Está bem – disse então Ruth.

– Bom, me siga até a sala de cirurgia – disse o jovem, indo em direção a uma fonte de água.

Ruth levantou a Leica e tirou uma foto. Depois se juntou a eles na fonte enquanto o jovem colocava Ronnie no chão e pegava um pedacinho de madeira. Tirou um lenço do bolso da calça e outro do bolso de Ronnie.

– OK, é hora de ser corajoso, amigo – disse o jovem, impostando a voz e fazendo um sotaque de *cowboy*, e colocou o pedaço de madeira na boca do menino. – Não temos anestesia. Morda com força. E a senhorita, enfermeira, estanque a hemorragia enquanto eu opero – disse a Ruth, passando-lhe um dos dois lenços. Depois encharcou o outro na água. Ruth amarrou o lenço ao redor da coxa do menino.

– Está pronto, amigo? – perguntou o jovem a Ronnie.

O menino, com o graveto entre os dentes, assentiu.

O jovem passou a água no machucado, limpando a terra. Ronnie gritou com os dentes apertados e depois jogou a cabeça para trás, de modo teatral, fechando os olhos.

– Pobre coitado – disse o jovem a Ruth. – Não resistiu. Desmaiou. Melhor assim – e piscou para ela. – O ferimento é muito grave. Vai morrer com certeza. É um estorvo inútil, atrasaria nosso caminho. Vamos deixá-lo aqui de comida para os coiotes.

Ronnie abriu os olhos na mesma hora.

– Não me deixe aqui, canalha! – disse.

Ruth riu. O jovem enfaixou o joelho do menino e pegou-o no colo.

– OK, vamos pra casa, valentão. – Depois se virou para Ruth. – Não sei se percebeu, mas não sou o pai dele – disse.

Ruth riu outra vez.

– Meu nome é Daniel – disse, estendendo a mão para ela. – Daniel Slater.

– Ruth – disse ela, apertando-a.

Daniel segurou a mão dela por um tempo, desajeitado. Olhava para ela e não sabia mais o que dizer. E nos olhos claros lia-se o desapontamento por ter que se despedir.

– Você tem que pagar a enfermeira – disse então Ronnie.

O olhar de Daniel cintilou.

– Tem razão. Fez um bom trabalho... enfermeira Ruth – e virou-se para uma rua onde se viam casinhas geminadas de dois andares, todas iguais, com um gramadinho na frente e um corredorzinho lateral que levava à garagem. – Nós moramos ali. A esta hora minha mãe deve ter tirado a torta de maçã do forno – disse timidamente. – O que acha de uma fatia?

– Sim! – gritou Ronnie.

Ruth olhou para a rua com os sobradinhos.

– Minha mãe faz uma torta excepcional – disse Daniel.

Tinha perdido o jeito despachado. Talvez tivesse até corado por baixo do bronzeado, pensou Ruth. E seus olhos azuis continuavam procurando os dela e depois logo se voltavam para o chão, inquietos. Era como se fosse maior e menor ao mesmo tempo, passou pela mente dela. E cada vez que ele abaixava a cabeça, a franja loira e volumosa lhe cobria a testa e se coloria com o reflexo do sol. Ruth pensou em Christmas, em seus cabelos cor de trigo. Em toda a vida que tinha deixado para trás. Olhou outra vez para as casinhas geminadas, todas iguais, tão reconfortantes, e pareceu sentir nas narinas o perfume do açúcar queimado em cima das maçãs. E pareceu sentir-se menos só.

– Quer vir?

– Sim... – sussurrou ela, como para si mesma. Depois olhou para Daniel. – Sim – repetiu em voz alta.

59

Manhattan, 1928

FAZIA MAIS DE UMA HORA que Christmas estava na janela do seu novo apartamento do 11º andar no Central Park West, na esquina com a Rua 71. E daquela altura olhava o parque e podia ver o banco do Central Park no qual uma época ele e Ruth se encontravam e riam e conversavam. Quando ainda eram dois adolescentes. Quando Christmas ainda não sabia o que seria da sua vida exceto que queria ligá-la a Ruth.

Tinha comprado o apartamento por esse motivo. Para ver o banco deles. Porque tinha parado de olhar. Tinha mergulhado na aventura da rádio sem pensar em nada, como um aríete, investindo de cabeça baixa. E agora precisava parar e olhar. Precisava fazer perguntas a si mesmo e encontrar respostas.

– Eu e Cyril organizamos a transferência da sede e cuidamos das questões técnicas. Vai levar pelo menos um mês até voltarmos a transmitir – tinha-lhe dito Karl no dia anterior, depois que o contrato de compra da rádio pela WNYC tinha sido assinado. – Você tem todo o tempo para ir a Hollywood e falar com aquele cara do cinema.

– Vai – tinha-lhe dito Cyril, olhando bem em seus olhos.

Christmas sabia que Cyril não se referia a Hollywood, mas a Ruth.

– Vai e encontra ela, rapaz – ele tinha dito.

Christmas olhou mais uma vez para o banco do parque e se sentiu irremediavelmente só. Deixou os olhos vagarem mais adiante, abrangendo em seu horizonte também o lago e depois o Metropolitan Museum, a Quinta Avenida e, mais para a frente, os telhados da Park Avenue, onde Ruth tinha morado. Fechou a janela e perambulou pelo apartamento vazio. Só uma cama desfeita. Uma cama de casal na qual tinha se sentido perdido naquela primeira noite, depois de ter dormido a vida inteira no catre da cozinha na Monroe Street.

Estava rico, de repente. E ficaria cada vez mais. Além dos 50 mil dólares que representavam sua terça parte na cessão dos 49% da CKC, receberia um salário de dez mil dólares por ano como ator do *Diamond Dogs* e mais dez mil como autor do programa. E dividiria com Karl e Cyril os lucros de seus 51%. Sim, estava rico. Como jamais poderia imaginar. E tinha a vida toda pela frente.

Tirou do bolso da calça um envelope. E no envelope uma passagem de primeira classe para Los Angeles.

– Vai e encontra ela – tinha dito Cyril.

E tinha sido então que Christmas tinha compreendido que devia parar e olhar. Porque a corrida até ali o tinha cegado. Do mesmo modo que um dia tinha se perdido nas ruas do Lower East Side.

Fechou a porta do novo apartamento, desceu para a rua e, enquanto ia para a Monroe Street a pé, pensou em Joey, nos anos que tinham passado nos *speakeasies* e no fato de não ter conseguido dizer nada no funeral dele. E pensou em Maria, da qual não tinha mais notícias. E pensou que cada um deles tinha entrado e saído da sua vida em silêncio. Porque a sua corrida até ali o tinha ensurdecido. Porque toda a sua vida tinha sido preenchida apenas com sua própria voz, amplificada pelos rádios de toda a Nova York, e não tinha tido ouvidos para mais ninguém. Porque ele era o famoso Christmas dos Diamond Dogs. E era só isso que importava.

Porque tinha ficado idêntico àquele garoto que estava se perdendo nas ruas do gueto, que estava se tornando um criminoso. Porque, como tinha dito Pep, ele tinha perdido seu olhar. Sua pureza. Tinha se tornado um *guappo* de quinta categoria. E se estava nas ruas do Lower East Side ou nos microfones de uma rádio, não tinha muita importância. Porque estava concentrado só em si mesmo. Porque tinha se deixado contaminar por uma doença mais grave que milhares de outras: a indiferença. E até seu sofrimento por Ruth, até a sensação de incompletude, tinham virado parte daquela representação. Tinham-se esvaziado de significado, de emoções profundas. Eram só aspectos adicionais da sua personalidade externa.

– Vai e encontra ela. – Por que tinha sido preciso Cyril lhe dizer aquilo?

Atravessou o Columbus Circle e pegou a Broadway.

Ele sabia por quê. Sabia muito bem. Medo.

Quando os dirigentes da WNYC tinham colocado em sua mão o cheque de 50 mil dólares, na semana anterior, por um momento o mundo tinha parado de girar. Tinha sido como levar uma terrível pancada na cabeça que o deixara sem memória. Não lembrava como tinha chegado ao Central Park. Não sabia como e quando tinha se sentado no banco deles. Aquele banco onde tinha gravado o nome dos dois, Ruth e Christmas, com a ponta de um canivete que ganhara de Joey. Simplesmente, quando voltara a si, tinha se dado conta de estar sentado ali e de passar a ponta do dedo naquela escrita que já tinha cinco anos.

Naquele momento tinha sentido o medo crescer dentro dele. Tinha-se levantado num salto e se afastado do banco. Tinha entrado no primeiro portão que encontrara, como se procurasse refúgio. E tinha sido então que o porteiro lhe perguntara:

– Está aqui por causa do apartamento no 11º andar?

Tinha-o encontrado assim. Por acaso. Porque estava fugindo. Tinha visitado o apartamento e achado que olhar de cima o seu mundo fechado num banco de parque era suportável.

Então tinha compreendido.

Dobrou a 12ª e pegou a Quarta. Pouco à frente, via a Bowery. Na esquina com a Terceira olhou o *speakeasy* no qual sua mãe trabalhava como garçonete.

– Vai e encontra ela. – Claro, agora sabia por que Cyril precisara lhe dizer aquilo. Por um medo que nunca quis confessar e que agora, de repente, não podia mais enterrar dentro de si. Porque agora era rico. Porque tinha conseguido. Porque não era mais clandestino, e isso significava que era hora de sair em campo aberto. Porque seu medo nunca tinha sido não encontrar Ruth, mas, pelo contrário, encontrá-la.

Já fazia quatro anos desde que os Isaacson tinham se mudado de Nova York para Los Angeles. Quatro anos desde aquela noite na Grand Central Station, quando não tinha tido coragem de colocar a mão no vidro do vagão que estava levando Ruth embora. Quatro anos que Ruth tinha desaparecido, sem jamais responder suas cartas. Porque Ruth – e só ali, caminhando em meio às pessoas que enchiam a Bowery, chegou a esta confissão – o tinha abandonado. E provavelmente esquecido. Porque Ruth – pensou, ouvindo um garotinho de rosto magro e sujo que gritava: "*Diamond Dogs* sai da ilegalidade! CKC comprada pela WNYC!", agitando no ar as cópias do *New York Times* que tentava vender – tinha-o rejeitado.

– Rejeitado – disse, atravessando o cruzamento da Houston Street e prosseguindo pela Bowery.

E se Ruth o tinha rejeitado, esquecido, apagado, por que deveria ficar contente se ele a encontrasse? Mesmo ele tendo ficado rico e famoso. Mesmo que agora fosse digno dela e do dinheiro dela. Mesmo que agora pudesse lhe oferecer um futuro. E relembrava sua leitura juvenil de *Martin Eden* e sua trágica ascensão e fim. O amor por Ruth Morse, aquela extraordinária coincidência de nomes que o tinha emocionado, como um sinal do destino, quando encontrara sua Ruth num beco imundo do Lower East Side. Aquela extraordinária coincidência de extrato social e de sucesso. Um sucesso que não levava a nada. Martin não era mais parte do povo e jamais seria verdadeiramente parte do mundo dourado ao qual aspirava. Martin estava irremediavelmente só. Tinha-se perdido pelo caminho, seguindo seus orgulhosos sonhos de afirmação.

Sim, agora tinha medo de ser Martin Eden. E tinha medo de que Ruth não fosse mais Ruth.

Mas tinha também outro medo, mais sutil, mais subterrâneo. Um medo que não lhe deixava saída. Até então, todas as mulheres com quem tinha ido para a cama naqueles anos tinham, ao menos por um instante, sido Ruth. E, por um instante, Christmas pudera tê-la. Tinha se contentado, admitiu. Por medo de se desiludir. Por medo de que a vida, a realidade, lhe levasse Ruth embora definitivamente. Até dos seus sonhos.

Porque agora, pensou, entrando no velho e descascado portão da Monroe Street, 320, não podia mais sonhar. A partir desse momento, simplesmente não podia mais. E enquanto cada um dos degraus que levava ao primeiro andar ficava mais alto e cansativo de subir, pensou que não era o dinheiro que o tornaria melhor, como sempre tinha acreditado. E parando diante da porta sobre a qual tinha sido parafusada, muitos anos atrás, a plaquinha de latão com os dizeres "Senhora Cetta Luminita", deu-se conta de que não seria o sucesso que lhe garantiria a felicidade. Porque era algo dentro dele que precisava mudar.

Mas não sabia se algum dia teria força para isso.

Tinha-se passado uma semana desde o momento do contrato que tinha mudado radicalmente sua existência. Uma semana na qual tinha fugido de si mesmo e de Ruth, na qual tinha comprado um apartamento no 11º andar de um edifício de rico, uma semana na qual tinha se lembrado de ter se esquecido de Joey e de Maria, uma semana na qual não tinha pensado uma única vez em ir procurar Ruth em Los Angeles.

— Vai e encontra ela — tinha sido preciso que Cyril lhe dissesse. Porque ele não tinha coragem de pensar nisso. Porque ele, agora, tinha só medo.

Entrou no apartamento. Cetta o esperava sentada no sofá. Radiante. Sorridente.

— Em duas semanas vou pra Hollywood — disse Christmas, de cabeça baixa, antes mesmo de fechar a porta atrás dele. Como se estivesse comunicando à mãe algo digno de vergonha.

Cetta não disse nada. Sabia tudo do filho. E sabia quando certas frases não significavam o que as palavras pareciam dizer. Limitou-se a olhar para ele, esperando que levantasse os olhos. Depois fez sinal para ele se sentar no sofá. E quando Christmas se acomodou ao lado dela, quase desmoronando no sofá, Cetta pegou a mão dele entre as suas e apertou sem dizer nada. À espera.

— Está orgulhosa de mim, mãe? — disse ele por fim.

Cetta apertou ainda mais sua mão.

— Você nem pode imaginar quanto — disse ela, sem ênfase.

— Eu sou um covarde — disse ele, de cabeça baixa.

Cetta ficou em silêncio.

— Estou com medo — disse Christmas.

Cetta continuou em silêncio. Segurando a mão dele.

Então Christmas levantou a cabeça e olhou para ela.

— Não vai dizer nada? Não vai ficar brava comigo? — Sorriu. — Não vai nem dizer que um americano de verdade nunca tem medo?

— Por que eu deveria te dizer que os americanos são idiotas?

Christmas sorriu outra vez.

— Não sei o que fazer, mãe.

— Você disse que vai pra Hollywood.

— Não sei nem por quê — disse ele baixinho, balançando a cabeça.

— Ter medo não é coisa de covarde. Mas mentir, sim — disse Cetta, acariciando-lhe os cabelos claros.

— Como a senhora fez esses anos todos, mãe? — perguntou Christmas, afastando-se um pouco. — Onde encontrou sua força?

— Você é mais forte que eu.

— Não, mãe...

— Pois é sim. Você é o Caninos Brancos, lembra?

— Eu sou o Martin Eden.

— Não diga bobagem. Você é o Caninos Brancos.

Christmas sorriu.

— Não dá pra conversar com a senhora. Quer sempre ter razão.

— Eu sempre tenho razão.

Christmas riu.

— É verdade.

— Então... — disse Cetta —, por que você vai pra Hollywood?

— Um peixe grande de lá me chamou, quer que eu escreva histórias pro...

— Por que você vai pra Hollywood? — interrompeu-o Cetta.

Christmas olhou para ela em silêncio.

— Abrem-se as cortinas — começou a dizer Cetta. — Lembra que eu te contava sempre do teatro quando você era pequeno? Então, as cortinas se abrem. No chão, no centro do palco, há uma garota que foi quase destroçada por um dragão. Ela está morrendo. Mas quis o destino que naquele momento, montado em seu burro, passasse um cavaleiro pobre, tão pobre que só tinha uma espada de madeira, mas que era bonito, loiro, forte. É o herói. E a plateia sabe disso. Prende a respiração enquanto ele faz sua entrada. A orquestra toca notas sombrias porque é um momento dramático. É o começo da história. O cavaleiro salva a garota. E descobre que ela é uma princesa... — Cetta torceu os lábios para baixo — embora eu duvide que existam reis e princesas entre os judeus...

— Mãe! — protestou Christmas, rindo.

— É amor à primeira vista — continuou ela. — Os dois se olham nos olhos e...

— ...veem o que ninguém mais pode ver...

— Shh, quieto... e então o cavaleiro, que não tem terras nem títulos nem tesouros para aspirar à mão da princesa, parte numa longa viagem. Primeiro encontra um rico comerciante, que tem uma filha de nome Lilliput aprisionada por uma bruxa má no corpo disforme de uma cadela sarnenta, e a liberta do feitiço. E é assim que o cavaleiro ganha sua primeira moeda de ouro. Depois o velho e sábio rei vai visitá-lo em sua humilde estrebaria, e a partir daquele momento todos no lugarejo passam a olhar o cavaleiro de outro modo, e acreditam que a sua espada de madeira seja de aço finíssimo. E então a princesa, em sinal de gratidão e como prova de amor, presenteia o cavaleiro com uma trombeta de ouro, de modo que possa soar as notas mais melodiosas. E o cavaleiro toca tão bem que todo o condado logo está enfeitiçado por aquela melodia angelical. E então o cavaleiro fica rico e famoso. Mas a princesa foi trancada no alto da torre pela madrasta má, e não pode escutá-lo. E então, dia após dia, a melodia se torna mais pungente. Até que um dia o cavaleiro compreende que não tem outro jeito senão subir na torre do castelo de Hollywood, e a plateia...

— ...prende a respiração, sim, eu entendi — riu Christmas, olhando para a mãe. — Se eu sei contar histórias é tudo mérito seu — disse, sério.

— Como você ficou lindo, meu amor! — Cetta acariciou o rosto do filho. — Vai pra Hollywood e encontra a Ruth — disse em seguida.

— Estou com medo.

— Só um idiota não teria medo de subir numa torre com uma trombeta e uma espada de madeira na cintura.

Christmas sorriu. Soltou a própria mão da dela.

— Pensou de novo no que eu te disse?

— Eu não preciso — disse Cetta.

— Agora eu sou rico.

— Não posso, tesouro.

— Por quê?

— Há muitos anos, quando você era pequeno — começou Cetta —, eu vi como Sal tratava o vô Vito. E aprendi uma lição importante. Que nunca esqueci. Se aceitasse ganhar de você uma casa mais bonita que esta, humilharia o Sal.

Christmas ia responder, quando a porta do apartamento se abriu e apareceu Sal, em mangas de camisa e com folhas de papel na mão.

— Ah, você também está aí — disse para Christmas. Jogou as folhas na mesinha em frente ao sofá. — Dá uma olhada — disse a Cetta.

Cetta pegou os papéis e olhou para eles.

— Ao contrário — disse Sal bruscamente, arrancando-os da mão dela e girando-os. — Não sabe nem ler um projeto na posição certa?

— Qual é a sala do...? Não estou entendendo nada — bufou Cetta.

— Ah, deixa pra lá — disse Sal, grosseiro, pegando os desenhos de volta e enrolando-os.

Christmas viu que Cetta sorria imperceptivelmente.

— Vem cá — disse Sal a Christmas. — Quero te mostrar as obras.

— Que obras? — perguntou Christmas, dirigindo-se à mãe.

— Por que está perguntando pra ela? — rosnou Sal. — Eu que sou o dono do prédio, não ela. Vamos, se mexe, vamos pro escritório.

Cetta sorriu para Christmas e fez um sinal com a cabeça, convidando-o a acompanhar Sal, que já tinha aberto a porta e desaparecido com passos pesados no corredor.

– O que está acontecendo? – perguntou Christmas a Cetta, baixinho.

– Vai – disse ela, com uma expressão feliz nos olhos.

Christmas alcançou Sal e entrou no apartamento que ele insistia em chamar de escritório.

– Fecha a porta – disse Sal, enquanto desdobrava os projetos sobre a escrivaninha de nogueira.

Christmas se aproximou.

– De que obras está falando?

– Você se incomodaria se eu e a sua mãe morássemos juntos? – perguntou Sal.

– Juntos como?

– Porra, o que você acha que quer dizer juntos? Juntos, caralho! – rosnou Sal. – Olha. Se derrubo essa parede e junto o apartamento da sua mãe com o escritório, dá uma casa de três quartos. Aqui faço um banheiro grande, com banheira, no lugar da cozinha ponho meu estúdio, e um dos dois quartos vira uma sala de jantar. Vira um apartamento de rico.

– E você e a mamãe moram juntos?

– Sim, juntos.

– E por que está perguntando pra mim?

– Porque você é o filho, porra! E porque finalmente você parou de estorvar.

– Vai casar com ela?

– Vamos ver.

– Sim ou não?

– Vai tomar no cu, Christmas. Não me encosta na parede, não – resmungou Sal, apontando o dedo no rosto dele. – Sua mãe nunca fez isso e, puta merda, não vai ser você que vai fazer!

– OK.

– OK o quê?

– Tem o meu consentimento.

Sal se sentou em sua poltrona e acendeu um charuto.

– Então agora você é rico, é? – disse pouco depois.

– Bastante – respondeu Christmas.

– Cada um na vida chega aonde pode – disse Sal, sério, e depois o fitou. Em seguida estendeu o braço e fez um movimento circular, abrangendo as paredes do apartamento com a mão forte e encardida. – A sua mãe e eu chegamos até aqui. Esta é a nossa vida. Nunca vou deixar faltar nada pra ela. – Levantou-se e foi até Christmas. – Mas juro que se um dia eu ver que não consigo dar o que ela merece... vou até você e saio do caminho. – Bateu o indicador no peito de Christmas. – Só que, até lá, respeite a nossa vida, como eu respeito a sua. Essas paredes são finas que nem pele de pica. Eu escutei a história do apartamento.

Christmas abaixou os olhos.

– Me desculpa, Sal.

Sal riu e deu um tapinha nele.

– Não deixa a coisa te subir na cabeça – disse, afetuosamente. – Você é o pirralho e vai continuar sendo o pirralho, não se esqueça.

Christmas olhou para ele.

– Posso te abraçar? – perguntou.

– Experimenta que eu te dou um soco no nariz – disse Sal, ameaçador.

– OK.

– OK o quê?

– Me dá o soco – e o abraçou.

60

Los Angeles, 1928

O SOBRADINHO ERA COMO RUTH sempre tinha imaginado aquelas casas. Limpo e bagunçado ao mesmo tempo. Perfumado, mas também naturalmente cheiroso. Não estéril. Não artificial. Vivido.

Era isso que tinha pensado imediatamente da casa dos Slater quando pusera os pés nela pela primeira vez, com Daniel. Era a casa onde vivia uma família.

A mãe de Daniel e do pequeno Ronnie, a Senhora Slater, era uma mulher de 50 anos, alta e loira, com um corpo enxuto e bronzeado. Os cabelos, clareados nas pontas pelo sol e pela água do mar, eram presos na nuca, com simplicidade. Os dedos das mãos eram compridos e fortes. Daniel era a cara dela. O mesmo nariz reto, os mesmos lábios carnudos e vermelhos, os mesmos olhos transparentes e vivos, o mesmo cabelo liso e fino. A Senhora Slater lhe pareceu uma mulher que amava a vida. De maneira simples e natural. Pelo que era. Pelo que oferecia. E lhe pareceu satisfeita. Gostava de velejar. Mas sem por isso ser excêntrica. Era um pequeno veleiro que ela controlava sozinha, levando o marido e os filhos para passear pelo oceano, aos domingos. E Ruth tinha descoberto que sua única especialidade era a torta de maçã.

Naquele dia, uma semana antes, a Senhora Slater a tinha cumprimentado cordialmente, sem afetação, com confiança. Como teria feito com qualquer colega de faculdade do filho. Recebeu-a na cozinha, ainda suja de farinha e suada. Estendeu-lhe a mão com uma grande luva de forno. Começou a rir, tirou a luva e estendeu a mão de novo. Depois se esqueceu de colocá-la de volta e se queimou com a forma da torta. E aí riu outra vez, junto com Ronnie, que imediatamente lhe mostrou o próprio machucado no joelho. Então a Senhora Slater levantou o filho e colocou em cima do balcão da cozinha. Abaixou-se para olhar a ferida e depois a beijou.

— Que nojo! – disse Ronnie, torcendo a sua cara engraçada.

— Não tem nada que me dê nojo no meu menino – disse a Senhora Slater.

Já Daniel não tirava os olhos nem um instante de Ruth. Deixou-a se sentar num dos banquinhos da cozinha e ficou em pé, encostado no batente da porta dos fundos, olhando para ela. Em silêncio.

— Se enfiar uma fatia de torta na boca – disse-lhe a mãe –, o seu silêncio vai parecer mais natural.

Daniel ficou ligeiramente corado. Pegou uma fatia de torta e começou a comê-la.

Ruth viu a Senhora Slater olhando para ele com amor. Em seguida, a mulher se virou para ela.

— De vez em quando sou um pouco ácida com o Daniel – disse. – Sabe, que nem uma tiazona velha... é que não me conformo com a ideia de que ele tenha crescido tanto desse jeito. E que talvez vá me deixar...

— Mãe... para com isso... – disse Daniel, sem jeito.

— É, eu quero ver ele sofrendo – disse a Senhora Slater a Ruth, com um sorriso nos belos lábios vermelhos –, do mesmo jeito que eu sofro.

— Canalha maldito, vai se ver comigo – disse Ronnie, indo para cima do irmão com uma pose de boxeador.

Daniel e Ruth riram e se entreolharam. E Daniel voltou a ficar sério. Mas Ruth não se sentiu em perigo. Bastou se virar para a Senhora Slater, que tinha cortado uma fatia de torta com açúcar caramelizado em volta dos pedaços de maçã e estava lhe oferecendo.

— Não sei se essa invenção do cinema é uma coisa boa – disse a mulher. – Daniel não falava assim quando era criança, mas o Ronnie é um desastre. Talvez não devesse levá-lo ao cinema, mas... é que gosto tanto de irmos todos juntos – e riu.

"Todos juntos", pensou Ruth. E olhou para Daniel e depois para Ronnie e a Senhora Slater. Nenhum deles estava sozinho.

— Você precisa voltar para casa ou podemos convidá-la para jantar, Ruth? – perguntou então a Senhora Slater.

— Não preciso avisar ninguém – respondeu Ruth. – Sou sozinha.

Ruth notou a expressão da Senhora Slater. Por um instante a tinha olhado de forma diferente. Mas não com desconfiança. Não a tinha nem julgado nem rotulado, achou. Parecia mais ter pensado que aquilo era uma coisa terrível.

– Meus pais moram em Oakland – disse Ruth, e acrescentou depressa, como para distraí-la, como para suprir aquela falha que a Senhora Slater tinha lido nela: – Eu sou fotógrafa.

– Você também fotografa os atores de Hollywood? – perguntou Ronnie.

Ruth não respondeu na hora.

– Às vezes... já aconteceu, sim.

– Caraca! – gritou Ronnie.

– São seis e meia – disse a Senhora Slater. – Meu marido deve chegar daqui a pouquinho. Tem peru e batata ao forno gratinada com presunto. Então? Vai ficar?

Naquele momento, pontual como toda noite, o Senhor Slater chegou em casa. Abraçou a esposa, desamarrou a gravata, deu um tapinha na nuca de Ronnie e outro no ombro de Daniel, e depois cumprimentou Ruth, olhando-a sem esquadrinhá-la. Tinha a idade da esposa. Quando estavam na faculdade – Ruth soube durante o jantar –, tinham se apaixonado, abandonado os planos universitários, se casado, e ele tinha começado a vender tratores e maquinários para a agricultura no Vale. No ano seguinte tinha nascido Daniel.

– Pensávamos em ter uma penca de filhos – disse o Senhor Slater. – E no entanto se passaram quase dezessete anos antes que chegasse esse desastre – disse, apontando para Ronnie.

– Eu não sou desastre, não – protestou o menino.

– Não, tem razão – disse o pai. – Você é um furacão. E, pra sua informação, um furacão é muito pior que um simples desastre.

Ronnie riu, satisfeito, e depois deu um salto, afastando a cadeira.

– Tinha esquecido! – disse. – Olha, papai. Eu me feri. Vai ficar cicatriz?

O Senhor Slater examinou o machucado, colocando os óculos de leitura em cima do nariz.

– Não, acho que não – disse.

– Mas e se eu cair de novo... tipo amanhã? – perguntou Ronnie.

– Tem um jeito mais simples – disse o pai, sério. Esticou-se na direção do peru e pegou a enorme faca com a qual o tinha fatiado.

Ronnie fez uma cara perplexa, por um instante. Depois caiu na risada, mas, por precaução, enfiou imediatamente a perna embaixo da mesa.

– Se mudar de ideia, estou aqui – disse o Senhor Slater, piscando para Ruth.

E Ruth compreendeu a quem Ronnie tinha puxado. O pai também tinha uma cara engraçada e as orelhas um pouco de abano.

Depois do jantar, Daniel e Ruth saíram e se sentaram no balanço da varanda. Conversaram. Daniel contou-lhe que, depois de formado, tinha começado a trabalhar. O pai tinha se associado com um vendedor de carros. Dizia que os automóveis eram o futuro. E assim, enquanto ele continuava se ocupando dos maquinários agrícolas, o filho ganhava experiência como vendedor.

– O sócio do meu pai, assim que eu ficar bom, vai largar tudo e nos vender a parte dele – disse Daniel. – Não é um trabalho criativo como o seu... mas rende bem. Dá pra manter uma família.

Ruth olhou para ele. Daniel era tão reconfortante. Seria um vendedor esplêndido. Qualquer um compraria um carro dele. E seria um marido amável e um pai caloroso. Via-se pelo jeito como tratava o irmão. E além disso tinha tido uma família. Uma família de verdade. Tinha tido todo o tempo para aprender o que era uma família. Mas Ruth sabia que ele não se dava conta da própria sorte. Para ele, era simplesmente natural.

Quando a levou de volta para a Venice Boulevard no carro do pai, Ruth desceu apressada. Não lhe deu explicações. Não podia lhe contar sobre Bill, o único rapaz com quem tinha estado sozinha num carro. Mas depois parou na calçada. E então ele desceu e foi até ela.

Ruth segurou a bolsa com as máquinas fotográficas na frente dela, como uma espécie de proteção. E Daniel não se aproximou demais.

– Tudo bem se nos virmos de novo? – perguntou.

– Você não tem uma namorada da faculdade? – perguntou Ruth.

Daniel balançou a cabeça.

– Não – disse baixinho. Depois estendeu timidamente a mão para a bolsa das máquinas fotográficas entre ele e Ruth e começou a brincar com a alça. – Eu gostaria... – começou a dizer.

– Não sei – interrompeu-o Ruth, bruscamente.

Daniel olhou para ela.

– Gostaria de ver suas fotos – disse.

Ruth não respondeu.

– Não estou falando só pra fazer média, não – acrescentou ele, rindo.

Ruth sorriu.

– Não? – perguntou, sarcástica.

E então Daniel ficou sério.

— Não. Se você visse minha mãe quando sai pra velejar, entenderia que estou falando de verdade. Você não sabe nada dela se não viu ela no mar — ele tinha um olhar límpido e transparente enquanto dizia isso. — E acho que as fotos pra você são a mesma coisa.

— Você me convida pra jantar amanhã de novo? – perguntou Ruth.

— Claro – e os olhos dele se iluminaram.

— Encosta naquele poste de luz – disse Ruth. – E fica parado. – Tirou sua Leica da bolsa e bateu uma foto dele. – Na sua casa? – perguntou em seguida.

— Seis e meia.

— Seis e meia.

No dia seguinte, no jantar na casa dos Slater, Ruth mostrou as fotos de Ronnie. E a de Daniel.

Os olhos da Senhora Slater se umedeceram enquanto ela olhava a foto tirada sob a luz do poste. Passou o dedo sobre o rosto em claro-escuro do filho, com a cabeça levemente abaixada e a franja reluzente despenteada na testa. Depois, com o mesmo olhar comovido, acariciou o rosto de Daniel.

— O que ela tem? – Ronnie perguntou baixinho ao pai.

— Saudades – disse o pai, sério, olhando para a esposa.

A Senhora Slater estendeu a mão para a do marido e apertou-a, sorrindo.

— Mulheres – comentou Ronnie, e todos riram.

Até Ruth. E olhou para Daniel.

— A Ruth pode ir velejar com a gente no domingo? – perguntou Daniel, sem tirar os olhos de Ruth.

— Bom, se não tiver arriscado se afogar durante uma das guinadas da sua mãe – disse o Senhor Slater –, você não faz realmente parte da família.

Naquele domingo, Ruth ainda sentia o sal nos cabelos quando Daniel a convidou para ir ao cinema. Tinha a impressão de ainda ouvir o marulho da água na quilha ressoando nos ouvidos. Assim como os estalos das velas ao vento. E nos olhos ainda tinha a luz ofuscante que se refletia na superfície do oceano, transformando-o num espelho. Mas sobretudo ouvia uma frase ecoando nos ouvidos.

— Pronto, agora você é da família. E nem se afogou – tinha-lhe dito a Senhora Slater.

— No que está pensando? – perguntou Daniel.

Ruth olhou para ele e sorriu. Se dissesse, ele não entenderia.

— Em nada – respondeu.

— Vamos ao cinema? — perguntou ele de novo.

— Todos juntos? — perguntou ela, radiante.

O rosto de Daniel se anuviou por um instante.

— Eu e você, eu estava pensando. Sozinhos.

Não, ele não conseguiria entender, pensou Ruth. Não podia entender a sensação de calor que lhe davam os Slater, todos juntos. E a fome de calor que ela tinha.

— Estava brincando — disse.

O Arcade, na South Broadway, nº 534, tinha um aspecto austero. Colunas e janelas retangulares, em estilo neoclássico. Enquanto Daniel ia à bilheteria, Ruth pensou que tinha sido o cinema que a tinha arrancado de Nova York, que tinha destruído seu pai, transformado sua mãe numa alcoólatra. Alcançou Daniel, correndo, e pegou-o pelo braço.

— Tenho que ir — disse, lendo imediatamente o desapontamento nos olhos límpidos dele. — Você não pode entender. Mas não é nada com você.

— Mas você precisa ir? — disse ele.

— Sim.

— OK, eu levo você de volta pra Venice Boulevard — e sorriu, melancólico.

— Por quê? — disse Ruth. — Não quero ir ao cinema, mas quero ficar com você.

O rosto bonito do rapaz se abriu num sorriso radiante.

— Quem liga pro cinema! — disse, alegre. — O que você quer fazer? Quer ir jantar na minha casa?

Ruth pensou que não desejava outra coisa senão fechar-se de novo na casa dos Slater. Em família.

— Quer me levar pra jantar fora? Num restaurante? — disse, porém.

— Eu e você — disse ele, em voz baixa, num tom solene. Como se dissesse a si mesmo. Depois estendeu a mão e pegou a dela. — Vamos — disse.

E para Ruth ele pareceu um homem e não um garoto.

Quando chegaram em frente ao restaurantezinho mexicano da La Brea, o garçom disse que era preciso esperar uma hora por uma mesa.

— E para levar *tacos* pra viagem, quanto tempo leva? — perguntou Daniel, instintivamente. — Tudo bem se comermos na praia? — perguntou a Ruth.

Ruth se enrijeceu. O sol começava a se pôr. Viu-se no carro e depois na praia, sozinha, com Daniel. Deu um passo para trás. E percebeu que sentiria medo. O medo chegou. Mas ela não podia mais continuar naquela prisão.

E assim entraram de novo no carro e foram até uma duna de onde dominavam todo o oceano. A tensão de Ruth lentamente se dissipou. Riram e brincaram. E aos poucos Ruth conseguiu não se sentir em perigo. Nem viu, em momento algum, aparecer nos olhos de Daniel aquela luz escura que tinha visto nos de Bill, muitos anos antes.

Quando terminaram de comer, guardaram os papéis e as garrafas. Então sobreveio um silêncio anormal do qual nenhum dos dois conseguia sair. E quanto mais durava aquele silêncio, mais Ruth se sentia desconfortável.

Estava com a mão aberta na areia e brincava com os grãozinhos ainda quentes.

Daniel pousou a mão perto da dela.

Ruth olhou para a mão dele. Tinha dedos longos e fortes como os da mãe. Mãos que eram masculinas, mas também femininas.

– Te dá nojo? – perguntou ela, à queima-roupa. E afundou a mão na areia.

– O quê? – perguntou ele, confuso.

– Tenho um dedo faltando, você nunca notou? – disse ela, dura, virando-se para ele.

– Sim... – disse ele, tocando a mão dela sob a areia, devagar, com delicadeza. – Mas não tem nada em você que possa me dar... – interrompeu-se. Balançou a cabeça. – Não quero nem pronunciar aquela palavra. Não tem nada a ver...

Ruth se virou para o horizonte, onde ainda resistia a frágil faixa alaranjada do sol, que tinha se escondido.

– Ruth...

Ela virou a cabeça. Daniel se aproximou, lentamente, olhando-a nos olhos. Ruth podia sentir o cheiro dele. Um perfume de limpeza. Um aroma fresco. Vieram-lhe em mente os saquinhos de lavanda que se colocavam nas gavetas do guarda-roupa. Um perfume que não dava medo. Que não perturbava. Um cheiro de família.

Daniel encostou os lábios nos dela. Um contato leve. Gentil como ele era, pensou Ruth, enquanto fechava os olhos e se entregava ao beijo, rígida. Seu primeiro beijo. O beijo que nunca tinha dado em Christmas. Daniel tirou a mão da areia e pegou-a pela nuca, puxando-a para si com mais coragem. Ruth sentiu imediatamente o coração acelerando no peito. Tentou se afastar, mas a mão de Daniel era forte. Subitamente teve a impressão de não poder mais se mover. Estava imobilizada. Arregalou os olhos, enquanto uma onda de medo espumava dentro dela, violenta, impetuosa. Turva. Mas logo em seguida viu os olhos fechados de Daniel. E a franja loira despenteada em sua testa. Não era Bill, pensou. Era Daniel. O rapaz com cheiro de lavanda. E então tentou fechar os olhos, respirando aquele perfume de limpeza que pouco a pouco a fazia se sentir menos em perigo, repelindo o medo. E abriu levemente os lábios. Saboreando a gentileza e não a força. Provando a tépida sensação daquele beijo. Experimentando se entregar, vencer o passado.

Mas naquele momento Daniel acariciou seu ombro e começou a descer a mão aberta pelas costas, puxando-a para ele com paixão, com ímpeto.

– Não! – Ruth se afastou bruscamente. Com as costas arqueadas, subtraindo-se à mão dele. – Não – repetiu. E em seus olhos tinha aparecido de novo o antigo medo.

– Eu... – balbuciou Daniel – eu... não queria fazer nada de mal... não queria...

Ruth colocou o dedo sobre os belos lábios vermelhos dele, que tinha acabado de beijar. Silenciou-o. Sentia a respiração encher seu peito. Experimentou uma terrível saudade das gazes que amarrava apertado e que tiravam seu fôlego.

– Não quero que me toque – disse.

Daniel abaixou os olhos, mortificado.

– Desculpe, eu estraguei tudo – disse. – Mas eu não queria...

Ele não tinha como entender, pensou Ruth, sem raiva. Daniel não podia saber. Ninguém sabia. Só Christmas. O elfo do Lower East Side que quatro anos antes ela tinha decidido beijar, no banco deles no Central Park. Para o qual ela tinha passado uma camada suave de batom. Só ele sabia. Só ele era capaz de mudar a matemática porque ela tinha nove dedos. Só ele tinha lhe dado nove flores. Só ele obrigaria a América inteira a contar até nove. Só ele saberia beijá-la.

Mas não havia mais Christmas.

Agora havia Daniel. Que era todo o amor que ela podia se permitir. "Beija ele de novo", obrigou-se a pensar, olhando os lábios vermelhos e carnudos dele, brilhosos do casto beijo de lavanda. E sentiu-se impregnar da reconfortante mansidão daquela emoção morna.

– Você vai ter que ser paciente comigo, Daniel – disse.

61

Los Angeles, 1928

QUANDO ARTY SHORT O ENCONTROU, por acaso, um mês depois de seu desaparecimento, quase não o reconheceu.

Arty estava em seu carro, parado num semáforo. Olhava distraidamente uma aglomeração de mendigos e curiosos. Um dos mendigos, um velho magro, com o rosto chupado pela vida, olhos de possuído encovados nas órbitas, em pé em cima de um caixote, gritava frases desconexas sobre o fim do mundo, o Apocalipse, Sodoma e Gomorra, misturando Nazaré com Hollywood, as pragas do Egito com a Sunset Boulevard, citando títulos de filmes como versículos da Bíblia, confundindo Douglas Fairbanks Jr. com Moisés, as tábuas dos Dez Mandamentos com as primeiras páginas dos tabloides sensacionalistas. E, em torno do profeta, uma pequena multidão de indigentes e de pessoas comuns, desesperadas o suficiente para escutá-lo e responder "Amém!" em coro, cada vez que o velho erguia os braços para o alto e invocava os raios celestes, o granizo, a chuva de gafanhotos.

Arty sorriu. Mesmo não tendo nenhum motivo para sorrir. Tinha perdido o Punisher, sua galinha dos ovos de ouro. E bem por aqueles dias – pressionado pelos pedidos dos clientes, que esperavam com impaciência uma nova proeza do estuprador mais amado de Hollywood – Arty tinha feito algumas audições, resignado com a ideia de ter perdido seu sócio. Mas não havia delinquente que conseguisse transmitir a fúria selvagem do Punisher. Diante das câmeras, até o pior assassino ficava desajeitado, atrapalhado. Falso. Cada um dos que tinha testado – depois de desentocá-los nas tabernas mais ordinárias – podia dar medo numa rua escura, à noite, na vida real, mas diante dos refletores virava uma caricatura, um amador. Nenhum deles tinha o dom de Cochrann. Nenhum deles tinha seu carisma. Não, o Punisher era um só. E ele o tinha perdido.

Arty olhou o velho descer de seu caixote. O semáforo ficou verde. Atrás dele, um automóvel buzinou. Arty virou a cabeça e engatou a marcha. Porém, enquanto desviava o olhar, sentiu um arrepio de empolgação lhe percorrendo a espinha. Voltou a se virar para o grupo de mendigos. O carro atrás dele buzinou outra vez.

– Vai se foder! – gritou Arty. Estacionou e olhou de novo para os mendigos. Um jovem de jeito familiar, com uma barba rala e descuidada, cabelos sujos e desgrenhados, pegava o caixote sobre o qual o velho tinha falado e estendia um chapéu velho, cheio de buracos, para as pessoas que passavam. Alguém jogou uns trocados dentro dele. O velho fuçou dentro do chapéu e depois fez sinal para o jovem segui-lo. E o jovem, com um andar apático e resignado, foi atrás dele, arrastando o caixote, que produzia um ruído irritante na calçada. Junto com o jovem e o profeta, havia outros três mendigos. Os curiosos se dispersaram cada um numa direção diferente.

Arty desceu do carro com o coração na garganta. Deixou um bonde passar e atravessou a rua, correndo. Alcançou o grupinho, passou por ele e então parou e olhou com atenção o jovem que arrastava o caixote. Estava esquelético, desnutrido, vestido com farrapos, os sapatos furados, sem cadarços nem meias.

– Cochrann! – exclamou o diretor.

O jovem arregalou os olhos, depois abaixou a cabeça e passou por ele, arrastando seu caixote, com a cabeça enfiada nos ombros, acelerando o passo.

– Cochrann, Cochrann... – gritou o diretor. Alcançou-o e pegou-o pelo braço, tentando fazê-lo parar. – Cochrann, sou eu, Arty, Arty Short! Não está me reconhecendo?

Mas o jovem abaixou ainda mais a cabeça e continuou puxando seu caixote, como uma mula.

– O que está querendo com meu discípulo? – disse então o velho, virando-se para Arty e erguendo a mão para o céu, num gesto grave e solene, hierático.

– Vai se foder, imbecil! – disse Arty. – Você não sabe porra nenhuma de quem é esse homem. É Cochrann Fennore, o Punisher! – continuou, fitando o jovem, que tinha parado. – É o maior de todos! É uma estrela! – concluiu, com a mesma ênfase usada pelo profeta.

Então Bill se voltou. E olhou para ele em silêncio. Apertando os olhos, como se tentasse colocá-lo em foco. Inclinando a cabeça para o lado.

– Eu sou o Arty, está me reconhecendo?

Bill fitava-o em silêncio, com as sobrancelhas franzidas, como se procurasse recosturar entre eles pensamentos que estavam atravessando seu cérebro.

– Ele é mudo – disse o velho.

– Mudo o caralho! – disse Arty.

– O Deus da Vingança secou a língua dele pelos seus pecados, como fará com todos nós – ameaçou o velho, apontando um dedo sujo na direção dele. – E depois o Deus da Justiça nos cegará e ensurdecerá porque inventamos o cinema e somos a vergonha da Criação!

– Amém! – disseram os outros três mendigos, com uma ênfase mecânica. Em seguida um dos três estendeu a mão aberta para Arty, à espera de uma esmola.

– Sou o Arty – disse outra vez o diretor, aproximando-se de Bill e pegando-o pelos ombros.

Bill fitava-o com a boca aberta. Moveu levemente os lábios rachados.

– Arty... – silabou com dificuldade.

– Isso, Arty! – exclamou o diretor, abraçando seu campeão. – Arty, Arty Short, seu sócio, seu amigo.

– Arty... – repetiu Bill baixinho, e os olhos começaram a colocar o mundo de volta em foco, lentamente. Primeiro o diretor, depois as próprias roupas, depois o velho profeta e seus três discípulos. – Arty...

– Isso! – riu Arty.

– Arty Short...

– Isso!

Bill se soltou do abraço, olhando em volta. Os olhos aterrorizados pelo medo.

– Estão me procurando, Arty – sussurrou. – Querem me colocar na cadeira elétrica – e olhou de novo em volta, apavorado. – Preciso fugir...

– Não, não, me escuta, Cochrann. Olha pra mim... olha pra mim – disse Arty, segurando-o firme pelos ombros. – A polícia veio na minha casa também. Estão te procurando por uma bobagem, um furto. Em Detroit. Uma operária da Ford te denunciou. Você roubou as economias dela. Está me ouvindo, Cochrann? Não tem cadeira elétrica pra um furtinho de merda.

– Liv...

– É, Liv.

Bill estava com o olhar desfocado de novo. Como se estivesse se perdendo outra vez nas lembranças.

— Me escuta, Cochrann... – e Arty o sacudiu. – Olha pra mim. Eu vou ajeitar tudo... vamos agora. Vamos pra casa. Você tem que tomar banho. Tem que comer, está magro de dar nojo. Está todo mundo te esperando. Todo mundo me pergunta de você. Temos que gravar outro filme.

Bill sorriu. Distante. Mas sorriu.

— Vamos voltar ao cinema, Punisher – Arty sussurrou-lhe no ouvido, abraçando-o. – Vamos voltar pra Hollywood.

— Sodoma e Gomorra! – exclamou o profeta, colocando a mão sobre Bill, como em sinal de possessão. Os outros três mendigos também se aproximaram, ameaçadores.

— Vai se foder, velho! Sai da minha frente! – Arty enfiou a mão no bolso, tirou um punhado de moedas e atirou-as na calçada.

O profeta e seus três discípulos se jogaram de joelhos para apanhá-las, brigando por elas.

— Vamos – Arty então disse para Bill. Pegou-o e empurrou em direção ao carro.

Bill se deixava levar. E continuava arrastando o caixote.

— E solta essa porra desse caixote! Vamos embora, depressa – e, chegando ao carro, enfiou-o nele e partiu a toda velocidade.

Uma semana depois, Bill se lembrava de tudo e tinha retomado o controle da própria mente. Lembrava-se de ter sido recolhido pelo profeta e pelos vagabundos que andavam com ele. Lembrava-se de ter dormido ao ar livre, sem cobertor, acendendo fogueiras aqui e ali e vivendo de esmolas. Lembrava que no início o profeta tinha batido nele com um pedaço de pau e depois o tinha incumbido de carregar o caixote do qual proferia seus discursos. E por fim se lembrava da manhã em que Arty o tinha reencontrado e salvado.

Nesse meio-tempo, Arty – que o hospedava em sua casa – tinha fechado sua conta no banco e transferido todo o dinheiro para uma nova conta, em outra agência, depois de lhe arranjar uma nova identidade.

— A partir de agora você se chama Kevin Maddox – disse depois daquela semana. – Cochrann Fennore não lhe diz mais respeito. – O diretor amansou a voz. – Eu sei, era seu nome, provavelmente era apegado a ele. Mas não tinha outro jeito. Sinto muito.

Bill olhou para ele e de repente caiu na risada. Aquela sua risada leve que não tinha se perdido em seu vagar com o profeta pelas colinas internas de Beverly Hills.

Arty olhou para ele perplexo, sem saber o que pensar.

– Fica tranquilo, Arty – disse então Bill. – Eu estou bem. É só porque Cochrann Fennore era um nome que me dava no saco. Gosto de Kevin Maddox. Mas você pode me chamar de Bill, OK?

– Bill?

– É, Bill.

– OK – disse Arty. Olhou para ele, medindo-o. – Tem mais alguma coisa a seu respeito que você escondeu de mim... Bill?

Bill olhou para ele em silêncio. Depois lhe deu um tapinha no ombro.

– Estou pronto pra recomeçar, Arty.

– Puta merda! É isso que eu queria ouvir de você.

– Estou pronto pra voltar pra pista.

– Tem uma novidade – disse Arty.

– Que novidade? – disse Bill na defensiva.

– Relaxa, sócio – riu Arty. – É uma coisa que vai deixar nossos filmes ainda mais suculentos.

– E o que é?

– A trilha sonora, Bill. A trilha sonora!

– Trilha sonora?

– É! Contratei um operador de áudio e fiz um acordo com um estúdio de sincronização – continuou Arty, entusiasmado. – Vamos ouvir elas gritando! – riu. – E vamos ouvir os socos do Punisher!

– A trilha sonora... – repetiu Bill baixinho.

– E agora vem cá – disse então Arty, levando-o à janela da sala que dava para a rua. Afastou a cortina. – Olha!

Estacionado diante da calçada, um LaSalle brilhando.

– É ele? – perguntou Bill.

– É ele – disse Arty, entregando-lhe as chaves do carro.

– Obrigado – disse Bill.

– Não foi difícil. – Depois abaixou a voz. – Mas tem um problema que não resolvi.

Bill olhou para ele.

– Os clientes todos te conhecem como Cochrann Fennore. Pra eles não podemos explicar por que você mudou de nome, não acha? Talvez seja melhor se você não der as caras por um tempo. Eu negocio com eles, como antes.

Bill colocou o dedo no peito dele.

– Não tente me passar a perna, Arty – disse, com uma voz sombria. – Eu sou grato a você. Mas nunca tente me passar a perna.

– Você se meteu numa encrenca feia – disse Arty.

Seu olhar estava menos fraco, Bill notou.

– Vai ter que confiar em mim – disse o diretor.

– OK, vou confiar.

– E talvez tenha que me ceder uma parte da sua quota.

– O que é que isso tem a ver com a porra toda?

– Bill, Bill... – suspirou Arty. – Vou ter que fazer tudo sozinho. Todo o trabalho vai ficar nas minhas costas...

– Quanto?

– Não quero te encostar na parede...

– Quanto?

– 70 pra mim, 30 pra você.

– 60.

– 70, Bill.

– 65, caralho! – gritou Bill.

– Não fique esquentado. 70. Menos não posso. – Acredite em mim – e Arty pôs a mão no ombro dele. – Você está numa situação muito feia. Com a polícia te procurando, os documentos falsos... e talvez tenha mais alguma coisa que não me contou... Bill... Eu também estou me arriscando se te pegarem, você entende?

– Me dá alguma coisa pra beber – disse Bill, e jogou-se no sofá.

Arty foi pegar um uísque contrabandeado, serviu uma dose e estendeu o copo para ele.

– Sem ressentimento, sócio?

– Vai se foder, Arty.

– Vamos ganhar um monte de dinheiro com a trilha sonora. Dinheiro a dar com pau.

– Vai se foder, Arty.

– Quando quer que a gente comece?

– Estou tão puto que por mim pode ser até agora.

Arty riu.

– Esse é o meu garoto! – Depois se serviu e levantou o copo. – Ao retorno do Punisher!

Bill levantou o próprio copo.

– Vai se foder, Arty.

– Hoje não dá. E nem amanhã. Mas tenho uma putinha nas mãos que vai te fazer perder a cabeça – disse Arty, deixando-se cair no sofá, ao lado de Bill. – É do tipo que você gosta. Morena, cabelo cacheado, magra, olhar ingênuo. Diz que é maior de idade, mas eu não apostaria nisso. O que acha de sexta-feira?

– Quando quiser, já disse.

A garota começou a chorar no primeiro tapa. E começou a gritar depois do primeiro soco. O operador de áudio fez sinal para Arty de que a estava ouvindo com clareza e que a gravação ficaria perfeita. Arty esfregou as mãos, satisfeito. Com a trilha sonora fariam ainda mais dinheiro. E ele embolsaria 70%.

A cena prosseguia às mil maravilhas. A putinha parecia ainda mais jovem em cena. Arty tinha arranjado um vestido de colegial, com meias brancas até os joelhos. Calcinha branca de algodão. Nada de ligas e roupas de baixo de mulher. Uma menina. Deu uma risadinha satisfeita enquanto o Punisher dava um chute na barriga dela e depois lhe arrancava a saia. A menina gritava como uma possessa e cobria as pernas nuas com um pudor espontâneo. Talvez fosse virgem, pensou Arty, com um arrepio.

O Punisher pegou-a pelos cabelos e jogou na cama de solteiro. O *set* era a reconstrução perfeita de um quarto de alojamento estudantil. Arty olhou para ele, sorrindo, enquanto arrancava de qualquer jeito a jaqueta de tênis da garota e depois rasgava sua blusa. Nada de sutiãs, só uma regata de algodão, leve, que deixava entrever os seios recém-desabrochados.

– Agora fode ela – disse Arty consigo mesmo.

O Punisher deu um soco na boca da garota. Ela gemia. Arty se virou para o operador de áudio, que lhe devolveu um aceno tranquilizador. O som estava perfeito. O Punisher arrancou-lhe a calcinha.

– Muito bom. Agora fode ela – repetiu Arty.

O Punisher pegou a garota, ergueu-a da cama e jogou no chão. E então recomeçou a enchê-la de chutes.

– Fode ela, caralho – disse outra vez Arty.

Bill, no meio da cena, ofegava. Parou. Levou as mãos à máscara de couro. Apertou a cabeça.

– Caralho, o que é que ele está fazendo? – perguntou Arty ao cinegrafista ao seu lado.

Bill ouvia o zunido das câmeras. Ouvia claramente. Mas não se excitava. Não lhe acontecia nada ali no meio das pernas. Olhou para a garota encolhida no chão, chorando e gemendo. Arty tinha razão, era bem o tipo dele. Mas não acontecia nada. E aquele maldito zunido só o fazia lembrar o pesadelo da cadeira elétrica.

– Arty! – gritou, arrancando a máscara do rosto.

– Corta! – gritou Arty para a equipe de filmagem e entrou em cena. – O que está acontecendo, porra? – perguntou a Bill, em voz baixa, enquanto fora do *set* os técnicos murmuravam e riam baixinho.

– Não fica duro – disse Bill.

Arty olhou em volta, tentando achar uma solução.

– Ela é virgem – disse, apontando a garota no chão. – Não vamos deixar escapar essa oportunidade. Vai dar um filme excepcional!

Bill o agarrou pelo colarinho do paletó.

– Não fica duro – bafejou-lhe no rosto, cheio de raiva e frustração.

– OK, OK, agora se acalme... – disse Arty, voltando a pensar numa solução. – Estamos gastando muito dinheiro... – murmurava, caminhando de um lado para o outro do *set*.

A garota tentou se levantar. Arty a deteve.

– Fica quieta aí – ordenou. Depois se virou para Bill. – Finge que está fodendo ela. Abre a calça e finge que está fodendo ela. Eu te filmo de costas. Mas faz ela gritar.

Bill olhava para ele em silêncio.

– Acontece, Bill. Mas põe a máscara de volta e termina a cena. Não se preocupe, ninguém vai perceber – disse Arty. Depois virou-se para a equipe de filmagem. – Todos prontos! – Desapareceu atrás dos refletores e, quando Bill colocou a máscara, gritou: – Ação!

As câmeras recomeçaram a zunir.

– Faça o primeiro plano da garota – disse Arty a um *cameraman*. – Vai me servir como cena de transição.

O Punisher abriu a braguilha, montou em cima da garota, abriu as pernas dela e fingiu penetrá-la. Para fazê-la gritar, pegou um mamilo entre os dedos e apertou com força.

O filme teve uma recepção morna. Arty e Bill embolsaram a cifra de sempre – mais de 30 mil dólares –, mas os clientes não estavam satisfeitos. Havia algo de falso, disseram, ainda que não soubessem o quê. Mas Arty e Bill sabiam.

– Acontece – disse Arty a Bill no dia em que se preparavam para filmar o próximo filme, que venderiam com desconto, para recompensar a confiança dos próprios clientes. – Mas não pode acontecer mais.

Porém, aconteceu de novo.

– Quer que eu finja? – perguntou Bill.

Arty balançou a cabeça, com ar de tristeza.

– Não, não podemos arriscar outro fiasco – disse, saindo.

Bill não dormiu, aquela noite. A raiva e a frustração tinham dado lugar à insegurança. Subiu no seu LaSalle e começou a correr pela via costeira. Mas mesmo o pé no acelerador não ia até o fundo. Corria. Mas não o quanto correria antes. Parou na metade do caminho entre Los Angeles e San Diego. Saiu do carro e caminhou na beira do mar. O barulho da ressaca o acalmou, por um tempo. Depois se virou e viu a luz da sirene da polícia ao lado do LaSalle. Teve o instinto de fugir. Mas o policial apontou o farol móvel para a praia e o iluminou. O barulho reconfortante da ressaca se transformou no zunido da câmera. O farol móvel num refletor de dez mil *watts*. E atrás do refletor Bill sabia que havia um policial. "Me pegaram", pensou. E sentiu os laços da cadeira elétrica apertando-lhe os pulsos e os tornozelos.

– Senhor... o senhor está se sentindo bem? – disse uma voz.

Bill se voltou. O policial tinha ido até ele na praia. Bill sentia o suor escorrendo em seu rosto.

– Sim – respondeu. – Não...

– Não se sente bem?

– Não... já está passando... está passando...

– Aquele carro é seu?

– Sim...

– Pode me acompanhar até a estrada e me dar a carteira de habilitação e o documento do veículo? – perguntou o policial.

Bill caminhava com dificuldade na areia. Os pés afundavam. Como na areia movediça. O ar lhe faltava.

– Kevin Maddox... OK, está tudo em ordem – disse o policial, conferindo a habilitação. – Tem certeza de que está bem agora?

– Sim...

– Dirija devagar – disse o policial, juntando-se ao colega no carro de patrulha. Virou-se para Bill. – Belo carro – disse. Em seguida a viatura desapareceu na noite e tudo ficou escuro.

E naquela escuridão Bill teve medo de se perder outra vez. Entrou correndo no LaSalle e acendeu os faróis. Voltou para a casa de Arty, enfiou-se embaixo das cobertas e passou a noite encolhido em posição fetal, tremendo de medo, sem apagar a luz do quarto.

— Você está uma merda, Bill — disse-lhe Arty na manhã seguinte, enquanto tomavam café da manhã.

Bill tinha os olhos fundos. Estava pálido, e a mão que segurava a xícara de café tremia.

— Mas achei um jeito — disse Arty.

Bill olhou para ele.

O diretor tirou do bolso um frasco de vidro escuro, colocou-o na mesa e deslizou para Bill.

— Cocaína — disse.

Nos meses seguintes, Arty e Bill gravaram dois filmes do Punisher. A cocaína dava o efeito esperado. Bill se exaltava e dava o melhor de si. E conseguia trepar inclusive fora do *set*. Era como se tivesse renascido, dizia. Mas Arty via que ele já não podia ficar sem a droga, que consumia doses cada vez maiores e mais frequentes, que não precisava dela simplesmente para interpretar o Punisher, mas para viver. E Arty notava também um outro aspecto negativo da cocaína: as paranoias de Bill estavam crescendo. O Punisher estava com os dias contados, agora. Por essa razão, tinha que espremê-lo. Porque logo Bill estaria fora de uso. Para sempre. Já estava um caco. Quantos filmes conseguiria gravar ainda, perguntava-se Arty. Poucos. Por sorte, no estado em que estava, Bill não percebia que Arty pegava uma fatia bem maior do que os 70% que tinham combinado. Deixava apenas as migalhas para ele. E a cocaína. Mas logo teria que descartá-lo.

E, para piorar a situação, os clientes estavam se habituando aos filmes deles. O Punisher não era mais uma novidade. Suas proezas eram sempre iguais. E a receita sentia o efeito. Os ricos depravados de Hollywood estavam à procura de algo mais.

— É preciso mais — disse Arty consigo mesmo, uma manhã.

Então mandou preparar um novo *set*. Uma sala de cirurgia perfeitamente reconstruída. Branca, imaculada, cintilante, de alumínio. Queriam mais? Teriam mais. Arty lhes daria. Por meio do Punisher.

A garota estava vestida de enfermeira. Andava pela sala, conferindo todos os instrumentos cirúrgicos. Bisturis afiados, pinças, serras. O Punisher entrava. A garota interpretava o papel da garota assustada, mal como todas as outras, até que o Punisher a atingia. Aí começava a atuar bem.

Bill estava drogado. Tinha a vida nas mãos, nesses momentos. Sentia-se no topo de uma montanha, e o ar era límpido e cheio de oxigênio. Respirava a plenos pulmões e não havia traço de medo em sua alma sombria.

Era o dono do mundo. E aquela vadia logo experimentaria sua pica. Mas só depois de ser amaciada com uma boa dose de socos e chutes. Lamberia as lágrimas dela, para deleite dos fãs. Ele era o Punisher. Não era qualquer um.

Mas a garota, em vez de começar a chorar, tinha pegado algo brilhante e enfiado em seu braço. Bill sentiu uma pontada quente. Sem dor. A cocaína era um anestésico excepcional. Porém, olhando para o braço, viu que no jaleco de médico que Arty o tinha feito vestir se espalhava uma mancha vermelha. Sangue. E a garota segurava o bisturi e o atingia de novo, rasgando o jaleco na altura do peito. E mais sangue jorrava do ferimento. Bill deu um salto para trás. Olhou para a garota. Não era seu tipo.

– Dá um *close* no ferimento – murmurou Arty para o câmera. E voltou a assistir à cena. Tinha escolhido uma garota forte. Grande. Musculosa. Talvez não fosse muito sensual, mas podia fazer frente ao Punisher melhor que as outras. E era isso que Arty queria.

Bill tocou o próprio braço. Rasgou o jaleco e olhou o ferimento. Viu o corte nítido, profundo. O ferimento no peito já era mais superficial. Mas sangrava copiosamente. Não sentia nenhuma dor. A cocaína deixava-o forte. Invencível. Riu, depois empurrou a maca contra a garota, fazendo-a perder o equilíbrio. Foi para cima dela e a desarmou. Pegou o bisturi e encostou em sua garganta, fitando-a nos olhos. Depois, com um gesto rápido, fez saltar o botão na altura do peito dela. A garota se debateu, girando de lado. A lâmina feriu-a nas costas. Ela gritou, enquanto caía de joelhos. Bill foi para cima. Ela esticou o braço para se defender. O bisturi cortou-lhe a palma da mão. Como acontecera com o pai de Bill. Então Bill enfiou a lâmina em sua barriga, mas não empurrou fundo. Só o suficiente para manchar o jaleco dela de vermelho. Porque Bill não tinha mais medo de nada nem de ninguém. Era um deus, agora. Era o Punisher. Rasgou-lhe o jaleco, agarrou-a pelo pescoço, estendeu na maca e, com sádica lentidão, fez um pequeno corte em sua pele. Depois jogou para longe o bisturi e fodeu-a com fúria.

– *Close* no sangue – disse Arty ao câmera.

Era isso que daria a Hollywood. Sangue. Porque Arty tinha certeza de que, quando Hollywood visse o sangue, estaria disposta a renunciar ao sexo.

Talvez um dia Hollywood se cansasse do sangue e pedisse a morte. Mas até lá Arty esperava ter acumulado bastante dinheiro e saído de circuito.

62

Los Angeles, 1928

QUANDO CHEGOU A LOS ANGELES, Christmas encontrou um carro com motorista esperando por ele. O motorista pegou sua mala e levou-o até uma casa com piscina na Sunset Boulevard, a qual, explicou, estava à disposição dos convidados de Mr. Mayer. Apresentou-o à camareira hispânica que cuidaria de todas as suas necessidades, levou a mala para um quarto amplo no primeiro andar e lhe disse que na garagem havia um Oakland Sport Cabriolet novinho em folha à sua disposição. Por fim, o motorista combinou de vir pegá-lo no fim da tarde, para levá-lo aos estúdios.

Christmas, assim que ficou sozinho, vagou o olhar da janela do quarto, para além do portão. "É aqui que você mora", pensou. Então desceu ao térreo, disse à camareira que não almoçaria e perguntou:

– Como eu chego em Holmby Hills?

Tinha sido estranho voltar à Grand Central Station. E tinha sido ainda mais estranho subir no trem com destino a Los Angeles em vez de ficar no banco olhando-o desaparecer. E Christmas não era mais o garoto de antes, girando na mão uma boina engraçada. Tinha uma passagem de primeira classe, agora. Porém, assim que ocupara seu lugar, tudo o que realmente contava voltara a ser como antes. "Eu vou te encontrar", tinha dito consigo mesmo. E era como se tivesse se passado apenas um instante desde aquela noite de quatro anos antes em que Ruth tinha saído da sua vida.

Christmas não pensava em outra coisa enquanto dirigia para Holmby Hills. Mas quando estava chegando à grande rua com postes de luz de ferrogusa trabalhado, sentiu explodir aquela raiva que tinha sempre contido dentro de si. Nem uma carta, nem uma resposta. Ruth o tinha apagado. Como se não tivesse jamais existido. Estacionou na frente da grande mansão. Tocou a campainha com força.

Poucos instantes depois um copeiro de paletó branco abriu o portão.

– Quero ver a senhorita Ruth – disse Christmas.

– Quem? – perguntou o copeiro, surpreso.

– Os Isaacson moram aqui, não? – perguntou Christmas, ainda tomado por aquela raiva contra Ruth pela qual se tinha deixado vencer.

– Não, senhor. Deve ter se enganado de endereço.

– Impossível – disse Christmas, espiando para o jardim.

– Quem é, Charles? – perguntou uma voz de mulher.

– Senhora Isaacson – disse Christmas, tentando se esticar para dentro do portão –, quero ver a Ruth.

A mulher apareceu atrás do copeiro. Era alta e loira. Usava um par de luvas de jardinagem. Tinha um aspecto cordial.

– Disse Isaacson? – perguntou.

– Sim... – confirmou Christmas, hesitando.

– Não moram mais aqui.

Christmas sentiu as pernas tremerem. Não tinha previsto isso. Tinha dado por certo que tudo estivesse como tinha deixado, que tudo tivesse permanecido congelado só porque ele próprio tinha permanecido congelado. De repente, em seu coração não havia mais lugar para a raiva que alimentara até pouco antes. Não obstante o calor da Califórnia, seu sangue gelou nas veias. Sentia-se fraco, agora. E tinha medo de ter chegado tarde demais a Los Angeles.

– E a senhora sabe... pra onde... eles se mudaram? – balbuciou.

– Não, sinto muito.

– Mas... como é possível?

A mulher olhou para ele com curiosidade.

– Não tenho ideia de onde moram – disse. – Mas não os procure nos bairros nobres – acrescentou. – Tiveram problemas financeiros.

Christmas fitou-a por um instante, sem dizer nada, depois se virou e voltou para o carro. Encostou-se na capota, de cabeça baixa, sem saber o que fazer.

– Feche, Charles – disse a mulher ao copeiro.

Christmas ouviu o portão rangendo e depois a barulho da tranca. Ergueu os olhos. Los Angeles era imensa. Sentiu-se perdido. Sem esperança. Entrou no carro e começou a vagar pelas ruas olhando todas as pessoas que caminhavam nas calçadas. Não tinha previsto não encontrar Ruth. Simplesmente não tinha previsto. E enquanto continuava dirigindo sem rumo, tudo lhe pareceu subitamente diferente de como tinha imaginado. E se Ruth tivesse outro?

Parou o carro. Atrás dele soou uma buzina. Christmas não ouviu. Talvez devesse procurar um detetive particular. Agora tinha dinheiro suficiente para contratar um. "Quero te encontrar eu mesmo", pensou, porém. "Eu que tenho que te encontrar." Olhou ao redor. Viu um *diner*.

– Vocês têm lista telefônica? – perguntou, ao entrar.

O homem atrás do balcão esticou o braço na direção de uma cabine telefônica de madeira escura, deteriorada, com a porta desengonçada.

Christmas puxou um volume da prateleira embaixo do telefone. Folheou-o com apreensão. Nada. Nenhum Isaacson em Los Angeles. E se tivessem mudado de cidade? Bateu a lista com raiva.

– Ei! – gritou o homem atrás do balcão.

Christmas se voltou, porém sem vê-lo. E se Ruth tivesse se casado e mudado de sobrenome? Saiu, entrou no carro e voltou a dirigir sem rumo, sem dar atenção às buzinas que soavam porque ele andava devagar demais, com os olhos fixos nas pessoas que caminhavam na rua, estremecendo toda vez que via cachos escuros. "Cadê você?", pensava obsessivamente. "Cadê você?" E pela primeira vez, com um lúcido desespero que crescia a cada quarteirão, perguntou-se se estava mesmo tudo acabado. Se tinha chegado tarde demais.

Não notou o passar do tempo até ver um grande relógio na esquina entre duas ruas. Então se deu conta de que o motorista de Mayer já devia ter chegado à casa na Sunset Boulevard.

– Mr. Mayer detesta que não cheguem na hora – disse o motorista, agitado, quando o viu.

– Então corre – disse Christmas, entrando no carro. Mas não estava nem aí para o Mayer. E enquanto aceleravam em direção aos estúdios, continuou perscrutando as pessoas da janela.

Louis Mayer o fez esperar por meia hora, sentado num sofá, de frente para uma secretária de ar eficiente que atendia dezenas de telefonemas. Depois Christmas ouviu o estalo do interfone e uma voz:

– Deixe-o entrar.

A secretária se levantou, foi até a porta do escritório e a abriu, fazendo sinal para Christmas se acomodar. Christmas deixou seus pensamentos e entrou na grande sala.

Mayer o esperava sentado atrás da mesa, com um sorriso cordial no rosto simpático e sagaz.

– Imaginava-o diferente, Mr. Luminita – disse.

– Moreno, de sobrancelhas tão grossas que se juntam com os cabelos, baixinho, andando igual macaco e com cheiro de alho? – perguntou Christmas.

Mayer riu.

– E uma pistola na cintura – disse.

– No momento em Nova York tem muito mais judeus de pistola – respondeu Christmas, com um sorriso de desafio.

Mayer olhou para ele, tentando entender.

– Sim, me informei a respeito – disse. – Parece que o senhor é mais amigo de certos judeus que dos italianos.

Christmas fitou-o sem responder.

Louis Mayer riu outra vez, rapidamente, como uma tosse.

– Sente-se, Mr. Luminita – disse. Estou contente que tenha aceitado fazer uma viagem tão longa.

Christmas de novo não disse nada.

Mayer assentiu devagar.

– O senhor é um jogador, hein? Pois bem, gosto de jogadores – e o sorriso esmoreceu em seu rosto.

Christmas teve a impressão de que aquele homem poderia se tornar tão duro e impiedoso quanto Rothstein. E certamente, pelo que se dizia, era tão poderoso quanto. Emanava uma grande força. E solidez. Christmas sorriu. Simpatizava com ele.

– O senhor já escreveu, Mr. Luminita? – perguntou-lhe Mayer.

– Está perguntando se sei ler e escrever?

Mayer riu.

– Na verdade não. Mas podemos começar por aí também.

– Sei ler e escrever.

– E já pensou em escrever profissionalmente?

– Não.

– Quem escreve o roteiro do seu programa?

– Ninguém. Eu improviso.

Mayer olhou-o admirado.

– É um ator nato, pelo que escrevem os jornais e dizem alguns amigos meus que o escutam todas as noites às sete e meia – disse.

– Não quero ser ator.

Mayer riu novamente.

— Não, pelo amor de Deus. Os atores em Hollywood se multiplicam com a velocidade das baratas em Nova York. Eu preciso de autores. Autores originais, que saibam me dar algo de novo e eletrizante. O senhor é capaz de me dar isso?

— Não sei.

— Vamos jogar com as cartas na mesa? — e Mayer se levantou e deu a volta na escrivaninha. Bateu a mão no ombro de Christmas. — Eu olho para o futuro. E o futuro do cinema também está nos personagens que o senhor sabe narrar tão bem. Já ouviu falar dos antigos romanos? Tinham um estádio onde as pessoas se matavam ou eram despedaçadas pelos leões. E aquele estádio estava sempre cheio. Tudo esgotado. É uma parte da natureza humana. E eu... o cinema... deve estar atento ao que as pessoas gostam. É um brinquedo que custa caro demais para se permitir não agradar. Está me acompanhando?

— Sim, o público é que manda.

— Isso é um pouco simplista. Podemos em parte orientar o gosto do público — sorriu Mayer. — Mas no fim das contas, tem razão. O público é o nosso patrão. E um bom produtor deve saber o que ele pensa. A América está pedindo mais. Quer sangue, quer vida, quer anti-heróis... porque existe sempre um lado obscuro. O importante é que no final triunfe a luz. O senhor, ou melhor, as suas histórias, têm a luz e a escuridão. Mayer sentou-se ao lado dele. Pôs a mão em sua perna. — Quer experimentar emprestar esse seu talento ao cinema?

— Não sei se sou capaz, pra começar.

Mayer sorriu.

— É para isso que serve o nosso encontro, não é? — Sorriu de novo. — Quanto tempo pretende ficar em Los Angeles, Mr. Luminita?

— Vamos ver.

— Sim, o senhor é mesmo um jogador nato — riu Mayer. — Gostou da casa?

— Muito.

— Com o que estou disposto a lhe pagar, poderá comprar uma toda sua.

— Já tenho uma casa em Nova York.

— Melhor. Assim vai ter duas casas.

Christmas riu.

Mayer contornou a escrivaninha e se sentou na sua poltrona.

— Gosto do senhor, Mr. Luminita. Sabe o que é a vida de verdade. Leio isso em seus olhos. Faça esse teste. Escreva alguma coisa para mim.

– Esticou-se na direção de uma caixa preta e apertou um botão. – Nick já chegou? – perguntou.

– Sim, senhor – chiou a voz da secretária.

– Venha – disse Mayer a Christmas, voltando a se levantar e abrindo a porta do escritório.

Christmas viu um jovem bem vestido, com o cabelo um pouco despenteado.

Mayer abriu o braço na direção de Christmas.

– Nicholas, apresento-lhe Mr. Luminita. É todo seu. Faça o *tour* com ele – disse. Virou-se e estendeu a mão para Christmas, voltando a sorrir. – Queria acompanhá-lo, mas não sou senhor do meu tempo. Nicholas é um dos meus assistentes e sabe tudo. Qualquer dúvida que tiver, pergunte a ele. – Bateu a mão em seu ombro. – Tenho grandes expectativas em relação ao senhor. – Aproximou-se ainda mais e falou em voz baixa. – Mas não estamos muito interessados em pintar a criminalidade como monopólio dos judeus. Mostre-nos homens. Verdadeiros, dramáticos...

– ...de preferência italianos – disse Christmas.

Louis Mayer fitou-o com os olhos brilhando atrás dos óculos.

– Também há os irlandeses, não? – riu e desapareceu em seu escritório.

– Ele gostou de você – disse o assistente enquanto desciam as escadas do edifício.

– E como você percebeu? – perguntou Christmas.

– Porque você ainda está inteiro – riu o assistente. Depois lhe estendeu a mão. – Nicholas Stiller, mas me chame de Nick. Eu sou aquele que resolve os problemas.

– E eu sou um problema, Nick?

O assistente riu.

– Todos os novatos são um problema. Depois pegam as regras e o ritmo.

– Como os cavalos – disse Christmas, enquanto se aproximavam de um edifício baixo, com um passadiço que corria ao longo do primeiro andar, para o qual se abriam alternadamente uma porta e uma janela, todas iguais. – Temos que nos acostumar com o freio e com a sela.

– Está levando pelo lado errado – sorriu Nick, subindo as escadas externas que levavam ao passadiço. – Isto é uma indústria. As regras servem para garantir a produtividade.

– Senão vira um problema – assentiu Christmas, enquanto avançavam a passo rápido pelo passadiço.

— Exato — disse Nick.

Enquanto caminhava, Christmas via em cada sala pessoas sentadas a uma escrivaninha, com uma máquina de escrever na frente.

— E chamam você pra resolver.

— Eu devo evitar que surja — disse Nick, abrindo a porta número 11 e convidando-o a entrar. — Este é o seu covil provisório. — Escrivaninha, máquina de escrever, datilógrafa, caso não saiba bater à máquina, comida, bebida e um ótimo salário.

Christmas olhou em volta.

— Não precisa nos entregar roteiros completos, mas argumentos — continuou Nick. — Histórias, ideias, descrições, anedotas. Depois os nossos roteiristas as desenvolverão. Fácil, não?

— Pra isso bastava escutarem o meu programa — disse Christmas. — Fácil, não?

— Entendi — disse Nick, sentando-se de frente para a escrivaninha. — Você é um daqueles cavalos difíceis de domar, não é?

— Acho que sim — disse Christmas.

— Sente-se no seu lugar, Christmas. Faça-me esse favor. Sente-se e me diga se a poltrona é confortável. Quer de couro? Estofada? Diga como quer e vai ter. — Esperou que Christmas se sentasse. — Como se sente? Coloque uma folha em branco na máquina de escrever. Está ali, na gaveta da direita.

Christmas hesitou. Depois abriu a gaveta, pegou uma folha e a fez correr no rolo. Sentiu uma espécie de arrepio. E gostou do barulho do rolo girando, puxando o papel.

— Pronto, tente imaginar — disse Nick. — É um pedaço de papel em branco, agora. Nada além de um pedaço de papel em branco. Mas nessa folha você pode escrever as suas palavras. E as suas palavras farão nascer um personagem. Um homem, uma mulher, uma criança. E a esse personagem você vai atribuir um destino. De glória, de tragédia, de vitória ou de derrota. E depois virá um diretor. E um ator. E aquelas palavras serão filmadas. E então, numa sala perdida de... sei lá, ache você um lugar de merda, no cu do mundo... então, naquela sala haverá pessoas que viverão o destino que você escolheu, e o sentirão como delas próprias, e acreditarão estar lá, naquele lugar verdadeiro mas imaginário que saiu daqui, desta folha.

Christmas sentiu de novo o arrepio percorrendo sua espinha.

Nick se inclinou na direção dele.

– É isso que estamos pedindo para você fazer. As regras servem só para organizar esse conto de fadas.

Christmas olhou para ele. Depois olhou para a folha em branco.

– Isso eu já faço – disse.

– Nós sabemos – respondeu Nick, sério. – Você tem um talento especial. É por essa razão que está aqui.

Christmas fitou-o sem dizer nada. Depois seu olhar voltou para a folha em branco. Como hipnotizado. E não sentiu nem desconforto nem medo por todo aquele branco que poderia preencher.

– Experimente – disse Nick. – Depois, se não der certo...

– Você resolve o problema – sorriu Christmas.

– Não há nenhuma sela, nenhum freio – disse Nick.

Christmas passou os dedos nas teclas da máquina de escrever. Sentiu a superfície lisa e ligeiramente côncava que acolhia as pontas de seus dedos. E de novo o arrepio lhe percorreu a espinha.

Nick deu um passo em direção à porta.

– Nick – disse Christmas –, você resolve mesmo todos os problemas?

– Me pagam para isso.

– Estou procurando uma pessoa. Conhece os Isaacson?

– Quem?

– Ele se mudou pra cá pra ser produtor.

– Isaacson – disse Nick, da porta. – Vou ver o que posso fazer.

Christmas assentiu.

– Mas nos dê alguma coisa, Christmas – e apontou a máquina de escrever. Depois saiu do escritório e fechou a porta atrás dele.

Christmas ficou sozinho, sentado à escrivaninha, diante da máquina de escrever. As pontas dos dedos continuavam alisando as teclas, apertando-as de leve, olhando as hastes de metal subindo como o gatilho de uma pistola, prontas a gravar a letra na folha imaculada. A primeira letra de uma palavra. A primeira palavra de uma frase. A primeira frase de um destino. De uma vida que dependeria somente dele. Christmas percebeu estar emocionado. Como naquela noite em que tinha empunhado pela primeira vez um microfone, numa sala escura da rádio. E como daquela vez, ao simples contato, sentiu-se à vontade. Riu baixinho. Escolheu uma tecla. Fechou os olhos. E na escuridão a apertou. Ouviu o barulho do impacto na fita de tinta. E o barulho do carro se deslocando um espaço para a frente. E o das linguetas que seguravam a fita voltando a se abaixar.

E o barulho da haste de metal se encaixando de volta no berço de tipos. Riu outra vez, abriu os olhos, escolheu a tecla seguinte e apertou. E de novo escutou todos aqueles ruídos, tão novos e tão familiares ao mesmo tempo. E então, enquanto escolhia a terceira tecla, percebeu que ficava perto da primeira. Bem ao lado. Na mesma fileira. Apertou-a. E depois passou à quarta. E ela também estava ali, logo na fileira de baixo. Entre a terceira e a segunda. Como se aquelas quatro letras fossem unidas por uma linha que corria reta por duas teclas, descia uma e depois subia de novo. Uma linha contínua.

R- U- T- H.

Christmas fitou por alguns instantes as quatro letras. Depois se ajeitou na poltrona e começou a escrever.

63

Los Angeles, 1928

NA NOITE SEGUINTE, Nick apareceu na porta do escritório que a MGM tinha destinado provisoriamente a Christmas.

Christmas, de cabeça baixa em cima da máquina de escrever, levantou uma mão na direção dele, fazendo sinal para ficar quieto. Terminou freneticamente de bater a frase que estava escrevendo, calcando com força as teclas com os dois indicadores, os únicos dedos que conseguia usar.

Nick riu.

– Parece um pianista maluco – disse.

Christmas ergueu a cabeça. Estava com a franja loira desarrumada na testa e uma luz intensa, como de brasa, nos olhos.

– Está se divertindo, parece – disse Nick.

– Parece – disse Christmas, sério.

– Vamos, admita, está se divertindo horrores – disse Nick.

Christmas sorriu. Depois o olhar voltou para a folha que estava cobrindo de palavras. Ao lado dele, uma dezena de folhas já escritas, empilhadas desordenadamente.

– Me informei sobre aquele Isaacson – disse Nick.

O olhar de Christmas abandonou na mesma hora a folha na máquina de escrever. Ficou em pé num salto e foi até Nick, ansioso.

– Apostou no cavalo errado – continuou Nick. – Investiu na Phonofilm e perdeu tudo. Era um "empestado", como chamamos os perdedores. Alguém da Fox lhe deu uma esmola. É gerente do West Coast Oakland Theater...

– Oakland? – perguntou Christmas, interrompendo-o.

– Oakland – assentiu Nick. – Telegraph Avenue.

Christmas balançou a cabeça, virou-se, andou de um lado para o outro da sala, com os olhos desfocados e a cabeça cheia de pensamentos. Depois se voltou e fitou Nick.

– Tenho que ir a Oakland.

Nick olhou para ele em silêncio.

– Termine aqui primeiro.

– É importante...

– O que está fazendo para nós também é importante, Christmas. Termine aqui e depois deixo o carro com você... – riu – se nos trouxer de volta depois.

Christmas olhou para ele.

– Sabe que marca é o carro? Um Oakland...

Nick sorriu.

– Um sinal do destino – disse. – Na vida não acontece quase nunca. No cinema, sempre.

– Vou trabalhar dia e noite – disse Christmas, determinado. Depois fincou o dedo no peito de Nick. – Mas fala pro Mayer ler logo. Bota pimenta na bunda dele. Eu não vou ficar esperando.

– Seus personagens falam desse jeito? – sorriu Nick. – Já estou gostando.

– Vai se foder, Nick – e Christmas voltou para a escrivaninha e se lançou de novo em cima das teclas, de cabeça baixa. – Não me faz perder tempo.

Quando ouviu a porta se fechando, Christmas parou e acariciou as quatro teclas que compunham o nome de Ruth.

– Oakland – disse baixinho enquanto os olhos se embaçavam com lágrimas de alegria.

Trabalhou a noite toda, sem voltar para casa. Quando sentia que não ia aguentar mais, jogava-se para trás na poltrona e fechava os olhos. Entregava-se a sonos curtos e leves, dos quais despertava com a sensação de ter perdido um tempo precioso. Então se levantava, espirrava água no rosto e bebia uma xícara de café, preto e forte, sem açúcar. Depois voltava para a escrivaninha. Quando enchia a folha, arrancava-a com fúria da máquina de escrever e colocava outra no lugar imediatamente. Ao amanhecer tinha escrito 20 páginas. E na noite seguinte as páginas tinham virado 35. Nick tinha ido vê-lo e tinha dito que devia ir mais devagar, que não podia trabalhar naquele ritmo, que ia se arrebentar. Christmas, com um olhar alucinado, não tinha nem respondido. Tinha continuado a bater as teclas. As pontas dos indicadores estavam ficando dormentes, tinha comido só um sanduíche e acabado com uma garrafa inteira de café. Quando chegou de novo a noite, ele não percebeu, ainda que seus olhos se fechassem sozinhos. Escreveu até às quatro da manhã. Até concluir sua história. Depois se deixou cair no chão, no piso de madeira, e mergulhou num sono pesado e sem sonhos.

Na manhã seguinte, Nick entrou no escritório. Christmas ainda estava dormindo e não ouviu. Nick se aproximou da máquina de escrever, na qual ainda estava inserida uma folha. No pé da página, leu a palavra "Fim". Sorriu, satisfeito. Tirou silenciosamente a folha do rolo e pegou a pilha na escrivaninha. Depois abaixou a persiana da janela, mergulhando o escritório na penumbra, e se foi.

Christmas acordou com um sobressalto às três da tarde, depois de onze horas de sono. Sentia os ossos moídos e a cabeça pesada. Na boca, o gosto amargo do café. A roupa amarrotada e uma sensação de náusea e tontura. Levantou-se e enxaguou o rosto. Depois foi até a escrivaninha. No lugar da pilha de folhas, um bilhete: "No escritório de Mr. Mayer, às cinco. Em ponto. Nick".

Assim, depois de dois dias, Christmas voltou para a casa na Sunset Boulevard. A camareira hispânica lhe preparou um sanduíche de frango e passou suas roupas enquanto ele tomava banho e fazia a barba. Comeu e depois pegou o carro novamente. Às cinco para as cinco estava sentado no sofá de frente para a secretária de Mayer.

— Deixe Mr. Luminita entrar — disse a voz de Mayer no interfone às cinco em ponto.

Christmas se levantou e entrou no escritório. Mayer estava sentado atrás da sua mesa. Em pé à sua direita, encostado numa estante de livros, Nick fez um aceno com a cabeça para Christmas.

— Nick me botou pimenta na bunda — disse Mayer.

Nick sorriu.

— Eu li — continuou Mayer.

Christmas estava em pé, diante da escrivaninha.

— Acha que tem tempo de se sentar e ouvir o que achei, Mr. Luminita, ou tem muita pressa de ir a Oakland? — disse Mayer, sorrindo.

Christmas se sentou em uma das duas poltronas diante da escrivaninha. Ainda estava atordoado, mas ao mesmo tempo sentiu uma espécie de cãibra no estômago quando viu Mayer pegando na mão a pilha de folhas que tinha produzido.

— Se aprendesse a numerar as páginas ou pelo menos colocá-las em ordem, ajudaria quem precisa ler — disse Mayer.

Christmas, envergonhado, fez um gesto com a mão que na verdade não significava nada.

– É a primeira vez que deixo um principiante me botar pimenta na bunda – disse Mayer.

– É, bem... – gaguejou Christmas. – Eu tenho que...

– Ir a Oakland, sim, Nick me disse. E parece que vai com um dos automóveis da MGM.

– Ou de trem... – endureceu-se Christmas. – Ou a pé. Pra mim é tudo a mesma...

– Está bem, está bem – interrompeu-o Mayer, rindo. – É disso que gosto no senhor. Aqui estamos cheios de gente com facilidade para escrever. Mas o senhor não é um borra-papéis. Tem coração. E conhece a vida... mesmo sendo tão jovem – e Mayer assentiu, satisfeito, abaixando o olhar para as folhas que segurava na mão. Depois voltou a olhar para Christmas. – Fez um ótimo trabalho – e sorriu abertamente.

Christmas sentiu o sangue gelar nas veias. Uma sensação de frio que subia dos pés até a cabeça. Uma descarga de adrenalina que o paralisava. Abriu a boca, mas não conseguiu dizer nada.

Nick riu.

– O senhor tem talento, Mr. Luminita – disse Mayer, por trás dos óculos. – Eu simpatizo sobretudo com as comédias. Mas o senhor fez... – parou, sorriu como uma criança – fez um trabalho do caralho, como diria um de seus personagens. Tem vida, tem drama. Tem polpa. Não é conversa fiada.

Nick olhou para Christmas com uma expressão orgulhosa.

Christmas, depois do gelo da adrenalina, sentiu uma onda de calor queimando seu rosto.

Mayer riu.

– Ah, os gângsteres também ficam vermelhos.

Nick riu, afastou-se da estante de livros e deu um tapinha no ombro de Christmas.

Mayer se reclinou no encosto da poltrona e abriu uma gaveta.

– Agora vá a Oakland. Mas primeiro... – e tirou uma folha da gaveta – leia e assine o contrato que mandei preparar. Estendeu a folha por cima da escrivaninha.

– Não... eu... não tenho tempo agora – disse Christmas, levantando-se. – Desculpe-me, Mr. Mayer, mas eu...

– Não sei do que está correndo atrás, Mr. Luminita. Mas não perca a oportunidade da sua vida.

– Quando voltar de Oakland – disse Christmas, decidido, pegando o contrato e enfiando no bolso.

O interfone estalou.

– Mr. Barrymore chegou – disse a voz da secretária.

Mayer se inclinou para o interfone, apertou o botão e disse:

– Deixe-o entrar. – Depois se levantou, foi até a porta do escritório e a abriu. – Venha, John – disse, abrindo os braços. – Quero lhe apresentar uma pessoa.

John Barrymore entrou na sala, numa impecável casaca cinza.

– Sua Majestade John Barrymore – disse Mayer, indicando o ator. – E Christmas Luminita, astro em ascensão da escrita.

John Barrymore estendeu a mão para Christmas, franzindo as sobrancelhas.

– Christmas... – murmurou, como se estivesse seguindo um pensamento. – Christmas... – repetiu. E então seu belo rosto se abriu num sorriso. – Acho que temos uma amiga em comum.

Christmas não pensava mais nem em Mayer nem em Hollywood nem na nova emoção da escrita enquanto subia de dois em dois os degraus do edifício da Venice Boulevard. Pensava somente que não precisaria ir a Oakland. Pensava que sua vida era salpicada de sinais do destino, dos quais o último tinha sido John Barrymore. Chegou ofegante ao quarto andar. Correu pelo corredor até a porta com a escrita "Wonderful Photos". E então bateu com ânsia. Depois pôs a mão no lado esquerdo do corpo e se dobrou ao meio, sem fôlego.

A porta se abriu.

– Sim? – disse o Senhor Bailey.

Christmas se endireitou.

– Estou procurando Ruth Isaacson – disse, com uma luz alucinada nos olhos, quase pressionando para entrar.

– Quem é o senhor? – perguntou o Senhor Bailey, desconfiado.

– Eu preciso ver ela, por favor – disse Christmas, ainda ofegante pela corrida. – Sou um amigo de Nova York.

– Aconteceu alguma coisa? – perguntou o Senhor Bailey, alarmado.

E só então Christmas se deu conta de como devia estar sua aparência, sem fôlego, com aquela urgência inflamando seus olhos. Riu.

— Sim, aconteceu uma coisa – disse. – Aconteceu que eu encontrei ela.

E Clarence só então decifrou aquela urgência que o tinha alarmado. E reconheceu aquela luz nos olhos. A mesma que devia ter ele quando tinha encontrado a Senhora Bailey. Sorriu e abriu caminho.

— Venha, meu jovem – disse. – Mas a Ruth ainda não voltou para casa.

Christmas, que já estava com um pé dentro da agência fotográfica, parou.

— Ela não está?

— Não, eu lhe disse.

— E quando volta? – de novo a urgência na voz.

— Não sei – respondeu o Senhor Bailey, sorrindo pesaroso, porque sabia que o tempo tinha sido inventado para torturar os apaixonados. – Mas ela nunca chega muito tarde – disse. – Venha, pode esperar por ela aqui dentro.

Christmas deu outro passo para dentro da agência. Olhou ao redor. As paredes eram cheias de fotos.

— Esta foi a Ruth que tirou – disse Clarence, indicando um retrato de Lon Chaney.

Christmas assentiu distraído, continuando a olhar ao redor, com um nó no estômago e um frêmito que lhe subia pelas pernas e não o deixava ficar parado.

— Mas normalmente que horas ela volta? – perguntou.

Clarence riu.

— Vai chegar logo, você vai ver, meu jovem. Venha, vamos sentar no meu escritório. Eu lhe ofereço um chá...

— Eu acho...

— ...e assim você me conta de Nova York.

— Não – disse Christmas, balançando a cabeça. – Não, me desculpe, é que... – interrompeu-se, imaginando-se a escutar o interminável passar do tempo, segundo após segundo, enquanto ficava sentado conversando com aquele velho gentil. – Não, me desculpe, eu... eu prefiro voltar depois. Virou-se e foi até a porta da agência.

— O que eu digo à Ruth? – perguntou-lhe o Senhor Bailey.

Mas Christmas já tinha aberto a porta e estava saindo.

— Como se chama, meu jovem? – gritou o agente para o corredor.

Christmas não respondeu. Precipitou-se escada abaixo e, assim que chegou ao ar livre, respirou fundo. Depois levou a mão à boca. E fechou os olhos. "Se acalma", pensou. Mas não conseguia suportar a espera. Como se aquele último breve trecho de estrada que o separava de Ruth fosse um oceano inteiro, como se aquela pequeníssima fração de tempo fosse insuportável, muito mais que os quatro anos que tinha sobrevivido sem ela. E ele sabia por quê. Porque agora tudo seria de verdade.

Olhou a calçada. Para a direita e para a esquerda. E de novo sentiu aquele frêmito que lhe eletrizava as pernas. Foi para a esquerda. Ao encontro de Ruth. Alcançou a passos largos a rua no fim do quarteirão. Olhou de novo para a direita e para a esquerda. De onde ela chegaria? Virou-se de repente para o portão do edifício da agência. E se chegasse do outro lado? Correu de volta. E caminhou na direção oposta, de novo até o cruzamento no fim do quarteirão. Virava-se o tempo todo. E se ela entrasse enquanto ele se afastava procurando por ela? Olhou outra vez ao redor, depois voltou e parou ao lado do portão, com as costas no muro, sem deixar um só instante de olhar para a esquerda e para a direita.

E se chegasse com um homem? Se não estivesse sozinha? O que ele faria? Deu um soco no muro atrás de si. Não podia mais esperar. Se havia um outro, saberia logo. Se ela não quisesse mais vê-lo, diria logo de uma vez. Abriu o primeiro botão da camisa, tirou o paletó e jogou-o no ombro. O contrato de Mayer farfalhou no bolso. "Vai se foder, Mayer!", pensou, irritado. Num instante a tensão da espera se transformou em raiva. E lembrou que Ruth nunca tinha respondido suas cartas. Que o havia apagado, rejeitado. Depois do que tinham se prometido, ela o tinha esquecido. E naquele instante se convenceu de que ela tinha outro, que ele tinha sido tolo de não perguntar ao velho idiota da agência fotográfica, que se tivesse sabido teria ido embora e que se fodesse a Ruth também, que se fodesse tudo.

E enquanto sentia a raiva lhe incendiar a alma e o coração e o rosto, inflamando-o, virou-se para a esquerda. E então – lá adiante, em meio às pessoas de Los Angeles – a viu.

Avançava devagar, sem pressa. Trazia uma bolsa grande a tiracolo. E um vestido lilás pouco abaixo do joelho. E tinha cortado o cabelo. Viu-a avançar de cabeça baixa, enquanto mexia na bolsa. E achou que estava lindíssima. Ainda mais linda que quando tinha partido. Era uma mulher agora. E estava lindíssima, pensou apenas, enquanto os olhos se enchiam de uma emoção que nunca tinha conseguido imaginar. E não lhe importava mais se não tinha respondido suas cartas, não lhe importava se tinha outro. Era Ruth. A sua Ruth. Tinha-a encontrado.

Ruth caminhava preguiçosamente, depois de um dia passado fotografando a vida que estava aprendendo a aceitar. Remexeu na bolsa à procura das chaves. Precisava botar um pouco de ordem ali dentro, disse a si mesma. A bolsa estava cheia de quinquilharias, de migalhas, de pedaços de papel. Finalmente ouviu o tilintar das chaves. Pegou-as e levantou a cabeça, sorrindo.

E o sorriso se congelou no mesmo instante em seu rosto. Era ele? Era ele mesmo, ou era mais um dos tantos que tinha confundido com ele naqueles quatro anos? Era ele ou era só uma ilusão, uma esperança jamais esperada até aquele momento? Sentiu a cabeça girando. Focalizou-o melhor, como se de repente tivesse ficado míope. Estudou cada detalhe. Confrontou com suas lembranças. E então se sentiu sacudir por uma emoção incontrolável, que a sufocava. Sim, ele estava ali. No meio da calçada. A poucos passos do portão no qual ela devia entrar. Bloqueando seu caminho. E olhava para ela. Ele estava ali. E mesmo que quisesse não poderia fugir, não poderia se esconder. Nem poderia fazer qualquer coisa para dar sequer mais um passo. As pernas tinham-se enrijecido. Não respirava. Como quando apertava as gazes para esconder os seios. Não respirava e seu coração batia forte. Como jamais tinha batido. Tão forte que as pessoas passando escutariam. Porque ele estava ali. E estava ali por ela.

Christmas a esperava. Mas Ruth tinha parado. A uma dezena de passos. Estava ali, imóvel, os braços colados ao corpo e os olhos fixos nele. Seus olhos verdes. E Christmas também não conseguia se mover. Agora que ela estava ali, a dez passos, não conseguia se mover. Sua cabeça zunia. A respiração se enroscava na garganta. Sentiu os olhos queimando, mas não piscou. Como se tivesse medo de que, naquele piscar de olhos, ela pudesse desaparecer. E aquele medo o fez dar o primeiro passo. Depois o segundo. E por fim chegou perto dela.

Olhou para ela sem dizer nada. Sem saber o que dizer.

E Ruth também olhava para ele. E também aos lábios dela não vinha uma única palavra. Olhava para os olhos pretos como piche, e a franja loira agitada pelo ar, e as maçãs do rosto altas, que tinham ficado mais pronunciadas. E aquela expressão de homem.

– Você está linda – disse então Christmas.

Ruth sentiu algo se rasgando dentro dela, como se as gazes que bloqueavam sua respiração tivessem sido rompidas outra vez, definitivamente, dilatando seus pulmões. E o coração sentiu uma pontada, quase dolorosa.

– Eu... estou me sentindo mal... – sussurrou.

E apoiou a cabeça no ombro dele.

– Vem – disse Christmas. Passou o braço em volta da cintura dela e sentiu uma violenta emoção com aquele contato, tão semelhante ao dia em que a tinha carregado nos braços até o hospital. A primeira e única vez que a tinha tocado. Olhou em volta. Na calçada oposta viu uma cafeteria.

– Vem – repetiu.

Ruth se enrijeceu imperceptivelmente quando o braço de Christmas cingiu sua cintura. Mas durou um instante apenas. Enquanto atravessavam a rua, entregou-se ao seu apoio forte e seguro, mesmo não precisando dele para caminhar. E no entanto, surpreendeu-se a pensar, precisava. Tinha sempre precisado. Não sabia por que tinha dito que estava se sentindo mal. Talvez porque se sentia bem, e era uma sensação com a qual não estava acostumada. Talvez porque a surpresa maior fosse aquela felicidade que explodira dentro dela como uma pontada no coração. E então, timidamente, fingindo apoiar-se nele, passou o braço em volta de sua cintura. E enquanto se aproximavam da cafeteria, viu-se refletida junto com ele na vitrine e pensou que pareciam dois jovens quaisquer, que se amavam livremente. Corou, mas não tirou os olhos da vitrine, sem ouvir mais o barulho dos carros e das pessoas. E olhou seu reflexo junto com ele até não ser mais possível, quando entraram na cafeteria.

– Ali – disse, apontando uma mesa de canto, diante da qual havia um grande espelho na parede. E quando se sentaram, virou-se um pouco e, com o canto do olho, ela se viu. Ali, com Christmas.

– Está melhor? – perguntou ele.

Ruth não respondeu. Limitou-se a olhar para ele. Queria estender a mão e tocar a franja loira, os cílios longos que protegiam os olhos negros, as maçãs do rosto. Os lábios que quatro anos antes tinha decidido beijar. "Aquela ali não havia antes", pensou, olhando a cicatriz no lábio inferior.

E Christmas não esperava uma resposta. Porque talvez não a ouvisse. Porque tinha os olhos fixos nos dela. Porque não se lembrava deles tão verdes. Porque não havia mais nem perguntas nem explicações. Porque tudo aquilo que tinha havido antes, o passado e os pensamentos e as preocupações, era como o desenho de uma criança na praia, apagado num instante pelo impetuoso presente das ondas do oceano. E eles eram aquele oceano. Sem fim e sem início.

– Eu li sobre você – disse Ruth.

– Faço um programa no qual se fala – disse Christmas.

Ruth sentiu os olhos umedecerem. Lembrou o dia em que tinha lhe dado o rádio. O dia em que Christmas tinha dito ao vô Saul que falaria no rádio e depois tinha olhado para ela por cima da mesa, sem pudor, para lhe dizer com os olhos que faria isso por ela.

– São os que eu mais gosto – disse.

– Vi uma foto que você fez do Lon Chaney.

Ruth abaixou o olhar.

– Nunca recebi as suas cartas. Nem você as minhas. Foi a minha mãe. Fiquei sabendo há pouco tempo.

Christmas olhou para ela sem dizer nada. E de repente tudo lhe pareceu natural. A única explicação possível. Como se, por dentro, sempre tivesse sabido.

– É uma foto linda – disse.

Ruth levantou o olhar e riu. Depois virou-se rápido para o espelho. E viu que ainda tinha uma luz nos olhos e que Christmas estava rindo com ela. Como no banco deles no Central Park.

Já Christmas não tirava os olhos do rosto dela. Sentia seus seios, agora desabrochados, subindo e descendo no vestido lilás. E sabia que os pés dela estavam perto dos dele, embaixo da mesa. E via a mão dela pousada ao lado da sua, tão perto que tinha a impressão de tocá-la. Olhou os lábios. Vermelhos, perfeitos. E sentiu um desejo irresistível de beijá-la. E se sentiu quase perdido, porque nenhuma das mulheres que tinha beijado tinha aqueles lábios.

Ruth ficou séria, como se tivesse escutado os pensamentos dele, como se fossem os dela. Sentiu uma pontada no abdômen, mas não dolorosa. Quente. Emocionante. Seus olhos desceram para os lábios dele. E sem perceber entreabriu os próprios lábios, como se saboreasse aquele beijo que já durava quatro anos.

– O que vão querer? – perguntou um garçom, aproximando-se da mesa.

Christmas fitava Ruth sem dizer nada, sem se virar para o garçom. E Ruth não tirava os olhos de Christmas.

– O que vão querer? – perguntou outra vez o garçom.

– Nada – disse Christmas, se levantando.

Ruth se levantou, quase no mesmo momento, e estendeu a mão para ele.

Christmas pegou sua mão e puxou-a para fora da cafeteria, com ânsia, sem desgrudar um só instante dos olhos dela, caminhando de costas, um de frente para a outra.

Assim que chegaram à calçada, Christmas passou o polegar no lábio inferior de Ruth, tentando ser delicado. Mas sua mão tremia. Ruth entrefechou os olhos e se inclinou para ele. Christmas puxou-a para si e a beijou. E fechou os olhos só quando as mãos dela se agarraram às suas costas e o apertaram.

Ruth sentiu o calor dele invadindo seu corpo. Abraçou-o com força, sem saber onde estavam as mãos dele nem onde iam as dela. Era como se estivesse bêbada. Os lábios queimavam, o rosto queimava, o corpo queimava. Os pulmões se enchiam com força. Respirava, respirava como não havia jamais respirado, sem medo que o ar entrasse e saísse de seu corpo. E o coração batia freneticamente, mas não tinha medo que se rompesse. E uma mão correu para a cabeça de Christmas, enfiou os dedos entre os cabelos, apertando e puxando a franja loira que não tinha jamais acariciado, sem ligar para os olhares das pessoas, para o que lhe acontecia por dentro, empurrando os próprios seios contra o peito forte dele, tentando se tornar uma coisa só com o homem que tinha sempre amado. E enquanto os lábios se misturavam, se rasgando, se mordendo, se acariciando, continuava a repetir baixinho:

– Christmas... Christmas...

Ruth se soltou, ofegante, empurrando-o com força para trás com uma mão em seu rosto e com a outra segurando-o apertado junto dela.

– Me leva pra sua casa – disse. E antes que ele pudesse responder, beijou-o de novo, com mais força, com mais paixão, enquanto sentia seu corpo explodindo em mil sensações novas, reprimidas.

Sempre se beijando e se tocando, sem jamais perder o contato entre seus corpos por um instante que fosse, chegaram ao carro. Christmas abriu a porta acariciando-lhe os cabelos, passando a mão em seu rosto, enxugando seus lábios brilhosos com a ponta dos dedos. Entraram no carro, Christmas ligou o motor. Ruth ficou de joelhos no banco, enlaçou o pescoço dele, beijou-o no rosto, nos olhos, puxou-o para si.

– Corre – disse. E riu enquanto continuava a beijá-lo.

E Christmas buzinava e ria e sempre que a estrada ficava livre virava-se e a beijava nos lábios.

– Corre... corre... – repetia Ruth.

O Oakland veio a toda pela Sunset Boulevard e entrou no portão da casa de hóspedes de Mayer.

Christmas e Ruth desceram do carro se beijando, de mãos dadas, como se tivessem medo de se perder. Atravessaram o jardim e Christmas bateu com impaciência na porta da casa.

– Boa tarde, *señor* – disse a camareira, abrindo.

Ruth, enquanto subia as escadas abraçada a Christmas, deu-se conta de que não tinha nem por um instante considerado as pessoas ao redor dela. Que não tinha visto problema no que podiam pensar. No que poderia dizer sua mãe sobre aquele comportamento. Estava sozinha com Christmas em meio às pessoas.

Mas quando ficaram realmente sozinhos, no quarto dele, com a porta fechada, de repente ela reviu o semblante da camareira hispânica que tinha aberto a porta para eles. E sentiu nos ouvidos a voz discreta dela dizendo "Boa tarde, *señor*". Virou-se para a porta fechada, que os isolava definitivamente do mundo. Depois olhou para Christmas.

– Como ela se chama? – perguntou.

– Quem?

– A camareira.

– Não sei...

– Ela vai pensar que vamos fazer amor – murmurou ela, abaixando o olhar.

– Acho que sim... – disse Christmas, estendendo a mão e pegando a de Ruth na dele.

– E pensaria que fizemos mesmo que não fizéssemos.

– Acho que sim...

Ruth o fitou. Agora estava com medo.

– Ruth... – disse Christmas.

Ruth tinha medo que Bill voltasse à sua mente. Que fosse doloroso como tinha sido com Bill. Humilhante como tinha sido com Bill. Que fosse sujo como tinha sido com Bill. Tinha medo de abrir os olhos e ver Bill.

Christmas olhou para ela. Segurou sua mão, mas sem puxá-la para si. E viu o medo nos olhos verdes da garota que amava desde sempre.

– Eu estou com medo, Ruth... – disse. Soltou sua mão, deu a volta na cama e se sentou de costas para ela. Permaneceu imóvel, em silêncio, por alguns instantes. Depois se abandonou sobre a colcha alaranjada e se encolheu em posição fetal, sempre de costas para ela. – Estou com medo... – repetiu.

Ruth permaneceu imóvel, surpresa. Por um momento, tinha sentido subir um princípio de raiva por dentro, como se reivindicasse o pleno, absoluto monopólio do medo. Como se dissesse que o medo cabia só a ela. Mas logo em seguida algo tinha mudado. Ele estava com medo, disse a si mesma. Tinha medo dela. Ou deles.

Lentamente, sentou-se na cama e estendeu a mão. Acariciou o ombro dele. Passou os dedos entre seus cabelos. Christmas não se movia. Estava fechado numa concha, pensou ela. Então se deitou ao lado dele e o abraçou, por trás, escondendo o rosto em sua nuca. A mão dele se moveu devagar e pegou a dela. Apertou-a contra o peito. Depois levou-a aos lábios e a beijou. E Ruth não a puxou de volta. Nem pensou que era a mão mutilada por Bill. Porque sentia que era a mão de Christmas, não a dela. Porque tinha sempre sido dele. Porque não havia nada de que se envergonhasse quando estava com ele. Porque não se sentia suja. Encostou-se ainda mais nele, deixando-se permear pelo seu calor. E pensou que seus corpos se encaixavam com perfeição. Como se tivessem nascido para aquela posição. Como se tudo fosse natural. Então soltou a mão da dele e alcançou o primeiro botão da camisa. Desabotoou. Depois o segundo e o terceiro. E enfiou a mão na camisa, para acariciar sua pele lisa, para acariciar a cicatriz no peito, aquele P que equivalia à mutilação do seu dedo. E suas duas feridas entraram em contato.

Christmas se soltou do abraço e se sentou, olhando para ela. Ruth se abandonou de costas na cama, com os braços ligeiramente abertos, timidamente convidativos. Christmas abriu o primeiro botão do vestido dela. Depois parou, olhando de novo para ela. Ruth não tirou os olhos dele e começou a desabotoar também os outros botões. Então Christmas ficou em pé e tirou a camisa, ficando com o torso nu. Ruth tirou o vestido. E olhava para ele, sem desviar os olhos um só instante. E Christmas olhava para ela enquanto tirava a calça. E sem jamais se perder de vista – um em pé, a outra estendida sobre a cama – encontraram-se nus.

Christmas se deitou de novo ao lado dela, de lado, sem tocá-la.

Ruth se virou e também ficou de lado, continuando a se perder nos olhos dele. Depois estendeu a mão e tocou-lhe a franja loira sobre a testa.

Christmas entrefechou os olhos, pegou uma mecha de cabelo preto entre os dedos e passou-a devagar para trás da orelha. Depois acariciou o lóbulo, com delicadeza, seguindo todo o seu perímetro.

Os dedos de Ruth traçaram o arco das sobrancelhas, depois pousaram na linha reta do nariz e desceram até os lábios.

Os dedos de Christmas marcaram a linha do maxilar, chegaram ao queixo, subiram para os lábios, acariciando-os, violando-os.

Os dedos de Ruth pareciam seguir os de Christmas. E quando sentiu os dedos dele entrando entre seus lábios, também ela tateou os dele, fechando os olhos.

Os dedos dele desceram pelo rosto dela. Roçaram no pescoço, acariciaram as clavículas até os ombros e voltaram para o centro, ao longo do esterno, enfiando-se entre os seios, sem tocá-los.

E a mão dela copiou os mesmos movimentos no corpo dele. Depois foi para o peito e girou em torno dos mamilos, beliscou de leve um deles, se abriu em concha, abarcando um peitoral, apertando-o, como que traçando as carícias que logo Christmas repetia. Como se ela própria se acariciasse com as mãos dele. Como se fossem uma única pessoa.

Então ela deixou o peito dele e desceu pelo abdômen, convidando silenciosamente a mão dele a fazer o mesmo, e guiando-a – com as próprias carícias no corpo dele – até lá onde sentia crescer um langor quente, intenso. Lá onde jamais tinha imaginado que pudesse se aninhar um desejo tão ardente, um prazer tão prepotente. E enquanto sentia a mão dele alcançar aquele esconderijo tão temido, silenciado por anos, agora que descobria ser mulher, sentiu todo o próprio medo se dissolver num líquido denso e viscoso, turvo e convidativo, que a envolvia e estimulava cada sensação.

64

Los Angeles, 1928

JÁ ERA NOITE QUANDO Christmas se levantou da cama.

– Vou na cozinha procurar alguma coisa pra comer – disse a Ruth, sorrindo. Foi até a porta e parou. Voltou, saltou sobre a cama e a abraçou, com paixão. Depois beijou-a nos lábios.

Ruth se entregou ao beijo.

– Volto num instante – disse ele.

– Não vou fugir – disse ela, e imediatamente sentiu uma estranha sensação ao pronunciar aquelas palavras.

Christmas riu, levantou-se da cama e desapareceu no corredor.

– Não vou fugir... – repetiu Ruth, baixinho. Séria. Como se aquelas palavras lhe dissessem respeito intimamente. Muito mais intimamente do que poderia supor. E então o fragor das emoções que a tinham levado àquela cama, que a tinham feito esquecer o medo, que tinham ensurdecido seus pensamentos, repentinamente se aquietou. E naquele novo, insólito silêncio, Ruth ouviu os próprios pensamentos e a própria consciência despertando e reemergindo. – Não vou fugir... – disse novamente, mas mais baixo desta vez, como se ela própria tentasse não escutar aquela frase que tinha aberto uma fenda dentro dela. Sentiu um arrepio lhe percorrer a espinha, desagradável. E depois uma sensação de desconforto. E então a garganta se fechou e o coração, mais do que apressar as batidas, pareceu vibrar, como que pinicado por um leve comichão, como um eco de preocupação, como um prólogo de ansiedade. Sentou-se. Encolheu as pernas nuas contra o peito, abraçou-as e escondeu o rosto entre os joelhos. Respirou fundo. De olhos fechados.

E pela primeira vez desde que tinha encontrado Christmas na Venice Boulevard, pensou em Daniel. Não tinha ligado para ele. Tinha desaparecido.

Não tinha nenhuma vez pensado nele, nem por um instante. O tépido sentimento por Daniel tinha sido apagado pela furiosa paixão por Christmas. Tinha perdido o controle. Relembrou o beijo na praia. Aquele casto, inócuo encontro de lábios, salgados do oceano. Relembrou as mãos tímidas de Daniel pousando em suas costas. Relembrou sua reação de medo. E num instante se reviu com Christmas, sob os lençóis, sem a mínima vergonha, sem o mínimo pudor, esfomeada de amor. Louca de amor. Nua. Com a pele que ainda queimava dos beijos dele.

E pela primeira vez desde que o tinha encontrado, sentiu-se penetrar por uma incontrolável, perigosíssima felicidade. Que a aterrorizava. Que a sufocava. Que lhe tirava o fôlego. Que a esmagava. Que a preenchia. Que a lacerava. Que a fazia em pedaços. Como um rio na cheia, como uma tempestade de suspiros.

Seus olhos se encheram de lágrimas enquanto media aquela felicidade maior que ela, maior que o seu coração, que a sua alma. E assim que as lágrimas começaram a descer, apagando os beijos de Christmas e a marca de suas mãos desejosas, sentiu uma dor ardente como uma lixa passando numa ferida.

Porque era uma felicidade que a deixaria louca.

Num instante a dor gritou dentro dela, ensurdecedora e silenciosa ao mesmo tempo, profunda, lá onde sentia o calor de Christmas. E logo a dor foi varrida por uma onda de desespero. A respiração ficou ofegante, quase estrangulando-a.

Levantou-se num salto, incapaz de pensar, incapaz de se controlar, e se vestiu depressa, com as lágrimas continuando a cortar seu rosto. Recolheu a bolsa das máquinas fotográficas e deixou em silêncio, como uma ladra, aquele quarto que a tinha feito feliz. E louca.

Alcançou a saída na ponta dos pés, prendendo a respiração, ainda que quisesse gritar. Ouviu a voz de Christmas na cozinha. Atravessou o jardim, abriu o portão e se lançou numa corrida insana pela Sunset Boulevard. Fugindo, tropeçando, caindo, se levantando, se escondendo cada vez que ouvia um carro chegando atrás dela, se arranhando nas moitas de arbustos, enchendo as unhas de terra, esfolando os joelhos. E enquanto corria para longe daquela felicidade que não podia suportar, continuava chorando, agora soluçando.

Quando não teve mais fôlego para correr, parou atrás de uma moita e tentou recuperá-lo. Sem saber por que tinha fugido, porém sabendo.

Tinha medo agora. Só medo. De ouvir aquele *crack* que estalava dentro dela, fazendo-a perder o próprio equilíbrio. Aquele *crack* de um dedo que se quebrava, cortado como um galho seco. Aquele *crack* que tinha soado dentro dela quando tinha se atirado da janela da mansão de Holmby Hills. Aquele ruído sinistro que se assemelhava aos socos de Bill, ao rasgar de sua calcinha, à sua violência. Que se assemelhava a uma corda esticada demais que arrebentava de repente, como uma felicidade intensa demais, como uma paixão incontrolável, como um amor que não podia conter. Que a despedaçaria.

Porque ela não tinha nascido para a felicidade, disse a si mesma. Porque a felicidade era por demais semelhante à violência. Porque nem uma nem outra tinham limites. Porque nem uma nem outra tinham um perímetro, um muro, porque não podiam sobreviver em cativeiro. Porque eram ambas selvagens. Como uma besta feroz.

Levantou-se. E naquele momento viu um Oakland Sport Cabriolet em disparada. E, no carro, o cabelo loiro de Christmas. Jogou-se na moita.

"Ele não pode me encontrar", pensou. Porque se a encontrasse, ela não conseguiria resistir à felicidade que ele era capaz de lhe dar. E enlouqueceria, escutaria aquele *crack*. Porque ela não tinha nascido para a felicidade. Desde quando, uma noite, tinha fugido de casa com um jardineiro, só porque ele ria, só porque a fazia rir. Porque tudo tinha começado naquela noite, quando tinha procurado uma felicidade maior do que ela, que não lhe pertencia, que não devia lhe pertencer. Porque a sua busca pela felicidade tinha coincidido com a desgraça, com a violência. Com um *crack*.

Olhou para o final da Sunset Boulevard. Os faróis do Oakland agora estavam distantes. Christmas certamente estava correndo para a Venice Boulevard, acordaria Clarence, ficaria esperando por ela. E por fim a encontraria. E então, de novo, voltou-lhe à mente Daniel. Se fosse para a casa dele, pensou Ruth, estaria segura. Sem felicidade. Sem violência. Envolta por aquela emoção morna que era tudo o que ela podia se permitir.

Levantou-se e começou a caminhar para as casinhas geminadas, todas iguais, habitadas por aquelas famílias todas iguais, com cheiro de farinha e torta de maçã e saquinhos de lavanda para perfumar as roupas.

Fugindo da contaminação da felicidade.

— Carne assada e guacamole. Não entendi o que é, mas o cheiro é bom — Christmas ria, entrando no quarto com um grande prato na mão. Não vendo Ruth na cama, falara para a porta do banheiro: — E a camareira se chama Hermelinda. É mexicana. – Não recebendo nenhuma resposta, tinha se sentado na cama, enfiado um dedo no molho ao lado da carne e experimentado. – Se não vier logo vou comer tudo sozinho – falara alto, sorrindo feliz e fechando os olhos, procurando no ar o cheiro da pele de Ruth. Aquele cheiro que tinha entrado dentro dele e que nunca o saciaria. Mas a carne espalhava seu aroma dominante. Então tinha se levantado num salto, indo até a poltrona onde Ruth tinha deixado o vestido lilás, para cheirá-lo até que ela voltasse. Para não sentir a falta dela nem por um instante. Mas o vestido não estava ali. – Ruth – tinha chamado na porta do banheiro, com voz fraca e tom alarmado. Olhara em volta, percebendo imediatamente que também faltava a bolsa das máquinas fotográficas. Tinha se lançado pelo corredor, chamando mais forte: – Ruth!

– *Señor?* – perguntara do térreo a camareira.

Christmas não respondera. Tinha voltado para o quarto e olhava pela janela.

– Ruth! – gritara na escuridão da noite. – Ruth! – E então tinha visto o portão aberto. Tinha se vestido depressa, descido, ligado o motor do Oakland e partido a toda velocidade.

Percorrera um pedaço da Sunset Boulevard e depois tinha parado, virando o carro e voltando, na direção oposta, perscrutando a escuridão. Mas nenhum sinal dela.

– Por quê? Por quê? Por quê? – gritava, dando socos no volante, dirigindo para a Venice Boulevard. Ruth só podia ter voltado para lá. Deve estar lá, repetia, enquanto dirigia numa velocidade insana.

Mas agora, depois de estacionar o carro na calçada e subir as escadas, enquanto batia furiosamente na porta da agência fotográfica, não tinha mais certeza de que a encontraria.

– Ruth! Abre! Ruth! – gritou com todo o fôlego que tinha na garganta.

– Ei, se não parar com isso eu chamo a polícia! – disse uma voz atrás dele.

Christmas se voltou, enfurecido. Viu o rosto de um homem assustado atrás da porta entreaberta do apartamento da frente.

– Vai se foder, imbecil do caralho! – gritou na cara dele.

O homem fechou a porta rapidamente.

Christmas se lançou com mais fúria ainda sobre o letreiro "Wonderful Photos", batendo com toda a força que tinha.

– Eu sei que você está aí, Ruth! – gritou, com a voz entrecortada pela esperança que desaparecia.

— Meu jovem, você vai me botar a porta abaixo — disse Clarence, aparecendo nas escadas com uma expressão alarmada, vestindo um roupão listrado de azul e vermelho.

Christmas se lançou contra ele.

— Onde a Ruth está? — perguntou, agarrando-o pelo colarinho.

De novo a porta do apartamento em frente se abriu.

— Chamo a polícia, Senhor Bailey? — perguntou o homem.

— Não, não, Senhor Sullivan — disse Clarence, com a voz estrangulada pelo aperto de Christmas. — Está tudo bem.

— Tem certeza?

Clarence olhou Christmas nos olhos.

— Me solte, meu jovem — disse.

Christmas soltou-o e se abandonou contra a parede do corredor.

— Não está aqui, não é? — disse com uma voz derrotada.

— Feche, Senhor Sullivan — disse Clarence ao homem, que continuava olhando, assustado.

— Vou reclamar com o síndico... — começou a dizer o homem.

— Fecha! — gritou Christmas.

O homem fechou a porta.

— Onde a Ruth está? — perguntou então Christmas. Sem esperança. Como um autômato.

— Achei que estivessem juntos — disse Clarence, desconfiado.

Christmas segurou o rosto entre as mãos e se deixou escorregar para o chão, deslizando contra a parede.

— Por quê? — murmurou.

— Você fez algum mal à Ruth? — perguntou Clarence, com uma voz subitamente dura.

Christmas levantou a cabeça e olhou para ele, espantado.

— Eu... eu amo a Ruth...

Clarence estudou-o por um instante e balançou a cabeça.

— Meu jovem, eu preciso de um café bem forte — disse. — E acho que lhe faria bem, também.

Christmas agora olhava para ele sem o ver.

— Suba comigo ao meu apartamento — disse Clarence, estendendo a mão.

— Se não está aqui, onde pode estar? — disse Christmas.

Clarence suspirou.

— Não quer mesmo esse café, não é? — Curvou-se sobre os velhos joelhos, com uma careta de fadiga, e sentou-se ao lado dele. — O que aconteceu? Ruth está bem?

— Eu não sei...

— Por que não me conta tudo?

— Ela vai voltar aqui, não vai?

— Estou começando a ficar preocupado, meu jovem. Vou perguntar só mais uma vez e depois vou chamar a polícia — disse Clarence, com uma voz decidida. — Ruth está bem?

— Eu não sei... eu... a gente estava rindo, estava feliz e depois... depois ela não estava mais lá. Fugiu. — Christmas olhou para Clarence. — Por quê? — perguntou. — Me ajuda...

— Me ajuda, Daniel — sussurrou Ruth.

Daniel olhava para ela assustado. Ruth estava com os cabelos despenteados, os joelhos feridos. Suja, suada.

— O que aconteceu? — perguntou ele.

Ruth não tinha batido na porta da casa. Não queria que os Slater a vissem naquele estado. Não queria perguntas. Não queria que lessem a paixão em seus olhos. Tinha dado a volta pelos fundos e jogado um graveto na janela de Daniel. A luz ainda estava acesa e o rapaz logo abrira. Com um dedo nos lábios, Ruth fizera sinal para ele descer.

E agora estavam em pé, um de frente para a outra, ao lado da cerca de madeira pintada de branco, escondidos atrás de uma árvore grande.

— O que aconteceu? — perguntou ele de novo.

— Agora não, Daniel — disse Ruth, olhando preocupada para a casa. — Me ajuda...

— O que eu preciso fazer?

— Me esconde. — Ruth olhou para ele. — E me abraça.

Daniel virou-se para a casa. Depois pegou Ruth entre os braços.

— Por que você precisa se esconder? — perguntou em voz baixa.

— Agora não, Daniel. Agora não.

— Vem, vamos entrar — convidou ele, pegando-a pela mão.

— Vou dormir na garagem — disse Ruth, resistindo.

— Não diga bobagem. Vai dormir no meu quarto.

Ruth deu um passo para trás.

— Eu vou dormir no quarto do Ronnie — ele tranquilizou-a.

— E o que vamos falar pros seus pais?

— Por que você precisa se esconder, Ruth?

Ela abaixou o olhar.

— Pro meu pai e pra minha mãe vamos dizer que o cafajeste do dono da sua casa te despejou – disse ele.

— Assim, do nada?

— É um cafajeste, não é? – sorriu Daniel.

Ruth esboçou um sorriso.

— Mas amanhã, pra mim, você vai ter que dizer o que aconteceu – disse ele, sério.

Ruth olhou para ele. Devia abraçá-lo. Era seu salvador.

— Amanhã... – murmurou. Devia beijá-lo. "Com o tempo", pensou e deixou-se guiar para dentro da casa com cheiro de farinha e fermento e maçãs e lavanda.

Subiram devagar as escadas. Daniel ficou de guarda na porta do banheiro enquanto Ruth lavava as mãos sujas de terra e desinfetava as esfoladuras. Depois levou-a para seu quarto, mostrou onde acender e apagar a luz, corou enquanto pegava, de uma gaveta organizada e perfumada, um pijama masculino para ela, e apontou o quarto de Ronnie.

— Estou ali – disse. Ficou parado, olhando para ela. Depois, devagar, aproximou o rosto do dela.

Ruth virou ligeiramente o rosto, oferecendo-lhe a bochecha. Daniel a beijou.

— Boa noite – disse, com um sorriso sem jeito, e saiu do quarto, fechando a porta.

Ruth apagou a luz, aproximou-se da porta, entreabriu-a e encostou a orelha na fresta.

— O que foi? – ouviu Ronnie perguntando, sonolento.

— Vai mais pra lá e fica quieto – disse Daniel.

— Maldito canalha, você vai me pagar... – resmungou Ronnie.

— Dorme – disse Daniel.

Em seguida Ruth viu a fresta de luz que filtrava por baixo da porta se apagar e a casa ficou envolta na escuridão. Foi até a cama, se despiu, vestiu o pijama e se enfiou embaixo dos lençóis. A luz da lua clareava um pouco o quarto, desenhando sombras e arredondando os cantos.

Ruth afundou o rosto no travesseiro e aspirou o cheiro de limpeza de Daniel. Mas no nariz ainda sentia o cheiro acre do amor, do sexo, da paixão. O cheiro da pele de Christmas. E se fechava os olhos via o rosto dele, tenso, suado. Via sua boca, os lábios úmidos. Sentia suas mãos, o calor do seu corpo. E escutava o eco da respiração ofegante dos dois crescendo em uníssono, tornando-se uma só, como a de um animal mitológico, que soprava seu hálito sobre os corpos enroscados um no outro, ligados, fundidos. Prisioneiros um do outro. Conjugados pelo desejo. Por uma promessa de êxtase que ainda agora se aninhava entre suas pernas, arrebatadora e primitiva. Que ainda agora lhe pulsava impetuosa ali, onde tinha experimentado apenas dor e humilhação. Que tinha estrangulado sua respiração na garganta quando a ardente sensação de prazer atingira o ápice e arrancara toda luz de seus olhos, todo som de seus ouvidos. Que tinha negado qualquer vontade a seus músculos, enrijecidos num espasmo sem controle, atingidos por uma descarga elétrica que a tinha feito tremer, se agitar, como se a própria alma tivesse se tornado carne pulsante. Aquela desordem ardente e atemporal, tão semelhante à morte. Tão próxima da vida absoluta.

Ruth arregalou os olhos. Acendeu a luz, perturbada. Sentou-se na cama. Conteve as lágrimas.

Levantou-se e se encolheu numa poltrona florida ao lado da janela. Sentia-se incomodada na cama de Daniel, naqueles lençóis com perfume de limpeza. Tinha a sensação de estar sujando-os com seu cheiro de mulher que nenhum banho poderia lavar. Que ela própria jamais lavaria, confessou-se, cheirando-se e acariciando-se levemente, procurando naquele gesto imitado algo que a recompensasse pela beatitude à qual tinha decidido renunciar, para sempre, para não enlouquecer. Mesmo que enlouquecesse lembrando. Para sempre. Lembrando aquilo que nem Daniel nem qualquer outro homem jamais poderia lhe dar. Aquilo que jamais permitiria a Daniel nem a qualquer outro homem lhe dar.

Ao amanhecer, acordou sobressaltada. Não sabia quando tinha adormecido. Os primeiros raios de sol tinham clareado a névoa confusa da luz da lua.

Levantou-se da poltrona. Sentia a cabeça pesada, os ossos doloridos, as esfoladuras nos joelhos latejando. Olhou mais uma vez para a cama de Daniel. Passou a mão no travesseiro, com ternura. Sem paixão. Imaginou o momento em que os Slater acordassem. Imaginou o café da manhã, todos juntos, com panquecas e mel. E o cheiro do café se misturando ao de creme de barbear. Imaginou o calor daquele despertar perturbado pela sua presença, pelas mentiras, pelo constrangimento. Imaginou contar a Daniel que tinha estado com um homem, que tinha se sentido mulher.

Imaginou falar para ele de Christmas, da promessa dos dois, de sua sintonia, daquele ser um só, do banco no Central Park, do coração esmaltado de vermelho, de Bill, do hospital, da sua partida de Nova York quando tinha decidido beijar o duende do Lower East Side. E logo em seguida imaginou o rosto delicado de Daniel, suas expressões. Seus ombros se curvando, prontos para suportar aquele peso.

E então soube que mentiria para ele também.

Vestiu-se. Pegou sua bolsa preta. Entreabriu a porta do quarto e escutou. A casa dos Slater ainda estava imersa no silêncio. Dormiam, embalados pelo cheiro de limpeza da família, sonhando vender carros, sulcar as ondas do mar num veleiro, aquecidos pelo sol da praia, com a pele salgada. Sonhavam os sonhos de uma família.

Desceu silenciosamente as escadas. Abriu a porta que dava para os fundos e se esgueirou para fora.

Estava fugindo de novo, disse a si mesma. Mas não parou.

— A Ruth vai voltar para cá. Aqui é a casa dela — tinha dito Clarence.

E Christmas tinha passado a noite no carro, em frente ao portão na Venice Boulevard. Acordado. Porque não podia perdê-la. Não queria arriscar não a ver. Precisava saber por que ela tinha fugido.

Mas agora o sol que surgia fazia seus olhos arderem. Sentia a cabeça ficar pesada. Não podia dormir, repetia para si mesmo. Mas as pálpebras se fechavam, e os pensamentos ficavam cada vez mais confusos. Olhava para a rua e via Ruth chegar, virar a esquina. Estava com um vestido lilás e uma bolsa preta a tiracolo. E então ele ia ao encontro dela. Quando tinha sido? Só um dia antes. E no entanto parecia uma lembrança desbotada pelo tempo. Como se tivesse acontecido mil anos antes, uma vida inteira antes.

Christmas fechou os olhos. "Só um instante", pensou.

Sentiu uma espécie de vertigem. Arregalou os olhos de repente, para recuperar o equilíbrio. Agarrou-se ao volante. Bateu as pálpebras. E de novo pareceu vê-la contra a luz, dobrando a esquina com seu vestido lilás e os cabelos curtos e pretos. Linda. E então Ruth parava e o reconhecia. Christmas fechou os olhos. Pareceu ouvir os passos leves dela na calçada. Sorriu enquanto se entregava à vertigem do sono. Ruth agora corria. Mas não corria para ele. Corria na direção oposta. Fugia.

— Ruth... — chamou baixinho, suspenso entre a vigília e o sono que o vencia, aprisionando-o no pesadelo.

Respirou fundo, como que saindo de uma longa apneia. Arregalou os olhos. Esfregou-os. Espiou outra vez o final da rua. Deserta. Abriu a porta e saiu do carro. Olhou em volta. Da cafeteria em frente começava a se espalhar no ar um aroma de café. Com passos pesados, atravessou a rua e entrou no estabelecimento. E ali, numa mesa do canto, viu Ruth sentada. E ao lado dela um jovem de cabelos loiros. O rapaz se virou e sorriu. Era ele mesmo. Um Christmas que não existia mais. O Christmas de um dia antes. De uma vida inteira antes. Sentiu as pernas cederem.

– Está se sentindo bem? – perguntou a garçonete atrás do balcão.

Christmas se virou e colocou-a lentamente em foco. Depois voltou a olhar para a mesa do canto. Uma velha desdentada enchia a boca com uma fatia de torta de mirtilo. O recheio escorria em seu queixo.

– Café – disse Christmas, apoiando-se instável no balcão.

– Está se sentindo bem? – perguntou de novo a garçonete.

Christmas fitou-a com um olhar ausente.

– Café – disse.

Enquanto a garçonete enchia uma xícara branca, de porcelana grossa, Christmas olhou do outro lado da vitrine, para o portão pelo qual mais cedo ou mais tarde Ruth entraria. O Oakland estava estacionado pouco adiante. O sol se refletia nas janelas, transformando-as em espelhos reluzentes.

– Aqui está seu café – disse a garçonete. – Quer algo para comer?

Christmas, sem responder, pegou a xícara na mão e tomou um gole. O café estava fervendo e lhe queimou o céu da boca. Pousou a xícara e enfiou a mão no bolso, procurando trocados para pagar. Sentiu uma folha de papel. Pegou-o, desdobrou e olhou. Era o contrato de Mayer. Tinha-se esquecido completamente. Aquilo também estava a uma vida de distância. Estendeu-o sobre o balcão, passou a mão em cima, esticando as dobras do papel. Leu-o lentamente, com dificuldade, procurando se lembrar do prazer que tinha sentido ao escrever. Procurando trazer de volta aquela emoção eletrizante de ver a vida surgir no papel, procurando lembrar o impacto das teclas da máquina, o ruído do rolo deslizando, o farfalhar do papel. Leu as cifras que a administração da MGM estava disposta a pagar por suas histórias. Mas tudo lhe parecia distante demais. Sem sentido. Enfiou o contrato no bolso, bebeu o café, deixou um punhado de moedas no balcão sem contá-las e foi em direção ao banheiro, depois de olhar mais uma vez para o portão de Ruth. Enxaguou o rosto com água fria e olhou no espelho. Fitou-se demoradamente. Sem conseguir enxergar alguma coisa nos próprios olhos. Era como se não estivesse ali. Estava como que suspenso. Era como se não estivesse vivo.

Saiu do banheiro e foi em direção ao carro. Enquanto se aproximava, via-se refletido nas janelas inundadas pelo sol. O terno amarrotado, o andar cansado, os ombros curvados. Pôs a mão na maçaneta. Olhou para cima, para as janelas da agência fotográfica. Ainda estavam fechadas. Então se virou para a rua da qual esperava ver Ruth aparecendo. Ninguém. Abriu a porta e entrou no carro.

– Sabia que ia te encontrar aqui.

Christmas arregalou os olhos, quase assustado.

– Ruth... – disse apenas.

Ela estava sentada no banco do passageiro, do lado da calçada.

– Vi você na cafeteria – disse.

– Estava te esperando – disse Christmas.

– Sim, eu sei.

Olharam-se em silêncio. Próximos, porém distantes.

Christmas segurou a mão dela entre as suas. Devagar, com doçura.

– Por quê? – perguntou.

– Não é culpa sua – disse ela, entrelaçando os próprios dedos nos dele.

Christmas olhava para baixo, fitando a mão dela na sua.

– Por quê? – perguntou outra vez.

– Eu estou estragada – disse ela, virando a cabeça para a janela. – Nunca conseguiríamos ter um futuro...

– Não é verdade – disse Christmas, quase com fúria. Rebelando-se, apertando a mão dela. – Não é verdade, Ruth.

Ruth continuou fitando o nada do outro lado da janela. Imóvel.

– A gente pode conseguir – disse Christmas. – A gente precisa.

– Não, Christmas. Eu não sou como as outras, não tenho um futuro como as outras mulheres. – A voz dela era baixa, desesperada. E controlada. – Eu estou estragada.

– Ruth...

– Não é culpa sua.

Christmas apertou a mão dela.

– Olha pra mim – disse.

Ruth virou a cabeça.

– Você me ama? – perguntou ele.

– Que importância isso pode ter?

– Pra mim tem.

Ruth não disse nada.

– Preciso ouvir você dizer. Você me deve isso, Ruth.

Ela tirou a mão da dele e abriu a porta.

– Jura que não vai me procurar – disse.

Christmas balançou a cabeça.

– Você não pode me pedir isso.

Ruth fitou-o intensamente, como se tentasse imprimir seus traços na memória para sempre.

– Talvez um dia eu esteja pronta. Aí eu é que vou te procurar. Agora é a minha vez.

Christmas tentou pegar a mão dela, mas Ruth saiu do carro.

– Estou indo embora. Não sei pra onde – disse Ruth, com uma voz repentinamente dura e uma pressa que denunciava toda a sua dor. – Não me espere.

– Eu vou te esperar.

– Não me espere – e Ruth entrou no portão.

65

Manhattan, 1928

— FINALMENTE, SENHOR... — disse o porteiro do condomínio do Central Park West ao ver Christmas. Foi ao seu encontro, agitado. — Queria chamar a polícia, mas depois... enfim, não sabia bem o que fazer...

— O que aconteceu, Neil? — perguntou Christmas, taciturno, distraído.

— Não é uma coisa normal... — disse o porteiro, inclinando-se para pegar a mala de Christmas e acompanhando-o até o elevador. — Um homem...

— Neil, eu acabei de voltar de Los Angeles e estou de péssimo humor — rosnou Christmas, arrancando a mala da mão do porteiro e entrando no elevador. — O que aconteceu?

— Um homem me obrigou a abrir o seu apartamento — disse o porteiro num fôlego só.

— Que homem?

— Não sei como se chama. Era grande e forte, com duas mãos enormes e encardidas...

Christmas deu um sorriso imperceptível.

— E como ele te obrigou?

— Me disse que ia dar um tiro nos meus joelhos — disse o porteiro, pálido.

— E você acreditou?

— Ah, sim, senhor. Se tivesse visto... tinha uma voz...

— Grave como um arroto, eu sei.

— Sim, senhor, e de qualquer forma... estava levando coisa... para dentro... — gaguejou o porteiro, embaraçado. — Quero dizer... não estava levando embora... estava levando para dentro e eu...

— Você fez bem em abrir pra ele, Neil — cortou-o Christmas. Depois se virou para o ascensorista. — Décimo primeiro.

— Eu sei, senhor — disse o rapaz com um sorriso, fechando as grades. — Eu sempre escuto *Diamond Dogs*. Recomeça amanhã, não é?

Christmas olhou para ele em silêncio, enquanto o elevador subia zunindo. Tinham-se passado só duas semanas, e a vida de antes lhe parecia distante, quase estranha. Como se fosse a vida de outra pessoa.

— Às sete e meia? — perguntou o rapaz.

— Como? — fez Christmas, distraído.

— Vão transmitir às sete e meia como sempre, não é?

— Ah, sim... — disse Christmas, perguntando-se como faria para falar com o mesmo entusiasmo de antes. Perguntou-se como faria para não pensar em Ruth. Agora que a ligação entre eles tinha ficado ainda mais forte. Agora que ele era definitivamente dela. Agora que a tinha perdido.

— Sim, às sete e meia... como sempre.

O elevador parou no andar com um solavanco. O rapaz abriu as grades. Christmas saiu com a mala na mão e dirigiu-se com passos cansados para seu apartamento.

— Boa noite, Nova York — disse o rapaz do elevador.

Christmas se virou e olhou para ele. Deu um leve sorriso e assentiu, tirando as chaves do bolso. Entrou no apartamento. Deixou a mala na entrada e atravessou a casa deserta de móveis, em direção à janela que dava para o Central Park.

E então viu a escrivaninha de nogueira americana e uma poltrona giratória, bem diante da janela da qual olhava o banco no parque. Na escrivaninha, uma máquina de escrever. Aproximou-se devagar. Havia uma folha enfiada no rolo da Underwood Standard Portable. "Sua mãe me disse que agora você vai se meter a escrever suas bobagens", leu no papel. "Mas como é que vai escrever alguma merda se não tem uma máquina de escrever e uma escrivaninha, pirralho?" Christmas sorriu, sentou-se na poltrona giratória e continuou lendo. "A escrivaninha era do Jack London. E só por isso o cara que estava vendendo queria quinhentos dólares. Ladrão de merda. No fim acabou me dando de presente." Christmas passou a mão no tampo de nogueira e caiu na risada. Aquela escrivaninha tinha sido roubada. Depois o olhar se desviou para além do papel e caiu sobre o banco onde ele e Ruth se sentavam, rindo e conversando. Numa outra vida. Apoiou os cotovelos na escrivaninha e segurou a cabeça entre as mãos. Uma vida que não existia mais. Levantou-se e escancarou a janela. O tráfego, onze andares abaixo, zunia distante.

Uma vida que não existia mais depois de uma maravilhosa, perfeita noite de amor. Depois de seis anos de espera.

Christmas permaneceu imóvel olhando a grama, as árvores, os lagos do parque e, mais adiante, a cidade inteira.

— Boa noite, Nova York... — experimentou dizer baixinho, sem convicção.

Foi ao banheiro, se lavou e trocou de roupa. Depois saiu, a pé, sem pressa. Atravessou o parque e dali pegou a Sétima, seguindo para o norte.

Depois que Ruth tinha dito para não a procurar, Christmas voltara à mansão que Mayer tinha colocado à sua disposição. Tinha-se jogado na cama em que tinha feito amor com ela e aspirado seu cheiro, por um dia inteiro, até ele acabar. Não pensava em nada. Só cheirava. Não conseguia nem recordar. Depois, após aquele dia passado na cama, não resistira. Tinha pegado o telefone, ligado para a Wonderful Photos e falado com o Senhor Bailey.

— Ela foi embora?

— Sim.

— E pra onde ela foi?

Um longo silêncio do outro lado do telefone.

— Ruth me explicou que vocês fizeram um pacto — tinha dito Clarence.

— Sim...

— Porém não tinha certeza se o senhor o respeitaria.

Christmas teve a impressão de sentir uma nota de pesar na voz do Senhor Bailey.

— Mas o senhor sabe pra onde ela foi, não sabe?

De novo um longo silêncio, e em seguida o *clic* da comunicação sendo interrompida. Gentilmente. Christmas tinha se jogado de novo na cama, afundando o nariz no travesseiro sobre o qual tinham se espalhado os cabelos negros de Ruth. Mas sentiu só o cheiro do algodão. Ruth tinha desaparecido. Definitivamente. Christmas pensara que choraria. Mas os olhos só se umedeceram um pouco, como se a dor não quisesse subir à superfície. Como se sua alma retivesse pelo menos aquilo. A última coisa que lhe restava de Ruth.

À noite, um carro tinha parado no jardim. Christmas ouvira a voz de Hermelinda e depois passos decididos subindo as escadas.

Nick entrara no quarto. Sentara-se na poltrona, cruzara as pernas, remexera no bolso do paletó de Christmas e tirara de lá o contrato amarrotado da MGM.

— Mayer disse que agora é a sua vez de levar pimenta na bunda. Leu o contrato?

Christmas não tinha nem se virado para olhar para ele.

— A camareira disse que teve visitas — tinha dito Nick, com uma voz indiferente. — Se divertiu?

Christmas não se mexera.

— Parece que não — prosseguira Nick, levantando-se e colocando o contrato de volta onde o tinha encontrado. — Esperamos você amanhã às dez. Escritório do Mayer. Pontualmente. Vamos assinar o contrato, OK?

Christmas continuara com o rosto afundado no travesseiro que não tinha mais o cheiro de Ruth.

— Escute, Christmas... — tinha dito Nick, da porta. — É problema de mulher, não é? Eu te arranjo todas as garotas que quiser. Isso aqui é Hollywood.

— E você está aqui pra isso, não é? — tinha dito Christmas, com uma voz distante, abafada pelo travesseiro. — Você resolve os problemas.

Nick o tinha olhado severamente.

— Às dez no escritório do Mayer — repetira, indo embora.

Christmas continuou subindo a Sétima. Já começava a ver os prédios dos *Negro Tenements,* na 125. Diminuiu o passo. Parou. Precisava se reapropriar da cidade, dos lugares dos quais tinha se desarraigado em duas semanas apenas, tornando-se uma pessoa diferente. E precisava descobrir quem era essa outra pessoa na qual tinha sido obrigado a se transformar.

Na manhã seguinte, tinha ido aos estúdios da MGM. Tinha olhado a porta número 11, que se abria para o pequeno escritório onde descobrira a empolgação de escrever. "É tudo o que te resta", dissera a si mesmo. E enquanto se virava na direção do escritório de Mayer, com o contrato na mão, mesmo aquela sensação tão nova, tão próxima, lhe pareceu distante. Faltavam dois minutos para as dez. Seria pontual. Como um bom empregado, pensou. E então, sem nem pensar, suas pernas tinham parado. E a palavra "empregado" tinha começado a ressoar em seus ouvidos. Ameaçadora. Pesada. Esmagadora. Tinha ouvido uma voz berrando alguma coisa num megafone. Seguira aquele som, com o contrato ainda na mão. Atrás de uma grande porta de correr, entreaberta, vira luzes apontadas para um jardim de mentira, para um chafariz de mentira que esguichava água e para dois atores com perucas brancas na cabeça e o rosto maquiado de branco. Tinha entrado no escuro, tropeçando num feixe de cabos grossos esticados no chão.

– Silêncio! – gritara a voz no megafone.

– Câmera! – gritara outra voz. E, no silêncio, a câmera tinha começado a zunir.

– Ação! – dissera o diretor, sentado numa cadeira ao lado da cena.

De repente, os dois atores tinham ganhado vida. Duas falas rápidas, que subentendiam algo que devia ter acontecido antes. Em seguida eles se voltavam para o fundo da cena, de onde provinha um vozerio, e de repente corriam para se esconder atrás de uma moita alta.

– Corta! – gritara o diretor no megafone.

Todos pararam. As luzes do estúdio se acenderam, mostrando as paredes nuas, achatando o cenário, revelando-o pelo que era. Papelão pintado. O diretor assinara alguns papéis. Os atores se sentaram diante de um espelho, passando uma esponja no rosto para tirar a maquiagem. Depois tiraram a peruca. Um deles era careca. Outro homem tinha chegado com dinheiro na mão e dado a eles. Christmas o ouvira dizer:

– Terminaram.

Os dois atores tinham contado o dinheiro e trocado de roupa. Quando passaram por ele, Christmas os ouvira dizer:

– Vamos depressa, estão nos esperando para as 10h20 no estúdio 7, e a gente ainda precisa se vestir de *cowboy*.

"Empregados", pensara Christmas.

– E o senhor, quem é? – nesse momento, um assistente lhe perguntara, conferindo uma pasta. – Tem alguma coisa a ver com o *set*?

Christmas olhara para ele. E entendera.

– Não, não tenho nada a ver – respondera, sorrindo, e fora embora.

Aquele não era seu mundo. Não chegaria pontualmente ao escritório número 11 toda manhã, como um bom empregado. Enquanto caminhava para a saída dos estúdios, ao longo das alamedas movimentadas e produtivas da indústria de Hollywood, Christmas tinha revivido a sensação de embriaguez que experimentara ao escrever, ao imaginar personagens, ao plasmá-los no início para depois vê-los emergir da tinta e do papel, inesperadamente vivos e quase independentes dele. Tinha relembrado os olhos de sua mãe, como brilhavam quando lhe contava do teatro. Tinha recordado o silêncio tenso e emocionante da plateia se calando; o chiado delicado, sacro, litúrgico, da cortina se abrindo; o calor das notas que a orquestra, escondida numa abertura no proscênio, fazia vibrar no ar; a luz fulgurante dos refletores se acendendo. Tinha escutado o próprio coração se aquietando – como se tivesse voltado àquela noite com Maria, quando conheceu Fred Astaire –, ajustando-se ao silêncio dos espectadores. E tinha prendido com eles a respiração, como se estivesse ali de novo, naquela sala escura, com um leve cheiro de mofo, como o cheiro de incenso de uma igreja.

Num instante – desviando de uma comitiva barulhenta de figurantes –, ele soubera. Ultrapassando o portão dos estúdios da MGM, a mão que segurava o contrato o soltara. A folha de papel amassado flutuara no ar quente da Califórnia. E naquele exato instante Christmas tinha decidido voltar para Nova York. E experimentar escrever. Para o teatro.

Ninguém sabia ainda, sorriu Christmas, voltando a caminhar pelo Harlem. Foi em direção à velha sede da CKC. Precisava recomeçar dali. Naquele lugar encontraria suas bases.

Dobrou a 125. E dois quarteirões adiante, onde se encontrava o apartamento de Sister Bessie, viu um ajuntamento de pessoas transbordando da calçada e invadindo a rua. Viu também a luz de uma viatura da polícia piscando. Chegando mais perto, percebeu que eram duas patrulhas, não uma. Acelerou o passo e chegou até as pessoas que se espremiam em torno do portão da sede da CKC.

– O que está acontecendo? – perguntou a uma mulher que ria, contente.

A mulher se voltou. Seus lábios escuros e carnudos se escancararam num sorriso, mostrando os dentes brancos e retos.

– Mas você é o Christmas – disse.

– O que está acontecendo? – perguntou ele outra vez.

– O Christmas também chegou! – gritou a mulher para a multidão.

E todos que a ouviram se voltaram.

– O Christmas também está aqui! – gritaram vários, e a notícia correu, de boca em boca. Algumas mãos o agarraram e o empurraram para a frente, no ventre da reunião de rua. E enquanto avançava, cada um dos presentes lhe dava tapinhas nas costas, abraçava-o, fazia gracejos.

– Ei, lembra de mim? – perguntou um negro gigantesco. – Eu sou aquele que te emprestou a bicicleta no dia que a gente ergueu a antiga antena – e esticou o braço potente na direção do telhado do prédio.

– A *antiga* antena? – disse Christmas, olhando para cima.

No telhado surgia uma antena alta e fina, com uma esfera dourada no topo. Na metade da estrutura, um relógio cintilante, verde e dourado, que marcava as sete e meia. E na parte de cima se destacavam as letras CKC.

Christmas olhou para o negro gigantesco.

– Você é o Moses, não é? – perguntou.

Mas o negro não respondeu.

– O Christmas chegou! – gritou para a multidão. Depois se virou para ele, agarrou-o pelo tronco e o levantou com uma extraordinária facilidade, mostrando-o para as pessoas. Um outro negro pegou os pés de Christmas e levantou-os também. Em seguida começaram a jogá-lo no ar, rindo. E por fim se formou espontaneamente uma fila de homens que o fizeram deslizar até o centro da concentração, mantendo-o erguido e festejando-o como um herói.

Quando o puseram no chão, Christmas estava sem fôlego e sua cabeça girava. Diante dele, Cyril e Karl riam, contentes.

– Bem-vindo de volta, sócio – disse Cyril, abraçando-o.

– O que está acontecendo? – tentou dizer Christmas.

Mas Karl também o abraçou e apertou forte, quase o sufocando.

– Bem-vindo de volta, sócio – disse.

Christmas se desvencilhou, deu um passo para trás, com as mãos esticadas para manter afastados os dois amigos.

– Alguém pode me dizer que diabos está acontecendo?

Cyril e Karl riram.

– Você olhou pro telhado? – disse Cyril.

– Cadê a nossa antena? – perguntou Christmas. – Cadê o nosso relógio?

Cyril e Karl riram outra vez. E as pessoas em volta também riam.

– Puta que pariu! – berrou Christmas.

– OK, OK... – disse Cyril, passando o braço por cima dos ombros dele e puxando-o para si. – Mudança de planos. – Apontou para Karl. – Finalmente deu uma dentro, o nosso diretor. Está vendo aqueles senhores lá adiante? – e mostrou três brancos de terno cinza estacionados perto das patrulhas da polícia, com um sorriso sem jeito estampado no rosto. – Então, o polaco convenceu eles a criar uma sede independente da CKC. As salas da WNYC são maravilhosas, mas... mas a gente sentia falta do nosso buraco clandestino. Conseguimos ter uma antena nossa e trazer pra cá os melhores equipamentos do mercado...

– E não é só isso – interveio Karl, empolgado. – Por enquanto arrumamos só o apartamento da Sister Bessie, mas hoje começam os trabalhos de verdade. Compramos o último andar inteiro. Vamos fazer três salas, escritórios, enfim, tudo.

– E vamos dar trabalho pra um monte de negros! – gritou Cyril.

Christmas estava sem palavras.

– Duas semanas... – disse, rindo. – Estou fora há duas semanas e me aprontam essa zona...

– Vem cumprimentar os chefes da WNYC – disse Karl, pegando-o pelo braço e puxando na direção dos três brancos de terno cinza, que continuavam sorrindo.

– Estão se cagando com todos esses negros em volta deles – riu Cyril.

Os três dirigentes apertaram calorosamente a mão de Christmas. Pronunciaram algumas palavras protocolares, de burocratas, depois disseram que tinham um compromisso urgente e se enfiaram num automóvel de luxo.

– Eu vou com eles – disse Karl. – Tenho em mente uma série de programas para a CKC e quero falar a respeito com eles enquanto a coisa ainda está quente.

Cyril esperou que ele entrasse no carro.

– É um dirigente nato. Não pensa em outra coisa – disse, balançando a cabeça. Depois cutucou Christmas com o cotovelo e se dirigiu ao agente mais velho das duas patrulhas, que estava parado em pé na porta do carro. – Com licença, senhor, sabe que horas são? – perguntou com um sorriso irônico. Levantou o braço para o telhado e acrescentou: – Sabe, nós, negros, somos tão estúpidos que montamos um relógio que não funciona.

O rosto do policial se endureceu, irritado.

A multidão ao redor riu.

– Que horas são, agente? – gritaram em coro. E se fecharam em torno dos policiais.

Os outros três agentes levaram a mão ao coldre, alarmados.

– Não façam nenhuma besteira – disse em voz baixa o agente mais velho. – Eu cuido desses idiotas. – Deixou a porta do carro e se deslocou para o meio da rua. Olhou para cima. – Nos passaram a perna por um bom tempo, temos que admitir – disse então em voz alta.

As pessoas riram. Os policiais relaxaram a mão do coldre. Fingiram rir.

– Que horas são? – gritou um na multidão.

O velho agente virou-se abruptamente, com uma expressão dura no rosto. Mas logo em seguida voltou a sorrir, balançou a cabeça, tirou o quepe e esfregou os cabelos ralos. Depois olhou para a multidão.

– Aqui vai ser sempre sete e meia!

A multidão riu e aplaudiu.

O agente sorriu outra vez, depois se aproximou de um dos colegas e sussurrou para ele:

— Vamos embora, esse fedor de preto me dá vontade de vomitar. Entrou no carro, colocou-o em movimento e passou entre as duas alas de pessoas, seguido pela outra patrulha.

— Você foi ótimo, Charlie – disse o agente sentado ao lado dele.

— Lembrem-se, os negros são inferiores – disse o policial, enquanto sorria para as pessoas que batiam no capô do carro. – Cada vez que pegarmos um deles vamos fazê-lo se arrepender de terem nos passado a perna.

— Vamos subir que eu quero te mostrar seu novo posto – dizia Cyril a Christmas enquanto isso.

Enquanto Cyril ia em direção ao portão, Christmas olhou em volta. As pessoas reunidas tinham uma expressão feliz. Era uma festa. E entre os negros viu também alguns brancos. Um deles, um sujeito forte, de cabelo crespo e muito escuro, duas olheiras profundas e um nariz fino e adunco, cortou seu caminho, fitando-o com um olhar torvo.

— Eu sou o Calabrês – disse.

Christmas o examinou. O paletó extravagante demais estava saliente embaixo da axila. E no bolso direito da calça percebia-se o contorno de um canivete.

— E qual é o problema?

— Sou do Brooklyn – disse o Calabrês. Aproximou-se da orelha de Christmas. – E tenho uma gangue só minha – sussurrou. Deu uma olhada para um lado e para o outro, depois se inclinou de novo para ele. – Por que não fala de mim também no seu programa? Um pouco de publicidade não faz mal a ninguém, se é que me entende. Em troca de repente eu te conto alguma coisa.

Christmas sorriu.

— Quer saber de uma boa? – disse o gângster. – Sabe como eu me chamo? Pasquale Anselmo. Sou o único em toda a Nova York que tem duas fichas no FBI. Porque não sabem qual é o nome e qual é o sobrenome. Uma ficha diz "Pasquale Anselmo" e a outra "Anselmo Pasquale". – Olhou para Christmas, esperando uma reação. – Não entendeu? – riu o gângster. – Essa é boa, não é?

— Sim, essa é boa, Calabrês – riu Christmas. – Você ouve o programa.

— Como é que é isso? – interveio um negro com um traje de cetim. – Pros brancos você faz propaganda e pros negros não? – Enfiou-se na frente do Calabrês. – Acha que só os italianos, judeus e irlandeses têm culhão?

– Cai fora, cafetão – disse o Calabrês.

– Você está no meu território, merda pálida – disse o negro.

– OK, parem com isso – interveio Cyril. – Que porra vocês têm na cabeça? Puta que pariu, vão tomar no cu os dois!

O Calabrês olhou atravessado para o cafetão.

– A gente se vê por aí.

Depois se afastou com passos medidos.

– Quando quiser! – gritou o negro.

Cyril pegou Christmas pelo braço e levou-o para o que tinha sido o apartamento de Sister Bessie.

– Eu também comprei uma casa. Muito grande. Aqui no Harlem não custam porra nenhuma – disse, enfiando a chave na fechadura da porta na qual agora estava escrito CKC. – Sister Bessie agora mora com a gente. São meus sobrinhos, afinal.

Abriu a porta. O apartamento tinha sido pintado recentemente. Por todo lado, caixas cheias de materiais elétricos. Cabos passando por tudo.

– Ainda está uma zona. Mas vai ficar um brinco – disse, orgulhoso. Depois pegou um microfone e mostrou a Christmas. – É aqui que você vai falar. É extremamente sensível.

Christmas olhou em volta. Sentiu-se bem. Tinha voltado para casa.

– Encontrou ela? – perguntou Cyril.

– Resolvi escrever pra teatro – disse Christmas.

Cyril olhou para ele em silêncio.

Christmas andou pelo apartamento, abrindo distraidamente as caixas, olhando os equipamentos reluzentes. Depois se voltou.

– Não quero falar dela – disse.

Cyril se sentou numa cadeira desconjuntada. Massageou os dedos nodosos com uma expressão absorta. Pesarosa. Quando ergueu novamente o rosto, sorria.

– Teatro, é? – disse. – Eu gosto de teatro.

66

Manhattan, 1928

MAS ESCREVER NÃO SE REVELOU TÃO FÁCIL.

No primeiro dia, Christmas ficou sentado diante da sua Underwood sem teclar uma só palavra. Fitava a folha em branco sem se decidir a começar. Como se tivesse medo. Como se tivesse perdido aquela inconsequência que o tinha feito enfrentar a vida com um sorriso impertinente, que o tinha guiado para fora das ruas pobres do Lower East Side. Era como se de repente o mundo lhe parecesse um negócio sério, e o sucesso e o dinheiro, em vez de lhe darem mais ousadia, o tivessem tornado prudente. Como se, agora que tinha algo a perder, não tivesse mais coragem de arriscar. Quase como se tivesse ficado avarento. Ou se levasse a sério.

Como se algo dentro dele tivesse se calado. Ou o mundo tivesse se calado. Ou entre ele e o mundo tivesse se erguido um muro. Como se tivesse vestido uma couraça e endurecido.

Agora que a CKC tinha saído da clandestinidade, os ouvintes de Nova York escreviam centenas de cartas, todas para ele. Cartas cheias de elogios, de carinho, de admiração. Mulheres que se sentiam finalmente compreendidas, homens que fantasiavam ser corajosos, garotos que queriam ser como Christmas, garotas que queriam encontrá-lo e que lhe declaravam seu amor. E num instante – enquanto Karl lançava um apêndice de *Diamond Dogs* no qual se liam trechos daquelas cartas –, Christmas tinha começado a sentir o peso de todos aqueles olhares. E tinha se cristalizado na figura pública que o mundo lhe devolvia. Atolado num estagnante reflexo de si mesmo.

Por isso, no primeiro dia não escreveu uma única palavra na folha branca no rolo da sua Underwood. No segundo dia se forçou, tentou reencontrar o entusiasmo que o tinha animado no escritório número 11 dos estúdios da MGM. Bateu timidamente as primeiras palavras. Tentou ouvi-las soando no ar, tentou escutar o som daquelas primeiras frases rasgando o silêncio do teatro. Mas lhe pareceram pobres. Como se não fossem suficientes. E, se as corrigia, logo lhe pareciam excessivas. Estava sem equilíbrio. E teve que se render à evidência de que construir uma história era bem diferente de contá-la, que organizar personagens, fazê-los interagir de forma verossímil era muito mais complexo que o simples esboço que tinha produzido para Mayer. Que a vida dos protagonistas de uma história não garantia por si só a vida da história em si.

No terceiro dia decidiu se jogar de cabeça no teclado. Inventar cenas e transcrevê-las. Depois as conectaria, encontraria o fio da meada, disse a si mesmo. E então fechou os olhos e imaginou. Viu uma sala de bilhar esfumaçada. Lentamente, viu emergirem alguns sujeitos em mangas de camisa, com o taco na mão e a pistola no coldre. Viu garrafas de uísque contrabandeado num canto. Em seguida viu um homem entrar na sala, escancarando a porta com o ombro, e abrir fogo contra os gângsteres. E matá-los todos, um depois do outro. E ouviu o silêncio que se seguia àquela repentina explosão de tiros. E a risada do assassino pegando uma garrafa, bebendo um gole generoso de uísque e depois – com uma careta fria desenhada no rosto – começando a despejar o álcool em cima dos cadáveres ensanguentados. O homem então ia até a porta, ainda aberta, e acendia um palito de fósforo. Segurava-o suspenso por um instante, sorria com cinismo e depois o jogava na poça de álcool que incendiaria a sala de bilhar. Escuridão. Mudança de cena.

Christmas abriu os olhos e se lançou sobre as teclas, empolgado. Era uma cena de aplauso, dizia a si mesmo. Escuridão, aplausos. Escreveu com ânsia, de cabeça baixa sobre a Underwood. Quando terminou a cena, arrancou a folha do rolo e colocou-a à sua direita. Pegou da pilha à esquerda uma folha em branco, ajeitou-a no rolo, olhou intensamente para ela por um instante e fechou os olhos.

Imaginou uma casa no Lower East Side e uma mulher chorando desesperada, no chão, encostada num sofá puído. Com uma foto na mão. Uma foto que as lágrimas amoleciam. E a mulher passava a foto no vestido, na tentativa de enxugá-la, na altura do coração. Na altura do seio. Era uma mulher bonita, jovem. Então batiam na porta e entrava um homem. Não se conseguia vê-lo. Estava na penumbra. Permanecia ali, imóvel, fitando a mulher que chorava, desesperada. E a mulher erguia os olhos e olhava para ele.

– Mataram ele – soluçava. – Mataram o meu Sonny na sala de bilhar.

Então o homem saía da sombra, ia até ela, puxava-a para cima e a abraçava. E todos os espectadores o reconheciam. Era o assassino.

– Vou encontrar o canalha que matou ele – dizia à mulher, e acariciava seus cabelos.

Escuridão. Aplausos.

Christmas voltou a pressionar as teclas da máquina, descrevendo em detalhes o apartamento e o rosto da mulher. E foi só quando chegou à última fala que levantou os olhos da folha e se deu conta de que, desde que tinha decidido escrever, não tinha olhado nenhuma vez para o banco no parque, diante da janela. O banco pelo qual tinha comprado aquele apartamento. E sentiu um incômodo. Como se tivesse traído Ruth.

Escreveu rapidamente o final da cena, tirou a folha do rolo e juntou-a às outras. Depois saiu e foi em direção à 125. Era hora de fazer o programa. Mas evitou passar pelo parque. A sensação de incômodo continuava. Deu de ombros. Estava escrevendo, disse a si mesmo. Tinha uma tarefa agora, escrever para o teatro. Não podia continuar pensando no que já não existia mais. Não tinha sido por vontade sua. Tinha-a procurado, tinha-a desejado com uma constância que nenhum outro teria tido. Era ela que o tinha mandado embora. Era ela que o tinha traído. Agora ele era Christmas Luminita, um homem rico, famoso, importante, que recebia dezenas e dezenas de cartas de admiradores. Tinha que cuidar de si mesmo, de sua carreira. De sua vida. Tinha que ir em frente pelo seu caminho.

– Como foi? – perguntou ao terminar a transmissão, com um sorriso emproado no rosto.

– Está um pouco enferrujado – disse Karl.

– Como assim? – perguntou Christmas, enrijecendo-se.

– Mecânico – disse Karl. – Como se tivesse decorado... quer dizer, como...

– Que porra é essa que você está inventando, Karl? Pra mim pareceu fantástica – fez Christmas, agressivo.

– Quero dizer que é como...

– Como?

– Como se estivesse arremedando você mesmo.

Christmas se levantou da cadeira.

– Vai se foder, Karl! Não vem bancar o diretor artístico comigo, não. – Soltou uma risadinha nervosa. Balançou a cabeça. – Que porra é essa de imitar a mim mesmo? – riu de novo e olhou para Cyril. – Ouviu essa?

Imitando eu mesmo. Eu sou eu mesmo, porra! Foi um programa fantástico, estava com eles na mão, eu conseguia sentir. É ou não é, Cyril? – e de novo riu, buscando por cumplicidade. – Que porra é essa de imitar a mim mesmo?

– Quer mesmo saber? – disse Cyril.

Christmas franziu a sobrancelha. Depois abriu os braços, com um sorriso arrogante.

– Vamos lá – disse, desafiando-o a falar.

– Quer dizer que você estava parecendo um balão inflado – disse Cyril.

Christmas permaneceu imóvel, como se estivesse petrificado. Por um instante. Depois sentiu que as palavras de Cyril ricocheteavam nele. Como se estivesse vestindo uma couraça. Riu. Uma risada cheia de soberba. E então ficou sério. Uma expressão fria endurecia os traços de seu rosto enquanto apontava o dedo para Karl e depois para Cyril, agitando-o no ar.

– Vocês dois não devem nunca se esquecer de uma coisa – começou, com uma voz baixa. – Sem mim...

– Não fala, rapaz – interrompeu-o Cyril.

Christmas parou, ainda com o indicador balançando no ar, ameaçador.

– Não fala – repetiu Cyril, sem desviar o olhar. Um olhar forte, decidido. Cheio de uma autoridade afetuosa.

Christmas deu um passo para trás. Abaixou a mão. Deu um sorriso sarcástico. Abriu a boca para falar. De repente, virou-se e saiu do estúdio.

Na rua, reconheceu um Ford T caindo aos pedaços.

– Santo! – disse, com uma alegria forçada na voz, abrindo a porta do motorista. – O que está fazendo aqui?

– Vim te cumprimentar, chefe – disse o amigo de sempre. Depois bateu a mão no volante. – Caramba, não sabe quanto sinto falta dos nossos "sequestros".

Christmas riu, encostado com os cotovelos na capota do carro.

– Pois é, agora fazem fila direto aqui pra serem entrevistados por mim – disse.

– Você é um verdadeiro chefão – riu Santo, orgulhoso.

– Ouviu o programa de hoje? – perguntou-lhe Christmas.

– Que nada! Ainda estava no trabalho. Sinto muito. Mas a Carmelina com certeza...

– Foi um programa fantástico – interrompeu-o Christmas. – Estava com os ouvintes na mão.

Santo olhava-o com adoração.

– Sabia que eu comprei uma casa?

– Ah... – disse Christmas, distraidamente.

– No Brooklyn. Vou levar um tempão pra terminar de pagar, mas é uma bela casa. De dois andares.

– Muito bom...

– Quer ir ver? – perguntou Santo, empolgado. – Quer vir jantar com a gente? Carmelina ia ficar muito feliz.

– Não, eu...

– Vamos, chefe. Cozinha italiana.

– Não, Santo – Christmas se afastou da capota do carro e enfiou as mãos no bolso. – Tenho que ir ver umas pessoas, infelizmente – mentiu. – Sabe, gente do *show business*.

No rosto de Santo surgiu um véu de decepção. Mas logo sorriu.

– Você é um peixe grande agora. A gente precisa reservar horário.

Christmas sorriu, sem jeito.

– Um dia desses vou visitar vocês.

– Vai mesmo? – fez Santo, empolgado.

– Prometo – disse Christmas, balançando de um pé para o outro. – Assim que tiver um tempo livre dou um pulo no Brooklyn.

– Sinto saudade de você, chefe. – Santo ficou olhando seu ídolo em silêncio, sem receber resposta. – Fala aí, lembra quando jogaram a gente na cadeia? – riu. – E aquela vez que...

– Eu tenho que ir, Santo – interrompeu-o Christmas bruscamente. – Quando for ao Brooklyn a gente relembra os velhos tempos, tá?

– Você prometeu, hein?

– Prometi.

– Quem que a gente é? – disse Santo, alegre.

– Os Diamond Dogs – fez Christmas, sem entusiasmo.

– Os Diamond Dogs, porra! – gritou Santo.

Christmas sorriu.

– Vai lá. A Carmelina deve estar te esperando.

Santo ligou o motor e engatou a marcha.

– Os Diamond Dogs – repetiu em voz baixa, quase incrédulo. Olhou para Christmas. – Minha vida não teria sido porra nenhuma se não tivesse te encontrado, chefe. Sabia disso?

– Vai embora, seu pé no saco. – Christmas fechou a porta, depois bateu a mão no teto do carro. E permaneceu ali parado, no meio da 125, olhando Santo desaparecer. – Foi um programa fantástico – disse baixinho. – Estava com eles todos na mão.

Ouviu vozes atrás dele. Virou-se. Cyril e Karl estavam saindo da CKC, rindo e brincando. Christmas se escondeu num canto escuro. Esperou que fossem embora e depois, a passos lentos, cansados, voltou para casa. Sozinho. Vestindo sua couraça.

E sozinho se sentou em sua escrivaninha. Colocou uma folha em branco na Underwood e começou a bater nas teclas. O assassino tentava ir para a cama com a mulher cujo namorado tinha matado. E enquanto aquele verme tentava seduzi-la descobria-se que o homem assassinado era seu melhor amigo.

– A vida dá nojo – dizia o assassino. – A vida dá nojo. E aí você morre.

Escuridão. Aplausos. Mudança de cena.

Christmas tirou a folha da máquina e colocou-a junto com as outras. Esfregou os olhos. Estava cansado e de mau humor. Sentia um peso no estômago. Relembrava as palavras de Cyril. Tinha-o chamado de balão inflado. Mas aquelas palavras não o afetaram. Tinha uma couraça. E tinha coisas mais importantes a fazer que escutar as idiotices de um almoxarife negro. Tinha coisa melhor a fazer que ir jantar num sobradinho esquálido no Brooklyn com Santo e Carmelina. Estava escrevendo, agora. Para o teatro. Olhou pela janela. A noite estava escura. Não conseguia ver o banco no parque. E não lhe importava nem um pouco. Levantou-se bruscamente, derrubando a poltrona giratória. Com raiva.

– Não estou nem aí! Que se foda! – gritou da janela aberta. Fechou-a, endireitou-se na poltrona, pegou uma nova folha em branco e colocou na Underwood.

Escuridão. Luz. Distrito policial. A mulher está sentada de frente para uma escrivaninha. Um jovem detetive lhe faz perguntas. A mulher responde com monossílabos. Então o detetive pergunta se conhece o homem que os espectadores sabem ser o assassino. A mulher olha para o detetive.

– Sim – responde –, era o melhor amigo do meu Sonny. Então o detetive franze a sobrancelha...

– Que bobajada! – exclamou Christmas, arrancando a folha da máquina. – Que bobajada patética... – Amassou a folha e jogou no chão. Pegou outra e colocou na Underwood.

Escuridão. Luz. É madrugada. Num lote em construção em Red Hook, dois carros parados. De um deles desce o assassino. Do outro, um mafioso com cara de buldogue, com uma cicatriz cortando sua face direita. Apertam-se as mãos.

– Bom trabalho – diz o mafioso.

O assassino bate a mão no coldre e não diz nada. O chefão faz um sinal para um de seus homens, que abre o porta-malas do carro, tira um embrulho de papel e coloca em cima de um toco de pilar de cimento. O assassino se aproxima e o desembrulha. Contém dinheiro. Enquanto o conta, o mafioso saca a pistola, aponta para a nuca do assassino e atira à queima-roupa. O assassino desaba com o rosto no pilar. O capanga recolhe o dinheiro, depois entram no carro. Escuridão. Luz. Aplausos. Mudança de cena.

Christmas esticou as costas. Passou a mão no pescoço dolorido. Suspirou. Permaneceu imóvel. Como se não houvesse mais um único ruído, uma única razão para se mover, um único pensamento. Não havia nem Cyril nem Karl. Não havia Santo e sua Carmelina. Não havia nada nem ninguém. Não havia *Diamond Dogs*. Não havia a rádio. Não havia Hollywood. Não havia as cartas dos admiradores, nem os artigos de jornal, nem aquele apartamento, nem o dinheiro no banco. Talvez não houvesse mais nem ele mesmo. O balão inflado. A caricatura de si mesmo.

Olhou pela janela, no escuro. Não havia o banco do Central Park. Não havia Nova York. Havia só uma couraça dura que lhe escondia o mundo inteiro. E que o escondia do mundo.

Havia só uma dor surda, que pulsava como uma infecção, como um câncer. Uma dor que gritava dentro dele. Dentro da couraça não havia mais nada.

Havia só Ruth.

E Ruth não estava mais lá.

Christmas se levantou devagar, sem forças, e saiu. Sem hesitar, atravessou a rua. Parou na beira do parque. Não conseguia ver o banco, mas sabia que estava ali, a poucos passos. Bastava colocar o pé na grama. Mas não se moveu. Permaneceu imóvel, com as lágrimas escorrendo pelo rosto, dissolvendo a couraça.

Então se virou, voltou ao apartamento vazio, pegou as folhas que tinha escrito e rasgou. Depois atirou a Underwood contra a parede, com violência. Gritando. Por fim se jogou na cama, de roupa, e afundou num sono denso e escuro, sem sonhos.

Na manhã seguinte, quando acordou, não se lavou nem trocou a roupa amarrotada. Atravessou o apartamento pisando nos pedaços das folhas que tinha rasgado, sem olhar para a máquina de escrever no chão, com um lado amassado e algumas barras de tipo tortas, e desceu para a rua. Tomou um café forte e decidiu ir visitar a mãe. Pegou a Broadway e começou a caminhar.

– Atiraram em Rothstein! – gritou um vendedor de jornais do outro lado da calçada, na altura do Bryant Park, agitando um jornal no ar. – Mr. Big mortalmente ferido!

Christmas se voltou, como se tivesse levado uma bofetada. Atravessou a rua sem prestar atenção no tráfego, chegou até o jornaleiro e arrancou-lhe o jornal da mão.

– Ei! – protestou o menino.

"Esta noite, às 22h47, Vince Kelly...", Christmas começou a ler rapidamente.

– Ei! – repetiu o menino, puxando-lhe a ponta do paletó.

Christmas enfiou a mão no bolso, tirou uma moeda e entregou ao menino. Depois se afastou, lendo.

– Um dólar? – exclamou o menino. – Obrigado, meu senhor!

"...Vince Kelly, ascensorista do Park Central Hotel, no cruzamento da 56 Oeste com a Sétima, encontrou Arnold Rothstein mortalmente ferido em um corredor de serviço do primeiro andar. O tiro atingiu o gângster no abdômen..." Christmas abaixou o jornal, com o olhar fixo no vazio. Mas logo recomeçou a ler. Mr. Big tinha sido transportado com urgência para o Polyclinic Hospital. Aos policiais que lhe perguntavam o nome de quem tinha disparado, Rothstein tinha respondido: "Disso cuido eu".

Christmas dobrou o jornal e assoviou para um táxi.

– Para o Polyclinic Hospital – disse ao motorista, entrando no carro.

Quando o táxi chegou ao destino, Christmas se precipitou pelo saguão do hospital, mas suas pernas travaram. Uma única vez tinha estado num hospital. Por Ruth. O cheiro de desinfetante entrou-lhe imediatamente nas narinas. Sentiu a cabeça girando. Então viu dois policiais que estavam para pegar o elevador. Alcançou-os e subiu com eles.

O corredor estava interditado.

– Preciso ver o Rothstein – disse Christmas a um policial.

– Parente? – perguntou o policial.

– Por favor, eu preciso ver ele.

– É jornalista?

– Sou um... amigo dele.

– Rothstein não tem amigos – riu um capitão passando por ali. Depois parou, voltou e fitou Christmas. – Eu conheço você... – disse, apontando o dedo para ele. Empurrou-o, apertando seu rosto contra a parede. – Revista ele – disse ao policial. – Eu conheço esse merda. Aposto que é fichado.

– Está limpo, capitão – disse o policial. Depois enfiou a mão no bolso interno do paletó de Christmas, pegou a carteira e mexeu dentro dela. – Christmas Luminita – disse.

– Christmas Luminita? – disse o capitão. – Solta ele – ordenou ao policial. – Solta ele, caralho! – Abriu os braços e começou a balançar a cabeça. – Me desculpe, Mr. Luminita... mas entenda que... enfim... porra... – Virou-se para o policial. – É o Christmas Luminita. *Diamond Dogs*.

– Aquele do rádio?

– Aquele do rádio, claro, imbecil.

– Quero ver o Rothstein. Seria possível? – perguntou Christmas.

O capitão olhou em volta, pensando.

– Só porque é o senhor – disse. – Venha... – e seguiu pelo corredor, acompanhado por Christmas. Parou em frente a uma porta. – Se quer um conselho, não diga por aí que é amigo do Rothstein.

– Obrigado, capitão – disse Christmas, entrando no quarto.

Rothstein estava estendido na cama, de olhos fechados. Pálido e suado. As feições contorcidas pelo sofrimento.

– É você, Carolyn? – disse, sem se virar, ao ouvir a porta se fechando.

– Não, senhor. É o Christmas.

Rothstein abriu os olhos e virou um pouco a cabeça. Sorriu.

– O meu cavalo vencedor... – disse com uma voz cansada.

– Como está se sentindo? – perguntou Christmas, aproximando-se.

– Que merda de pergunta, rapaz – sorriu o gângster. – Sente-se... – e bateu devagar a mão na cama. – Você virou um peixe grande mesmo. Não estão deixando entrar ninguém.

Christmas se sentou numa cadeira ao lado da cama. Ficou um instante olhando o homem que governava Nova York. Mesmo ferido, mesmo sofrendo, não tinha perdido seu ar de rei.

– Sabe aqueles 500 dólares que lhe devo pela rádio, Mr. Rothstein? Viraram cinco mil.

– Você não me deve nada, rapaz. Fique com eles – sorriu Rothstein com dificuldade. – Você é mesmo um gângster de merda. Ninguém paga dívida pra um morto, é uma velha regra.

— Mas o senhor apostou e ganhou...

— Não lhe dei os 500 dólares como aposta — disse Rothstein, respirando com dificuldade. — Sabe por que foi? Porque você é uma pessoa de bem. E nenhuma pessoa de bem jamais me pediu dinheiro. As pessoas de bem têm nojo do meu dinheiro. Nem meu pai quis meu dinheiro. Tive que dar para ele escondido. — Rothstein fechou os olhos e apertou os lábios finos, resistindo a uma pontada. Em seguida voltou a olhar para Christmas e respirou de boca aberta, por alguns segundos. — Você é a primeira pessoa de bem que quis meu dinheiro. Por isso eu lhe dei. E fico feliz que você fique com ele. — Fez sinal para que Christmas se aproximasse. — Jure que não vai revelar nunca o que eu vou lhe dizer.

— Juro — disse Christmas. Levantou-se da cadeira e se aproximou da boca dele.

E então Mr. Big lhe sussurrou no ouvido o nome do seu assassino.

Christmas permaneceu imóvel, com o ouvido próximo da boca do gângster. Depois se afastou devagar, mas continuou inclinado para ele.

— Por que contou logo pra mim? — perguntou, emocionado. Perturbado.

— Porque prender isso na garganta me corrói... mas só podia contar pra uma pessoa de bem — e Rothstein lhe deu um leve tapinha no rosto, sem força, quase um carinho.

Christmas se sentou.

— Você é o único em quem posso confiar — continuou Rothstein, com dificuldade. — Jurou que não vai revelar e eu sei que nunca vai fazer isso. A voz era cada vez mais fraca. — Se contasse para o Lepke... meu assassino seria morto em menos de uma hora. E o mesmo... vale pra todos os outros. — Respirou com esforço, sempre de boca aberta, e fez uma careta de dor. — E eu não quero que aquele idiota morra...

— Por quê?

Rothstein riu baixinho.

— É o meu último lance de dados. — Uma risada que parecia um estertor. — Quer apostar... que quando você for velho... ainda vai circular essa história de que eu não revelei o nome do meu assassino e disse... disse só... "Disso cuido eu"? — Piscou um olho para Christmas e tentou sorrir. — Estou me garantindo uma saída de efeito. Se revelasse o nome dele... descobririam que fui morto por um idiota qualquer... Ele viraria um cadáver famoso porque atirou no Mr. Big... e meu fim seria... patético... como a vida de todos nós, gângsteres. Já desse jeito... minha morte também vai entrar na lenda. – Rothstein suspirou e fechou os olhos, com as narinas dilatadas. Esperou alguns instantes e depois se virou e olhou para Christmas. – Aprendi isso com você. – Tossiu. – Disparar lorotas rende...

Christmas estendeu timidamente a mão e pegou a de Rothstein. Apertou-a.

– Vai embora – disse Rothstein, com um fio de voz, rouca, cansada, sofrida. – Some daqui, Christmas.

Do lado de fora do quarto, Christmas viu a esposa de Rothstein, Carolyn, que esperava para entrar. Entreolharam-se por um instante e depois a mulher entrou no quarto do Polyclinic Hospital.

No dia seguinte, Rothstein entrou em coma e morreu.

– Tinha muita gente no Union Field Cemetery – disse Christmas no rádio, alguns dias depois, no encerramento do programa. – Muita gente mal-encarada e poucas pessoas de bem. Arnold não teria gostado. O caminho que tinha escolhido não lhe permitia ser uma pessoa de bem, mas gostava de pessoas de bem. Sabia apreciá-las. Mr. Big também foi Nova York, não vamos nos esquecer. Porque você é isso, Nova York, luz e escuridão.

Depois abaixou a cabeça, esperando que Cyril encerrasse a conexão. Quando a levantou de volta, encontrou o olhar de Karl. Assentia devagar, comovido. Christmas se virou para Cyril. E Cyril sorriu para ele, como não fazia desde quando tinham retomado o *Diamond Dogs*.

Naquela noite, Christmas apareceu na casa de Santo, no Brooklyn. Comeu macarrão ao forno e pernil de porco com batatas.

Quando voltou para seu apartamento no Central Park West, recolheu sua Underwood, que tinha ficado no chão desde que a tinha arremessado contra a parede. Endireitou as barras de tipo como foi possível. Uma tinha quebrado. Era o R. Sentou-se na escrivaninha e colocou uma folha de papel em branco no rolo. Pegou uma caneta e escreveu um R maiúsculo, à mão. Depois bateu três letras. U-T-H. Ruth. E ficou ali, imóvel, com as mãos nas teclas, fitando aquele nome que era toda a sua vida.

Ergueu os olhos e olhou pela janela. Não conseguia ver o banco. Mas sabia que estava lá.

E de repente se lembrou de um objeto que os pedreiros tinham esquecido em sua casa e ele tinha guardado no quartinho de despejo. Enfiou uma caixa de fósforos no bolso, foi até o quartinho e pegou a lamparina a óleo esquecida pelos pedreiros.

Desceu à rua e parou na beira do parque. Não conseguia ver o banco, mas sabia que estava ali, a poucos passos. Bastava colocar o pé na grama. Sorriu. Pôs um pé na grama. Depois o outro. E então se viu correndo em direção ao banco.

Quando voltou a se sentar na escrivaninha, para além da folha na qual tinha escrito o nome de Ruth, para além da janela, via brilhar uma luzinha fraca. A luz da lamparina. E àquela luz frágil podia ver também o banco.

"Diamond Dogs", bateu nas teclas, embaixo do nome de Ruth. "Uma história de amor e de gângsteres". E acrescentou à mão todos os Rs que faltavam. Depois tirou a folha, colocou à sua direita e pegou outra da pilha à esquerda. Correu-a no rolo e escreveu: "Cena I". Respirou fundo e se lançou de cabeça baixa sobre a Underwood, martelando com entusiasmo as teclas, acrescentando o R à mão toda vez que aparecia um.

Sabia que agora, naquelas folhas que se multiplicavam com rapidez, fluía a vida.

67

San Diego-Newhall-Los Angeles, 1928

TINHA SIDO CLARENCE A AJUDÁ-LA. Não tinha perguntado nada. Tinha escutado em silêncio e feito apenas dois comentários: "Sinto muito por aquele jovem" e "A Senhora Bailey vai sentir sua falta". Em seguida tinha se enfiado em seu escritório e ficado ao telefone. Depois de menos de uma hora, voltara até Ruth, perguntando:

– Você conhece San Diego?

Dois dias depois, Ruth tomava posse de um minúsculo apartamento na área de Logan Heights que Barry Mendez, seu novo empregador, tinha encontrado para ela. Barry estava suspenso entre os 30 e os 40 anos. Dos 30 conservava os dentes branquíssimos e uma risada alegre. Dos 40 tinha a calvície incipiente e uma barriga redonda que balançava por cima do cós da calça. Tinha sido um dos fotógrafos da agência de Clarence, anos antes. Tinha feito uma boa carreira em Los Angeles, mas depois voltara para San Diego.

– Mesmo tendo nascido na América, continuou mexicano na alma – Clarence dissera a Ruth. – Preguiçoso e genial.

Barry Mendez tinha um estúdio fotográfico e trabalhava em casamentos. O grosso de seu trabalho se desenrolava na comunidade mexicana.

– Pagam menos, *chica* – tinha dito a Ruth, mostrando algumas fotos –, mas você vai ver quanta cor. E além disso, olhe essas caras. Para eles, se casar é uma coisa séria e ao mesmo tempo uma brincadeira. Estão orgulhosos.

Ruth revelava as fotos de Barry. E ficava no estúdio quando ele saía para os casamentos. Se o casamento ocorria no domingo, acompanhava-o e era sua assistente. Já se aparecia um trabalho para os *gringos*, ele a mandava sozinha.

No início, Ruth não sabia o que fazer durante seu tempo livre. Sentava-se em seu apartamentinho claustrofóbico e pensava. Em si mesma. Em Christmas. E à noite, com muita frequência, sonhava com as mãos de Christmas em sua pele. Tinha fugido porque não estava pronta, dizia a si mesma. Para fazer silêncio. Mas no silêncio de sua solidão formava-se todo um vozerio de lembranças e sensações, velhas e novas. Logo, ficar fechada em casa se tornou insuportável. Começou a vagar por San Diego com sua Leica a tiracolo, fotografando. Depois foi parar na beira-mar e começou a fotografar a natureza. Mas as vozes, os pensamentos, as lembranças e as emoções não se aquietavam. Às vezes parecia conseguir senti-las menos, mantê-las sob controle, como um suave pano de fundo, como a ressaca do oceano. Porém durava pouco. Logo as perguntas ressurgiam. As lembranças transportavam-na para longe de onde estava. Às vezes pensava em Daniel. Apenas para afastar Christmas. Tentava sentir no ar o reconfortante perfume de lavanda dos Slater. Mas era pouco.

Um dia, Barry lhe disse que precisavam cruzar a fronteira e ir fotografar um casamento em Tijuana. Ruth entrou no carro com o equipamento, feliz por se distrair de seus pensamentos. Enquanto se aproximavam da fronteira, viu uma caminhonete correndo na direção oposta. E uma patrulha da polícia perseguindo-a, com a sirene ligada. Virou-se para olhar e viu um policial se esticar da janela e abrir fogo. A caminhonete derrapou, foi parar na beira da estrada e capotou. Barry parou. Ruth desceu do carro e começou a tirar fotos. Uma mulher com um ferimento na testa saindo com as mãos para cima. Atrás dela, duas crianças, assustadas. E depois dois homens, com calças claras e sujas, curtas, mostrando os tornozelos. Depois fotografou os policiais empurrando a mulher e fazendo-a cair na terra. E uma das crianças se lançando contra um policial, dando socos, tentando defender a mãe. E o policial dando um chute nela. E um dos dois homens que dava um passo à frente, mas outro policial apontava uma pistola para sua cabeça e o fazia ajoelhar-se. Depois fotografou outra patrulha chegando, parando, colocando todos no carro, invertendo a direção e voltando para a fronteira. E Ruth fotografou os rostos dos cinco mexicanos, no carro da polícia, enquanto passavam por eles. E os olhos negros, arregalados, assustados e curiosos ao mesmo tempo, de uma das duas crianças que se voltava e olhava para ela através do vidro traseiro do carro.

– *Se acabó el sueño* – disse Barry. Cuspiu no pó que cobria o asfalto da estrada e entrou de volta no carro.

– O que quer dizer? – perguntou Ruth, sentando-se ao lado dele, enquanto o carro partia.

– Fim do sonho.

Ruth olhou para a frente, em silêncio. A fronteira agora estava próxima. Os policiais americanos olharam-nos passar sem pará-los. O mesmo fizeram os mexicanos. Ruth se voltou e viu os cinco fugitivos sendo tirados da patrulha e entregues aos policiais mexicanos. A mulher com o ferimento na testa, assim que pisou em terra mexicana, virou-se e olhou para a América.

Quando voltaram para San Diego, à noite, Ruth revelou as fotos que Barry tinha tirado no casamento em Tijuana e as que ela tinha tirado na fronteira.

– Pelo menos tentaram – disse Barry atrás dela, olhando as fotos.

A partir daquele dia, Ruth, sem saber bem por quê, quando tinha um dia livre, pegava o ônibus que levava a Tijuana, descia na fronteira e ficava horas olhando as pessoas que entravam e saíam, tirando fotos. Depois caminhava ao longo da cerca. E tirava fotos daquela jaula. Depois de algum tempo, os policiais da fronteira já a conheciam e faziam poses, com a pistola na mão. E Ruth os fotografava. E atrás deles procurava sempre enquadrar os rostos escuros, orgulhosos, com os olhos profundos e preguiçosos dos mexicanos. Cheios de paixão.

À noite, revelava as fotos e ficava olhando para elas por horas. E quanto mais olhava, mais alguma coisa se movia dentro dela. Como nós se desatando. As emoções das quais fugia não pararam de se fazer sentir. Mas alguma coisa estava mudando nela por dentro. Como se estivesse cultivando um pensamento que ainda não era capaz de pensar. E como se aquele pensamento estivesse lhe trazendo algo que, no início, confundiu com a paz que estava procurando. Uma espécie de serenidade sofrida. Algo que via em suas fotografias, nos olhos daqueles mexicanos que não conseguiam cruzar a fronteira. Algo que a deixava melancólica e ao mesmo tempo a confortava.

Mas isso só enquanto o pensamento não se manifestou claramente. Depois, quando lhe explodiu por dentro, Ruth não pegou mais o ônibus para Tijuana nem fotografou a fronteira e os rostos dos mexicanos atrás da cerca. Tinha medo. Tinha medo de novo. A partir daquele dia, as emoções e as lembranças se tornaram um martírio ainda maior.

Depois de duas semanas, Ruth pediu uma folga a Barry. Inventou uma desculpa e pegou um ônibus para Los Angeles e dali, um para Newhall. Não era domingo quando cruzou os portões do Newhall Spirit Resort for Women, a clínica de doenças nervosas na qual tinha sido internada. Mas deixaram-na entrar mesmo assim e permitiram que visse a Senhora Bailey.

Ruth encontrou-a diante da janela, como sempre, com o olhar perdido em seu mundo. Sentou-se ao lado dela, em silêncio, e pegou sua mão. A Senhora Bailey não reagiu.

— Eu sempre tenho medo de cair de novo na armadilha — disse Ruth depois de um tempo. — O que eu faço?

A Senhora Bailey continuava olhando pela janela, sem ver nada.

Ruth permaneceu ao lado dela, em silêncio. Depois de quase uma hora, soltou sua mão, levantou-se e foi em direção à porta.

— Um dia um menino, filho de um sujeito que vendia canários, decidiu soltar todos os passarinhos do pai — disse a Senhora Bailey de repente.

Ruth parou com a mão na maçaneta.

— Ele abriu as gaiolas e todos os canarinhos fugiram, enchendo o céu com seus chilros — continuou a Senhora Bailey. — Todos menos um. Uma canarinha chamada Águia, a mais velha de todos, que tinha nascido antes mesmo que o menino. O menino deu de ombros. Mais cedo ou mais tarde ela voaria embora, disse consigo mesmo. Livre. Mas à noite a canarinha ainda estava ali, entocada na gaiola, no canto oposto à saída. "Sinto muito, mas é para o seu bem, Águia", disse então o menino, e tirou da prisão aberta a vasilhinha de água e a de ração, certo de que a fome e a sede obrigariam a canarinha à liberdade. No dia seguinte a encontrou ainda ali, em seu lugar, mas agora dura, com as costas avermelhadas encostadas no fundo da gaiola e as perninhas esticadas para cima, esqueléticas e contraídas, os olhos tornados inexpressivos por um véu opaco e as asas que nunca tinham voado apertadas contra o peito, como num abraço de correntes.

A Senhora Bailey suspirou e se calou.

Ruth sentiu o ar lhe faltar. E então um rio de lágrimas nublou seus olhos. Voltou a se sentar ao lado da Senhora Bailey e continuou chorando em silêncio.

A Senhora Bailey estendeu a mão e pegou a de Ruth na sua.

Ruth não olhou para ela. Permaneceram ali, em silêncio, viradas para a janela, sem ver nada do que existia, cada uma perdida em seu mundo, em seus pensamentos, em suas lembranças.

Ao pôr do sol, um funcionário entrou no quarto com o jantar e disse a Ruth que ela precisava ir.

Ruth soltou a mão da Senhora Bailey e deixou o Newhall Spirit Resort for Women.

Naquela noite, chegando a Los Angeles, bateu na porta do Senhor Bailey e dormiu em seu antigo quarto, na agência Wonderful Photos.

Se Arty pensava que podia foder com ele, estava muito enganado.

— Acabou – tinha dito dois meses antes. – Acabou o Punisher. Acabou a cocaína.

Mas não tinha acabado porra nenhuma, pensava Bill. Não até que ele decidisse. Arty dizia que já não ganhavam o bastante, que não havia mais margem. Besteira. Bill tinha certeza de que ele queria substituí-lo. Achava que podia dar sua máscara para algum outro. Mas o Punisher não era uma máscara, era o que estava por trás da máscara. Arty achava que ainda ia ganhar dinheiro a rodo sem ele. Bobagem. Bill não ia permitir.

Quando Arty o tinha visto violentar a puta mexicana, aquela primeira vez, Bill tinha pensado em matá-lo. E evidentemente era esse o destino de Arty. Ser morto por Bill. Tinha continuado vivo só para lhe abrir as portas do paraíso, mas agora sua tarefa tinha terminado.

— Vai se foder, Arty. Eu é que não preciso mais de você. Amém – riu Bill, aspirando uma generosa dose de cocaína. Fechou o frasco de vidro escuro e colocou-o no bolso. Respirou fundo, arreganhando os dentes. Sentia. Estava subindo. A da manhã era a melhor. A primeira, para se levantar da cama. A segunda, para se sentir invencível. Os dentes começavam a se anestesiar. Assim como as narinas e a garganta. E os pensamentos ficavam lúcidos e afiados como um bisturi.

— Arty filho da puta! – disse.

Dois meses antes, quando o diretor lhe dissera que tinha acabado, Bill tinha fingido se desesperar e suplicar. Mas logo se deu conta de que não tinha sido nada além de uma encenação. Inconsciente. Na hora, tinha acreditado estar desesperado de verdade, babando de raiva e suplicando para aquele verme daquele cafetão lhe dar outro frasco de cocaína. Em vez disso, sua natureza o tinha apenas guiado por um caminho genial: mostrar-se fraco aos olhos do inimigo para fodê-lo melhor. Compreendeu isso dois dias depois. Dois dias passados na cama, sem força para se levantar e reagir, nos quais tinha se sentido perdido. Acabado, como tinha dito o filho da puta do Arty. Acabado naquele quartinho de merda da pensão de merda daquela cidade de merda da qual tinha ficado prisioneiro. Com uns trocados de merda no bolso. Mas Bill não estava acabado. Tinha se levantado. A raiva tinha lhe dado a força necessária. A raiva tinha voltado a bombear adrenalina em seu corpo.

Nos dois dias seguintes ficou na cola de Arty. Estudou seus movimentos. Antes de atacar. E naqueles dois dias descobriu de quem Arty comprava a cocaína. Um sujeitinho engomado, chamado Lester. Então invadiu a casa de

Lester, arrancou sangue dele e o obrigou a dar o nome de quem controlava o tráfico. Tony Salvese o recebeu nos fundos de uma sala de bilhar, protegido por dois capangas com a pistola na cintura. E Bill disse a ele quem era. O Punisher. E então Tony Salvese deu risada e disse aos dois capangas:

— Esse aqui fodeu as putas mais bonitas de Hollywood. — E os dois capangas também riram e olharam para ele com outros olhos. Bill explicou que queria vender cocaína em Hollywood. Tony Salvese lhe entregou um quilo. — As putas gostam de cocaína, é? — 80% é meu. Se faltar um centavo, faço meu cachorro arrancar o seu pinto.

Quando saiu da sala de bilhar, com a cocaína enfiada na calça, Bill foi à casa de Lester, com um capuz na cabeça, e roubou mais pó e dinheiro dele. Depois, finalmente, encheu o nariz.

E agora era traficante de cocaína. Encontrar clientes não foi difícil. Procurou todos que conheciam seus filmes e disse a cada um deles quem era. E assim entrou de novo no circuito. E logo voltaria a fazer filmes, dizia a si mesmo. Porque não havia ninguém como ele. Levaria algum tempo. Mas Bill era paciente. Enquanto isso, alguns de seus clientes já tinham organizado festinhas, num motel perto de Los Angeles, e o tinham convidado. Tinham pedido para ele vestir a máscara do Punisher e violentar uma vadia na frente deles. Ao vivo. Bill tinha se sentido como o mágico nas festinhas infantis. Não era grande coisa, mas era um começo. Desde aquela vez, já o tinham chamado para outras duas festinhas. Uma vez não ficou duro, mas a cocaína o deixava lúcido, inteligente. Não se deixou abalar. Olhou para aqueles depravados e disse:

— Já amaciei a carne, agora continuem vocês.

Foi uma ideia fantástica. Pagaram-lhe 500 dólares a mais, de tão contentes que ficaram. Sim, mais cedo ou mais tarde entraria de novo no circuito. Voltaria a ser o Punisher.

Mas agora queria fazer aquele verme do Arty lhe pagar.

Cheirou outra carreira de cocaína, cerrou os punhos, arreganhou os dentes. Pronto, agora era invencível. Esperou que Arty saísse de casa, como todo dia, a pé. Arty era um cara de rotina. Toda manhã ia dar uma volta. Igual a um aposentado do caralho. No caminho da volta parava numa cafeteria e tomava café da manhã. "Pobre imbecil", pensou Bill, forçando a porta dos fundos da casa e entrando. Foi direto ao quarto e esvaziou o criado-mudo das quinquilharias de Arty. Sabia do fundo falso. Levantou-o. Encontrou cinco mil dólares em dinheiro e vinte frascos de cocaína.

Então desceu para a sala, enfiou os cinco mil no bolso e espalhou os frascos de cocaína na mesa. Pegou o telefone e discou o número da polícia. Deu-lhes o endereço, disse para correrem. Uma grande quantidade de cocaína. Quando desligou, despejou um frasco na mesa. Aspirou avidamente o pó branco, pela quarta vez naquela manhã, e saiu pelos fundos.

Arty voltou para casa bem no momento em que a polícia chegava, com as sirenes ligadas. Jogaram-no contra a parede, empurraram-no para dentro. E pouco depois Arty saía, algemado.

"Não vale a pena sujar as mãos com um cafetão", pensou Bill, rindo, enquanto acompanhava a cena escondido atrás de uma árvore. Não, não o mataria. Era muito mais divertido assim. Mandaria até um bolo para ele na prisão, só para que soubesse a quem devia agradecer. Para que soubesse que não podia dizer ao Punisher que tinha acabado, que não podia dispensá-lo como faria com uma das putas dele.

– Adeus, Arty – disse e foi embora, enquanto as sirenes da polícia enchiam o ar com seu canto lamentoso.

Foi à sala de bilhar de Tony Salvese.

– Preciso de novos documentos – lhe disse.

Se Arty pensava que ia fodê-lo entregando seu nome, estava muito enganado. Não o encontrariam. Não existia mais William Hofflund nem Cochrann Fennore nem o caçula, Kevin Maddox. Era hora de um nome novo.

– Vai te custar – disse Salvese.

– Quanto?

– Três mil.

Bill tirou do bolso da calça os cinco mil dólares de Arty e contou três mil. "Obrigado por isso também, Arty", pensou. Depois caiu na risada.

– Qual é a graça? – perguntou Salvese.

– Nada, Tony. Estava pensando num velho amigo.

– E o que é que ele era? Comediante, por acaso?

Os dois gorilas que estavam sempre em volta dele riram.

– Mais ou menos – disse Bill. – Era cafetão. E traidor.

Salvese sorriu.

– Fico feliz que esteja usando o passado.

Sim, Arty era passado. Agora precisava pensar no futuro.

– Preciso de mercadoria extra.

– O que vai fazer com ela? – perguntou Salvese.

– Vou numa festa de peixe grande.

Salvese assentiu em silêncio. Depois abriu uma gaveta escondida na mesa de bilhar e tirou um pacote grande. Jogou-o no pano verde.

Bill o pegou, fez um aceno com a cabeça e se foi. Voltou para seu quarto, escondeu a cocaína na entrada de ventilação e se deitou na cama, relembrando a cara de Arty enquanto o enfiavam no carro da polícia. Deu risada. Depois se levantou num salto. Esfregou os olhos, abriu e fechou as mãos. Não conseguia ficar parado. Caminhou de um lado para o outro do quarto. Depois parou, despejou um pouco do pozinho branco na mesa, enrolou uma nota do dinheiro de Arty e aspirou a plenos pulmões.

– À sua saúde, Arty – riu outra vez.

Pegou um terno cor creme e uma camisa vermelha de seda e foi até a lavanderia da esquina.

– Preciso pra hoje à noite – disse. – Passado com perfeição.

O proprietário da lavanderia lhe deu um cupom.

– Pode ser às cinco? – perguntou.

– Às cinco em ponto – disse Bill, sem conseguir ficar com as pernas paradas, saltitando de um pé para o outro. Saiu e entrou numa barbearia. – Barba e cabelo – disse, sentando-se na cadeira. Olhou no espelho e atrás de si, sentada num banco, viu uma mulher loira, de uniforme listrado e chinelos nos pés, lendo uma revista. – Pode fazer minhas mãos? – perguntou a ela.

– Claro, senhor – disse a mulher, sem olhar para ele. Soltou a revista, se levantou e foi para os fundos.

Bill ouviu o barulho de água escorrendo.

– E depois da barba uma massagem com emoliente – disse ao barbeiro.

A mulher voltou com uma tigela cheia de água e sabão e se sentou perto dele, num banquinho baixo.

Bill deu a mão para ela. A mulher a mergulhou na tigela. A água estava morna, relaxante.

O barbeiro o ensaboou e depois começou a afiar a navalha na tira de couro.

Bill olhou para a navalha. Afiada e reluzente. Como os seus pensamentos. Como a cocaína. Era invencível.

– Esta noite vou a uma festa de Hollywood – disse à mulher.

– Bom para o senhor – disse a mulher, sem olhar para ele, enquanto cortava suas unhas.

Sim, pensou Bill. A vida estava recomeçando. Em grande estilo.

68

Los Angeles, 1928

— BARRYMORE ME PERGUNTOU DE VOCÊ — disse o Senhor Bailey, com um pacote na mão.

Ruth olhou para ele sem responder.

— Disse que se você também for hoje à noite, vai expor uma das fotos que ele nunca rasgou — continuou ele.

Ruth sorriu.

— O que isso significa? — perguntou Clarence.

— Que é um galã corajoso.

O Senhor Bailey balançou a cabeça e desistiu de entender.

— Quer ir comigo?

— Não sei.

— Vamos lá, faça isso por esse pobre velho. Odeio festas, mas dessa vez não tenho como escapar.

— Não sei mesmo, Clarence.

— Vou fazer bonito aparecendo com uma bela garota — sorriu ele. — E uma das minhas fotógrafas mais geniais.

Ruth sorriu.

— Caprichosa, lunática... mas cheia de talento.

Ruth deu risada.

— Não sou caprichosa.

— Ah, é sim. Faz mais manha que as estrelas. E o melhor é que a gente deixa você fazer. Vamos, vamos comigo, assim vejo essa foto do Barrymore.

— Não tenho o que vestir — disse Ruth.

O Senhor Bailey colocou o pacote na escrivaninha dela.

— O que é isso? — ela perguntou.

— Abra.

Ruth se aproximou do pacote. Desembrulhou. Dentro havia um vestido de seda. Verde-esmeralda.

– Combina com seus olhos – disse Clarence.

Ruth ficou com a boca aberta.

– Por quê...?

Clarence se aproximou e abraçou-a, com ternura.

– Uma época, a coisa de que eu mais gostava era de comprar vestidos para a Senhora Bailey – disse baixinho. – Você tinha que ver como ficavam nela.

– Mas... por que para mim?

O Senhor Bailey desfez o abraço e segurou-a pelos ombros.

– Você é a única mulher a quem eu posso dar um presente do tipo sem parecer um pervertido – disse.

Ruth riu.

– Obrigada, Clarence.

O velho agente encolheu os ombros.

– Fiz por mim mesmo. Para me sentir vivo.

– Não estou falando do vestido – disse Ruth. – Se não fosse você...

– Então estamos combinados, você vai comigo – interrompeu ele, virando-se e saindo do quarto.

Ruth ficou olhando para o vestido verde. Depois o encostou na frente do corpo e se olhou no espelho. A última pessoa que tinha lhe dado um vestido de noite tinha sido sua mãe. Um vestido vermelho-sangue. Que a tinha levado ao Newhall Spirit Resort for Women. No entanto, não sentiu um aperto no estômago com a lembrança. Naquela clínica tinha conhecido a Senhora Bailey. E Clarence. Por mais dolorosa que fosse a lembrança, no Newhall Spirit Resort for Women tinha iniciado sua nova vida. Tinha encontrado coragem para sair da gaiola de sua família. Continuou olhando para o vestido verde. "Estão abrindo a gaiola pra você de novo", disse a si mesma.

Colocou o vestido na cama e saiu. Comprou meias brancas, um par de sapatos de couro envernizado, pretos, de salto baixo, e uma jaqueta curta, de seda preta, com uma gola larga e arredondada e mangas apertadas, que cobriam só metade do antebraço. Depois foi a um armarinho, comprou cinco botões de pressão, no mesmo tom de verde do vestido, e substituiu os pretos da jaqueta. Numa perfumaria comprou um batom delicado, uma base clara, cor de pérola, um lápis preto para os olhos e um frasco de Chanel Nº 5. Por fim, alisou os cabelos num cabeleireiro.

Quando, à noite, Clarence foi buscá-la para irem à festa, ficou parado na porta, de boca aberta.

– Desculpe – disse –, a senhora viu a senhorita Isaacson?

Ruth riu e corou.

– Você está linda – disse ele, com o orgulho de um pai. Ofereceu-lhe o braço. – Vamos? – Quando já estavam no corredor, levou a mão à testa. – Espere – disse e subiu ao quinto andar. Quando voltou tinha na mão uma echarpe leve e transparente, de tule. Colocou-a no pescoço dela e jogou por cima dos ombros. – É da Senhora Bailey – disse. – Agora está perfeita.

Entraram no carro e foram para uma gigantesca mansão na Sunset Boulevard, iluminada como se fosse dia. Tiveram que parar quase no começo da longa alameda. Um empregado abriu a porta para eles, esperou que descessem e depois estacionou o carro numa fila interminável de automóveis de luxo. Ruth e Clarence mal tinham começado a andar e já outro carro chegava e era estacionado atrás do deles.

Clarence virou-se para olhar.

– Olha aí – resmungou. – Essa é a parte que eu mais odeio. Devíamos ter deixado o carro do lado de fora do portão. Estamos engarrafados. – Depois ofereceu o braço a Ruth e seguiram pela alameda.

Naquele momento chegou um carro escuro. Enquanto o empregado responsável pelo estacionamento se aproximava para abrir a porta, um gigante vestido de preto saiu do lado do passageiro, com uma pistola na mão. Empurrou o empregado e olhou em volta, com ar circunspecto. Depois fez um sinal para o interior do carro. Das duas portas traseiras desceram dois homens idênticos ao primeiro. Estavam com os paletós abertos e entreviam-se as pistolas no coldre abaixo da axila. Um dos dois estendeu a mão para o interior do carro e ajudou uma senhora elegante e um pouco acima do peso a descer. Da outra porta desceu um homem calvo, pequeno, de óculos redondos, bronzeado.

– O carro do senador tem que ficar livre – disse ao empregado, num tom rude, um dos homens armados, enquanto outro automóvel cruzava o portão.

– Os figurões de sempre – murmurou Clarence. – O senador Wilkins – disse em seguida a Ruth. – Já escapou de dois atentados. Combate o crime organizado – e balançou a cabeça. – Mas é ele que parece um mafioso. Que diferença existe entre os guarda-costas dele e os capangas de um gângster?

Enquanto se aproximavam dos degraus da mansão, ouviram as notas de uma orquestra tocando. E depois o murmurinho das pessoas.

– Que enxame! – resmungou Clarence.

Ruth riu. Entraram no saguão.

As paredes da mansão estavam cobertas de fotografias de estrelas do cinema. Como uma imensa mostra mundana.

– Hollywood celebrando a si mesma – rosnou Clarence. – Que palhaçada!

Um homem elegante – de gestos femininos, sobrancelhas finas, cabelo platinado, tingido e carregado de brilhantina – correu ao encontro deles assim que viu Clarence. Abraçou e beijou-o, com um entusiasmo exagerado.

– Chegou o rei da noite! Quase todas as fotografias são da sua agência.

Clarence se soltou do abraço e sorriu educadamente.

– A fotógrafa Ruth Isaacson – disse, fazendo as apresentações. – Blyth Bosworth, o homem que teve esta excelente ideia – disse, de um jeito áspero.

Blyth Bosworth arregalou dois olhões e abriu os braços, olhando para Ruth.

– Parece que também encontramos a rainha da festa! – disse. – Os convidados estão todos amontoados em volta de uma foto... adoravelmente escandalosa – riu. – Venha, querida – pegou Ruth pela mão e arrastou-a para uma sala cheia de gente.

Ruth se virou para Clarence, preocupada. O Senhor Bailey lhe fez um aceno de despedida, rindo, achando graça como um menino travesso.

– Abram caminho, pessoal! – gritou Blyth, entrando na sala.

Todos se viraram para eles.

– John! John! – gritou Blyth. – John, chegou a Traidora!

Os convidados se abriram em leque e, ao lado de uma enorme fotografia, Ruth viu John Barrymore.

O ator vestia um paletó escuro e uma camisa branquíssima, com o primeiro botão do colarinho desabotoado e a gravata um pouco frouxa. Quando viu Ruth, seus lábios de adolescente se abriram num sorriso. Fez uma reverência, lenta e teatral, depois estendeu o braço para ela.

Ruth, com o rosto vermelho, não se moveu.

– Vamos, tesouro. As virgens tímidas estão fora de moda em Hollywood – disse Blyth, empurrando-a na direção do grande ator.

Enquanto se aproximava, Ruth olhou para a foto. Era uma daquelas que tinha tirado na casa de Barrymore, antes que ele se vestisse. O ator vestia o robe de cetim listrado e fitava a objetiva com um olhar distante e melancólico. O facho de luz proveniente da cortina entreaberta iluminava as mechas despenteadas, os pés descalços e uma garrafa no chão. Naquele tamanho a foto parecia ainda mais dramática, mais verdadeira, com o contraste cru de luz e sombra.

– Naturalmente, eu expliquei aos nossos amigos – disse Barrymore, passando o braço por cima dos ombros de Ruth e mostrando-a aos presentes – que na garrafa havia apenas chá gelado.

A gente de Hollywood riu. Depois aplaudiu.

Barrymore sorria e segurava Ruth junto dele.

– Bem-vinda, Traidora – disse-lhe baixinho. – Ganhei de todo mundo. Todos só têm olhos pra minha foto. Não tem Greta Garbo nem Rodolfo Valentino que seja páreo. Gloria Swanson está furiosa. Acho que foi embora – riu.

Ruth olhou para ele.

– Essa o senhor não me pagou, Mr. Barrymore.

– Ah, paguei sim, Traidora.

Ruth franziu a sobrancelha.

– Eu que disse ao seu Christmas onde encontrar você – disse Barrymore.

Ruth abaixou os olhos.

– Fiz mal? – perguntou ele.

– Não – murmurou Ruth.

– Façam pose ao lado da foto – gritou Blyth, empolgado. Depois saiu de lado, abrindo caminho para os fotógrafos das revistas que tinha convidado. Os fotógrafos dispararam seus flashes, como um luminoso pelotão de execução.

Ruth ficou cega com o clarão. Ficou tudo branco. Depois tudo preto. Depois as pessoas ao redor, que riam e aplaudiam, começaram a reaparecer. E então, no meio de toda aquela multidão sorridente, por um momento, Ruth viu um rosto sério. Por um instante. Os *flashes* se acenderam outra vez. Uma nova descarga de relâmpagos. Tudo branco. Tudo preto. Depois os rostos voltando a ganhar foco. E de novo aqueles olhos sérios encarando-a. Espantados. Sombrios.

Ruth sentiu as pernas lhe faltarem. E as risadas das pessoas se transformaram numa única, assustadora risada que ressurgia do passado.

Bill tinha chegado cedo à festa. Estacionou o carro na alameda e entrou, com um pacote volumoso embaixo do braço. Foi recebido pelo dono da casa em seu escritório particular. Entregou o pacote e embolsou sete mil dólares. Em dinheiro. Depois, junto com o proprietário, abriu o pacote e cheirou uma carreirinha. Já tinha perdido a conta de quantas tinham sido naquele dia. Estar no meio de toda aquela gente importante o deixava nervoso. Tinha consumido pelo menos um dos frascos de vidro de uso pessoal inteiro. Com a cocaína não se sentiria deslocado, dissera a si mesmo. E de fato estava à vontade, enquanto brincava com o dono da casa. Pelo menos até aparecer a esposa, uma mulher jovem, na casa dos 30, que tinha feito alguns filminhos antes de se casar com aquele milionário. A mulher não cumprimentou Bill, olhou apenas para a cocaína, pegou um frasco para ela, enfiou na bolsa e depois se dirigiu ao marido:

– O cavalheiro vai ficar? – perguntou a ele.

O dono da casa pegou-a pelo braço e acompanhou-a gentilmente até a porta do escritório.

– Qual o problema? Quem vai prestar atenção nele? – disse em voz baixa.

– Com um terno claro e aquela camisa vermelha horrorosa? – perguntou a esposa.

– Vai ter um monte de gente desse tipo... – replicou o dono da casa, mais baixo ainda. Mas não o bastante para que Bill não ouvisse. Quando a cocaína corria em suas veias, Bill ouvia tudo. E via tudo. Por isso tinha certeza de ser invencível. Mas de repente percebeu que estava suando. E sentia uma vontade irresistível de dar outra cheirada.

Quando o dono da casa entrou de volta no escritório, depois de se livrar da esposa, encontrou-o curvado sobre a mesa, aspirando uma carreira de pó branco. O homem deu risada. Depois foi até um armário e o abriu. Pegou uma garrafa de vidro e dois copos.

– Glenfiddich envelhecido dezoito anos – disse. – Consegui passar na alfândega depois de uma das minhas últimas viagens para a Europa. Cocaína e *scotch*, o que mais se pode querer? – Brindou com Bill e depois lhe recomendou que não saísse dizendo por aí que era o Punisher. – Vamos guardar certas coisas para nós.

E Bill, conforme iam chegando os convidados, sentia-se cada vez mais excluído. Irremediavelmente excluído. E quanto mais crescia sua sensação de incômodo, mais cocaína enfiava no nariz, fechando-se num dos cinco luxuosos banheiros do andar térreo. Depois ia até o escritório do dono da casa e bebia o Glenfiddich envelhecido dezoito anos. Sem pedir permissão a ninguém. Agarrava-se direto à garrafa de vidro. E quando um garçom o encontrou bebendo, Bill olhou para ele com um ar raivoso e disse:

– O que foi, monte de merda do caralho?

Terminou a garrafa e deixou-a em cima da escrivaninha de cerejeira vermelha, manchando a madeira nobre. E continuou bebendo tudo o que encontrava pela frente. E assim que sentia a cabeça ficando pesada, voltava ao banheiro, trancava-se a chave e cheirava uma dose cada vez maior de cocaína.

Ninguém lhe dirigia a palavra. Bill olhava as fotos penduradas nas paredes e pensava: "Eu devia estar ali também. Quantas punhetas já bateram graças a mim, imbecis do caralho? Eu sou uma estrela". Sentia os músculos do rosto contraídos. Tentava sorrir, mas toda vez que se via refletido num espelho, o sorriso lhe parecia não passar de um esgar. E então, quando já tinha acabado com o segundo frasco de cocaína, teve a clara sensação de que todos olhavam para ele. E depois cochichavam alguma coisa no ouvido uns dos outros. E depois voltavam a encará-lo. "Estão olhando o quê, porra?", pensava. "Querem que eu foda a mulher de vocês? Querem que eu arranque sangue delas? Seus bostas, covardes." Uma hora, foi até a saída. Precisava ir embora. O que é que ele tinha a ver com aqueles ricos de merda? Entre eles, tinham vergonha dele. Faziam de conta que não o conheciam. Tinha cumprimentado vários. Gente que comprava cocaína dele. Cheios de sorrisos e salamaleques quando precisavam de pó. E agora fingiam não o conhecer. Devia colocar veneno de rato na cocaína deles. Era o que devia fazer. Porque não passavam de uns ratos nojentos. Gente sem culhões. Devia ir embora, pensou de novo, tentando encher os pulmões de ar fresco. Mas não devia se dar por vencido, porra. Não, ele era o Punisher. Era melhor que eles todos. Cerrou os punhos, retirou-se para um canto escuro do jardim e aspirou o fundo do frasco. "Vão se foder, idiotas", pensou. "Vamos ver quem tem mais culhão."

Entrando novamente na mansão, ouviu risadas e aplausos. "Deviam ser pra mim", pensou, seguindo as luzes dos *flashes*, que brilhavam enlouquecidos. Entrou na sala, abrindo caminho entre as pessoas, com as narinas dilatadas, os olhos vidrados, arregalados, os dentes atormentando os lábios dormentes. Os pensamentos turbilhonando em seu cérebro, sem nunca se formar por completo. Queria ver quem era o insignificante que estava tomando a fama que cabia a ele.

E foi então que a viu.

E ela estava olhando para ele.

Subitamente, Bill soube que todos os seus pesadelos não tinham passado de uma premonição. Um presságio daquele momento. As risadas das pessoas, os aplausos, tudo silenciou. E a cada *flash* que se acendia era como se Ruth se aproximasse um pouco dele. Seus próprios pensamentos silenciaram. Como se instantaneamente mortos. Fulminados por Ruth. Bill não tinha mais pensamentos. Olhava para ela, imóvel. Sem conseguir fazer nada além de manter os olhos em cima dela. Hipnotizado.

Como se estivesse olhando para o próprio destino. Como se, depois de toda aquela corrida, se encontrasse diante da morte. A morte que o tinha atormentado à noite, acordando-o aterrorizado. Ela estava ali. E estava ali por causa dele. Só por causa dele.

Ruth tinha vindo pegá-lo.

Esticaria o braço na sua direção. Apontaria para ele. Sua boca se abriria num grito. "É ele!", gritaria. E todos, naquele silêncio surreal, olhariam na sua direção. E saberiam. "É ele!" Iam persegui-lo como a um animal. Derrubá-lo no chão. Imobilizá-lo. Zombar dele. Amarrá-lo e entregá-lo à polícia. E a polícia o colocaria na cadeira, com as correias de couro e a calota apertada no crânio, com a esponja pingando água. "É ele!", gritaria Ruth, ligando a corrente. E o Punisher estaria morto. Frito. O cérebro explodindo no crânio. As mãos grudadas no braço da cadeira. Como um cão. Como em seus pesadelos.

Um fotógrafo bateu uma foto, logo atrás dele. O magnésio explodiu, dilacerando o silêncio na cabeça de Bill, que se virou de repente, de olhos esbugalhados. Deu um soco no fotógrafo. Agora todos olhavam para ele. E não riam mais.

Bill se voltou e olhou para Ruth. E ela continuava olhando para ele. E sorria. Tinha certeza de que Ruth estava sorrindo enquanto olhava para ele. Um risinho atroz. Como em seus pesadelos. Era tudo como em seus pesadelos.

Bill viu um sujeito afeminado se aproximando, com sobrancelhas finas como as de uma mulher e cabelos tingidos de loiro platinado. Levantou o punho. O sujeito afeminado gritou e protegeu o rosto com a mão. Bill o empurrou, jogando-o no chão. Depois fugiu, abrindo caminho entre aqueles ricos de merda.

Ruth o reconheceu imediatamente.

Sentiu as pernas amolecerem. A respiração ficou presa na garganta. Foi tomada por uma onda de terror.

Bill estava olhando para ela. E ele também a tinha reconhecido.

O encontro tão temido. O homem de seus pesadelos. O passado que voltava para engoli-la em seu redemoinho. Sentiu uma pontada no dedo amputado. Teve medo de que voltasse a sangrar.

Bill olhava para ela com uma expressão feroz.

A vítima e o predador tinham-se reconhecido. E era como se na sala lotada houvesse apenas os dois.

Ruth sentiu um aperto que a esmagava. As mãos de Bill. As mãos que a tinham imobilizado no fundo do furgão, naquela noite. As mãos que a tinham apalpado, espancado, feito sangrar. As mãos que tinham quebrado seu nariz, suas costelas, partido seu lábio. Que tinham estourado seu tímpano. As mãos que tinham empunhado a tesoura e a mutilado. Que tinham sujado e marcado sua vida. E as imagens que evocava, vívidas e brutais, imobilizaram-na como tinham feito as mãos dele naquela noite, sem lhe dar a possibilidade de fugir, de escapar da humilhação e da violência.

Entre um relâmpago e outro dos *flashes*, Ruth olhava para Bill e não conseguia gritar, chorar, fugir. Não conseguia fazer outra coisa senão ficar ali, fitando-o nos olhos, petrificada pelo horror. E era como se respirasse o hálito de álcool dele, como se sentisse o corpo dele ardendo no dela, como se tivesse nos ouvidos apenas a voz dele. E aquela terrível risada.

Bill continuava olhando para ela, e em seus olhos Ruth lia toda a força, todo o poder que tinha sobre ela.

Com uma lentidão exasperante, agarrou-se à manga do paletó de Barrymore. Quase sem perceber. Porém, assim que estabeleceu o contato com o tecido leve e macio, seus olhos se turvaram de lágrimas. Podia se mexer, pensou. Ainda podia se mover. Talvez pudesse fugir. Talvez conseguisse se virar, escapar do olhar desumano de Bill, pensou. Poderia encontrar um pouco de coragem, ou pelo menos um pouco de raiva. Poderia apontá-lo para as pessoas. Mandar prendê-lo. Poderia se vingar. Poderia vencê-lo. Poderia esmagá-lo. Se apenas conseguisse escapar por um instante, um instante apenas, daquele olhar desumano.

Mas tudo o que conseguia fazer era continuar agarrada à manga do paletó de Barrymore, enquanto os *flashes* disparavam enlouquecidos, com seus relâmpagos apagando por um breve instante o rosto de Bill. Mas ele estava ali, pensava Ruth, e olhava para ela. Imobilizando-a. Prendendo-a em suas mãos. Como se ela fosse dele. Uma coisa dele. Sem vontade própria, sem possibilidade de se libertar.

Então, de repente, viu Bill se virando na direção de um *flash*. Viu-o bater num fotógrafo, passar por cima de Blyth, que se aproximava, e depois fugir. Perder-se na multidão.

Estava fugindo. Bill estava fugindo.

Ruth sentiu as pernas se esticando para cima e se viu na ponta dos pés, olhando-o abrir caminho entre os convidados. Viu-o se voltar um instante antes de sair da sala. E em seus olhos leu algo de animalesco. Algo que se assemelhava ao seu próprio medo. E então, no medo de Bill, o dela se dissolveu. Como se na história deles pudesse haver apenas um medo. E aquele medo agora não era mais dela.

Percebeu que estava suada. Um gélido, impalpável véu de suor. Como um orvalho de medo. Mas seu corpo voltava a se aquecer. Soltou a manga do paletó de Barrymore. E aquela sensação de calor, de sangue que voltava a correr nas veias, deu-lhe um choque, quase elétrico. Respirou. Uma longa, violenta tomada de ar. Como depois de uma apneia. Como um nascimento.

Bill tinha fugido. Era ele, agora, que tinha medo. Medo dela.

E então Ruth deu um leve sorriso. Como um presente inesperado, como um tesouro precioso. Nada mais que um franzir dos lábios, que ainda tremiam com o eco do pavor. Um sorriso que ainda não tinha um pensamento. Como uma flor desabrochando antes do nascer do sol. E enquanto o sorriso se formava em seus lábios e contagiava seus olhos, nem se lembrou mais do medo. Como se ele jamais tivesse existido. Como se Bill o tivesse levado todo consigo. E sentiu que tinha chegado ao final da sua corrida. Sentiu – até nos labirintos mais escondidos de sua alma – que tinha chegado o momento de o tempo voltar a correr.

Então soube que tinha ficado aprisionada num fotograma. E que naquele fotograma tinha aprisionado também Bill. Condenando a ambos. Que sua vida tinha se cristalizado numa noite de mais de seis anos atrás.

"Mas agora eu não sou mais eu. E agora você não é mais você", pensou, espantada com a simplicidade daquele pensamento.

Com uma espécie de leveza no coração, ou talvez só uma promessa de leveza, virou-se para Barrymore.

– Preciso ir – disse no ouvido dele, depois foi até Clarence. Pediu-lhe para levá-la para casa. Deu o braço ao velho agente e dirigiram-se para a saída.

O ar estava fresco. Límpido. O céu, estrelado.

– O carro está lá adiante – disse Clarence, apontando para a longa alameda.

Ruth teve a impressão de ver um homem com um terno claro e uma camisa vermelha extravagante correndo entre os carros estacionados, parando na metade da fila, olhando em volta e depois voltando a fugir.

Talvez tivesse até caído. Mas Ruth não deu atenção. Não conhecia aquele homem. Não o conhecia mais. Era uma pessoa qualquer.

Sorriu e começou a descer os degraus. "Não sou mais sua", pensou. O sorriso abria a gaiola. "Adeus, Bill."

Bill tropeçou. Caiu, se levantou.

Seu LaSalle estava bloqueado por dezenas de outros carros.

– O senhor precisa sair? – perguntou um empregado. – Se me der dez minutos, eu tiro para o senhor.

Bill o empurrou.

– Vai se foder! – rosnou. Não tinha dez minutos. Não tinha nem um segundo.

Virou-se para a mansão. Ruth estava na entrada e olhava na sua direção. Tinha-o visto. Estava junto com um homem. Certamente um policial. O policial tinha levantado o braço e apontado para ele. E Ruth rira.

Bill disparou em direção ao portão. Tinha que fugir. Não deixaria que o pegassem. Enquanto corria, trombando contra os carros estacionados, com o cascalho entrando em seus sapatos, olhou outra vez para trás.

Ruth estava descendo os degraus da mansão com o policial. Avançavam sem pressa. Estavam brincando com ele. Ele estava numa jaula. E a jaula tinha se fechado. Bill sentia o cérebro explodir. Via clarões ofuscantes, depois a escuridão e depois outros clarões. O álcool lhe atrapalhava as pernas. Recomeçou a correr. O portão agora estava próximo. Mas o que faria quando chegasse à Sunset Boulevard? Não podia fugir a pé. Iam pegá-lo. Olhou para trás. O policial de novo apontava para ele. E o empregado se virava e também apontava. E Ruth ria. Ria. Ria dele.

Bill se escondeu atrás de uma moita. Enquanto recuperava o fôlego, olhou ao redor. Se pelo menos ainda tivesse uma dose de cocaína. Com mais uma cheirada, não o pegariam. Ficaria invencível. Enfiou a mão no bolso. Sentiu alguma coisa. Tirou a mão. Um pouco de pó branco na ponta do dedo. Um dos frascos devia ter se aberto. Tirou o paletó, virou o bolso na palma da mão. Não era muita, mas bastava. Riu. Levou a mão ao nariz e aspirou, com toda a força que tinha. Sentiu o amargo na garganta. Aspirou o pano do bolso. Riu outra vez. Mordeu o lábio com força. Sentiu o sangue. Mas não a dor. – Porra, eu ainda sou invencível – disse.

Olhou por entre a moita. Alguns homens de terno escuro estavam papeando e fumando no gramado. Bancavam os engraçadinhos com uma garçonete. Sabia quem eles eram. Os guarda-costas da porra de um senador. Montes de merda. Estavam a pelo menos vinte passos do carro preto. Um deles tinha tirado o paletó. Bill conseguia ver a pistola no coldre. Ninguém mais teria conseguido. Mas ele sim. Ele era invencível. Tinha vinte passos de vantagem, pobres idiotas. Arrastou-se no chão, sobre o cascalho da alameda, escondendo-se atrás dos carros engarrafados. Chegou ao carro do senador, o último da fila. Abriu silenciosamente a porta. Entrou, abaixado. Bastava ligar o motor e engatar a ré. Aqueles idiotas jamais chegariam a tempo de pegá-lo.

Sentou-se, com a mão na chave de ignição. Parou.

Ruth avançava pela alameda. Olhava para ele.

E só nesse instante Bill se deu conta de não a ter chamado de puta, naquela noite. De não ter pensado nela nenhuma vez como uma puta, desde o momento em que a tinha visto. E não sabia por que tinha pensado nisso. Sabia apenas que algo lhe parecia estranho. E então sentiu algo, como uma espécie de prurido no peito. E esse algo num instante virou uma emoção.

Ruth caminhava pela alameda. Estava perto, agora. Usava um vestido verde-esmeralda. Como o anel que ele tinha arrancado dela junto com o dedo. Como seus olhos. Caminhava e sorria. Estava radiante. A mulher mais linda que Bill já tinha visto.

A garota pela qual tinha perdido a cabeça.

Os dedos estavam imóveis na chave de ignição, hesitantes.

Sentiu a emoção invadir cada parte de seu corpo. O tempo parou. E de repente não tinha mais medo. Seria capaz de descer do carro e ir ao encontro de Ruth. Estava tão perto, agora. Poderia recomeçar tudo do início.

Era a emoção lhe dizendo.

"Você está linda, Ruth", pensou.

E com aquela emoção pungente no coração, girou a chave.

Não ouviu o barulho. Só um silêncio anormal. E depois um calor que o devorava vivo.

Quando o carro explodiu, Ruth foi atirada ao chão pelo deslocamento do ar. E o barulho da bomba e do metal se rasgando quase a ensurdeceu.

Enquanto Clarence a ajudava a se levantar, Ruth viu os guarda-costas correndo com as pistolas na mão. E os empregados correndo e gritando. E as pessoas saindo da mansão e olhando e correndo e gritando. E após um instante gritaram também as sirenes das viaturas da polícia estacionadas na Sunset Boulevard.

– Onde está o senador? – gritava um policial.

– O senador está vivo – gritava um dos guarda-costas.

– Preparem um carro! – gritava o chefe da polícia.

Os outros dois guarda-costas se lançaram em direção à mansão, empurrando os curiosos. Pegaram o senador e sua esposa e os escoltaram até o portão. Fizeram-nos entrar na viatura e esta partiu com a sirene ligada.

Havia estilhaços de vidro por toda parte. As portas tinham sido arrancadas das dobradiças. As placas de metal estalavam, contorcendo-se. O calor era insuportável.

– É o terceiro atentado – disse alguém atrás de Ruth.

– É melhor não o convidar mais – disse outro.

E outro, ainda, deu risada.

As pessoas em trajes de gala se amontoavam na alameda. Os fotógrafos disparavam fotos sem parar. Os *flashes* iluminavam a noite como pirilampos ensandecidos. O ar se enchia de uma fumaça nauseante, de óleo e gasolina, de ferro fundido e couro.

Depois o fogo se apagou. Sozinho. De repente. Como se alguém tivesse despejado um enorme balde d'água invisível em cima dele. Ficaram só pequenas chamas aqui e ali. E um ruído sutil, crepitante.

Como o da brasa na lareira, pensou Ruth.

Deu um passo em direção ao carro contorcido.

O corpo carbonizado de Bill ainda segurava o volante. A cabeça esturricada, jogada para trás.

– Tenha cuidado, senhorita – disse-lhe um policial.

– Eu precisava ver – murmurou ela.

– A senhorita o conhecia? – perguntou o policial.

"Eu já estava livre", ela pensou.

– A senhorita o conhecia? – perguntou outra vez o policial.

Ruth olhou para ele sem expressão.

– Não – respondeu, e depois deu as costas para Bill.

69

Manhattan, 1928

QUANDO ESCREVERA A PALAVRA "Fim" no final da sua peça, Christmas se sentira esvaziado. E sozinho. Desnorteado.

A escrita o tinha absorvido completamente. Parecia ter se perdido, esquecendo sua vida real. Tinha se lançado sobre as teclas com ímpeto, vivendo o que escrevia, como se estivesse ali, com seus personagens. A amizade, a luta para se destacar ou simplesmente para sobreviver, as existências do Lower East Side. E o amor. O sonho. O mundo como devia ser. Perfeito mesmo na dor, mesmo na tragédia. O sentido. Era isso que tinha procurado. Dar um sentido à vida. Torná-la menos casual. Era essa a perfeição, não o sucesso, não a vitória, não a coroação de um sonho ou de uma ambição, mas o sentido. E assim, também os vilões de sua história tinham encontrado um sentido, o sentido deles. E cada vida tinha se encaixado nas outras, como fios todos ligados entre si, criando o desenho de uma teia de aranha. Um desenho real, não abstrato. Sem nada de patético. Com ironia. Com sentimento.

"E agora?", tinha pensado, olhando para a palavra "Fim" no pé da folha número 217.

Então levantara o olhar. O banco estava lá, ele o via. E não tinha sentido. Não tinha sentido que ele e Ruth não estivessem sentados naquele banco. Em sua peça, isso não aconteceria. Não assim. Em sua peça, jamais desperdiçaria todo aquele amor.

Tinha juntado a folha com a palavra "Fim" à pilha das outras. Depois tinha colocado tudo num envelope no qual já tinha escrito um nome e um endereço. E tinha encarregado Neil, o porteiro do Central Park West, de entregá-lo.

E tinha acontecido. Mais rápido do que imaginara. Em menos de quinze dias o velho empresário Eugene Fontaine, um ouvinte aficionado do *Diamond Dogs*, tinha-o convocado ao seu escritório na Broadway.

— Trabalho com isso há quarenta anos e sei reconhecer se uma peça funciona – tinha dito Eugene Fontaine, batendo sua mão enrugada na capa do roteiro. Olhando para Christmas. – Tem gângsteres. Tem amor... é Nova York.

— É boa? – perguntara Christmas, sentindo-se estúpido com a pergunta.

— É excepcional.

— Sério?

— Segure firme na cadeira, Christmas Luminita. Vamos dançar como no meio de um furacão – tinha dito o empresário. – É só o tempo de montá-la. Depois a América só vai falar de nós.

E agora faltavam duas semanas para a estreia. E não havia jornal que não escrevesse a respeito. Pediam-lhe entrevistas o tempo todo. A *Vanity Fair* estava pronta para fazer uma reportagem de capa. Mayer tinha lhe enviado um telegrama de Los Angeles dizendo: "Devia me pagar um percentual. Stop. Fui eu que o fiz começar a escrever. Stop. Boa sorte. Stop. Se perceber que o teatro tem muito cheiro de mofo e quiser respirar o ar da Califórnia o espero de braços abertos. Stop. L.B.". A espera foi palpável. Elétrica. O espetáculo ainda não tinha estreado e já estava na boca de todos.

Christmas se levantou e se inclinou para fora da janela. Olhou o banco vazio, escuro em meio ao branco da neve que cobria o Central Park. As ruas também estavam embranquecidas. As pessoas caminhavam depressa, tomando cuidado para não escorregar. Homens e mulheres carregavam pacotes com fitas.

Sentiu-se envolver por uma sutil melancolia. Estremeceu. Fechou a janela. Virou-se. Sua casa ainda estava vazia. Nenhum móvel, nenhum sofá ou tapete. Sorriu.

— Esse apartamento é uma verdadeira merda – tinha dito Sal no dia anterior, olhando em volta, quando fora convidá-lo para a ceia de Ano Novo.

Christmas foi até o quarto e olhou o terno marrom que a mãe lhe comprara dois anos antes. Um terno de pobre. De pobre digno. O terno que o tinha tirado da rua. O protagonista da sua peça também tinha um terno marrom, pobre e digno. Christmas nunca o tinha jogado fora. De vez em quando o pegava, olhava para ele, acariciava a gola e as mangas surradas e agradecia à mãe. Guardou-o e pegou o terno azul, de lã, que tinha ganhado de Santo. Para ir ao teatro com Maria. Sua primeira vez no teatro. Seu protagonista também tinha um terno azul, quente, de lã, da Macy's. E, como ele, tinha um amigo de verdade. Christmas colocou o terno azul ao lado do marrom. Pegou de um cabide um terno preto, elegante, sob medida, e vestiu-o por cima da camisa branca e da gravata fina. Depois abriu a porta do armário e pegou dois embrulhos com fitas. Um grande para sua mãe. Um minúsculo para Sal. Telefonou para a portaria e disse a Neil para chamar um táxi. Vestiu o casaco preto de caxemira e desceu.

Neil o esperava com a porta do táxi aberta.

– Feliz Ano Novo, Neil – disse Christmas, entrando no carro.

– Feliz Ano Novo, Mr. Luminita – respondeu Neil, fechando a porta.

– Monroe Street – disse Christmas dentro do carro.

O motorista se virou, com o cotovelo apoiado no assento, e olhou para ele, estudando seu traje elegante.

– Monroe Street? – perguntou, perplexo. – O senhor sabe onde é?

– Perfeitamente.

– É no Lower East Side.

– Tem lugares piores – disse Christmas.

O motorista fez uma careta, engatou a marcha e partiu.

Christmas olhava para ele pelo espelho retrovisor e sorria. Quando dobraram a Monroe Street, disse:

– Ao lado daquele Cadillac.

Desceu e pagou.

Um grupo de quatro meninos rodeava o carro luxuoso. Eram magros e tinham a pele do rosto esmaecida. Usavam boinas afundadas até as orelhas e tremiam nas roupas leves, mas não se decidiam a ir para casa, fascinados por aquele automóvel que ninguém no bairro conseguiria comprar.

– Por hoje deixem ele inteiro – disse Christmas, sorrindo.

Os meninos olharam para ele, desconfiados. Aquele cara também não estava vestido como qualquer outra pessoa na vizinhança. Não sabiam quem era. Mas não tinha jeito de gângster. Decerto era um idiota da Upper Manhattan. Um pato.

– O senhor se perdeu? – disse um dos meninos, mais baixo que os outros, mas com um olhar inteligente e vivo, enfiando a mão no bolso.

– Não – disse Christmas.

– É seu? – perguntou o menino, indicando o Cadillac.

– Não.

O menino tirou a mão do bolso. Segurava um canivetinho xexelento e inofensivo, com a ponta da lâmina lascada.

– Então cuida da sua vida – disse, com uma entonação prepotente.

Christmas levantou as mãos, em sinal de rendição.

– Aqui é área nossa – continuou o menino.

– E como vocês se chamam? – perguntou Christmas, sem abaixar as mãos.

O menino se virou para os outros, com uma expressão desorientada. E os amigos não vieram em seu socorro. O menino voltou a encarar Christmas.

– Somos os... – enroscou, olhou para os lados, como se procurasse alguma coisa. Então se iluminou. – Somos os Diamond Dogs – disse, estufando o peito magro.

Christmas sorriu.

– Faz alguns anos existia uma gangue por estas bandas que tinha esse nome.

O menino deu de ombros.

– Pelo jeito, ouviram falar da gente e deram no pé – disse. – Agora esse nome é nosso.

Christmas assentiu.

– Posso abaixar as mãos?

– Pode, mas não faça nenhuma gracinha – disse o menino, agitando o canivete no ar.

– Tranquilo, não quero ser fatiado – disse Christmas. – Só que eu tenho que entrar ali – e indicou o portão da sua velha casa. – Posso?

O menino se virou para os amigos.

– Vamos deixar ele ir?

Um dos três ficou com vontade de rir e tapou a boca com a mão.

– Está com sorte, pato – disse o menino com o canivete. – Hoje a gente está de boa. Pode ir. Por hoje os Diamond Dogs vão te dar uma colher de chá.

– A gente se vê – fez Christmas, entrando no portão. Depois começou a subir as escadas, alegre.

– Ei – disse o menino atrás dele, alcançando-o no primeiro patamar. – O que faziam esses Diamond Dogs que você conheceu? – perguntou. – Eles eram famosos?

– Bastante. Mas usavam a cabeça, não pistolas ou canivetes.

O menino olhou para ele com curiosidade.

– E quem era o chefe deles?

– Um cara que tinha um nome de negro.

– Ah... – fez o menino. – Eu me chamo Albert. Mas pros amigos sou o Zip.

– Prazer, Zip – e Christmas estendeu a mão.

O menino ficou parado.

– O que acha...? Zip é um bom nome pro chefe dos Diamond Dogs?

Christmas pensou um pouco.

– Zip é um grande nome – disse por fim.

Zip sorriu e apertou a mão dele.

– E você, como se chama?

– Eu? – Christmas deu de ombros. – Eu tenho um nome besta. Deixa pra lá. – Depois fitou o menino. – Onde você mora? – perguntou.

– Aqui na frente – disse Zip.

– E da janela da sua casa dá pra ver a rua?

– Dá. Por quê?

– Porque você podia me fazer um grande favor, Zip – disse Christmas, com uma expressão séria. – Se quisesse ir pra casa em vez de congelar na rua, talvez pudesse ficar de olho naquele Cadillac que está lá fora. Sabendo que o chefe dos Diamond Dogs está vigiando, me sinto mais seguro. Enfiou a mão no bolso e tirou um bolo de dinheiro, um costume que o fazia lembrar de Rothstein. Pegou uma nota de dez e estendeu para o menino. – O que acha? Dá para fazer isso?

Zip arregalou os olhos. Pegou a cédula e girou-a diante do nariz.

– OK – disse, tentando controlar o tom da voz. – Vou ver o que dá pra fazer.

– Obrigado, meu amigo – disse Christmas.

Mas Zip não estava mais escutando. Tinha girado nos calcanhares e se precipitava escada abaixo. Christmas ficou olhando para ele e sorrindo, com uma pequena nostalgia no coração. Depois acabou de chegar à porta de sua velha casa e bateu.

– Até que enfim chegou, pirralho – disse Sal, abrindo. – Vem que eu te mostro uma casa de rico de verdade, não aquela merda do seu apartamento.

Christmas entrou e abraçou a mãe.

Cetta apertou o rosto dele entre as mãos, beijou-o e o acariciou.

– Você está abatido, meu filho – disse.

– Não sei como você conseguiu não virar veado com uma mãe dessas – disse Sal. – Deixa ele em paz, Cetta.

Cetta riu, tirou o casaco do filho e olhou para ele, admirada com o terno.

– Como você está bonito! Venham pra mesa, está tudo pronto.

– Não, eu preciso mostrar a casa pra ele – disse Sal. – Gastei um monte de dinheiro e não posso nem mostrar pra ele? Pegou Christmas pelo braço e arrastou-o pelo apartamento, colocando-o a par dos detalhes das despesas de alvenaria, encanamento, eletricidade e mobília. Quando chegaram ao quarto, não abriu a porta. – Aqui dormimos eu e sua mãe – resmungou apenas, em voz baixa, envergonhado.

Christmas se virou para Cetta e sorriu.

– E aí, que tal a casa? – perguntou Sal ao encerrar o *tour*.

– Linda – disse Christmas.

– Linda? – trovejou Sal. – Você não entende nada de casas, pirralho! Isso aqui é um palácio. Uma porra dum palácio!

– Tem razão, Sal – riu Christmas. Depois foi para a sala de estar.

A mesa estava posta para três. Comeram macarrão com almôndegas e pimentão, linguiça com molho de tomate, berinjela recheada com carne de porco e azeitonas pretas. E, para terminar, salame picante e queijo de cabra, tudo regado a um vinho tinto italiano encorpado. Em seguida, Sal foi até a geleira e pegou uma caixa de papelão com uma garrafa.

– *Cassata* siciliana, uma especialidade – disse. – É espumante doce, não aquela merda amarga do champanhe.

Quando estavam todos com a taça levantada para o brinde, Sal disse, com o rosto encabulado:

– Eu pedi sua mãe em casamento.

– E você, o que respondeu, mãe? – sorriu Christmas.

– E o que é que ela podia responder, porra? – disse Sal, remexendo-se na cadeira e deixando cair um pouco de espumante na toalha.

Cetta mergulhou o dedo no espumante derramado e passou atrás da orelha de Christmas e depois de Sal.

– Dá sorte – disse.

– Estou feliz por vocês – disse Christmas. – E quando vai ser?

– Vamos ver – resmungou Sal. – Casamento custa muito dinheiro e agora já gastei bastante com a casa.

– A vocês dois – disse Christmas.

– E à sua peça – disse Cetta. – Falta pouco...

Christmas sorriu.

– Duas semanas – murmurou.

– À sua peça – disse Sal.

– E ao vô Vito e à vó Tonia – disse Cetta, e acariciou a mão de Sal. – Eles ficariam muito orgulhosos de você.

– E ao Mikey – disse Sal depressa.

— E ao Mikey — disse Cetta, séria.

Tomaram o espumante e comeram a *cassata* siciliana. Então Christmas pegou o embrulho para a mãe. Cetta o abriu, empolgada.

— É pra cama de vocês — disse Christmas, enquanto a mãe desenrolava uma grande colcha com um C e um S bordados a mão.

Cetta o abraçou e beijou.

Sal lhe deu um tapinha no ombro.

— Obrigado — disse.

— É pra minha mãe, não precisa me agradecer — respondeu Christmas, apalpando o minúsculo embrulho no bolso da calça. Depois foi até a janela, abriu e olhou para fora.

— Fecha, que entra frio e me atrapalha a digestão — disse Sal.

— Estava só olhando uma coisa — disse Christmas.

— Que coisa? — perguntou Sal, chegando até ele e empurrando-o para fechar a janela.

— Viu aquilo ali?

Sal se inclinou. Fez uma careta de admiração.

— Cadillac Série 314 — disse. — Oito cilindros em V.

— Bonito — disse Christmas.

— Você não sabe de nada mesmo, pirralho. Esse carro é uma joia.

— Estava me perguntando de quem é — fez Christmas, enfiando devagar o embrulhinho no bolso da calça de Sal. — Mas imagino que seja de quem tiver a chave certa. — Mexeu nos bolsos, teatralmente. — Minha não é — disse. — E a senhora, mãe, está com a chave daquele Cadillac no bolso?

— Você é fraco pra bebida, pirralho — riu Sal. — Como pode achar que a sua mãe... — interrompeu-se. Ficou sério. Olhou para Christmas, que sorria. E Cetta também sorria. Então olhou para a rua, com uma expressão indecifrável. Depois enfiou a mão no bolso, encontrou o embrulhinho, abriu-o em silêncio e girou a chave diante dos olhos. Começou a balançar a cabeça, apertando os lábios e assoprando pelo nariz, com os olhos vermelhos e a sobrancelha enrugada, agitando no ar o dedo grande e sujo, sem dizer uma única palavra. Voltou a olhar para o Cadillac na rua. Depois se virou para Cetta e Christmas, que olhavam para ele, abraçados. Respirou como um touro. Uma, duas vezes, inflando o peito e apertando as mãos.

Então, de repente, deu um murro violento numa mesinha que tinha um vaso em cima. Uma perna da mesinha cedeu e o vaso caiu no chão, despedaçando-se.

– Mas que caralho que te deu na cabeça?! Tem pó de serra nessa porra de cérebro! – gritou, chutando com fúria a mesinha e os cacos do vaso. – Um Cadillac Série 314! Vou ter que alugar uma garagem pra não deixar ele estragar! – e então saiu, batendo a porta, que balançou com tanta força que fez cair um quadro feito de ponto-cruz.

– Feliz Ano Novo, Mr. Tropea! – disse uma voz no patamar da escada.

– Vai se foder! – ouviu-se ecoar pelos degraus.

– O que deu nele, mãe? – perguntou Christmas.

Cetta sorriu.

– Ficou comovido – disse. Depois olhou para a rua.

Da janela de sua casa, Zip viu um homem grande e forte indo até o Cadillac. Caminhava até o capô, olhava por um momento, depois voltava e olhava para o porta-malas. O homem deu um chute no aro da roda, depois imediatamente se abaixou, pegou um lenço e poliu o lugar onde tinha acertado o pé.

O pai de Zip chegou atrás do filho e pousou a mão na nuca dele. Zip gostava de sentir a mão grande e quente do pai em seu pescoço. Fazia-o sentir-se seguro.

– Belo carro, hein, Albert? – disse o pai.

O homem na rua enfiou a chave na porta do Cadillac e o abriu. Ficou olhando o interior sem entrar.

O pai de Zip escancarou a janela e se inclinou para o homem na rua.

– Belo carro, Mr. Tropea! – gritou.

O homem na rua olhou para cima. Mas não disse nada. Tinha uma expressão abobada no rosto, pensou Zip. Então o homem, com cautela, entrou no carro. Ligou-o e começou a acelerar, aumentando a rotação do motor. Exageradamente.

– Eu resolvi me chamar Zip, pai – disse o menino.

– Zip? Que tipo de nome é esse?

O homem na rua começou a buzinar loucamente. Saiu do carro e olhou para cima, gesticulando agitado para o edifício da frente do de Zip.

– O que é que estão esperando? Pelo menos vamos dar uma volta, caralho! – gritou.

– Sabia que eu tenho uma gangue só minha, pai? – disse Zip.

– Uma gangue? – O pai lhe deu um tabefe na nuca. – Quando é que vai parar de contar lorota? – disse, levantando o olhar para a janela da frente. – Está vendo aquele moço lá? – e apontou para um jovem elegante, vestido de preto, que ria ao lado de uma mulher. – Aquele é o Christmas Luminita. É um que conseguiu ir embora daqui. Ficou rico.

Zip reconheceu o homem que tinha lhe dito para ficar de olho no Cadillac. "Christmas é um nome de negro", pensou, sorrindo, e acariciou a nota de dez dólares no bolso.

– E você acredita que aquele ali ficou importante contando lorotas? – disse o pai dele, fechando a janela.

O homem no Cadillac continuava buzinando.

70

Manhattan, 1929

CHRISTMAS ESTREMECEU, na noite fria de janeiro. Levantou a gola do casaco de caxemira e deu outra volta ao redor do pescoço com o cachecol de seda branco. Acariciou as ripas gastas do banco do Central Park. Depois se levantou.

A Lincoln Limousine o aguardava estacionada em fila dupla. Ali onde, uma época, Fred, o motorista do velho Saul Isaacson, esperava por Ruth.

Christmas entrou no carro.

– Vamos – disse.

A limusine começou a andar.

Christmas desenrolou o cachecol do pescoço e ajeitou a gola do casaco. Olhou pela janela. Nova York reluzia de *outdoors*. Mas o mais luminoso de todos, no nº 214 da 42 Oeste, era o do teatro. "Diamond Dogs", brilhava no telhado o letreiro formado por mais de mil lampadinhas.

A limusine parou no meio de uma maré de gente, mantida à distância por barreiras móveis e policiais. Um figurante com uma metralhadora a tiracolo abriu a porta da Lincoln. Estava vestido de modo extravagante, como um gângster de verdade. Christmas sorriu para ele, saindo do carro. O figurante apontou a metralhadora para a multidão. Tinha sido uma ideia de Eugene Fontaine, o empresário.

– O teatro começa na rua – tinha dito.

As pessoas aplaudiram. Os fotógrafos explodiram as lâmpadas de magnésio de seus *flashes*. Dois outros gângsteres de mentira chegaram e escoltaram Christmas entre as duas alas da multidão. Na porta do teatro, uma garota vestida de prostituta recebeu Christmas com um longo olhar provocante. E em seguida um menino mal vestido, com o rosto sujo, fingiu tropeçar e esbarrou nele. Quando se afastou, mostrou para as pessoas um relógio de bolso. As pessoas riram e aplaudiram outra vez. Os fotógrafos continuaram iluminando a cena com seus *flashes*.

Christmas entrou no *foyer*. Apertou dezenas de mãos, sorriu para todos e respondeu às perguntas dos jornalistas. Depois foi em direção ao palco. Pegou uma saída dos fundos e parou no beco de carga e descarga. Mesmo dali conseguia ouvir o vozerio das pessoas na rua e no teatro.

– Faz a cabeça girar, não é? – disse alguém atrás dele.

Christmas se voltou. Na penumbra do beco, viu um rapaz mal vestido, com as mãos brilhosas de cera, fumando um cigarro. Era magro e tinha uma maquiagem escura em volta dos olhos.

– Sou Irving Solomon – disse o rapaz. – Faço o...

– Joey Sticky Fein, sim – disse Christmas.

– Na verdade... – disse o rapaz, sem jeito – faço o Phil Schultz, conhecido como Wax.

Christmas olhou para ele, sorrindo.

– Sim, claro – disse.

– Não tem nenhum... Joey Sticky Fein na sua peça – disse o jovem ator.

Christmas olhou para o chão. Perdido nas lembranças. Depois levantou os olhos para o rapaz.

– Dê dignidade ao Wax – disse. – Ele não era só um traidor.

– Era...? – perguntou o rapaz.

Christmas não respondeu. Olhou para as mãos enceradas do jovem ator, suas olheiras escuras. Sorriu.

– Quando aparecer no segundo ato, com o seu terno de 150 dólares, fica saltitando de um pé pro outro... assim... como um boxeador, como um dançarino... – e Christmas se moveu nos pés, ligeiro e nervoso como Joey tinha sido.

– Solomon, o que está fazendo aí fora? – gritou o diretor de cena, aparecendo na porta dos camarins. – E pare de fumar.

O jovem ator fitou Christmas nos olhos.

– Vocês eram amigos de verdade? – perguntou.

– Vai lá... – disse Christmas, sorrindo. – E merda pra vocês![7]

Alguns minutos mais tarde o diretor de cena apareceu de novo no beco.

– Mr. Luminita – disse –, se quiser entrar, falta pouco.

---

[7] Entre atores de teatro, a expressão manifesta o desejo de boa sorte, bons augúrios. [N.E.]

Christmas lhe fez um aceno com a cabeça. Quando ficou sozinho, olhou para cima, para o céu sem estrelas de Nova York, depois foi até o palco. Atrás da cortina, ouvia-se o murmurinho abafado do público.

– Merda pra vocês! – disse aos atores.

O rapaz que interpretava Joey estava num canto separado e saltitava de um pé para o outro. Ligeiro. Como um boxeador.

Christmas saiu de trás da cortina e desceu para a plateia. Houve uma onda de aplausos. Ele sorriu, encolheu-se nos ombros e foi para o fundo da plateia. Ficou em pé olhando as pessoas.

Na primeira fileira podia ver sua mãe, com o cabelo preto amarrado e um vestido azul, decotado. E ao lado dela, suado e com as mãos limpas, Sal, espremido num *smoking* novinho em folha. Um pouco adiante, viu Cyril, "o negro mais rico do Harlem", como gostava de ser chamado, com a esposa, Rachel. Christmas tinha precisado brigar com o diretor do teatro, que não queria gente de pele escura, como os tinha definido, na plateia. Cyril não sabia nada sobre isso. Christmas viu Sister Bessie, orgulhosa, mostrando para todo mundo um anel com um dólar de ouro encravado. E sorriu para Karl, que, depois de fazer sentarem o pai ferrageiro e a mãe, tinha logo se posto a confabular com os dirigentes da WNYC, certamente falando de novos programas. Cumprimentou com um aceno de mão os técnicos da equipe da CKC que gravariam o espetáculo para transmitir no rádio. Olhou cheio de afeto para Santo, novo gerente da Macy's, sentado ao lado de Carmelina, que tinha a barriga redonda pela chegada iminente do primeiro filho. E teve vontade de rir vendo Lepke, Gurrah e Greenie em seus ternos extravagantes, sentados no meio da plateia. E, sentada ao redor deles, estava toda a gente importante de Nova York. Os mais jovens de *smoking*, os velhos de fraque. Não havia um único lugar vago, em nenhuma parte do teatro. E Eugene Fontaine tinha-lhe dito que estava tudo esgotado por três semanas, antes mesmo de se saber o que diria a crítica. Havia artistas, jornalistas, gente rica. Todos.

Mas ali, em pé no fundo da plateia, Christmas não conseguia se sentir feliz por completo. Fechou os olhos. Sua vida inteira lhe passava diante dos olhos. Rápida. Incompleta.

– Meia-luz – disse o diretor de cena.

O trem estava atrasado. Ruth olhou para o relógio, ansiosa. Não conseguia ficar sentada em seu lugar. Abriu a janela e olhou para fora. O vento bagunçou seus cabelos. Fechou a janela. A senhora idosa que ocupava o assento em frente ao seu olhou para ela e sorriu. Ruth devolveu-lhe um sorriso amarelo.

Não tinha tempo. De repente tudo estava atrasado. Jamais conseguiria.

– Vamos chegar – disse a senhora.

– Sim – respondeu Ruth, sentando-se.

Permaneceu de cabeça baixa, procurando controlar a respiração e conter o tremor das pernas. Pôs a mão no peito. Sob a blusa branca, sentiu o contorno do coração vermelho que Christmas tinha lhe dado cinco anos antes. O esmalte tinha descascado. Experimentou apertá-lo entre os dedos. Mas suas pernas pularam e Ruth se viu outra vez de pé, e de novo abriu a janela e olhou para fora. O ar entrava com violência em seus pulmões, sujo de fuligem.

Quando fechou novamente a janela, a senhora idosa riu e levou a mão com luva à boca.

– Santo Deus, olhe em que estado ficou! – disse. Mexeu na bolsa e tirou um lenço de linho. – Venha cá, garota inquieta. – Levantou-se nas pernas instável e se inclinou para Ruth, limpando suas bochechas. Olhou para ela, riu outra vez e disse: – Devia se maquiar um pouquinho. Está um desastre.

Ruth fitou-a sem responder. Conferiu de novo a hora. Depois se virou para o bagageiro, puxou uma pequena mala de couro de crocodilo, abriu-a e pegou o vestido verde de seda que ganhara de Clarence e um estojo claro de couro. Saiu correndo do compartimento e foi ao banheiro.

Parou diante da porta. A última vez que tinha entrado num banheiro como aquele tinha sido cinco anos antes, num trem que fazia o trajeto inverso. Numa mão tinha o coração esmaltado de vermelho e na outra segurava uma tesoura.

Abaixou a maçaneta e entrou.

Olhou-se no espelho. Da última vez que tinha se olhado num espelho como aquele, tinha longos cachos negros e tinha lido nos lábios de Christmas uma promessa. "Eu vou te encontrar." Da última vez que tinha se fechado num banheiro como aquele, tinha cortado os cabelos e enfaixado os seios, apertado, para não ter que virar uma mulher.

Encostou-se na pia e enxaguou o rosto. Depois se olhou. As gotas d'água pareciam lágrimas. Mas ela não estava chorando, desta vez.

Abriu a blusa, tirou a saia de lã. Deixou-as rolar para o chão. Ficou se olhando refletida no espelho. Como naquela tarde em que tinha decidido beijar o duende do Lower East Side. Abriu o estojo claro de couro e, como naquele dia, passou um pouco de base e pó no rosto. Depois alongou os olhos com um lápis preto. E por fim passou um batom denso e encorpado nos lábios. Do mesmo tom de vermelho do coração esmaltado. Penteou os cabelos. E voltou a se olhar. Agora sabia que era uma mulher. Não precisava mais acariciar a própria pele para saber.

Colocou o vestido verde-esmeralda devagar, com cuidado.

Assim que voltou para o vagão, a senhora idosa examinou-a sem dizer nada. Mas em seu rosto enrugado apareceu um sinal de sorriso, leve como a remota lembrança de algo que nunca tinha esquecido. Quando o trem parou na Grand Central e ela viu Ruth se precipitando para a saída, murmurou baixinho:

– Boa sorte.

Ruth arriscou tropeçar enquanto descia do trem ainda em movimento. Correu ao longo da plataforma, passou pelo amontoado de passageiros que lotavam a estação e subiu correndo para o ponto de táxi.

– Para o New Amsterdam – disse, entrando esbaforida no carro. – O mais rápido que puder, por favor.

O motorista engatou a marcha e saiu cantando pneus.

Enquanto o carro corria pelas ruas, Ruth não olhava ao redor, como se não tivesse cabeça para reconhecer a cidade na qual tinha nascido e crescido, da qual tinha sido arrancada. A cidade que tinha assistido à sua violação e onde tinha nascido seu único, grande, possível amor.

A única coisa que viu, quando o táxi parou, foi o enorme letreiro luminoso:

DIAMOND DOGS

E muita gente na rua. Gente comum e gente vestida de gângster ou de prostituta. Pagou, desceu do carro e permaneceu ali, imóvel, diante da entrada do teatro. Como se de repente não tivesse mais fôlego. Ou como se precisasse fixar cada detalhe na memória.

Então deu o primeiro passo no tapete vermelho. E não pensou que era como uma longa faixa de sangue. Não havia mais sangue em sua vida. Era vermelho como seus lábios. Vermelho como um coração esmaltado.

Entrou no *foyer*. Os funcionários puxavam as cortinas de veludo e estavam prestes a fechar as portas. Subiu os poucos degraus que levavam à plateia. Com o casaco numa mão e a mala de couro de crocodilo na outra.

— Senhorita... – disse uma voz atrás dela.

Ruth não parou.

— Senhorita...

Não sabia se ia encontrá-lo. Não sabia se ele ainda estava esperando por ela. Não sabia como seria o futuro deles. Não sabia nem mesmo se teriam um futuro.

— Senhorita, aonde vai?

Sabia apenas que devia tentar. Que não morreria na gaiola. Por medo.

Um dos funcionários barrou seu caminho.

Ruth sabia apenas que pertencia a ele. Desde sempre.

— Meia-luz – disse o diretor de cena.

A plateia foi envolta pela penumbra. As pessoas que ainda estavam em pé se sentaram. As vozes se abaixaram, tornando-se apenas um confuso murmurinho animado.

Os funcionários tinham fechado as cortinas de veludo das entradas da plateia, à direita e à esquerda de Christmas, que continuava encostado na parede do fundo do teatro, em pé, de olhos fechados. Sua vida inteira lhe passava diante dos olhos. Rápida. Incompleta.

— A senhorita não pode entrar – disse uma voz do lado de lá da entrada à sua esquerda.

Em seguida um rebuliço. Uma série de ruídos confusos.

Christmas abriu os olhos.

O chiado da cortina à sua esquerda sendo aberta, com força. Christmas se voltou, de cabeça baixa.

Viu um vestido verde-esmeralda. De seda.

— Senhorita, não pode entrar – disse outra vez a voz.

Christmas ergueu os olhos. Ruth estava lindíssima. E radiante. E olhava para ele. Os olhos verde-esmeralda brilhavam com uma luz intensa. Numa mão, tinha um casaco. Na outra, uma mala.

Christmas entreabriu a boca. Foi tomado por uma emoção violenta e inesperada que o paralisou. O espanto. A perfeição. O sentido. Conseguiu apenas levantar um braço para o funcionário que segurava Ruth.

O funcionário deu um passo para trás.

Ruth olhava para Christmas e não se movia.

— Apagar luzes – disse o diretor de cena.

Ouviu-se o estalo dos interruptores.

O teatro mergulhou na escuridão.

A plateia se calou. Um silêncio tenso, vibrante.

O funcionário afastou a cortina para sair. E na fresta de luz, Christmas viu que as mãos de Ruth se abriam, quase ao mesmo tempo. O casaco e a mala caíram no chão.

Alguém, na última fila, se voltou.

– Silêncio – disse.

Christmas sorriu. E no silêncio ouviu os passos de Ruth se aproximando.

– Eu voltei – disse ela.

Christmas podia sentir seu perfume.

A cortina do palco chiou, abrindo-se.

Christmas estendeu a mão e pegou a de Ruth.

E então uma voz ressoou do palco.

– Boa noite, Nova York!

Este livro foi composto com tipografia Adobe Garamond Pro e impresso em papel Soft 70 g/m² na Gráfica Formato.